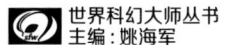

世界科幻大师丛书

主编：姚海军

# 烈火长空

## 康妮·威利斯杰作选

[美]康妮·威利斯 著

陈 捷 译

四川科学技术出版社

**图书在版编目（CIP）数据**

烈火长空：康妮·威利斯杰作选 /（美）康妮·威利斯 著；陈捷 翻译 . —— 成都：四川科学技术出版社，2023.8
（世界科幻大师丛书 / 姚海军 主编）
书名原文：The Best of Connie Willis：Award-Winning Stories
ISBN 978-7-5727-1082-7

Ⅰ.①烈… Ⅱ.①康… ②陈… Ⅲ.①幻想小说—小说集—美国—现代 Ⅳ.① I712.45

中国国家版本馆 CIP 数据核字 (2023) 第 144411 号

图进字：21-2021-67

世界科幻大师丛书

# 烈火长空：康妮·威利斯杰作选

SHIJIE KEHUAN DASHI CONGSHU
LIEHUO CHANGKONG：KANGNI WEILISI JIEZUOXUAN

| | | |
|---|---|---|
| 丛书主编 | 姚海军 | |
| 著　　者 | [美]康妮·威利斯 | |
| 译　　者 | 陈　捷 | |
| 出 品 人 | 程佳月 | |
| 责任编辑 | 兰　银 | 姚海军 |
| 特邀编辑 | 颜　欢 | 贺子恒 |
| 封面绘画 | 雨田三萧 | |
| 封面设计 | 甄沛佳 | |
| 版面设计 | 甄沛佳 | |
| 责任出版 | 欧晓春 | |

出　　版　四川科学技术出版社
　　　　　成都市锦江区三色路 238 号　邮政编码：610023
　　　　　官方微博：http://weibo.com/sckjcbs
　　　　　官方微信公众号：sckjcbs
　　　　　传真：028-86361756

| | | | | |
|---|---|---|---|---|
| 成品尺寸 | 140mm×203mm | | 印　张 | 18.75 |
| 字　　数 | 390 千 | | 插　页 | 2 |
| 印　　刷 | 四川南方印务有限公司 | | | |
| 版　　次 | 2023 年 8 月成都第一版 | | | |
| 印　　次 | 2023 年 9 月成都第一次印刷 | | | |
| 定　　价 | 77.00 元 | | | |

ISBN 978-7-5727-1082-7

邮购：成都市锦江区三色路 238 号新华之星 A 座 25 层　邮政编码：610023
电话：028-86361770

■ 版权所有　翻印必究 ■

# CONTENTS
# 目　录

# A Letter from the Clearys
## ━ 克利里一家的来信 ━

邮局有一封克利里一家的来信。我将它与塔尔博特太太的杂志一齐装进背包里，出门解开了拴斯蒂奇的牵引绳。

当时，斯蒂奇正坐在拐角处打量着一只知更鸟，绳子拉得笔直，项圈勒在脖子里。斯蒂奇从来不叫，即便面对鸟雀也是如此。爸爸给它缝合脚掌伤口的时候，它连一声呜咽都没有。它只这么坐着，就像我们当初在门廊前发现它时那样，微微颤抖着，一只爪子支棱着，举到爸爸面前。塔尔博特太太说，作为看门狗，它很不称职。我却很高兴，不叫就不叫吧，罗斯蒂生前就叫个不停，你看下场如何。

我不得不将斯蒂奇从拐角处拉回来一些，这样牵引绳才能松弛一点儿，好让我解开。这费了我好大的气力，看来它真的挺喜欢那只知更鸟。"这说明春天快来了，不是吗，伙计？"我边说边试着用指甲解开绳结。绳结没解开，指甲反而齐根掰断了。得，回家又得被妈妈逼问了——"其他指甲有没有受伤？"

我那双手确实是一团糟。今年冬天，我手背上生出了一百多个灼痕,都是被我们家那台笨拙的柴炉弄的。手腕上方就有一个,由于那个位置反反复复被灼烧到,伤痕根本没机会愈合。炉子不够大,每次我将过长的木柴塞入炉子时,手上那个地方都会碰到炉子内壁。我那蠢哥哥不愿将木材锯成适当的长度。我一遍遍地要求他把木材锯短点儿,可他就是不听。

我还找过妈妈,让她跟哥哥讲别把木柴锯得那么长,她也不听。她从来都不批评大卫。在她看来,大卫不可能做错事,就因为他二十三岁了,还结了婚。

"他是故意的,"我跟她说,"他想让我烧死。"

"妄想症是十四岁女孩的第一大杀手。"妈妈说。她总是这么回复我,气得我简直想杀了她。"他不是故意的。你弄炉子的时候小心点儿不就完事了。"说话时,母亲一直牵着我的手,盯着那一大块无法愈合的灼痕,就像那是一颗即将爆炸的定时炸弹。

"我们需要一个更大的炉子。"我将手拽了回来。我们的确需要更大的炉子。随着煤气账单的消失,爸爸关上了壁炉,用柴炉取而代之。炉子很小,因为妈妈不想让它占据客厅太多的空间,反正,咱们只有在晚上才会用上它。

看来炉子是不会换了。因为大伙儿都一心忙着修建愚蠢的暖房。或许今年春天会来得早些,我的手也就有机会愈合了。可我心里很清楚。去年冬天,雪直到六月中旬才融化,而现在才不过三月。斯蒂奇的知更鸟如果不飞回南方,肯定会连尾巴都冻僵。爸爸说去年不同寻常,今年天气会回归正常的。但他自己心里肯定也不信。不然,他修那暖房干吗?

　　我的手一松开牵引绳，斯蒂奇就又跑回到了拐角处乖巧地坐着，等着我啜完手指，再来给它松绑。"咱们得动作快点儿了，"我对它说，"不然妈妈又得生气。"本来，我还要去杂货店买些番茄种子的，可此刻太阳就快落山了，而我走回去至少要半小时。要是天黑后才到家，他们会让我立刻上床，晚饭都不给吃。那样，我就没机会读信了。再说了，就算今天去不成杂货铺，明天他们也会让我去的。这样我就不用修那愚蠢的暖房了。

　　有时，我真想把那玩意儿炸个底朝天。为了修那么个玩意儿，搞得锯屑和烂泥到处都是。大卫在炉子上切割塑料的时候落了一块儿到炉子上，熔掉之后臭气熏天。可面对这乱糟糟的一切，其他人似乎都视而不见。他们忙着谈论今年夏天能吃上自家种的西瓜、玉米和番茄该是多么妙不可言。

　　我不明白今年夏天跟去年夏天有什么不同。去年，长出来的蔬菜只有莴笋与番茄。莴笋只有我脱落的指甲那么长，番茄则硬得像石头。塔尔博特太太说是海拔的缘故，爸爸却说不是，罪魁祸首应该是去年特殊的天气和派克峰上看起来像是泥土的花岗岩粉末。他跑到杂货店后面的图书馆里，翻出了一本修建温室的自助指南书，便大刀阔斧地干了起来，现在甚至连塔尔博特太太都为这个点子着迷不已。

　　前几天，我对着他们说："妄想症是这个海拔上的人的第一大杀手。"可那群家伙都忙着锯木板、钉塑料板，没人搭理我。

　　斯蒂奇在我前面走着，想要奋力挣脱牵引绳的束缚。一过高速公路，我就将牵引绳解开了。它跑动的速度从没有罗斯蒂那么快，但无论如何，让它沿着路边跑也几乎不可能。好几次我用绳子拽着它，反被它拽到了路中央，留下一连串脚印，因此还被爸爸骂了一顿。于是，我沿着结冰路边往前走，而它则在路中央晃悠，每碰到坑洼处，还要停下来乱嗅一气。当它落后时，我吹吹口哨它就立马跟了上来。

我走得很快。天儿越来越冷了，而我只穿了件毛衣。我站在山坡顶上，对着斯蒂奇吹了声口哨。还有一英里①的路要赶。从我站着的地方，能看到派克峰。或许爸爸说得对，春天确实要来了。派克峰顶上几乎见不到半片积雪，火耕②的空地也不如去年秋天那般暗淡了，也许那里的树又长了回来。

去年的这个时候，整座派克峰都白雪皑皑。我之所以记得这么清楚，是因为那个月爸爸、大卫和塔尔博特先生搭伴儿打猎去了，那段时间天天下雪，几乎过去了一个月他们才回来。他们回来之前，妈妈等得快疯了。她每天跑到路边张望，连雪深五英尺③的大雪天也不例外，雪地上她的脚印大得如同雪怪。她每次都带上罗斯蒂，尽管它不喜欢雪，就像斯蒂奇不喜欢天黑。她还会带上枪，有一回，她被树枝绊倒，跌在雪地里扭伤了脚踝。回到家时，她全身都冻僵了。我本想调侃一下，"妄想症是母亲的第一大杀手。"却被塔尔博特太太抢了话，她絮絮叨叨地嘀咕着什么下次再出去一定得带上我，什么一个人出去尽会出这种事儿之类的。我知道她其实是在含沙射影地说一个人去邮局的我，于是立马回嘴说我能照顾好自己。妈妈叫我不要对塔尔博

---

① 英美制长度单位，1英里约1.6093公里。
② 一种原始的耕作方法。烧去草木，就地种植作物。
③ 英美制长度单位，1英尺约0.3048米。

特太太那样说话, 还说塔尔博特太太说得对, 下次我应该和她一起去。

没等伤愈, 妈妈只用绷带胡乱缠了缠脚踝, 第二天就又领上我们去路边等爸爸了。一路上, 她一声不吭, 只埋着头, 一瘸一拐地在雪地里行走。直到抵达路边, 才抬起头来。雪已经停了好一会儿, 云也散开了, 派克峰清晰可见。景色很好, 铅灰色的天空下白雪皑皑的山上突兀地立着黑色的森林, 像极了一张别致的黑白照片。大雪封盖了整座大山, 沿山的高速公路几乎无迹可寻。

我们此刻本该是和克利里一家一起徒步旅行的。

那天回家后, 我提起了这茬儿, "前年夏天, 克利里一家压根儿就没来。"

妈妈摘下棉手套, 站在炉子边, 拍打着身上大块大块的积雪。"他们当然没来, 琳恩。"她说。

我大衣上的雪落到炉子上哐哐作响。"我不是那个意思,"我说, "他们本应该六月的第一周过来的。瑞克一毕业就过来。所以发生了什么事, 他们突然就决定不来了? 还是有什么其他原因?"

"我不知道。"她边说边摘下帽子, 甩了甩头发。她的刘海都湿透了。

"或许他们给你写了信, 说他们计划有变,"塔尔博特太太说, "或许邮局弄丢了他们的信。"

"这不重要。"妈妈说。

"总觉得他们应该写过信之类的。"我说。

"都不重要了。"妈妈转身走过去将外套挂到厨房墙边上。关于克利里一家,她不愿再多说一个字。爸爸回来后,我也问过他克利里一家的事儿,可他忙着跟大伙讲打猎的事儿,没工夫理我。

不见斯蒂奇的踪影,我又吹响口哨,并开始往回走去找它。它还在山坡下,鼻子埋在什么东西里面。"快点儿。"我喊道。它转过身来,我才明白它为什么不动——它被脚下的电线缠住了。它的腿上缠满电缆,像是有时被牵引带缠住那样,越是想挣脱,缠得越紧。

它在路的正中央,而我站在路边,试图想出一个办法走到它身边又不留下脚印。山坡上的公路冻得严严实实,但山脚下的雪正在融化,雪水在路上形成了流淌的水流。我伸出脚去,踩在泥里,帆布鞋马上陷进去了半英尺。我马上退了回来,用手抹掉了鞋子前的泥印,又在牛仔裤上擦了擦手。我琢磨着下一步该怎么办。爸爸对脚印的态度近乎疯狂,就像妈妈时时刻刻盯着我的手一样。更糟糕的是,我天黑后单独在外只会让他更加生气。如果不能准时回家,他可能以后再也不让我去邮局了。

电线缠绕上了斯蒂奇的脖子,勒得它几近窒息,从不乱叫的斯蒂奇此时也急得低吼起来。"好吧,"我说,"我来救你了。"我奋力一跃,跳到路面上的一条雪河中,然后蹚着水向着斯蒂奇走去,一边走还一边回头确认,看雪水是否冲刷掉了身后我留下的脚印。

我像拆线轴一般把斯蒂奇身上的电线拆掉,扔到路边。那些电线在路旁的杆子上晃悠着,伺机在斯蒂奇下次从这里路过时再将它缠住。

"你这条傻狗,"我说,"赶紧跑起来吧。"说完,我自己先冲到路边,然后蹚着湿透的鞋子往山上跑去。斯蒂奇才跑了五步,就又停了下来,在一棵树边闻了起来。"快点儿,"我喊道,"天都快黑了。快黑了!"

它像一颗炮弹般从我身边飞驰而过,转瞬间已经跑到半山腰去了。斯蒂奇害怕天黑。我知道,从来没有狗狗害怕天黑这一说。但斯蒂奇是真的怕。若在平时,我会跟它说:"妄想症是狗狗的第一大杀手。"可此时,我只想让它跑快点儿,赶在我的脚冻僵之前到家。我也跑了起来,我俩同时翻过山坡,到达了山脚下。

斯蒂奇在塔尔博特家门前的车道前停了下来。我们家离这儿不过几百英尺远,在小山丘的另一头,房子四面环山,被掩得严严实实,十分幽深隐蔽。站在塔尔博特这边的山顶上甚至都看不见我家柴炉冒出的烟。穿过塔尔博特家的院子和院子后面的一片林子,有条直通我家后门的小路,可我现在不走那条路了。"天要黑了,斯蒂奇。"我扯着嗓子喊了一声,便开始跑了起来。斯蒂奇紧跟其后。

我们到达自家车道时,派克峰已被西斜的阳光映成金粉色。斯蒂奇在门前的云杉旁撒欢儿地尿尿,我不去拽它,它可能还会尿上百来次。这棵云杉原本很是高大,去年夏天,爸爸和大卫把它砍了,倒下的树将车道与马路完全截断。树是砍了,残留的树干上却布满了尖刺。如往常一样,我进门的时候又在同样的位置划到了手,棒极了。

　　我回头确认了一下我俩没在路上留下任何印记(除了斯蒂奇总会留下尿作为标记——其他狗可以通过这个方式迅速找到我们。这也是斯蒂奇当初找到我家门前的原因,它闻到了罗斯蒂留下的味道),随后立马一头钻进了山丘之中。不是只有斯蒂奇会在天黑后紧张。再说了,我的脚此时也开始痛起来。今天晚上,斯蒂奇确实有些疑神疑鬼的,我们快到家时,它竟然没有跑起来。

　　大卫在屋外搬木柴,我只消瞄一眼就知道,那些木柴都砍得长短不一。"踩着点到家,是吧?"大卫说,"取到番茄籽了吗?"

　　"没有,"我答道,"但是我给你带了另一样东西。我给大伙儿都带了东西。"

　　我进了家门。爸爸正在往客厅地板上铺塑料垫毯,塔尔博特太太正握住毯子的一端,妈妈站在旁边,手上抬着折叠桌子,在等他们铺好垫毯,好将桌子放在火炉前开始晚餐。听到我进门的声音,一个抬头的人都没有。我解下背包,从里面掏出塔尔博特太太的杂志,还有那封信。

　　"邮局里有封我们的信,"我说,"来自克利里一家。"

　　所有人都抬起了头。

　　"你在哪里发现的?"爸爸问。

　　"邮局的地上,跟好多广告邮件混在一起。我当时正在找塔尔博特太太的杂志。"

　　妈妈将折叠桌子靠沙发放着,在沙发上坐下。塔尔博特太太面无表情。

　　"克利里一家是咱们家最好的朋友,"我说,"在伊利诺伊州最好的朋友。前年夏天，他们本该来拜访我们，我们都计划好了要去登派克峰的。"

大卫"砰"的一声关上门。他看着呆坐在沙发上的妈妈，和拿着塑料毯如雕塑般站在那儿的爸爸和塔尔博特太太，问道："咋啦？"

"琳恩说她今天发现了封克利里一家的来信。"爸爸答道。

大卫将木柴扔进柴炉，其中的一根滚到地毯上，停在了妈妈的脚边。两人都没有弯下腰去捡它。

"要我给大家念念吗？"我边说边盯着塔尔博特太太，她的杂志还在我手上。见她没反应，我打开信封，抽出信。

"亲爱的珍妮丝、托德还有所有人，"我读了起来，"你们在壮丽的西部一切可好？我们迫不及待想见到你们了，尽管我们可能没办法如希望的那么早到达。卡拉和大卫最近怎么样？还有那个小宝宝。我等不及想见见小大卫了。他会走路了吗？我猜珍妮丝奶奶肯定高兴坏了，连马裤都穿不上了吧？你们这些西部人现在还穿马裤吗？还是都穿上了设计师品牌的牛仔裤了？"

大卫在壁炉边站着，双肘撑在壁炉台上，头埋在臂弯里。

"很抱歉没有提前写信，但最近我们一直在忙活瑞克毕业的事儿。我本以为我们会比这封信先到科罗拉多，但现在看来计划会有些小小的变化。瑞克铁了心要去参军，理查德和我苦心劝说到脸色都发青了，但我想情况只是变得更糟了。我们甚至没办法让他等到科罗拉多之行结束后再去参军。他说我们会在一路上试图劝他放弃的。这点他说得没错。我就是对他放心不下。那可是军队啊！瑞克说我总是过分担心，这点他说的也没错，但如果真的爆发战争，他可怎么办？"

妈妈弯下腰，捡起大卫丢下的那根柴火，放在身边的沙发上。

"如果你们这些住在'金色西部'的居民不介意的话，我们打算等到六月第一周之后再来科罗拉多，等瑞克处理完入伍的基本事务后出发。这样安排可以吗？请一定写信回复我们。很抱歉在最后时刻改变行程，不过换个角度看：这样你们就多出来一个月时间为攀登派克峰做准备了。我不知道你们的想法，但我肯定是乐意多准备一个月的。"

塔尔博特太太丢下了她那一头的塑料毯，这次虽没落在炉子上，但离得很近，炉火烫得毯子边缘卷曲起来。爸爸只是站在那儿看着，根本没有要弯腰捡起来的意思。

"姑娘们都好吗？索尼娅像野草一样长得飞快。今年，她开始参加田径运动了，带回家一大堆奖牌和脏兮兮、臭烘烘的袜子。你真该看看她的膝盖！上面满是伤，我差点儿没带她去看医生。她只说是练跨栏的时候刮到了栏杆上，连教练都说不是什么大不了的事儿，可我总是不放心。那些伤口怎么也不见好转。你家琳恩和梅丽莎有碰上类似的问题吗？

"我知道，我知道，我总是操心太多了。索尼娅和瑞克都没事。六月第一周到来前，什么坏事儿都不会发生，到了那时咱们就能见面了。爱你们的克利里一家。再问一句：派克峰以前有人摔下来过吗？"

大伙儿都一声不吭。我折起信纸，塞回信封里。

"我当时真该给他们回信，"妈妈说，"我真该在信里叫他们立刻就来科罗拉多。这样，他们或许真就来了。"

"这样，我们那天就会登上派克峰顶，眼睁睁地看着一切都被炸掉，咱们也会跟着命丧黄泉。"大卫抬起头来大笑着说，笑声让他的嗓子有些嘶哑，"他们没来，咱们应该庆幸才对。"

"庆幸？"妈妈的手揉着牛仔裤腿，"那天卡拉带着梅丽莎和宝宝去了科罗拉多斯普林斯，咱是不是更该庆幸啊？没那么多张吃饭的嘴了。"她的手像是要在牛仔裤上揉出个洞来，"那些暴徒枪杀了塔尔博特先生，咱们是不是也该庆幸？"

"不，"爸爸开腔了，"但我们应该庆幸暴徒没有把我们都杀了；庆幸他们只抢走了罐装食物，没抢走种子；庆幸大火没蔓延到这里来。我们应该庆幸……"

"庆幸我们还能收发邮件？"大卫问，"是不是这个也值得庆幸？"说完，他摔门而去。

"当时没有收到他们的来信，我本该打电话问问或者做点儿什么。"妈妈说。

爸爸眼睛依然盯着那烫卷起来的塑料毯一角，一言不发。我把信递给他，"信要收起来还是怎么着？"

"我觉得它已经完成了自己的使命。"他将信揉作一团，丢进炉子，再将炉子门砰地关上。他动作很快，丝毫没有烧到手。"琳恩，过来帮我修暖房。"

屋外一团漆黑，温度越来越低，我脚上的球鞋变得冷硬。爸爸一手拿着手电筒，一手将塑料薄膜铺贴到木框上，我用U形钉每隔两英寸①将薄膜绕在木框钉上。钉完了一个木框后，我问爸

---

① 英美制长度单位，1英寸约为2.54厘米。

爸能否进屋换双靴子。

"你在邮局取到了番茄种子吗?"他像压根儿没听见我说话似的问道,"还是你忙着找信,忘了取?"

"信不是我刻意去找的,"我说,"我只是恰巧发现了而已。我还以为读到这封信,了解到克利里一家究竟发生了什么,你会很高兴呢。"

爸爸将塑料膜扯过另一根木框,由于用力过度,薄膜上泛起了褶子。"我们早就知道了。"他说。

他把手电筒递给我,从我手中夺过钉枪。"你想让我说出来?"他说,"想让我告诉你究竟发生了什么?好吧,我就跟你说说。我猜测他们离芝加哥够近,核弹爆炸时他们的身体即刻蒸发了。若真是这样,他们也算是走运的了。芝加哥与咱们这儿不同,没那么多山,所以但凡没有即刻蒸发,那他们不是死于熊熊烈火、闪光灼伤,就是死于辐射造成的病变,再不然就是死在暴徒的枪下了。"

"也有可能是自家人的枪下。"

"也有可能。"他将钉枪抵在木框上,按下扳机,"至于前年夏天究竟发生了什么,我有个自己的猜想。"他说着将钉枪往下移了两英寸,又往木头里钉入一颗钉子。"我觉得不是俄国佬先动的手,也不是美国人。我觉得是躲在暗处的某个恐怖组织搞的鬼,甚至可能是某个人的个人行为。我认为他们发射核弹时,根本不知道会造成怎样的后果。他们定是对世界的样子太过不满,在委屈、愤怒与恐惧中,用核弹回敬了世界。"他将钉子一直钉到木框底部,然后直起身子,在另一边从上往下重新开始,"琳恩,你觉得我这个猜想怎么样?"

"我都跟你说过了,"我回道,"我是在找塔尔博特太太的杂志时无意间发现信的。"

他转过身来,钉枪直指着我,"但是,无论出于何种原因,他们的恶行让全世界都遭了殃,他们要为之负责。无论其本意如何,恶果必须由他们承担。"

"如果他们活下来了的话,"我说,"如果他们没有死在谁的枪下的话。"

"我不能再让你去邮局了,"他说,"太危险。"

"那塔尔博特太太的杂志怎么办?"

"回屋检查下炉子里的火。"他说。

我回到了屋里。大卫也回来了,正站在壁炉旁,盯着墙看。妈妈已经在炉子前支起了折叠桌子和几张折叠椅子。塔尔博特太太在厨房切土豆,她那泪如雨下的样子让人还以为她是在切洋葱。

炉火差点儿就灭透了。我赶紧塞了几个从杂志上撕下来的纸揉成的纸团进去引火。火苗蹿了出来,是夺目的蓝绿色。我又往纸团上扔了几颗松果、几根木柴。其中一颗松果滚到一边,躺在炉灰里。我伸手去抓,结果手被炉子门烫到。

又烫到了同一个地方。棒极了。本已结痂的地方又烫起了个水泡,一切又得重新开始。当然啦,妈妈当时正站在一旁,手捧着一锅土豆汤,目睹了这一切。她将土豆汤放上炉子,旋即抓起我的手,像抓到了犯罪证据似的。她啥也没说,只站着,握着我的手,眨巴着眼睛。

"这是刚烫伤的，"我辩护道，"刚烫伤的。"

她拿指尖触碰着旧痂的边缘，小心翼翼得像是怕感染什么病毒。

"不过是烫伤罢了！"我猛地抽回手，抱起蠢大卫劈得凌乱的柴火，塞进炉子，边塞边吼，"不过是烫伤，不是辐射后遗症！"

"琳恩，你知道父亲去哪儿了吗？"她像是完全没有听到我的话似的问。

"他在后院门廊上，"我没好气地答，"修他那愚蠢的暖房。"

"他不在那儿，"妈妈说，"他把斯蒂奇也带走了。"

"他不能带走斯蒂奇，"我说，"斯蒂奇怕黑。"妈妈一声不吭。"你知道现在外面有多黑吗？"

"是的，"她走到窗户前，向外望去，"我知道外面有多黑。"

我从壁炉旁的衣钩上取下派克大衣就要往门外冲。

大卫抓住我的双臂，"你要去哪儿？"

我从他手中挣脱出来，"去找斯蒂奇，它怕黑。"

"外面太黑了，"他说，"你会迷路的。"

"那又怎样？总比在这个鬼地方待着强。"说完，我摔门而去，门重重地砸到了大卫的手。

我还没跑到柴堆，就又被他抓住了，这次他用的是另一只手。刚刚摔门那一下要是砸到他两只手就好了。

"放开我，"我说，"我要离开这里，我要找些其他人一起生活。"

"根本没有什么其他人了！看在耶稣的分儿上，去年冬天，我们都走到南方公园了，一个人都没有。连暴徒都没有。再说了，你要真碰上了他们怎么办？啊？碰上那些杀死了塔尔博特先生的暴徒，你该怎么办？"

"碰上了又如何？无非就是开枪打我，我又不是没被人开枪打过。"

"你这是疯了，你知道吧？"他说，"没来由地带回来这么一封信，然后对着每个人肆意开火。"

"开火？"我气疯了，感觉随时要哭出来，"开火！那去年夏天怎么说？去年夏天是谁对着谁开火？"

"你不应该走那条小路的，"他说，"爸爸说过，不准走那条小路。"

"于是你就对着我开枪？于是你就杀了罗斯蒂？"

大卫抓着我胳膊的手越捏越紧，像是要将它折成两段。"那些暴徒们也有条狗。我们在塔尔博特先生的尸体边上发现了狗的足迹。那天你从小路里钻出来，我们又听到罗斯蒂的叫声，就把你当成了那帮暴徒。"他盯着我，"妈说得对。妄想症的确是第一大杀手。去年夏天，我们都有点儿疯了。其实不止去年夏天，我们可能一直都这样，处在将疯还未疯的边缘。而此时，你又给大伙儿演了这么一出，带回来那封信，让大伙儿又想起发生过的一切，想起每一位失去的亲人……"他松开了我的胳膊，盯着自己的手，像是完全不知道自己差点儿折断我的胳膊。

"我早说了，我是在找杂志的时候无意中发现那封信的。我还以为大家会很高兴读到那封信。"

"当然，"他说，"你当然这么以为。"

他回屋了。我在屋子外面又待了很久，等爸爸和斯蒂奇。

等到我进屋的时候, 甚至没人抬起头来。妈妈还站在窗户边, 从她的头上看出去能看见天上的一颗星星。塔尔博特太太不哭了, 正在往桌子上摆餐具。妈妈端上汤锅, 我们都围着桌子坐了下来。正吃着, 爸爸回来了。

斯蒂奇跟在他的脚边。他手上拿满了杂志。"很抱歉, 塔尔博特太太。"他说, "如果你愿意, 我会把它们放在地下室里, 这样你就可以每次叫琳恩下去拿一本上来读了。"

"没关系,"她说,"反正我也不太想读它们了。"

爸爸将杂志放在沙发上, 在折叠桌边坐了下来。妈妈给他舀了碗汤。"我把种子拿回来了,"他说,"番茄种子被水泡了, 玉米和笋瓜的种子还能用。"

他转过头, 看着我,"琳恩, 邮局的门我用木板封起来了,"他说,"你能理解的, 对吧? 我不能再让你去邮局了, 太危险。"

"我不是说过了吗?"我说,"就是不小心发现的嘛, 在找杂志的时候。"

"炉火要灭了。"爸爸说。

罗斯蒂死后一个多月, 他们哪儿也不准我去, 因为怕我回来时又把我当成暴徒, 控制不住又对我开枪, 就算我保证不再走小路了也不行。后来斯蒂奇出现在家门口, 啥也没发生。于是, 他们又允许我出门了。那段时间, 我每天都要去一趟邮局, 直到夏天逝去、秋日来临。再后来, 但凡他们允许, 我就都会去邮局转一圈。在那尘封的邮件堆里, 我定是翻找了上百遍, 才找着了克利里一家的来信。塔尔博特太太没有说错, 它确实被错放进了别人家的邮箱。

后记：

　　写《克利里一家的来信》的时候，我们住在落基山上一座名为伍德兰帕克的小镇上。通往科罗拉多斯普林斯的公路穿镇而过。镇上绿树成荫，青松白杨鳞次栉比，野花丛生；派克峰的美景一览无余。

　　然而镇上没有邮件递送上门的服务。我不得不步行到邮局取件，带着我的狗。我想你已经猜到了这个故事的灵感来源。

　　我至今还会记起那个邮局，想起我的写作生涯到那时为止最糟糕的一天，那也可能是我整个写作生涯中最困难的两三天之一。那个年代没有电子邮件，稿件是要邮寄去杂志社的，寄件的时候，还要付上一张邮资已付、写明发信人地址的回邮信封，若稿件未被征用，杂志编辑会将稿子退回，并附上退稿条。

　　因为需要去邮局的次数太多了，于是我每次都带上些备用邮票，两套马尼拉信封，两套回邮信封。一套用来寄新作，一套用来将退回的稿子寄给另一家杂志，碰碰运气。

　　那时，虽然收到的退稿条（通常真的就是一英尺来宽的小纸条，上面写着：非常抱歉，您的稿件与我刊出版需求不符）数不胜数，但我还是能抖擞起精神，默默告诉自己就算这一篇被拒了，寄给《伽利略》或《阿西莫夫科幻杂志》的稿子说不定还有机会。

　　可那一天我去取件的时候，收到的不是退稿条，而是一张黄色纸条，上面写着让我去柜台取件。"太好了。"我一边心想"姥姥给我寄礼物了"，一边拖着疲惫的双腿走向柜台。

等待我的不是什么礼物，甚至都不是装在一个包裹里的，而是一大摞马尼拉信封，上面都是我的笔迹。我寄出去的八个故事，全部被退稿。这次，我没法说服自己寄给《奥秘》《奇幻与科幻杂志》的稿子可能还有机会了。

"嗯，"漫长的回家路上，我暗自思忖，"也许这些退稿在暗示着什么。"很显然，它们是在暗示我该放弃了，该停下来了，别再自欺欺人，出洋相，闹笑话了，是时候该回去安安心心地教书了。

最终阻止我放弃的是那几张已经填好回邮地址、贴好邮票的信封，毕竟，邮票还是很贵的。既然都到这份儿上了，最后再尝试一次又不会少块儿肉。

所幸的是，那八个故事中的一篇——《哭着要月亮的孩子》——收录进了短篇集《满满一铲子的时空》。这让我倍受鼓舞，推动着我继续写作，直到我的小说卖给了《伽利略》《阿西莫夫科幻杂志》《奥秘》《奇幻与科幻杂志》，直到我写出了这篇《克利里一家的来信》和赢得星云奖的《烈火长空》，并改变了我一生的轨迹。

好险。如今回望往昔，这件事听起来像是件无伤大雅的趣事，可当它真实发生的时候，可一点儿都不有趣。

所以，我想对那些正在读这本书的奋斗中的年轻作者们说："不管你收到过多少封退稿信，不管你受到过多少次打击，请一定奋力前行下去。"或者，正如我心目中的英雄温斯顿·丘吉尔所说的那样："永远，永远，永远不要放弃。"

At the Rialto

**━ 里亚托奇事 ━**

严肃认真的思维模式是理解牛顿物理学的前提。然而，在理解量子物理学时，它又何尝不是一种障碍。

——引用自葛当肯博士于1989年在加利福尼亚州
好莱坞国际量子物理学家学会年会上的主旨演讲

一点半左右，我到了好莱坞，径直去里亚托酒店办理入住。

"抱歉，我们客满了。"桌子后面的女孩说，"因为要举办个什么科学年会，所有房间都被订了。"

"我就是来参加那个什么科学年会的。"我说，"我是露丝·巴林杰博士，我订了间双人房。"

"还来了好多共和党人，还有一个芬兰来的旅游团，真是满满当当。刚来工作那会儿，他们告诉我说这儿住的都是搞电影的。这么久了，就只见过一个某部电影里演那谁谁的朋友的家伙。你不会是个搞电影的吧，啊？"

"我不是。"我说，"我是露丝·巴林杰博士，来参加科学年会的。”

“我叫蒂凡尼。”她说，“其实，我不是酒店员工，在这儿打工是为了挣钱上超然仪表课。我的真实身份是模特/演员。”

“我是量子物理学家。”我试着把话题拉回来，“名字是露丝·巴林杰。”

她在电脑上乱敲了一气，“这边没有您的预订信息。”

“或许是以门多萨博士的名字订的。我和她同一间房。”

她又在电脑键盘上乱敲了一气，“也没有她的预订信息。你确定你订的不是迪士尼乐园酒店吗？很多人会把我们两家弄混。”

“我订的就是里亚托。”说着，我从包里翻出了笔记本，“瞧，这儿有确认码: W37420。”

她把确认码输入电脑，“您是葛当肯博士？”

“打扰一下。”一位老者冲着蒂凡尼说。

“马上就到你。”蒂凡尼对他说，然后转向我，“葛当肯博士，你打算住多久呢？”

“抱歉，打扰一下。”那位老者又嚷了一句，语气急切。他满头白发，眼神迷惘，像是刚经历了什么可怕的事情一样——又或者是忙着在里亚托办理入住。

老者脚上没穿袜子。我在想他是不是就是葛当肯博士。我这次来参会就是冲着葛当肯博士来的。去年，我错过了他关于波粒二重性的演讲。在国际量子光学期刊上读了他的演讲文稿后，我觉得他说的甚是有理。在量子理论学界，能让人觉得说得有道理已经是了不起的成就了。今年的年会将由他做主旨演讲，我必须得现场聆听才行。

可眼前这位并不是葛当肯博士。"我是惠德比博士，"他说，"你把我的房间号弄错了。"

"我们这儿所有房间都差不多，"蒂凡尼说，"除了里面摆的床的数量不一样之外。"

"我的房间里有别人！"他说，"得克萨斯大学奥斯汀分校的斯利什博士。我进门的时候，她正在换衣服。"他的头发在他说话时似乎愈发狂乱，"她以为我是个连环杀手！"

"所以，您是惠德比博士？"蒂凡尼问道，又在电脑前捣鼓一通，"我这里没有您的预订信息。"

惠德比博士开始哀号起来。

蒂凡尼抽出一张厚纸巾，擦了擦柜台，将头转向我。"我能为您服务吗？"她问道。

开幕仪式

时间：星期四下午7:30—9:00

主讲人：哈尔瓦德·奥诺弗里奥博士（马里兰大学帕克分校）

主题：关于海森堡测不准原理的几点疑虑

地点：舞厅

直到五点半蒂凡尼交班后，我才拿到房间钥匙。在那之前，我一直和惠德比博士坐在大厅里，听着阿拜·菲尔茨抱怨好莱坞。

"拉辛市有啥不好的？"他说，"为啥总安排在好莱坞这种充满异域风情的地方？去年是在圣路易斯，也好不到哪儿去。亨利·庞加莱研究所的那群人整天就忙着参观拱廊与布希体育馆。"

"说到圣路易斯，"塔库米博士问，"你见着大卫没？"

"没呢。"我说。

"哦，真的吗？"她说，"去年年会上，你俩那可叫一个形影不离啊。还一起月下泛舟什么的。"

"今晚有什么议程吗？"我问阿拜。

"大卫刚刚来过，"塔库米博士说，"他让我转告你他去参观星光大道了。"

"我就说嘛，"阿拜说，"又是月下泛舟，又是电影明星的。这些玩意儿和量子理论到底有啥关系？对于物理学家来说，拉辛市才是最合适的选择，而不是这种……这种……你们知道吗？我们街对面就是格劳曼中国剧院①。好莱坞大道可是帮派聚集的地方，你若是被看见穿得大红大绿，他们一言不合可就……"他蓦地停了下来，眼睛盯着前台问道："那是葛当肯博士吗？"

我转过头去，看了一眼，一位身材矮胖，留着八字胡的男人正在办理入住。"不是，"我说，"那是奥诺弗里奥博士。"

"哦，是的。"阿拜边看议程手册边说，"今晚他要在开幕式上讲话，关于海森堡测不准原理的。你要去听吗？"

"这我也测不准。"我说。这本是个玩笑，可阿拜却没笑。

---

① Grauman's Chinese Theatre，位于好莱坞大道上的中国剧院是洛杉矶最著名的景点之一，也是全美国最著名的影院之一。

"我必须与葛当肯博士会个面。他的新项目刚刚拿到基金。"

我心想着葛当肯博士的新项目究竟是什么——若是能与他共事,那可太好了。

"我真希望他能来我在'量子物理学的奇妙世界'上的研讨会。"阿拜说,他的眼神一直没离开前台。令人惊奇的是,奥诺弗里奥博士好像拿到了房间钥匙,正往电梯的方向走去。"我猜他的新项目是跟理解量子理论相关的。"

好吧,单凭这一点,我就没资格进项目组。我压根就不懂量子理论。有时,我会私下里忖度,是不是根本就没有人懂,包括阿拜·菲尔茨也不懂,他们只是不愿承认罢了。

什么"电子是粒子,却以波的形式运动",什么"中子以两道波的形式运动,并与自身(或相互)进行干涉",更有甚者还有"由于海森堡测不准原则,以上现象不能被真正观测到"云云。这些还不是最糟糕的,在"约瑟夫森结"[①]中,电子能穿过超导体之间的绝缘层,跑到另一端的超导体中,速度还完全不受光速限制,于是"薛定谔的猫"在你打开盒子之前既不是死的也不是活的。这一切就像蒂凡尼把我叫作葛当肯博士一样,根本说不通。

这倒让我想起来得给达琳恩打个电话,告诉她我们的房间号。虽然我现在还没拿到房间号,但如果我电话打晚了,她可能已经启程。她要先飞往丹佛去科罗拉多大学演讲,然后于明早到达好莱坞。阿拜还在滔滔不绝地描述着拉辛市的冬天是如何的美。我站了起来,走到一边给达琳恩打电话。

---

① 即超导隧道结。由两个超导体构成,它们被一个非常薄的非超导电层隔开,所以电子能够穿过绝缘层。

"我现在还没拿到房间号,"她一接起电话,我马上说,"是我给你的电话上留言呢,还是你把在丹佛的号码告诉我?"

"这些都不打紧。"达琳恩说,"你见着大卫了吗?"

为了阐释波函数概念中的问题,薛定谔博士设计了一个将一只猫与一块铀、一瓶毒气和一个盖革计数器放入同一只盒子中的思想实验。如果铀核发生裂变,就会释放辐射,从而触发盖革计数器,进而打碎毒气瓶并杀死猫。因为在量子理论中只能测量铀的半衰期,至于铀核是否真会发生裂变无法准确预测,因此在我们打开盒子之前,盒子里的猫既不是活的也不是死的。

——引用自"量子物理学的奇妙世界"

A.菲尔茨博士(内布拉斯加大学瓦霍分校)

在国际量子物理学家学会年会上的研讨会讲话

我完全忘了向达琳恩警告前台那个叫蒂凡尼的模特/演员。

"怎么着,难道你在躲着大卫?"这个问题她至少问了我三遍,"你为什么要做那样的傻事?"

因为在圣路易斯,我被那家伙弄去和他一起月下泛舟,结果回去的时候大会都结束了。

"因为我想参加会议议程,"被问到第三遍的时候,我才答道,"而不是去看什么蜡像馆。我都已经是个中年妇女了。"

"大卫恰好是个中年男人,而且我不得不说,他魅力十足。事实上,他可能是整个宇宙里独一无二的魅力男士了。"

"夸克们才会看中魅力。"[1]我觉着自己这句话说得漂亮极了，一边挂断电话，一边沾沾自喜，直到突然想起没有告诉她蒂凡尼的事。我回到前台，心想着既然奥诺弗里奥博士拿到了钥匙，情况或许已有所转变。

"我能为您服务吗？"蒂凡尼说完这句，就把我晾在一边了。

过了一会儿，我彻底放弃了，回到红金相间的沙发上坐下。

"大卫又来过一次，"塔库米博士说，"他让我转告你他去看蜡像馆了。"

"拉辛市可没有什么蜡像馆。"阿拜说。

"今天晚上有什么安排？"我将大会议程手册从阿拜的手上夺过来。

"六点半有场交谊舞会，然后是舞厅里举行的大会开幕仪式，接着是一些分会场研讨会。"

我扫了一眼研讨会的说明。其中一场是关于"约瑟夫森结"的。即便没有所需的能量，电子也能穿过绝缘屏障。或许不用在前台办理手续，我也能入住酒店。

"这要是在拉辛市。"阿拜抬手看了看表，"我们早就一切安顿妥当，在去吃晚饭的路上了。"

奥诺弗里奥博士从电梯里走了出来，手里还拎着行李箱。他径直走了过来，一屁股坐进阿拜旁边的沙发里。

"你房间里是不是也有一位半裸的女士？"惠德比博士问道。

"不知道。"奥诺弗里奥博士说，"我连房间都没找到。"他忧

---

① "魅力"（Charm）在这里暗指物理学术语"粲夸克"（Charm Quark），粲夸克是基本粒子模型中的六类夸克之一。

伤地看着钥匙,"他们给我的房号是1282,可上面的房间在75号就到头了。"

"我想好了,"我说,"我要去参加那场关于'混沌学'①的研讨会。"

现今量子理论所面临的最大的困难既不是其内在的测量局限,也不是所谓的"EPR悖论"②,而是研究范式的缺失。量子理论没有任何可行的模型,没有任何可以对其进行定义的比喻。

——引用自葛当肯博士的主旨演讲

在与找不到我行李箱的酒店行李员/演员发生了一段小冲突后,我终于在晚上六点进了房间,打开了行李箱。

我的衣服在麻省理工学院的时候还是平整挺括的。一路颠簸后,等到我再次打开行李箱时,它们像是波函数坍塌了一般,看起来简直就像薛定谔那只将死未死的猫。

我打了个电话叫客房服务送来熨斗,洗完澡捣鼓一通熨斗后又不得不放弃,最终在淋浴室里用蒸汽熨平了一条裙子。这时我已经错过"小食交谊舞会",奥诺弗里奥博士的开幕演讲也已经进行了半个小时。

我轻手轻脚地打开宴会厅大门,悄悄溜了进去。我以为讲

---

① 用以探讨动态系统中无法用单一的数据关系,而必须用整体、连续的数据关系才能加以解释及预测之行为。

② 即"爱因斯坦-波多尔斯基-罗森悖论"（Einstein-Podolsky-Rosen paradox）,是这三位科学家于1935年为论证量子力学的不完备性而提出的理论。

座会比预定时间晚些开始，但此时某个我不认识的人已经在介绍演讲者了，"——也鼓舞着我们所有业内人士。"

我迅速找了个最近的座位坐下。

"嗨。"大卫说，"我到处找你呢，你去哪儿了？"

"反正没去蜡像馆。"我小声说。

"你真该去看看的。"他轻声回道，"那儿真的棒极了。馆里不仅有约翰·韦恩①、猫王，还有那位有着豌豆/阿米巴原虫②般大脑的模特/演员蒂凡尼。"

"嘘！"

"——我们翘首以盼的人，林吉特·迪纳里博士。"

"奥诺弗里奥博士呢？"我问。

"嘘！"大卫示意我噤声。

迪纳里博士和奥诺弗里奥博士很相像。她矮胖矮胖的，留着八字胡，穿一件彩虹色条纹的中东长袍。"今晚，我将带领大家进入一个崭新的奇异世界。"她说，"在这个世界里，所有你自以为掌握了的知识，所有常识，所有被俗世接受了的智慧都必须被摒弃；在这个世界里，所有规则都已改变；甚至，有时这个世界看起来毫无规则。"

她的声音也和奥诺弗里奥博士的如出一辙。两年前在辛辛那提，他就做过一场几乎一样的演讲。我猜他是不是在寻找1282号房的过程中经历了某种变形，变成了眼前这位女士。

"在进入到下一个部分之前，"迪纳里博士说，"我想问问在

---

① John Wayne，美国著名影星，以出演西部片和战争片中的硬汉而闻名。

② 又称"食脑虫"，会引发脑部疾病，这里大卫在讽刺蒂凡尼脑子坏掉了。

座有多少人有过通灵的经历？"

牛顿物理学以机器为理论模型。以机器部件间的相互关联为比喻，是从齿轮到车轮、由因及果的逻辑关系，是让思考牛顿物理学成为可能的前提。

——引用自葛当肯博士的主旨演讲

"你早就知道我们走错了地方。"回到酒店大厅后，我压低声音对大卫没好气地抱怨。

我们起身要离开时，迪纳里博士还伸出彩虹色条纹长袍里胖嘟嘟的手臂高声挽留我们，那声音洪亮如查尔顿·赫斯顿，"哦，信徒们！切勿离开，唯有此境方为现实。"

"说真的，通灵还真能解释很多问题。"大卫咧嘴笑道。

"开幕演讲不在宴会厅，那在哪儿呢？"

"这可难倒我了。"他说，"想去国会唱片大楼逛逛吗？那栋大楼的形状酷似一摞黑胶唱片。"

"我想去听开幕演讲。"

"楼顶上闪耀的'好莱坞'字样是用摩斯密码编写的哦。"

我无视他，走向前台。

"有什么需要帮忙的吗？"桌子后面的女孩儿开腔了，"我叫娜塔丽，我其实是一名——"

"今晚的国际量子物理学学会会议在哪儿举行？"我问。

"在舞厅里。"

"我敢打赌你还没吃晚饭。"大卫说，"咱们去吃甜筒吧。这附近有家店卖的甜筒着实不错，就是《纸月亮》里瑞安·奥尼尔买给塔图姆吃的那种。"

"宴会厅里的那位是个通灵师，"我告诉娜塔丽，"我在找的是国际量子物理学学会。"

她摆弄了一番电脑，"抱歉，我这里没有他们的预订信息。"

"要不咱去格劳曼中国剧院？"大卫说，"你不是想体验现实吗？你不是想要查尔顿·赫斯顿吗？你不是想看真实运转中的量子理论吗？"

他握住我的双手，满脸严肃地说："跟我走吧。"

在圣路易斯，我曾遭遇过一次波函数坍塌，像极了我打开行李箱时我箱子里的衣服。我被大卫骗上船，两人月下泛舟，差点儿就划到了新奥尔良。而这次，同样的坍塌再次发生，忙不迭地，我发现自己已经漫步在中国剧院大门外的院子里，吃着手上的甜筒，试着把脚塞进玛娜·洛伊的脚印里。

玛娜·洛伊如果不是侏儒，那小时候肯定裹过小脚。显然，黛比·雷诺斯、多罗西·拉莫尔、华莱士·比里也都一样。唯一能容下我的脚的是唐老鸭的脚印。

"我将这里看成是一幅微宇宙的地图。"大卫边说边用一只手扫过不太平整的路面上各路名流签名的方砖，"瞧，所有这些走道都整齐划一，方砖上的印迹也都大同小异，可时不时地又会冒出这号玩意儿。"他弯下身去，指着约翰·韦恩那著名的拳头印迹，"还有这个。"他往售票处走去，指向贝蒂·格拉布尔的美腿留印，"这上面的签名我们都能辨认出来，可每块儿方砖上都提到了一个叫'希德'的家伙，这哥们儿到底是谁？另外，这句话究竟是啥意思？"

只见他指着雷德·斯克尔顿的方砖，上面写着："感谢希德，我们嘟到了①。"

"你一直以为自己找到了某种模式，"大卫边说边穿行到大道的另一端，"直到你发现一切并非那么规规整整：范·强生的方砖斜夹在埃丝特·威廉姆斯与坎丁弗拉斯中间；至于梅·罗布森，鬼知道她是谁？再说了，这边的方砖怎么又都是空着的？"

此刻，他已经成功将我领到了奥斯卡获奖者展示区域。那儿有一座手风琴状的锻铁屏风，我正站在1944年与1945年之间的折叠处。

"更糟糕的是，忽然间你会意识到自己还只是在门前的院子里，连剧院的门都还没碰着。"

"这就是你对量子理论现状的看法？"我幽幽地说。此刻，我已经被挤到了宾·克罗斯比的方砖上，他当年凭借《与我同行》夺得了最佳男主角奖。"你觉得我们连门都还没碰着？"

"我认为我们对量子理论的认知不比我们从梅·罗布森的脚印里能得到的对她的认知多多少。"他边说边摸上英格丽·褒曼（奥斯卡最佳女主角奖得主，代表作：《煤气灯下》）的面庞，挡住我逃走的路线。"我认为我们对量子理论一无所知，量子理论既不是隧穿也不是并协性，"他的身体向我倾靠过来，"也不是一腔激情。"

---

① 原文为"We Dood It"，源自1943年的音乐喜剧电影 *I Dood It* 中雷德·斯克尔顿的口头禅，是对"我做到了"（I did it）的戏谑。

1945年最棒的电影是《失去的周末》。

"葛当肯博士懂量子理论。"我边说边从那些影帝影后和大卫的身边挣脱出来,"听说了吗? 他正在筹建一个研究项目组,项目就是关于理解量子理论的。那可是个大项目。"

"嗯。"大卫说,"想看电影吗?"

"九点钟还有一场'混沌学'的研讨会呢。"我踩过马克思兄弟的手印,"我得回去了。"

"你要真对'混沌'感兴趣,得留在这才对。"他停下脚步,端详起艾琳·邓恩的手印,"我们可以看场电影,再去吃晚餐。好莱坞与藤街附近有家店卖的土豆泥正是理查德·德莱福斯在《第三类接触》中用来做'恶魔塔'的。"

"我想去见葛当肯博士。"我说着,走到路边人行道上,转头看了眼大卫。

他已经踱回到了院子的另一端,正瞻仰着罗伊·罗杰斯的签名,"你不是在开玩笑吧? 关于量子理论,他并不比我们懂得多。"

"至少他在努力地试着理解。"

"我也在尝试啊。问题是,中子怎么可能与自己产生干涉,而崔格①的蹄印怎么只有两个?"

"八点五十五了。"我说,"我得去参加'混沌学'的研讨会了。"

"如果你能找到的话。"他边说边弯下腰,单膝跪地研究起

---

① 牛仔明星罗伊·罗杰斯在西部片中骑的一匹帕洛米诺马。罗杰斯在中国剧院留下手印的同时也留下了马的蹄印。

眼前那个签名来。

"我会找到的。"我冷冷地说。

他站起身子,双手插在口袋里,朝我咧嘴笑,"电影很棒,不容错过哦。"

又来了。我赶忙转回头,几乎是跑着穿过了那条街。

"《神探狗笨吉9》正在热映。"他在我身后嚷道,"它不小心和一只暹罗猫互换了身体呢!"

"混沌学"研讨会

时间:周四晚9:00—10:00

主讲人: I. 多切南德尔[①] (莱比锡大学)

主题:混沌学结构研究,会上将讨论混沌学原则,包括蝴蝶效应、分形学,以及波动的固体。

地点:克拉拉·鲍[②]厅

我没找到"混沌学"研讨会的会场。

克拉拉·鲍厅本应在的地方空空如也,隔壁大胖·阿巴克尔[③]厅里,一帮素食主义者正在举行集会,剩下的所有会议室都锁着。宴会厅里,通灵师还在滔滔不绝。"进来吧,孩子!"看见我推开门朝里看,她喝道,"大彻大悟的人生近在咫尺!"

---

① 原文为德语 Durcheinander,意为"混乱的"。

② 克拉拉·鲍(Clara Bow,1905—1965),好莱坞著名女星。

③ Fatty Arbuckle,指罗斯科·阿巴克尔(Roscoe Arbuckle, 1887—1933),好莱坞著名喜剧演员,"大胖"(Fatty)是他的绰号。

我径直上楼，准备睡觉。

我忘了给达琳恩打电话。此刻，她应该已经在去丹佛的飞机上了。还好我在她的答录机上留了言，告诉了她房间号码，以便她听取录音。明早，我得记得让前台给她把钥匙。我睡了过去。

我睡得不好。空调在半夜停了，这就意味着第二天穿的那套正装无须蒸熨。次日早晨我醒来后，洗漱完毕，直接穿好衣服下楼去了。

第二天的大会九点开始。在玛丽·毕克馥厅，阿拜·菲尔茨将举办他的"奇妙世界"工作坊，宴会厅里有自助早餐。夹层上的塞西尔·B.戴米尔A号厅里还有一场关于"延迟选择实验"的幻灯片展示。

自助早餐听起来不错，尽管这类早餐总是只有桶装咖啡和甜甜圈。从昨天中午开始，除了一个甜筒我啥也没吃，可大卫若在附近的话，一定是在食物的旁边，而我又想避开他。昨晚正是因为没避开，结果去了中国剧院；再这么下去，今天可能要去纳氏草莓乐园了。我不能任由事态这么发展下去，就算他魅力四射也不行。

塞西尔·B.戴米尔A号厅里漆黑一团，就连前面的屏幕上的幻灯片也漆黑一团。"如您所见，"里沃夫博士说，"在实验者设置好波/粒探测仪之前，激光脉冲已经开始运行。"

他切换到下一张幻灯片，这张是暗灰色的，"我们使用的是一台带有两面镜子和一个粒子探测器的马赫-曾德尔干涉仪。在第一轮尝试中，我们让实验者自行决定试验设备与试验方法。第二轮中，我们使用了最原始的随机函数发生器——"

　　他又点了一下,这次是张白色幻灯片,上面点缀着黑色波尔卡圆点。幻灯片发出的光足以让我看到往前十排处的走廊边有一个空座位。我赶忙跑过去,赶在幻灯片跳转前坐了下来。

　　"——掷骰子。艾丽的实验告诉我们,无论任何时候,使用粒子探测仪时,光都可以被探测为粒子;而转换为波探测仪时,光又表现出波的特性。"

　　"嗨,"大卫说,"你错过了五张黑的,两张灰的,还有一张带黑波尔卡圆点的白幻灯片。"

　　"嘘!"我说。

　　"在这两轮实验中,我们想要探明实验者的自主决定是否会影响实验结果。"里沃夫博士接着切出一张黑色幻灯片,"如您所见,图表显示实验者自主选择设备与随机选择设备的两组实验结果并无明显差异。"

　　"你想去吃点儿早餐吗?"大卫悄声道。

　　"我吃过了。"我低声回复,然后等着肚子发出咕噜声,暴露真相。它还真咕噜了起来。

　　"好莱坞与藤街附近有家很棒的店,里面卖的华夫饼是《小姑居处》里凯瑟琳·赫本做给斯宾塞·屈塞吃的。"

　　"嘘。"我说。

　　"吃完早餐,咱还可以去逛逛'菲德烈克'①,逛逛文胸博物馆。"

　　"你能不能安静一会儿?我都听不清讲座了。"

　　"就好像你能看清演示的是什么似的。"他说。嘴上虽这么

_____

　　① Frederick,美国著名女性内衣零售商。

说,在接下来的九十二张或黑或灰或缀满波尔卡圆点的幻灯片播放期间,他倒是或多或少消停了些。

里沃夫博士打开灯,笑眯眯地对着观众眨眼,"自主意识对于实验结果没有明显的影响。就像我的一名实验室助理说的那样,'在你自己知道之前,这个'小恶魔'就已经知道你要做什么了'。"

很显然,这是一句笑话,可我没觉得有多好笑。我打开议程手册,想找个大卫绝不可能会去的活动。

"你俩要去吃早餐吗?"锡伯多博士问。

"去啊。"大卫说。

"不去。"我说。

"我和霍塔德博士想找一家地道的好莱坞饭馆。"

"大卫这方面熟啊。"我说,"他一直在跟我推荐一家很棒的饭馆,里面卖的西柚就是詹姆斯·卡格尼在《国家公敌》里往梅·克拉克脸上糊的那个。"

霍塔德博士赶了过来,手里拿着一台相机和四本旅游指南。"吃完早餐,也许你能带我们去逛逛格劳曼中国剧院?"他问大卫。

"当然没问题。"

我说:"很抱歉我不能同去,我答应过维利科夫斯基博士,要去听他的'布林逻辑'讲座。逛完中国剧院,大卫还能带你们去'菲德烈克'逛文胸博物馆。"

"或许还能去布朗德比饭店?"锡伯多博士问,"听说它的形状就像一顶礼帽。"

大卫就这么被他们拖走了。等到他们走出大厅, 我立马飞奔上楼, 去参加惠德比博士信息论的讲座, 却发现惠德比博士根本不在那儿。

"他去找高射投影仪了。"塔库米博士告诉我, 她一手拿着纸托盘, 盘子里还有半个甜甜圈, 一手攥着只一次性热饮杯。

"这是在自助早餐那儿取的吗?"我问。

"是的, 最后一个了, 我刚到那儿, 咖啡就没了。你没去听阿拜·菲尔茨的讲座吧?"她放下装着咖啡的热饮杯, 咬了一口甜甜圈。

"没去。"我说, 心里想着我该出其不意地伸手呢, 还是直接从她手里抢过剩下那一小块甜甜圈。

"没去就对了。那家伙整晚都在胡言乱语, 滔滔不绝地讲着什么会议应该选在拉辛市开的东西, 简直没完没了。"她将最后一点甜甜圈丢入口中, "你见着大卫没?"


尤里卡实验: 幻灯片展示

时间: 周五晚 9:00—10:00

主讲人: J.里沃夫 (尤里卡大学)

主题: 描绘, 结果与结论——里沃夫的延迟意识/随机选择实验

地点: 塞西尔·B.戴米尔 A 号厅


终于, 惠德比博士抬着高射投影仪走了进来, 身后拖着电线。他插上电源, 投影仪却没有亮起来。

"拿着。"塔库米博士将她的盘子和杯子递给我,"我在加利福尼亚州理工大学有台一模一样的。这种机器要调试好分行域才能工作。"

她猛地拍了一下投影仪的一侧。

我看了看手中的盘子,甜甜圈吃得连渣都不剩,杯子里倒还残留了一毫米深的咖啡。正当我要堕落出新高度时,她又拍了一下投影仪。灯亮了。

"这一招是昨晚在'混沌学'研讨会学的。"说着她从我手中夺走杯子,喝干里面的咖啡,"你怎么没去?克拉拉·鲍厅昨晚可是座无虚席啊。"

"我想我准备好开始了。"惠德比博士说。

我和塔库米博士坐了下来。

"信息就是传递意义。"惠德比开始讲起来。他用绿色记号笔在屏幕上写下了"意义"(或许写的是"信息"?)两个字。"信息一旦随机化,意义就不能有效传递,熵随之产生。"说着,他在"意义"下面用红色记号笔写下了这个字。他的字迹模糊,难以辨认。

"熵有高有低,低熵状态的如车载收音机,发出的信息柔和而稳定;高熵状态则可能造成彻底的混乱、随机与困惑,这种状态下,信息的传达为零。"

噢,天啦,我突然想到,我忘了跟达琳恩说酒店的事儿了。

趁着惠德比博士弯下腰在屏幕上写下象形文字的空当,我溜出报告厅,跑下楼,径直走向前台,心里想着当班的最好别是蒂凡尼。

"我能为您服务吗?"说话的正是蒂凡尼。

"我是663号房的房客。"我说,"与我同住一间房的达琳恩·门多萨博士明天早上才来,她需要一把钥匙。"

"为啥?"蒂凡尼说。

"为了进房间。她到的时候,我可能在听讲座。"

"她自己为啥没钥匙?"

"因为她还没到。"

"你不是说她和你同住一间房吗?"

"她将和我同住一间房。663号房。她的名字是达琳恩·门多萨。"

"你的名字呢?"她问道,双手停留在电脑键盘上方。

"露丝·巴林杰。"

"我们没有您的预订信息。"

自普朗克常数被提出后的九十年间,我们在量子物理学领域取得了令人瞩目的进步,但这些进步大体上是技术层面的,而非理论。只有拥有了可视化模型,理论进步才有可能实现。

——引用自葛当肯博士的主旨演讲

什么破酒店,居然说什么我没预订,半夜空调还坏掉,我噼里啪啦地与蒂凡尼"高熵"了一通,接着又冷不丁地把话题拉回到达琳恩的钥匙上,希望能杀她个措手不及。结果嘛,和艾丽延迟选择实验的差不多。

我正费尽口舌试图向蒂凡尼解释达琳恩不是空调修理工

时,阿拜·菲尔茨走了过来,"你看见葛当肯博士了吗?"

我摇摇头。

"我很确定他会来参加我的'奇妙世界'工作坊的,结果他却没来。问酒店,酒店却说没有他的预订信息。"他边说边四下环视着大厅,"我搞清楚他的新项目是什么了——为量子理论确立研究范式。说来真巧,我太适合这个项目了。那是他吗?"他指着一位正在进电梯的老人问道。

"我想那是惠德比博士吧。"我说。没等我说完,他已经冲过大厅,朝电梯奔去。

他差点儿就赶上了,电梯门在他面前关上。他连按了好几下按钮,门依然紧闭,于是他开始"调试"门的"分行域"。我转过头来,面对前台。

"我能为您服务吗?"蒂凡尼说。

"你能。"我说,"我的室友,达琳恩·门多萨,将于明天早间到达。她是名制片人,这次来好莱坞是为了给罗伯特·雷德福和哈里森·福特主演的新电影选女主角。等她到了,把钥匙给她。还有,把我房间的空调修了。"

"没问题,女士。"她说。


约瑟夫森结被设计成电子需获得额外能量才能克服能量位垒。然而,实验发现有些电子会通过隧道效应,如海因茨·佩格尔所说的那样,"直接穿过绝缘体薄膜。"

——引用自"量子物理学的奇妙世界"

阿拜·菲尔茨(内布拉斯加大学瓦霍分校)

阿拜已经停止了拍打电梯按钮，转而试图把电梯门掰开。

我从侧门走出酒店，走上好莱坞大道。大卫的酒店在好莱坞与滕街附近，我便往相反方向——也就是格劳曼中国剧院的方向——走去。一看见餐厅，我就钻了进去。

"我叫斯特芬妮。"服务员说，"请问您几位？"

我身边连个人影都没有。"你是不是一名演员/模特？"我问她。

"是的，"她说，"我在这只是兼职，为了攒钱上全套美发课。"

"我就一个人，"我伸出食指，想把自己的想法说得明明白白，"我想要一张不靠窗的桌子。"

她领着我走到一张窗边的桌子前，递给我一本大得就像宏观宇宙的菜单，又放了一本在我对面。"今天的特色早餐是木瓜塞美莓和金莲花/紫菊苣沙拉配醋辣酱。等您的另一半到了，我就帮您点餐。"

我将多余的那本菜单立在窗前挡住脸，然后打开自己的那一本，浏览上面的早餐选项。每一道餐名里似乎都有"香菜"和"香茅"这两个词，我心想"紫菊苣"是不是就是加利福尼亚州对"甜甜圈"的称呼。

"嗨。"大卫拿起立着的菜单，坐了下来，"海胆馅饼看起来不错。"

看到他，我居然挺高兴。"你怎么跑这儿来了？"我问。

"隧道效应。"他说，"优级初榨橄榄油是什么玩意儿？"

"我进来只是想吃个甜甜圈的。"我可怜地说。

　　他从我手中夺走菜单，搁在桌上，站起身，"隔壁就有家不错的店，卖的甜甜圈和克拉克·盖博在《一夜风流》里教克劳黛·考尔白蘸着咖啡吃的一模一样。"

　　这家不错的店可能远在长滩①的某处，但我真的太饿了，无法拒绝他。我刚站起来，斯特芬妮就跑了过来。

　　"还需要其他东西吗？"她问。

　　"我们不吃了。"大卫说。

　　"噢，好吧。"她从垫板上撕下账单，用力拍在桌子上，"用餐愉快。"

　　要找到这种范式很难，但并非不可能。由于普朗克常数的关系，我们可见的大部分世界是被牛顿力学所支配的。粒子就是粒子，波就是波，物体不会消失于墙的一侧，又在另一侧出现。只有在亚原子层面的世界中，量子效应才起到支配性作用。

　　　　　　　　　　　　　　——引用自葛当肯博士的主旨演讲

　　那家不错的店就在格劳曼中国剧院隔壁，这让我多少有些不安。店里有蛋、培根、吐司、橙汁和咖啡，还有甜甜圈。

　　"我还以为你跟锡伯多博士和霍塔德博士一起去吃早餐了呢。"我边说边将甜甜圈泡到咖啡里，"他们呢？"

　　"去森林草坪公墓了。霍塔德博士想去看罗纳德·里根结婚的教堂。"

---

　　① Long Beach，位于加利福尼亚州南部洛杉矶县的城市，也是大洛杉矶地区的第二大城。

"里根在森林草坪公墓结的婚？"

他咬了一口我的甜甜圈，"对，就在幸运花婚礼教堂。你知道吗？森林草坪公墓有世界上最大的宗教主题油画。"

"那你怎么没跟他们一起去？"

"那样我就会错过电影，"他从桌子另一端伸出双手，握住我的双手，"两点钟有午后场，一起去看吧。"

我能感觉到局面正在分崩离析。"我得回去了，"我试着抽回双手，"两点钟还有场关于EPR悖论的小组讨论呢。"

"五点钟还有一场放映，八点钟也有。"

"八点钟有葛当肯博士的主旨演讲呢。"

"你知道问题出在哪儿吗？"他依然握着我的双手，"问题就在于，中国剧院不是格劳曼的，是曼恩的，所以压根就没希德什么事儿。还有，为啥有些明星情侣共享一块方砖——比如乔安娜·伍德沃德和保罗·纽曼——而别人却要分开，比如金格尔·罗杰斯和弗雷德·阿斯泰尔？"

"你知道问题出在哪儿吗？"我使劲挣脱他的双手，"问题就在于，什么事情你都吊儿郎当。我们是来参会的。而你呢，既不关心大会议程，也不想去听葛当肯博士的演讲。你根本就没想要理解量子理论！"我从包里翻找钞票，准备买单。

"我们一直不就是在谈论这个吗？"大卫看起来很吃惊，"问题是，守门石狮子怎么放才最好看？空着的方砖要怎么处置？"

EPR悖论小组讨论

时间：周五下午2:00—3:00

主持人：I. 塔库米

嘉宾：R. 艾弗森，L.S. 平恩

主题：讨论单重态关联领域的最新研究，包括非定域影响、加尔各答动议以及被动激活

地点：科普斯主旨演讲厅

一回到里亚托酒店，我就上楼去房间看达琳恩到了没。她不在房间。我拿起电话想打给前台，电话却坏了。大厅的前台处空无一人。等了十五分钟后，还是没人来。我失望至极，扭身去参加EPR悖论小组讨论。

"'爱因斯坦–波多尔斯基–罗森悖论'无法与量子理论契合，"塔库米博士已经开始了，"我不管实验的结果如何显示，宇宙两头的两个电子不可能同时影响对方，这完全违背了整个时空连续体理论。"

她说的没错。就算量子理论有可能建立模型，又如何解释EPR悖论呢？如果实验者测量一对撞击电子中的一个，另一个的交叉相关系数会立刻随之改变，哪怕这两个电子之间相距好几光年。就像它们永远地被那次撞击联系了起来，永远处在同一块方砖里一样，哪怕中间隔着整个宇宙。

"假若电子之间的交流是同步的，我还能同意你的观点。"艾弗森博士说，"但事实绝非如此，它们只是相互影响而已。西摩尼博士在他的论文里用'被动激活'一词来代替这种影响，而我的实验明确显示——"

我的脑海中突然闪过大卫在1944年与1945年最佳影片的

屏风之间凑过身子的画面, 他的声音还悠然在耳: "我认为我们对量子理论的认知不比我们从梅·罗布森的脚印里得到的对她的认知多多少。"

"你不能生造一个术语来阐述现象。"塔库米博士说。

"我坚决反对。"平恩博士说, "'远距离被动激活'不是生造出来的术语, 而是被实验证实了的客观现象。"

可不是嘛, 我心想, 脑海中闪过大卫从窗前拿起宏观宇宙般大小的菜单, 口中说着"海胆馅饼看起来不错"的样子。

撞击之后电子去了哪儿并不重要。就算它朝着好莱坞与滕街的反方向走, 就算它在窗户前立起的菜单后面想藏住自己, 另一个电子还是会到来, 将它从紫菊苣中解放出来, 再给它买一个甜甜圈。

"证实了的客观现象!"塔库米博士吼道, "哈!"她敲了一记木槌, 以示强调。

"你难道想说'被动激活'现象不存在?"平恩博士脸涨得通红。

"我只是想说, 仅仅一次实验不能证明什么。"

"仅仅一次实验! 为了这个项目, 我花了整整五年时间!"艾弗森挥舞着拳头, 怒吼道, "今天我就让你瞧瞧什么叫'远距离被动激活'。"

"有本事尽管放马过来, 让我给你'调试调试'分行域!"塔库米博士拿起木槌敲在艾弗森的头上。

然而要找到研究范式也并非完全不可能。牛顿力学不是机器，它只是共享机器的某些特征。我们必须在可见世界中找到某个共享量子物理学奇异特征的模型。听起来虽然不大可信，但这种模型肯定存在于某个地方，等待着我们去发现。

——引用自葛当肯博士的主旨演讲

我赶在警察到来之前回到房间，依然不见达琳恩的踪影，电话和空调也依然坏着。我开始有点儿担心，便走出酒店，去中国剧院找大卫。大卫没找到，却在奥斯卡获奖者折叠屏风的后面发现了惠德比博士和斯利什博士。

"你们见着大卫没？"我问。

惠德比博士将手从屏风中瑙玛·希拉的脸颊上拿开。

"他刚走。"斯利什博士从介绍1929—1930年最佳电影的那块屏风后面探出身子。

"他说他要去森林草坪公墓。"惠德比博士捋着满头的茂密白发说。

"那你们看到门多萨博士了吗？她今天早上就该到了的。"

他们没见到她。当我回到酒店大厅时，霍塔德博士和锡伯多博士把我拦了下来，给我展示映着麦艾美坟墓的明信片，他们也说没有见过她。蒂凡尼下班了，娜塔丽找不到我的预订信息。我只能回到房间去等，心想达琳恩可能会给我打电话。

空调依然没有修好。我拿起一本好莱坞旅游手册当扇子扇风。闲着无聊，我翻开了册子。册子背面有一张中国剧院庭院的地图。黛博拉·蔻儿和尤·伯连纳的名字也不在同一块方砖上，凯瑟琳·赫本与斯宾塞·屈塞甚至都不在地图上。她在《风

49

云女性》中给他做华夫饼，而他们居然连一块砖都没有给他们。分配留名方砖的工作难道是前台那位模特/演员蒂凡尼负责的吗？我能想象她目光呆滞地看着斯宾塞·屈塞说"我找不到您的预订信息"的样子。

话说回来，模特/演员究竟是什么意思？是说她有时是模特有时是演员，还是说她同时是模特和演员？总之不是酒店员工就对了。或许，电子就是微观宇宙里的蒂凡尼，这倒解释了它们的波/粒二重性。或许，它们根本就不是电子，电子只是它们的兼职，为了攒钱上单重态①课程。

七点了，达琳恩还没打来电话。我不再拿小册子扇风，起身想打开窗户，结果窗户纹丝不动。问题是，根本没有人理解量子理论。我们所知道的无非就是几个相互撞击的电子，没人看得见，也无从测量——由于海森堡测不准原理。除此之外，需要考虑的还有混沌学、熵值和所有那些知识盲区。我们甚至连梅·罗布森是谁都不知道。

七点半，电话终于响了，是达琳恩打来的。

"发生什么事了？"我说，"你现在在哪儿？"

"比弗利山威尔希尔酒店。"

"你在比弗利山庄？"

"是啊，说来话长。我去了里亚托酒店，那儿的前台，我想她叫蒂凡尼，跟我说你不住那儿。她说因为有个什么科学会议，酒店订满了，容纳不下的房客都被送往其他酒店。她还说你就

---

①单重态是描述粒子（如电子）自旋状态的一种特定方式，是两个自旋方向相反的电子形成总自旋为零的状态。

被送到了威尔希尔酒店的1027号房间。大卫怎么样？"

"真是活见鬼了。"我说，"整个会议期间，他不是在格劳曼中国剧院看狄安娜·窦萍的脚印，就是想要请我看电影。"

"你去了吗？"

"我去不了。葛当肯博士半小时后就要开始主旨演讲了。"

"是吗？"达琳恩语带惊讶地说，"稍等片刻。"

电话那边沉默了片刻后，她的声音又响了起来，"我觉得你应该和大卫一起去看电影，他是整个宇宙中为数不多的魅力男士了。"

"可他对量子理论一点儿也不上心。葛当肯博士正在组建新研究团队，试图建立研究范式，而大卫却一直谈着什么国会唱片大厦楼顶上的灯标。"

"你别说，他说的这些没准还真挺有用。我是说，牛顿物理学需要的是正经严肃，量子理论可能需要另一条路径。希德说——"

"希德？"

"今晚要带我去看电影的家伙。说来话长，蒂凡尼给了我错误的房间号，我进房间的时候，正碰上这家伙，只穿着内衣。他是名量子物理学家，本来也是住在里亚托的，可蒂凡尼找不到他的预订信息。"

波/粒二重性最重要的意义就是说明了电子没有明确的位置。它存在于多个可能位置的叠加态里，并只在实验者观察的那一刻"坍缩"到一个确切的位置。

——引用自"量子物理学的奇妙世界"

A.菲尔茨（内布拉斯加大学瓦霍分校）

森林草坪公墓五点就关门了。达琳恩挂断后，我在好莱坞旅行手册上查到这一信息。

我说不准大卫去哪儿了：布朗德比饭店、拉布里沥青池还是好莱坞和滕街上的某家卖约翰·赫特在《异形》里胸膛炸开前吃苜蓿芽的餐馆。

但至少我还知道葛当肯博士的主旨演讲在哪举办。我换了衣服，走进电梯，脑子里想着波/粒二重性、分行、高熵值状态、延迟选择实验。问题是，怎样才能找到一个范式，既能可视化量子理论，又能融合约瑟夫森结、被动激活和所有那些真空区？这根本不可能。仅靠几个脚印和贝蒂·格拉布尔的美腿是根本不能完成这项任务的。

电梯门开了，阿拜·菲尔茨撞到了我身上。"我正到处找你呢。"他说，"你看到葛当肯博士了吗？"

"他不在宴会厅？"

"不在。"他说，"他都迟到了十五分钟啦，没人见过他。对了，你得在这上面签个字。"说着他将一块写字板递到我面前。

"这是什么？"

"一份请愿书。"他又将写字板收了回去，照着读了起来，"'签署者要求今后国际量子物理学学会的年会都选在合适的地方举办'，比如说拉辛。"说完，他又把板子塞给我，"而不是像好莱坞这种鬼地方。"

好莱坞。

"你知道吗？学会代表们的平均入住时间达到了两个小

时三十六分钟。他们居然把一部分代表送去了格兰岱尔市的酒店。"

"还有被送到比弗利山庄的。"我漫不经心地说。好莱坞。文胸博物馆、马克思兄弟、专杀穿得大红大绿之人的黑帮、蒂凡尼/斯特芬妮,还有世界上最大的宗教主题油画。

"……还有比弗利山庄。"阿拜从口袋护套中掏出自动铅笔,边嘟哝边在纸上添上一小行字,"我要在葛当肯博士演讲时把请愿书交上去。好嘞,签字吧。"他把铅笔递给我,"如果你不想会议明年还在里亚托酒店举办的话。"

我将写字板还给他,"我猜从此刻起,以后每一届年会可能都要在这里举办了。"说完,我朝格劳曼中国剧院的方向飞奔而去。

一旦我们建立起某种研究范式,既拥抱量子理论中符合逻辑的一面,又融合其荒谬怪诞的一面,我们就能忽略电子撞击及其中涉及的数学,从而窥见微宇宙那令人惊叹的美景。

——引用自葛当肯博士的主旨演讲

"一张《神探狗笨吉9》的电影票。"我对着售票处的女孩说。她的名牌上写着:欢迎来到好莱坞。我叫金佰利。

"哪个剧院?"她问。

"格劳曼中国剧院。"我心想现在可不是进入高熵值状态的时候啊。

"哪个厅?"

我抬头瞟了一眼入口门檐上的标识。《神探狗笨吉9》在中央主厅和两个小侧厅同时上映。"片方在做点映,"金佰利说道,"每个厅的结局都不一样。"

"主厅里放的是什么结局?"

"我不知道。我只是个兼职的,为了攒钱上有机呼吸课。"

"你有骰子吗?"刚问出口我就意识到自己完全搞错了。这可是量子物理学,不是牛顿力学。选择在哪个影厅观影,甚至在哪个座位上坐下根本就不重要。这是一场延迟选择实验。按照这个逻辑,大卫早已在回程的班机上了。

"那就选大团圆结局的吧。"我说。

"中央主厅。"她说。

我从石狮子边走过,进入大厅。卫生间门边的玻璃橱窗里陈列着朗达·弗莱明和某个华人的蜡像。货摊后面竖着巨型画屏。我买了包巧克力葡萄干,一桶爆米花,一包软糖,走进了放映厅。

影厅比我想象中的要大得多。粗大的柱子间,一排排红色的空位绵延不绝,一直延伸到前方的红色幕布,那后面想必就是荧幕了吧。四面墙上雕梁画壁,好生复杂。我手握软糖、巧克力葡萄干和爆米花,抬头望向头顶上的吊灯。那吊灯犹如东升旭日,其间有银龙环绕。我怎么也想不到剧院内部竟会是这番景象。

灯暗了下来,红色幕布拉开,露出内层薄幕,像是盖在荧幕前的一层纱。我穿过黑咕隆咚的过道,在位子坐下。"嗨。"我边打招呼边把巧克力葡萄干递给大卫。

"你去哪儿了？"他说，"电影都快开始了。"

"我知道，"我边说边探过身子，将爆米花和软糖分别递给大卫另一边的达琳恩和葛当肯博士，"我在忙着为量子理论建立研究范式呢。"

"结果如何？"葛当肯博士打开他的软糖，问道。

"葛当肯博士，你俩都弄错了。"我说，"量子理论的范式既不是格劳曼中国剧院，也不是电影。"

"希德。"葛当肯博士说，"既然大家以后要在一个项目组共事了，咱们还是直呼其名吧。"

"既不是格劳曼中国剧院，又不是电影，那是什么？"达琳恩嚼起她的爆米花。

"是好莱坞。"

"好莱坞。"葛当肯博士若有所思地重复道。

"是啊，好莱坞。"我说，"人行道上的星星、外形酷似黑胶唱片和帽子的建筑物、紫菊苣、点映礼和文胸博物馆。当然啦，还有电影和格劳曼中国剧院。"

"别忘了里亚托酒店。"大卫说。

"尤其是里亚托酒店。"

"还有国际量子物理学学会。"葛当肯博士说。

我脑海中闪过里沃夫博士那黑灰交替的幻灯片、消失了的"混沌学"研讨会还有惠德比博士在投影仪上写下的不知是"意义"还是"信息"的字样。"还有国际量子物理学学会。"我说。

"塔库米博士真的拿木槌打了艾弗森博士的头吗？"达琳恩问。

"嘘。"大卫说，"电影要开始了。"他抓起我的手；达琳恩捧着爆米花，仰躺在椅子上；葛当肯博士抬起双脚，搁在前排的椅背上。薄幕拉开，荧幕亮了起来。


后记：

《里亚托奇事》写就于一次美国科幻与奇幻作家协会主办的星云奖颁奖典礼后。这次好莱坞之行为小说中的诸多要素提供了灵感，典礼在罗斯福酒店举办，街对面就是格劳曼中国剧院；我们确实去参观了菲德烈克的文胸博物馆，瞻仰了麦当娜的金色锥形胸罩和艾索尔·摩曼的束腰；酒店的前台确实是一名模特／演员；种种迹象都显示着宏观宇宙层面上的量子效应。不过，我们没看《神探狗笨吉9》，看的是《风云际会》。另外，森林草坪公墓我们也没去成。

但我们确实度过了一段愉快的时光。那可是好莱坞，除了愉快的经历，你还能期待什么呢？我爱死那个地方了，真是个疯狂美妙的所在。每个酒店接待人员、女侍者、泊车员都是名演员兼其他什么职业；山上地标性的"好莱坞"字母曾是"好莱坞庄园"住宅区的广告，后四个字母不幸倒下，才形成了今天的地标；购物广场外不仅站着前腿悬空的水泥大象，还复制了大卫·格里菲斯1916年的默片《党同伐异》中巨大巴比伦的布景。

那儿还有一块名为"好莱坞永生"的公墓，夏天他们就在陵墓的一侧投映电影（这可不是我瞎编的）。当地人提着野餐篮子，坐在草地上观影，身边就是道格拉斯·范朋克、塞西尔·B.戴米尔、简·曼斯费尔德这些巨星的坟墓。

　　所有那些关于疯狂的导演、无能的制片人、选角会的故事都是真的。当初百老汇戏剧《疯王乔治三世》改编为电影时，片方真的坚持将片名改为了《疯王乔治》①，因为他们确信观众会误以为这是系列电影中的第三部。你懂的，就像《蜘蛛侠3》那样。

　　这种地方，你怎能不爱？

---

　　①《疯王乔治三世》（*The Madness of King George Ⅲ*）可能被误读为《疯王乔治3》。

Death on the Nile
━ 尼罗河上的惨案 ━

## 1. 准备你的旅行——带些什么

"对于古埃及人来说，"佐伊读着，"死亡是位于国界以西的一个独立国度。"飞机抖了一下，"人死后就会去到那里。"

此时，我们正在去往埃及的飞机上。一路上颠簸异常，空乘们满脸惊慌地就近找空位坐下，系紧了安全带。我们这些乘客只能陷入焦虑的沉默中，盯着窗户，一言不发。除了佐伊。她坐在过道对面，正大声朗读着一本旅行指南。

指南名叫《轻轻松松游埃及》。她前方的椅背口袋里还塞着《福尔多带你游开罗》和《库克的埃及古迹旅行指南》，她的行李箱里另外还装着十几本。这还不包括什么《弗洛姆三十五美元一天畅游希腊》《旅游高手带你游澳洲》，以及一路上她不断在我们耳边大声朗读的那三四百本旅游书。我默默玩味着脑子里突然冒出的一个念头：这些旅行指南的重量会导致飞机偏航疾冲，最终坠机，送飞机上所有人上路。

"食物、家具、武器都放置于坟墓内部。"佐伊读着，"作为路上——"机身侧向倾斜了一下，"——的补给。"

飞机又颠簸了起来,这次动静更大,佐伊手上的书差点儿掉了,可她依然气定神闲地读着。"法老图坦卡蒙墓被发掘时,"她读着,"人们发现里面装着一箱箱服饰,一罐罐美酒,以及一艘黄金船,还有一双用于来世在沙丘里行路的凉鞋。"

我丈夫尼尔从我身体上方俯过身子望向窗外,却发现外面啥都没有。天空蔚蓝清澈、万里无云,下面的海面则平静无波。

"人死以后要接受长着豺狼之首的来世之神阿努比斯的审判,"佐伊读着,"灵魂将被放在黄金天平上称量。"

我是唯一一个还在听她读的人。坐在走道旁的丽莎正对着尼尔耳语,她的手几乎就要碰到他搁在扶手上的手了。走道对面,佐伊身旁的丈夫正呼呼大睡,丽莎的丈夫则一手端着杯子,盯着窗外,努力不让杯中的美酒洒出来。

"你还好吗?"尼尔关切地问丽莎。

"跟另外两对夫妻一起去旅行,一定很刺激。"尼尔向我兜售跟丽莎和佐伊夫妇同游欧洲的想法时曾这么说过,"丽莎和她老公都是很有意思的人,佐伊是个万事通。就跟我们有了自己的旅游向导一样。"

确实如此。佐伊赶牲口似的将我们从一个国家赶到另一个,一路上,典故与汇率都信手拈来。在卢浮宫,一位法国游客甚至跑来问她《蒙娜丽莎》在哪儿。她受宠若惊。"他以为咱是个旅行团呢!"她说,"可不是嘛!"

可不是嘛。

"审判前,死者要朗诵忏悔词,"佐伊说,"列举自己没犯过的罪行,例如,我没有设陷阱捕过上帝的小鸟,我没撒过谎,我没犯过通奸罪，等等。"

尼尔拍拍丽莎的手，俯过身来轻声对我说："你能跟丽莎换个位置吗？"

在你心里，我不早都已经跟她换了位置了吗，我心里想着。"换不了，"我指着座位上的信号灯说，"安全带指示灯亮着呢。"

他扭过头去，紧张地看了她一眼，又扭回头来，"她有点儿犯恶心。"

我还恶心呢，我刚想开口又立马住了嘴，怕落入某种圈套，假如整个旅行就是为了逼我说出这些话而设计的呢？

"好吧。"我边说边解开安全带，和她换了座位。她从尼尔身上爬过的时候，飞机又抖了一下，她就这样半躺进了他的怀里。他将她扶起来，两人四目相对。

"我没拿过他人财物，"佐伊读着，"我没犯过谋杀罪。"

我受不了了，伸手从靠窗座位下面的包里掏出了那本平装本的阿加莎·克里斯蒂写的《尼罗河上的惨案》。这本书是在雅典买的。

"在哪儿死不一样？"我带着书回到雅典酒店的时候，佐伊丈夫对我说。

"啥？"我问。

"你那本书。"他指着那本平装书，笑着说，像是开了个玩笑，"那书名①。我猜死在尼罗河上跟死在其他任何地方都没什么区别。"

"这是什么意思？"我问。

---

①《尼罗河上的惨案》(*Death on the Nile*)直译的意思为"死在尼罗河上"。

"埃及人相信死亡与活着所差无几。"佐伊打断道。她在同一家书店买了那本《轻轻松松游埃及》,"古埃及人认为冥界与我们所居住的现世十分相似。只是掌管来世的神祇是阿努比斯,他对死者进行审判,决定着他们的命运。我们的天堂、地狱以及审判日的概念不过是对于古埃及思想的现代改良。"

她说着说着就开始朗读起那本《轻轻松松游埃及》上的内容来。就这样,我们的对话戛然而止。到头来我还是没弄明白佐伊老公那番死在尼罗河上还是别处的论调是什么意思。

我翻开那本《尼罗河上的惨案》,读了起来,心想可能赫尔克里·波洛①会知道答案吧。可飞机过于颠簸,书实在读不下去。没看几行,我便感到恶心。机身又抖了三次,我把刚看完半页的书塞进靠背口袋里,闭上眼,脑子里玩味着谋杀某个人的想法。飞机是完美的阿加莎·克里斯蒂式的凶杀场景。她的故事里,角色们总是挤在乡下的一栋房子或一座小岛上。在《尼罗河上的惨案》里,凶杀案发生于尼罗河上的一艘轮船上。可平心而论,若论凶杀现场,飞机比轮船更好。飞机上除了我们,就只剩空乘人员和一个日本旅行团。显然那些家伙不会英语,不然他们定会聚在佐伊身旁,问她狮身人面像的方位。

颠簸稍微缓和了些。我睁开眼,伸手拿书。书却被丽莎拿去了。

她只摊开书,却不读。反而看着我,等着我注意到她的行为,等着我说些什么。尼尔表情很紧张。

"这书你不读了,对吧?"她笑着说,"反正你刚刚也没读。"

---

① 阿加莎笔下的著名侦探角色。

阿加莎·克里斯蒂的故事里，每一个人物都有谋杀动机。丽莎丈夫自离开巴黎以来就一直酗酒，佐伊丈夫则从来说不完一整句话。警察可能会认为他是绷得太久，突然间暴起杀人。或者，他本想杀的是佐伊，而射中丽莎只是偶然。飞机上也没有赫尔克里·波洛会跳出来，揭露凶手的真面目，解释诡谲的谜团。

飞机骤然下坠，佐伊手上的旅行指南从手中滑落。机身足足下沉了五千英尺才恢复平稳航行。旅行指南滑到了几排座位前，佐伊试图用脚去够，没成功，抬头盯着安全带指示灯看，像是等着灯灭，她便能起身去拿她的旅行指南了。

这么剧烈的颠簸，指示灯怎么可能会熄呢，我暗想。可那灯还真就"砰"的一声灭掉了。

丽莎丈夫马上呼叫乘务员，要求再来一杯酒，可乘务员都已经碎步朝机尾跑去，面色苍白、惊恐万状，像是预计在到达机尾前颠簸会再次到来。佐伊丈夫被吵闹声惊醒，接着又睡了过去。佐伊从地上捡起那本《轻轻松松游埃及》，读了几条吸引人的资讯，将书正面朝下扑在座位上，也朝机尾走去。

我俯身越过尼尔望向窗外，想搞清楚发生了什么，可我啥也看不见。我们正在平稳地穿过一段白色区域。

丽莎揉着脑门。"我头撞窗户上了。"她对尼尔说。

"流血了吗？"

他倾过身去，殷切地查看。

我解开安全带，准备去机尾。指示灯显示两个卫生间都有人。佐伊正坐在过道边一个座位的扶手上，指导着日本旅行团。

"当地货币是埃及镑，"她说，"一埃及镑等于一百皮阿斯特。"

我坐了回去。

尼尔正轻轻地揉着丽莎的太阳穴。"好点儿了没？"他问。

我伸手拿起佐伊放在走道对面座位上的旅行指南。标题赫然印着"必玩景点"几个大字，里面头一个便是金字塔。

"吉萨大金字塔，位于开罗西南部，尼罗河西岸九英里（十五千米）处。可乘出租车、巴士或租车抵达。门票：三埃及镑。评价：金字塔当然不容错过，但要做好大失所望的准备。它们与你的想象截然不同。交通堵塞，游客众多，卖饮料、纪念品的摊点随处都是。壮丽美景被破坏得一点儿不剩。每日开放。"

真搞不懂佐伊怎么能忍受这种垃圾。我翻到排名第二的景点。是图坦卡蒙陵墓。写旅行指南的家伙不管是谁，对这个去处也不甚兴奋，"图坦卡蒙陵墓，位于开罗南部四百英里（六百六十八千米）帝王谷的卢克索。三间无甚特别的房间，内有壁画。"

下边还配着张地图：一条直长走道（带着标签）两侧的三间无甚特别的房间错落相向——前厅、墓室、冥府殿。

我合上手册，放回佐伊的座位。佐伊丈夫还在睡觉。丽莎丈夫站起身往回看。"空姐都哪儿去了？"他问道，"给我再来杯酒。"

"你确定没流血？我能摸到个肿块。"丽莎边揉头，边对尼尔说，"你觉得我脑震荡了吗？"

"不。"尼尔将丽莎的脸转向他，"你的瞳孔没有放大。"他深深凝视着她的双眼。

"空姐!"丽莎丈夫吼了起来,"这个破地方,我得怎么着才能给我再来杯酒?"

佐伊满脸带笑地回来了,"他们把我当成了职业导游。"她边说边坐下,系上安全带,"还问能否加入我们的旅行团。"她翻开那本旅行指南,"来世充斥着幻化为鳄鱼、狒狒、巨蟒的魔鬼与半神。这些魔鬼可以在死者到达冥府殿前将其摧毁。"

尼尔碰了碰我的手。"有阿司匹林吗?"他问,"丽莎头疼。"

我伸手在包里摸索。尼尔起身去机尾给她倒水。

"尼尔可真体贴。"丽莎看着我,两眼放光。

"有书名曰《亡者之书》,可庇护往生之人不被魔鬼与半神摧毁。"佐伊读着,"此书更确切的翻译是《解说来世之书》,书内集合了对亡者旅途的指引及保护亡者的魔法咒语。"

没有魔法咒语,我该怎么度过这旅程剩下的部分?我暗自思忖。我们要在埃及待六天,以色列待三天,还不算回国航班花的时间。到时候肯定又是一样的场景,十五个小时无事可做,只能看着丽莎和尼尔暧昧,听着佐伊的朗读。

我思路一转,有了一个令人振奋的念头,"假如,咱不是在去开罗的路上呢?"我说,"假如,我们已经死了呢?"

佐伊不耐烦地抬起埋在旅行指南里的头。

"最近恐怖袭击特别多,而且咱现在处于中东地区。"我接着说,"假如,刚刚那个气穴实际上是炸弹呢?有没有可能飞机已被炸为碎片,而我们现在其实是在爱琴海上空往下坠落的碎片呢?"

"地中海。"佐伊说,"我们已经飞跃克里特岛啦。"

"你咋知道的？"我问。"看看窗外。"我指向丽莎身边窗户外那白茫茫的一片，"我们根本看不到大海。我们现在可能在任何地方。"

尼尔端着水回来了。他将水与我的阿司匹林递给丽莎。

"起飞前，机组人员会排查炸弹的，对吧？"丽莎问他，"他们不是有金属探测仪之类的工具吗？"

"我看过一部电影，"我说，"里面有艘船，船上的人全死了，只是他们不知道，还以为自己正在去美国的路上。海上雾太大，他们根本看不清大海。"

丽莎焦虑地看向窗外。

"船看起来倒像是真的，可他们渐渐注意起一些不对劲的小事儿。例如，船上其实几乎没其他人，也没有船员。"

"空姐！"丽莎丈夫越过佐伊，探出身子吼道，"再来一杯茴香酒！"

他的吼声吵醒了佐伊丈夫。发现佐伊没在读旅行指南，他困惑地对着她眨眨眼，"咋啦？"他问。

"我们都死了。"我说，"被阿拉伯恐怖分子杀死的，还以为自己是在去开罗的路上，实际上是在去天堂的路上。也有可能是去地狱的路上。"

丽莎望着窗外，"雾太浓，我连机翼都看不到了。"她惊恐地看着尼尔，"要是机翼出事儿了咋办？"

"我们不过是在穿过一片云层罢了。"尼尔说，"飞机开始降落了。"

"天空本是万里无云的，"我说，"忽然间我们就钻进云雾了。

船上的人也注意到了大雾。他们还注意到航行指示灯灭了，船员一个都找不着。"我对着丽莎微笑，"你注意到颠簸忽然间停了吗？咱撞上那个气穴后立马就停了。而且为什么——"

一名空乘走出驾驶舱，沿走道朝我们走来，手里端着一杯酒。每个人的神情都放松了下来。佐伊打开旅行指南，一页页翻动起来，寻找有趣的信息。

"有人点了杯茴香酒吗？"空姐问。

"我点的。"丽莎的丈夫伸手接住杯子。

"飞机什么时候到开罗？"我说。

她没有回答，径直朝机尾走去。我解开安全带，跟上她。"飞机什么时候到开罗？"我问她。

她转过身来朝我微笑，脸色苍白，带着恐惧，"女士，您想再要一杯饮料吗？茴香酒还是咖啡？"

"为啥颠簸停止了？"我说，"我们什么时候才能到开罗？"

"请您到自己的位置上坐好。"说着，她指了指安全带指示灯，"飞机开始下降。二十分钟后将到达目的地。"她弯下腰，叫日本旅行团的那些家伙把座椅调到原始位置。

"哪个目的地？降落到哪里？飞机根本没有在下降，安全带指示灯还没亮呢。"我话音刚落，那灯便"砰"的一声亮了。

我回到座位上。佐伊丈夫又睡了过去。佐伊在大声读着《轻轻松松游埃及》："开始游玩前，游客应做好准备。地图是必需的，很多景点还需要带上手电筒。"

丽莎已经将行李包从座位下拉了出来。她将我那本《尼罗河上的惨案》塞进包里，再从包里掏出一副太阳镜。我看向她身边的窗外, 看向那一团包裹住机翼的白。就算雾再大, 机翼上的灯也应该能看见才对。它们的存在就是为了让人们能在大雾里看见飞机。那艘轮船上的游客一开始也没意识到自己已死, 直到他们开始注意到一件件不对劲的小事儿时才开始了怀疑。

"最好雇上一名导游。"佐伊读道。

本来我是想吓吓丽莎的, 结果却只吓到了自己。我们开始降落了, 我对自己说, 我们只是从云层中穿过。没什么大不了的。

因为, 我们已经抵达开罗。

## 2. 到达机场

"所以, 这就是开罗?"佐伊丈夫四下打量着说。飞机停在了跑道尽头, 金属舷梯落下, 我们一一走下飞机, 脚踏在机场的柏油路面上。

航站楼在东面, 是一栋棕榈树环绕的低矮建筑。背起行李袋与相机盒的日本旅行团立马朝那边走去。

我们没有提任何行李。反正都要在认领处等佐伊的那箱子旅行指南, 我们登机前把随身行李也都办理了托运。每次托运行李, 我都担心它们会被送往东京, 或全部消失; 但此时, 我又暗自庆幸不需要拖着行李往航站楼走。航站楼看上去有好几英里远, 日本游客才走这么一小会儿, 就已经慢了下来。

佐伊在读旅行指南。其他人不耐烦地站在四周。丽莎下飞机时, 凉鞋鞋跟卡到了金属舷梯上, 现在正靠在尼尔身上。

"脚崴了吗？"尼尔焦急地问。

空乘人员提着深蓝色小提箱，咔嗒咔嗒地走下舷梯。每个人的脸上依然挂着紧张的神色。下到地面后，她们展开小推车，将箱子固定在上面，朝航站楼走去。没走几步，她们忽然停了下来，其中一位脱下外套，罩在小推车上头，大伙儿又继续踩着高跟快速朝前走去。

天气没我想象的那么热，尽管远处的航站楼笼罩在柏油冒起的青烟里。天上没有我们穿过的云层的影子，只有一层淡淡的雾霾，将阳光分散成了一片均匀的眩光。我们都不自觉地眯起了眼睛，丽莎松开尼尔的胳膊去包里掏太阳镜。

"谁知道他们这儿喝什么酒？"丽莎丈夫眯着眼，目光从佐伊肩后穿过，看着旅行指南问道，"我想现在就来一杯。"

"当地人喝一种叫斯币布①的酒。"佐伊说，"和茴香酒差不多。"她抬起头来，"我觉得我们该去看金字塔。"专业导游又开始了。

"你不觉得咱应该先把眼下的任务完成吗？"我说，"比如说先过海关？取我们的行李？"

"然后喝一杯……那叫什么酒来着？斯巴布？"丽莎丈夫问。

"不。"佐伊说，"我觉得我们应该先去金字塔。取行李、过海关得花一个小时，再说啦，我们也没法儿拖着行李去看金字塔啊。肯定得先回酒店，待到那时，景区就人满为患了。我觉得我们最好现在就去。"她指着航站楼，"我们先溜出去，看完金字塔，在那帮日本人过完海关前回来。"

---

① 一种浓烈的埃及酒精饮料，加水后会变成白色。

她转过身,朝航站楼相反的方向走去。其他人顺从地跟在她身后。

我扭头看了一眼航站楼。空姐们已经赶超了日本旅行团,都快走到棕榈树旁边了。

"你走错了方向。"我对佐伊说,"咱得去航站楼那边叫出租车。"

佐伊停了下来。"出租车?"她说,"为啥要叫出租车?金字塔又不远。咱十五分钟内就能走到。"

"十五分钟?"我说,"吉萨金字塔位于开罗以西九英里,要越过尼罗河才能到。"

"别傻了。"她说,"不就在前面吗?"她指向她前进的方向。果然,就在柏油路面尽头的那片沙漠里,一座座金字塔耸立。那景象如此真实,不似幻象。

# 3. 四下逛逛

到达金字塔花了我们不止十五分钟的时间。那几座金字塔比看上去远得多。沙子很深,在上面极难行走。我们每走一段就得停下,等丽莎靠在尼尔身上清理掉凉鞋里灌进的沙。

"我们应该搭出租车的。"佐伊的丈夫说。可问题是眼前根本没有公路,旅行指南里抱怨的饮料摊和纪念品小贩也不见踪影。放眼望去,只有连绵不绝的厚厚沙地和白得匀称的天空。远处,三座黄色的金字塔连成一排。

"最高的那座是胡夫金字塔,建于公元前2690年。"佐伊边走边读,"整个工程耗时三十年。"

"要去金字塔必须得搭出租车才成。"我说,"路程太远了。"

"它建于尼罗河西岸,古埃及人认为那是死亡之地。"

前面有个什么东西动了一下,就在几座金字塔中间。我停下脚步,手搭凉棚举目看去,希望能看到一个卖纪念品的小贩,却什么也没看到。我们又继续赶路。

那东西又动了一下。这次,我能看到它弓着腰跑过的样子,两手几乎碰到地面。转瞬间,消失在了中间那座金字塔的背后。

"我刚刚看见了个东西,"我三步并作两步赶上佐伊,"某种动物,像是一只狒狒。"

佐伊翻了几页旅行指南,说:"是猴子。吉萨这一带经常能见着猴子。它们会找游客讨要食物。"

"这里也没有游客啊。"我说。

"我知道,"佐伊得意地说,"不是跟你们说过咱早点儿来能避过高峰期嘛。"

"可咱还是得先过海关啊,尽管是在埃及。"我说,"总不能就这么离开机场吧。"

"左边那座是哈夫拉金字塔,"佐伊说,"建于公元前2650年。"

"在电影里,就算有人告知,他们都不肯相信自己已死的事实。"我说,"吉萨离开罗有九英里远。"

"你在瞎说什么呢?"尼尔说。丽莎又停了下来,正靠在他身上,单脚着地,抖动着手中的凉鞋。"丽莎的那本推理小说,

《尼罗河上的惨案》?"

"我说的是一部电影。"我回道，"里面的人物同乘一艘轮船，最后都命丧黄泉了。"

"这电影咱看过，对吧，佐伊?"佐伊丈夫说，"演员有米娅·法罗，还有贝蒂·戴维斯。还有那个侦探，他叫啥名儿来着?"

"赫尔克里·波洛。"佐伊说，"是由彼得·乌斯蒂诺夫饰演的。金字塔从早八点到下午五点对外开放，晚上还有彩色泛光灯的声光表演，用英语与日语进行讲述。"

"线索到处都是，可他们却选择忽视。"

"我不喜欢阿加莎·克里斯蒂。"丽莎说，"什么谋杀啦，到底谁杀了谁啦，我总是读得不明就里。一火车的人，瞎闹腾个啥。"

"你说的那是《东方快车谋杀案》。"尼尔说，"那电影我看过。"

"是主角一个一个被杀掉的那部吗?"丽莎丈夫问。

"那部我看过，"佐伊丈夫说，"要我说，他们那是活该。最该聚在一块儿的时候却选择了单独行动。"

"吉萨位于开罗以西九英里，"我说，"必须得搭出租车才成，路上交通很繁忙。"

"彼得·乌斯蒂诺夫也演了那一部，对吧?"尼尔说，"火车上的那部。"

"不对，"佐伊丈夫说，"那是另一名演员饰演的。他叫啥来着?"

"阿尔伯特·芬尼。"

# 4. 名胜古迹

金字塔关了。离胡夫金字塔底五十码①（四十五点七米）的地方有条铁索挡住了我们的去路。上面挂着英日双语的铁制标识：已闭馆。

"做好大失所望的准备。"我说。

"你不是说这地儿每天都开着的吗？"丽莎边抖落凉鞋里的沙子边说。

"今天肯定是个什么节日。"佐伊翻起她的旅行指南来，"喏，埃及节日，"她读了起来，"斋月——穆斯林会在三月里斋戒——期间，所有古迹皆停止对外营业。以及，每周五的上午十一点至下午一点，所有景点对外关闭。"

可今天既非三月，又非周五，就算是周五，现在也过了下午一点了。胡夫金字塔拉得长长的影子将我们覆盖在内。我抬起头来，想瞄一眼塔背后太阳的位置，却又瞥见什么东西动了一下。那东西太大了，不可能是猴子。

"那咱现在咋办？"佐伊丈夫问。

"我们可以去看狮身人面像。"佐伊边翻着旅行指南边自言自语，"或者等晚上的声光表演。"

"不行。"我一想到夜里要待在这个鬼地方马上抗议道。

---

① 英美制长度单位，1码约等于0.9144米。

"你咋知道声光表演没被取消呢?"丽莎问。

佐伊看了看指南,"声光表演每天都有两场,分别在晚上七点半和九点。"

"金字塔还每天都开放呢。"丽莎说,"我觉得我们应该回机场取行李。我得换双鞋。"

"我觉得吧,我们应该回酒店。"丽莎丈夫说,"先喝上一大杯酷爽冰饮再说。"

"我们应该去图坦卡蒙陵墓。"佐伊说,"那儿每天都开放,包括节假日。"她抬起头,满怀期待地盯着我们。

"法老图坦卡蒙的陵墓?"我问,"帝王谷里的那个?"

"对,"她读了起来,"它于1922年被霍华德·卡特发掘时完好无损。其内部包含——"

死者前往冥界的旅途中这几样东西可一样都不能少:凉鞋、衣物,还有《轻轻松松游埃及》,我暗想。

"我宁愿去喝一杯。"丽莎丈夫说。

"然后再打个盹儿,"佐伊丈夫附和道,"你先去,我们在酒店会合。"

"我觉得你不该单独行动。"我说,"我们应该待在一块儿。"

"现在不去,到时候可就人山人海了。"佐伊说,"反正我是要马上就去的。你呢,丽莎?一起去?"

丽莎抬头楚楚可人地看着尼尔,"我觉得我还是别走那么远的路了,不然脚踝又得开始痛了。"

尼尔无奈地对佐伊说:"我们不去了。"

"你呢?"佐伊丈夫对我说,"你要跟佐伊一块儿去,还是跟我们一起回酒店？"

"之前你说死亡在哪儿都一样，"我对他说，"我问你什么意思，你还没回答我就被佐伊打断了。你当时想说的是什么？"

"我忘了。"他看向佐伊，像是希望再次被她打断，可她只顾低头翻看旅行指南。

"你说死亡无论在哪里都一样。"我没有放弃，"然后我问你'为什么都一样'。所以，你觉得死亡应该是什么样的？"

"不好说……始料不及吧，而且应该特别痛苦。"他紧张兮兮地笑了两声，"我们要是回酒店呢，最好现在就出发。还有谁一块儿回去吗？"

我在心里玩味了一番，与他们回到酒店，安逸地坐在棕榈树环绕的酒吧里吹着吊扇，啜着斯币布酒等其他人回来，那也不赖。船上的人也是这么做的。尽管丽莎很招人烦，我还是想和尼尔待在一起。

我扭头望向东面一望无际的沙地。漫漫黄沙中开罗连个影子都瞧不见，航站楼也不见了踪影。遥远的前方像是有个东西在动，像是有个东西在奔跑。

我晃了晃头，"我想去看图坦卡蒙陵墓。"我走到尼尔身边，"我觉得我们应该和佐伊一块儿去。"我挽住他的胳膊，"她毕竟是我们的向导。"

尼尔无助地看看丽莎，又看看我，"我不确定……"

"你们三个可以先回酒店。"我指了指另外两位男士，对丽莎说，"我跟佐伊、尼尔看完了陵墓再回去与你们会合。"

尼尔靠近我，轻声问："你为啥就不能和佐伊两个人去呢？"

"因为我觉得咱俩应该待在一块儿。"我说,"分开行动会乱套的。"

"你怎么突然间又喜欢跟佐伊待一块儿了?"尼尔说,"你不是一直最讨厌被牵着鼻子走的吗?"

我想说因为旅行指南在她手上,可这时丽莎靠了过来,注视着我们,她太阳镜后面的双眸闪闪发光。"因为我一直想瞧瞧陵墓里面是什么样的。"我说。

"法老图坦卡蒙的陵墓?"丽莎说,"是里面有宝藏、项链和金棺材的那个吗?"她挽住尼尔的另一只胳膊,"我一直都想去那里面看看呢。"

"那么,"尼尔松了一口气,"我们就一块儿去吧,佐伊。"

佐伊用期待的眼神打量着她丈夫。

"我可不去,"他说,"我们在酒吧见。"

"我们给你们点好酒,等你们回来。"丽莎丈夫朝我们挥手道别,便与佐伊丈夫转身出发了。尽管佐伊没告诉他们酒店名称,可他们看起来完全知道怎么走。

"帝王谷位于卢克索西部的丘陵地带。"佐伊边说边朝沙漠深处走去,就像在机场时一样。我们统统跟在她身后。

没走一会儿,丽莎便跟尼尔停下来摆弄起鞋子里的沙子。

"佐伊。"我赶上她,轻声说,"好像有点儿不对劲。"

"嗯。"她翻动着旅行指南目录。

"帝王谷在开罗以南四百多英里的地方,"我说,"咱不可能从金字塔走到那儿的。"

她找到要找的那一页,"当然。我们得坐船。"

她伸手指向前方，只见一排芦苇映入眼帘，再往前便是尼罗河了。波浪中驶出一艘船。怕不会是金子造的吧，我暗忖。可靠近了一看，那不过是普通的尼罗河游船。还好帝王谷并非随便走走便能到达。直到我们上了船、站在木桨轮旁边带篷顶的甲板上，我才认出这艘船来。这正是《尼罗河上的惨案》里的那艘汽轮。

## 5. 游河、一日游、跟团游

丽莎在甲板上晕船了。尼尔提议扶她下去，我以为她会点头，没想到她却摇摇头。"我脚踝痛。"她说着坐进一张躺椅里。尼尔跪在她脚边，端详着一块不比一皮阿斯特硬币大的瘀青。

"肿了没？"她焦急地问道。那脚压根没有要肿起来的迹象，可尼尔还是小心翼翼地帮她脱下凉鞋，双手轻柔、关切地将它捧起。丽莎则闭上眼睛，躺倒在椅子里。

我脑子里出现了另一个画面：丽莎的丈夫也受够了这一切，将我们全部杀死后自杀。

"我们也在一艘船上，"我说，"和那电影里船上的死人一模一样。"

"这不是艘船，这是艘汽轮，"佐伊纠正道，"乘坐尼罗河汽轮是游览埃及的最佳方式，也是最划算的方式之一。四天的旅行，一个人的花费从一百八十美金到三百六十美金不等。"

或许凶手会是佐伊丈夫，他终于下定决心要让佐伊闭嘴，好把自己的话说完, 为了不被抓住, 又将我们剩下的几个人一个接一个杀死。

"我们在船上都是孤立无援的," 我说, "就和电影里的人一样。"

"到帝王谷还有多远?" 丽莎问。

"卢克索以西三点五英里(五千米)处," 佐伊读着, "而卢克索位于开罗以南四百英里处。"

"这么远的话, 我还不如读读我那本书。" 说着, 丽莎将太阳镜推到头顶上, "尼尔, 包给我递一下。"

他从包里摸索出《尼罗河上的惨案》, 递给了丽莎, 她像佐伊翻阅汇率表一样翻了一会儿, 然后读了起来。

"凶手是那个妻子。" 我说, "她发现了自己丈夫的不忠。"

丽莎瞪了我一眼。"结局我早就知道了。"她毫不在意地说, "我看过电影。"可还没过半页, 她就将书封朝上地搁在了旁边的空椅子上。

"我读不进去," 她对尼尔说, "太阳太刺眼了。"她眯起眼睛望向天空, 薄纱般的雾霾依然笼罩在空中。

"帝王谷是六十四位法老的陵墓所在地," 佐伊念道, "其中最著名的是图坦卡蒙的陵墓。"

我走到栏杆边, 看着金字塔渐渐远去, 消失在岸边的层层浪花中。它们看上去又矮又平, 像是沙漠里突出的黄色三角。我忽然记起在巴黎的时候, 佐伊丈夫说什么也不相信眼前的《蒙娜丽莎》是真的。"这是赝品," 他抢在佐伊开口前说, "真迹要大得多。"

旅行指南里不是说了吗？"做好大失所望的准备"。帝王谷离金字塔确实有四百多英里远，而中东地区的机场从来都因缺乏安全性而臭名昭著。他们从不强制旅客过海关，所以一颗颗炸弹才被弄上了飞机。我真不该看那么多的电影。

"图坦卡蒙陵墓里埋藏着无尽的宝藏，其中的那艘金船便是灵魂通往阴曹地府的工具。"佐伊继续念道。

我倚着栏杆，探出头去看那河水，却不如我想象的那般浑浊，而是一片平静无波的碧蓝，太阳在那蓝色的深处闪耀。

"船上刻着《亡者之书》中的片段，"佐伊读着，"用以保护死者，避免他在到达冥府殿前被魔鬼与半神摧毁。"

水里有东西。虽然它没有引起一丝涟漪，连打破太阳影子的微波都没有，但我知道，水里有东西。

"与尸体同葬的莎草纸①上也写着咒语。"佐伊说。

那东西又长又黑，像条非洲鳄。我握紧栏杆，身子向前倾去，试图看清那透明的水下到底藏着什么，却被粼粼波光晃了眼。那东西正直朝轮船游来。

"这些咒语以命令的口吻写就，"佐伊读着，"退后，你们这些邪恶之徒！离远点儿！我以阿努比斯和奥西里斯之名命令你们。"

河水闪耀着，迟疑着。

"不要试图袭击我，"佐伊读着，"咒语将保我平安。这来世之路我熟稔于心。"

水里的东西转身游走了。轮船紧随其后，慢慢靠在了岸边。

---

① 古埃及人常用的一种书写载体，用盛产于尼罗河三角洲的纸莎草的茎制成。

"快看。"佐伊指向芦苇丛背后远处的峭壁，"帝王谷。"

"我猜这里也关闭了。"丽莎让尼尔扶着她下船时说道。

"陵墓永远都不会关闭。"我说着，回头北望，看着沙漠另一端的那几座金字塔。


# 6. 住　宿


帝王谷没关。一座座陵墓顺着砂岩悬崖延展开去，黄色岩石间是墓穴大张着的黑色入口，进入洞口的石梯既无护栏也无铁索。峡谷南端，一个日本旅行团正缓缓进入最后一座墓穴。

"这些墓穴为什么都没标啊？"丽莎问，"哪一个是图坦卡蒙的陵墓呢？"佐伊领着我们来到峡谷北端，在那里的不再是峭壁而是一堵矮墙。越过矮墙顶端，我能看见远处的金字塔顶直抵天空。

佐伊在一个洞口前停了下来，那洞穴斜着直通砂岩底部，内有层层台阶供游客下去。"图坦卡蒙陵墓的发掘归功于当年一位工人意外发现了最上面的这层台阶。"她说。

丽莎朝洞里望去，除了最上面的两级台阶，其余的一切都没在黑暗中，深不见底。"里面不会有蛇吧？"她问。

"不会。"无所不知的佐伊回答道，"图坦卡蒙陵墓是帝王谷里最小的法老陵墓。"她边说边在包里翻找起手电筒来，"墓里有三个房间——前厅、墓室、冥府殿，法老图坦卡蒙的棺材就在墓室里。"

蓦然间，洞里的那团黑暗里像是有什么东西在地上爬行着展开了。丽莎往回撤了两步，"那些玩意儿在哪间房里？"

"玩意儿？"佐伊不确定地重复了一遍，手还在翻找着手电筒。她旋即打开旅行指南，"玩意儿？"又重复了一遍，并将指南翻到背面，像是要在目录里找到"玩意儿"这个词。

"对，玩意儿。"丽莎的声音里透着股恐慌，"他们拿来陪葬的那些家具、花瓶之类的玩意儿。你不是说古埃及人会将个人财产与尸体一起下葬吗？"

"法老图坦卡蒙的宝藏。"尼尔热心地提醒道。

"噢，对，宝藏。"佐伊松了口气，"与法老图坦卡蒙葬在一起以助他顺利前往来世的那些家具和花瓶。它们不在这里，它们在开罗的博物馆里。"

"在开罗？"丽莎说，"它们在开罗？那我们跑这儿来干吗？"

"我们都已经死了。"我说，"阿拉伯恐怖分子炸掉了飞机，将我们全都炸死了。"

"我这么大老远地跑来就是为了看宝藏的。"丽莎说。

"可棺材在这儿啊。"佐伊用抚慰的口吻说，"前厅里还有壁画呢。"可丽莎已经一边拉着尼尔朝来的方向走去，一边郑重其事地与他交谈着。

"壁画上描绘着审判死者灵魂、给灵魂称重，以及死者朗诵忏悔词的流程。"佐伊说。

死者的忏悔词。我没拿过他人财物。我没给他人造成过痛苦。我没犯过通奸罪。

丽莎紧紧靠着尼尔的胳膊，两人走了回来。"这个陵墓我们还是不逛了。"尼尔语带歉意地说,"我们想在博物馆关门前去瞧一眼。丽莎很想去看看那里面收藏的宝藏。"

"埃及博物馆每天早上九点到下午四点开放,周五的开放时间为早上九点到十一点十五分、下午一点半到四点。"佐伊读着旅行指南,"票价为三埃及镑。"

"现在已经四点了。"我看了眼手表,抬起头说,"你们还没到,博物馆就关门了。"

尼尔和丽莎却已经开始往回走了,不是朝轮船的方向,而是脚踩沙子、朝金字塔的方向而去。金字塔背面的光暗了下来,天空由白色转为灰蓝色。

"等一下,"我踏上沙漠,追上他们,"你俩为啥不等一会儿,跟我们一块儿回去呢?我们逛陵墓又花不了多长时间。佐伊不都说了吗?墓里没什么可看的。"

他俩都盯着我看。

"我觉得我们应该待在一起。"我有点儿心虚地接上这么一句。

丽莎的眼神里透出一丝警觉。我意识到她可能以为我谈论的是离婚的话题,以为我终于在她面前表了态——她一直等着我表态。

"我觉得大家应该集体行动。"我赶忙补上一句,"这里可是埃及,到处都是鳄鱼、毒蛇,危险四伏。我们很快就能看完墓。佐伊都说了没什么可看的。"

"我们还是不等了。"尼尔看着我说,"丽莎的脚踝肿起来了。我得找点儿冰给她敷一下。"

我低头看了眼那脚踝。原本瘀青的地方出现了两个相隔很近的小孔，像蛇的咬痕。小孔周围确实肿了起来。

"再说，我也不觉得丽莎想去看冥府殿。"他说着，依然看着我。

"你们可以在上面等嘛。"我说，"又不要你们下去。"

丽莎抓紧了他的胳膊，像是等不及想走，可他却犹豫了。"船上的那些人，"他对我说，"他们后来都怎么样了？"

"我只是想吓唬吓唬你们。"我说，"这一切的背后肯定有个说得过去的解释。赫尔克里·波洛先生不在，真是太糟糕了，不然他定能解释一切。金字塔可能是因为某个佐伊都不知道的穆斯林节日而关了门，而正因为如此，我们也不用过海关。"

"船上的人后来都怎么样了？"尼尔又问了一遍。

"他们受到了审判。"我说，"可结果没他们想的那么糟糕。每个人都暗自担忧，连不曾犯下任何罪过的神父也不例外。结果，审判官是神父认识的一位主教，穿着白袍，客客气气的。大多数人也都顺利通过了审判。"

"大多数。"尼尔重复道。

"我们走吧。"丽莎拽了拽他的胳膊。

"船上的那些人里。"尼尔没理她，"有人犯过什么重罪吗？"

"我脚踝疼。"丽莎说，"走吧。"

"我得走了。"尼尔看似不情愿地说，"要不你跟我们一块儿回去？"

我瞥了眼丽莎。我以为她会恶狠狠地瞪尼尔一眼，没想到她却忽闪着没有睫毛的明亮大眼睛看着我。

"对啊,跟我们一块儿回去吧。"她瞪着大眼睛等着我回答。

关于《尼罗河上的惨案》的结局,我对丽莎撒了谎。在小说里,那位妻子才是被杀害的人。我的脑海中出现了这样的场景:他们犯下了滔天大罪,而我此时正躺在雅典的酒店里,太阳穴处被火药灼伤,血迹已经发黑。这么说的话,我是唯一身在此地的,眼前的丽莎和尼尔不过是伪装成他们模样的半神。抑或魔鬼。

"还是算了。"我扭身走了回去。

"那我们快走吧。"丽莎对尼尔说。他们朝着沙漠深处走去。丽莎一瘸一拐地往前走着,没走几步,尼尔便停下来去脱她的凉鞋。

金字塔背后的天空变成了紫蓝色,漆黑的塔身在那天空的映衬下勾勒出平矮的轮廓。

"赶紧的!"佐伊在洞口最高一级台阶上喊我。只见她一手握着手电,一手拿着旅行指南,"我想看看给灵魂称重到底是怎么一回事。"

# 7. 人迹罕至之所

等我回到洞口时,佐伊已经下到台阶中间了,手电指着下方的墓穴入口。"墓穴刚发现时,这扇门还是用泥灰堵死的,上面印着'图坦卡蒙'的埃及象形文字。"她说。

"天快黑了!"我朝她喊道,"或许咱应该跟丽莎和尼尔一道回酒店!"我回头瞟了一眼,漫漫黄沙中已经不见了他们的身影。

佐伊也不见了踪影。洞里一团漆黑，啥也看不见。"佐伊！"我边喊边跑下铺满沙子的台阶去追佐伊，"等等我！"

墓穴的门开着，穿过一条狭长的走道，我能看到手电的光在石墙与天花板之间晃动。

"佐伊！"我大叫一声，跟了上去。脚下凹凸不平，我绊了一跤，赶忙用手扶住墙壁以稳住身子，"快回来！书还在你手上呢！"

手电光在远处凿出的石墙上闪了一下便消失了，像是她在拐角处转了个弯。

"等等我！"我大叫着停住了脚步。没了手电，周围顿时一团漆黑，伸手不见五指。

没有灯光回应我，也没有声音，四下寂静。我只能笔直站着，一只手依然扶着墙，屏息凝神，想听到脚步的声音、蹑手蹑脚走路的声音、哧溜溜滑行的声音，可现实却是我什么也听不到，连自己的心跳也听不到。

"佐伊！"我喊道，"我到外面去等你！"为了避免在黑暗中迷失方向，我扶着墙转过身，朝来时的方向走去。

走道感觉比来时要长，我在脑海中想象这条走道将在黑暗中永远延伸下去；或是门被锁上，墓口被泥灰封死并被贴上古老封印。可等我走到门前时，却看见门底的缝隙里透出一道光。我一推，门便应声而开。

我发现自己站在一段石制楼梯的顶端，下面是个宽敞的长方形大厅。大厅两侧各立着一排石柱，透过石柱间的空隙，我能看到绘着褐黄色和鲜蓝色壁画的墙壁。

这一定就是前厅了。佐伊说过，前厅墙上的壁画描绘的场景正是死亡后的灵魂之旅，阿努比斯给灵魂称重、狒狒狼吞虎咽地啃食着什么东西；而在我所站位置对面的墙上是一幅船渡蓝色尼罗河的壁画。船由黄金打造，上面的四个亡灵蹲坐成一排，涂着黑色眼影般的眼睛盯着岸上。在他们旁边清澈见底的河水中，形如非洲鳄的水神塞贝克游动着。

我走下楼梯。大厅远端有扇门，如果这里是前厅，那门后面就该是墓室了。

佐伊说过墓穴里只有三个房间，我在飞机上也看过地图，先是入口处的阶梯，接着是笔直的走道，然后便是其貌不扬的三个房间：前厅、墓室和冥府殿，一间连着一间，串成一条线。

所以这间就是前厅了，尽管它比地图上显示的要大。显然，佐伊已经进了墓室，正站在图坦卡蒙的棺材边高声朗读着旅行指南。看到我突然进来，她定会抬起头来，嘴上还念念有词："石英棺材上刻着《亡者之书》里的片段。"

我下了一半台阶，从那儿能看到关于灵魂称重的壁画。顶着颗豺狼脑袋的阿努比斯站在黄色天平的一端，亡灵站在另一端，盯着莎草纸宣读着自己的供状。

我又下了两级台阶，直到视线与天平平行，然后坐了下来。

佐伊很快便会回来——墓室里除了棺材啥都没有——就算她去了冥府殿，最终还是得原路返回。整座墓穴只有一个入口。她手上拿着手电筒，还有旅行指南，不可能迷路。我双手抱住膝头，等了起来。

　　我想起船上等待审判的人们。"结果没他们想的那么糟糕。"我对尼尔这么说，可此时坐在这里，我却想起了那位穿着白袍、笑吟吟的主教根据亡灵所犯罪过的大小酌情给予惩罚——其中一位妇女就被判处了永世孤独。

　　壁画上站在天平边的亡灵看上去惶恐不安，我在想他到底犯了什么罪，阿努比斯会怎么判处他。也许他根本就没犯什么罪，就像那个牧师一样，他没有什么好担心的。也许他只是因为发现自己身处这个陌生的地方，因为独自一人而感到害怕。死亡是他所期望的吗？

　　"死亡在哪儿都一样，"佐伊丈夫说过，"都来得令人猝不及防。"话说回来，这世上哪有东西会与你料想的一模一样呢？瞧瞧《蒙娜丽莎》吧，或是瞧瞧尼尔也行。船上的人还期待着截然不同的体验呢，天堂大门啦、天使啦、彩云啦，所有那些身后事的现代改良版。准备好大失所望吧。

　　埃及人呢？他们会打包好衣服、美酒、凉鞋再上路吗？他们能预料到死亡吗——哪怕是死在尼罗河上？抑或真实情况与旅行指南上描绘的截然不同？他们会无视所有线索，固执地以为自己还活着吗？

　　亡灵死死攥着莎草纸，我在想他究竟犯了什么重罪，是通奸，还是谋杀？不知道他是怎么死的。

　　船上的人是被炸弹炸死的，我们也是。我试图记起炸弹爆炸的瞬间——佐伊高声朗读，倏然间，电光石火，机舱内气压暴跌，旅行指南从佐伊手中飞出，丽莎跌入舱外的蓝天——可我怎么也想不起来。或许爆炸没有发生在飞机上；或许恐怖分子在雅典机场就把我们炸死了,正当我们办理行李托运的时候。

我又想着说不定其实自己并非被炸弹炸死的,而是我先谋杀了丽莎,而后自杀,跟《尼罗河上的惨案》里描绘的一样。或许我从包里掏出的不是平装书,而是在雅典买的手枪;佐伊丈夫试图夺枪,与我扭打在一起,结果子弹射偏,打中了机翼上的油箱。

我不过是在吓自己罢了。若真是我杀的丽莎,我应该记得才对;况且,即便是雅典这种安保松散得出了名的地方也不可能让我带枪登机的。犯了这么大的事儿,怎么着我都该记着才对,没错吧?

船上的那些家伙不记得自己已死,别人告知了也不愿承认,那是因为那船太过逼真,无论围栏、甲板,还是河水都像真的。再者,因为船是被炸毁的,船上的家伙或许被震成了脑震荡,记忆都出现了缺失。谋杀却不同,若我真杀了某人,或被人杀害,我理应记得才对。

我在楼梯上坐了好久,盼望看到佐伊手电的光从门里射出。外面夜幕即将降临,金字塔边的声光表演就要开始了。

房间里更黑了。我使劲眯着双眼,才能看清阿努比斯、金色天平和天平边等待审判的亡灵。他手中攥着的莎草纸上写满了密密麻麻、一排一排的象形文字。我真希望那些都是能保护他的咒语,而非列举的他犯下的过错。

我没犯过谋杀罪,我暗自思忖,也没犯过通奸罪。可这不代表我什么罪都没犯过。

再过一会儿,这里就一团漆黑了,而我没有手电筒。我站了起来，"佐伊！"我边喊边走下楼梯，从石柱中间穿过。石柱上刻着各种动物——有眼镜蛇、狒狒，还有鳄鱼。

"天要黑了！"我的喊声在空荡荡的大厅里回响，"再不回去，他们会担心的！"

最后一对石柱上各刻着一只展翅翱翔的鸟，众神之鸟，看上去却像一架飞机。

"佐伊？"我一边喊着一边弯腰穿过那座矮门，"你在这里吗？"


## 8. 特殊活动

佐伊不在墓室里。墓室比前厅小得多。粗糙的墙壁上和通往冥府殿的门上方都没有壁画。天花板比门高不了多少，我不得不一直低着头，才勉强不碰到脑门儿。

墓室比前厅更暗，可即便如此，我也能看出佐伊不在这里。刻着《亡者之书》的图坦卡蒙石棺也不在这里。这里啥也没有，除了通往冥府殿的门边角落躺着的一堆手提箱。

那是我们的行李。我认得我那破旧不堪的新秀丽①行李箱和日本旅行团的手提包，旁边是空姐们的深蓝色小提箱，受害者般被绑在小推车上。

我的行李箱上面躺着本书，我一面心想，应该是那本旅行指南吧——虽然我明白佐伊不可能落下它的——一面冲过去将其拾起。

———————
① 美国箱包品牌。

不是那本《轻轻松松游埃及》, 而是我的《尼罗河上的惨案》, 像丽莎放在船上那样封面朝上地扑着。我拾起它, 翻到最后几页, 想找到赫尔克里·波洛解开谜团并逐条解释不断发生的稀奇古怪之事的大结局。

我没找到那个结局, 于是往回翻, 想找地图。阿加莎·克里斯蒂的书里总是包含着一张地图, 显示着客舱里都住着谁以及楼梯、门、其貌不扬连成一串的房间的方位。可地图我也没找着, 只看见满书的象形文字, 密密麻麻, 一排又一排, 难以辩读。

我合上书。"没必要再等佐伊了。"我看着通往下一间房的门自言自语。那门比之前那扇要更矮, 门里一团漆黑。"显然, 她已经进到冥府殿了。"

我将书贴在胸前, 走到门边。门前有一段向下的石头阶梯。借助墓室的昏暗灯光, 我能看到最顶上那一级, 陡峭又狭窄。

我在脑海中想象: 或许一切不会那么糟糕; 或许我和那位神父一样, 有点儿杞人忧天了; 或许门后等着我的不是审判, 而是一位相识的老友, 一位身穿白袍、笑吟吟的主教; 仁慈可不是现代才出现的对古埃及思想的改良。

"我没杀过任何人。"我的声音单调、了无回声,"也没犯过通奸罪。"

我一手扶住门框, 避免倒在阶梯上, 另一只手紧握那本书。"往后退, 你们这些邪恶之徒。"我口中念念有词,"离我远点儿! 我以阿努比斯和奥西里斯之名命令你。咒语将保我平安。这来世之路我熟稔于心。"

我一步步往下走去。

后记:

　　人们问我是否喜欢恐怖作品时,我一般都会说不。就像《猛鬼街》里那样,一般意义上的恐怖代表着不愿死去的杀人犯;又是斩首、又是开膛破肚;还伴随着一桶又一桶的血浆。

　　说不喜欢恐怖,其实并非实话——我热爱恐怖,只是不喜欢那种类型的恐怖。我喜欢的恐怖故事里虽没有可以名状的可怕事件发生,却依旧能让读者毛骨悚然。那种故事里没有恶魔怪兽,也没有利器刺穿身体、各种内脏涌出,只有一座静谧友善的美丽小镇、一条白裙子、一团毛线,或是一艘昏暗废弃的远洋班轮在战时独自横渡着大西洋;或是一个女人站得笔直,一动不动,从湖的另一端直直地盯着你。

　　要不就是一串不断出现在你眼前的数字——公寓门上,出租车上,航班飞机上。

　　你可能认得出最后那个,出自我看过的最恐怖的一集《阴阳魔界》。湖对面的女人当然出自亨利·詹姆斯的《螺丝在拧紧》;毛线团和白裙子出自凯特·里德的《等待》;而远洋班轮则出自《阴阳之间》,也就是小说中的女主角为了吓到丽莎不断提到的那部电影。

　　我年轻时在电视上看过那部电影,当时就爱得要命(不仅仅是因为这部电影的背景设在伦敦大轰炸期间)。可我当时没记住电影或演员的名字,所以后来一直找不着,直到我突发奇想地在一次科幻大会上提起了这件事（就没有我们科幻迷不知道的事）。

虽然自孩童时代起我就再没看过这部电影，但它一直在我的脑海中挥之不去，就像《等待》和那集《阴阳魔界》一样；就像电影《小岛惊魂》、雪莉·杰克逊的小说《邪屋》、达夫妮·杜穆里埃的短篇小说《此刻不要回头》也一直深埋在我的脑海中一样。尽管所有这些作品里连一把砍刀、一滴血都没有。

或许这恰好就是它们给我留下深刻印象的原因。我一直认为血浆四溅的恐怖跟充斥着软垫、小饰物、不明所以的小储物柜、褥榻，并且要给所有东西都套上流苏、褶饰和蕾丝的维多利亚式的室内装修风格有着共同的问题。两者都过于冗赘了——一个有着过多的杯垫与网状布垫圈，另一个则有着过多的断头与变态——堆叠得如此拥挤，根本没给真正的恐怖留下任何空间。

此外，我认为人类大脑中本来存在的东西就远比H.P.洛夫克拉夫特或维塔工作室的特效团队能创造出来的任何东西都要可怕得多。电影《异形》直到怪兽出现之前都绝对恐怖，而《大白鲨》最成功的是他们无法让机械鲨鱼启动。那些玩意儿一落到水里不是沉底就是爆炸，所以最终他们才启用了浮标，那恐怖得多。再有，就是藏在水下的那个影影绰绰、不可名状的"某个东西"了。

我们真正害怕的正是那不可名状的"某个东西"——从眼角一闪而过的模糊物体；醒后记不太清的噩梦；楼下传来的若有若无的开门声。而最可怕的是那些我们不确定发生过的事情，那些可能只是我们想象出来的事情，那些证明我们发了疯的事情——所有那些无以名状、只能猜测的事情。

这便是死亡是最令人害怕的事的原因。活着的人没人亲身经历过死亡。尽管几个世纪以来，人们一直诉说着闹鬼、招魂一类的故事，死过的人也从未回来过。我们无法想象死亡到底是怎样的，更无法想象该如何开始设想这个问题。

但我们从未停止尝试。我们讲鬼故事——有人爬出来想要吃掉你的肝脏！——我们看血腥的影片，读僵尸小说，尽管这些都算不上真正的恐怖。真正的恐怖是抬头看到火车站墙上的时钟，却发现它没有指针。抑或猛然意识到你见过船上休息室里的人——就在他们全被炸死之前。

The Soul Selects Her own Society
**━ 性灵自选其团①━**

——入侵与排斥：从威尔斯的视角
对艾米莉·狄金森诗二首创作时间的重新解读

---

① 原文为 *The Soul Selects Her Own Society*，是艾米莉·狄金森创作于1862年的诗歌。在她死后，于1890年发表在《艾米莉·狄金森诗集》中。

直至最近, 人们都认为艾米莉·狄金森的诗歌创作终结于1886年, 即她去世的那年。186B号和272？号这两首诗却暗示她不仅在那之后继续创作诗歌, 还参与了1897年的"伟大却糟糕的事件"①。

　　这两首诗最初于1991年被正在攻读博士学位的内森·弗利斯发现②, 两首诗当时被埋在狄金森家后院的一排树篱下③。弗利斯原本将其归类为狄金森早期或"古怪气质初露时期"的作品, 但最近一次对这些作品的调查④却产生了对于这两首诗的创作背景完全不同的解读。

　　写着这两首诗的纸张边缘烧焦了, 272？号诗歌的那张纸

---

　　① 详情见H.G.威尔斯,《世界大战》, 牛津大学出版社, 1898。(如无特殊说明, 本篇小说中的注解均为原书注解。——编注)

　　② 发现细节见J.马尔普,《绝望与发现: 被博士研究生找到的大量遗失手稿》, 雷丁铁路出版社, 1993。

　　③ 事实上是一首诗和一首诗的片段, 片段包含了一节四行诗和第二节诗句中间的单词字母(也可能是完整单词, 见后文说明)。

　　④ 在我写论文的时候。

上还烧出了个圆形大洞。玛莎·霍奇－班克斯宣称烧痕与圆洞是由"想要将纸张做旧却忘了看好烤箱的可悲行为"[1]所导致的，但诗中大量出现的破折号以及难以辨别的字迹都表明这两首诗确实出自狄金森之手。狄金森的字迹难以辩读曾被多位学者证实，其中，埃尔莫·斯宾塞在《艾米莉·狄金森：手写英语还是鬼画符》中曾加以论证；M.P.柯西夫曾写过："她的 'a' 看起来像是 'c'，'e' 看起来像是 '2'，整首诗常常看上去像是鸡爪子扒拉出来的。"[2]

烧焦的纸张边缘似乎在暗示诗作写就于诗人抽烟之时[3]，或某种灾难之中。我开始在文本中寻找线索。弗利斯将272？号诗的开头两句破译为"我未曾见过友人——/亦未曾见过傻子——"[4]，这根本就说不通[5]。经过更细致的调查，我发现前两句其实应该是：

我未曾见过恶魔——

[1] 班克斯博士"写着诗句的纸张造于1990年，墨水出自毛毡笔"的论断不过是毫无根据的臆想。见杰里迈亚·哈巴卡克的《碳定年法证明不了任何事情》，收录于《有趣又赚钱的创造论科学》，金拖鞋出版社，1974。

[2] 她的笔迹惨不忍睹，在《改革之动力：艾米莉·狄金森对帕梅尔习字法的影响》和《深度、傻子与牙齿：艾米莉·狄金森死亡诗歌之另译》中都有提到。后者提出，712号诗的第一句其实是"因为我不能弯腰躲飞镖"，描绘的是一个腿脚不利索的人在当地酒吧里度过的一个晚上。

[3] 众所周知，除了其创作晚期即"彻头彻尾的古怪时期"外，狄金森是不抽烟的。

[4] 这两句诗为作者对艾米莉·狄金森的著名诗歌 I Never Saw A Moor 的仿写。——译注

[5] 当然，"盛况超越白鼬皮"或"露珠圆满了自我"也说不通。

亦未曾见过墓——

可两者我都曾梦到过——

在这——无梦的墓中——

这样的破译才更接近真实，尤其是在押韵方面。傻子（moom）与墓（tomb）完全押韵，这在狄金森的诗歌里极为罕见，她更喜欢的是近似韵，例如"mat/gate""tune/sun"以及"balm/hermaphrodite"。

第二小节破译的难度更高，因为它正好在被烧毁的圆洞处，唯一可读的部分显示着四个字母"ulla"①。弗利斯认为这四个字母属于一个更长的单词，如"bullary"（教皇召集会议）②、"dullard"（蠢蛋）或"hullabaloo"（喧杂声）③。

而我，却马上辨认出"ulla"这个词是H.G.威尔斯在描绘濒死的火星人时用过的，是一种他称之为"两个音节间来回替换的哀号④……凄切的悲鸣"的声音。

显然，"ulla"指代的是1897年火星人的入侵，人们曾认为当时的入侵范围仅限于英格兰、美国密苏里州及巴黎大学⑤。这首诗的残稿和186B号诗明确表明火星人曾着陆于阿默斯特镇并

① 也有可能是"ciee"或"vole"。

② 考虑到她的加尔文教派成长背景，此解释说不通。

③ 也有可能是澳大利亚城市阿勒达拉（Ulladulla）。狄金森的诗歌里经常提到澳大利亚。W.D.马蒂尔达由此得出结论："狄金森一生的挚爱既非希金森，亦非贾奇·洛德，而是梅尔·吉布森。"详见《艾米莉·狄金森：澳大利亚死水谭之关联》，C.邓迪，澳大利亚内陆出版社，1985。

④ 见罗德·麦昆。

⑤ 彼时，儒勒·凡尔纳正在那里攻读博士。

遇见了艾米莉·狄金森。

乍看上去,这种情形似乎不太可能发生,火星人与艾米莉·狄金森的性情完全不搭调。狄金森生前深居室内,从不见客,邻居来访便躲到楼上,用纸条传递信息[1]。关于她的这种自发性的遁世生活,有很多理论试图解释,包括布赖特氏病、无疾而终的一段恋爱、眼疾和皮肤病。T.L.门萨则提出了更为简洁的理论:除了艾米莉,阿默斯特镇剩下的人都是白痴。[2]

但没有任何解释有可能证明,相比于阿默斯特镇民,她更喜欢火星人。此外,让她与火星人会面更为困难的是,1886年就已经逝世的她在火星人到达地球时应该已经腐烂得不成样子了。

火星人方面也会让这次会面变得更为困难。与隐士的离群索居截然相反,它们习惯于大张旗鼓地到达地球,吸引记者们的长枪短炮,在周围区域引发爆炸。没有记录表明它们曾在阿默斯特镇着陆过,尽管几位当地居民曾在日记[3]中提到过超乎寻常的响雷。附近康科德镇的路易莎·梅·奥尔科特在日记本上写下了这么一句:"昨晚被西边传来的巨响震醒,担忧不已,无法再次入眠,应该让乔娶了洛里的。待做事项:写本续集,让艾米在里面死掉,谁让她烧我手稿的。"

---

[1] 纸条上通常写着迷人又费解的信息,如"要哪个——天竺葵还是郁金香?"以及"走开——关上门,当你——走的时候。"

[2] 见《傻瓜与蠢蛋:艾米莉·狄金森对于邻居的看法的诗学证据》,I. 斯马特,知识界出版社,1991。

[3] 在阿默斯特,几乎人手一本日记,里面记录着"早就知道她会成为一名伟大诗人。"或"昨夜满月,偶然瞥见她在花园里种豌豆,真是够疯的。"之类的句子。

关于这次着陆，还有间接证据。阿默斯特镇——常与莱克赫斯特镇混淆——显然启发了奥逊·威尔斯，让他将电台版的《世界大战》的背景设立在新泽西州①。此外，西墓园有几块墓碑都以相同的角度倾斜，有几块还被击倒了。显然，火星人在阿默斯特镇着陆过，而且更确切的地址应该是西墓园，那里离狄金森的坟墓近在咫尺。

威尔斯将炮弹撞击地面②的情形描绘为"闪耀着刺目的绿光"，紧接着发出"一阵我在那之前或之后再也没听过的巨大震动声"。周围的泥土四下"飞溅"，断裂的排水管与房子地基暴露在空气中，他在书中这般描绘道。如此强烈的撞击定会掘起西墓园附近深埋地下的棺材，并将它们炸开，而后续的强光与响动肯定也惊醒了一具具亡灵，其中就包括熟睡着的狄金森。

于是她被惊醒，并认为这次事件是对她的隐私的侵犯，这一切都在那首稍长一点儿的诗——即186B号诗——里表现得清清楚楚。诗的第一节这样写道：

我正安顿于墓中——

不速之客，不期而至——

在我的棺材盖上捶打——

①人们常将奥逊·威尔斯与H.G.威尔斯弄混，这也让狄金森坚定了其对人类的看法。

②并非故事开头大家都知道的那波袭击，而是故事发展到中间，炮弹差点儿掉到主人公头上的那波。大多数人都错过了这段描绘，因为他们已经关掉收音机，跑到街上，奔走呼喊着："世界末日到了，火星人来了！"（这再次证实了艾米莉对人类智商的判断。）

入土——也不能为安——①

至于"不速之客"为何没有伤害她②（考虑到它们一贯的做派），以及她是如何让它们消失的，诗中没有明确解释，我们必须回到H.G.威尔斯对于火星人的描绘中寻找答案。

在描绘火星人的着陆时，威尔斯告诉我们，由于地球的重力较大，在建造出作战机器之前，它们都相当无助。因此，在这段时期内，除了陪伴③，它们对狄金森没有任何其他威胁。

其次，火星人基本上都顶着颗大脑袋。在威尔斯的描绘中，它们长着眼睛，还有一只喙、几条触手，后脑勺上覆着张"巨大的鼓膜"作为耳朵。威尔斯从理论上推测火星人"祖先的形象与我们并无二致，只是在进化的过程中，它们的大脑和手臂逐渐变得愈加发达……身体则逐渐萎缩。"他由此得出结论，没有了身体的脆弱与感官，火星人的大脑会变得"自私而残忍"，并且精于数学④；但是狄金森对它们的影响表明其过度发达的新皮质实际上让它们变成了诗人。

火星人用热射线瞄准人群逐一射击，吸食人血，动不动就口吐足以笼罩整片郡区的有毒黑烟。乍看上去，这种做派似乎与敏感的诗人格格不入，可真正的诗人又是怎样的呢？以雪莱

---

① 见《喧哗与骚动，以及青蛙：艾米莉·狄金森对威廉·福克纳的重要影响》，W.斯诺普斯，约克纳帕塔法出版社，1955。

② 当然，那个时候，她已经死了，也就是说它们对她也造成不了多大的伤害。

③ 对她来说，陪伴就是最大的威胁。1873年，她曾写过这样的诗句，"若肉铺伙计现在就来，我便跳进面粉桶里。"（这也解释了她为什么总穿着白色衣服。）

④ 尤其精于非线性微分方程。

为例, 为了娶到那个写怪兽故事的女人为妻, 他残忍地抛弃原配, 任由其溺死于蛇形湖。至于拜伦, 唯一对他称赞有加的是他养的几条狗。[①]罗伯特·弗罗斯特就更别提了。[②]

火星人在大不列颠投下了七颗黑烟炮弹, 其中就有三颗在湖区, [③]而一颗也没有投在利物浦, 这无疑证实了它们的诗人身份, 同时也解释了它们要在阿默斯特镇着陆的原因。

可它们万万没有料到狄金森坚毅的决心与高超的文学水准。这些都在186B号诗里袒露无遗[④]。第二节写道:

> 我写了封信——给恶魔们——
> 责令它们全给我——滚开——
> 信写得直截了当——简单明了——
> "我想一个人待着。"

"简单明了"显然是艾米莉夸张了, 但这节诗无疑表明她写了张便条, 并传递给了火星人, 而在下一句当中, 这个意思就更加显露无遗了:

---

① 见 C.哈罗德所著的《拜伦爵士的〈唐璜〉: 作为灵感缪斯的马士提夫犬》。

② 他也不爱与人打交道。见《修墙: 弗罗斯特全集》, 兰登书屋。相对于墙, 弗罗斯特更喜欢带尖刺的铁丝网篱笆。

③ 见《〈我如行云独自游〉中的符号学诡计: 对华兹华斯的辩证研究》, N.孔波斯·门蒂斯, 后现代出版社, 1984。

④ 算是吧。

它们（字迹无法辨认）①了，带着敬畏与惊愕——

这张便条可能是狄金森大声读出来的；也可能被她以惯常的方式用纸条递给了它们，也可能被她像扔手榴弹一样丢进了拧开的黑烟炮弹里。

不管传送方式是什么，狄金森的便条无疑让火星人"敬畏与惊愕"，随即立马撤退，正如下一句诗里所写：

它们——马上——离开了——

曾有人提出埋在墓地里的狄金森不可能弄得到书写工具，这种观点没有将维多利亚时期的生活方式纳入考虑范围。狄金森的丧服是件白色裙子，此外，所有维多利亚式白裙都有口袋②。

在葬礼上，艾米莉的妹妹曾往她手里塞了两株天芥菜，并在她耳边低声嘱咐要带着它们去见主。或许，她还往棺材里塞了一支铅笔、几张便条吧；再不然就是习惯于手写、传递纸条的狄金森早就提前做好了准备。③

此外，众所周知，墓中诗④乃文学传统中的重要部分。丹

① 这个词不是"读到"就是"听见"，要不然就是"领跑者"。
② 还有褶饰、荷叶边、褶边及金银线镶边（见《作为政治宣言的口袋：维多利亚时代早期女权运动中衣饰的作用》，E.潘克赫斯特＆G.潘克赫斯特，愤怒女人出版社，1978）。
③ 好作家永远不能没有纸笔（或笔记本电脑）。
④ 见H.霍迪尼所著的《站不住脚的文学理论》中的关于身后诗的阐述。

特·加布里埃尔·罗塞蒂就曾在失去其挚爱伊丽莎白·西德尔的悲痛中往躺在棺材中的她的棕色头发里缠上一首首诗[①]。

无论书写工具是怎么进入棺材的,狄金森显然及时有效地使用了它们。她草草写下几节诗句,递送给了火星人。读完诗句的火星人苦恼难当,立即决定终止任务,飞回了火星。

如此立竿见影的效果背后之原因是什么,一直以来,争论频频,已然发展出好几种理论。威尔斯坚信降落在英格兰的火星人是被微生物杀死的,它们对地球细菌没有抵抗力。可火星人要感染上这种细菌怎么说也得花上几个礼拜。显然,让火星人离开的是狄金森的诗,而非痢疾。

斯宾塞提出,她字迹模糊的手写诗被火星人误读成了某种最后通牒。A.于芬提出,处于进化阶梯上更高级位置的火星人对于行文标点要求甚高,当它们看到过度使用的破折号和随意大写的字母时大感惊骇。S.W.卢伯克提出火星人对她所有的诗都能就着《德州黄玫瑰》的曲子演唱[②]这一事实深感不安。

然而,最合逻辑的理论显然是狄金森对近似韵——所有高级文明都理应憎恨近似韵——的偏爱令火星人伤透了心。186B号诗里包含两个极其恶劣的例子:"gone/alone"以及"guest/dust",而272？号诗里被烧掉的圆洞可能暗示着更为糟糕的

[①] 两年后,悲伤渐渐逝去,考虑到这些诗歌能带来的财富,他又挖起棺材,将它们一张张取了下来。我都说过了,诗人没好货。

[②] 试一下。没开玩笑。"因——因——因为我不能为死而停下,他便好心为了——我——我——我而停",没错吧？（当然,并非每一首狄金森的诗都能就着这个曲子演唱。2号、18号和1411号就只能唱成《可爱小蜘蛛》的调子。她对于曲调的选择会不会是隐晦指向火星人着陆德州这一不幸事件？见霍华德·沃德罗普的《龟之夜》。）

例子。

H.G.威尔斯对火星人的入侵给伦敦带来破坏的描写证实了近似韵理论。在伦敦，丁尼生才是诗坛的宠儿。同样证实这一理论的还有内布拉斯加州昂镇的缪里尔·阿德尔森对于飞船降落的一段记录：

我们正在参加每周一次的昂镇女子文学社活动，突然外面传来一声可怕的巨响，像是农舍大厅上有什么东西掉下来了似的。亨丽埃塔·米迪当时正在大声朗读艾米莉·狄金森的《我品尝未酿之酒》。我们都跑到窗户前往外看，窗外除了一团尘土，什么也看不到。[①] 于是亨丽埃塔继续朗读，忽然间"嗖"的一声，一个巨大的雪茄般[②]圆形金属物体腾空而起，消失于天际。

当时她们读的那首是214号诗，里面的近似韵词[③]"pearl"和"alcohol"，[④]这点非常重要。

就这样，狄金森将阿默斯特镇从火星人的入侵中拯救了出来，随后她便——如186B号诗的最后两句所写的那样——"挪了挪"那"杂草丛生的墓床——/随后转身——睡去了。"至于这两首诗怎么从墓地跑到了树篱底下，她没有解释，我们也许永远都无从得知答案[⑤]，就像我们或许永远都不会知道她的行为是出

----

① 对于内布拉斯加州的昂镇来说，这很正常。

② 见弗洛伊德。

③ 算是吧。

④ 近似韵理论也解释了为何狄金森在托马斯·温特沃斯·希金森将"pearl"改为"jewel"时大为光火。希金森不知道，但她心里很清楚，在未来的某一天，全世界的命运都将建立在她不会押韵这件事上。

⑤ P.沃尔登曾提出过一个有趣的解释，见《文学垃圾虫：艾米莉·狄金森随地乱丢手稿作为对梭罗的环境主义的回答》，P.沃尔登，《超验主义评论》，1990。

自不可征服的勇气还是众人皆知的坏脾气。

　　我们知道的是,这两首诗——连同其他几首一起[①]——记录了一场迄今为止依然鲜为人知的火星人入侵。因此,186B号诗与272？号诗应该被重新归类为狄金森"晚期或解构主义时期"的作品:不仅要将她最后且最重要两首诗的头衔归还给它们,还应让人们能从这两首诗中看到狄金森的高深立意。重新编号后,这两首诗分别被称为1775号与1776号,显然,狄金森在用她自己的方式暗指7月4日(美国独立纪念日)[②],同时也暗指她认为应将把火星人赶出[③]阿默斯特的那一天应该铭记为美国的第二个独立日。

　　附言:很遗憾威尔斯不知道近似韵的威力,否则,他只需抓起本狄金森的诗集,带到火星人的登陆点,从《房中奔忙》里选几句读出来,就能省掉很多麻烦了。

---

　　①显然,187号诗里所提到的"可怕的铆钉"指的就是火星人乘坐的椭圆形飞行器。258号诗中的"一缕斜阳"正好呼应了威尔斯的"刺目的绿光";而"庄严的折磨／来自天上"当然指的是火星人的着陆。这样说来,多达55首艾米莉的诗歌都创作于晚于人们原本以为的时间,所以整个排序与命名体系也都该打乱重来。(值得注意的是,艾米莉正好死于55岁。)

　　②因为独立日的社交性质,所以狄金森不过这个节。但在1881年的独立日,却有人看见她往梅布尔·多德的门廊上丢了颗摔炮,然后跑掉了。(这也许就是几乎没人注意到火星人着陆的原因:阿默斯特镇居民还以为艾米莉那个丫头又在搞恶作剧呢。)

　　③有充足的证据显示,火星人在新英格兰遭受重创后去了长岛。该理论将在笔者的下一篇论文《黛西家的码头尽头的那道绿光:从菲茨杰拉德的〈了不起的盖茨比〉看火星人的进攻》中进行阐释。(我可是要冲击终生教席的。)

后记:

　　人们总是对艾米莉·狄金森"隐居式"的生活方式感到吃惊与不安, 并提出各种理论试图解释她一直待在室内、只在夜里溜出来做园艺、客人一来便躲回楼上的传奇一生。这些理论五花八门, 有说抑郁症的; 有说她得了皮肤病, 不能见光的; 有说罹患狼疮的; 有说被一段爱情伤到无法释怀的; 更有说她患有公共场所恐惧症或癫痫的, 不一而足。

　　而我, 却完全能理解她的行为。老天, 她住的那地方可是马萨诸塞州的阿默斯特镇啊。

　　她有一颗能由马车联想到死亡, 由书籍联想到航行中的轮船, 由冬日暖阳联想到"教堂圣歌之重量"的大脑。她能写出"说尽真相, 但不必直截了当""离别乃吾等所知的天堂与所需的地狱""于是窗户坏了, 我也便不能看见光明了"这般诗句。她幽默风趣, 又常语带挖苦, 终其一生困于一个小镇上。镇上的人们最关心烤面包与编织罩布, 只爱格律诗, 乐于对世间所有人和事发表意见, 并不厌其烦地向人讲述: "你知道那个叫狄金森的姑娘又说了些什么吗?"

　　在我看来, 阿默斯特镇就是埃文利村(缺少了绿山墙的安妮), 扬克斯(缺少了多莉·来维), 明尼苏达州的戈镇和艾奥瓦州的河城的综合体, 是一个典型的美国小镇, 住在那里的所有人都是雷切尔·林德夫人、霍雷斯·范德捷尔德尔和厄拉利·马凯涅·希恩。

　　换我, 我也闭门不出。

Fire Watch

➤ 烈火长空 ➤

除了永恒，唯有历史战胜了时间。

——沃尔特·雷利爵士

9月20号

我要去找的第一件东西，自然是那块救火队纪念石碑①。当然，此刻它还不在那儿。它的落成典礼要等到1951年——沃尔特·马修斯主教还专门在典礼上致了辞——此刻还是1940年。这些我都了然于胸。就在昨天，我还去看了那块石碑。我误以为去看看"犯罪现场"多少会有点儿用处。结果半点儿用处都没有。

真正有用的可能是去上节速成班，恶补下"闪击战中的伦敦"的相关知识，以及给我更多时间。然而，这两者我都没有。

"时间旅行可不是搭地铁，巴塞洛缪先生。"德高望重的邓

_____

① 作者虚构的纪念二战时期伦敦救火队的石碑。现实中，伦敦于1990年在大教堂附近竖立了国家消防员纪念铜像，以纪念二战时期伦敦的消防员和救火队。

沃西透过他那副古董眼镜朝我眨着眼睛，"你必须在20号当天赶到，否则就别去。"

"可我还没准备好呢。"我说，"听着，我足足准备了四年，就是为了回去见圣保罗。圣保罗本人，而不是圣保罗大教堂。你们该不会指望我在两天内就准备好迎接闪击战中的伦敦吧。"

"我们就是这么指望的。"

谈话到此结束。

"两天啊！"我对着室友基芙琳吼道，"就因为计算机误加了个所有格①。"

"我跟他讲时间紧迫的时候，那位德高望重的邓沃西眉头都没皱一下。'时间旅行可不像搭地铁，'他说，'我建议你赶紧准备准备，后天你就要出发了。'真是一饭桶。"

"不。"基芙琳回道，"他才不是饭桶。这圈子里最棒的就数他了。关于圣保罗大教堂的那本书就是他写的。或许你该认真听听他说的话。"

我还以为基芙琳会对我略表同情。她自个儿的实习课被从十五世纪的英格兰改到十四世纪的英格兰时，她可没少抓狂。再说了，这两个世纪哪有资格作为实习课？算上传染病，危险系数也不超五分。闪击战是八分，而单单圣保罗大教堂——我可真是运气爆棚——就是个实打实的十分。

"你觉得我应该再去见邓沃西一面？"我问。

"没错。"

"见了又如何？就两天啊，我货币不识，言语不通，历史不

---

① 圣保罗：St.Paul。圣保罗大教堂：St.Paul's。

晓。什么都一窍不通。"

"他是个好人。"基芙琳说,"趁还有时间,我劝你最好听他的话。"基芙琳还是那个基芙琳,总能耐心地听完人诉苦,好言相劝。

拜这位老好人所赐,我现在站在了敞开着的教堂西门门前。我像个乡巴佬一般,四下张望,找寻着一块尚未出现的碑石。因为他,这次的实习课我算是准备得奇差无比了。

我只能看清教堂大门里面几英尺的地方。远处忽闪忽闪地摇曳着一朵烛光,同时有一团飘忽不定的白色物体朝我靠近,是司事,还是大主教本人?我掏出介绍信——那是我在威尔士的神父舅舅写给我用以求见主教的——拍了拍后裤兜,确保那本从伯德立图书馆偷出来的微缩胶片版《牛津英语词典修订版(增补历史卷)》还在。对话过程中显然不能掏字典,但要是运气不赖,首次会面或许能凭语境蒙混过关吧,不懂的词,回去再查也不迟。

"你是埃雅皮①的人吗?"他问。他年纪不比我大,矮我一头,还瘦得多,一脸清心寡欲的样子让我想起了基芙琳。那团白雾并非他身上的衣服,而是他抱在胸前的物件。若在平时,我定会以为那是个枕头;若在平时,我还能听懂别人说的话。可现实却是,我根本没时间忘掉学了四年的亚地中海地区拉丁语与犹太法律,并立刻通晓伦敦东区口音、熟稔闪击战的过程。

仅有的两天时间,被咱那位德高望重的邓沃西先生花在了谈论历史学家神圣的负担上,愣是没告诉我埃雅皮是什么。

———
① "埃雅皮"(Ayarpee)与 ARP(Air-Raid Precautions)读音相似。

"是不是？"他再次质问。

我在想究竟要不要掏出《牛津英语词典修订版》，毕竟威尔士都算得上外国了。可转念一想，1940年，微型胶片应该还没发明出来吧。埃雅皮是什么？什么都有可能，包括火灾警戒队的别称，若真如此，矢口否认并不是明智的选择。"不是。"我回道。

他蓦地朝我奔来，与我擦肩而过，直跑到敞着的门旁，探头往外看。"该死的，"他走了回来，"那他们人呢？都躲哪儿去了？真是一帮懒惰的布尔乔亚塔特！"

得！靠语境蒙混过关的计划就此彻底失败。

他紧紧盯着我，满眼狐疑，压根就不相信我不是埃雅皮的人。"教堂关了。"终于，他吐出了这几个字。

我递上信封，说："我叫巴塞洛缪，马修斯大主教在里面吗？"

他又探头朝门外观望了一回——好像资产阶级荡妇随时都会出现，而他则要拿起那捆白色物件与她们血战一般——接着，他转过身来，引导游客似的说："这边请。"说完便抬脚隐入一片黑暗中。

他引着我往右走去，踏上主殿南廊。幸亏我记下了教堂的格局，否则被这位絮絮叨叨的司事领着在黑咕隆咚的教堂里穿行实在太过诡异，不消多时，我定会折回西门，逃往圣约翰伍德。知道自己所处的位置让情况不那么可怖了。我们此刻应该正经过二十六号区域:亨特的名画《世界之光》——画中的耶稣手上还举着灯——可惜烛光太暗，我们看不见。我们自己倒是能用一用那盏灯。

那家伙在我前面陡然停了下来，嘴里却还在叨叨个不停，"我们有要求住那该死的萨沃伊酒店吗？我们不过是要了几张帆布行军床嘛。纳尔逊比我们的待遇都好，他至少有个枕头。"他在黑暗中挥舞起手中的白色包袱，像在挥舞一支火把。说白了，那还是个枕头。"两个礼拜前就提出来了，可现在我们还和特拉法尔加广场上流血的将军们挤在一起睡。那帮婊子光顾着和那帮'汤米'饮茶吃点心了，不管我们的死活！"

他看起来并不期待我能对他这一通发泄有所回应，这是好事，因为他说的话里每三个词我只能听懂一个。他在前面跺着脚，身体在祭坛蜡烛发出的可怜光亮中一闪而过，又隐入了一团黑暗中。当他再次驻足时，是在一个黑色洞口处。二十五号区域：通往"低语回廊"的楼梯，穹顶，图书馆（不对公众开放）。

我们爬上楼梯，穿过大厅，在一扇中世纪风格的门前停了下来，他敲了敲门。"我得去等他们了，"他说，"我不在，他们肯定要被带到隐修院去。让主教再给他们打个电话，知道了没？"说完，他踩着石头阶梯下去了，手里还抱着那枕头，像是面盾牌挡在胸前。

他虽然敲了门，但那橡木门至少有一英尺来厚，很明显，大主教没听到敲门声。我不得不再次敲门。这么说吧，就像拉开一个定点炸弹发起自杀袭击，但即便知道一切都会在自己有任何感觉之前马上结束，要喊出那句"就是现在！"也不是件容易的事儿。

我就这么站在门前，咒骂着历史系和德高望重的邓沃西以及那台出了故障的电脑，就是它将我带到这黑咕隆咚的门前，手里拿着一封虚构的叔叔写的介绍信。对这叔叔,我并不比对其他人更信任。

连向来可靠的老博德利图书馆都让我失望了。我通过贝利奥尔学院和主终端交叉订购的一批研究材料此刻应该就在我的房间里,可我们之间隔了一个世纪之遥。还有基芙琳,她明明已经完成了自己的实习项目,应该可以给我很多建议,可她却像个圣徒般一言不发,冷眼旁观,直到我开口请求帮助。

"你去见邓沃西了吗?"她问。

"见了,你想知道他给我分享了什么宝贵信息吗?'沉默与谦逊是历史学家肩负的神圣负担。'他还说我一定会爱上圣保罗大教堂的。不愧是大师啊,真是字字珠玑。问题是,我需要知道的是轰炸的时间与地点,这样才好躲开它们。"我一头栽倒在床上,"有什么建议吗?"

"你的记忆提取能力怎样?"

我坐了起来,"还不错。你觉得我应该提取吸收那些资料?"

"时间不够。"她说,"我觉得你应该把所有东西直接转为长期记忆。"

"你的意思是用内啡肽?"我问。

使用记忆辅助药物将信息直接存入长期记忆最大的问题就是信息永远不会在短期记忆区停留,一毫秒都不会,这就让记忆提取变得复杂且令人生畏。它会给你带来最令人不安的"似曾相识"感,你会突然间想起某件自己非常确定没看过或听过的事情。

然而,最主要的问题不是那种怪异感受,而是记忆提取。没人知道大脑究竟是如何从存储中提取信息的，但短期记忆一定扮演了一定的角色。信息停留在短期记忆区中的那稍纵即逝的时间显然不只是为了让你话到嘴边却说不出口。记忆提取整个复杂的分类－归档的流程很显然是以短期记忆为中心的。没有短期记忆或是帮助将信息放入长期记忆的药物或人造替代物，信息将无法提取。

为了准备考试，我曾用过内啡肽，从未在记忆提取时出现过问题。看起来，这是在既定时间所剩不多时，存储大量信息的唯一办法。但同时，这也意味着，我从来没有真正知道我需要掌握的东西，也不会因为时间久了而把它们忘掉。只有当我从大脑中调出记忆的时候，我才知晓它。而在这之前，我对相关知识是一无所知的，就像它并不存在于我那蛛网密布的大脑的某个角落里一般。

"不用人造替代物你就能提取记忆，我说的没错吧？"基芙琳狐疑不决地说。

"我猜我不得不如此。"

"即使是在压力巨大、睡眠不足、体内内啡肽含量下降的情况下？"她在实习项目中到底经历了什么啊？她只字未提，而作为本科生，我也不好问。中世纪有导致压力的因素？我还以为在中世纪人们都是一觉睡到天亮的。

"希望如此吧。"我说，"无论如何，如果你觉得有用，我很愿意试一试。"

她看着我，脸上带着烈士般的表情说："没有东西能派上用场。"谢了您嘞！贝利奥尔学院的圣基芙琳。

我还是试了。总比坐在邓沃西的办公室里,看他透过历史般精准的镜片对我眨眼、说我会爱上圣保罗大教堂来得好。因为向博德利图书馆申请的资料没到,我在布莱克威尔书店刷爆了信用卡,大买特买了一通:二战、凯尔特文学、公共交通的历史、旅游指南,能想到的我都买了。我还租了一台高速录像机,到处拍摄了一番。一切准备就绪,我却并不觉得自己的知识比之前丰富了,因此惊慌失措地乘地铁去了趟伦敦,登上路德门山去看那块火警纪念石,想看看它能否唤起一些记忆。

什么都没有。

"不过是因为你的内啡肽水平还未恢复正常。"我告诉自己,并试图放松,可一想到迫在眉睫的实习项目,就怎么也放松不下来。小子,那可都是真枪实弹啊。就算你只是个去实习的历史系本科生,不代表你就不会在那里命丧黄泉。

在返程的地铁上,我一直在读历史书。直到今早被邓沃西的跟班们带到圣约翰伍德之前,我都在读。随后,我将微缩版的《牛津英语词典修订版(增补历史卷)》塞入裤子口袋里,心想就凭我的聪颖天资也能生存下来,同时还寄希望于自己能在20世纪40年代搞到人造替代物。我想,至少第一天不会出岔子吧。可谁承想,听到的第一个词就让我犯了难。

好吧,也没那么难。尽管基芙琳建议我不要在短期记忆里存储任何东西,我还是背下了英国货币系统、地铁地图和自己就读的牛津大学的地图。凭着这些,我撑到了现在。应付大主教当然也不在话下了。

我鼓起勇气,正要敲门,门却从里面开了,果然就和炸弹自爆一样，这道坎子就这么过去了，来得快去得快，毫无痛苦。我把推荐信递给他。他握了握我的手，说了句我能听懂的话，好像是："很高兴又有人加入，巴塞洛缪。"

他看起来心力交瘁、疲惫不堪，若我此刻告诉他闪击战已经开始了，他可能会随时晕倒。我懂，我懂：闭上你的嘴。神圣的静默，云云。

他开口了，"让朗比带你参观下，如何？"我猜朗比就是那位枕头司事。我猜得果然没错，我们在楼梯底部碰头了，他轻喘着气，脸上却挂着欢欣雀跃的表情。

"行军床来了，"他对马修斯大主教说，"还以为他们要帮咱，结果来的是一帮穿高跟鞋、假模假式的家伙。'亲爱的，为了来帮你们，我们都错过下午茶了。'其中一个说。'是吧，那是好事啊。'我回她，'你看起来完全可以再瘦个一两斤。'"

连马修斯大主教都露出了没有完全听懂的表情，说："你把床安置到地窖里了吗？"然后，他给我们做了介绍。"巴塞洛缪从威尔士来，刚到，"他说，"想加入我们的志愿队。"他说的是志愿队，不是火警队。

朗比带我四下参观，他手指主厅里的几块幽暗之处，然后拉我下去参观了他们安在地窖坟墓旁的十个折叠帆布行军床，顺便带我看了看纳尔逊将军那口黑色大理石棺柩。他告诉我，头天晚上不需要我站岗，并建议我好好睡一觉，毕竟睡眠是空袭战中最宝贵的东西。我深以为然。他说话时还紧紧抱着那愚蠢的枕头，像是抱着他的爱人一般。

"这下面也能听到警报声？"我问，心想枕头可能是用来蒙头的吧。

他的眼神在低矮的石质天花板上游离着，"有些人能听到，有些人听不到。布林顿必须要喝杯好利克才能睡着；至于本斯·琼斯嘛，屋顶塌了也吵不醒他。我就必须得有个枕头。无论发生什么，八小时的睡眠都是至关重要的。睡眠要是没法保证，你会变成行尸走肉，离死也就不远了。"

说完这句欢欣鼓舞的话，他便转身去安排今晚的站岗人员了，枕头被他放在了一张行军床上。走之前，他对我千叮咛万嘱咐，别让人碰他的枕头。我便坐在那儿，等待属于自己的第一声空袭警报，趁着还没变成行尸走肉或死尸一具，好好消化消化眼前的一切。

我用偷来的《牛津英语词典修订版（增补历史卷）》解读了一下朗比说过的话，所获颇丰。"塔特"若非油酥糕，便是妓女（我猜是后者，尽管我没猜出那个枕头是干啥用的）。"布尔乔亚"则是包罗了所有中产阶级糟粕的统称。"汤米"就是士兵。至于"埃雅皮"，我试遍了所有拼法，都查不到。我差点儿就要放弃了，长时记忆里却陡然冒出一个念头，战争时期，缩略词与缩写词可是大量使用的。（上帝保佑，圣基芙琳。）我意识到这个词肯定是个缩写词。ARP，空袭预防系统。还能是什么，那些沾染鲜血的行军床还能从哪儿来？

## 9月21号

经历了初来乍到的惊恐，我才意识到历史系忘了告诉我三个来月的实习课里应该做什么。他们丢给我一本日记本，一封我叔叔写的信，还有张面值十英镑的票子，就把我送回了过去。那十英镑（除去火车票与地铁费已经所剩无几）本应该帮助我顺利生活到十二月底，直到我回到圣约翰伍德等待被接回——那时，我会接到另一封来信，召我回到威尔士叔叔的病榻旁。

在那之前，我都要和纳尔逊一起住在地窖里，据朗比说，他的尸体在棺材里用酒泡着。有时我想，假如我们遭受了直接轰炸，他的尸体会像火炬一样烧起来，还是如同一摊腐坏的液体流淌到地面上呢？地窖里有只煤气灶，灶上煮的茶难以下咽，烟熏鲱鱼的味道也很奇怪。为了能吃上一口这等"奢侈美味"，我得登上圣保罗大教堂的房顶，扑灭天上落下的燃烧弹。

此外，我还得完成此次实习课的目标——无论那目标是什么。眼下我唯一在意的目标就是活着等到第二封信的到来，好让我回家。

在朗比抽出时间"领我入门"前，我先干起了些边边角角的活儿。我把他们煎炒臭气熏天的小鱼的平底煎锅洗干净了，还把木质折叠椅照次序排好在地窖的祭坛那一头，（椅子都展开放着，没有折叠起来，因为每到半夜它们就会倒下，发出炮弹般的声音。）然后试着睡去。

显然，我不是那些能在空袭中睡着的幸运儿中的一员。夜里的大部分时候，我都在想圣保罗的危险等级是多少。能加入实习课的项目至少是六级。昨晚，我得出了个深信不疑的结论：圣保罗是十级，而我们所在的地窖就是爆心投影点。我当初还不如申请去丹佛呢。

目前为止，最有趣的一件事是我发现了只猫。虽觉得不可思议,但我尽量表现得漫不经心。毕竟从这个时代来看,猫在这儿再普通不过了。

### 9月22号

我还在地窖里。朗比会时不时地从我身边一闪而过,嘴里边咒骂着各色政府机构(全是缩略词)边承诺着要带我上屋顶。此时,我已经变得无事可做,于是自学了手摇抽水泵的操作。基芙琳对我的记忆提取能力特别担心,可到目前为止,我在这方面没碰到任何问题,反而愈加得心应手。我查阅了消防知识,获得了带着图片的全套指南,上面就有手摇抽水泵的使用方法。要是烟熏鲱鱼把纳尔逊点着了,我指不定就成英雄了呢。

昨晚倒是发生了件令人兴奋的事。警报响得比平时早了些,地窖里来了些打扫办公室的清洁女工,与我们共同避难。其中一个半夜尖叫一声,把我从酣睡中惊醒,那声音像是防空警报似的。结果只是她被只耗子吓到了。我们拿胶靴对着墓冢和行军床底下一通乱敲,才让她相信耗子走了。显然,历史系派我来这就是干这个的:捕杀耗子。

### 9月24号

朗比终于带上我巡逻了。来到了唱诗席,我把手摇抽水泵的操作方法又从头学了一遍。上头给我们发了胶靴、锡头盔。朗比还说指挥官艾伦会给我们弄来消防员的石棉外套,不过在那之前,我们只能先拿自己的毛外套、毛围巾应付一下。虽然还只是九月,但房顶上已经寒冷异常,感觉就像已经十一月了,触目所及也是十一月隆冬的景象，阴郁、暗冷、了无生机。我们越过穹架，登上教堂房顶。本以为上面平坦得一览无余，上去了才发现房顶上林立着尖塔、锥顶、檐沟和雕塑，所有的设计是特意用来将燃烧弹隔离在房顶之外的。他们先让我们观摩如何在大火从屋顶蔓延至整个教堂前用沙子将燃烧弹扑灭，又给我们展示了穹架的绳索（真的是绳子），那一大堆绳子躺在穹架底部，将人送到西边高塔或是上到穹顶上时便会用到。看完了这些，我们回到教堂内部，下到"低语回廊"。

一路上，朗比的嘴皮子也一直没闲着，有时给我们讲解使用指南，有时给我们介绍教堂历史。我们回到"低语回廊"前，他把我拉到南门边，给我讲了个克里斯托弗·雷恩站在老圣保罗教堂被烧成残垣断壁的废墟中，叫人从墓地里弄来了块石头作为教堂重建的奠基石的故事。石头上用拉丁语写着"我将再次站起"。这句话中的反讽意味让雷恩印象深刻，后来被刻到了门上方的墙上。朗比一脸的沾沾自喜，就像这个故事不是每个一年级历史系学生都知道似的。可转念一想，若没有火警纪念石碑的影响力，这也只不过是个还不错的故事罢了。

朗比加快脚步，领着我跑上台阶，向环绕在"低语回廊"旁的狭长阳台跑去。他已经绕到了阳台的另一头，嘴里还喊着关于教堂尺寸与声学设计方面的东西。他在对面的墙壁前停下，面墙低语："你能听到我的低语声，全拜穹顶的形状所赐。声波在穹形的边缘被强化了。每遇空袭，这里听起来都像是穹顶破裂了。穹顶直径一百七十英尺，位于正厅上方八十英尺处。"

我向下看去。金属围栏突然从我脚下消失了，黑白相间的大理石地面以令人目眩的速度朝我眼前飞驰而来。我胡乱抓住面前的某个东西，咕咚跪了下去，心中震惊又恶心不已。太阳已经出来了，圣保罗大教堂好似通体沐浴在金光中。就连雕梁画栋的唱诗台、白洁如雪的梁柱、管风琴上的浅灰色管子都在阳光映照下一片金灿灿。

朗比站在我旁边，试着把我拉起来。"巴塞洛缪，"他嚷道，"你怎么啦？看在上帝的分上，老兄。"

我知道自己必须告诉他，如果此时我松手了，圣保罗和所有的过往记忆都会坍塌，将我压在下面。我不能让这种事发生，因为我是名历史学家。我说了些什么，但很显然不是我本来想说的，因为朗比手上的力气只增不减。他猛地把我从围栏边上拽回到楼梯里，任我瘫倒在阶梯上。他就这么站在我身后，一言不发。

"我不知道刚刚发生了什么。"我说，"我以前从不恐高。"

"你在发抖，"他厉声喝道，"你最好找个地方躺下。"说完，他将我领回了地窖。

9 月 25 号

记忆提取: 空袭预防系统指南。轰炸受害者症状。

第一阶段——震惊; 恍惚; 意识不到受伤的事实; 说着除了受害人自己, 常人无法理解的话语。

第二阶段——颤抖; 恶心; 感受到伤痛、损失; 回归现实。

第三阶段——无法控制的话多; 产生向施救者解释休克行为的欲望。

朗比肯定知道这些症状，但他怎么解释没有轰炸发生这个事实呢？我很难向他解释清楚自己的休克行为，阻止我的可不只是历史学家那神圣的沉默。

他什么也没说，还给我安排了明天晚上第一轮执勤，像什么也没发生一样。他看起来和其他人一样忧心忡忡。我目前遇到的每一个人都是一副心神不宁的样子，（尽管我的短期记忆里明明有一条，是说人们在空袭中表现得多么镇定。）而自我来到这里，空袭还没有靠近过这片区域。空袭主要是在伦敦东区与码头区。

今晚有人提到了一枚未爆炸的炸弹，可我却一直想着主教的举止和教堂关门一事，我几乎能确定自己读过的史料记载中说，整个闪击战期间教堂大门都是开着的。一有机会，我就会检索九月发生过的事件。至于其他事嘛，在我搞明白自己此行的目的——如果有的话——之前，我不觉得自己能牢牢记住正确的信息。

历史学家既无思想指导，亦无行事限制。我能告诉所有人我来自未来，如果我觉得他们会相信我的话。如果我能去德国，我会去谋杀希特勒。但我真的能吗？在历史系，关于时间悖论的讨论多不胜数，而从实习课回来的本科生从不选边站队、参与其中。过去是铁板一块、一成不变的吗？抑或历史每天都在改变，正是我们这些历史学家创造了它？若真如此，我们的行为会造成怎样的后果——若真会造成后果的话？在不知道后果的情况下，我们如何敢放手做事？我们是应该大胆干涉，同时期冀不会造成历史的崩塌？抑或什么事都不干，不予干预；如有必要，旁观圣保罗大教堂烧成灰烬,以保证未来不被改变?

这些都是晚间学习小组上不错的问题。但在这里,它们根本不重要。我杀不了希特勒,更不能看着圣保罗烧成灰烬。不,不对。昨天,在"低语回廊",我发现了一件事。假如我发现希特勒在放火烧圣保罗大教堂,我能杀了他。

9月26号

今天遇见位年轻姑娘。马修斯大主教打开了教堂大门,火警队开了巡逻,女工与平民又开始涌入。这年轻姑娘让我想起了基芙琳,只是基芙琳比她高很多,而且基芙琳也永远不会把头发卷成她那样。她看起来像是哭过。基芙琳从实习课回来后也一直是那哭过的表情。中世纪对她来说太残酷了。她会如何应对我目前的处境呢?毫无疑问,我想她会对当地神父哭诉自己的恐惧。而我真心希望与她长相酷似的这位姑娘不会对着我哭诉。

"需要帮助吗?"我说,心里一丝帮忙的意愿都没有,"我是志愿队的一员。"

她脸色愁闷。"你不拿报酬?"她边说边用手上的手帕擦拭着红鼻子,"我读到过圣保罗的情况,还有这儿的火警队,还以为能来这儿找份适合我的职务。比如在食堂里打工之类的。一份挣薪水的工作。"她通红的眼眶里开始闪烁出泪光。

"恐怕我们这儿没有食堂。"我尽可能口气温和,平时对待基芙琳我可没这么有耐心,"这里也不是真正的避难所。火警队中的一些人还睡在地窖里呢。在这儿的恐怕都是义工。"

"那就不行了。"她说着用手绢擦拭眼睛,"我热爱圣保罗大教堂，只是我没法儿做义工。特别是在我弟弟汤姆现在从乡下回来了的情况下。"

眼前的形势让我有点儿难懂。虽然一切外部特征都显示着她的忧苦，跟之前进来时刚哭过的样子没什么区别，但她的声音听起来却是兴高采烈的。

"我必须给咱俩找个像样的住处。汤姆回来了，我们可不能再继续睡地铁了。"

突然，恐惧攫住了我，那种不自觉的记忆提取有时会带来剧痛。"地铁？"我问，试图抓住那段记忆。

"一般都是在大理石拱门站。"她接着说，"我弟弟汤姆会先占好位置，然后我就……"她用手绢捂住鼻子，揩鼻涕，"抱歉，"她说，"这可恶的冷天儿。"

红鼻头，泪汪汪，打喷嚏。呼吸道感染。我没让她不要哭真是个奇迹了。到目前为止，我还没犯不可饶恕的错误全凭运气，并不是因为我访问不到长时记忆。因为我所需的信息连一半都没有存储到：比如猫、感冒，以及阳光下圣保罗大教堂的模样。或早或晚，这趟旅程定会因我的无知而陷入僵局。今晚值班后，我无论如何也要试一下提取记忆了。至少，我得弄清楚什么时候会有什么感觉砸向我。

那只猫，我又见过一两次。它浑身乌黑，只在喉咙处有块白色，像被人特意涂上去的，为了在灯火管制时方便辨认。

### 9月27号

我刚从屋顶上下来，还在浑身颤抖。

空袭刚开始的时候，轰炸主要集中在伦敦东区。那场面让人难以置信：到处都是探照灯，天空被火光映成了粉色，倒映在泰晤士河里，炮弹如礼花般闪耀。震耳欲聋的轰隆声不绝于耳，时而又被头顶翱翔而过的飞机的嗡嗡声打断，接着便是高射炮没完没了的咔咔射击声。

大约午夜时分，轰炸开始临近，那声音犹如火车从我身上轧过般可怖。我用尽全部意志才没有伏倒在屋顶上。因为朗比正在一旁巡视，我不想再让他看到自己在穹顶下的表现。我昂首挺胸，手中紧握沙桶，感到无比自豪。

三点钟左右，轰炸停止了。平静了大概半个小时后，然后是像冰雹打在屋顶上一样的哗啦声。每个人都趴下去找铁铲和手摇灭火泵，除了朗比，他看着我，而我看着燃烧弹。

那玩意儿正好落在钟塔后面，离我不过几米的位置。它比我想象的规模小得多，只有三十厘米来长，正上蹿下跳着朝我的方向噼里啪啦地喷射出白绿色火光。不出一分钟，这玩意儿便能熔穿屋顶，火焰便会开始向四周扩散。一时间，火焰四起，消防员狂躁地呼喊着，接着连续数英里的白色火光延伸开去，东西烧得一点儿也不剩，啥都没留下，连火警纪念石碑都没留下。

在"低语回廊"上演的场景重现，我感觉自己说了些什么，可当我看向朗比时，他的脸上露出了扭曲的笑容。

"圣保罗大教堂会被烧毁的。"我说，"烧得一点儿也不剩。"

"是啊。"朗比说，"就是要那样，不是吗？把圣保罗大教堂夷为平地，计划不就是那样吗？"

"谁的计划？"我愚蠢地问。

"当然是希特勒的计划。"朗比说,"你以为我说的是谁?"说完,他看似随意地捡起自己的手摇灭火泵。

空袭预防系统手册里的内容在我眼前一闪而过。我将手上的那桶沙子倒在仍在扑腾着的燃烧弹四周,转身搬起另一桶,直接倒在燃烧弹上。一股黑烟升腾而起,云遮雾绕中我差点儿没找到铁锹。我摸索着抓起熄灭了的燃烧弹的尖端,一把丢进空桶里,再将沙子铲起,填埋在上面。刺鼻的烟弄得我泪流满面。我转过身,举起袖子擦拭泪水的间隙,看见了朗比。

他站在那里一动不动,根本没有要帮我的样子,反而笑了笑。"事实上,这个计划很不赖。当然啦,我们不能让它实现。这就是火警队的目的,确保这个计划无法实现。对吗,巴塞洛缪?"

此刻我才知道这次实习课的目的。我必须阻止朗比,不让他将圣保罗大教堂焚毁。


9月28号

我试图告诉自己昨晚是我误解了朗比,误读了他说的话。他为什么要焚毁圣保罗大教堂,除非他是个纳粹间谍?纳粹间谍怎么可能加入火警队呢?我想到自己那份假介绍信,不禁后背发凉。

我要怎样才能查明呢?若是用某条1940年忠诚的英国人才知道的关键信息来测试他,先露出马脚的可能是我。看来真得找时间把记忆提取这件事整一整。

在那之前,我得看好朗比了。至少就目前看来,这点不难做到。朗比刚把未来两周的巡逻值班表贴了出来,每一个班次,我俩都在一起。

9月30号

我知道九月发生了什么。朗比告诉我的。

昨晚,我们在唱诗台穿上外套与靴子时,他说:"你知道,他们之前就尝试过一次了。"

我不知道他啥意思,跟第一天他问我是否来自埃雅皮的时候一样不知所措。

"毁掉圣保罗大教堂的计划。他们已经试过一次了。9月10号的事儿。用的是高爆炸弹。当然啦,你不知道。当时你人还在威尔士。"

我根本没在听。他一说到"高爆炸弹",我立马就全都记起来了。敌人在地下挖了个洞,将炸弹放置在教堂的地基里。拆弹小组试图拆弹,可煤气总管裂开了。他们决定疏散圣保罗大教堂的人,可马修斯大主教拒绝离开。最终,他们将炸弹取出,在泊金沼泽地引爆。记忆提取,迅速又完整。

"那次是拆弹小组救了它。"朗比说,"好像永远都有人能伸出援手,救大教堂于危难之中。"

"的确。"我说,"的确如此。"说完便转身走开。

10月1号

我以为昨晚关于9月10号事件的记忆提取意味着某种突破,可我整晚都躺在行军床上,试图检索圣保罗大教堂中的纳粹间谍，结果却一无所获。在提取相关记忆前，我需要明确知道自己要找的是什么吗？若是这样，这项技术于我还有什么用？

或许朗比不是纳粹间谍。那他究竟是什么人？纵火犯？疯子？地窖不是适合思考的地方，不像坟墓里那样安静。女工们整晚聊个不停，炮弹的声响在这里听来闷声闷气的，让境况反而变得更糟了。我发现自己伸长耳朵，竭尽所能想要听到轰炸声，搞得夜不能寐。今早，我倒是睡着了一小会儿，却梦到一个地铁避难处被炸的场景，下水管道被炸毁，淹死了很多人。

### 10月4号

今天，我试着想逮住那只猫。我打算说服它去弄死一直吓到女工的耗子，也想借机近距离观察一下猫。我拿起一只水桶——昨晚，正是用它和手摇灭火泵才把从高射炮里发射的燃烧弹片给浇灭。桶里还有一点儿水，不足以淹死猫。我的计划是用水桶把猫扣在下面，伸手进去把它提溜出来，再带到地窖里，把耗子指给它看。可结果，我却连猫都没法接近。

我甩起水桶，准备往下扣时，桶里的水可能洒出来了一些。我记得猫是驯化了的动物，很显然，我记错了。猫那精明高傲的脸陡然后缩，变成了一张可怖的骷髅面具，利爪从看似无害的肉垫里伸出，发出一声足以盖过女工攀谈声的厉叫。

惊吓之余，我赶忙扔掉水桶，任由它滚到柱子边才停下。猫早已消失。在我身后，朗比的声音传来，"猫可不是这么逮的。"

"显而易见。"我说着弯下腰去，捡起水桶。

"猫讨厌水。"他说，声音依旧波澜不惊。

"噢。"我从他面前走过,准备把桶放回唱诗台,"我不知道还有这么一说。"

"没有人不知道,哪怕你是愚蠢的威尔士人。"

10 月 8 号

本周实行双岗制——一轮满月当空,适合轰炸机发起攻击。我没在屋顶上发现朗比,便下到教堂里去找他。他站在西门边,和一个老人谈话。那老人把胳膊下夹着的报纸递给朗比,朗比又递了回去。老人看到我便跑出门去。"是个游客,"朗比说,"问我风车剧院在哪儿。报纸上说那儿的女孩子们都一丝不挂。"

我知道自己脸上的表情看起来一点儿也不相信他,因为他又接着说:"老家伙,你看起来糟透了。没睡好是吧?今晚的第一轮岗,我找人帮你站了吧。"

"不用。"我冷冷地答道,"自己的岗,自己站。我喜欢待在屋顶上。"心里还默默加了一句,这样就能看好你了。

他耸耸肩,说:"总比在地窖里待着强。在屋顶上,起码能听到炸死你的那颗炮弹。"

10 月 10 号

我觉得双岗制对我挺有益处,让我不再专注于无法提取记忆的事。心急吃不了热豆腐嘛。其实,这招有时确实管用。花几个小时想想其他事,睡个好觉,事实便会在脑海中自动涌现,无须任何提示,完全不依赖辅助药物。

然而,睡个好觉是不可能的了。除了女工们的叽叽喳喳,那只猫也住进了地窖，整日贴着人走，发出警笛般的吵闹声，讨要鲱鱼吃。上岗前，我要把我的行军床搬出耳堂，搬到纳尔逊旁边。是，他是被酒泡着，可他至少不会出声。

### 10月11号

我梦到了特拉法尔加广场、舰炮、烟雾、由天而降的灰泥，还有朗比在喊我的名字。醒来后的第一个念头就是：折叠椅子都消失了。我看不到它们，因为漫天的烟雾。

"我来了！"我边说边穿靴子，磕磕绊绊地朝朗比走去。一大堆灰泥落在耳堂里，折叠椅子挤在旁边。朗比在灰泥堆里扒拉着。"巴塞洛缪！"他边吼边将一大块儿灰泥丢到一边，"巴塞洛缪！"

我依然以为空气中是烟雾，于是跑回去取手摇灭火泵。之后我跪在朗比身边，试图从灰泥堆里扯一张椅背。可我怎么扯也扯不出来。突然间，我意识到，这下面埋着的是具尸体。我伸手去抓天花板掉下来的一块儿，却发现那是只手。我大惊失色，强忍住呕吐的冲动，继续扒拉灰泥堆。

朗比拿着条椅子腿，疯狂地猛戳。我抓住他的手，想让他停下来，他奋起抗争，就像我是一块该被扔掉的破砖块似的。他搬起一大块灰泥，下面露出了地面。我回头看了看。两名女工都挤在唱诗台边的壁龛里。"你在找谁？"我问，手抓着朗比的胳膊。

"巴塞洛缪。"他边说边把碎石扒到一边，满是烟灰的手上沁出了鲜血。

"我在这儿。"我说，"我没事。"我被白灰呛到，"我把行军床搬出了耳堂。"

他倏地转过头来，面向女工，平静地问："这下面有什么？"

"只是煤气炉。"壁龛里传来一名女工怯怯的声音，"还有加尔布雷斯先生的笔记本。"朗比从灰泥堆里挖出这两样东西。煤气炉上的火虽灭了，但正往外大口地漏着气。

"不管怎么说，你还是救了圣保罗大教堂和我。"我身上只穿着内裤和靴子，手里还握着那没派上用场的灭火泵，"不然我们可能都窒息而死了。"

他站起身来说："我不该救你的。"

第一阶段——震惊；恍惚；意识不到受伤的事实；说着除了受害人自己，常人无法理解的话语。

他肯定还不知道自己的手在流血；肯定还没意识到自己说了什么。他说不该救我。

"我不该救你的。"他又重复了一遍，"我有任务在身。"

"你流血了！"我厉声喝道，"你最好躺下。"那口吻就跟之前在回廊里朗比对我说的一样。


10 月 13 号

击中我们的是枚高爆炸弹。它在唱诗台顶上炸出了个大洞，大理石雕像被炸破了一些。地窖天花板没塌，我本以为塌了的，结果只是震落了一些灰泥。

我不觉得朗比知道自己说了什么。这于我来说是有利条件，因为我确定了危险藏在何处，确定它不会从别处突袭而来。可我不知道他究竟有何阴谋，何时会付诸实践，只知道危险会来自于他又有何用呢？

关于昨天轰炸的事实肯定存贮在我的长时记忆里，可这次就连塌落的灰泥都没能让它有半点动摇。记忆提取，我现在连试都懒得试了。只这么躺在黑暗中，等着屋顶砸下来。脑子里回想着朗比如何救了我的命。


10月15号

那个女孩今天又来了。她感冒还没好，挣工钱的工作却找到了。看到她真令人高兴。她身穿光鲜的制服，脚蹬一双露趾鞋，一头长发精致地卷着，披散在她的脸周围。我们还在清扫轰炸留下的一片狼藉。朗比和艾伦一起出去弄修葺唱诗台的木材了。我于是边打扫边听她絮叨。扬起的灰尘让她不停地打喷嚏，好在这次我知道她打喷嚏是因为扬尘的缘故。

她告诉我她叫埃诺拉，现在在妇女志愿服务队上班，负责着一辆开往火灾现场的流动餐车。她今天过来竟然是来谢我的。她说当她告诉妇女志愿服务队圣保罗大教堂没有带餐厅的像样避难处后，他们才给了她在市里工作的机会。"以后我只要在附近，就会过来看看你，告诉你我过得怎么样，如何？"

她和她弟弟汤姆还住在地铁站里。我问睡地铁站安全吗，她答大概不安全，但起码在那下面被炸死前不会听到炮弹落下的声音。这总是好的。


10月18号

我太累了，连日志都没力气写。今晚一共投下了九颗燃烧弹、一个地雷——地雷是靠降落伞落到屋顶上的,降落伞被大风吹走前,它都紧紧地扒在穹顶上。我扑灭了两颗燃烧弹。自我到这算起,这已经是至少第二十次了,期间还无数次帮过他人。但这依然不够。一次闪失,一个燃烧弹没扑灭,一晃神儿没看住朗比,就可能前功尽弃。

我明白这就是自己如此疲劳的原因之一。每天晚上,我不仅要做好本职工作,确保没有燃烧弹能逃过我的双眼,还得把朗比给看紧了,搞得自己筋疲力尽。等到回到地窖中,我又一门心思想从长时记忆中读取与间谍、火灾、1940年圣保罗大教堂的覆灭相关的信息。更加筋疲力尽。我做得远远不够的念头折磨着我,但我又不知道自己还能做些什么。没法提取记忆,我和这些可怜的人们别无二致,都不知道第二天会发生什么。

如果不得不如此,我将继续下去,直到被召唤回家。只要有我在扑灭燃烧弹,他就休想焚毁圣保罗大教堂。"我有任务要完成。"朗比在地窖里这么说过。

而我也有我的任务。

10月21号

轰炸过去几乎快两周了,我才意识到自那以后,我们一直没看到那只猫。它不在地窖那堆灰泥里。我和朗比又仔细检查了两遍,确认了里面什么都没有。它倒是有可能藏在唱诗台里的。

老本斯·琼斯叫我不要担心。"它没事,"他说,"就算德国佬把伦敦炸为平地了,猫们还是会在废墟中跳着华尔兹,出来迎接他们的。你知道为什么吗？它们不爱任何人。爱，是杀死我们中一半人的原因。斯特普尼区昨晚就有一个老太太因为救猫而死。那该死的猫躲在家庭防空洞①里。"

"那我们地窖里的那只呢？"

"我敢打包票，肯定在某个安全的地方。它要是不在圣保罗大教堂附近，那就意味着我们死定了。不是有句老话说'船未沉，鼠先窜'吗？说得不对。先窜的不是鼠，是猫。"

10 月 25 号

朗比的游客又出现了。他不可能还在找风车剧院吧？他胳膊下夹着份报纸，要见朗比。可朗比和艾伦去城市的另一端弄石棉防火服去了。我瞟了一眼报纸的名字。叫《工人报》。那是份纳粹报纸吗？

11 月 2 号

我在屋顶上待了整整一周，帮助几个无能的工人修补炮弹炸开的窟窿。他们干得糟透了。屋顶的一侧还有个深坑，大到人能掉进去。可他们坚持说没事，因为就算掉进去，也无非是掉到天花板上，"掉下去又不会死人"。他们好像不明白，那里正适合藏匿燃烧弹。

朗比正需要这么个地方。他甚至无须放火，只要搁只燃烧弹在那儿静静地烧，等到人们发现，就为时已晚了。

---

① 原文为 the Anderson，指第二次世界大战期间英国内务大臣约翰·安德森提倡的家庭防空洞，又名 Anderson Shelter。

我怎么说工人们都不听。我回到教堂，准备向马修斯反映，却看见朗比和他的游客站在窗户旁的柱子后面。朗比手里拿着份报纸，对着那个男人讲话，一小时后，我从图书馆出来的时候，他们还在原处。屋顶上的坑也是。马修斯说咱在上面铺几块木板，然后尽量往好的方向想吧。

## 11月5号

我已经放弃提取记忆了。太久没睡觉，我连那份我本该知道名字的报纸上的信息都读取不了。双岗制现在是常态了。女工们和猫一样，都遗弃了我们，地窖安静了下来，可我却怎么也睡不着。

就算打个盹儿的间隙，我也会做梦。昨晚，我梦到基芙琳也上屋顶了，穿得像个圣人。"你实习课里的秘密是什么？"我问，"你应该发现的东西究竟是什么？"

她拿手绢擦了擦鼻子，说："两件事。第一，沉默与谦卑是历史学家神圣的负担。第二——"她停下，拿手帕捂鼻打了个喷嚏，"——别睡地铁。"

我唯一的希望就是搞到人造替代物，进入一次迷狂状态。这是个问题。我确定现在使用化学内啡肽或致幻剂为时尚早。酒当然是个选择，但麦芽啤酒（我唯一知道名字的酒）度数太低，我需要更浓的酒。我不敢找火警队要，朗比对我已经疑心够重的了。最后我还是得回去翻《牛津英语词典修订版》，查那个我不认识的词。

11月11号

猫回来了。朗比又和艾伦出去了,准备弄点儿石棉防火服回来。我觉得这时离开圣保罗大教堂很安全。我去了趟杂货铺,准备补充些物资,运气好的话,说不定还能弄到记忆辅助物。天色渐晚,我还没走到齐普赛街,警笛就响了,不过空袭一般要到天黑后才开始。我花了好一阵备好杂物,才鼓起勇气问店主有没有酒——他叫我去找个酒吧——当我迈出杂货铺时,感觉好像突然掉进了一个洞里。

我完全搞不清圣保罗大教堂在哪个方向。街道和我刚刚走出的杂货店也消失在黑暗里。我站在街边,一只手紧紧抓住装着烟熏鲱鱼和面包的棕色纸袋,四下一片漆黑,伸手不见五指。我将围巾在脖子上束紧,祈祷着双眼赶快适应这黑暗,可就连最微弱的光线也没有,无从适应。此刻若天上有月亮,我也会很高兴,虽然巡防队员们都诅咒月亮,称它为奸细。有辆公交车也好啊,微弱的车灯也足够给我指明方向。或者一个探照灯,又或者高射炮射击时发出的光亮。任何东西都行。

就在这时,我真看见了一辆公共汽车。远处投来两道细细的黄色裂缝。我朝它走去,差点儿摔下路牙。公交车不可能在路上斜着走,这说明那根本就不是公交车。一声猫叫传来,距离很近,我感到有东西在蹭我的脚。我低头看去,那两道我误以为是公交车车灯的光是从猫眼中发出的。虽然我敢发誓附近几英里都没有光源,但它的眼睛还是不知道从哪捕捉到了光,随着它抬起头,黄光漠然地向我折射而来。

"你这样到处放光,教会执事会来抓你的,老猫。"我说话时一架飞机从头顶飞过，"或者被德国佬抓住。"

整个世界突然迸裂出万丈光辉。探照灯和泰晤士河上的反光似乎同时亮起，照亮了我回家的路。

"你是来接我的，对不，老猫？"我开心地说，"你都去了哪儿？难道你知道我们鲱鱼不够了？你真是忠诚。"回家的路上，我一路都在和猫说话，还给它吃了半罐鲱鱼，感谢它救了我的命。本斯·琼斯说它在杂货铺闻到了牛奶的味道。

11月13号

我梦到自己在灯火管制下迷了路。我看不见伸在自己面前的双手。邓沃西出现了，朝我闪着一把袖珍手电筒。可我只能看见身后的路，看不见前方。

"这对他们有什么好处？"我说，"他们需要能照亮前路的光。"

"甚至是泰晤士河的反光？甚至是火灾或高射炮发出的光？"邓沃西说。

"是的。什么都比这一团黑暗好。"他靠近我，递给我手电筒。可那却不是一把手电筒。那是教堂南厅墙上挂着的亨特的画中耶稣手举的灯。我拿它照亮前方的路缘，好找到回家的路，却看到火警纪念石碑，便赶紧灭掉了灯。

11月20号

今天我尝试着与朗比谈话。"我看见你和那位老绅士谈话了。"我说。听起来像是在谴责。我故意的。我想让他明白我在谴责他,从而停止他的计划。

"是读报纸给他听,"他说,"不是谈话。"他正在唱诗台上清理东西,堆积沙袋。

"行,那我看见你给他读报纸了。"我挑衅地说,他放下一个沙袋,直起身子。

"怎么了吗?"他说,"这是个自由的国度。我想给老家伙读报纸就能读,就像你能和那个妇女志愿服务队的婊子聊天一样。"

"你读的什么?"我问。

"他想听什么,我就读什么。他都是个老头了。以前每次下班回家,他都先喝点儿白兰地,然后听他妻子给他读报。她在一次空袭里丧生了。现在换我给他读报。我看不出这和你有什么关系?"

听起来像是真的。没有人们撒谎时那种小心翼翼的随意。我差点儿就信了,可惜我听过他说真话时的口吻。在地窖里,上次轰炸后。

"我以为他是名寻找风车剧院的游客。"我说。

他看上去失神了一秒钟,接着说:"噢,对,记起来了。他当时拿着报纸走进来,问我剧场在哪。我在报纸上给他找到了地址。这一招很聪明。我当时都没想到他不识字。"够了。我已知道他在说谎。

他将一袋沙子丢在我脚边,差点儿砸到我的脚,"当然啦,这种充满人情味的小善举,你是不会懂的,难道不是吗?"

"是的,"我冷冷地说,"我不懂。"

这证明不了任何事。他什么马脚都没露,除了一种可能的人造记忆辅助物的名字。我也不能跑到马修斯主教那里指责朗比给别人读报纸。

我等他完成了唱诗台里的工作,回到地窖里。然后我拖着一袋沙子上了屋顶,拖到深坑边。坑上的木板还在,可人们都小心翼翼地绕着走,就像那是座坟墓一样。我割开袋子,将沙子倒入坑底。假使朗比意识到这里是藏匿燃烧弹的绝佳地点,这些沙子说不准能扑灭它。

11月21号

今天,我给了埃诺拉一些"叔叔"的钱,叫她给我买白兰地。她比我想象的更不情愿。这背后定有我不知晓的复杂的社会因素。可最终,她还是同意了。

我不知道她为何而来。她跟我谈起了她弟弟,说他在地铁里闯了祸,跟那儿的卫兵起了冲突。可当我问起她关于白兰地的事情时,她没把弟弟的事说完就匆匆走了。

11月25号

埃诺拉今天来了,可她没给我带白兰地。她说放假期间会去巴斯看姑姑。这样也好,她可以逃离空袭一段时间,而我也不必为她担心了。她把弟弟的事讲完,还说她希望姑姑能收留弟弟汤姆,直到闪击战结束,可她不确定姑姑会同意。

显然,与其说年轻的汤姆是个迷人的小混混,不如说他是个准罪犯。他在银行站地铁避难处扒人腰包,被抓了两次,搞得姐弟俩名誉扫地，不得不回到大理石拱门站。我竭尽所能地安慰她，告诉她男孩在某个阶段变坏是再正常不过的。可我真正想说的是，她根本无须担心，这个叫汤姆的小子给我的印象是个真正的幸存者，就像我们教堂里那只汤姆①，就像朗比，完全的自我中心者，只顾自己、不管别人。这种人才最可能挨过闪击战，在未来崭露头角。

接着我又问她是否带来了白兰地。

她低头盯着脚上的露趾鞋，不高兴地嘟囔道，"我还以为你早把这事忘干净了呢。"

我编了个故事，说火警队有规矩，队员要轮流买酒。于是她看起来没那么不开心了。可我不确定她这趟去巴斯是不是为了不给我买酒而找的借口。若真如此，我就不得不亲自去买了，可我又不想留朗比一人在教堂。我让她保证在今天出发前把白兰地给我弄来。可她到现在还没来，警报声都已经响了。

11 月 26 号

埃诺拉还是没来。她说过火车中午就出发了。我想我该学会感恩，至少她在伦敦之外的安全地方。甚至去了巴斯，她的感冒可能也会好。

今晚，空袭预防系统的一位姑娘跑了进来，把我们的行军床借了大半去，说是在东区有个地表避难所被炸了，现场一片狼藉，四人死亡，十二人受伤。"还好炸的不是地铁避难所。"她说，"不然那才叫一团糟，是吧？"

① 英文中汤姆（Tom）也有公猫的意思。

11月30号

我梦见自己把猫送到了圣约翰伍德。"这次实习课难道是个营救任务？"邓沃西问。

"不，先生。"我骄傲地回答，"我明白这次实习课的目的了，是要找到完美的存活者。坚忍顽强、足智多谋、自私自利，我能找到的就只有这位了。朗比，我得干掉他，不然他会焚掉圣保罗大教堂；埃诺拉的弟弟又去巴斯了；至于其他人，他们根本活不下去。埃诺拉大冬天的还穿着露趾鞋，睡地铁还不忘用铁发卡夹头发，就为了头发卷翘。她绝对不可能熬过闪击战。"

邓沃西说："或许你应该救她的命才对。你刚说她名字叫什么？"

"基芙琳。"说完我便浑身打着冷战醒来。

12月5号

我梦到朗比拥有定点炸弹。他像拿棕色纸袋一样，将炸弹夹在胳膊底下，走出圣保罗大教堂地铁站，踏上路德门山街，朝大教堂西门走来。

"这不公平。"我边说边用双手拦住他的去路，"今天没有火警队当班。"

他将炸弹紧紧抱在胸前，像是抱着只枕头，"那是你的责任。"还没等我抓起灭火泵和水桶，他就已经把炸弹扔进了门里。

定点炸弹直到二十世纪末才被发明出来。而待到共产主义者将其改良为可以夹在胳膊下的便携大小，又过了十年。一个纸袋就能将伦敦方圆四分之一英里夷为平地。感谢上帝，这只是个梦，不是现实。

梦里的清晨阳光明媚。而今早，当我结束站岗后，太阳几周来第一次露了面。我下到地窖又折返，把屋顶来来回回检查了两遍，接着又检查了楼梯、地面以及中间每一个可能潜伏着燃烧弹的走廊。检查完后，我感觉好了些。可睡着后，我又做起了梦，梦中的朗比正面对火光露出微笑。

### 12月15号

今早，我碰到了那只猫。昨晚轰炸很密集，但大多落在了坎宁镇，教堂顶上没什么可报告的。可那猫却已死透了。我早晨四下巡逻时看见它在台阶上躺着。它被冲击波击中。浑身上下除了脖子上的那块黑暗中都可见的白斑，连条疤都没有，可当我提起它时，那皮肤底下却早已软耷耷的如同果冻一般了。

我想不出怎么处理猫的尸体。突然，一个疯狂的念头闪过，我想请求马修斯主教将它埋在地窖里，就像在战场上光荣牺牲的英雄一样，从特拉法尔加到滑铁卢再到伦敦，最后葬身沙场。可最后，我只是用围巾将它包好，沿着路德门山街一路走到一栋被炸毁的建筑里，将它埋在了碎石瓦砾下。这当然起不到任何保护作用，瓦砾挡不住野狗与老鼠，而我也再弄不到另一条围巾。"叔叔"的钱几乎都已被我花完。

我不该继续坐在这里。还有走廊、台阶没检查，说不定还有我错过的哑弹或延迟燃烧弹之类。

我刚来的时候，把自己当成一个崇高的拯救者——历史的救星。可我没能扮演好这个角色。但至少埃诺拉安全了。我希望自己能找个法子把整个圣保罗大教堂送到巴斯去,以保证安全。昨晚几乎没有发生什么空袭。本斯·琼斯说猫能从任何事中活下来。假如它是来找我的呢,来给我指明回家的路的呢?明明所有的炮火都集中在坎宁镇了啊。

## 12月16号

埃诺拉回来有一周了。看她站在我发现死猫的西门台阶上,了解到她又睡回了一点儿也不安全的大理石拱门地铁站,我简直无法消化这一切。"我还以为你在巴斯呢。"我愚蠢地说道。

"姑姑说她可以收留汤姆,但只能收留他一个人。她家里已满是疏散过来的孩子了,整日吵个不停。你的围巾去哪儿了?"她说,"这儿可真够冷的。"

"我……"我不知如何回答,"我弄丢了。"

"你再也弄不到另一条了。"她说,"他们要开始限制衣物的配给量了,还有毛织物。你再弄不到一条那样的围巾了。"

"我知道。"我对她眨着眼说。

"这么好的东西,就这么丢了。"她说,"这简直就是犯罪。"

我什么也没说,只是转过身去,低着头,边走边找着炸弹和死了的动物。

## 12月20号

朗比不是纳粹。他是一名左派。太不可思议了,他居然是一名左派。

一名女工发现了他塞在枕头后面的《工人报》，把它带到了地窖里，当时我们正好结束第一班站岗。

"可恶的左派，"本斯·琼斯说，"这帮家伙帮助希特勒，与国王对着干，在避难所里惹是生非。他们是叛徒。"

"他们对英格兰的热爱不比你少半分。"女工说。

"他们只爱自己，一群该死的自私鬼。若有人说他们暗中与希特勒通电话，我都不会感到惊讶。"本斯·琼斯说，"你好，阿道夫，这里是轰炸的绝佳地点。"

煤气灶上的水壶鸣叫起来。女工站了起来，将热水倒进一只缺口茶壶，又坐了回去。"他们直言不讳不代表他们就会烧了我们的圣保罗大教堂吧，难道不是吗？"

"当然不是。"朗比从台阶上边往下走边说。他找了个地方坐下，脱掉靴子，伸直穿着毛线袜的脚，"谁会烧了圣保罗大教堂？"

"左派啊。"本斯·琼斯眼神直勾勾地盯着他。我想他是不是也开始怀疑朗比了。

朗比眼睛都没眨一下。"如果我是你，我不会担心什么左派。"他说，"今晚费尽心思想要烧掉大教堂的是德国人。到目前为止，已经扔了六颗燃烧弹了，其中一颗差点儿掉进了唱诗台边的那个窟窿里。"他把杯子递给女工，让她给他倒了杯茶。

我真想宰了他，真想抓起他就往地上的灰尘瓦砾里撞，任由本斯·琼斯与女工在一旁满脸惊诧地驻足观望，却束手无策。我想对着他们和火警队所有的人大吼："你们知道左派做了什么吗？"我怒不可遏地想要大吼："你们知道吗？我们必须阻止他!"我甚至站了起来,开始朝他走去。而他还伸展着双脚,肩上披着那件石棉外套。

可这时,我脑海里突然闪过金光闪闪的"低语回廊",闪过从地铁站里走出、胳膊底下心不在焉地夹着个包裹的左派,内疚与无助朝我袭来,引起一阵恶心与眩晕。我又坐回了自己行军床的边缘,试图思考下一步该怎么做。

他们根本没有意识到危险。即便是本斯·琼斯——虽然他一口一个叛徒——也仅以为他们就只能跟国王唱唱反调罢了。他们不知道,也不可能知道,左派终将变成什么。他们从未听过任何那些将"左派"变成"怪兽"的同义词的事情。他们永远都不会知道。等到左派变成那副模样的时候,火警队早就消失了。只有我知道在圣保罗大教堂听到"左派"这个名字被这么不经意地提起到底意味着什么。

左派。我早该猜到。我早该晓得的。

12月22号

今天又是双岗制。我很久没睡了,只是站在那儿都晃晃悠悠。今早,我差点儿就掉进了那个大坑里,幸好我及时跪倒,才捡回一命。我体内的内啡肽分泌量在疯狂波动。我知道自己必须尽快补充睡眠,否则很快便会成为朗比的行尸走肉中的一员。可同时,我又不敢留朗比独自一人在教堂顶上,或在教堂里,让他与他的同伙共处一室。把他独自一人留在任何地方,我都不放心。我甚至开始在他睡觉的时候监视他。

要是能搞到某种辅助物,我相信能触发一次迷狂状态,尽管我现在状态糟糕。可我现在连酒吧都去不了。朗比总是待在教堂顶上，伺机行动。下次埃诺拉来的时候，我必须得叫她给我弄到白兰地。毕竟，只剩几天时间了。

12月28号

埃诺拉今天早上来了，当时我正在西门廊里扶起倒下的圣诞树。连续三个晚上，它都被空袭引发的震荡击倒。我把它扶正，又弯下腰去捡散落在地上的金箔丝。埃诺拉突然从雾气中走出，像个欢乐的圣徒。她迅速弯下腰，在我脸上亲了一口，又直起身来，鼻子因反复的感冒而变得红彤彤。她递过来一个彩纸包着的盒子。

"圣诞快乐。"她说，"来，拆开它，这是送给你的礼物。"

我震惊得都不知如何应对了。我知道这盒子太浅，根本放不下一瓶白兰地，但我还是愿意相信她记住了自己的承诺，给我带来了救赎。"你这个可人儿。"我说着扯开了盒子。

里面是一条围巾。灰色，羊毛质地。我足足盯了有半分钟，都没认出那是个什么玩意儿。"白兰地呢？"我问。

埃诺拉一脸震惊，鼻子更红了，眼中泛出泪光，"你更需要这个，你又没有衣物券，还整天待在外面。最近天气多冷啊。"

"我需要的是白兰地。"我生气地说。

"我不过是想对你好点儿。"她还没说完就被我打断了。

"对我好点儿？"我说，"我找你要的是白兰地，我怎么不记得找你要过围巾了。"我把围巾塞回给她，开始从树上解下被压坏的一串彩灯。

她脸上挂着基芙琳最擅长的表情，像个神圣的烈士。"你在那屋顶上，我一直很担心你。"她连珠炮似的说，"他们要炸毁圣保罗大教堂，这你知道吧。再说了，这里离河又近，我觉得你不应该喝酒。我……就在他们这般费尽心思地想置我们于死地之时，你还不好好照顾自己，这简直是犯罪，就像你跟他们是一伙似的。我害怕有一天等我来到圣保罗大教堂，却发现你已经不在了。"

"那么，我究竟应该拿这条围巾怎么办？炮弹落下来的时候拿它护住脑袋？"

她转身跑掉了，没跑两步身影就消失在灰色的雾气当中。我在她身后追她，手上还握着那串破碎的彩灯，结果被绊倒在地，差点儿直摔到台阶底端。

朗比将我扶了起来。"你要被火警队除名了。"他阴森森地说。

"你不能这么做。"我说。

"我当然可以。我可不想和行尸走肉一起在屋顶上放哨。"

我任由他领着我下到了地窖里。他给我泡了杯茶，扶我上了床，全程关心备至，没有半丝阴谋得逞的样子。我会就这么躺着，直到警报响起。等我再次站上屋顶时，他就没理由送我下来了，否则只会引人怀疑。你知道他走之前跟我说了什么吗？这个身披石棉外套、脚踩胶靴、看起来勇于献身的火警，他居然跟我说："我想让你睡一会儿。"好像他朗比在屋顶上我还能睡得着似的，那我不得被活活烧死。

12月30号

昨天，是警笛声把我叫醒的。老本斯·琼斯说，"你可算醒了，你都睡了一整天了。"

"今天几号？"我边找靴子边说。

"今天29号。"他说。我赶忙往门的方向冲去。"没必要这么急。今晚敌军还没来，说不准压根就不会来。若真如此，那真是上帝保佑。今天退潮了。"

我在通往楼梯的门边停了下来，手扶着冰冷的石墙，"大教堂没事吧？"

"它还屹立着呢。"他说，"做噩梦了？"

"是啊。"我说，最近几个礼拜做的噩梦在脑海中过电影一般闪现——在圣约翰伍德，我的胳膊下夹着猫的尸体；朗比手拿着包袱，胳肢窝下夹着《工人报》；火警纪念石碑被耶稣手上的灯烧着，火光炫目。接着，我意识到自己根本没有做梦。相反，那种睡眠恰好是我一直祈望的，一种能够帮我记起东西的睡眠。

然后，我记起来了。不是圣保罗大教堂被左派焚为平地，而是报纸上的一条标题：大理石拱门站被炸，爆炸导致十八人死亡。日期不清楚，但年份是1940年。1940年只剩下两天了。我一把抓起外套和围巾，冲上楼梯，从大理石地板上飞奔过。

"该死的，你要去哪儿？"朗比的吼声响起，我却看不到他人在何方。

"我得去救埃诺拉，"我的声音在幽暗的避难所里回荡，"他们要炸大理石拱门站。"

"你现在不能离开！"他在我身后吼道，他站着的地方就是后来火警纪念石碑的位置。"今天退潮了。你这肮脏的——"

剩下的我就没听见了。我已经跳下楼梯,钻进了一辆出租车。车费几乎花光了我所有的钱,这些钱我一直小心翼翼地为了圣约翰伍德而攒着。我们还在牛津街,炮击就开始了,司机不愿意再往前开了。他在一团漆黑中让我下了车。我明白了自己根本不可能赶上时间。

爆炸。埃诺拉倒在地铁阶梯上,脚上还穿着露趾鞋,身上一条伤痕都没有。可当我试着扶她起来时,她的皮肤底下却早已软耷耷的如果冻一般了。因为我来迟了,我现在不得不用她送我的围巾将她包裹起来。我都穿越一百多年回来了,结果还是没能赶上救她。

还剩最后几个街区了,我在海德公园里几个炮台的指引下一路狂奔,然后从台阶扶手上滑到大理石拱门站。售票处的女人收走了我身上最后一先令,给了我一张去圣保罗大教堂的票。我把票塞进口袋,朝台阶冲去。

"不要奔跑,"她平静地说,"请左转。"往右的门被木制路障挡住了。外面的铁门紧闭,用铁锁锁着。印着站台名称的板了上的胶带贴成"X"形,一条写着"所有列车"的新标识贴在路障上,指向左方。

在停止运行的电梯上没发现埃诺拉,地铁走道里面对墙坐着的人群中也没有她。我走到第一段台阶前,却发现自己根本无法通过。我想通过的区域被一家人挡住了,他们在台阶上摆出一张花边桌布,正喝着下午茶。桌布上摆着面包、黄油、用蜡纸包着的一小罐果酱,煤气灶上的水壶和我与朗比从废墟里挖出来的一模一样。我盯着这顿下午茶像瀑布一样布置在台阶上。

"我……大理石拱门站台……"我说。又有二十个人死于被炸飞的砖瓦。"你们不该待在这里。"

"我们和别人一样有权待在这儿。"那个男人的语气咄咄逼人,"再说了,你算老几,凭什么叫我们离开。"

有个女人正从纸箱里拿出茶托,她抬起头来看着我,面色紧张。煤气灶上的水壶响了。

"你才应该离开。"男人说,"走,快点儿走。"他让到台阶的一边好让我经过。我面带歉意、小心翼翼地从花边桌布旁边挤了过去。

"抱歉。"我说,"我在找人。她应该在站台上。"

"你找不到她的,老兄。"那男的伸出拇指,指着站台的方向。我赶紧从他身边跑过,差点儿踩到桌布,然后绕过角落,踏入了地狱。

当然,那不是真的地狱。杂货店女孩儿们将外套胡乱折叠起来,就靠在上面躺下,有的快活有的阴郁,还有的脸色不善,可没有人是下了地狱的样子。两个男孩为了一个先令扭打在一起,硬币却滚落到了铁轨上。他们在站台边缘弯下腰来,争论着要不要下去捡。地铁保安对着他们大喊,叫他们往后退。一辆列车呼啸而来,上面坐满了乘客。一只蚊子落在保安的手上,他伸手去打,却没打着,惹得两个男孩大笑。在他们身前身后,沿着隧道瓷砖的线条朝着各个方向延伸出去的是难以数计的人,乌泱乌泱的人群,成百上千的人,他们如同受难者一般霸占了入口、台阶和隧道。

我跌跌撞撞地回到大厅, 不慎碰倒了一只茶杯, 杯子里的茶瞬间冲到桌布上。

"我说得没错吧, 伙计。"男人欢快地说, "站台上简直就是地狱, 对吧? 下面更糟糕。"

"地狱。"我说, "你说得对。"我不可能在这儿找到她。我也不可能救出她。我看到擦拭茶水的女人, 突然意识到我也救不出她。埃诺拉或是那只猫, 或是这些难民中的任何人, 我都救不了, 他们迷失在这无尽的台阶和时间的死胡同里。他们已经逝去一百年了。过去无法挽救。这一定就是历史系把我们送来这里、想要我们学习的教训吧。好吧, 我学到了, 现在我能回去了吗?

当然不行, 亲爱的。你已经愚蠢地将所有的钱都花在了出租车和白兰地上。而就在今晚, 德国人要焚毁伦敦。(虽然太晚, 但我全都记起来了。今晚屋顶上会有二十八颗燃烧弹。)朗比终于等到他的机会了, 而你也终于会学到你从一开始就该知道的教训。你根本救不了圣保罗大教堂!

我回到站台上, 站在地铁黄线后面, 等待班车入站。上车后, 我取出车票, 拿在手上, 一路坐到了圣保罗车站。到站后, 浓烟向我汹涌而来, 如飞溅的水雾, 圣保罗大教堂被掩盖在浓雾里, 我什么也看不见。

"退潮了。"一位妇女绝望地说。我摔倒了, 倒在一团蛇窝一样绵软无力的塑料管上。我的手上沾满了腥臭难闻的泥浆。我终于明白了潮汐的重要性, 但为时已晚。没水灭火了。

一名警察挡住了我的去路, 我无助地站在他面前, 不知道该说些什么。"平民不允许上来这儿。"他说,"要去的话就去圣保罗大教堂。"浓烟滚滚,如同聚集的乌云夹杂着闪电,金光闪闪的穹顶在烟雾顶端探出头来。

"我是火警队的。"我说,他收回了阻挡的手臂,接着我就到了屋顶上。

我的内啡肽水平定是像防空警报那样起伏不定。自那一刻起,我便没有了短期记忆,脑海里只剩些无法串联起来的瞬间:我们将朗比从屋顶抬下来的时候,教堂里的人正缩在角落里打牌;穹顶内燃烧的木头碎片在头顶飞旋;穿着埃诺拉同款露趾鞋的救护车司机给我烧伤了的手抹上药膏。而在这所有记忆片段中心的,是我绑上绳子救了朗比一命的画面。

我站在穹顶旁,烟雾呛得我直眨眼。放眼望去,整座城市火光一片,似乎单是那热浪就能将圣保罗大教堂点着,单是那噪声就能将其击垮。本斯·琼斯在西北塔边,正拿着把铁锹对付着一只燃烧弹。朗比面向我而立,站得离炸弹炸开的窟窿太近了。突然,他身后咣当一声掉下颗燃烧弹。我转过身去抓铁铲,待我再转过身来时,他已经不见了身影。

"朗比!"我大吼着,声音淹没在一片嘈杂中。他掉进窟窿里了。除了我,没人看到他,也没人看到那颗燃烧弹。我已经不记得自己是怎么越过屋顶的了。只记得我要了根绳子。等拿到那根绳子后,我将它系在腰间,将两端交给了其他火警队员,然后就沿着窟窿边缘挪了过去。火光将窟窿内壁照得通明锃亮,可以直看到窟窿底部。那儿有一堆白色砾石。他就在那下面,我想着,跳了下去。窟窿空间过于狭小,容纳不下更多砾石。我又怕自己不经意间砸到他。我试着将木板与灰泥扔到身后，可转身的空间都没有。有那么一小会儿，我想到他可能根本就不在那儿。残破的木板掀开后会露出空荡荡的地板，就像在地窖里那次一样。

我已顾不得尊严，趴倒在他的身上。要是他已经死了，我肯定承受不了因踩在他那无助的尸体上带来的羞辱。可后来，他的手从沙砾中伸了出来，如鬼魂一般，抓住我的脚踝。不出几秒，我便转过身来，帮他的头解了困。

他脸上的惨白已经吓不到我了。"我扑灭了炸弹。"他说。我盯着他，感到如释重负，一时不知该说些什么。有那么一会儿——疯狂的一小会儿，我甚至觉得自己会大笑起来。看着他还活着，我太高兴了。终于，我意识到这种情况下该说什么了。

"你还好吗？"

"好得很。"他试着用胳膊肘撑起身子，"怎么着，看到我没事你不高兴了。"

他没能站起来，于是边将身体的重量向右侧转移，边又顺势躺了回去，尖锐的碎石在他身下发出讨厌的嘎吱声，疼痛令他不时地低声哼哼。我试着轻轻地将他扶起来，好看看他哪儿受了伤。他掉下来的时候肯定撞到什么东西上了。

"没用的。"他大口喘着气，"已经被我扑灭了。"

我惊诧地盯了他一眼，心想他是不是摔傻了，随后又继续将他的身体翻向一侧。

"我知道你肯定把希望都寄托在这一颗上了，"他丝毫不抗拒我的动作，可嘴上还在继续着，"这么大的屋顶，这种事儿要发生也是迟早的事。可我把它解决掉了，你要怎么跟你的同伙们交代？"

他的石棉外套的背面被划出了一道长条，外套下他的背烧焦了，不断往外冒烟。他正好掉在燃烧弹上了。"我的老天。"我急切地想要在不会碰到他的情况下，弄清楚他的伤势如何。烧焦的伤口有多深，我没法弄清楚，但看起来烧伤的范围没有超出外套的缺口。我试着将炸弹从他身下拖出来，可那弹壳烫得像个炉子，只是没有熔化。我铺的沙子和朗比的身体将其盖得死死的。不知道再次暴露在空气中炸弹会不会重燃。我四下张望，带着些许张皇，想找到朗比跌倒时丢掉的沙桶和手摇抽水泵。

"找武器？"朗比的声音如此洪亮，很难想象他受了伤，"干吗不直接把我丢在这得了？只要没人管，不到明早，我就死翘翘了。或者，你想隐蔽地完成你那肮脏的勾当？"

我站起来，对着屋顶上的人喊叫。一个家伙拿手电筒照了下来，可那光照不到我们身上。

"他死了吗？"一个声音从上面传来。

"叫救护车。"我说，"他烧伤了。"

我扶着朗比站了起来，艰难地扶着他的后背，同时避免碰到伤口。他趔趔趄趄，随后靠到了墙上。我用木板做铲，试图埋炸弹的时候，他就在边上看着。绳子放了下来，我把朗比拴上。自我扶他起来，他便一直无话。此时，他顺从地让我将绳子拴在他腰间，整个过程都直直地看着我。"真该让你在地窖里闷死的。"终于，他吐出这么一句来。

他就这么靠着冰冷的墙，几乎称得上放松，靠双手支撑着。

我用扔下来的绳子在他的双手上各绕了一圈，因为我晓得他没力气自己抓住。"自那天在'低语回廊'发生的事后，我就盯上你了。我知道你并不恐高。你刚刚跳下来的时候不就没恐高吗？怎么，是怕我坏了你的重要计划，急了吧？怎么着？难不成是突然良心发现了？你忘了你当初是怎么跪在那儿，像个婴儿一样发牢骚了吗？还什么'我们干了什么好事？干了什么好事？'你可真够恶心的。你知道最早是什么让你露馅儿的吗？那只猫！人人都知道猫怕水，只有龌龊的纳粹间谍不晓得。"

上面的人轻扯了一下绳子。"开始拉。"我说，绳子便绷紧了。

"那个妇女志愿服务队的婊子呢？也是个间谍吗？本该和你在大理石拱门站会面的？跟我说那儿什么会被炸掉，巴塞洛缪，你个烂透了的间谍。你的同伙们九月份就炸过一次了，现在又开始了。"

绳子猛然一动，朗比开始慢慢地往上移动。他扭转手腕，想要抓得更紧。他的右肩刮到了墙上，我伸出手，轻轻将他往左推，直到左侧身子触到洞壁。"你在犯一个大错误，你知道的。"他说，"你应该杀了我。我会告发你的。"

我站在黑暗中，等待绳子再次被抛下来。朗比被拉到房顶时就失去了知觉。我默默从火警队人群中走过，穿过穹顶，一直往下走到地窖里。

今早，叔叔的信到了。随信还附着一张五英镑的票子。


12月31号

与我在圣约翰伍德会面的是邓沃西的两名跟班，他们跟我说我考试迟到了。我没有反驳。让如同行尸走肉似的我马上去考试当然是不公平的，可我顺从地拖着步子，跟在了他们后面。我已经多久没合眼了？只有昨天去找埃诺拉前睡了会儿。所以，一百年了，我已经一百年没睡觉了。

邓沃西坐在桌前，朝我眨着眼。一名跟班递给我试卷，另外一位开始计时。我将试卷翻过来，伤口上的软膏却在纸上留下了一块油腻的污迹。我不解地看着伤口。帮朗比翻身时，我的确有抓到燃烧弹，可这些伤口却是在我手背上。朗比那顽固不屈的声音骤然间在我耳边响起："那是在绳子上擦伤的，你个笨蛋。都没人教你们这些纳粹间谍怎么爬绳子吗？"

我低头看了看试卷，试卷上写着："落到圣保罗大教堂的燃烧弹数量、地雷数量、高爆炸弹数量是多少。最常用的燃烧弹扑灭方法是什么，对付地雷的方法、对付高爆炸弹的方法是什么。火警巡逻一队人数、火警巡逻二队人数是多少，受伤人数、死亡人数是多少。"真是些瞎扯淡的问题。每道题后面都有一小块空白，只够写上个数字的。最常用的燃烧弹扑灭方法。那么小的空间，我怎么写得下？怎么没有问题是关于朗比、埃诺拉和那只猫的？

我走到邓沃西的桌前。"圣保罗大教堂昨晚差点儿就被烧毁了。"我说，"你这出的都是些什么烂问题？"

"你应该在作答，巴塞洛缪先生，而不是提问。"

"这里面没有一道关于人的问题。"我感到包住自己内心怒火的弹壳已经开始熔化。

"怎么没有。"邓沃西将试卷翻到第二页，"1940年伤亡人数是多少。爆炸致死的人数、霰弹致死的人数、其他原因致死的人数。"

"其他原因？"房顶随时都可能化为怒火与泥沙，朝我的头顶倾泻而下。"其他原因？朗比用自己的身体扑灭了一场大火，埃诺拉的感冒愈发严重，还有那只猫……"我从他手中夺回试卷，在"爆炸致死的人数"后面潦草地写上"一只猫"。

"你难道一点儿都不关心他们吗？"

"从数据的角度来说，他们很重要。"他说，"可作为个体，他们与历史的进程关系不大。"

我动作迟钝，没想到邓沃西也好不到哪去。我的拳头落到他脸上时，擦到了他的下颌，打落了他的眼镜。"怎么可能关系不大！"我吼道，"他们就是历史，而不是那些该死的数字！"

两名跟班的反应倒是快得很。我还没来得及挥出第二拳，就被他们抓住双臂，拖出了房间。

"他们又一次经历那些过往，可没人能救他们！"我继续吼道，"他们被困在一段黑暗中，伸手不见五指，炸弹就这么朝他们头上落，你却跟我说他们不重要？这算哪门子历史学家？"

我被两名跟班拖出门外，穿过走廊。"朗比拯救了圣保罗大教堂。还要怎样才能算是重要？历史学家，你压根就不够格！你不过是……"我想找个难听的字眼骂他，但我唯一能想起来的骂人的话却是出自朗比之口。"你不过是个龌龊的纳粹间谍！"我吼道，"懒惰的资产阶级荡妇！"

我被双手双膝着地丢到了门外，他们将门摔在我脸上。"什么狗屁历史学家，给我钱我都不当！"吼完，我便跑去看火警纪念石碑了。

12月31号

我的字迹可能看起来支离破碎，那也是没办法的事。我双手的状况不太好，邓沃西的跟班让情况变得更糟了。基芙琳定期来看我，她往我手上敷了厚厚的药膏，我都握不住笔了。

当然啦，圣保罗大教堂地铁站已经不在了，我从霍尔本站出站，边走边琢磨着伦敦被焚次日清晨我与马修斯大主教的对话。也就是今天早晨。

"听说你救了朗比一命，"他说，"而且你俩昨晚一起拯救了圣保罗大教堂。"

我把舅舅的来信拿给他看，他瞅了一眼，像是不明白那是什么。"没有东西能永享平安。"听他这话，有那么一会儿，我以为他会告诉我朗比死了。"我们不得不继续拯救大教堂于炮火之中，直到希特勒决定转移轰炸点。"

我想告诉他，对伦敦的空袭就快结束了。过不了几周，他就会转而轰炸农村。坎特伯雷、巴斯，被炸的总是教堂。你和圣保罗大教堂都能活着看到战争结束，火警纪念石碑落成典礼上还等着你献词呢。

"但是，我胸中充满了希望，"他说，"我觉得最糟糕的部分已经过去了。"

"的确，先生。"我脑海里闪过火警纪念石碑的模样，上面的字迹历经时间，依然清晰可辨。不，先生，最糟糕的部分还远未过去。

我极尽所能保持镇定,直到上到卢德门山顶。登顶过后,我便四处游荡,犹如墓地里的闲人。我怎么不记得这儿的瓦砾和朗比把我从中挖出来的白色沙砾那么相似。我怎么也找不到火警纪念石碑。最后,我差点儿正好摔倒在石碑上面,我猛地往后一跳,就好似踩到了一块坟墓。

这块石板便是教堂唯一留下的部分了。据说,蘑菇云散去后,广岛的核爆点还留下了几颗完好无缺的树;而在丹佛,科罗拉多州议会大厦前的阶梯还屹立不倒。但它们都没有写着:"谨此纪念圣保罗大教堂火警队的男男女女,他们于上帝的恩典下拯救了这座大教堂。"上帝的恩典。

石板的一角断裂了。历史学家们提出,碑文上应该还有一句:"直至永远。"可我却不认同这个观点。但凡是在马修斯大主教主持下修建的,就不会有这一句。它所纪念的火警队也根本没人会认同。我们每次扑灭一颗燃烧弹,就又一次地拯救了大教堂,直到下一颗炸弹落下。我们一直盯着高风险之处,不大的火就用沙子和手摇泵浇灭,大火就直接用身体扑熄,就是为了让这座构造繁复的宏伟建筑免遭被焚毁的厄运。听上去真像是《历史学实习项目401》的课程简介。可惜的是,就在我轻率地放弃了成为历史学者的机会——跟他们抛掷燃烧弹一样轻率——时,我才发觉历史学者的真正意义。不,先生,最糟糕的还远没有过去。

石碑上还残留着灼烧的痕迹,据说,炸弹爆炸时,主教就跪在那里。一听就是假的,谁会跪在大门前祷告。更可能是某个游客的身影吧,正在打听风车剧院怎么走;或是某个正给志愿者送来围巾的女孩儿；又或者是一只猫。

马修斯主教，没有什么东西是被拯救一次便能直抵永恒的。尽管自第一天走进教堂西门，朝那一团黑暗里眨眼时起，我便已明白了这个道理，可现在站在齐膝的瓦砾中，挖不出一张折椅或一个朋友，心里想着朗比至死都以为我是纳粹间谍，埃诺拉有一天回来了却找不到我，还是感觉糟糕透了。

但这还不是最糟的。朗比与埃诺拉已死去，马修斯主教亦然，可他们至死都不知道我一直以来心知肚明的那件事。正是那件事令我在"低语回廊"双膝跪地，因悲痛与内疚几欲呕吐，那便是：到头来，我们谁都拯救不了圣保罗大教堂。朗比再也不能震惊着、难受着扭头望向我问："这是谁干的？你的纳粹同伙？"而我则不得不说："不，是左派。"那才是最糟糕的。

我回到房间，任由基芙琳给我的双手涂上药膏。她叫我先睡一会儿，可我知道自己应该收拾东西走人了。等到他们来赶我，那就太丢人了。可我没有力气与她争辩。她看上去太像埃诺拉了。

1 月 1 号

显然，我不仅睡了一整夜，连早上邮差送件的时间也错过了。刚一醒来，我便看见基芙琳坐在床尾，手里拿着一个信封。"你的考试成绩出来了。"她说。

我抬起胳膊遮住双眼，"只要他们想，工作还是可以非常高效的，对吧？"

"没错。"基芙琳说。

"好吧，就让我们看看吧。"我坐起身子，"他们赶我走之前，我还有多长时间？"

她将电脑打印的薄薄的信封递给我。我沿着纸孔线撕开了它。"等一等，"她说，"在你打开它之前，我有话要说。"她轻轻地触摸我的伤口，"你误解了历史系的人，他们其实是好人。"

我没想到她会这么说。"我可不觉得邓沃西是什么好人。"说着，我一把扯出了信封中的纸条。

基芙琳的脸上毫无波澜，尽管她肯定看到了我放在膝头的那张成绩单。

"好吧。"我说。

成绩单由德高望重的邓沃西亲自签发。我的成绩是一等。

1月2号

今天早上，邮箱里收到了两样东西，其中之一是分派给基芙琳的作业。历史系早就打点好了一切，包括让她能有足够的时间照顾我，甚至包括预先计划好一场烈火的考验来历练历史专业的学生。

我更愿意相信这一切都是他们的安排，埃诺拉和朗比不过是雇来的演员，那只猫是个由机械装置驱动的智能机器人。我宁愿这么想，不是因为我不愿相信邓沃西是好人，而是因为这么一来，我才能逃脱那无时无刻不折磨着我的痛苦——无法得知他们后来遭遇了什么的痛苦。

"你说过，你是在1300年的英格兰实习的？"我用怀疑的眼神打量着她，就像当初打量朗比那样。

"1348年。"她说，表情因为陷入回忆而放松下来，"黑死病暴发的那一年。"

"老天。"我说,"他们怎么能这样?黑死病的危险系数可是十级啊。"

"我自带免疫力。"她看着自己的双手说。

我不知道该说些什么,于是拆开了另一封邮件。那是一份关于埃诺拉的报告,电脑打印,全是事件、日期和数据——历史系最爱数字。从这封报告中,我得知了一件我本以为自己到死都无缘得知的事:埃诺拉的感冒后来好了,并从伦敦大轰炸中幸存了下来。年纪轻轻的汤姆死于针对巴斯的贝德克尔①闪电战,但埃诺拉却一直活到了2015年,即圣保罗大教堂再次被炸毁的前一年。

我不知该不该相信这份报告,但那已经不重要了。它的到来,就像朗比替老头念报纸的行为一样,不过是一桩充满善意的举动。他们的确打点好了一切。

也不能算是一切。他们没告诉我朗比后来怎么样了。但当我写下这些文字的时候,我发现自己已然了然于胸:我救了他。或许第二天,他就死在了医院,那也无妨。我还发现,尽管历史系煞费苦心地要让我学会这个道理——没有什么是拯救一次便能直抵永恒的——但我似乎并不认同。或许,朗比就能。


### 1月3号

今天我去见邓沃西了。我不知道自己该说些什么——一堆

---

① 德国出版社,以出版旅游指南出名。指南上的地图为二战时德国划定轰炸目标提供了依据,故取名"贝德克尔闪电战"。

浮夸的胡言乱语，表示自己甘做历史的火警队员，以沉默而神圣的姿态保卫人类心灵，使其免受燃烧弹破坏。

但他却只隔着桌子，冲我眨了眨那双高度近视的眼睛。在我看来，他其实是在对着大教堂永远消失前留在阳光下的最后一抹明亮身影眨眼。或许，他比任何人都清楚，过去是无法拯救的。于是，我只说了句："打碎了您的眼镜，我很抱歉。"

"你喜欢圣保罗大教堂吗？"他问。我怀疑自己误读了他的意思，就像第一次见到埃诺拉时那样。他可能并非在感到遗憾，而是经历一种完全不同的情绪。

"我爱它，先生。"我说。

"是吗？"他说，"我也是。"

马修斯主教错了。整个实习期间，我都在和记忆做斗争，到头来却发现它并非我的敌人。身为历史学者也不是什么神圣的负担。邓沃西并非在对着最后那天早晨的致命阳光眨眼，而是透过第一天下午的那片阴霾，望向圣保罗大教堂宏伟壮丽的西门，望向那封存在朗比和我们心中的、被拯救了的每一个瞬间，直抵永恒。


后记：

跟约翰·巴塞洛缪一样，自踏入大教堂西门，看到那金光灿灿、高大威严的穹顶的那一刻起，我就爱上了圣保罗大教堂。

此前，我听说过战时火警队，但了解不多。去伦敦旅行时带着的笔记本上简简单单地写着"闪电战中，神父们曾睡在圣保罗大教堂的地窖里，坚守岗位，扑灭大火"，下面还有一小句"我们葬身于此"。那是我当时想写的一首以葬于大教堂的早期英雄——纳尔逊、威灵顿和戈登将军——的视角评论当代人物的诗的第一句。

但当我真正看到大教堂，并了解到它差点儿就被焚毁时，我才知道自己要写的就是《烈火长空》这样的故事。

"你们先走。"我跟我丈夫和一帮朋友说，"去喝喝茶之类的，别来烦我。我得把这些都记下来。"接下来的两个小时里，我发了狂似的记录着一切可能有用的素材：地窖的构造，走上"低语回廊"的楼梯的级数，小分堂、名画《世界之光》和纳尔逊墓的位置。回家后，我又找遍了所有能找到的关于二战、大教堂和火警队的资料。

我曾跟人说过，就是从这一刻开始，我迷上了"伦敦大轰炸"时期，但几年后，当我偶然间翻到一本书时，才意识到事实并非如此。我对这个主题的痴迷其实很早以前就播下了种子。

那本书就是茹玛·高登的《麻雀记》。我的八年级老师沃纳太太，每天午饭后都会为我们高声朗读它。那不是一本适合年轻人读的书，而且除了那个最好的理由——她自己非常喜欢以外，我也弄不明白她为什么要读给我们听。其他孩子对这本书的反应如何，我已经记不清了，但我清楚地记得我很爱它。

书里讲述了一个名叫洛夫乔伊·梅森的女孩在一间被炸毁的伦敦教堂的残垣断壁里种出一片花园的故事。多年以后，在读了无数遍之后，我终于意识到这个故事其实是弗朗西斯·霍奇森·伯内特的《神秘花园》的现代版。

那是本很棒的书——尽管,如前所述,那不是本适合读给八年级孩子的书。洛夫乔伊是个少年犯,她的言行举止很难谈得上理想,母亲也绝非楷模。此外,书里还涉及管教不周、破产、不幸福的婚姻、癌症以及死亡等一系列成人问题。

尽管如此,那依然是本神奇的书,总在最意想不到的地方充满危险或善意,当然还有希望。可这本书最棒的地方却在于,它让我第一次接触到了伦敦大轰炸,播下了那第一颗种子,正如洛夫乔伊的花园中的矢车菊种子一样,只是这颗种子在多年后当我走进圣保罗大教堂金光闪闪的大厅中时,才生根发芽。

寓意是:老师们,为你们的学生朗读书籍吧。家长们,为你们的孩子朗读书籍吧。但不要专挑你认为他们该读的、别人都在读的或所谓题材适合他们年纪的作品。读那些不适合的、其他人可能觉得枯燥的东西,那些你自己喜欢的东西。很有可能,你会就此埋下一颗种子,它深埋于地下,二十年之后开出绚烂的花。

Inside Job

**— 内贼难防 —**

美国人民的智商，怎么低估都不为过。

——H.L. 门肯

"罗伯，是我。"我拎起话筒，基尔蒂的声音从中传来，"礼拜六跟我去见个人。"

若在平时，基尔蒂打来的电话定是绘声绘色、细节明晰的。"罗伯，这位装神弄鬼的心灵美容外科医生，你真得见见。"例如上次，她便是这么吆喝的，"他的特长是抽脂，好家伙，袖子底下掖着的管子都能看得一清二楚。这还不算，他所谓从那些顾客大腿上抽出的脂肪，实际上就是麦当劳放在奶昔里的那种黏稠玩意儿，你甚至都能闻到香草味！三岁小孩儿都糊弄不了的把戏竟然撩拨得大半个好莱坞的女人都上了钩。这家伙，咱们得报道一下啊，罗伯。"

若在平时，我得连喊上好几声"基尔蒂，基尔蒂，基尔蒂！"才能让她打住，再从她嘴里撬出那骗子在哪营业的信息。

可这次，她只说了句"研讨会一点在比弗利山庄希尔顿酒店召开，咱们停车场见。"便挂了，我还没来得及问要见的人是个宠物通灵师还是个吠陀理疗师，以及花费多少。

我把电话打了回去。

"门票钱算我的。"

只要照她说的办，门票钱永远可以算在她头上，这点儿小钱她根本看不上。父亲在梦工厂当导演，现任继母开着自己的影视制作公司；生母呢，则是两届奥斯卡奖得主。基尔蒂自己也不差钱——投身打假事业之前，她出演过四部电影，其中一部出人意外地拿下了那年年度票房冠军。那部电影，她拿的是分红，而非片酬。

可明面上，她是我的手下，尽管我连她用的指甲油的费用都开不出。我尽量把参会的费用给负担了，毕竟不知名的通灵会也贵不到哪儿去。时下好莱坞的宠儿——灵媒查尔斯·弗莱德的一场降神会也只收两百。

"门票必须由《偏见之眼》来付。"我不容置疑地说，"说，多少钱？"

"集体研讨会门票七百五一张，"她说，"私人灵性启示的观众票则是一千五。"

"门票算在你头上。"

"好极了。"她说，"带上索尼摄像机。"

"不带小的？"我问。大多数通灵会都禁止携带录像设备——耳机呀、电线呀什么的太容易被发觉——哈萨卡牌的相机就很小，适合偷偷带进去。

"不用。"她说,"索尼就行。周六见,罗伯,再见。"

"等会儿。"我说,"你还没告诉我这家伙是干吗的呢。"

"女的,是个通灵师,沟通的灵叫伊希斯。"说完,基尔蒂又挂掉了电话。

我很惊讶。通常,我们不会在通灵师身上浪费时间。他们已然不再时髦。时下最火的是查尔斯·弗莱德、瑜吉·马加普特拉这类灵媒,或是打着各色幌子(嗅觉、听觉、灵韵,不一而足)的感官理疗师。

此外,揭穿通灵师可不容易,因为是否真的通了灵,着实无从验证。除非那人自称通的是亚伯拉罕·林肯(像兰德尔·马尔斯)或纳芙蒂蒂①(像汉纳)的灵。若真那样,拿史实一考便知——纳芙蒂蒂与亚历山大大帝绝不可能有染,后者比前者晚出生了一千多年;她也并非"埃及艳后"克娄巴特拉的表亲——问题在于大多数通灵师都自称通的是上古智者,抑或雷姆利亚②大祭司,灵体本身就不存在,更谈不上拆穿一说了。

他们从总被抓获的维多利亚先辈身上吸取了教训,不再摆弄灵皮③、不吹奏那鬼哭狼嚎的喇叭、不用双重曝光的底片,只留下了那深邃空洞的嗓音,介于欧比旺·肯诺比和巴兹尔·雷斯伯恩之间。不过为什么沟通的灵体总操着英国口音?遣词造句还酷似英王钦定本的《圣经》?

---

① 纳芙蒂蒂(Nefertiti,公元前1370年—前1330年),是埃及法老阿肯纳顿的王后。纳芙蒂蒂是埃及史上最著名的王后之一,传说她不但拥有令人惊艳的绝世美貌,也是古埃及历史中最有权力与地位的女性之一。

② 传说中的古文明大陆,于远古时期沉入海底。

③ 据信为神鬼附体者身上渗出的物质,可以形成死者的外形。

基尔蒂怎么会白白浪费掉一千五百块——哦, 不对, 应该是两千两百五十块: 研讨会她自己已经去过一次——让我见这位伊希斯呢? 这家伙难道发明了什么新的伎俩? 我注意到当地通灵小报上, 有人打起了"天使通灵师"的招牌, 但伊希斯又并非天使的名字。莫非她是"埃及通灵师"? 沟通的是女神?

我上网查了查"伊希斯通灵师"。起先, 一点儿相关信息也查不到, 甚至谷歌都无济于事。接着, 我又试了 skeptics.org 网站。最后, 我不得不求助于马蒂·朗博尔德, 他建了个网站, 专门追踪通灵界人士。

"你拼错了, 罗伯。"他在邮件回信中写道, "是伊苏斯。"

我早该料到。拉撒烈、科查斯和梅林的通灵师都使用过历史人物名字的变体[①](大概是怕惹上通灵界的诽谤官司吧)。此外, 不止一位通灵师酷爱"发明"拼写: Joye Willde, Emmanual[②]便是其中两例。

我在谷歌搜索输入"伊苏斯"。他——不是个好兆头, 这家伙连伊希斯是女的都不知道——是一具"灵体", 通灵师名为"阿利奥拉·凯勒"。她由麻省萨勒姆镇(通灵人士的孕育所)起家, 后迁至赛多纳镇(另一个孕育所)。随后, 她转而西进, 沿海岸线一路南下, 先是西雅图, 后途经另一个萨勒姆、尤金、伯克利, 最终落脚在比弗利山庄。在洛杉矶, 她安排了六场午后研讨会、两场为期一周的"灵性浸洗会"以及伊苏斯小型私人预约接

---

① 三个名字分别为: Lazarus, Cochise 和 Merlin, 文中使用的是变体: Lazarsi, Kochise 和 Merlynn。

② 正确的拼法应该是: Joey Wilde, Emmanuel。

见会。她写过两本书——《伊苏斯之声》和《迎接附灵》（旁边附有亚马逊链接）。在网上能读到她的个人简介："自孩提时代起，我便知道自己注定会成为传播真理的渠道。"还有演讲片段："一场通灵盛会定将改变世界。"从这些信息来看，她与我知道的其他通灵师并无二致。

我知道的通灵师可不少。这行当最红火的那段日子里（也算是我少不更事的年月），《偏见之眼》曾做过通灵师专题系列，共分六个部分，从M.Z.罗德开始，包括了乔伊·怀尔德、托德·菲尼克斯；还有塔林·克里米，他沟通的灵体是个来自亚特兰蒂斯、喜欢咯咯傻笑的四岁孩童。那是我人生中最漫长的六个月，可最终的成果对行业没造成半点儿影响。这股通灵师风潮的戛然而止还得归功于逃税事件和邮件诈骗案的揭露，而非我们强有力的曝光。

阿利奥拉·凯勒无犯罪记录（至少这个名字下没有），网上关于她的文章甚少，仅有的几篇里也没提到任何唬人的花招。"一次刺激、惊奇的体验：伊苏斯将与您分享其精神智慧，助您寻找内心、释放灵魂"，此外无他。

甭管她身上究竟哪点吸引了基尔蒂，到了周六一切都会真相大白。在那之前，我有篇关于查尔斯·弗莱德、将在十二月上刊的稿子要赶；还有本有关智力设计（将"神创论"引入校园，以取代"进化论"的最新伎俩）的书评要写。此外，我还得去拜访一位"前世"脊椎按摩师，他声称病人的腰痛皆拜搬运修建巨石阵以及/或者金字塔的巨石所赐（金字塔的确是个大工程，可在超过三年的营业期里，他接待了两千多名病人，诊断结果都是他们的椎间盘突出是在安放巨石阵的祭坛石柱时落下的病根）。

与查尔斯·弗莱德相比，这位脊椎按摩师还算靠谱。弗莱德主打为死者带信给悲痛欲绝的家属，在业内混得风生水起。我坚信，单靠传统的冷读术①、雇用托儿，他赚不来那成百上千万。可目前为止，我还没法弄明白他到底用的什么伎俩，每每找到的线索最终也都不了了之。

周六去希尔顿之前，我再也没想起过这位"令人感到刺激、惊奇的伊苏斯"。去的路上，我突然想起上次的电话后基尔蒂就没了消息。通常，她每天都会去趟办公室；要是去什么地方，也会电话打个不停，再三确认会面时间、地点。我怀疑研讨会是否取消了，或者她把这事忘了个精光。又或者，她突然间就厌烦了这个行当，回去做她的电影明星了。

自打八个月前，当她像鲍嘉电影中神采奕奕的女主角般走进办公室，问我能否在这儿工作时起，我就一直认为这一幕终将发生。

我们这个行业有三条铁律。一是"惊人的论断要有惊人的证据支撑"。二是"如果某件事好到不真实，那大概率是假的"。要说这世间真有什么东西完美得不真实，那一定就是基尔蒂了。她不仅富有、聪慧、貌美如电影明星，还是个彻头彻尾的怀疑主义者，这让她与好莱坞格格不入。尽管在见我的头一天，她就告诉我自己曾被雪莉·麦克莱恩②抱到大腿上逗过，还说她母亲什

---

① Cold Reading，指利用心理、语言的特殊手法，让对方以为自己能够解读其人生或是心理的骗人话术。

② 好莱坞老牌影星，迷恋通灵术、灵魂转世等。

么都信,"不管多么稀奇古怪,这可能就是她跟我老爹的婚姻持续了近六年的原因吧。"

目前这位是她的第四任继母,正是她帮她拿下了票房冠军里的角色,"那部电影赚得盆满钵满,票房直逼《指环王》,也让我能够提前退休。"

"退休?"我说,"干吗退休啊?你完全可以——"

"去演《绿巨人4》,"她说,"再跟本·阿弗莱克一块儿上个《环球》杂志封面,或是跟我的律师一块儿出现在戒毒所门口。我懂,放弃这些可不容易。"

这么说确实在理,但依然无法解释她为啥要来《偏见之眼》这种举步维艰的杂志社工作。这么说吧,她这种人压根就不需要工作。

我把自己的疑问提了出来。

"整天做按摩、在阿尔达尼餐厅吃午餐、跟私人教练上床,这一套我都体验过了,罗伯。"她说,"比演《绿巨人》还糟。再说了,我可不想让灯光与化妆品毁了我的皮肤。"

怎么可能?她的肌肤吹弹可破。

"后来,我妈带我去过一个灵性朗读会——她迷信得不行,什么通灵啦、前世回归啦、直觉治疗啦,就没有她不信的——那个做朗读会的家伙——"

"风火卢修斯。"我提示道。这两个月,我一直在写揭露这家伙的文章。

"对,风火卢修斯。"她说,"他自称通过吠陀断层线就能读取人的思想,方法便是在被读取思想的人周围摆上一圈蜡烛,然后观察烛火摇曳。很明显，他是个骗子——给他耳朵递送信息的耳机都能看得清清楚楚——可在场的每一个人都对他的话照单全收、深信不疑，我母亲尤甚。他还忽悠我母亲参与了私人会面，诓了她一万块。我当时就想，得有人治治他，接着又一转念，要不我这辈子就干这个吧。于是我上网搜了下'打假人士'，找到你的杂志，就过来了。"

我说："我可付不起你之前工作的——"

"就按你的稿费标准付给我就好。"说着，她露出了一脸比朱丽娅·罗伯茨还要灿烂的笑容，"我只想利用这次机会做些明智有用的事儿。"

这八个月里，我俩一直为了杂志并肩而战。她太棒了——整个好莱坞就没有她不认识的人，这意味着：一，她能将我们弄进需要邀请函才能参加的活动；二，她总能比我更先知晓通灵界的最新潮流。她什么事都愿意做，不管是任由自己被催眠，还是从心灵外科医生那里偷鸡内脏去校对室。她风趣健谈，面容姣好，只当一名小小的怀疑论者真是屈才了。

我知道她迟早会厌烦了打假——也厌烦了我——回到开着捷豹汽车出现在首映礼的生活，可她并没有。"你跟本·阿弗莱克合作过吗？"当我告诉她以她的美貌，不再出现在大屏幕上是多么可惜时，她却说道："就算给我钱，我也不会再回去过那种生活。"

她不在停车场，她的捷豹汽车也不在。和往常一样，我想今天是否就是她放弃的那天。不，此时她却出现了，从一辆出租车里出来了。她穿着蜂蜜色套装，很衬头发，戴着名牌墨镜，美得不真实。她看到我，挥了挥手，然后钻回出租车里，掏出了两只靠枕。

该死。看来我们又得坐地上了。这帮家伙坑蒙拐骗，赚了那么多钱，总该买得起椅子吧。

我朝她走过去。"我猜咱们要一起进去。"靠枕是一对，紫色凸纹缎面，四角挂着流苏。

"没错，"基尔蒂说，"索尼摄像机带了没？"

"带了，"我说，"可我还是觉得我该带上哈萨卡。"

她摇了摇头，"他们要搜身的。我可不想给他们借口将我们扔出去。填写名牌的时候，告诉他们真名。"

"不用化名？"我问。通灵师常以观众里有怀疑论者来解释通灵失败：消极情感共鸣会导致无法连通灵体云云。有几位还禁止我参与他们的表演，称怀疑论者的我的存在会干扰宇宙。"你觉得这是个好主意吗？"

"我们没的选。"她说，"我上周是跟我经纪人一块儿来的，因此不得不用真名。当时我没觉得有什么问题——毕竟我们从没揭穿过通灵师。再说，这儿的招待员都认得我啦。所以，这次我们换个故事：我上次完全被阿利奥拉的表演打动了，这次是我强烈推荐你来见她的。"

"这也差不多就是事实了。"我说，"既然你这么想让我见她，那她的伎俩究竟是什么？"

"我可不想给你造成先入为主的偏见。"她瞥了一眼手上的王薇薇牌腕表，递过来一只靠枕，"走吧。"

我们步入大厅，来到一张桌子前。桌子上方悬着条银紫色的横幅，上书"为您带来阿利奥拉和伊苏斯的智慧"，下面还有一行字:"心诚则灵"。基尔蒂把我们的名字报给了桌后的女人。

"哦,罗斯小姐,我可喜欢您在那部电影里的演出了。"说着,她递过来银紫色的名牌,又示意我们朝门边的桌子方向移动。一名穿着紫色保罗衫、酷似罗素·克劳的家伙正在做安检。

"有没有照相机、录音机或摄像机?"他问我们。

基尔蒂打开包,取出奥林巴斯牌相机。"就拍一张照片也不行吗?"她恳求道,"我又不用闪光灯,我只想拍张阿利奥拉的照片。"

他从她手中夺过相机,动作干脆利落。"8英寸×10英寸的高光签名照在等候区有售。"

"哦,那还差不多。"她这演技,真不该放弃拍戏。

我交出了摄像机。"那今天表演的录像呢?"待他搜完身,我问道。

他的脸一下子僵住了。"阿利奥拉与伊苏斯的交流可不是什么表演,那是对更高层次的存在的探视。你可以到等候区订购今天的体验录像。"说着,他指向了一扇对开门。

所谓的"等候区"其实是一条长廊,沿途的桌子上摆满了书籍、录像带、磁带、脉轮图、水晶球、香薰油、护身符、祖尼灵器、智利小玩具、治疗石、音乐水晶碗、朱顶红、含香清洁剂、金字塔模型,以及其他各色"新纪元运动"①垃圾,上面都印着银紫色的伊苏斯图案。

---

① 新纪元运动(New Age Movement)是一种去中心化的社会现象,起源于1970—1980年西方的社会与宗教运动。新纪元运动涉及层面极广,涵盖灵性、神秘学、替代疗法,并吸收世界各个宗教的元素以及环境保护主义。

打假界第三条铁律——也许是最重要的一条——就是"问问自己,他们能从中获得什么?"用《圣经》(很多骗局的源头)的话说,就是"观其所获,知其人"。

若从这些玩意儿的价格来看,阿利奥拉可谓是所获颇丰。8英寸×10英寸的高光相片卖28.99美元一张,带阿利奥拉签名的能卖到35美元。"想要伊苏斯的签名得出100美元,"桌子后面的金发男子说,"而且就算给了钱,他也不一定愿意签。"

我想我知道原因。他的签名(用的记号笔)是一串看起来像是精灵符文和埃及象形文字结合起来的复杂符号,阿利奥拉的签名只是一个字母A后面接着一串潦草的鬼画符。

刻录着之前研讨会的磁带——共20辑——每盘卖到了60美元,阿利奥拉的"神圣护身符"(看上去像是家庭购物电视网上就能买到的东西)950美元一只(不包含包装盒),就这价格,还香饽饽似的被抢购一空。此外,人们还抢购凯尔特五芒星、冥想项链、捕梦网耳环、安神串珠以及刻着你星座的趾环。

基尔蒂买了张贵得离谱的相片(不带签名)和三盘录像带,一边温柔亲切地说"最近的那场研讨会,我真是太喜欢了";一边给售货员签上自己的签名。随后,我们进入了礼堂。

大厅里挂满了玫瑰、丁香和银色雪纺横幅,还有最先进的灯饰。头顶如同旋转着的恒星、行星,有的似流星划过。大厅里端挂着金色聚酯薄膜装饰,前面是讲台,讲台中央有张背靠金字塔的黑色宝座。显然,阿利奥拉并不打算跟我们一样坐在地上。

站在门前检票的引座员个个长得跟汤姆·克鲁斯似的,身着无扣的淡紫色绸缎衫和紧身裤。即便不是在好莱坞,类似的长相打扮也已然成了业界标准。

自维多利亚时代以来，性一直都是通灵业招徕顾客的主要手段。早期的"敲桌子"通灵法大半的吸引力都来自透明褶布遮身的女性"灵体"在光顾降神会的男观众中间飘来飘去，勾得他们心里直痒痒，眼睛花了，脑子更没法正常思考了。著名英国化学家威廉·布鲁克斯爵士就曾被一个假灵媒的性感女儿迷得神魂颠倒，以至于押上了自己在科学界的名声，也要担保那位可疑灵媒的真实性。当今的通灵师多为男性，且喜欢穿鲁道夫·瓦伦蒂诺式的祖露胸膛的袍子；若灵媒为女性，那么通常会有俊朗健硕的引座员来令女性观众分心。口水直流的时候是不太可能发现隐藏的导线与鸡内脏的，也不太会注意到灵媒嘴里说的东西狗屁不通。这些都是业内老把戏了。

坚硬的地上盘腿坐着一排人，一位引座员给了基尔蒂一个汤姆·克鲁斯式的微笑，将她领到那一排人的最末端坐下。我很高兴基尔蒂带了坐垫。

我将坐垫"噗"的一声丢在她身边，坐下，"最好令我不虚此行。"

"哦，那必须的。"一位五十岁上下戴着神圣护身符和拳头大小的钻石的红发女人说，"我见过阿利奥拉，她棒极了。"她手伸进放在我俩之间的三只淡紫色购物袋中的一只，掏出一个薰衣草色的刺绣坐垫，上面写着"心诚则灵"。

那坐垫跟她手上戴的钻石一边大，所以，这句话的意思是：只要相信它足够大，你就能如愿以偿坐上去？我正困惑着，却见安排好了观众的引座员们手捧一摞摞套着塑料的坐垫（橄榄球比赛的时候租的那种, 只是颜色为淡紫色) 又回来了。一只卖十美元。

我旁边那女的买了三只坐垫。我数了下, 我们这排的十个人、前面一排的十一个人都花钱买了坐垫。总共有八十排, 保守点儿算, 八十乘以十——光为了坐下, 他们就轻飘飘地赚了八千美元。至于那些淡紫色的购物袋里的东西卖了多少, 鬼才知道。"观其所获, 知其人。" 我四下张望, 没看到像是托儿的人, 也没发现任何无线设备。通灵师与灵媒不同, 他们不需要这些。他们只将一些笼统的人生建议用花里胡哨的 "新纪元运动" 术语包装包装, 然后贩售给观众。

"伊苏斯太令人惊叹了," 我隔壁那位吐露道, "他太有智慧了! 比罗姆萨要好得多。就是因为他, 我才决定离开兰德尔的。'真于自我', 伊苏斯的这句话让我意识到是兰德尔挡住了我的精神升华——"

"上周的研讨会, 你参加了吗?" 基尔蒂倚过身子, 越过我问。

"没, 我去坎昆旅游了。当我意识到错过了那场研讨会时, 那叫一个伤心啊。我让蒂奥早点儿带我回来, 就是为了赶上这一场。在离婚这件事上, 我太需要伊苏斯的智慧了。兰德尔说伊苏斯和我的决定半点儿关系都没有, 还说我之所以离开他是因为婚前协议到期了, 他甚至提出要给蒂奥打电话——"

基尔蒂没兴趣听她说下去, 她转而问旁边那位打着莲花坐的纤瘦女士之前是否参加过阿利奥拉的集会。她没有, 但她右手边那位参加过。

"上周六那场?" 基尔蒂问。

不是。她参加的是六周前尤金的那场。

我靠向基尔蒂耳边问:"上周六发生了什么?"

"我感觉他们要开始了,罗伯。"她说着指向舞台——上面什么也没发生——然后从坐垫上下来,跪在地上。

"你要干吗?"我轻声说。

她又没回答,自顾自从坐垫里掏出一只跟那绣着"心诚则灵"的坐垫差不多大的橘色坐垫,递给我,然后优雅地坐回她的流苏大坐垫上。她一盘好腿,就将橘色坐垫从我手中拿了回去,平放在膝盖上。

"舒服吗?"我问。

"很舒服,谢谢。"她说着给了我一个电影明星般的笑容。

我靠向她耳边,"你确定不想告诉我,我们在这干吗来了?"

"哦,快看,开始了。"她说。这次,的确是开始了。

一位长得像布拉德·皮特的家伙手持麦克风走上舞台,给我们定了几条基本规矩。不准拍照(虽然他们已经没收了所有相机),不准鼓掌(会打扰到阿利奥拉),不准中途上厕所。"与伊苏斯的连接非常脆弱,""布拉德"这般解释道,"任何风吹草动,关门开窗都会打断这种连接。"

可不是嘛!又或者,阿利奥拉从艾哈德研讨训练班[①]学了几招,其中一条就是憋着尿的人没心思去听喋喋不休的套话,正如这位"布拉德"现在正在做的:

"八万年前,伊苏斯是亚特兰蒂斯的一位大祭司。他享寿

---

① 艾哈德研讨训练班(EST)是由维尔纳·艾哈德(Werner Erhard)于1971年创立的一个组织,旨在"改变人们体验生活的能力"。

三百年,有着跨越时代之大智慧。"

时代?哪个时代?旧石器时代还是新石器时代?八万年前,我们还生活在树上。

"——他曾与德尔斐①神使畅谈,也曾潜心钻研蔷薇十字会②的圣典——"

蔷薇十字会?

"现在,阿利奥拉就要从宇宙全境中将他召唤出来,与大家分享智慧。"

灯光应声转为深玫瑰色,雪纺绸横幅飘动起来,像是有微风吹拂着。不对,是最先进的灯饰与风扇在起作用。

风势渐猛,有那么一会儿,我都在想阿利奥拉会不会吊着威亚从天而降。可接着,金色聚酯薄膜装饰分为了两半,露出一段曲线状黑色楼梯。身着天鹅绒卡夫坦长袍、佩戴护身符的阿利奥拉在霍尔斯特雄浑的《行星》组曲的伴奏下,走下楼梯,走到宝座前,卓然而立。

观众压根就不理会什么"不准鼓掌"的规矩,阿利奥拉似乎也早已料到。她足足站了两分钟,威严地扫视着人群。接着,她祈祷般地举起双臂,又放下,示意人们安静下来。

"欢迎,神圣真理的追寻者们。"她的声音如同奥普拉③一般热情澎湃。掌声越来越高。"今天,我们将在此共享一场精神盛

---

①德尔斐(Delphi)被古希腊人认为是世界的中心,为一处奉献给阿波罗的泛希腊圣地,现在已列入联合国教科文组织的世界遗产名录。

②十七世纪初在德国创立的一个秘密会社,折中采纳神秘主义、哲学和科学的观点,提出借"神秘智能"改造世界的主张。

③美国脱口秀女王。

宴，在座诸位都将得到更高层次的启迪。"

掌声雷动。

"但你们不应该为我鼓掌。我不过是连接伊苏斯的管道，承载他的器皿。五年前，伊苏斯第一次找到我；更确切地说，是我第一次被他附身。我当时害怕极了。我不愿相信。我成了超现实宇宙能量的聚焦点——这个事实我花了整整一年时间才接受。你们今天将听到的智慧来自他高度发展的精神，而不是我，如果……"一个颇具戏剧性的停顿，"……他愿意赏脸的话。伊苏斯这等圣人可非待价而沽的奴仆。他来去随心。兴许他今天下午会降临我们中间，兴许不会。"

我信你个鬼。就算在比弗利山庄，这帮女的也不会花上七百五十美元来看场空头戏。我打赌伊苏斯定会适时出现。

阿利奥拉说："只有当我们的尘世与宇宙能量对准时，伊苏斯才会出现。"她严厉地看着观众，"此外灵波动也必须正确，要是你们中有谁藏匿着负波动的话，联系将无法建立。"

啊噢，我心想，这就来了。我本以为她会直直地盯着我俩并叫我们离开，可她没有。她只是接着说了下去，"你们是否都在思考正面事物，感受正面情绪？你们是否相信？"

不信才怪。

"我感受到你们每个人都在正面思考了，"阿利奥拉说，"很好。现在，为了召唤伊苏斯，我需要你们的帮助。每个人都静下心来，"她闭上双眼，"专注于内在灵魂。"

我环视四周。一半以上的女性观众闭上了眼，很多人双手合十做祈祷状，有几个还前仰后合地晃动起来。我旁边那女人在低语着,"唵。"基尔蒂也闭上了眼睛,橙色坐垫被她紧紧抱在胸前。

"对准……对准……"阿利奥拉高声呼喊了两声,末了再喊了一声:"对准!"

接着又是一个戏剧性的停顿。

"我现在将试着联络伊苏斯。"她说,"星体能量的聚焦既危险又困难。我要求你们在我准备的过程中保持绝对安静,不要乱动。"

旁边那女的乖乖地闭上了嘴,所有人都睁开了眼。只见阿利奥拉双眼紧闭,向后靠在宝座上,戴满戒指的双手握住宝座扶手顶端。灯光熄灭,音乐响起,是霍尔斯特《火星》的主旋律。每个人——包括基尔蒂——都屏息凝神。

忽然,阿利奥拉像是身子过电一般猛烈地抽搐起来。她紧紧抓住宝座扶手,面部狰狞,摇头晃脑,龇牙咧嘴。

观众们倒抽了一口气。

她的躯体再次一抽,随后猛地向椅背靠去,接着是一连串的痉挛与扭动,颤抖不止。整个过程持续了整整一分钟。《火星》曲在她身后愈发恢宏起来,聚光灯变成了粉色。倏然间,音乐戛然而止,而她则毫无生气地跌坐回宝座里。

她保持了会儿这种姿势,时间刚刚好,接着直挺挺地坐了起来,目视前方,双手无力地耷拉在扶手上。"吾乃伊苏斯!"她的声音震耳欲聋,完全是"谁敢靠近伟力无边的奥兹大王[①]?"的那股子劲头。

---

① 《绿野仙踪》中的人物。

"吾乃天启者,'原初经文'的仆人,来自第九层星界。"她高声道,"将在那精神之旅上助尔等一臂之力。"

到目前为止,这一整套都是照抄罗姆萨的,就连粉色灯光与星界层数都一模一样。可我身边的基尔蒂却满怀期待地前倾着身子。

"今日到此,是为了向诸位传播真理,"伊苏斯继续高声道,"向汝等揭示更高层面的自我。"

我凑向基尔蒂耳语道:"为什么他们在星界从来不学'汝等'与'尔等'的正确用法?"

"嘘。"基尔蒂嘘了一声,继续专注地听着伊苏斯的发言。

"我为诸位带来利莫里亚王国[①]失传已久的智慧以及安提诺乌斯[②]的神谕,以助各位在这艰辛岁月中渡过难关,盖因诸位皆生于忧患之年。当今世道充斥焦虑、恐怖袭击、不和谐的人际关系。然吾与尔言,汝等务必内视,勿外视,盖因尔等之幸福系于己身。若终结一段关系便可获幸福,请务必这么做。尔等务必追寻个人内心之是然,并创造个人内心之真然。汝即宇宙。"

我不知道自己在期待什么,但至少得有点儿真东西吧。到目前为止,全是些再普通不过的"新纪元运动"废话,掺杂了心理学呓语、自助小窍门、伪经文和心灵鸡汤的垃圾。

我偷瞄了眼基尔蒂,她依旧前倾着身子,将坐垫紧紧抱在

---

①利莫里亚(Lemuria)是一个传说中的文明之地,是最早结合了身心灵健康的文明,远古时沉入海中。

②安提诺乌斯(Antinous),二十一岁时溺死,罗马皇帝哈德良封他为"世界的拯救者和和平之神",为他造了一座城市和无数雕像。

胸前，美丽的脸上露出专注倾听的表情，嘴巴微微张开。我怀疑她是不是真被阿利奥拉吸引了。这种事情是有可能发生的，在怀疑论者身上也有可能发生。被一场精心策划的幻术唬到，基尔蒂不会是第一个人。

问题在于，这场表演甚至算不上策划精良，也毫无原创性。利莫里亚之类的鬼话来自理查德·泽菲尔，"汝即宇宙"是雪莉·麦克莱恩先说的，句式结构则完全套用尤达大师。

再说了，这可是基尔蒂，什么花招都糊弄不到她，包括那个吠陀悬浮术。她愿意掏两千大洋来看这个，其中定有原因。但到目前为止，我还是蒙在鼓里。"你要我看的到底是什么？"我嘟囔道。

"嘘！"

"但尔等无须恐惧，"阿利奥拉接着说，"新时代即将来临，一个和平的时代，精神启蒙的时代，当你们——就挤在这儿，听着这些愚蠢的废话？"

我猛地抬头。阿利奥拉的声音在句子中段由伊苏斯低沉雄浑的男低音变成了沙哑的男中音，整个人举止也变了。只见她身子前倾，双手扶膝，对观众怒目而视，挑衅道："真是些可恶的胡说八道。"

我瞅了眼基尔蒂，她正目不转睛地盯着舞台。

"一派胡言，甚至不如肖托夸运动①里那些满嘴跑火车的。"那个声音继续沙哑着说。

---

① 肖托夸运动是19世纪后半期美国兴起的以成人教育和函授教育为主的教育运动。

肖托夸运动？我暗忖，这到底——？

“可你们却坐在下面，嘴张得大大的，跟阿肯色州露营地的乡巴佬一般，听耍蛇的布道师在那胡扯，还巴望着她能助你们挽回爱情、治愈胆结石——”

基尔蒂旁边那女的疑惑地瞅了我们一眼，接着又看回舞台。站在墙边的两名引座员皱着眉相互看了一眼，我能听到观众席里传来窃窃私语。

“你们这群傻瓜真上这种胡说八道的当？当然啦，你们肯定会上当。这就是美国，蠢蛋与傻瓜的家园！”那个声音说道。窃窃私语变成了喃喃的嘟哝声。

“什么乱七八糟的——？”我们身后一女的说，而我旁边那位则拾起袋子，将“心诚则灵”坐垫塞进其中一只，然后起身，跨过众人朝门口走去。

一位引座员给操控室里的家伙打了个手势，灯光亮了起来，霍尔斯特的《金星》曲也响了起来。主持人犹豫着走上舞台。

“你们就跟一群张口结舌的灵长类动物似的坐着，随时准备购买任何——”忽然间，阿利奥拉的声音变回了伊苏斯的男低音，“——若非尔等即刻启程，那精神启蒙之时代则永不会到来。”

主持人在半路停住了脚步，观众席里的嘟哝声也戛然而止，那位本来坐在我旁边，现在快要走到门边的女士也停了下来。

她拎着购物袋，站在门旁，竖起了耳朵。

“相信吧，诸位，现在就将怀疑与迟疑之毒从体内驱赶出去。心诚则灵。”

她这是又回到剧本上了。主持人长吁了口气，退回到舞台侧翼，我旁边那位女士在站的地方就势坐了下来，购物袋、坐垫都放到了地上。音乐声弱了下去，灯光变回了玫瑰色。

"相信汝的内在自我。"阿利奥拉/伊苏斯说，"相信吧，开始你的灵魂绽放。"她顿了一顿，引座员们紧张地抬头盯着她。主持人从金色帷幔后面探出头来。

"吾倦了，"她说，"须返回那高层现实了。在座诸位无须恐惧，即便吾不能与诸位共处这尘世，吾依然与汝同在。"她以一种类似基督教赐福的姿势僵硬地抬起手臂，倏地又剧烈战栗了一番，然后朝前晕倒在地，那演技精湛绝伦，直逼葛洛丽亚·斯旺森①。霍尔斯特的《金星》曲再次奏起，她坐起身来，眨巴眨巴眼睛，扭头看向主持人。后者已经再一次走上了讲台。

"伊苏斯显灵了吗？"她用自己原本的声音问。

"是的，他显灵了。"主持人道。观众席爆发出雷鸣般的掌声，主持人将她扶起，交给旁边的两位引座员搀扶。他们扶着她，慢慢走上黑色楼梯，消失不见了。

她刚离开，主持人就止住观众们的掌声，说："阿利奥拉的书籍和录音带在外面等待区有售。想安排小型私人见面会的，请联系我或其他引座员。"于是人们纷纷开始收拾坐垫，朝门的方向走去。

"精彩吧？"往外走的时候，前面一位女士对她朋友说，"太真实了！"

---

① 美国女演员，以其在无声电影中生动的表演技巧和魅力而著名。

洛杉矶是美国最烂的城市吗？要不就是第二烂？至于宇宙的起源问题，怀疑论者的回答是肯定的，信徒则会否认。这么说，你该懂了吧？

——H.L. 门肯

基尔蒂和我出了停车场，一路没有交流。车开上威尔希尔大道，她才开口道："你现在知道我为什么要叫你自己来看了吧，罗伯？"

"确实挺有意思。我猜上礼拜你去参加的讨论会上也发生了类似的事？"

她点点头，"唯一不同的是上礼拜有两人直接离开了。"

"同样一套说辞？"

"那倒不是。当时没持续这么久——具体多久我不记得了，光顾着吃惊了——而且用的字词也稍有不同，但大意一致。此外，出现的方式也一模一样——毫无预兆、毫无铺垫地，就在一句话的中间硬生生地变了声音。你认为是怎么回事，罗伯？"

我将车转到拉布雷亚大道上，"我不知道。但很多通灵师都沟通不止一个灵体。乔伊·怀尔德就有两个，汉斯·莱特福特进监狱前沟通十几个呢。"

基尔蒂却面露疑色，"她的宣传册上也没提多重灵体的事儿啊。"

"或许她厌倦了伊苏斯，想换个灵体。作为通灵师，你可不能贸然就打出'伊苏斯二号即将到来'的预告，要把效果做得更逼真一些才行。所以她就头一个礼拜先几个字、下一个礼拜再几句话地将新灵体介绍出来，诸如此类。"

"可她会介绍一个朝观众大喊大叫，还骂她们是蠢货、乡巴佬的进阶版新灵体吗？"她疑惑道。

"这可能就是通灵师所说的邪恶灵体，一种稍不注意，就会被其引入歧途的糟糕存在。托德·菲尼克斯曾在他《白羽毛》演说中忽然转成另一种声音，对着观众大加指责、谩骂。这招很管用，它令人对通灵的真实性更笃信不疑，而通灵师若说了任何不一致、前后矛盾的话，都可以归咎到邪恶灵体身上。"

"若真如此，阿利奥拉似乎自己都没意识到邪恶灵体出场了。再说了，它为啥要赶观众回家，叫他们别再在阿利奥拉这样的卖蛇油小贩身上花钱了呢？"

卖蛇油的小贩？这个词倒是听着有点儿模糊的印象。"她上个礼拜是这么说的？卖蛇油的小贩？"

"没错，"她说道，"怎么？你知道她通灵的是谁？"

"不知道，"我皱了皱眉，"但我在哪儿听过这个词，'肖托夸运动'那句也听过。"

"那肯定是某个名人了。"基尔蒂说。

但通灵师选的历史人物一般都是立即会被认出来的。兰德尔·马尔斯的亚伯拉罕·林肯每次一开口便是"八十七年前"①，至于其他人，也都大多表现得很明显。"阿利奥拉的这次爆发咱要是录下来就好了。"我说。

"咱录下来了啊。"基尔蒂俯身从后座上抓过那只橘色坐垫，拉开拉链，从里面掏出了一只微型录像机。"嗒嗒！可惜上周的

---

① 林肯著名的《葛底斯堡演说》的开头。

我没录到。我没料到进门前会搜身。"

她又伸手进坐垫里,掏出一张纸,"我跑到厕所里把能记得的都写了下来。"

"他们不是不让人上厕所吗?"

她咧嘴笑了,"我献上了一场奥斯卡级别的表演,假装一位从戒毒中心提前放出来的女演员。"

车驶到下一个红绿灯处时,我借着光扫了眼那张纸。纸上只胡乱写着几个词组,都是她提到过的,再加上"我从未见过你们这么厚颜无耻的败类"和"这么荒唐的玩意儿你们也信,真是群弱智"。

"就这些?"

她点点头,"不是说了嘛,上次持续的时间没这次长。再者,我当时也没料到会来这么一出,所以第一句话大部分都忘掉了。"

"所以你才问他们买录像的事儿?"

"不然呢,虽然我怀疑录像上啥都没有。她上三场的录像我都看了,没有任何所谓二号灵体的迹象。"

"但你去的那次和这次就发生了。你有没有想过或许是因为我们的在场,这件事才发生的?"我将车开进《偏见之眼》办公室所在大楼前面的停车位里。

"可——"她说。

"可能是检票的告诉她我们来了。"我说。

我下了车,然后为她打开车门,两人一同上楼,朝办公室走去。"或者是她自己在人群里发现了我们——咱这儿出名的人可不止你一个。西海岸通灵界每一张通缉令上都有我的照片——然后临时决定加入另一个灵体，让整场表演变得更有趣，也给我们留下点儿深刻印象。"

"这不可能。"

我打开办公室的门，"为啥不可能？"

"因为在咱参会之前类似情况就至少发生过两次，"她走进办公室，一屁股坐进唯一一把好椅子里，"在伯克利与西雅图。"

"你怎么知道的？"

"我的经纪人的前男友的女朋友去了伯克利那一场——我的经纪人就是从她那得知了阿利奥拉的名字——我要了她的号码，打过去问情况，她说伊苏斯本来是在说着什么'自古人生多磨难''汝即宇宙'之类的老调重弹，突然一个陌生的声音响起：'真是群蠢货！'她说就是因为这句话，她便认定了阿利奥拉是真的在通灵，因为如果是假的，她不可能会骂观众。"

"对嘛，这就是你要的答案咯。她这么做是为了令观众信服。"

"你也看见了，她们本来就信她。"基尔蒂说，"再说了，真是为了取信于观众的话，为啥伯克利那场的录像里没有这段呢？"

"没有吗？"

她摇摇头，"我看了六遍，一帧都没落下。"

"你确定你那经纪人的前男友的女朋友真的亲眼看见了，而不是被你的提问诱导的？"

"我确定，"她愤然道，"另外，我还问了我妈。"

"她当时也在场？"

"不在，但她两位好友在，其中一个还认识一位去过西雅图那场的朋友。她们的说法都大差不差，除了对事情的解读。其中一个就说，'肯定是题词板弄乱了'。她叫我别在阿利奥拉身上浪费钱了，还说我真正应该去见的人是'黑羽'安吉丽娜。"

她朝我咧嘴一笑，又立刻表情严肃起来，"如果阿利奥拉是有意为之，又何必事后将相关片段剪掉呢？还有，为什么主持人和引座员也表现得如此惊慌失措呢？"

看来她也注意到了这一点。

"或许她没有提前通知他们；又或许，连他们的反应也是表演的一部分，就是为了让人们相信通灵的真实性。"

基尔蒂狐疑地摇摇头，"我不这么认为，我觉得不是这么回事。"

"那是怎么回事？你不会也觉得她是真的沟通了这家伙的灵魂吧？"

"不会，当然不会！罗伯，"她愤然道，"问题是……你说她这么做是为了扩大知名度，吸引更多观众，可你也说过要在通灵业取得成功，第一条就是得说观众想听的话，而不是骂他们傻瓜。你也看到了我身边那位女士的反应——她差点儿就走掉了。散会后，我还特意留意了一下，她没参加私人见面会。不止她，其他好多人也都没参加。主持人说下场研讨会的票还有好些没卖出去。要知道，上周的那场可是提前一个月就售罄了的。她为什么要干这种坏自己生意的事儿呢？"

"她必须得加大赌注，才能让顾客来了又来，这次的新灵体就是为了制造轰动效应的。你等着瞧吧，下周她又要推出什么

'古人之战'了,都是噱头罢了,基尔蒂。"

"所以你觉得我们就不用再去了?"

"不去。打死也不去,咱可不能为她做免费宣传。假设她是
为了镇住我俩——虽然我不这么认为——再去就正中她下怀。
假设不是,而且如你所言,灵体会将观众吓跑,她就会放弃这个
灵体,再另找一个。不然就会落得破产的下场。不管情况最终
如何,咱都无须主动出击。这个故事没什么可曝光的。把这事
儿忘了吧。"

瞧瞧,这就是我永远也当不了通灵师的原因。我这边话音
还没落,门就砰的一声被撞开了。阿利奥拉冲了进来,一把揪住
我的衣领。

"我不管你在做什么,以及怎么做到的,"她尖叫道,"我要
你立马给我停下来!"

他煽动性的口才非比寻常。

——H.L.门肯

我还真是低估了阿利奥拉的演技。她饰演的伊苏斯或许呆
板虚假,但眼前这个暴跳如雷的通灵师形象倒是浑然天成。

"你真是胆大包天!"她尖叫道,"我非把你告到倾家荡产
不可!"

此时的她已经脱去了飘逸的长袍,换了身淡紫色套装(基
尔蒂后来告诉我那是扎克·珀森①的),镶钻项链与耳环随着她

①美国轻奢服装品牌。

的动作哗啦作响。她气得浑身发抖,尽管这种抖动绝非她之前提到的、为了让灵体出现人们必须散发出的正面共鸣。

"我刚刚看了研讨会的录像。"她尖叫道,那张脸离我仅有两英寸,"你竟然敢催眠我,让我在那么多人面前出尽洋相——"

"催眠?"基尔蒂说,(我正忙着挣脱那双抓住领口的手,因此没来得及开口。)"你认为罗伯催眠了你?"

"得了,别跟我装傻了。"阿利奥拉转向她,"今天我在观众席里看到你们俩了。你们干过什么勾当,你们那卑鄙肮脏的小杂志上发过什么文章,我都了如指掌。我知道,你们这些无信仰的家伙会无所不用其极地阻止我们传播最高真理,可我万万没想到,你们竟会如此卑鄙,对我强行催眠,让我说出那些话!伊苏斯警告过我别让你俩待在礼堂里,说他感知到了你们的危险,但我说:'不,让这些怀疑论者留下,让他们感知你的存在,让他们明白你是从更高层次下来帮助我们,带给我们最高智慧的。'现在看来,伊苏斯是对的,你们压根不怀好意。"

她松开揪住我衣领的手,涂着淡紫色指甲油的手指在我面前晃着,"听着,我不会让你们的催眠诡计得逞的。我费尽千辛万苦才拥有了如今的地位,绝不会让你们这两个偏执的怀疑论者搞坏我的名声。我绝不会——得了吧,还最高智慧呢!"她突然哼了哼鼻子,"要我说,是最高谎话才对。"

基尔蒂惊讶地看了我一眼。

"噢,不过你那现场布置得更加俗艳了,这点我倒承认。"那沙哑的声音与我们在研讨会上听到的一模一样。

这次声音的转变也跟上一次一样,毫无停顿,说到一半直接转为另一个人的声调。前一分钟还揪着我的衣领,下一分钟她就已经松开,双手别在背后,在屋子里一边踱步,一边沉吟起来,"礼堂更豪华了,跟法庭前的草坪比确实进步了一大截,也凉快了有四度多吧。"她又开腿坐上沙发,双手放在膝盖上,"还有她那身华丽无用的破衣服,简直能让拜火教教徒都相形见绌。可她嘴里说的还是那套陈词滥调,上当受骗的还是那群美国蠢货①。"

基尔蒂小心翼翼地走到桌边,拿起手提包,不知从里面掏出来了什么东西,然后回到原先站的地方,整个过程中一直看着阿利奥拉。后者仍在滔滔不绝地说着研讨会的事儿。

"我还没在任何地方看过这么多目瞪口呆的类人猿呢!除了这些乡巴佬坐在地板上 ——还为此付了钱! ——之外,这简直就是浸信会帐篷复兴聚会的翻版:讲些他们爱听的话,耍些不入流的小把戏,接着就能传递收钱的盘子了。就这种弱智的东西,他们还追捧得乐此不疲。"

她起身又在屋里踱起步来,"我就知道当初不该离开。例如代顿那次——我以为一切都结束了,看看后来发生了什么!这些江湖骗子们又死灰复燃,例如那个现代翻版的阿米·塞恩坡·麦克法森,她也算得上先知?她都不如——让你们毁掉我千辛万苦所换来的这一切!我……"阿利奥拉不知所措地四下张望,"……这是怎么啦?……我……"她支支吾吾地最终停了下来。

不得不说,她演得确实不错,语音语调都转换自如,都不带

---

① 原文为Boobus Americanus,是门肯发明的用来调侃美国人的词汇。

喘气的, 完了还摆出一副不知发生了什么的样子。

她疑惑的目光从我转向基尔蒂, 又转回来, "又发生了, 对吗?" 她的声音打着战, 又转向基尔蒂, 问:"又是他, 他又给我催眠了, 对吧?" 接着朝门后退去, "啊? 说话啊?"

她拿手指着我, 厉声喝道:"你离我远点儿!" 接着尖叫, "也离我的研讨会远点儿! 要是再想靠近我, 可别怪我申请限制令, 让你哪儿也去不了!" 说罢, 她咆哮着摔门而去。

"那什么。" 过了一会儿, 基尔蒂才开口道, "还挺有趣。"

"确实," 我望着门说, "很有趣。"

基尔蒂走到桌边, 从手提包里掏出哈萨卡相机。"都录下来了。" 说着, 她取出内存卡, 插入电脑卡槽, 接着在显示器前坐了下来。"这次的线索更多了," 她输入指令, "应该足够我们找出这位老兄到底是谁了。"

"我知道是谁。" 我说。

基尔蒂正在敲键盘的手顿时僵住, "谁?"

"不敬神教的大祭司。"

"谁?"

"来自巴尔的摩的神圣恐惧, 理智的使徒, 骗子、创造论者、信念理疗师和愚人的天敌。" 我一字一顿地说出那个名字, "亨利·路易斯·门肯。"

说白了, 这就是场骗局。

——H.L. 门肯

"H.L.门肯？"基尔蒂说，"报道了斯科普斯案的那位记者？"（我说的没错吧，她简直好得不真实。）

"可阿利奥拉为什么要通灵他呢？"我们把阿利奥拉所用的单词、短语跟门肯的著作一一核对，并发现"陈词滥调""目瞪口呆的类人猿""蠢货与低能儿的大本营"这些词都能对上后，她问了这么个问题。

"他说他过早地离开了代顿镇，是什么意思？在俄亥俄州发生了什么吗？"

我摇摇头，"他说的是田纳西州的代顿镇，斯科普斯案就是在那儿审理的。"

"门肯是提前走的吗？"

"不清楚。"我走到书柜前，寻找起《猴子案件》这本书，"我只知道当时因为太热，他们将审判搬到了室外。"

"所以他才提到什么法庭前的草坪，什么凉快四度多。"基尔蒂说。

我点点头，"审判那周气温高达四十度，湿度高达90%。肯定是门肯，'美国蠢货'这词就是他发明的。"

"问题是阿利奥拉怎么会通灵 H.L.门肯呢，罗伯？他最恨她这种人了，不是吗？"

"没错。"整个二十世纪，他一直是各路江湖骗子的眼中钉。他在报纸上写专栏，专门曝光各色骗术，从信念理疗到脊柱推拿法，再到神创论，无不被他猛烈攻击过。他代表着科学与理性，一直孜孜不倦地抨击着形形色色的"骗人把戏"。

"那她为什么还要通灵他呢？"基尔蒂问，"为什么不选择一位同情通灵师的家伙，例如埃德加·凯西或布拉瓦茨基夫人？"

"他们太容易想到了。通灵一个敌人才会让她显得更为可信。"

"可没人听说过他啊。"

"你不就听说过嘛，我也听说过。"

"可她的观众没听说过啊。"

"没错。"我依然在找那本《猴子案件》。

"你是说她这么做是演给我们看的？"

"那当然啦，"我边说边浏览着书脊，"要不然她会大老远跑这儿来演这么一场戏？"

"可西雅图那次呢？还有伯克利那次？"

"演习呗。不然就是，她故意露出点儿风声，期待我们听到后会去她的研讨会。结果，我们就真上当了。"

"我可没上她当，"基尔蒂说，"我经纪人叫我去我才去参加的。"

"你参加的通灵活动可多了去了，交流的人也多。你经纪人不就是你的代表吗？她去了，就代表你去了。"

"她这么做意义何在呢？你是个铁打的怀疑论者，压根就不信通灵这回事。难不成她真以为自己能让你相信门肯上了她的身？"

"也许吧。"我说，"显然她花了不少工夫学他说话。你想想，如果这事儿真办成了，将引起多大的轰动啊。'怀疑论者承认通灵真实可信'？你听说过乌瑞·盖勒这个人吗？他在七十年代曾名噪一时。他声称能用意念扳弯汤勺，还得到了两名斯坦福研究院科学家的背书,说他做的不是骗人的把戏,说他真的可以做到。就这样,他获得了各方关注。"

"他真的能做到?"

"当然是假的。最终揭穿这个骗局的人是约翰尼·卡森。盖勒上了他的《今夜秀》,在他面前表演。这一步走得是大错特错了。显然,他忘了卡森早年也是个魔术师。不过这些都不重要,重要的是,他上了《今夜秀》。而让他成为名流的就是那两个著名科学家的背书。"

"所以如果阿利奥拉得到你的背书,如果她能让你承认那就是门肯,她也就成名了。"

"没错。"

"那我们现在咋办?"

"我们什么也不做。"

"什么也不做?不曝光她了?"

"通灵与掰勺子不同,没有可独立验证的证据。"我看着她说,"所以我们没必要追着她死缠烂打。再说了,我们有更大的鱼要钓呢,例如查尔斯·弗莱德。对于一个每场演出只收两百块的灵媒来说,他赚得也太多了;再者,对于一个专攻冷读术的人来说,他能打造出这么多热门秀也非比寻常。我们得查查他是如何做到的;还有,他的钱是哪儿来的。"

"可我们至少得再去一次阿利奥拉的研讨会吧?去看看这情形会不会再次发生?"基尔蒂坚持着。

"然后呢?对着碰巧也在现场的《洛杉矶时报》记者解释我们为什么对她如此着迷?"我说,"着迷到连看三次她的演出?"

"也对。可要是她取得了其他怀疑论者的支持呢？或是某个英语教授的背书？"

这我倒真没想到。就我们所知，阿利奥拉已经在四场研讨会上展示过这个诱饵了，我们不知道的可能还更多。《怀疑论思维》的总部就在西雅图，卡莱尔·德鲁则近在旧金山，其余参加通灵会的业余怀疑论者数量也不少。

这些人都知道门肯是谁。他是批判思考者的最爱，与神奇兰迪和霍迪尼齐名。他毫无畏惧地攻击迷信骗术，而且跟我们这些怀疑论者不同的是，人们真会聆听他所说的。

自打我读到他的一则逸事后就喜欢上他了。话说有天他正在《巴尔的摩太阳报》的办公室里与人聊天，突然他眺望窗外，感慨起来，"咱们快要被那帮狗娘养的打败了！"继而埋头疯狂地打起字来。这种感慨，我每天都有两次。此外，我还曾不止一次地自言自语过，"眼下正是需要门肯的时候，可他却在哪里呢？"

我敢打赌有这种感觉的不止我一个。其他人可能会被门肯的话语所迷惑，更别提再加上阿利奥拉那套见人说人话、见鬼说鬼话的本事了。

"你说的没错，"我说，"这件事我们是得好好调查调查，可研讨会我们得派别人去。"

"派我经纪人去怎么样？她说过还想再去一次。"

"不行，不能是跟我们有关系的人。"

"我知道个人。"基尔蒂拿起手机，"她叫瑞阿塔·斯达尔，是个女演员。"

取了这么个名字①，除了演员还能是什么？

"她现在正好没工作。"基尔蒂说着输入手机号，"只要跟她说那儿有个选角导演，她指定乐意去。"

"她信通灵师吗？"

她一脸怜悯地看着我，"好莱坞没人不信，可这不重要。"

她将电话放到耳边。"我会给她身上安台录像机，再加个录音的，"她轻声道，"并告诉她一份卧底工作会为她的简历增光添彩。喂？"

她转为正常说话的语气，"我找瑞阿塔·斯达尔。哦，不，不用捎口信。"

她按下"停止通话"键，"她在'米拉麦克斯'公司试镜呢。"她将手机丢进包里，从包底掏出钥匙，然后将包甩到肩上。"我直接过去亲自跟她谈。谈完就回来。"说罢，她走出门去。

看着她远去的背影，我心想，她确实好得不真实。然后给一个局里的朋友打了过去，问他有没有阿利奥拉的案底。他承诺找到后给我打回来。在等待的间隙里，我找到了那本《猴子案件》。我先在目录页找到有关门肯的章节，又翻到文献页查找门肯离开代顿的时间。我不信他在判决下达前就离开了。公开抨击威廉·詹宁斯·布莱恩和创造论者可是他一生的高光时刻。或许，那句"走得太早"说的是在布莱恩过世前离开的意思吧。

审判结束后的第五天，布莱恩去世了，据说是死于心脏病，但更可能是死于克莱伦斯·丹诺对他的羞辱与诘问——关于《圣经》的问题。丹诺让他——以及创世论——大出洋相，不过

---

① 斯达尔 "Starr" 与明星 "Star" 同音。

更确切地说, 让他大出洋相的是他自己。盘问环节成为审判的高潮部分, 也成为布莱恩死亡的诱因。

事后, 门肯为布莱恩写了篇措辞激烈、不留情面的讣告。私下里, 他甚至可能为自己没能参与布莱恩的死而追悔莫及。至于阿利奥拉嘛, 就算她费了点儿心思查到了"美国蠢货""彻头彻尾的废话"这样的词汇, 并掌握了门肯沙哑的嗓音与极具爆发力的演讲风格, 我也很难想象她知道这些逸事。

当然啦, 她也是有可能读过这些东西的, 甚至可能就在这本书中。我读完关于布莱恩之死的章节, 想找些与门肯相关的内容, 却没找到。我往回翻了几页, 发现相关内容就在那里, 这简直令我无法相信。

门肯的确没等审判结束就走了。当丹诺的专家证人被禁止出庭时, 他以为一切都已结束, 剩下的就是走走流程罢了, 于是提前回了巴尔的摩。他错过了丹诺对布莱恩摧枯拉朽般的盘问, 错过了布莱恩"人非哺乳动物"以及"地球不被抛出轨道、太阳仍能静止不动"之类的荒谬言论。他的确走得太早了。我敢打赌他永远不会原谅自己。


*于我而言, 科学的观点完全令人满足, 且自我记事起, 一直如此。我这一生中从未在他处寻找过避难所。*

*——H.L.门肯*


"可阿利奥拉是怎么知道的呢?"从试镜现场赶回来的基尔蒂问。

"跟我一样,从书中读到的。你朋友瑞阿塔答应去研讨会了吗?"

"答应了。我把哈萨卡相机给了她,但又担心会被他们收走,所以约了一个在环球影业做道具的家伙见面,问问他有没有什么办法。上一部《007》电影里的道具都是他做的。"

"哎呀,基尔蒂……《007》里面的那些小设备又不是真的,电影嘛,都是演的。"

她给了我一个比茱莉亚·罗伯茨还要灿烂的笑容,"所以我才说问问他有没有办法嘛。对了,瑞阿塔的票我也买过了。打电话预订的时候,我还问他们是否售罄了来着。你猜怎么着,那家伙说,'你不是在开玩笑吧?'还说这次的售票业绩只达到了往常的一半。阿利奥拉那边,你发现了些什么没?"

"还没。"我说,"还在找线索。"

话虽这么说,可我警局的朋友却并没有找到任何阿利奥拉的案底,连个可能的化名都没有。

"她很干净。"直到次日凌晨,他才打来电话,"没有邮件诈骗,连张停车罚单都没有。"

我在"怀疑论思维"和"诈骗观察部"官网上也找不到她的资料。看上去,她的钱都是用优秀的美国传统方式挣来的——先向顾客兜售一箩筐废话,再卖给他们查克拉图。

趁基尔蒂进门的空当,我一股脑地将这些都告诉了她。她当时身着休闲衬衣与牛仔裤,看上去美极了,只是那身打扮可能比《偏见之眼》一年的预算还要贵。

"阿利奥拉显然不是她的真名,可到目前为止,我还没找出她的真名是什么。"我说,"你从你老兄Q那儿搞到《007》的秘密摄像头了吗?"

"搞到了,"她说着放下背包,"而且我想出一个办法证明阿利奥拉在造假。"她递给我一沓纸,"这里是门肯说过的所有话。咱拿它跟他的著作对比一下,然后——"她停了下来,"咋啦?"

我摇着头说:"这可是通灵术啊。我曾写过一篇揭露斯瓦米・毗湿奴・嘉米的文章,指出他的五万年灵体尤佳蒂居然使用'太赞了''酷毙了'之类的字眼,还对手机发表意见,你猜人怎么说的,他说他是将尤佳蒂的思想转译为了自己的语言。"

"哦。"基尔蒂抿了抿嘴,"罗伯,那要不咱做个电脑配对?你知道的,就是那种将手稿与莎翁已有的剧本进行比较,以此鉴定是否为同一个人所著的方法。"

"那玩意儿太贵了。"我说,"再说啦,做这种鉴定一般要找大学。哪所大学愿意给通灵师做这种鉴定啊,这只会毁了它们的声誉。就算真匹配上了,也只能说明那些话门肯确实说过,也不能证明那就是门肯啊。"

"哦。"她坐上桌角,晃荡起大长腿,过了一会儿又站了起来,走到书柜前,扒拉起书来。

"你干吗?"我走上前去,见她手里捧着一本门肯的《无信仰的日子》,连忙说,"我不是说过了,门肯的那些措辞不会——"

"我不是在找他的措辞,"她说着,递给我一本《偏见》和门肯的传记,"我是在找能问他的问题。"

"他?他可不是门肯,基尔蒂。他不过是阿利奥拉假扮出来的一个幻象。"

"我知道，"她又递给我一本《门肯收藏集》，"所以咱必须得盘问他嘛——我的意思是阿利奥拉。咱得问他——她——例如'你夫人的娘家姓是什么？''你供职过的第一家报纸是哪家？'之类的问题。对了，下面的这排平装书有门肯写的吗？"

"没有，这些基本都是悬疑小说。钱德勒啦，哈米特啦，詹姆斯·凯恩之类的。"

她不再看书架底层，直起身子去看中间几层，"也可以问问类似于'你父亲做什么生计？'之类的问题。"

"他是造雪茄的，"我说，"门肯供职的第一家报纸不是《巴尔的摩太阳报》，而是《先驱晨报》，另外他老婆的娘家姓是哈尔特，一个d，两个a。①这些我都知道，但不代表我就是门肯啊。"

"没错，"基尔蒂说，"但如果你不知道呢？这就能证明你不是。"

她递给我一本《门肯文选》，"如果咱们问她些门肯应该知道答案的问题，可她却回答错误，那就能证明她是冒牌货了。"

这办法或许还真的可行。显然，阿利奥拉对门肯进行了比较充分的研究，才能做到说话、动作都模仿得惟妙惟肖。她的研究或许足够回答一些有关门肯私人生活的基本问题，但不可能应付每个细节。关于门肯的书籍就有数十本，更别提他自己的作品和日记了。另外还有电影《风的传人》，以及其他一系列关于斯科普斯审判的话剧、书籍和专著。我敢打赌市场上关于门肯的印刷品有接近一百种，那还不包括他为《巴尔的摩太阳报》撰写的文章。

---

① 哈尔特的英文为"Haardt"。

如果门肯应该知道的东西，她却答不上来，我们就能轻易地证明她是冒牌货，然后转到更为重要的"为什么"的问题上了。但前提是阿利奥拉愿意接受提问。

"你打算怎么让阿利奥拉同意接受咱的提问？"我说，"我猜她都不会给咱们开门。"

"如果她不开门，那也算证据。"她泰然自若地说。

"好吧。"我说，"但别问他爸是做什么的，问他平时喝什么。顺便提醒一句，答案是黑啤。"

基尔蒂抓起一本笔记本，记了起来。

"再问问他在《巴尔的摩太阳报》时对接的第一位编辑叫什么？"说着，我拿起那本《猴子案件》，"还可以问问他认不认识苏·希克斯。"

"她是谁？"基尔蒂问。

"男的，斯科普斯审判上的辩护律师之一。"

"我们应该问他——不，是她——斯科普斯审判是什么吗？"

"不，这么问太简单了。问他……"我试着想出个好问题，"问他当年在报道审判的时候吃的什么，问他在法庭里坐在哪个位置。"

"坐在哪个位置？"

"这问题是个陷阱。他当时是站在角落里的一张桌子上报道的。噢对了，最后再问问他的出生地。"

她皱了皱眉，"是不是太简单了？所有人都知道他来自巴尔的摩。"

"我想听他自己说出来。"

"哦。"基尔蒂点点头,"他有孩子吗?"

我摇摇头,"只有一个姐姐,两个哥哥,分别叫格特鲁德、查尔斯和奥古斯特。"

"嗯,很好,这些名字不是瞎猜就能猜出来的。他有什么爱好?"

"弹钢琴。问问他关于'周六夜总会'的事儿,他经常和一帮朋友去那儿演出。"

这一天剩下的时间里,我们都在绞尽脑汁地想问题,次日上午又接着干;问题都写在索引卡上,这样问的时候就能打乱顺序了。

"要不咱问一问他的一些格言?"基尔蒂说。

"你是指'所谓清教主义,就是一种对有人在某处幸福生活着的挥之不去的恐惧'之类的?不行,这类名言是最容易记忆的。再说了,真实的人没有开口闭口都是格言的。"

基尔蒂微微颔首,又埋头读起书来,那样子动人极了。我查了查门肯的病史——他得过溃疡,喉部还做过手术,切除了小舌。我出门买了俩三明治作午餐,顺便复印了门肯的《浴缸史》以及他在斯科普斯审判期间散发的一位假福音传道者写的假传单——"公开展示灵魂治愈、驱魔及预言未来"。门肯曾扬扬得意地夸耀当年在代顿没有任何一个人能识破这个恶作剧。

基尔蒂从书中抬起头,"你知道门肯跟丽莲·吉什约过会吗?"她满脸惊讶地问。

"知道,他跟好几个女演员都好过呢。跟安妮塔·露丝传过绯闻,还差点儿娶了艾琳·普林格。咋啦?"

"我只是觉得他居然不会因为她们是电影明星而感到压力，挺令人刮目相看的。"

我不知道这话是不是针对我。

"说到女演员。"我说，"阿利奥拉的研讨会什么时候开始？"

"两点，"她看了看手表，"现在是一点四十五。研讨会大概四点结束，瑞阿塔说她一结束就给咱们打电话。"

我们继续浏览门肯的书籍与自传，寻找阿利奥拉不太可能记得住的细节。门肯热爱棒球。他曾从酒店房间里偷出《基甸圣经》，在扉页上写上"作者献上问候"，然后送给朋友。他与许多作家都是朋友，包括西奥多·德莱塞和弗朗西斯·斯科特·菲茨杰拉德，后者有次跟门肯一块儿在晚宴上喝酒喝大了，直接跳上餐桌脱下了自己的裤子。

正在这时，电话响了，我伸手准备去接电话，却发现响的是基尔蒂的手机。"是瑞阿塔。"她瞅了眼手机屏幕说。

"瑞阿塔？"我扫了眼手表，才两点半，"她怎么没参加研讨会？"

基尔蒂耸耸肩，将手机放到耳边，"瑞阿塔？怎么啦？……你在开玩笑吧！……你录下来了吗？太棒了……不不，按原计划，我们还是在斯帕戈餐厅见面。我半小时之后到。"

她挂了电话，起身掏出钥匙，动作一气呵成，干练优雅，"同样的事情再一次发生了，只不过这次是在研讨会开始的时候。他们立马叫停了会议，将阿利奥拉拽下讲台，还把观众都轰走了。整个过程都被瑞阿塔录下来了。我现在就去取录像。你在这儿等我？"

我茫然地点点头，脑子里还在想着怎么问门肯用两根手指打字的事儿，基尔蒂已经挥了挥手，走出门去。

如果问"你是怎么写报道的"，那么得到的回答应该是关于写作流程的，但如果问"你会盲打吗"，那阿利奥拉定会——

基尔蒂又一次出现了门口。她走进来，坐下，拿起笔记本。"你干吗呢？"我问，"你不是说要去——"

她将手指放上嘴唇，比着口型：她来了。阿利奥拉走了进来。

她依然穿着紫色长袍，脸上的妆容还没褪去，由此可以断定她是直接从研讨会赶过来的。可跟上次不同的是，这次她没有怒气冲冲地咆哮，反而看上去充满了恐惧。

"你都对我做了些什么？"她的声音打着战，"别跟我说你什么也没做，录像我都看了。你——我也想知道，"沙哑的声音倏然响起，"你到底干吗呢？你办那杂志不就是为了堵住这女巫胡言乱语的嘴？她今早上又出去招摇撞骗，一边召唤什么圣灵，一边骗得一帮被神秘主义洗了脑的傻子纷纷解囊的时候，你人呢？我怎么没在现场看到你啊。"

"我们之所以没去是因为不想助长她的——"基尔蒂顿了顿，"我们不确定……我是说，不确定面对的是谁……"她支支吾吾地没了声。

"阿利奥拉，"我语气坚决，"你以假装沟通星界灵体为生。我们为何要相信你并非在假装沟通 H.L. 门肯？"

"假装？"她惊讶地反问，"你把我当成那不入流的荡妇虚构出来的玩意儿？"

她一屁股坐进桌前的椅子里，咧嘴给了我一个大大的苦笑，

"你说得没错。我自己都不信，毕竟从内心来讲，我还是个怀疑论者。"

"没错。"我说，"作为怀疑论者，我需要证据才能证明你就是门肯。"

"没问题，什么样的证据？"

"我们想问你几个问题。"基尔蒂说。

阿利奥拉一拍膝盖，"还等什么，尽管问吧。"

"好的，"我说，"既然你提到了火，巴尔的摩大火是哪年发生的？"

"零肆年[1]，"她马上回道，"二月，冷得不行。"她咧嘴一笑，"这辈子最好的一段时光。"基尔蒂瞅了一眼，问："你父亲平时喜欢喝什么？"

"黑啤。"

"你呢？"我问。

"从1919年往后，能喝到什么算什么。"

"你来自哪儿？"基尔蒂问。

"世界上最美的城市。"

"哪儿？"我问。

"哪儿？"她怒吼道，像是受到了莫大的冒犯，"当然是巴尔默[2]啊！"

---

① 原文为"aught-four"，是一种古体的口语表达。

② Bawlmer，巴尔的摩当地人对该城市的叫法。这种俚语或方言中的发音方式是巴尔的摩当地文化的一部分，往往被用来强调地方归属感，或者是进行幽默的调侃。

基尔蒂迅速扫了我一眼。

"'周六夜总会'是什么？"我脱口而出。

"一个喝酒的地儿，"她说，"常有音乐伴奏。"

"你会什么乐器？"

"钢琴。"

"《曼恩法案》①是什么？"

"怎么？"她朝基尔蒂眨眨眼，"你打算带她跨越州界线？她还未成年？"

我没理她，"你若真是门肯，肯定讨厌这种江湖骗子，怎么会附身在阿利奥拉身上。"

"人们为什么要去动物园？"

我不得不说，她确实厉害。反应也快。我又陆续问了几个关于《巴尔的摩太阳报》《时髦圈子》和威廉·詹宁斯·布莱恩的问题，每次都是问题刚一说出口，她就给出了答案。

"那你为什么要去代顿？"

"去看三环马戏②，顺便去招惹一下那些动物。"

"去的时候身上带着什么？"

"一台打字机，四夸脱③威士忌。真该带上把扇子的，代顿的天气比第七层地狱还热，到处拥塞着像从地狱里逃出来的家伙。"

---

①1910年6月美国国会通过的一项法案。法案规定，禁止为了不道德目的的跨州或跨国贩运妇女。

②三个场地同时表演的大型马戏。

③英美容积计量单位。在美国，1夸脱约为0.9464毫升。

"你在那儿吃了什么？"基尔蒂问。

"炸鸡和土豆，每顿饭都是，早饭都吃这个。"

我将那张假福音传道士写的传单递给她，"这是什么？"

她看了看正面，翻了个边，又看了眼反面，"像是某种印刷广告。"

总算让我们逮住了，我暗自得意地想。若真是门肯，这东西肯定一眼就能认出来。"你知道这张传单是谁写的吗？"我刚准备问出这个问题，又马上停住了。这问题本身可能就蕴含着答案，最好别用"传单"这个词。

"这张印刷广告上讲的是什么事儿？"我换了个方式问道。

"我恐怕回答不了。"她说。

那你就不是门肯，我暗忖，一面向基尔蒂投去胜利的目光。

"可如果，"阿利奥拉接着说，"你能将这上面的字读给我听的话，我会很乐意回答你这个问题。"

她将传单递还给我，我呆呆地愣在那里，看了眼传单，看了眼她，又低头看着传单。

"咋啦，罗伯？"基尔蒂问，"出什么事了？"

"没事。"我说，"别管这张印刷广告了。你第一篇发表出来的报道是关于什么的？"

"一辆被偷的马车。"她接着从头开始说起了这个故事，可我却根本没心思去听。

他不知道这张传单关于什么，我暗忖，是因为他根本不认识上面写的字，因为1948年他曾经历过一次中风，落下了失语症的病根，不能读也不能写。

我本有个干净的住所，却离开了那里，赶到这儿来。

——《风的传人》

"这什么都证明不了。"阿利奥拉走后，我对基尔蒂说。当我问到她住在巴尔的摩哪条街上的时候，阿利奥拉突然间从门肯的模式中跳脱了出来，疑惑不解地看了看我，又看了看基尔蒂，然后一言不发地溜掉了。"关于门肯中风这件事，阿利奥拉得知的方式完全可能与我一样，"我说，"即从书中读到。"

"那你为什么脸唰一下就变白了呢？"基尔蒂说，"我还以为你要当场晕倒呢。还有，她为什么不直接就把那问题给答了？其他所有问题她都对答如流。"

"或许她确实不知道那一题，而那是她的备选反应。"我说，"她的反应挺出乎我意料的，仅此而已。我以为这种显而易见的答案她肯定都记了的，没想到——"

"没错，"基尔蒂打断我道，"若真是冒牌货，你问的时候，他肯定就会说自己得过中风，落下了失语症，而不会⋯⋯而且，那还不是唯一的例子。你问他巴尔的摩大火时，他说的竟然是那是他这辈子最好的一段时光，若真是冒牌货，肯定会说哪些房子烧了，火势多么凶猛之类的。"

此外，讲到年份的时候，他说的不是"1904"，也不是"04"，而是"零肆"。现在哪还有人这么说话的啊。而且，这种东西也不可能出现在门肯的著作里；这种说法只出现在口头表达里，没人会这么写，所以阿利奥拉不可能——

"那也不能证明他就是门肯!"话出了口,我才意识到自己在吼,而且用的人称是"他"。

我压低声音,"这不过是个聪明的把戏罢了,仅此而已。仅仅因为我们不懂其背后的机制,不代表它就不是一个把戏。她可能找专人训练过如何饰演这个角色,包括在面对书面材料时如何假装不识字。或者,她可能与某个幕后指导通过电脑联系呢。"

"我检查过,她没有戴耳机。而且,就算真有人在幕后操作,给她递答案,她回答的速度也会慢很多,不是吗?"

"不一定,她说不定有过目不忘的记忆。"

"真有那样的记忆力,还做什么通灵啊,不应该去做读心术吗?"

"或许她以前就做过呢。我们可不知道她去萨勒姆之前做过什么。"嘴上虽这么说,但我知道基尔蒂说得没错。真正过目不忘的人去做算命先生或灵媒定会赚得盆满钵满;此外,从阿利奥拉的通灵表演中看不出她有过目不忘的能力——她讲演的内容只涉及一些泛泛之谈。

"或者,她是以某种其他方式获得答案的。"我说。

"如果不是呢,罗伯?如果她真的沟通了门肯的灵魂呢?"

"基尔蒂,通灵术是种唬人的把戏,这世界上根本就没有灵魂、交感共振,也没有星界。"

"我知道。"她说,"可他的答案都如此——"她摇了摇头,"另外,他的声音,他的整个神情举止——"

"那叫表演。"

"可阿利奥拉是个很糟糕的演员。你看过她演的伊苏斯。"

"行。"我说,"我们就假装一下那确实是门肯,假装他的灵魂没在劳登公园公墓里安息着,却遨游在以太空间里,他为什么选在这个时间点回归呢?为什么不在乌瑞·盖勒到处掰勺子、雪莉·麦克莱恩登上大大小小各类脱口秀的时候回归呢?为什么不在弗吉尼亚·泰伊自称是布莱迪·墨菲的五十年代回归呢?"

"我不知道。"基尔蒂承认道。

"此外,他为何要选择通过阿利奥拉这样的一个三流骗子来现身呢?他生前最恨的就是这种江湖骗子了。"

"或许这就是他回归的原因——因为这种江湖骗子依然大行其道,他意识到自己的事业还未完成。你也听到了——他说自己离开得太早了。"

"他那是在说斯科普斯审判。"

"不一定吧。你说的是,'这些江湖骗子们又死灰复燃'。或许——"她停了下来。

"或许什么?"

"或许他回来是为了帮你,罗伯。那次查尔斯·弗莱德把你搞得焦头烂额的时候,我听你说过,'当我们需要H.L.门肯的时候,他却在哪里呢?'或许,他听到了你的召唤。"

"继而决定从根本不存在的星界降临人间,去帮助一个无人听闻过的怀疑论者?"

"有人会对你感兴趣没那么不可想象吧。"基尔蒂说,"我……我是说,你所做的工作非常重要,而门肯——"

"基尔蒂。"我说,"我不信这一套。"

"我也不信,只是……你不得不承认,这个假想确实很有说服力。"

"没错。福克斯姐妹的'敲桌子'把戏、弗吉尼亚·泰伊声称其前世是十九世纪八十年代都柏林的一位洗衣女工也同样令人信服,但这两者都有契合逻辑的解释,甚至都不那么复杂。弗吉尼亚·泰伊骗术中的细节来自她的爱尔兰奶妈,而福克斯姐妹有拿脚趾踢桌腿的习惯。老天。"

"你说得没错。"基尔蒂嘴上虽这么说,听上去却不像是完全信服了的样子。这令我很担心。阿利奥拉的门肯模仿秀如果能唬住基尔蒂,那就能唬住任何人。到那时"我敢肯定她在耍把戏,只是不知道她怎么做到的"就不会有人买账了。我得赶紧查出这背后的玄机。

"阿利奥拉肯定有一个获取关于门肯的信息的来源。"我说,"咱们得找出这个来源。先从书店、图书馆,还有互联网下手。"希望她的信息来源不是后者。要查出她登录过哪些网站可能要到猴年马月了。

"需要我做什么?"基尔蒂说。

"我想让你将这些手稿浏览一遍,就像你之前提议的那样,找出这些话的出处,这样咱们至少知道来源具体是哪些著作。"我告诉她,"我还想让你问问你经纪人或其他任何去过这种研讨会的人,问他们有没有参加过阿利奥拉的私人见面会。我想知道这种见面会上都会发生些什么,以及她利用门肯是不是为了达成某些不可告人的目的。"

"我可以叫瑞阿塔去问些观众。"她提议道。

"这个主意不错。"我说。

"那问题呢？需要再想一些更难回答的问题吗？"

我摇摇头，"再难的问题都没用。如果她真有过目不忘的本事，咱问啥都难不倒她；如果没有，而咱又问到那些他在《先驱晨报》的某位同事或他写过的某篇关于弄潮儿的文章之类的陈芝麻烂谷子的往事时，她大可以回答不记得了，结果什么都证明不了。你要是问我五年前为《偏见之眼》撰写的文章内容，我也不记得。"

"我说的不是事实与数据，罗伯。"基尔蒂说，"我说的是那种人们不会忘记的东西，比如门肯第一次见到莎拉的感觉。"

我想起了自己第一次见到基尔蒂时的情景。当时的我从桌上抬起头来，看见挂着电影明星般微笑的她就站在那里，一头金发如蜜般顺滑。"难以忘怀"，对，就是这个词。

"或是他母亲怎么去世的。"基尔蒂仍在继续，"又或者他是怎么知道巴尔的摩大火的。答案是报社在半夜给他打了个电话，把他从睡梦中吵醒。这种事情是不可能忘记的。又比如小时候养的那条狗的名字，或是上小学时同学们给取的绰号。"

绰号。这倒是激起了我脑海中的一个思绪，一件阿利奥拉不可能知道的事情，一件关于一个婴儿的事情。是什么呢？门肯小时候的绰号吗？不，不是——

"或是十岁那年的圣诞节收到的礼物。"基尔蒂说，"咱们得找到一个门肯铁定知道答案的问题，如果他答不上来，就能证明是阿利奥拉在搞鬼了。"

"但如果他答上来了呢, 依然不能证明他就是门肯, 对吗? "

"我得去找瑞阿塔了。"她说着将手稿塞进包里, 戴上墨镜, "我会把录像一道带过来的, 明天早上见。"

"对吗, 基尔蒂? "我又问了一遍。

"对吧。"她推开门, "我猜。"

在至高无上的自信里, 总掺杂着那么一种半本能化、半逻辑性的感觉, 一种怀疑的意味, 即, 毕竟骗子们可能都还藏着一手。

——H.L. 门肯

基尔蒂离开后, 我给一位黑客朋友打了个电话, 叫他帮我查查阿利奥拉可能登录的网站, 然后又给加州大学洛杉矶分校英语系的一位朋友打了个电话。

"查询门肯信息的人? "他说, "这我还真不知道, 罗伯, 你可以问问新闻系的人。"

当我去询问新闻系的人时, 他们问道: "这人是谁? " 在我解释完门肯是谁后, 他们又建议我致电位于巴尔的摩的约翰斯·霍普金斯大学。

我在想什么呢? 基尔蒂说过阿利奥拉在西雅图的时候就开始沟通门肯的灵魂了。我得从那里查起, 或者萨勒姆, 又或者——她下一站去的哪儿来着? 塞多纳。这天剩下的时间里(包括晚上), 我都在给这三个地方的书店与图书馆打电话。接到电话的人中有五个的反应是"这人是谁?", 所有人都问了我"门肯"这个单词怎么拼，这可能表明他们最近都没听说过这个名字。三十家书店中只有七家有关于门肯的书籍，而这些书一半以上都是最新上市的门肯传记。有那么一会儿，我激动地认为这本书的标题回答了"为什么要选择门肯？"这个问题——传记标题是《怀疑论者与先知》——可转念一想，这书两个礼拜之前才刚刚上市。没有一家书店能提供预订或购买信息，而公共图书馆则是什么信息都提供不了。

我试了试查询它们的电子卡目录，上面只显示了目前在借的图书。洛杉矶公共图书馆的目录显示有四本与门肯相关的书籍被借出，都是在比弗利山庄分馆借出去的。

"四本看起来还是挺有希望查清楚的。"第二天早晨基尔蒂进来后，我一五一十地把事情跟她说了。

"不，没希望。"她说，"那四本都是我借的，拿来对比手稿的。"她从包中掏出一沓纸，"我得跟你说这些手稿的事儿，我发现了些很有意思的事情。"她料到我可能会反对她接下来的说法，于是事先声明，"我知道，你说过咱们只是证明了阿利奥拉——"

"或是给她提供信息的某个人。"

她点点头，表示认同，"咱们只是证明了幕后黑手曾读了门肯的著作，这点我认同。但若真是通过书籍获取的信息，应该是一字不漏地背出来才对，不是吗？"

"没错。"我想起兰德尔·马尔斯的林肯和他的那句"八十七年前……"

"但她却没有背出来。看，这是我们问起关于威廉·詹宁斯·布莱恩的问题时他的回答: '布莱恩! 我都不想听到那个肮脏的老骗子的名字。这个老骗子对科学与常识带着相当恶毒的仇恨。'"

"这些话难道他都没说过? "

"说过, 也没说过。门肯曾称布莱恩为'恶毒的活化石', 说他'肮脏又邋遢''对所有知识有着近乎病态的仇恨', 除了这一条以外, 其余的回答和研讨会上说的东西也都差不多, 没有死背出来的。"

"那只能说明她将他说过的话重新混搭了一番而已。"我嘴上虽这么说, 心里却因为她的发现惊恐不安。若真是假冒他人, 应尽可能接近原话才是, 因为任何偏差都会被当成造假的证据。

基尔蒂递给我的注解翔实的列表上还有一点也令人担忧。阿利奥拉用过的那些词组并非出自一两个地方, 而是来源甚广——"十足的胡说八道"出自《少数派报告》, "夸夸其谈的废话"出自《新共和国》, "跟莉迪亚·平克汉姆的蔬菜混合剂一样真实"出自《巴尔的摩太阳报》上一篇关于教学法的文章。

"有没有可能它们全被收录在了门肯的一本传记中呢? "

她摇摇头, "我查过了。包含了不止一个词组的倒是有几本, 全部都包含在内的一本也没有。"

"那也不能代表这种书就不存在嘛。"我转移了话题, "你朋友约到阿利奥拉的私人见面会了吗? "

"约到了, "她扫了眼手表, "过几分钟, 我就得去见她。她还搞到了周六研讨会的票。我还以为他们会取消这一场呢, 不过昨晚的一次当地电台的访谈倒是被他们取消了, 同样取消了的还有原定在下周持续一整周的精神沉浸会。"

"上一场研讨会的录像瑞阿塔给你了没？"

"还没，她忘在家里了。她说去参加私人见面会前跟我会面时会带过来。她还说录到了关于主持人的极有价值的片段。她发誓从他脸上的表情来看，对于正在发生的闹剧，他根本就是被蒙在鼓里的。对了，还有件事。我给朱迪·赫尔斯伯格打了个电话，就是那个不管什么通灵活动都参加的朱迪，记得吗？咱们做萨满占星学家那一期的时候，我还采访过她呢。她说阿利奥拉联系过她，找她要威尔森·安博伊的电话。"

"威尔森·安博伊？"

"比弗利山庄的精神科医生。"

"这也是骗局中的一部分。"我说，可就连我的语气听上去都没那么坚定了。对于三流通灵师阿利奥拉来说，这种手段未免太过高级。

肯定另有共谋，我暗忖，而且不只是给她喂送答案的那种，而是一个搭档，一个幕后主谋。

基尔蒂走后，我给马蒂·朗博尔德打了个电话，问阿利奥拉在萨勒姆时有没有搭档。"这我还真不知道。"他说，"普伦蒂斯刚刚做了个萨勒姆地区的巫术研究，她可能认识知道这种事的人。稍等一下。嘿，普伦蒂斯！"隔着电话线，我都能听到他的吼声。

"杰米！"

杰米，我暗想，那是詹姆斯·M.凯恩的绰号，是门肯的好哥们儿。我在哪儿读到过这个来着？

"她叫你给欧丽玛夫人打电话。"马蒂说道,并把电话号码报给了我。

我开始拨号,然后又忽然停了下来,拿起门肯的传记,查找起跟"凯恩""詹姆斯·M."相关的内容。书上说他跟门肯在《巴尔的摩太阳报》共事过,是好哥们儿;此外,他发表自己第一本故事集《冰箱里的婴儿》时门肯还帮过他。

我走到书架边蹲下,开始浏览起底层的平装书……钱德勒,哈米特……要找的那本封面是红色的,上面画着一个坐在高脚椅上的婴儿和……钱德勒,凯恩……

找来找去,就是没有红色封面。我一一浏览着书名——《双重赔偿》《邮差总按两次铃》……终于,还是被我找到了,塞在《欲海情魔》旁边的那本《冰箱里的婴儿》。封面其实是花哨的橘黄色,上面的婴儿躺在母亲的双臂中,旁边站着一个在加油站前抽烟的大汉。希望里面的内容比封面更符合我的记忆。

确实。序言由罗伊·霍普斯所写。我手上这本不是企鹅出版社出的,而是绝版了至少二十年的版本。就算阿利奥拉的助手确实花工夫看了凯恩的东西,也不太可能是这个版本。

序言里全是对于凯恩的溢美之词——每个认识他的人都亲切地称他为"杰米",他有一个夏天曾在结核疗养院养病,他十分讨厌门肯最爱的地方——巴尔的摩。

其中有些东西在门肯的书里也提到过,例如,是门肯将他介绍给这本集子的出版人阿尔弗莱德·A.克诺普的,例如他俩在《太阳报》的交集,例如他们同时追过电影明星艾琳·普林格。

但序言里的大部分内容在门肯的书里找不到,而恰好又是作为一个朋友应该知道的。阿利奥拉不可能知道，因为这些细节都来自凯恩的生活，而非门肯。幕后主谋也不可能将凯恩或门肯其他朋友生活中的点点滴滴都记下来。就算这里的内容派不上用场，德莱赛、F.S.菲茨杰拉德或丽莲·吉什等人的传记里总能找到些有用的。

可我觉得这里的逸事就够用了，例如，詹姆斯·M.凯恩的哥哥博伊戴死于停战日后的一场意外；例如，他曾声称自己所有的写作都是在模仿《爱丽丝漫游奇境》，等等。这种东西仅仅读过凯恩的书是不可能知道的——他的书里充斥着犯罪与谋杀，精于算计的美丽女郎诱惑主人公帮助她设下骗局，结果发现一切不过是她设下的另一场骗局。

不太像是阿利奥拉会读的书，但门肯却肯定读过。他买下《冰箱里的婴儿》刊登在自己创办的《美国水星》杂志上，还告诉凯恩那是凯恩写过的最好的作品之一。这里面就可以延伸出一个完美的问题，我都想好了怎么问了。对于没读过这个故事的人，问题本身就能把他们弄得摸不着头脑。只有真正读过的才知道答案，例如门肯。

可如果阿利奥拉真知道呢，难道我——怎么？还真相信她沟通了门肯的灵魂吗？

按照这个逻辑，查尔斯·弗莱德真的能同死者说话，尤里·盖勒也真能用意念掰弯勺子。都是把戏，仅此而已。她要么有过目不忘的记忆，要么就是跟人串通好了，有人给她传递答案。

传递答案。

我忽然想起基尔蒂曾问过,"苏·希克斯是谁?"——想起她坚持要我跟她一道去见阿利奥拉——想起她说,"阿利奥拉为什么要沟通一个对着观众大喊大叫的灵魂?"我低头看了眼手上的橘黄色平装书。"精于算计的美丽女郎诱惑主人公帮助她设下骗局。"我轻声嘟哝着,脑海里浮现出为阿利奥拉工作的那些电影明星般帅气的引座员,穿得清凉暴露的维多利亚"灵体"以及威廉·布鲁克斯爵士。

性。引起傻瓜观众情感上的投入,他就看不到导线了,书上老掉牙的把戏了。

我一直都认为阿利奥拉没有聪明到能设计出这样一套骗局,事实证明确实如此。可基尔蒂足够聪明。所以她才能打入内部,看到这一书架子门肯的书,听见愚蠢的傻瓜嘟哝着,"我们需要门肯的时候,他在哪里?"所以她才能获得傻瓜的信任,要是能让他爱上她,那就再好不过了。这样,他就一直被蒙在鼓里,不会生疑。

这么一想,一切都串联起来了。整件事情都是基尔蒂联系的——我从来没做过通灵师打假,她知道得很清楚。说我们不能伪造身份的是基尔蒂;说带上索尼相机的也是基尔蒂,尽管她知道会被收走;为了确保阿利奥拉咆哮着闯入办公室时她正好在场,特意乘出租去研讨会而将自己的捷豹留在车库的,也是基尔蒂。

可整件事她都录下来了啊,而且她根本就不知道通灵的对象是谁。唯一认出门肯的人是我。

可线索都是基尔蒂提供给我的,之前的研讨会也都是她自己去的,至于阿利奥拉在伯克利、西雅图的会上也出现过类似情况,录像被删减这些事也是出自她之口。

一直在试图给我暗示,让我相信阿利奥拉真的沟通了门肯的灵魂的人是她;通过提问来确认真假的办法也是她想出来的——这些问题的答案我也都一五一十地告诉了她——至于她那个朋友瑞阿塔,以及那个我到现在都还没看到的录像,我都不确定是否真的存在。

整件事情,从头到尾,就是一场精心设计的陷阱。

而我却一直被蒙在鼓里,因为我一直忙着看她的大长腿、那头柔顺的蜜色头发以及迷人的微笑。就跟布鲁克斯爵士一样。

真是令人难以置信,我想。怎么会是基尔蒂呢,她可是跟我并肩奋战了近一年啊。这一年来,她又是偷鸡肠,又是假装被催眠,还接受了让·皮埃尔的气场净化术。她当初来为我工作不就是因为痛恨阿利奥拉这样的诈骗大师吗?

话说回来,一部电影就能狂收五百万,还能一边与维果·莫特森谈情说爱的女演员,若非另有所图,又怎么会跑来给一个二流杂志打工呢?谁会为了我放弃电影首映礼的红毯、塔希提岛的假日和深度按摩呢?怀疑论者第二条铁律:如果某件事好到不真实,那就是假的。你自己说过多少次她是个好演员?

不,我身体里的每个细胞都在反抗着这个想法,不可能是真的。

可傻子们不都这么想的吗,就算面对证据也依旧如此?“我不相信,她不会这么对我。”

但这就是她的目的——得到你的信任,让你觉得她站在你这一边。否则,你会坚持要自己看那些研讨会的录像,看它们是否真被剪辑了,你会要求有独立可验证的证据才能证明阿利奥拉真的将那些研讨会取消了,还咨询了精神科医生。

独立可验证的证据。这就是我现在所需要的,而我完全知道上哪儿去找。

"我母亲曾带我去过风火卢修斯的灵性朗读会。"基尔蒂曾提过这件事,而我手上恰好就有朗读会的顾客名单。卢修斯被捕后,我曾做过一个相关报道,拿到了作为法庭记录的名单。基尔蒂首次与我见面是在五月十号,而那个月他只举办过两期朗读会。

我找出相关名单,还特意调出了之前两期的,然后输入基尔蒂的名字。

什么也没有。

她说是跟母亲一起去的,我想着,输入了她妈妈的姓名。还是什么都没有。我将名单打印了出来,一个名字一个名字地找,毫无斩获后又把三月份、四月份和六月份的名单都过了一遍。不仅没找到名字,她提到过的一万美元捐款在卢修斯的公司报表上也不见踪迹。

半个小时后,基尔蒂出现了,她笑容满面、美丽动人、一副收获颇多的样子。"阿利奥拉将所有的私人见面会和巡回研讨会都取消了。"

她靠在我的肩头,看我正在干吗,"你想到了万无一失的问题了吗?"

"没有。"我说着,将《冰箱里的婴儿》塞进文件夹,再放进抽屉里,"我有一个猜想,一个可以解释目前情况的猜想。"

"真的？"她说。

"真的。你知道的，一直以来，我心中最大的疑惑之一就是阿利奥拉。就凭她的智商根本就想不出这些伎俩——什么'零肆'啦，不识字啦，去见精神科医生啦。所以，要不就是她真的沟通了门肯的灵魂，要不就是咱们还有另一个要素没有考虑到。我觉得我已经知道那是什么了。"

"你知道了？"

"没错。让我听听你的想法：阿利奥拉不满足于一场赚个七百五十美元的研讨会和六十美元一盒的录影带，她目光长远，想上《奥普拉秀》《今日秀》《拉里·金现场秀》。要达成这些目标，仅仅有相信她的观众是不够的，她需要某个受公众信任的人出面为她背书，某个科学家，或者，职业怀疑论者。"

"比如你。"她小心翼翼地说。

"比如我。问题是我不相信星界或通灵术这些东西，也绝不会上一个亚特兰蒂斯的古老祭司的当，所以通灵对象必须是某个骗子绝对想不到的人物，某个说出的话恰恰我想听的人物。此外，还必须是某个我很了解的人，这样当线索浮现时，我才能马上认出来。总而言之，就是某个为我量身定制的人物。"

"比如H.L.门肯。"基尔蒂说，"可她是怎么知道你是门肯粉丝的呢？"

"她不需要知道，"我说，"这是她搭档的工作。"

"她的搭——"

"搭档、助手、托儿，不管你怎么称呼，总之有这么一个人，当她叫我去见这个名不见经传的通灵师时，我会完全信任她。"

"等等，让我理一下。"她说，"你认为我看了场阿利奥拉的研讨会，就被她完美的伊苏斯模仿秀所折服，立马变成了个大写的信徒，还答应加入了她那罪恶的计划——不管那计划是什么？你觉得这有可能吗？"

"不。"我说，"我认为你从一开始就是跟她一伙的，从你为我工作的第一天开始。"

她的确是个好演员。那双美丽的蓝色大眼睛里既有吃惊又有受伤。"你觉得我给你下了套？"她惊讶地问。

我摇了摇头，"我可是个怀疑论者，记得吗？怀疑论者只依据独立可验证的证据做判断，例如这种证据。"我将风火卢修斯的名单递给了她。

她看着名单，一言不发。

"当初我问你怎么发现我的时候你说的那个故事根本就是假的，对吧？你根本就没在电话本上查找过'打假人'，你也没跟你母亲去见过什么灵性疗养师，对吧？"

"对。"

对。

直到她说出了这个词，我才意识到自己多么希望她说"肯定是什么地方搞错了，我的确去了"，希望她能给我一个理由，不管听上去有多假："我当时说的是十四号吗？其实我是想说二十号来着"，或者"票是我经纪人买的，所以记的是她的名字"，任何一个借口都行。甚至可以夸张地将名单摔到我脸上，然后哭诉"你竟然不相信我"。

可她却就这么默默站着，看看那要给她定罪的名单，又抬头看看我，既没发火，也没流泪。

"整个故事都是你编出来的。"

"没错。"

我还在等着她说"事情不是看上去那样的，罗伯，听我解释"。可她没说，只是将名单递还给我，拿起手机和包，掏出钥匙，将包甩过肩头，然后漫不经心地走掉了，那样子就像是去报道一场月亮魔力会或塔罗牌占卜会一般。

一般到了故事的这个地方，私家侦探都会从最底层抽屉里掏出一瓶苏格兰威士忌，给自己满上一杯，恭喜自己逃出生天。

我差点儿就被当成大傻子给人耍了，门肯（真的那个，而非基尔蒂与阿利奥拉假扮的那个）肯定不会原谅我的。

还好被我识破了。我现在要做的就是将整个骗局记录下来，警示其他怀疑论者。

可我却呆呆地坐了足足有十五分钟，脑子里想着离去的基尔蒂。我知道尽管她没有正式道别，但我以后再也见不到她了。

*我需要的是一个奇迹。*

*——《风的传人》*

我告诉过你，我要是去做通灵师，肯定糟糕透顶。第二天一早，基尔蒂就抱着一大捧文件夹和文件走了进来。她将它们扔在我面前的书桌上，然后拿起我的手机就开始拨号码。

"你干吗？这都是些什么玩意儿？"我指了指面前那沓文件。

"独立可验证的证据。"她说着，手上的动作依旧没停。电话通了，她将手机放到耳边，"喂，你好，我是基尔蒂·罗斯，我找阿利奥拉。"片刻停顿后，"她不接电话？好吧，告诉她我在《偏见之眼》办公室，我需要马上见她。告诉她这件事非常紧急。谢了。"

她挂掉了电话。

"你干什么？拿我手机给阿利奥拉打电话？"

"什么阿利奥拉，"她说，"我是在给门肯打。"她从一摞文件里抽出一张，"抱歉花了这么长时间。搞到阿利奥拉的通话记录比我想象中难。"

"阿利奥拉的通话记录？"

"对，过去四年的记录我都弄到了。"她说着又抽出一个文件夹，递给我。

我打开文件夹，"你怎么弄到的？"

"我认识一皮克斯的哥们，懂电脑的。咱们应该做一期关于窃取私人信息的杂志，让读者们知道那有多容易。而且灵媒都在利用窃取的信息诓骗观众，好说服他们以为自己真的在和他们死去的亲戚对话。"她边说边在文件堆里找另一个文件夹。

"这是我的通话记录。"她将找到的文件夹递给我，"手机的在上面，下面依次是家里的座机和车载电话。其次还有我母亲的通话记录以及我经纪人的手机记录。"

"你经纪人的手——"

她点点头，"以防你以为我拿她手机给阿利奥拉打了电话。她没有固定电话，只有个手机。这里还有我父亲和我继母的。

另一个继母的我也能拿到，不过得多花两天时间。而阿利奥拉的大型研讨会今晚就要举办了。"

她又递给我几个文件，"这是我所有的旅行清单——机票、酒店账单、租车记录，还有信用卡账单，都做了标记。"她走到手提包旁，从里面掏出三大本侧面贴满了便签条的意大利牛皮笔记本，"这里是我的每日计划，便签条上写的是缩写词的含义，还有我经纪人的日志。"

"这些就能证明你跟着母亲去了风火卢修斯的灵性朗读会？"

"不，罗伯。我说过了，关于那场朗读会，我确实撒谎了。"她认真地逐一浏览起文件夹来，"这些是为了证明我没有给阿利奥拉打电话，她也没给我打；我没去过西雅图或尤金或其他任何一个她待过的地方，我也从未去过萨勒姆。"

她抽出一只文件夹，打开，将里面的文件一一递给我，"这是五月十九号瑜吉·马加普特拉日场表演的节目单。票根我找不到了，因为票压根不是我买的，是制片厂买的。这是我在幕间休息时喝的一杯香槟鸡尾酒的收据。看到没？上面印着日期和地址呢，喏，罗斯福酒店。这还有一张马加普特拉演出的日程表，说明他那天也在。另外还有一张结束时发给我们的下一场表演的传单。"

那张传单我也有，就放在我的灵媒档案里，我很确定那场降神会我也去过。我总共去过三场他的表演，都是为了调查他利用殡仪馆档案窃取受害者过世亲戚信息的事儿。这个报道后来没发表出来——我还没完成，他就因逃税被捕了。我满脸疑惑地看着基尔蒂。

"我是在给当时一部有意向出演的电影做功课。"基尔蒂说，"一部关于灵媒的喜剧，名叫《三分熟》①，这是剧本。"

她递给我厚厚一捆手稿，"写得很烂，我不建议你读。总之，我在那次降神会上看见了你，当时你正跟一个植了发的男人说着话——"

马加普特拉的个人助理。我当时怀疑是他在观众席给瑜吉传递信息，所以想看看能否找出他藏在身上的麦克风。

"我看着你俩聊着天，当时就觉得你看上去——"

"很容易上当受骗？"

她收紧下巴，"不。看上去很有趣，很可爱，不像是我在瑜吉的降神会上会碰到的那种人。我打听你是谁，有人说你是个职业的怀疑论者，我当时就想，谢天谢地！马加普特拉的表演太假了，可人们却依然不假思索地相信他。"

"包括你母亲。"我说。

"不，那也是我编的。我母亲是个比我更坚定的怀疑论者，嫁给我爸后更是如此。我对你感兴趣的部分原因也来自她——她总是叫我找圈外人士谈恋爱——所以我买了一期《偏见之眼》，找到了你的地址，然后就登门拜访了。"

"还骗了我。"

"的确。"她说，"撒谎确实很愚蠢。你一开始谈论不该不假思索地相信任何人，以及独立可验证证据的重要性时，我就知道

---

① 原文为 *Medium Rare*，此处为双关，medium 既可以表示"中等的"，也可以表示"灵媒"。

不该向你撒谎，可我害怕如果我告诉你我是为了电影做功课，你不会同意让我加入；而如果直接跟你说我被你迷住了，你又不会相信我。你会认为我在搞什么真人秀，或是最近流行的好莱坞风潮，例如开精品店、搞针织，或者调查贝蒂·福特的近况。"

"而你一直就打算要告诉我实情的。"我说，"别告诉我你不过是在等待恰当的时机。事实上，在阿利奥拉出现之前，你差点儿就将实情和盘托出了——"

"你没必要这么讽刺我。"她说，"我当时以为如果我能为你工作，随着你对我的了解慢慢加深，你可能不会再把我当成电影明星，可能会跟我约会——"

"同时也顺便为你那部关于灵媒的电影积累一点演技。"

"没错。"她生气地说，"如果你想听实话的话，我当时以为只要不停地参加这种愚蠢的前世回归会、女巫集会、灵魂修复会，我就会慢慢地走出对你愚蠢的迷恋，可现实却是随着我对你的了解越来越深，我对你的好感也在不断加深。"

她抬头看着我，"我知道你不信，可我确实没有设套害你。在跟我经纪人一起去那场研讨会之前，我从未见过阿利奥拉。我真的没有和她联手骗你。此外，第一天跟你说的那个故事是我对你撒的唯一一个谎，其他的一切——比如痛恨通灵术和本·阿弗莱克，以及想要逃离电影业，帮你打假，害怕沦落到戒毒所或《绿巨人4》里——这些都是我的真心话。"

她从文件堆里翻找出一本橄榄绿色封皮的剧本，"他们后来还真把那个角色给我了。"

"绿巨人？"

"当然不是。"她说着将剧本递给我,"是绿巨人的恋爱对象。"

她抬起头来,蓝色眸子直勾勾地盯着我。如果这世上真有什么好到不真实的事物,那就一定是基尔蒂了。她站在那里,手中拿着那本难看的绿色剧本,办公室的荧光灯发出的光洒在她的金发上。我一直弄不明白那些参加降神会的傻子们怎么会相信那么明显的骗术,现在我懂了。

虽然我知道这一切都是骗局:《绿巨人4》剧本、信用卡账单和电话单什么都证明不了——那些东西很容易就能伪造出来——而我也不过是几个职业骗子为了最后的大结局而欺骗的又一个傻瓜而已,但是当下我却依然想要相信她。不仅想相信她那个"为电影做功课"的托词,连她整个骗局都想全盘接受——门肯从坟墓里走了出来,要帮我揭露骗局。如果我抓住基尔蒂握着剧本的手,将她拥入怀抱,顺势吻上她的唇,我俩从此就会过上幸福快乐的生活。

难怪门肯,这个将一生献给了反对创造论者、脊椎指压疗法和玛丽·贝克·艾迪的人,什么成就也没达成。事实与理性面对人们迫切需要相信的假象有几分胜算?

问题是,门肯并没有回来,那不过是一个三流通灵师扮演的角色,而基尔蒂爱的宣言——虽然我很想相信——不过是业内最老的把戏罢了。

"不错的尝试。"我说。

"可你就是不信。"她冷冷地说。就在这时,阿利奥拉走了进来。

"我收到你的信息后，"她用门肯那沙哑的声音对基尔蒂说，"马上就赶了过来。"

她扑通一下坐进我面前的一把椅子里，"阿利奥拉的那些暴徒。"

"你可以把那声音停下了，阿利奥拉，"我说，"就像门肯曾说的那样，露馅啦。"

阿利奥拉疑惑不解地看了看基尔蒂。

"罗伯认为阿利奥拉是在假装你。"基尔蒂说。

阿利奥拉扭头看向我，"你才发现啊？她当然是假的啦，她就是个只会坑蒙拐骗的大骗子，一个油腻的——"

"他觉得你是假的。"基尔蒂说，"他觉得你不过是阿利奥拉模仿的一个声音，就跟伊苏斯一样，你打断她的研讨会是一个骗局，为了让他相信她真的能通灵。他还认为我跟你是一伙的，是我帮你给他下套。"

又要开始表演了，我想，夹杂着惊讶的愤怒，受到冒犯了的单纯。

"我根本不认识基尔蒂，我俩根本没见过！"

"他认为你——？"阿利奥拉大笑起来，一边欢乐地捶打着椅子扶手，"这可怜的家伙不知道你爱他吗？"

"他认为那是骗局的一部分，"基尔蒂认真地说，"唯一让他相信我的办法就是让他相信根本没有什么骗局，相信你就是门肯。"

"好吧。"阿利奥拉说着咧嘴笑了，"看来咱们得说服他了。"他拍了拍膝盖，充满期待地转向我。

"你想知道什么呢?先生。我生于1880年晚上九点,就在警察突袭了一二十个酒馆之前;十八岁芳华正茂时,我开始在《先驱晨报》上班——"

"你在《晨报》围堵了主编麦克斯·威斯四个星期,他才给你第一个工作任务。"我说,"这些东西我也都知道,可并不代表我就是亨利·劳伦斯·门肯。"

"亨利·路易斯。"阿利奥拉说,"是以我一位夭折的叔叔命名的。好吧,你提问吧。"

"没那么简单。"基尔蒂在阿利奥拉面前支起张椅子,面对她坐下,握住她的双手,"要证明你就是门肯,光回答问题还不够。怀疑论界第一铁律:'惊人的论断要有惊人的证据支撑'。所以你得做出一些不寻常的事来,我们才会相信。"

"还得要有独立可验证性。"我说。

"不寻常,"阿利奥拉看着基尔蒂,说,"我猜你不是要我耍蛇吧,或模仿方言。"

"不是。"我说。

"问题是,如果你真能证明你就是门肯,"基尔蒂真诚地说,"那你同时也证明了阿利奥拉确实会通灵,也就是说她不是——"

"——一个浑身丘疹的骗子,就像我一直认为的那样。"

"没错。"基尔蒂说,"而她的职业生涯就此一飞冲天。"

"同样还有其他每一个通灵师、灵媒和特异功能者。"我说。

"罗伯将他的一生都献给了揭穿他们的事业。"基尔蒂说,"如果你证明了阿利奥拉真的能通灵——"

"怀疑主义的神圣使命将遭受重创。"阿利奥拉若有所思地说,"这种结果也不是门肯想看到的。所以我要证明自己的唯一方式是闭上嘴巴,回到我来的地方。"

基尔蒂点点头。

"可我来到这儿的目的是阻止她。要是我回到以太空间了,她就会立马重新开张,再去拿她那套恶毒鬼话欺骗大众,坑人钱财。"

基尔蒂又点点头,"她甚至可能假装沟通你的灵魂。"

"假扮我!"阿利奥拉怒气冲天地狂吼,"我不允许她这么做!我会——"她顿了一下,"可如果我开了口,只会证明她就是在通我的灵;沉默不语的话,又——"

"罗伯永远都不会再相信我了。"基尔蒂说。

"所以,"阿利奥拉说,"这简直是——"

"第二十二条军规",我心想,如果她说出这个词,就被我抓住把柄了——那本书直到1961年才出版,那时门肯都死了五年了。此外,跟"圣经地带"与"愚民众生"相比,"第二十二条军规"这种词连基尔蒂都不会发现问题,毕竟它已经成为英语语言中固有的一部分了。我竖起耳朵,等着阿利奥拉说出那个词。

"——一个困境。"她说。

"一个什么?"基尔蒂说。

"一个没有答案的难题,一手赢不了的牌,一个两难的处境。"

"就是说不可能做到。"基尔蒂绝望地说。

阿利奥拉摇摇头,"更难的难题我都遇到过,肯定有解决办法——"她转向我，"她刚刚提到'怀疑论界第一条铁律'，还有其他的吗？"

"有。"我说，"如果某件事情好到不真实，那就是假的。"

"以及'观其所获，知其人'。"基尔蒂说，"来自《圣经》。"

"《圣经》……"阿利奥拉若有所思地眯起眼睛，"《圣经》……咱们有多少时间？阿利奥拉的下一次研讨会是什么时候？"

"今晚。"基尔蒂说，"可上一场她取消了，万一——"

"几点？"阿利奥拉打断她。

"八点。"

"八点，"她重复了一声，手朝腰部伸去，像是要摸怀表，"你俩得去，坐前排中间。"

"你要干吗？"基尔蒂带着一丝希望问。

"不知道。"阿利奥拉说，"有时候，你什么事都不用做——他们自己就把自己整死了。还记得位高权重的吹牛大王布莱恩吗？"她大笑起来，"谁知道在哪儿能弄到些绳子？"

她没等我们回答，"我得马上着手准备了，只有几个小时了——"她拍了拍膝盖，对基尔蒂说，"前排中间，八点整。"

"要是她不让我们进去怎么办？"基尔蒂问，"阿利奥拉说过她要申请对我们的限制令——"

"她会让你们进去的。八点整，别忘了。"

基尔蒂点点头，"我会去的，可我不知道罗伯愿不愿意——"

"哦，我当然不会错过。"我说。

阿利奥拉无视我语气中的嘲讽，"别忘了带上笔记本。"她命令道，"另外，你的打假事业也要多上上心了。咱们快要被那帮狗娘养的打败了。"

　　冗长无趣的会议中……忽然间演了一场如此艳俗搞笑、夸张下流的表演，毫无想象力又怪诞到令人激动，一个小时也变成了美妙的一年。

——H.L.门肯

　　一小时后，一位手持牛皮纸袋的信使出现在门口。信封里有一个方形羊皮纸信封，粉色火漆，面上凸印着伊苏斯的象形符号名字。打开信封，一张淡紫色卡片映入眼帘，银色的字迹写着"恭请光临……"，另外还有两张研讨会门票。

　　"邀请函签字了吗？"基尔蒂问。

　　阿利奥拉走后，基尔蒂留了下来。"我得在这儿一直待到晚上去研讨会，"她趴在我的书桌上说，"不然你又要怀疑我跟阿利奥拉在密谋什么小把戏了。喏，这是我的手机，"她说着将手机递给我，"这下不用怀疑我偷偷给她发短信了吧。要不要再搜搜我身上有没有装窃听器？"

　　"不用。"

　　"那你需要帮忙吗？"她拿起一沓文件，"要我帮你吗，还是我已经被解雇了？"

　　"这等研讨会结束后再决定。"

　　她给了我一个茱莉娅·罗伯茨式的灿烂笑容，然后退到办公室远处的一角，整理起文件来。我则找出查尔斯·弗莱德的档案，翻找着线索，试图不去想阿利奥拉离开时说的那句话。

我敢肯定从来没跟基尔蒂说过"咱们快要被那帮狗娘养的打败了"这句话的故事,丹尼尔或霍布森的传记里也没提过。我只在《大西洋月刊》的一篇文章里读过这句话。我查了《巴特莱特全书》,上面没有;谷歌"门肯、狗娘养的",也一无所获。

但这依然说明不了什么。阿利奥拉——或基尔蒂——也可能跟我一样是在《大西洋月刊》上读到的。再说了,门肯什么时候需要从《圣经》中获取灵感了?那句评论本身就证明了那不是门肯,不是吗?

从另一个角度说,他确实没用"第二十二条军规"这个词,尽管"困境"不算精准。他也没直呼威廉·詹宁斯·布莱恩的名字,而说的是"位高权重的吹牛大王布莱恩"。这个说法虽然我没读到过,但听起来很像他那篇给布莱恩写的讣告里会出现的词。

这么下去只会浪费时间。到目前为止我们根本就没发现任何之前未发现的手稿或写着将一切留给丽莲·吉什的遗嘱——不,这么弄根本不行。那次失语症似的表演,还记得吗?那就能证明确实是门肯。可问题是,这些东西都是能伪造的。

没有什么能实现基尔蒂让他——不,是让她——做的事情:证明他是真的,同时又证明阿利奥拉不能通灵。阿利奥拉不能通灵这事儿还需证明?

门票寄到之前,我一直在读阿利奥拉的手稿,自己也不知道在找什么。

"卡片上签字了没?"基尔蒂又一次问道。

"没。"我将卡片递给她。

"上面印着'恭请光临',"她将邀请函翻到背面,"信封上的地址呢?"

"没有地址。"我明白她什么意思,"不能仅仅因为不是手写的,就证明是来自门肯吧?"

"我明白,'惊人的论断'嘛。但至少与'来自门肯'一致啊。"

"也与'你俩试图让我相信那是门肯,于是我就会参加晚上的研讨会'一致。"

"你觉得这是个陷阱?"基尔蒂说。

"没错。"我嘴上虽这么说,但站在那里盯着门票,我真不知道自己说的是哪种陷阱了。事情到这个地步,不管她用了哪句引言,说了哪件逸事,阿利奥拉都不可能还指望我会跳起来大叫,"天哪,她是真的!她真的在通灵门肯!"我在想她的律师团队会不会在我踏入研讨会大厅的一刹那摔一张限制令在我脸上,或法院传票。可转念一想,这么做也毫无道理。她知道我的地址——她今天下午还来过这,而过去的两天里,我都待在这里。再说了,如果她让警察把我逮了起来,媒体只会争相报道我。她可不想让我对着《洛杉矶时报》说出对她的怀疑。

一个半小时后我和基尔蒂出发去研讨会时(出门时,我假装没带钥匙,回到屋里,用透明胶带包住那本《冰箱里的婴儿》,然后把它藏到了书架后面),我依然没有得出一个合理的假说;而研讨会的举办地——圣莫尼卡希尔顿酒店——也没能给我任何提示。

酒店里挂着同样的"心诚则灵"横幅,站着同样的长相酷似汤姆·克鲁斯的保镖,连安检流程也一模一样。他们收走了我的奥林巴斯牌相机、数码录像机和基尔蒂的哈萨卡相机（还不忘要她的签名）。我们走过同样的塞满水晶球、金字塔模型和护身符的等候区，走进挂满玫瑰色和淡紫色帷幕的大厅，大厅依旧空荡荡的。

"哦，我忘了带坐垫，抱歉。"基尔蒂说着朝大厅后面的引座员走去，那里堆着淡紫色塑料坐垫。走到一半，她又调转回来，"我不想有任何可以给阿利奥拉发送秘密信息的机会，"她说，"如果你想和我一块儿去……"

我摇了摇头，"咱们坐在地上就好了。"说着，我就弯腰坐在了木地板上，"这样我可能更能接近现实。"

基尔蒂毫不费力地在我旁边坐下，打开包，在里面找起她的化妆镜来。我四下张望，人似乎比上次少了很多。就在这时，一个声音从身后传来："真是奇了怪了。罗姆萨就没干过这种事。难道她最近在酗酒。"

灯变成了粉色，音乐声陡然增强，"布拉德·皮特"走上舞台。他介绍了一遍同样的现场规矩（不准照相，不准鼓掌，不准上厕所），发表了一通同样的介绍词（亚特兰蒂斯、德尔斐神使、宇宙全境），然后迎出了阿利奥拉，站在同样的黑色阶梯的顶端。

跟上次一样，她身穿紫色长袍，脖子上挂着护身符，威严庄重。面对观众的掌声，她镇定自若，就像这几天的事——咆哮着冲进我的办公室，惊恐地问"这是要干吗？我在哪儿？"以及一边拍着膝盖一边放声大笑——都从未发生过一样。

真会装，我恶狠狠地想。我瞟了一眼基尔蒂，她依然自顾自地在包里摸索着。

"欢迎，神圣真理的追寻者们。"阿利奥拉说，"今天，我们将在这里踏上一段绝无仅有的精神之旅。今天是特殊的一天，是我的第一百场'心诚则灵'研讨会。"

掌声雷动，过了几分钟，才在她的示意下停歇。

"为了纪念这一特殊时刻，我和伊苏斯想做点儿不同于往常的事。"

掌声再次响起。我往引座员方向瞄了一眼，他们正不安地面面相觑，好像生怕她突然飙起门肯语一般。还好，阿利奥拉继续用自己那奥普拉式的激情饱满的声音说着。

"我的——我们的——研讨会一般情况下安排非常严谨。我们必须这么做，因为如果会场的积极共振达不到要求，灵体就不会现身。而每次通灵结束后，我都身心俱疲，所以很少有机会能和你们说说真心话。今天，在这个特殊的时刻，我想和大家说说掏心窝子的话。请我们的技术部门的工作人员——"她抬头看了看操控室，"把灯光亮起来——"

停顿了一会儿，好像技术人员在争论是否要听从命令，随后会场里的灯光亮了起来。

"谢谢，太棒了。今天剩下的时间你们可以休息了。"阿利奥拉扭头面向主持人，"你也一样，肯。还有我们超赞的引座员们——德雷克、杰瑞德、泰德——他们都太棒了，让我们献上掌声。"

她领着观众鼓了一轮掌。见领座员们依然站在门边，面面相觑，还不时看一眼主持人，她伸出双手，做了个赶人的动作，"走吧，赶紧的。我想和我的观众私下聊聊。"见他们依然犹豫不决,她说:"你们的报酬不会少的,走吧。"

她走到主持人身边,在他耳边说了些什么,笑了笑。像是受到了鼓舞,主持人先是朝领座员点了点头,然后又朝操控室点了点头,领座员们才一一走出门去。

我扭头看了眼基尔蒂,见她正心无旁骛地涂着口红,又将目光投回到舞台上。

"你确定吗?"我能看见主持人对阿利奥拉低语道。

"我没事的。"她回复道。

主持人皱了皱眉,走下舞台,朝侧门走去。舞台后面的摄影师也准备将摄影机从三脚架上取下来。"噢,不。埃内斯托,你不能停。"阿利奥拉赶紧说,"继续录。"

她等到最后一扇门在主持人身后关上,然后走到舞台前,驻足站立,双手直挺挺地放在身侧,一言不发。

基尔蒂靠近我,手上依然拿着口红,"是不是想到了《魔女嘉莉》里毕业舞会那场戏。"

我点点头,心里默默测量着我们离应急出口的距离。头顶传来一声遥远的关门声——那是操控室——阿利奥拉紧扣双手,"终于,都走完了。"她笑着说,"我还以为他们死也不会走呢。"

笑声。

"既然都走了,那我想说——"她戏剧性地停顿了一下,"他们是不是很帅?"

笑声又一次响起,伴随着掌声和几声口哨声。阿利奥拉等声音平息了下来,问道:"你们中有多少人参加了我上周六的研讨会？"

气氛瞬间变了。几个人怯生生地举起了手，两个戴着耳环的女士紧张地面面相觑，那神情和刚刚引座员脸上的一模一样。

"或是两周前的那场？"阿利奥拉问。

又有几只手举了起来。

"好吧，对那些两场都没去的观众，我得说最近我的研讨会变得有些……说得委婉些……有些有趣。"

三三两两的笑声。

"你们中那些熟悉灵界的人都知道，当我们试图与尘世以外的能量接触时，这种事情或多或少都会发生。灵界是个很危险的地方，那里有很多我们无法控制的灵魂，还有许多虚谎的灵魂试图阻挡我们的启蒙。"

虚谎的灵魂倒也没错，我心想。

"可我不怕他们，真理就是我的武器。"她不知怎的，特地咬重了"真理"两个字的发音。

我扭头看了眼基尔蒂。跟第一次一样，她前倾着身体，全神贯注地听着阿利奥拉发言，手中依然握着化妆镜和口红。

"她这葫芦里卖的什么药？"我轻声对基尔蒂说。

她摇摇头，依然关注着台上，"那不是她。"

"什么？"

"她正在通灵。"

"正在通——？"我扭头看回舞台上。

"不管他们多么黑暗，多么奸诈。"阿利奥拉说，"没有任何灵魂能够阻挡我追寻更高层次真理的脚步。"

更加热烈的掌声。

"同样，他们也不能阻挡我将那个真理带给你们。"她微笑着张开双臂，"我是个诈骗犯、江湖骗子、冒牌货。"她欢快地继续着，"我从来就没有真正通灵过谁。伊苏斯是我1996年在俄亥俄州的代顿做传销时想出来的一个角色。当时联邦调查局正在追查我们，而我早在1994年就已经因邮件诈骗被起诉过了，所以我改名换姓——对了，我的本名是邦妮·弗里尔，但在代顿，我用的是多琳·曼宁这个名字——将骗到的赃款存到老家弗吉尼亚州奇克莫加的一家银行里，然后就搬去了迈阿密海滩，一边在那儿给人算命，一边开始完善伊苏斯的声音。"

我摸索出笔记本和笔。邦妮·弗里尔、奇克莫加、迈阿密海滩……

"我一直都在给人算命——就是那种'付我钱财，与你消灾'之类的把戏——直到我那伊苏斯角色准备就绪，才联系了一个拉斯维加斯的哥们儿——"

后面传来咣当一声巨响。原来是埃内斯托肩上扛着的摄像机掉到了地上，而他正朝着门的方向狂奔而去。眼前发生的一切怎么着也得录下来啊，可我又不想因为冲过去摆弄摄像机而错过阿利奥拉正在舞台上说的话。

我扭头看了看基尔蒂，希望她在做笔记，可她像是被眼前发生的一切惊呆了一般，嘴张开着，化妆镜和口红依然拿在手中。看来难免听漏一小段讲话了。我艰难地站起身来。

"你干吗去？"基尔蒂小声问。

"我得把这个录下来。"

"我们不是在录吗?"她平静地朝着口红和化妆镜点点头,动作小到几乎无法察觉,"音频……和视频都有。"

"我太爱你了。"我说。

她点点头,"你最好把那些名字记下来,以防警察把我的化妆品作为证据收走。"

"他的名字叫查克·旺蒂尔。"阿利奥拉继续着,"我跟他之前在一起连环邮件诈骗案中合作过。他的真名叫哈罗德·沃格尔,不过你们更熟悉的可能是他的另一个化名,查尔斯·弗莱德。"

老天爷。我赶紧匆匆记下这些名字:哈罗德·沃格尔,查克·旺蒂尔……

"因为我们合作过几起诈骗案,"阿利奥拉说,"有些交情,我就请他带我去萨勒姆,帮我在通灵行业慢慢站稳脚跟。"

埃内斯托走到门口,出去时发出哐当一声。门在他身后猛地关上了。

"哈罗德有个坏习惯,不管啥事都要记下来,"阿利奥拉讲闲话般地继续着,"'你威胁不了我,多琳。'他说。'想打赌吗?'我回道,'你记下来的东西都被我藏在代顿的一个保险箱里。如果我有个三长两短,根据说明书就能打开箱子。'"

她神秘兮兮地前倾身子,"当然没藏在那儿,我是骗他的。我的卧室墙上挂着张伊苏斯的肖像,后面藏着个保险柜,都在那里面呢。密码是左12,右6,左14。"她大笑了几声,"至于怎么在研讨会上让你们这些蠢货放松,然后掏腰包向伊苏斯分享你们情事中的点点滴滴,怎么卖给你们录像带之类,都是他教给我的——”

我身后有几个人倒抽了一口气,接着是嘀嘀咕咕的嘟囔声,还有人发出了低吼,可阿利奥拉没理会他们。

“——他还介绍我认识了'新起点'戒毒中心的护工和'苇芦沙治'疗养馆的女性深度按摩师,从他们那打探到伊苏斯可以用到的私人信息来证明其全知全能——”

人群中的低吼变成了咆哮,却被门外传来的怒吼声与捶门声淹没,显然门都从里面反锁了。

“——他还教我修饰声音与表情,让我看上去确实是在通灵——”

那声音听起来就像是主持人与引座员们找了根攻城锤,捶门声变成了震耳欲聋的撞门声。

“——尽管我觉得学些什么利莫里亚之类的垃圾知识根本就没有必要。”阿利奥拉说,“我的意思是,很显然我说什么你们这帮傻子都会信的。”

她随即朝观众露出了个天使般的微笑,像是在期待掌声,可会场内唯一能听到的声音(除了撞门声外)就是手机拨号声和女人们对着手机狂吼的声音。我回头瞟了一眼,除了基尔蒂外,所有人都将手机举到了耳边。

“有问题吗?”阿利奥拉笑容满面地说。

“有。”我说,“你的意思是伊苏斯的声音是你模仿的?”

她满意地低头对我微笑,“当然啦,这世上根本就没有通灵这回事。下一个问题?”她看向我身后疯狂挥手的观众,“蓝色衣服的女士?”

"你怎么能骗我们呢，你这个——"

我敏捷地站到她前面，"你是说托德·菲尼克斯也是假的？"

"哦，当然啦。"阿利奥拉说，"他们都是假的——托德·菲尼克斯、乔伊·怀尔德、兰德尔·马尔斯，都是冒牌货。下一个问题？罗斯女士？"

基尔蒂朝前迈了几步，手上依然拿着口红和镜子。"你第一次见我是什么时候？"她问道。

"你不必这么做。"我说。

"记录在案，以便后查。"她说着给了我一个迷人的微笑，随即扭头看向台上，"阿利奥拉，上星期之前，你见过我吗？"

"没见过。"她说，"我在阿瑞——我的研讨会上见过你，但直到后来在《偏见之眼》的办公室才算和你正式会面。顺便说一句，《偏见之眼》这本杂志很不错，我建议大家都去订阅。"

"所以我不是你的托儿？"基尔蒂还不满足。

"不是，不过托儿我倒真是有几个。"她说，"第六排穿绿色衣服的那个女的就是其中之一。"她指向一位体态丰腴的褐发女子，"站起来吧，露西。"

露西已经在朝门的方向跑了，另一个穿着彩虹长袍的瘦小红发女郎和一位身着裁剪合体的阿玛尼套装的六十岁老太太紧随其后。她们身后追着一大票观众。

"珍妮也是，"阿利奥拉指向红发女郎，"还有多丽丝。她们混在观众里收集私人信息，所以伊苏斯才能做到'全知全能'。"她开心地笑了，"都上台来鞠个躬吧，女孩儿们。"

"女孩儿们"没理她。被一群老太太追着的多丽丝推开中间一扇门,对着外面吼道:"快让她停下!"

主持人跟引座员们推开门就往舞台上冲,却被朝门外涌的观众堵在半路,即便如此,留给我的时间也不多了。"你提到的所有通灵师都跟你一样敲诈过别人吗?"我问。

"阿利奥拉!"被女人的洪流堵在半路上的主持人喊道,"别再说了!你现在说的一切都会对你不利!"

"哦,你好啊,肯。"她说,"肯是负责洗钱的。给大家鞠个躬吧,肯。还有我们的德雷克、杰瑞德和泰德。"她指了指那几个引座员,"他们从你们那打探到信息,然后通过这个传话给我。"她说着举起脖子前挂着的护身符。

她回头看着我,"我忘记了你的问题。"

"你提到的所有通灵师都跟你一样使用敲诈法吗?"

"不,不是所有人。斯瓦米·毗湿奴·嘉米用的是催眠后暗示法,纳德里琳一直都是通过恐吓勒索。"

"查尔斯·弗莱德呢?他用的什么?"

"投资——"阿利奥拉别在身上的麦克风突然没了声音。我回头瞟了眼混乱的人群,一位引座员正骄傲地举着拔下的电线插头。

"投资诈骗!"阿利奥拉双手拢在嘴边,大声喊道,"查克会跟他的目标顾客说他们已逝的亲人想要投资股票。我建议你——"

一位引座员冲上舞台,他抓住阿利奥拉一只胳膊,然后试图去抓另一只。

"——建议你去查一查梅特拉——"阿利奥拉挥手猛打引座

员，"梅特拉大会，灵魂连线——"

另一位引座员冲上舞台，连同第一个人一起控制住了她的双手。"水晶世界有限公司！"她对着他们狂蹬双腿，"还有寰宇通灵。找出——"她一脚踢中一位引座员的下体，让我都为之一怔。"把你们的狗爪子给我拿开。"

主持人赶紧抢步上前，"今天的研讨会到此结束。"他一边躲闪她四下乱蹬的腿，一边说，"感谢各位的光临。录像——"他刚开口，又停了下来。"——阿利奥拉亲笔签名的图书《心诚则——"

"找出背后的大股东！"阿利奥拉边试图挣脱，边尖叫着，"另外，问问查克在雷诺伪造支票的事儿。"

"——灵》有售，就在……"主持人终于放弃了，他抓住阿利奥拉的双脚，与另两个人一起将她弄下台。

"最后一个问题！"可已经晚了，他们已经将她弄下了舞台。"为什么婴儿会在冰箱里？"

> ……这将是你最后一次见我……
>
> ——H.L. 门肯

"这还是证明不了那就是门肯。"我跟基尔蒂说，"整件事情也可能是阿利奥拉——不，邦妮·弗里尔——良心发现。"

"或者，"基尔蒂说，"也可能是一场符合你的假设的骗局，不同之处在于骗子中的一员爱上了你，并决定不继续骗下去。"

"不，不可能。"我说，"她或许能说服阿利奥拉叫停诈骗，但不可能让她交代所有那些罪状。"

"前提是那些罪她确实都犯过。"基尔蒂说,"咱还没有独立可验证的证据可以证明她就是邦妮·弗里尔。"可她俄亥俄州驾照上的指纹是能对得上的,而且她给我们提供的每一个线索到最后都得到了验证。

接下来整整两个月里,我们都在跟进那些案子,并做成了一期大型特刊《通灵大骗局》。我们本来是要在对阿利奥拉进行预审时出庭作证的,想想都觉得尴尬,但后来她跟自己的律师团队因是否要以精神错乱为由进行辩护的问题大吵了一架,结果她将律师团队炒掉了,并告发检举了查尔斯·弗莱德、乔伊·怀尔德,还有几个之前没提到过的通灵师。一时间,各路骗子纷纷倒台,搞到我们杂志也要闭刊了似的,无东西可写。

这同时也创造了前所未有的机遇。几个星期不到,各种打着"宇宙伦理重塑者"和"你可以信任的灵体"招牌的新灵媒和通灵师纷纷粉墨登场,填补了市场空白,随后一场提倡低碳精神的冥想减肥法运动将这些骗子招致麾下,于是我和基尔蒂又马不停蹄地开始了工作。

"他的努力没有带来任何改变。"在参加完一次只许站着的心理肉毒杆菌治疗会后,基尔蒂不是滋味地说。

"不,有改变。"我说,"查尔斯·弗莱德以内幕交易罪被起诉了,《宇宙探索神庙》的观众人数大幅下跌,洛杉矶半数的通灵师都被通缉了。另外,那些骗子得花些时间才能再想出骗钱的新招了。"

"你不是不相信那是门肯吗?"

"我说的是没法证明那就是门肯。第一条铁律: 惊人的论断要有惊人的证据支撑。"

"那天舞台上发生的事儿还不够惊人吗? "

这点我倒是得承认,"但那也可能是阿利奥拉本人啊,毕竟她也没说出些啥她不知道的事儿嘛。"

"她连保险箱密码都说了,还叫观众去订阅我们杂志。"

"还是证明不了那就是门肯。也有可能是某种布莱迪·墨菲效应: 阿利奥拉小时候没准有个喜欢对着她朗读《巴尔的摩太阳报》的保姆呢。"

基尔蒂笑了,"这你都信? "

"没有证据,我啥都不信," 我说,"我是名怀疑论者,记得吗? 那天舞台上发生的一切没有一件事是不能解释的。"

"没错。"基尔蒂说。

"啥? 没错? "

"观其所获,知其人。"

"啥? "

"我是说当时站在台上的肯定就是门肯,因为所有我们要求的,他都做到了: 证明他自己不是假冒的,阿利奥拉才是,同时还不能直接证明他就是门肯,因为一旦这么做了,就说明阿利奥拉真的能通灵。所有这一切都证明了那确实就是门肯干的嘛。"

面对这些不合逻辑的疯话,我已经无话可说,只能转换话题。我二话不说吻了她。

然后我又将阿利奥拉在舞台上突然爆发的自白整理成手稿,寄给了加州大学洛杉矶分校与门肯的遗稿进行语言格式对比。独立可验证的证据嘛。接着趁基尔蒂不在办公室，我从书柜背后取出用透明胶带包着的《冰箱里的婴儿》，带回家后又用锡纸包了一层，塞进一只空的雀巢"瘦身餐盒"，然后把它藏在了——还能藏哪儿呢？——冰箱里。旧习难改啊。

手稿被退了回来，加州大学洛杉矶分校那边解释说样本不够大，无法形成结论。我们又试了试加州理工大学和杜克大学，结果都一样，这事后来也就不了了之了。真令人遗憾，如果能证明门肯的确有重回战场过，哪怕只是那么一小会儿，那该多好。他确实离开得太早了。

所以，我跟基尔蒂更要继承他的衣钵，完成他未竟的事业了。我们将"咱们快要被那帮狗娘养的打败了"这句话印在了《偏见之眼》的刊头，并竭诚将他的灵魂注入杂志的每一页。

要做到这一点，我们不能满足于曝光骗局、揭穿骗子。门肯之所以如此重要不仅是因为他跟创造论者、信仰理疗师和专利药剂师对着干，更重要的原因是他所支持的东西：真相。他痛恨无知、迷信和欺诈，热爱科学、理性和逻辑，并将那种爱与热情通过自己写的每一个字传递给了读者。

这也是我们《偏见之眼》的使命。光是揭露阿利奥拉、斯瓦米·毗湿奴、特异功能牙医和冥想艾特金斯减肥法还远远不够，我们还要激发读者对科学与理性的激情，就像他们曾经对罗姆萨和灵性朗读会充满激情那样。我们不仅要告知读者真相，更要让我们的读者相信真相。

所以接下来的几个月我们非常忙碌：我们翻新了杂志，配合警方调查，还不断跟进着阿利奥拉给我们的那些线索。我们还去了拉斯维加斯，调查她与查克·旺蒂尔（查尔斯·弗莱德）合谋的连环信件诈骗案。结束后，我打道回府去刊印下一期杂志，基尔蒂独身赶往代顿和奇克莫加去追踪阿利奥拉的犯罪历史。

昨晚，她给我打了个电话。"是我，罗伯。"她听上去很兴奋，"我在查塔努加。"

"田纳西州的查塔努加？"我问，"你跑那儿去干吗？"

"那桩'庞氏骗局'案的检察官出差去罗阿诺克了，我得等到周一才能见着他。正好这附近有一个叫锡安的小镇，那儿的地方校董会正试图通过立法要求公立学校将智能设计论纳入课程。这件事绝非个案，目前正有一场全国性运动试图逐州推广智能设计论。我寻思既然目前见不到检察官，不如就过来看看——这里离奇克莫加才五十英里——顺便采访这边的科学教师，为你之前提到过的'八十年后再看斯科普斯审判'专题做点儿准备。"

"然后呢？"我小心翼翼地问道。

"然后，据这边的化学老师说，校董会开会的时候发生了件奇怪的事。可能也不是多重要的事，但我还是决定给你打个电话，好让你查一查到查塔努加的机票。有备无患嘛。"

有备无患。

"其中一位校董，名字叫——"她停了一下，像是在看笔记，"霍勒斯·迪德龙，他当时正在说着达尔文进化论如何缺乏科学依据，突然间就开始对着在场的人破口大骂。"

"具体都骂了些什么，那位化学老师有提到吗？"我问道，希望事情并非我想的那样。

"她已经记不大清了，"基尔蒂说，"那儿的篮球教练倒是提到有几个学生打算把会议录下来提交给美国民权联盟，他还承诺去问问他们是否真录了，顺便给我弄一个备份。据他描述，当时的场景极其诡异，迪德龙就像被恶魔附身了一般。"

"也可能是喝醉了。"我说，"这两人都不记得他说了什么吗？"

"不，他俩都记得，只是记得不全。显然，迪德龙破口大骂了好几分钟，说什么他不相信现在还有不支持进化论的无知蠢货，真搞不懂现在学校里面都在教些什么。那个化学老师说他就这么滔滔不绝地骂了五分钟，然后突然间就在一个词的中间停下了，接着又继续说起了牛顿第二定律如何与进化论互相矛盾。"

"你采访到迪德龙没？"

"还没呢。我准备跟你说完就去找他。那化学老师还说当迪德龙的妻子问他发生了什么的时候，他看上去像什么也不知道一样。"

"那也不能说明就是门肯。"我说。

"我知道。"她说，"但这里可是田纳西啊，咱讨论的可是进化论，要真是门肯，不是挺不错的吗？"

的确。在田纳西州，门肯在一场关于创造论的辩论中舌战群儒，确实挺不错的。

"是啊，"我笑了笑，"不过，更有可能的情况是他抽了自己后院里种的什么东西吧，要不就是为了制造话题，引起关注，还效仿了罗伊·摩尔法官挑起十诫纪念碑风波的手段。除了这些，他还说了什么？"

"等一下，嗯……让我找找。"她说，"找到了。他还骂其他校董会成员是愚昧无知的土包子……说他随便找只猴子都比他们聪明，说他们整天浸染在神学里，小脑都瘫痪了……据那位化学老师说，就在停止之前，他说了这么一句，'我自己从来就没觉得他们跟爱丽丝有任何相同之处'。"

"爱丽丝？"我说，"他们确定他说的是爱丽丝而不是奥古斯特？"

"确定，因为那位化学老师就叫爱丽丝，所以她还以为他是在对着她讲话呢。连校董会主席也这么以为，他看了眼那位化学老师，说，'爱丽丝？她跟智能设计论有啥关系？'迪德龙的回答是，'虽然杰米那个混蛋抢过我的女人，但我不得不承认他小说确实写得好。你可得当心了，不然我把你的女人也抢啰。'你知道他这话什么意思吗，罗伯？"

"我知道。"我说，"在田纳西州办结婚许可证得花多长时间？"

"我待会儿就去查。"她听上去很高兴，"主席接着质问他，'你怎么可以这么说话呢！'据那位化学老师说，迪德龙的回复是——等一下，我最好一个字一个字念给你听，以防出错。这句话压根就说不通——他的回复是，'我能做的事，说出来吓死你，例如制造公众争论。至十婴儿为什么会被塞在冰箱里，那是因为他妈妈不想让老虎把他吃了。'"

"我马上过来。"我说道。

## 后记:

　　我非常怀念H.L.门肯。过去四十年(自尼克松的水门事件起)间,我一直关注政治大事,观察周遭人类,不时感叹:"我们需要门肯的时候,他跑哪儿去了?"并热切希望他能从棺材里爬出来,将那些需要说出来的话振聋发聩地吼出来。例如:

　　"实用政治的全部目的就是用一系列永不停歇的妖怪——大部分都是臆想出来的——让平民百姓保持警觉(然后在一片吵嚷中被引向安全地带)。"

　　以及:

　　"在这个充满罪恶与痛苦的世界里,总有值得感恩的事情。于我而言,最值得庆幸的就是我不是共和党人。"

　　以及:

　　"要让普通人接受他是人猿的后代很难……可更难的是让普通人猿接受他是人类的后代。"

　　我怀念门肯,还因为他热爱语言。他的书《美国语言》是一本杰作,他也是第一个把马克·吐温一直了然于胸的真理——即"美语"并非"英语",而是一门独立的语言——记录下来的人。

　　最重要的是,我怀念门肯是因为他热爱女性、音乐以及烈酒,他曾写下这样的字句:"人生可能不尽美好,但至少不会单调。若今朝就坠入地狱,那你可能在明天或后天错过另一场斯科普斯审判,或另一场'结束战争的战争',或一位体态丰腴、继承了前夫财产的富寡妇。更多的哈定<sup>①</sup>前赴后继地涌现。所以，我倡导大家尽可能活得久一些。"

我多么希望他能活得更久一些。

但至少我们还有他的书，以及时不时冒出来的"没有想象中那么虚假"的通灵师。

---

① 沃伦·加梅利尔·哈定（Warren Gamaliel Harding, 1865—1923），美国第二十九任总统。门肯曾直言批评他。

Even the Queen

━ 女王也一样 ━

电话铃响的时候，我正在看被告方的驳回起诉提议。"是个通用号码，"我的法律助手比希伸手去拿话筒，"可能是被告打来的，监狱来电的号码显示不出来。"

　　"不，不是，"我说，"是我妈。"

　　"哦，"比希拿起听筒，"她为什么不用自己的号码？"

　　"因为她知道我不想跟她讲话。她肯定已经知道帕蒂妲干的好事了。"

　　"帕蒂妲？你女儿？"他将听筒抵在胸前，问道，"有个小女孩儿的那个？"

　　"不，那是维奥拉。帕蒂妲是我小女儿。不讲道理的那个。"

　　"她干了什么好事？"

　　"她加入了癸水①教了。"

　　比希一脸迷茫，可我没心思跟他解释，更没心思跟老妈通话。"我都知道她要说些什么，"我告诉他，"她会问我为什么不

────────────
① 中国古代对"月经"的称呼。

告诉她, 还会质询我将采取什么措施。我能采取什么措施? 我要是能, 我早就采取了。"

比希被我一连串不着调的话语弄得晕头转向, "需要我告诉她你正在开庭吗?"

"不需要。"我伸出手去, "迟早都要面对的。"我从他手里接过听筒, "妈, 你好。"

"特雷西,"妈妈夸张的声音从听筒里传来, "帕蒂姐加入癸水教了。"

"我知道。"

"你为什么不告诉我?"

"我觉得应该由帕蒂姐自己告诉你。"

"帕蒂姐,"她哼了一声, "她才不会告诉我。她知道我对癸水教的看法。我猜你已经告诉凯伦了吧。"

"凯伦不在国内, 她去伊拉克了。"多亏了伊拉克急于展示其负责任的国际社会成员形象以及其先前表现出的自我毁灭倾向, 我婆婆现在身处世界上唯一一个信号差到我可以声称打过她电话却没有拨通、而我妈还不得不信的国家。这可以说是这场闹剧中唯一能令我感到欣慰的事情了。

经历了解放运动, 我们女人从各色充满侮辱与苦难的枷锁中解放了出来, 却终究逃不掉来自婆婆的折磨。我真得谢谢帕蒂姐, 这次癸水教事件的时间选得好极了。可同时, 我又想宰了她。

"凯伦去伊拉克干吗?"我妈问。

"协商巴勒斯坦家园计划。"

"她在伊拉克谈判,她的孙女却在毁掉自己的一生。"她突然没头没脑地问了一句,"你告诉维奥拉了吗?"

"我说过了,妈妈,我觉得这个消息应该由帕蒂姐自己告诉你们。"

"可她没说啊。今天早上,我那个叫卡罗尔·陈的病人给我打了个电话,要求我向她坦白。我当时都不知道她在说什么。"

"卡罗尔·陈怎么知道的?"

"她女儿告诉她的,她女儿去年差点儿就加入了癸水教,最终被家人说服了。"她语带指责地说,"卡罗尔坚信医学界发现了停经醇的某种可怕副作用,并试图掩盖事实。特雷西,你居然没有告诉我帕蒂姐的事,我简直不敢相信。"

而此时我的内心独白却是:我居然没让比希告诉她我正在开庭,我简直不敢相信。"妈妈,我都说了。我觉得应该让帕蒂姐自己告诉你。毕竟,那是她的决定。"

"哦,特雷西!"妈妈说,"你不会真这么想的吧!"

解放运动后确实出现过短暂的自由热潮,我也曾满怀希望,认为一切都会改变——性别不公、父权统治,还有那些一本正经地要把"检查井"①和所有带第三人称单数的代词从英语中剔除的女人们——我本以为这些全都会随着解放运动而消失。

可现实却是,一切都没有改变。男人挣的依然比女人多。"历史"②一词依然是语义学里绕不过去的碍眼祸根,而我的母亲大人依然能对着我吆五喝六:"哦,特雷西!"那派头活像是在对

---

① Manhole,文中指女性抗议那些以男性(Men)开头的单词。

② History,即"他的故事"(His story)。

着个未到青春期的丫头讲话。

"她的决定!"妈妈说,"你不会告诉我你打算坐视不管吧?你真的要眼睁睁看着自己的女儿犯下这种后悔一生的错误?"

"我能怎么办?她都二十二了,而且神志清醒。"

"神志清醒能干出这种事来?你就没试着劝劝她?"

"我当然劝了,妈妈。"

"结果呢?"

"结果就是我没成功。她执意要加入癸水教。"

"肯定有什么办法的。咱们要不从法院那弄道强制令,雇一位劝诫员,或者干脆起诉那帮癸水教的王八羔子,就告他们洗脑。你是法官,这方面你懂,咱们这法律里就没有一条可以用来……"

"你说的那叫'属人主权',妈妈。解放运动能够发生也源于此法条,所以,想拿它来制约帕蒂姐,门儿都没有。她的决定符合所有属人主权案的标准:私人决定、由成年独立个体做出的决定,且不影响他人……"

"对我工作的影响不算影响?卡罗尔·陈认定分流管会致癌。"

"对你工作的任何影响都被认为是间接影响,如同吸二手烟,不作数的。妈妈,无论我们是否乐意,帕蒂姐都有权这样做,而我们无权干涉。自由社会必须建立在尊重他人观点、不干涉他人行为的基础上。我们必须尊重帕蒂姐的决定。"

这些话听起来再正确不过了,可惜的是,帕蒂姐把电话打来的时候,我说的不是这些。我说,且是用和母亲一模一样的口吻说:"噢,帕蒂姐!"

"都是你的错,你知道吧!"妈妈说,"早跟你说过,别让她在分流管上文身,你就是不听。还有,少跟我扯什么自由社会。自由社会、自由社会,都自由到要毁掉我的宝贝孙女了,有什么好的?"她挂掉了电话。

我将电话听筒递回给了比希。

"我特别喜欢你说的要尊重帕蒂姐的决定,"他说着举起我的法官袍,"以及不干涉她的私人生活的观点。"

"你给我查下洗脑劝诫的先例记录。"我边将胳膊伸进袖子里边说,"还有癸水教是否曾因侵犯自由选择权而被起诉过——洗脑、恐吓、强迫,一样也别漏了。"

电话铃又响了,又是通用号码。"你好,您是哪位?"比希留了个心眼,问道。他的声音突然友善起来,"稍等片刻。"他用手盖住听筒,"是您女儿,维奥拉。"

我接过听筒,"你好,维奥拉。"

"姥姥刚刚来电话了,"她说,"你肯定不会相信帕蒂姐又干了什么好事。她加入癸水教了。"

"我知道。"我说。

"你知道?可你却没告诉我?真是不可思议。你什么事都不跟我说。"

"我觉得应该由帕蒂姐自己告诉你。"我疲倦地说。

"开什么玩笑?她也是什么事都不会跟我说的,向来如此。眉毛移植那次,三个星期后她才告诉我;还有激光文身那次,她一直瞒着我,要不是后来特维奇跟我说了,我到现在还蒙在鼓里呢。你应该告诉我的。你跟凯伦奶奶说了没?"

"她在巴格达①呢。"我说。

"我知道。"维奥拉说,"我给她打过电话了。"

"噢,维奥拉,你不是吧?"

"我跟你不同,妈,我相信家庭成员间应该多沟通,重要的事情应该相互分享。"

"她怎么说?"我问道,一阵震惊过后,我开始麻木。

"我没能和她通上话。那儿的信号太差了,接电话的是个不会说英语的,没说两句就挂断了。我再打过去的时候,接线员说整个城市的通信系统都瘫痪了。"

谢天谢地,我无声地松了口气。感谢,感谢,感谢。

"妈,凯伦奶奶有权知道。还有,您想想这件事会对特维奇产生怎样的影响。她事事都向帕蒂姐看齐。帕蒂姐做眉毛植入物的时候,她也在自己额头粘了两片二极管,费了我好大气力才弄下来。要是特维奇将来也决定加入葵水教,那可咋办?"

"特维奇才九岁,到她装分流管的时候,帕蒂姐的三分钟热度早就过去了。"但愿如此,我在心里加上这么一句,那文身她也文了有一年半了,还不见她厌烦。"再说啦,特维奇要比她理智得多。"

"那倒是。噢,妈妈,帕蒂姐怎么能这么做呢?你难道没告诉她那种体验有多糟糕吗?"

"说了啊。"我说,"不仅如此,我还告诉她那玩意儿会给生活带来诸多不便,令人不快、使人精神失常,还痛不欲生。都不

---

① 伊拉克首都。

管用,跟没说一样。她只说她觉得会很有趣。"

比希指了指手表,用口型示意我该出庭了。

"有趣!"维奥拉说,"我那次都经历了什么,难道她看不到吗?说真的,妈妈,有时候我真觉得她脑子有问题。你就不能以无自主行为能力为由把她关起来吗?"

"不行。"我试图单手拉上法官袍的拉链,"维奥拉,我再不挂电话开庭就要迟到了。恐怕我们没有什么办法可以阻止她。她是一名有理性思维的成年人了。"

"理性思维!"维奥拉说,"妈,她的眉毛可以亮起来,膀子上还文着'卡斯特的最后据点'①几个大字。"

我把电话递给比希。"告诉维奥拉,我明天再给她打回去。"腾出手来,我终于拉好拉链,"然后再给巴格达打个电话,问问那边信号多久能恢复。"

我往法庭里走去,"要是再有通用号码打来,就先别接了,确认是本地用户后再接。"

打往巴格达的电话没通,我觉得这是好事。婆婆那边也没来电,倒是妈妈下午再次打了个电话过来,问我脑叶切除手术是否合法。

第二天,她的电话又打了过来。我当时正在属人主权课上给学生解释自由社会中公民享有出洋相的固有权利。学生们对

---

① 即1876年"小巨角战役",美军和北美势力最庞大的苏族印第安人之间的战争,被称作是美军与印第安人之间最惨烈的战役。最终以印第安人的胜利而结束。

我的讲述持怀疑态度。

"应该是你母亲打来的。"比希将电话递给我的时候低声说道，"还是通用号码，但我查过了，电话来自本地用户。"

"喂，妈。"我接过听筒。

"都安排妥了。"妈妈说，"麦格雷戈餐厅，我约了帕蒂姐共进午餐。餐厅在第十二街与拉里默街的交叉口处。"

"我在上课呢。"我说。

"我知道。占用不了你多长时间。我只是想叫你不要担心，一切我都安排妥当了。"

这话听起来就不妙。"你都做了些什么？"

"约帕蒂姐跟我们共进午餐啊，我不是都说了吗？就在麦格雷戈餐厅。"

"'我们'指的是谁？"

"都是些家里人。"她故作无辜地说，"你，还有维奥拉。"

还好，她没有叫上洗脑劝诫师。至少目前还没有。"你到底要干什么，妈？"

"帕蒂姐也说了跟你一模一样的话。怎么着？姥姥约孙女共进午餐也有错啦？十二点半见。"

"我跟比希在三点钟还有一场法庭日程会呢。"

"哦，三点我们早都结束了。叫上比希一起，他能给我们提供一些男性视角的观点。"说完，她挂断了电话。

"中午恐怕你得跟我去赶个饭局了，比希。"我说，"抱歉。"

"为什么要抱歉？会发生什么吗？"

"我也不知道。"

在去麦格雷戈餐厅的路上，比希跟我分享了他所做的功课。"癸水教并非什么邪教组织，也无任何宗教背景。他们好像发源于前解放时期的某个女性组织。"他边看着笔记本边说，"此外，该组织还和'支持堕胎运动'、威斯康星大学和现代艺术博物馆有一定关联。"

"什么？"

"他们称组织内部的领袖为'导师'，其宣扬的哲学思想貌似融合了前解放时期的激进女权主义与八十年代盛行的环保原教旨主义，他们都是花食主义者，平日里都光着脚，不穿鞋子。"

"也不装分流管咯。"我们将车停在麦格雷戈餐厅门前，下了车，"有没有找到思想控制罪的先例？"我满怀希望地问道。

"没有。只有一些针对个别成员的民事诉讼案件，结果都是他们胜诉。"

"基于属人主权。"

"没错。倒是有一起刑事案件，原告方是某成员的家人。他们试图请劝诫师给她反洗脑。结果却是，劝诫师被判了二十年，家人叛了十二年。"

"这件事待会儿千万记得要告诉我妈。"说着，我伸手拉开了麦格雷戈餐厅的大门。

餐厅入门处的领班工作桌边环绕着牵牛花藤，餐桌与餐桌间全种着花草果蔬。

"这家餐厅是帕蒂妲推荐的。"妈妈引导着我和比希穿过一池洋葱苗，来到预订的餐桌前，"她跟我说很多癸水教信徒都是花食主义者。”

“她来了没？”我抬脚跨过一个黄瓜架。

“还没呢。”她伸手指着玫瑰花架的另一边，“咱们订的位置在那儿。”

那是一张立在桑树下的柳条桌。维奥拉和特维奇坐在远端的红花菜豆棚边上，正翻着菜单。

“你怎么也来了，特维奇？”我问，“你不应该在上学吗？”

“我在上学啊。”她举起手中的液晶学习板，“远程学习。”

“我觉得有必要让她参加今天的讨论。”维奥拉说，“毕竟她也快到装分流管的年纪了。”

“我朋友肯西说她不打算装分流管，就跟帕蒂姐姑姑一样。”特维奇说。

“我敢肯定，真到了那个时候，肯西会改变主意的。”妈妈说，“帕蒂姐也会的。比希，要不你坐在维奥拉旁边？”

比希顺从地穿过豆棚，坐进了桌子另一端的柳条椅。特维奇越过维奥拉，递给他一张菜单。“这家餐厅真不错。”她说，“食客都不用穿鞋的。”她说着伸出自己的光脚向我展示，“等餐的时候要是饿了，还可以直接摘东西吃。”

她在椅子里扭过身去，摘了两颗绿豆，一颗递给比希，一颗送进了自己嘴里，“我敢打赌，肯西不会改变主意的。她说装分流管比装牙套还疼呢。”

“那也比没有分流管的好，没有的话，只会更疼。”维奥拉边说边给了我一个眼神，那眼神分明在说：瞧我妹妹干的好事。

“特雷西，你就坐在维奥拉对面吧。”妈妈对我说，“等帕蒂姐来了，我们让她坐在你旁边。"

"如果她真的会来的话。"

"我跟她约的是一点。"妈妈说着在我旁边的位子上坐了下来，"好留给咱们些时间先商量一个策略出来。我向卡罗尔·陈咨询过了……"

"她女儿去年差点儿就加入了癸水教。"我跟比希和维奥拉解释道。

"她说她们只开了个家庭会议——就像咱们现在这样——对她女儿进行了简单的开导，那姑娘就决定放弃成为癸水教教徒了。"妈妈环视餐桌四周，"所以我才想对帕蒂姐采取同样的措施。我觉得，咱们可以先跟她解释一下解放运动的重要性，再跟她说说以前黑暗时期女性遭受过的种种压迫……"

"我觉得，"维奥拉打断道，"咱们可以建议她先停几个月的停经醇试试，而不是一上来就把分流管给拔了。如果她真的会来的话，咱们就这么说。可我觉得她不会来。"

"为什么不会？"

"换作是你，你会吗？咱们这阵仗，简直就是场质询会——她在中间坐着，任由我们轮番对她进行'说明'。帕蒂姐是挺疯的，可她不傻。"

"这怎么就成了质询会了呢？"妈妈焦急的眼神越过我射向大门的方向。"帕蒂姐肯定会来……"她突然停住了，站起身来，穿过芦笋丛，急匆匆朝门边走去。

我转过身去，期待着帕蒂姐闪光的嘴唇和满身的文身映入眼帘，可绿叶遮住了我的目光，我推了推枝叶。

"帕蒂姐来了？"维奥拉往前探了探身子。

我的目光穿过桑树枝条，"老天！"

来者竟然是婆婆大人。只见她一袭阿巴亚黑袍，头戴丝绸圆顶小帽，穿过南瓜田，朝我们径直走来，衣袂飘飘，顾盼生辉。母亲不顾脚下踩碎了的萝卜，朝我投来利刃般的目光。

我扭头望向维奥拉。"是你凯伦奶奶，"我语带责备地说，"你不是说没打通她的电话吗？"

"确实没打通啊。"她说，"特维奇，坐直了。把你的学习机放下。"

玫瑰架上传来一阵不祥的沙沙声，那叶子像是也被吓坏了，纷纷后退。骚动过后，婆婆大人已然来到跟前。

"凯伦！"我努力让自己听起来很高兴，"你怎么来了？我还以为你人在巴格达呢。"

"我一接到维奥拉的信息就赶回来了。"她将我们挨个打量了一番。"这位是？"她指着比希问，"维奥拉的新同居男友？"

"我不是！"比希一脸惊恐地回道。

"这位是我的法律助手，妈。"我说，"他叫比希·亚当斯-哈迪。"

"特维奇，你怎么没在上学？"

"我在上学啊，"特维奇说，"远程学习。"她举起学习板，"看到了吗？数学。"

"哦，这样啊，"她扭过头来，对着我怒目而视，"这么大的事情，我的宝贝曾孙女都翘课了，还用上了法律助手，你竟然都不跟我说一声。你真是什么事都不告诉我啊，特雷西。"

她打着旋挤进餐桌尽头的那张椅子，顿时青豆与豌豆花四处飞散，摆在餐桌中央作为装饰物的西兰花也被拦腰斩断。"直到昨天，我才收到维奥拉的求救信号。维奥拉，你以后可再也别让哈希姆带口信了，他那英语实在太烂。我叫他哼出来电者的彩铃声，才知道电话是你打的，想要回电又没信号了，只能飞回来。我再说一句，我可是在繁忙的谈判工作中专程请假飞回来的。"

"谈判进展得如何，凯伦奶奶？"维奥拉问。

"进展得很顺利。以色列人同意将耶路撒冷的一半交给巴勒斯坦人了。此外，他们还同意对戈兰高地分时而治。"她扭头盯了我片刻，"他们明白沟通的重要性。"接着又转向维奥拉，"告诉我，维奥拉，她们又怎么欺负你了？不喜欢你的新同居男友？"

"我不是她的同居男友。"比希抗议道。

我一直搞不明白我的婆婆大人是怎么当上调解专家的。她平日里周旋于塞尔维亚人、天主教徒、朝鲜人、韩国人、新教徒、克罗地亚人等各色人等中间，化干戈为玉帛。但她生性喜欢选边站队，常常妄下结论，误解别人所说的一切，还拒绝倾听。可偏偏又是她，成功地说服南非接受了曼德拉式政府，她甚至还有可能让巴勒斯坦人接受并庆祝赎罪日①。或许她的策略就是横行霸道、仗势欺人，令人不得不乖乖就范吧，又或许为了众志成城抵抗她的强势态度，敌人们都不得不结为盟友。

比希还在解释着，"在今天之前，我见都没见过维奥拉。我

---

① 犹太人一年中最重要的圣日。

们只在电话上通过几次话。"

"那肯定就是你犯了事。"凯伦对维奥拉说,"瞧瞧她们这架势,这是要抽你的筋,饮你的血啊。"

"不是我,"维奥拉说,"是帕蒂姐。她加入了癸水教。"

"骑行俱乐部[①]? 我专程从西岸谈判中抽身赶回来,就是因为你不同意帕蒂姐加入骑行俱乐部? 你让我怎么跟伊拉克总统解释? 她不会理解的,说实话,我也不理解。自行车俱乐部? 你是认真的吗?"

"癸水教徒可不骑自行车。"妈妈说。

"她们只会来月经。"特维奇说。

鸦雀无声的死寂持续了至少有一分钟。我心想,真是活见鬼,我和婆婆大人居然要在一件家务事上形成统一战线了。

"这样大动干戈,就因为帕蒂姐要摘掉她的分流管?"最后还是凯伦打破了沉默,"她都已经长大成人了,不是吗? 再说了,这是一桩典型的属人主权案。作为法官,特雷西,你应该再清楚不过才对。"

我早该料到的,所谓的"形成统一战线"不过是我单方面的痴心妄想罢了。

"你是说你同意她的做法? 这简直就是要让妇女解放运动倒退二十年!"

"哪有那么严重。"凯伦说,"你知道的,即便是在中东,反分流管组织也依然存在,可没人拿他们当回事。伊拉克人都对这

---

① Cyclist在文中表示提倡女性接受月经的组织,在日常英语中表示骑行爱好者。

种事情见怪不怪了，他们到现在都还蒙着面纱呢。"

"帕蒂姐可没不拿他们当回事。"

凯伦摆了摆手，黑色的长袖随着晃动，"那不过是小青年赶时髦罢了，三分钟热度，转瞬即逝。就像迷你裙，还有骇人的电动眉毛。一些女性偶尔会追赶那种时髦，但那并不代表所有女性都不再穿长裤，绕回去戴起了帽子。"

"可帕蒂姐……"维奥拉说。

"如果帕蒂姐想要体验月经，就让她去吧。没有分流管，女性几千年来还不是活得好好的。"

母亲将一只拳头杵在了桌上，"三妻四妾的时代、霍乱风行的时代和束腰盛行的时代，女性也活得好好的。"她一词一顿，并将拳头有节奏地捶打在桌面上，以示强调，"可那并不代表我们要主动退回到那些时代，我本人坚决不同意帕蒂姐——"

"说到帕蒂姐，这可怜的小家伙现在人在哪儿呢？"凯伦问。

"她马上就到，"妈妈说，"我之所以安排这顿午餐，就是为了让大家一起讨论讨论。"

"哈！"凯伦说，"讨论？你是想说逼她改变主意吧。我可不想加入你们的同盟。我要认真聆听小家伙的想法，开明开放，最重要的是要尊重她的意愿。尊重才是关键词，你们似乎都忘了这一点。尊重，还有最起码的礼貌。"

这时，一位穿着宽大印花长衫的年轻光脚女子走到了我们的餐桌前。她手里捧着一摞粉色文件夹，左臂上还系着条红丝巾。

"早就该点餐了，"凯伦从她手中一把抢过文件夹，"你们这儿的服务真差劲。我都坐了有十分钟了。"她"啪"的一声打开文件夹,"我猜你们这儿没有苏格兰威士忌?"

"我叫伊万杰琳,"年轻女子说,"是帕蒂姐的导师。"她从凯伦的手中夺回文件夹,"她今天不能来了,所以请我替她来跟你们讲讲癸水教的哲学内涵。"

她在我身边的柳条椅上坐了下来。

"癸水教致力于推动自由。"她说,"不受人工造物桎梏的自由,不使用控制身体的药物和激素的自由,逃脱试图控制女性的父权制的自由。你们可能都知道,我们癸水教信徒不使用分流管。"

她指了指胳膊上绑着的红色丝巾,"我们用这个作为宣扬自由和女性特性的徽章。我今天戴上它,是为了表示本人哺乳期已至。"

"我们以前也有,"妈妈说,"只不过我们系在裙子后面。"

我笑出了声。

这位导师瞪了我一眼,"男人支配女性身体的历史远比所谓'女性解放运动'悠久。起初是政府颁布关于堕胎和胎儿权利的法案,接着发展到对生育进行科学控制,到最后停经醇的发明标志着整个生育周期被安全剔除。这一切不过是父权制精心设计的旨在逐步控制女性身体,进而异化女性身份的计划中的一环。"

"多么有趣的观点。"凯伦热情洋溢地说。

确实挺有趣。但事实是,停经醇当初发明出来并不是为了消除月经,而是为了对付恶性肿瘤,其对子宫内膜的吸收功能是后来意外发现的。

"你的意思难道是，"妈妈说，"分流管是男人强迫我们安装的？我们当初可是费了九牛二虎之力好不容易才获得食品药品监督管理局批准的啊。"

这话不假，代孕妈妈、反堕胎人士与胎儿权利议题没有将女人们统一起来，消除月经的愿景却做到了。为了实现女性解放，女人们组织集会、散发请愿书、选举女性议员、通过宪法修正案、被天主教扫地出门、进监狱，能做的都做了。

"男人们当初可是反对分流管的，"妈妈的脸涨红了，"宗教右翼分子、卫生巾厂商、天主教堂都极力反对——"

"因为他们知道这么下去女人也能做神父了。"维奥拉说。

"后来确实可以。"我说。

"'解放运动'没有解放你们！"导师高声吼道，"它只将你们从生命的自然节奏中解放了出来，而那恰恰就是女性特征的源泉！"

她弯下腰，从桌子底下摘出一朵雏菊。"我们葵水教从源头上庆祝女性的经期，我们以自己的身体为傲。"说着，她举起了那朵雏菊，"每当一位葵水教信徒进入我们所说的'盛开期'，我们都会赠其鲜花，献给她诗与歌。然后，我们手拉着手，相互分享自己关于月经最喜欢的那个方面。"

"例如水肿。"我说。

"或是每个月都有三天得连着躺在电热毯上。"妈妈说。

"我最喜欢的是突如其来的焦虑不安。"维奥拉说，"当初为了怀上特维奇，我停用了停经醇。那段日子里，我十分确信空间站会从天上掉下来，砸到我头上。"

一位身穿连体衣、头戴草帽的中年妇女走了过来，站在妈妈的椅子边。"我当时的表现是情绪极度不稳定，"她说，"一会儿高兴，一会儿感觉自己是丽兹·波顿。"

"丽兹·波顿是谁？"特维奇问。

"用斧子砍死了自己父母的那个女人。"比希说。

凯伦与帕蒂姐的导师瞪了她们两眼。"你不是该在解数学题才对吗，特维奇？"凯伦问。

"我一直在想丽兹·波顿是不是得了经前综合征，"维奥拉说，"说不定那才是她行凶的真正原因——"

"不对，"妈妈说，"真正原因是她活在一个还没有卫生巾和布洛芬的年代。很显然，那是一起正当杀人案。"

"这么说就有些牵强附会了吧？"凯伦怒视着每一个人。

"你是服务员吗？"我赶紧问那位头戴草帽的女士。

"是的。"她从连体衣口袋里摸出了个点餐平板。

"有酒吗？"我问。

"有，蒲公英酒、驴蹄草酒、迎春花酒。"

"我们都要。"

"各自来一瓶？"

"没有桶装的话，先各自来一瓶吧。"

"今天的特色菜式是西瓜沙拉和花椰菜淋奶酪。"服务员面带微笑地看着所有人说着，凯伦和导师不予理会。"你们可以从前面的地里亲手采摘你自己需要的花椰菜。特色花食是金盏花黄油炒百合花。"

点菜的时候，大家进入了难得的休战环节。"我要一个香豌豆，"导师说，"再来一杯玫瑰水。"

比希探过身子，对维奥拉说："刚刚你奶奶问我是否是你的同居男友时，我表现得像是吓破了胆，对此我很抱歉。"

"没事儿，"维奥拉说，"凯伦奶奶的确挺吓人的。"

"我不想给你造成我很讨厌的印象。我其实，那个，挺喜欢你这个人的。"

"他们这里不卖豆制汉堡的吗？"特维奇问道。

服务员一走，导师就把她带来的粉色文件夹分发给了大家。"这些文件可以为各位解释癸水教的工作哲学。"她给我递过来一份，"其中也包含了应对月经周期的实用指南。"说着，她给特维奇也递过去一份。

"看起来与我们初中时期的教材一样，"妈妈打开自己的那本，边翻边说，"那些书还被冠以'特殊的礼物'的称谓，里面全是些头上扎着粉色丝带，满脸笑容地打着网球的女孩。真是明目张胆地扭曲现实。"

她说的一点儿没错。文件夹里有张输卵管的图像，与我中学时期看过的一部教育片里的一模一样。那个画面一直在我的脑海中挥之不去，总让我想起《异形》里的幼虫。

"呃。"特维奇说，"好恶心。"

"做你的数学题。"凯伦说。

比希看上去像是要吐了的样子，"女人真的能做这种事？"

酒上来了，我给每个人都倒了一大杯。导师咧着嘴摇了摇头，不以为然，"癸水教从不使用任何父权制强加给女性，以使女性顺从的人造刺激物与激素。"

"月经会持续多久?"特维奇问。

"持续到永远。"妈妈说。

"四到六天。"导师说,"小册子里面写着的。"

"我的意思是,会伴随女人一生还是怎么?"

"一般来说,女性来初潮的年纪在十二岁,然后一直持续到五十五岁左右进入更年期。"

"我十一岁就来第一次了。"服务员将一束花放在我面前的桌子上,"那时我正在学校。"

"我的最后一次正好是在食品药品质量管理局批准停经醇的那天。"妈妈说。

"三百六十五除以二十八,"特维奇在学习板上写了起来,"再乘以五十三年,"她抬起头,"总共是五百五十九次。"

"不可能。"妈妈从她手中抢过学习机,"少说也得有五千次吧。"

"而且每次都是在你准备出门旅行的时候来。"维奥拉说。

"或是结婚那天。"服务员说。

妈妈开始在学习板上比画了起来。趁着这难得的休战间隙,我又给每个人倒了点儿蒲公英酒。

妈妈从学习板前抬起头来,"你们知道月经周期是五天吗?加起来接近三千天。那可是整整八年的时间啊。"

"那是没算上经前综合征。"服务员边布置花束边说。

"什么叫'经前综合征'?"特维奇问。

"经前综合征是男权医学组织编造出来的词汇,用来表示月经来袭初期的激素自然波动。"导师说，"这种完全正常的温和波动经由男性的夸张描述，变成了一项女性生理弱点。"说完，她看向凯伦，希望得到认同。

"我曾几度焦虑到剪头发。"凯伦说。

导师面露不安。

"有一次，我甚至把整侧头发都剪掉了。"凯伦继续道，"每到那几天，鲍勃都不得不把剪子藏起来。车钥匙也藏起来。我每次闯了红灯都会号啕大哭。"

"你会浮肿吗？"妈妈又给凯伦倒了一杯蒲公英酒。

她点点头，"我看起来活像奥逊·威尔斯[1]。"

"奥逊·威尔斯是谁？"特维奇问。

"你说的这些恰恰反映了父权制强加在女性身上的自我厌恶。"导师说，"男人给女人强行洗脑，让她们觉得月经邪恶又肮脏，她们接受了男人的观点后甚至称月经为'诅咒'。"

"我称其为'诅咒'是因为我真的以为自己被女巫下了降头。"维奥拉说，"就像《睡美人》里那样。"

大伙儿都狐疑地看向她。

"我真的这么以为的。"她说，"这是当时这么糟糕的事情发生在我身上的唯一解释。"她把文件夹递还给导师，"现在也是。"

"你真勇敢，"比希对维奥拉说，"能够为了怀上特维奇而停止使用停经醇。"

"那段经历糟糕透了，"维奥拉说，"你想象不到的糟。"

---

[1] Orson Welles（1915—1985），美国著名演员、导演，其编导和主演的电影《公民凯恩》被认为是美国影史上最伟大的电影之一。

妈妈叹了口气，"我来月经的时候还问过我妈是否安妮特也会来月经。"

"安妮特是谁？"特维奇问。

"'米老鼠好朋友'的成员，"妈妈见特维奇一脸不解，加了一句，"电视上的。"

"高分辨率电视。"维奥拉说。

"《米老鼠俱乐部》。"妈妈说。

"你们那个年代居然有一部叫作《米老鼠俱乐部》的高分辨率短剧？"特维奇满脸不可思议的神情。

"那可是个充满压迫的黑暗年代啊，什么没有？"我说。

妈妈瞪了我一眼，"每个女孩都想成为安妮特。"她转头对特维奇说，"她的头发卷翘、胸部挺拔，百褶裙永远规规整整，我无法想象她的身上也会发生这么凌乱、这么不堪的事。迪士尼不会允许这种事发生。如果她没有，那我也不会有。于是我问我妈——"

"她怎么说？"特维奇插嘴道。

"她说每个女人都会来月经，"妈妈说，"我又问她'连英国女王也一样？'你猜她怎么说，'女王也一样。'"

"真的假的？"特维奇说，"可她都那么老了！"

"她现在没有了。"导师不耐烦地说，"我不是说了吗？五十五岁开始进入更年期。"

"然后就会出现潮热，"凯伦说，"还有骨质疏松，嘴唇上开始冒胡子，活像马克·吐温。"

"那又是——"特维奇问。

"你所说的这些无非是消极的男性政治宣传。"导师忍不住打断特维奇，双颊涨得通红。

"你们知道吗？我一直在想，"凯伦朝妈妈靠过去，神秘兮兮地说，"马尔维纳斯战争是不是和麦琪·撒切尔的更年期有关。"

"麦琪·撒切尔是谁？"特维奇问。

导师站了起来，脸涨得跟胳膊上的丝带一样红，"很显然，试图与你们沟通没有任何意义。你们已经彻底被父权制洗脑了。"她胡乱抓起文件夹，"你们瞎了，都瞎了。你们难道都没意识到自己是男人阴谋的受害者吗？他们试图剥夺你们的女性特征与身份！解放运动根本不是解放，它是另一种形式的奴役！"

"就算如此，"我说，"就算真是一场让女性臣服于男性统治的阴谋，那也是值得的。"

"说的没错。"凯伦对妈妈说，"特雷西说的一点儿不错。有些事情是值得放弃一切去争取的，自由都可以放弃。消除月经很显然属于这种事。"

"受害者！"导师吼道，"被剥夺了性征，你们居然还一点儿都不在意！"她跺着脚冲了出去，一路上踩烂了几株小南瓜和一排唐菖蒲。

"你知道我最讨厌解放运动前的什么吗？"凯伦边说边将最后一点儿蒲公英酒倒进酒杯，"月经带。"

"还有那种纸板卫生棉条充填器。"妈妈说。

"我永远都不会加入癸水教。"特维奇说。

"很好。"我说。

"可以点甜点了吗？"

我将服务员叫了过来，特维奇点了糖霜紫罗兰。

"还有人要点甜点吗？"服务员问，"或是再来点儿迎春花酒。"

"你们一家人这样聚在一起帮助妹妹的举动真是太棒了。"比希靠向维奥拉，低声说。

"还有那些摩黛丝①的广告。"妈妈说，"你们还记得吗？照片上净是些身穿锦缎晚礼服、手戴白色长手套的模特，下面写着'摩黛丝，因为……'的那种。我当时还以为摩黛丝是什么香水牌子呢。"

凯伦咯咯地笑了，"我以为是香槟牌子！"

"咱们还是别再点酒了。"我说。


第二天一早，我刚回到会议厅，电话铃就响了，又是通用的电话铃声。

"凯伦回伊拉克了，是吗？"我问比希。

"是。"他说，"维奥拉说那边出了点儿小状况，人们在争论是否要在约旦河西岸建迪士尼乐园。"

"维奥拉什么时候打电话来的？"

比希脸上有点儿难为情，"我今早跟她和特维奇一起吃的早餐。"

"哦，"我捡起话筒，"那这电话可能是我妈打来的，怕不是要绑架帕蒂姐吧。喂？"

"我是伊万杰琳，帕蒂姐的导师。"话筒里传来声响，"你现

---

① Modess，女性生理用品品牌。

在高兴了吧？你们已经成功劝服了帕蒂姐，她准备向奴役女性的父权制妥协了。"

"真的？"我说。

"显然，你们雇了人控制她的思想。我打电话来是为了告诉你，我们打算就此发起指控。"说完，她挂掉了电话。

刚刚挂断，电话就又响了，还是通用铃声。"没人用署名号码的话，那它的存在到底有什么意义？"我边埋怨边拿起话筒。

"嗨，妈妈。"帕蒂姐说，"我想跟你说我改变主意了，我不打算加入癸水教了。"

"真的？"我尽量让自己听起来不要太欢欣雀跃。

"我才发现她们要在胳膊上系红丝带，这么一来，我那文身上'坐牛'①骑着的马就被遮住了。"

"这确实是个问题。"我说。

"不止如此，导师向我转述了你们午餐时的谈话。凯伦奶奶最后真的和你站在了同一条战线？"

"是啊。"

"天哪！本来我还不信的。那什么，导师还跟我说你们不愿意听她讲述月经的诸多益处，一直在强调其消极面，例如：身体浮肿、痉挛绞痛、焦躁情绪等。我就问她，'什么叫痉挛？'她说，'月经出血会导致频繁头痛与精神抑郁。'我就急了，'出血？没人跟我说过还会出血！'妈，你怎么不事先跟我说还有流血这茬呢？"

我说了啊，可此时我想沉默是更聪明的选择。

---

① "坐牛"为女性印第安人部落领袖，是韧性与力量的象征。

"关于月经会导致的疼痛，你也只字未提。还有激素波动！谁会在可以避免的情况下经历那一切啊，疯了吧！我都不知道在'解放'前，你们是怎么熬过来的。"

"那对我们来说的确是受尽压迫的黑暗年代。"我说。

"可不嘛！总之，我放弃了，导师现在正大发雷霆呢，可我跟她说这是我的属人主权，她必须尊重我的决定。不过我还是一个花食主义者，你可不能劝我放弃。"

"我想都不敢想。"

"妈，这整件事都是你的错。如果你一开始就告诉我月经会造成疼痛，这一出闹剧就不会上演啦。维奥拉说的对！你就是什么事儿都不跟我们说！"


后记：


多年以来，一直有许多人（大部分是男性）问我《女王也一样》的灵感来源于哪里，我的回答一般是："你在开玩笑吧，对吗？"，要不就是："满足个人愿望，完全是为了满足我的个人愿望。"

事实比这更加复杂。最初的想法来自好几处。首先就是小说里提到的那些"摩黛丝，因为……"的广告。孩童时代的我很喜欢这些广告——全页照片上的丽人们身着施亚帕雷利或圣罗兰的睡袍，戴着白色长手套，楚楚动人。

我曾将这些广告剪下，贴在剪贴簿里。在我看来，它们就是女性魅力的代表。与小说中的人物一样，我根本不知道"摩黛丝"是什么。我一直以为那是一种香水，要不就是珠宝，就像蒂凡尼。至今我还记得弄清楚时感到的震惊与背叛。（男性读者只需想想拉尔菲与孤儿小安妮/阿华田解码环就明白了。）

《女王也一样》的第二个灵感来自我姥姥。青少年时期的我特别喜欢《绿山墙的安妮》《小妇人》，因此也对女孩要穿长裙、衬裙的"旧时光"格外钟情。一天，我又在幻想着如果能生活在那个年代该是多么美好时，姥姥悠然来了句："我只想说两个词，舒洁和卫生棉条。"

第三个灵感则来自我在号角写作营的电梯里与学生的一次对话。电梯里全是女的，其中一个问有没有人带了布洛芬，她想要点儿来缓解痛经。以此为由头，我们展开了一场热烈的讨论，我们一致同意，如果男人也来月经，那么发明布洛芬的人肯定能拿诺贝尔奖。

真正让我觉得这个主题非写不可的缘由与我参加过的一次女性主义科幻论坛（哪个论坛大家心知肚明）有关。我记不起那天论坛的议题了，但我清楚地记得一位与会者提出女性之所以将月经称为"诅咒"完全是由于父权制的唆使，还说若无外界干涉，女性朋友们都会欢迎、拥抱自己的月经。

我当时觉得（现在也是）这是我听过的最愚蠢的话了。首先，从来没有任何人唆使过我，我就是讨厌月经；其次，我们那个年代没人称月经为"诅咒"，可当我第一次听到这个说法的时候（可能就是从那些关于女人要穿长裙的来自"旧时光"的书里看来的），我立刻就觉得它再恰当不过了。

　　论坛结束后，我做了点儿小调查，发现这种理论不只是某个疯子的痴言妄语，它在女性主义的圈子里尤为盛行。我便询问了身边的每一位年轻女孩（以防现在孩子们的态度发生了改变），她们要么大为震怒，要么和我一样瞠目结舌。当了解到卫生棉条是不久之前才被发明出来时，她们的脸上都写满了恐惧。

　　最后，我的一些女性科幻作家朋友们一直在指责我，因为我写作的主题涵盖时间旅行、老电影、世界末日等，却从未涉足"我们女人自己的问题"。

　　于是我就写了这篇故事。

The Winds of Marble Arch
# 地铁站怪风

凯瑟拒绝乘坐地铁。

"咱们上次来的时候，你不是挺喜欢坐地铁的嘛。"我一边翻着行李箱找领带一边说。

"纠正一下，是你喜欢坐地铁。"她边梳短发边说，"而我，觉得地铁又脏又臭，而且危险。"

"你说的那是纽约地铁，这里是伦敦。"领带不在箱子里，我拉开箱子侧面的口袋，将手伸了进去，"咱们上次来的时候，你不是坐了地铁的吗？"

"咱们上次还住了家包早餐的破旅馆，我还提着行李爬了五层楼呢。我可不想再像上次那样。"

她不会再像上次那样了。康诺特酒店不仅有电梯，还有行李员。

"我讨厌坐地铁，"她说，"上次之所以坐是因为咱们那时付不起出租车费。现在，咱们付得起了。"

我们不仅坐得起出租车，还住得起铺着地毯、带独立卫生间的酒店，无须走到大堂尽头去方便了。今非昔——那话怎么说来着？上次那家破旅馆地上铺的是棕色油毡，光脚都没法走；浴缸上方还有个计量器，要投入硬币，才会出热水。

"咱们住过的那地方叫什么名字来着？"我问凯瑟。

"不记得了，"她说，"我只记得地铁站是个公墓的名字。"

"大理石拱门。"我说，"那可不是什么公墓的名字，而是以海德公园里那座罗马康斯坦丁凯旋门命名的——只不过，那是复制品。"

"好吧，可听起来真像个公墓。"

"皇家赫尔尼亚。"我脑海中猛然闪过一个名字，说了出来。

凯瑟咧嘴一笑，"皇家遗产[①]还差不多。"

"大理石拱门站的皇家赫尔尼亚，"我说，"咱们应该回去看看，为了重温旧日时光。"

"不知道还在不在，"她边戴耳环边说，"都过去二十多年了。"

"当然还在，"我说，"还记得那里满是浮垢的淋浴房吗？还有那棺材似的窄床？棺材至少还有边儿，不至于让人滚下去。"

领带不在口袋里，我将衬衫从行李箱里拿出来堆在床上，"这儿的床也好不到哪儿去。这让你不得不好奇，这么些年来，英国人是怎么完成生育的。"

"咱们完成得就挺不错嘛。"凯瑟穿上鞋，"会议几点开始？"

"十点。"我边说边将袜子和内衣倒到床上，"你几点去见莎拉？"

---

①遗产 Heritage 和赫尔尼亚 Hernia 的发音接近。

"九点半。"她看了看手表,"你赶得及去剧院取票吗?"

"当然,"我说,"'老伙计'不到十一点不会现身。"

"那就好,"她说,"莎拉和埃利奥特只有周六有空。他们明晚有约了,而咱们周五晚上要和米尔福德·休斯的遗孀和孩子们吃饭。亚瑟要一起去看戏吗?你和他联系过没?"

"还没,不过我知道'老伙计'会想去。咱们看的哪出?"我已经放弃了找领带。

"能买到票的话,就看《拉格泰姆》,在艾德菲剧院演;要是没票,就试试《暴风雨》或《日落大道》;要再没有,就看《终局》,海莉·米尔斯有参演。"

"《命运》没在演?"

她又咧嘴一笑,"没有。"

"去艾德菲剧院在哪个地铁站下?"

"查令十字街。"她看了眼地图答道,"《日落大道》在老维克剧院;《暴风雨》在约克公爵剧院,在沙夫茨伯里大道上。你可以试试从票务代理那儿买票,比去剧院买票快很多。"

"坐地铁的话,还是去剧院买票更快。"我说,"不管到哪都只是一个响指的时间。再说了,只有游客才从代理那儿买票。"

她一脸怀疑,"如果可以的话,买第三排的票,但别买两边的,更别买比二楼观众席还靠后的位子。"

"不要楼厅的位子?"我问。上次来的时候,我们只付得起最远、最高的座位,那位子实在太高了,只看得见演员的头顶。当时我们看的就是《命运》。"老伙计"整场都前倾着身子,通过一副租来的望远镜俯视穿着昂贵阿拉伯戏服的拉鲁姆。

"不要楼厅座。"凯瑟边说边往包里塞了把雨伞和一本指南,"如果可以,用美国运通卡买票,不行再用Visa卡。"

"你确定要买第三排的?"我问,"还记得上回'老伙计'差点儿让我们被赶出楼厅的事吗?"

正在往包里塞东西的凯瑟停了下来。"汤姆,"她说,"都过去二十年了,你和亚瑟也五年多没见面了。"

"你觉得'老伙计'会在这段时间里成熟起来?"我说,"那是不可能的。五年前,就是因为他,我们才被赶出了格里斯兰。江山易改,本性难移。"

凯瑟好像要开口说什么,却又终于没说出口。她继续往包里塞东西,"晚上的鸡尾酒会是几点?"

"是雪利酒会。"我说,"在这个国家,他们只办雪利酒会。六点开始。出发前,我们先回到这里碰头,好吗?六点会不会太早,够你和莎拉在全城血拼并且把过去三年的八卦全给补上吗?"

去年在亚特兰大,我已经见过埃利奥特与莎拉,前年我们在巴塞罗那也见过。不过那两场会议,凯瑟都没和我一同前往,"你俩准备去哪儿血拼啊?"我问。

"哈罗德百货。"她说,"还记得上次来的时候我买的那套茶具吗?我打算再买一套瓷器配那套茶具。我们还要买自由牌的披巾和羊绒开襟衫。上次买不起的,这次统统都要买到。"她又看了看手表,"我得出发了。下雨天交通一定很糟糕。"

"坐地铁会更快,"我说,"还不会淋到雨。直接坐皮卡迪利线到骑士桥站下,你甚至无须出站,地铁站里就有直通哈罗德百货的出口。"

"我可不想拎着大包小包去挤自动扶梯。"她说,"地铁站里的自动扶梯大多数时候都是坏的。更要命的是,那下面还有老鼠。"

"你就在皮卡迪利线看过那一回老鼠,还是在铁轨上看到的。"我说。

"都过去二十年了,"她边说边走到床边,熟练地从一堆杂物中抽出我的领带,"说不定现在繁衍出上千只了呢。"她给了我一个贴面吻,"祝你的论文宣讲圆满成功。"她拿起雨伞,"还是你去坐地铁吧,毕竟你才是对它痴狂的那个人。"然后走出了门。

"我本来就打算坐地铁的!"我在她身后喊道,可电梯门已经关上了。

暂且不论凯瑟的可怕预测,伦敦地铁跟二十年前比一点儿没变。好吧,说一点没变可能有些夸张了——二十年前既没有售票机,也没有自动通行门。我的五天车票被通行门吞进去,又吐了出来。大部分自动扶梯虽由木制改成了金属材质,可陡峭依旧,贴在两侧的音乐剧和话剧海报倒是几乎没变。二十年前是《命运》与《猫》,现在则变成了《演出船》与《猫》。

凯瑟说的没错——我的确热爱伦敦地铁。我认为这是全世界最棒的地下交通系统。波士顿"T"地铁系统又老又旧,东京地下铁永远挤得像沙丁鱼罐头,华盛顿的地铁设计得像防空洞。巴黎地铁修得不错,可问题是它在巴黎。旧金山湾区捷运系统在旧金山,它哪儿也去不了。

伦敦地铁却哪儿都能去。它直通希思罗国际机场、汉普顿宫,并延伸至更远的地方,例如卡克福斯特斯与玛德卓特这样鲜为人知的偏远小站。每个景点都有地铁站台,你绝不可能走丢。

更重要的是它不仅是从伊丽莎白塔到威斯敏斯特教堂再到白金汉宫最便捷的交通方式,它本身便是一处景观,一个集合了隧道、楼梯与回廊的神奇地下世界,站台墙上贴着的广告牌大小的剧院海报五彩斑斓,每根柱子、每堵墙、每个隧道分岔处张贴着的地图绚丽夺目。

我在一张地图前停了下来,研究起上面纵横交错的红绿蓝各色线条来。目的地是查令十字街,所以我得乘坐灰色的线路。叫啥名字来着? 哦,对了,银禧线。

我跟随标识走下一段曲形站台,又爬上另一段东向站台。列车刚刚驶出,铁轨上方,液晶屏上显示着"下一趟列车六分钟后到达"的字样。车厢消失在狭长的隧道中时,车尾会带起一阵风,我静静等待着。

果然,那风悄然而至,闻起来有一股淡淡的柴油与灰尘混在一起的味道,扬起我身边那位女士的长发和裙摆。"下一趟列车三分钟后到达",液晶屏上显示着。

为了消磨时间,我盯着一对挽着手的新婚夫妇瞅了一会儿,又把隧道内壁上的《日落大道》《滑动门》以及哈罗德百货的海报读了个遍。"穿越时光的震撼,"最边上的那张海报上写着,"来帝国战争博物馆体验空袭中的伦敦。请在象堡站下车。"

"列车来了。"不知哪儿传来这么一句,我赶紧往上走了两步,往黄线处靠了靠。

站台边沿依然印着那句熟悉的提示语:"请注意脚下缝隙"。凯瑟从不靠近站台边沿,她总是紧张兮兮地背靠花砖墙,像是害怕列车会突然从铁轨上跳出,朝我们撞来。

列车准时入站,铬合金与塑料相间的车厢闪闪发亮。车内地板上没有口香糖,舒适的橙色座椅上也没有任何不明物质。

"抱歉。"身边那位女士提起购物袋,腾出位置好让我坐下。

连伦敦地铁上的乘客都比其他地方地铁上的更礼貌,还更爱阅读。对面那位男士正手捧一本狄更斯的《荒凉山庄》,读得津津有味。

列车缓缓驶出站台。"摄政公园站到了。"广播里传来不带感情的播报声。

摄政公园站。上次就是在这个站台,"老伙计"高喊了一声"去他的!",然后跳下了车厢。

在那之前,他曾带我们踏上过一段疯狂的托马斯·摩尔遗体瞻仰之旅。我们当时在伦敦塔,正排队准备参观皇家御宝。凯瑟捧着本弗洛默出的《四十美金一天游遍英格兰》,边读边说:"托马斯·摩尔爵士的遗体就安葬在这座教堂里。你知道的,就是《四季之人》里的那个托马斯·摩尔。"我们于是决定改换目的地,去摩尔的陵墓。

"想看他剩下的那部分吗?""老伙计"问。

"剩下的那部分?"莎拉不解地问。

"葬在这儿的只是他的躯干,""老伙计"说,"要看还得看头颅!"随后便领着我们去了伦敦桥——据说摩尔的头颅曾被刺在一根尖杆上,放在这里示众过——接着又去了切尔西公园——摩尔的女儿玛格丽特将头颅取下后埋在了这里——最后去了坎特伯雷，"老伙计"一边开车一边回过头来给我们介绍说那颗头颅现在就埋在这边的一座教堂里。

"托马斯·摩尔遗体：环球巡游。"飞车疾驰而归的路上，"老伙计"曾这般总结道。

"可咱们还没去哈瓦苏河呢。"埃利奥特说，"伦敦桥原址不是在那儿吗？"

年会在圣地亚哥召开的那年，"老伙计"还曾风风火火地开着租来的车"劫持"了我们一众人等，连夜开去亚利桑那州游玩。

我等不及想见到他。不知这次他又有什么疯狂的观光计划。就是这个家伙让我们被人从恶魔岛监狱轰了出来。

过去四场年会我都没见着他的影子——第一场举办的时候，他去了尼泊尔，剩下的三场举办的时候，他都在写书——我迫不及待地想知道他一直在忙些什么。

"牛津广场站到了。"低平的播报声响起。再过两站就到查令十字街了。

我侧着身子，望向窗外的地铁站。在这里，每个地铁站都有其独特的设计与颜色：圣潘克拉斯站绿中带蓝，尤斯顿广场站橘黑相间，邦特街站通体漆红。而牛津广场站则焕然一新，增设了蓝色的滑道和梯子设计，上次我们来时还没有这些东西。

列车驶出站台，开始加速。五分钟后便能到达目的地，到艾德菲剧场也不会超过十分钟，肯定比乘出租车去的凯瑟要快，舒适度也差不到哪儿去。

八点时我到站了。我乘自动扶梯返回地面，发现外面下起了雨。穿过斯特兰德区去到艾德菲剧场花了我二十分钟：本来十五分钟就够了，可因为没带伞——此时我多希望自己听从了凯瑟的建议——我在一块雨篷下等了十分钟才进入斯特兰德区。黑色的出租车，一辆接一辆，双层巴士、迷你小巴士，全挤在一块儿，一点一点往前挪动。

《拉格泰姆》已售罄。我从大厅货架上拿起一张剧院地图，找到了约克公爵剧院的位置：沙夫茨伯里大道。最近的地铁站是莱斯特广场。我赶回查令十字街，乘自动扶梯回到地铁站，一脚踏进通往北线的通道。还有一个半小时，时间是有点儿赶，但动作快点儿，不一定赶不上。

我沿左手方向的通道朝站台走去，一边努力赶上人群的节奏，一边试图在低沉嘈杂的谈话声与高跟鞋清脆的咔嗒声中分辨出列车进站的隆隆声。

人群移动得更快了，高跟鞋敲击地面的节奏也快了起来。我从裤子后面的兜里掏出地图：也可以先乘皮卡迪利线到南肯辛顿站，再换乘区域线，再——

就在此时，一阵如同爆炸冲击波般的劲风袭击了我。我一个趔趄，后退几步，差点儿失去平衡。我像被击中下巴一般，头朝后仰去，双手不由自主地伸出，整个人倚在了花砖墙上。

我的第一反应是，爱尔兰共和军炸地铁了。

可这阵劲风之后没传来半点儿声响，只伴随着一股阴湿可怕的气味。

沙林毒气，我边想边本能地拿手捂住口鼻，可那气味却穿过手指，直抵鼻腔。是硫黄和湿土的气味，还混着点儿其他什么。

火药？还是炸药？我朝空气中嗅着，试图辨别那气味。

无论发生了什么，事情已经过去。风来得快，去得也快，闷热干燥的空气中，那气味也荡然无存。

肯定不是爆炸，也并非有毒气体，因为周围的人压根就没慢下过脚步。高跟鞋依旧平稳轻快地踩在瓷砖上。两个背着背包的德国少年嘻嘻哈哈着从身旁跑过，一名头戴灰色礼帽、腋下夹着《泰晤士报》的商人和一位脚上趿拉着凉鞋的年轻女子神色自若，像是完全没察觉到发生了什么。

难道就没有一个人察觉到？还是这种突如其来的劲风在查令十字街站太过稀松平常，人们早就习惯了？

这么大的风，怎么可能习惯呢？他们一定是没察觉到。

我呢？我真的察觉到了吗？

若在加州老家，这就像是一场小型地震，人们还没意识到就已经过去那种，所以没人能确认它真的发生过。唯一的办法就是询问凯瑟或孩子们"你们也感觉到了吗？"，或是看看墙上东倒西歪的装饰画。

这里的装饰画都是贴在墙上的。至于"你们也感受到了吗？"德国少年和商人的举止已经给出了答案。

可我确实感受到了。我试图在脑海中重现场景。

打头的是一阵热气，接着便是硫黄与湿泥土味混杂的刺鼻气味。可让我失去平衡、踉踉跄跄地靠在墙边的却不是那气味，而是我脑海里炸弹引爆后，人们惊慌失措、尖叫逃窜的设想。

但又绝不可能是炸弹。爱尔兰共和军正在与英国政府进行和平谈判。已经一年多没有发生爆炸案了，况且炸弹也不可能爆炸到一半停住。伦敦地铁以前发生过爆炸案——机械的播报声应该是"请立刻乘自动扶梯离开"而不是"请注意脚下缝隙"。

若不是炸弹，那又是什么？从何而来？我抬头看了看通道顶部，既无格栅又无通风口，水管也不见踪影。我沿着通道往前走去，一边四处嗅着，却只闻到地铁站里的普通气味——灰尘、湿羊毛与香烟混杂在一起的味道，只在登上一小段台阶时，能闻到一股强烈的汽油味。

走道尽头，一趟列车正轰隆隆地驶入站台。对了，火车。劲风袭击时，正好有列车进站。我快步走上站台，驻足扭头看着隧道，心里一半是期待，一半是害怕。会再次发生吗？

列车入站、停下，几名乘客从车厢里走出。"请注意脚下缝隙！"电脑合成的播报声响起。车门哐的一声关上，火车又驶了出去，带起一阵风，将铁轨上的几片纸屑吹上隧道内壁。我又开双脚，稳住重心，可这次不过是阵普通微风，没有任何独特气味。

我退回走道里，在花砖墙上摸索着，寻找隐蔽的通风暗门，接着又跑回原先的地方，等待另一趟列车入站。

可我却什么也没发现，只挡了别人的道。从我身边绕过的行人一遍一遍说着"抱歉"。虽然我明白在英国"抱歉"就等于"借过"，但心里还是觉得别扭，还是会觉得他们是在给我道歉，而挡住他们去路的我才是应该道歉的那一个。时间不早了，我得赶去报告会了。

甭管成因是什么，那阵劲风大抵就是场意外吧。这里的走道错综复杂，连接着不同线路、不同列车、不同楼层，就像兔子洞一般。那阵风有可能来自任何地方。或许，是银禧线上的某位乘客带了盒臭鸡蛋吧，不然就是血样袋，又或者两者都有。

我朝北线走去，踏上一趟刚刚进站的列车，赶上了十一点的报告会。刚刚在地铁站经历的那一幕肯定比想象中更令我恐惧。站在大厅登记处别徽章时，大门突然被推开，一阵狂风破门而入。

我猛地退了几步，呆站着，盯着那门看。登记处的女士见状问我，"您没事吧？"

我点了点头，"'老伙计'或者埃利奥特·坦普尔顿登记过了吗？"

"一个'老伙计'？"女士困惑地问道。

"不是一个'老伙计'，是那个'老伙计'。"我不耐烦地说，"我指的是亚瑟·伯索尔。"

"晨会已经开始了，"她边瞅着排成排的徽章边说，"你在宴会厅里找过了吗？"

这种学术会议，"老伙计"根本就不会参加，一次都没去过。

"坦普尔顿先生已经到了，"她依然双眼盯着徽章，"伯索尔先生还没登记。"

"丹尼尔·德莱克也到了。"玛乔丽·奥唐尼倏然凑到我面前，"你听说了他女儿的事儿了吧？"

"没有。"我环视四周，想找到埃利奥特的影子。

"她进疗养院了，"她说，"精神分裂症。"

我不知道她干吗要告诉我这些，是不是因为我看上去也有点儿不太正常？可她接着又说："所以，看在上帝的分上，别问他女儿的事。也别向彼得·杰米森打听莱斯莉来了没，他俩分手了。"

"我不会问的。"我扔下这一句，便逃进会场里。埃利奥特没在报告厅，吃午饭的时候也没见着他。我在约翰·麦考德——他住在伦敦——旁边坐下，开门见山地说："我今天早上坐地铁了。"

"糟糕透了，对吧？"麦考德说，"还那么贵。现在一日通票多少钱一张来着？两镑五？"

"在查令十字街站，我碰上了一股怪风。"

麦考德会意地点点头。"那是行驶中的列车造成的。当列车驶出站台时，会将车厢前方的空气往前推。"他边说边伸出双手演示，"因为列车占据了隧道中很大一部分空间，当它们驶出站台时，会在车尾抽出一大块真空，周围的空气就会冲过去填补，于是就产生了风。列车进站时也有相同的效应，只是方向相反。"

"这个我懂。"我不耐烦地说，"可那股怪风不一样，它像爆炸产生的冲击波一样强劲，而且闻起来——"

"闻起来像地下的灰尘，对吧。还有那些乞丐，他们就睡在过道里，其中有些家伙还往墙上撒尿。伦敦地铁真是一年不如一年了。"

"整个伦敦都是如此。"坐在对面的女士说，"你知道吗？迪士尼的店都开到摄政街了。"

"还有盖璞①。"麦考德说。

---

① 美国最大的服装公司之一。

"请注意脚下缝隙[①]。"我说，可他们已经就伦敦的衰败与堕落聊开去了，没人理我。我便以要去找埃利奥特为借口离开了。

可任我找遍了所有地方，就是找不到他。下午的报告就要开始了。我在约翰与艾琳·沃森旁边坐下。

"你们看见亚瑟·伯索尔或埃利奥特·坦普尔顿了吗？"我边问边四下环顾。

"晨会前，埃利奥特来过，"约翰说，"斯图华特来了。"

艾琳朝约翰倚过身来，"你听说他的手术了吧？是结肠癌。"

"医生说他们把癌细胞都切掉了。"

"我真的再也不想参加这种活动了。"艾琳又一次神秘兮兮地倚过身来，"大伙儿不是老了，就是病了，要不就是离婚了。哈里·斯里尼瓦桑死了，你听说了吗？心脏病。"

"那边有个人，我得过去跟他说几句话。"我说，"我马上回来。"说完我便走去过道，刚好碰上了斯图华特。

"汤姆！"他说，"你过得怎么样？"

"倒是你，你过得怎么样？"我说，"我听说你病了。"

"我没事。医生说发现得很及时，癌细胞全都切掉了。"他说，"现在令我担心的事情倒不是癌细胞会不会卷土重来，而是突然意识到人到老年就得面临这种事情。你听说保罗·沃尔曼的事了没？"

"还没，"我说，"那啥，我得在报告开始前出去打个电话。"赶在他给我详述每个人日渐萧衰的近况前，逃离了这个地方。

我径直朝大厅走去。"你去哪儿了？"埃利奥特将一只手搭

---

① 双关语，英文中缝隙 gap 与盖璞公司 Gap 为同一个词。

在我的肩上，"我到处找你都找不着。"

"我去哪儿了？"我听起来像是个在救生筏上待了好几天的海难幸存者。"你不知道我见到你有多高兴。"我开心地看着他。他还是老样子，身材高挑，体形匀称，连发际线都没后退。"感觉所有人都处在崩溃的边缘。"

"包括你，"他咧嘴笑道，"你看起来需要喝一杯。"

"'老伙计'跟你一起来的吗？"我四下环视。

"不，我还没见着他。"他说，"你知道这里的酒吧在哪儿吗？"

"那边。"我指向酒吧的方向。

"你带路，"他说，"我有太多事情要跟你分享了。我刚刚说服了埃弗斯及其合伙人公司投资我的一个新项目。咱先喝个几品脱<sup>①</sup>，待我跟你慢慢说来。"

谈完工作，他又跟我详述了上次大会之后他跟莎拉的情况。

"我还以为'老伙计'今天会来呢，"我说，"他今晚会到吧？"

"应该会，"埃利奥特说，"要不就是明天到。"

"他还好吗？"我的目光穿过吧台，望向正在跟人攀谈的斯图华特，"没得什么病吧？"

"应该没有。"他面带惊讶，这反倒令我安心，"他搬去剑桥了。我和莎拉都不打算去的。埃弗斯及其合伙人公司要宴请我们，庆祝合作。但莎拉坚持半路上要去他那儿坐上几分钟。因为她想见你们。因为你们要来，莎拉激动异常，几个礼拜以来就没聊过别的话题。她等不及跟凯瑟一起去购物了。"他走到吧台边，又点了两品脱酒，"说到购物，莎拉叫我告诉你周六的晚

① 容积单位。在美国，1品脱约为473毫升。

餐与音乐剧我们肯定会参加。咱们到时候看哪出剧啊?别告诉我是《日落大道》。"

"哎呀!"我惊呼道,"我忘了买票。这下好了,我们什么都看不着了。"我迅速扫了一眼手表。三点四十五。"你觉得售票处现在还开着吗?"

他点了点头。

"那就好。"我一把抄起外套,就朝大厅奔去。

"也别买《猫》!"埃利奥特的喊声从身后传来。

能买到就不错了,我一头冲进地铁站,边推开旋转门边心里暗忖道。自动扶梯上太过拥挤,我没法从兜里掏出剧院清单。《暴风雨》在约克公爵剧院演。我得在莱斯特广场站台下车。我掏出地铁线路图——乘坐银禧线。

通往银禧线的过道比自动扶梯还要挤。前面那位头戴灰色丝巾、身着棕色大衣的老太太正以蜗牛般的速度往前挪。只见她青筋毕露的双手紧抓着衣领,低头蜷腰,像是在顶风前行。

我想绕到她前面去,可路被一群背书包的少年挡住了——这次是西班牙少年,他们四个一排,边走边讨论着"伦敦塔的景色"[①]。

前一趟列车刚驶离,我只能等下一趟。每十五秒钟,我就抬头看一次写着"下一趟列车四分钟后进站"的屏幕。身后那对美国夫妇激烈的争吵声令我不胜其烦。

"我都说了四点钟开始,"女的说,"这下咱们非迟到不可。"

"是谁非要再拍一张照片的?"男的说,"你都已经拍了五百

---

① 此处原文为西班牙语。

多张了，还不够，非得再多拍一张。"

"我想给咱们的旅行留个纪念，"女的愤怒地说，"咱们开心幸福的旅行。"

列车来了。我赶紧挤上去，一手握住手扶杆，一手掏出清单，在拥挤的人群中看。温德姆剧院也在莱斯特广场站附近。那里演的是哪出剧？

《猫》。

不行。但《推销员之死》在爱德华王子剧院演出，离温德姆剧院只有几个街区远。此外，沙夫茨伯里大道上还有一整条街的剧院。

"莱斯特广场站到了。"低平的播报声传来。我挤下地铁，出了过道，站上扶梯，踏上了莱斯特广场的地面。

地面上的交通更糟糕。我足足走了二十分钟才到达约克公爵剧院，结果售票处要到六点才开。爱德华王子剧院倒是开着，可《推销员之死》只剩下两个相隔十五排的单人座了。"要弄到五张邻座的票，"涂着黑色口红的女孩儿敲了一阵电脑键盘后说，"最早也得等到三月十五号。"

三月十五①，我暗忖，再适合不过了，要是买不到票，凯瑟肯定会宰了我。

"最近的票务代理机构在哪儿？"我问女孩儿。

"景隆街上就有一家。"她语焉不详。

景隆街。好像有一个地铁站就叫这个名字。我掏出线路图，

---

① The Ides of March。三月十五日对应着罗马历法中的三月四日，那一天通常与厄运联系在一起，传闻是罗马皇帝恺撒大帝被害之日。

得乘坐区环线才能到。我可以先乘北线到安本克门特站,再从那儿换乘区环线。

我瞅了眼手表,已经四点半了。雪利酒会六点就要开始。时间紧迫,我冲回莱斯特广场站,搭上一趟北线列车。这次车上更挤,可所有人都保持着礼貌,置身事外般地捧读着各色书籍。《包法利夫人》、杰夫·莱曼的《253》,还有查尔斯·威廉姆斯的《堕入地狱》。

"景隆街到了。"电脑合成的播报声传来。我挤下车厢,朝出口冲去。

就在我冲到一半的时候,又一阵劲风袭来,与之前一样强劲,气味也一样。不,还是有些许不同,我一边站稳脚跟,一边暗自思忖。身边的通勤客们依旧来来往往,丝毫不受影响。这阵怪风依然带着硫黄与火药的刺鼻气味,却少了那潮湿的发霉味。另外,这次还带着些许烟味。

火险报警器没响,自动喷水系统也没被激活。甚至都没人注意到那阵怪风。

或许是因为太过稀松平常,当地人根本就察觉不到了,连闻都闻不到了。就像木材厂或化工厂里的味道一样。我和凯瑟去拜访她住在内布拉斯加的叔叔家时,还问过他是否在意饲养场的气味。

"什么气味?"他如是答道。

可粪便与暴力、惊恐的味道相去甚远,且饲养场的气味是无处不在的。倘若这股怪风的气味也无处不在,那为什么在皮卡迪利广场站或莱斯特广场站却闻不到呢?

我一路跑到南肯辛顿站才意识到自己又穿过了之前那条通道。上了车，七个站后下车，结果还是没买到票。

我下车后，本打算就这么回去，上了站台又犹豫不决起来。既然不是臭鸡蛋，不是血样袋，也绝非查令十字街站独有的特色，那这股怪风究竟是什么呢？

一位女士走下车厢，面带愠色地瞥了眼手表。我也瞅了眼我的表。五点半了——去找票务代理显然已经来不及了，只能理一理路线先回去。

不用再回景隆街，不用再去面对那股怪风，我感到一阵轻松。那究竟是什么玩意儿，我一边掏出线路图一边想，真是吓死人。

回酒店的路上，我一直在思考这个问题。该不该告诉凯瑟呢？这种故事只会加深她对地铁的偏见。再说了，我一直不回去，她肯定等得心焦了，哪还有心思听什么地铁站里的怪风之类的故事。凯瑟最讨厌迟到了。现在六点已过，等我回到酒店，差不多得到六点半了。

结果我六点四十五分才回到酒店。我徒劳地摁了五分钟电梯按钮，最后还是走了楼梯。或许她也还没回来呢，或许她跟莎拉逛商场逛得忘了时间呢。我在裤兜里摸索着钥匙。

凯瑟开了门。

"我知道，我回来晚了。"我边说边取下我的胸牌，脱下外套，"给我五分钟。你准备好了吗？"

"是的。"她走到床边坐下，看着我。

"哈罗德百货逛得开心吗？"我解开衬衫纽扣，"买到你想要的瓷器了吗？"

"没买到。"她低下头，盯着十指交叉的双手。

我从行李箱里抓起一件干净衬衫穿上。"但你和莎拉还是逛得很尽兴的吧？"我边问边扣上纽扣，"你们都买了些什么？埃利奥特还说怕你俩把哈罗德百货一扫而空了呢。"我停下手上的动作，看着她。"怎么了？"我问，"孩子们来电话了？发生什么事了吗？"

"孩子们没事。"她说。

"但有事发生了。"我说，"你和莎拉坐的出租车出了车祸？"

她摇了摇头，"没有，什么都没发生。"可她却依然盯着双手，幽幽地说了一句："莎拉出轨了。"

"什么？"我像个傻子似的问。

"她出轨了。"

"莎拉？"我不敢相信。怎么可能？对埃利奥特柔情蜜意、忠贞不贰的莎拉怎么可能出轨？

凯瑟点了点头，依然盯着双手。

我在床上坐下，"她跟你说的？"

"不，当然不是。"凯瑟站起身来，走到镜子前。

"那你怎么知道的。"我嘴上虽这么问，心里却明白得很。什么都逃不过她的双眼。无论是孩子得了水痘，她妹妹订了婚，还是她父亲正为公司的事情而担忧，凯瑟总能比别人更早发现端倪——好像她身上有台敏感度超高的雷达，可以接收到别人无意识透露的信息或是空气中的细微波动似的，而且从来都不会出错。

可莎拉和埃利奥特都结婚那么多年了，一直恩爱有加。每到要证明"婚姻制度依然切实可行"的时候，我们总是最先想到他俩。

"你确定吗？"我问。

"确定。"

我本想问她是怎么知道的，但转念一想，这么问没有意义。阿什利得水痘的那次，她的解释是："她眸子一发亮，我就知道她发烧了。另外，林赛两周前不也得了水痘吗？"大部分时候，她只是摇着一头金色短发，连自己也说不准怎么知道的。

可她从来都没错过，从来没有。

"但——我今天刚碰到埃利奥特。"我说，"他看起来挺好的。完全没有——"我在脑子里又将他说的话捋了一遍，看能否找到担忧或痛苦的迹象。他有提到莎拉和凯瑟会花很多钱，可这也不是他第一次这么说了。"他听上去没有任何问题。"

"系上你的领带。"她说。

"可如果——你要是不想去，咱可以不去。"我说。

"不，"她摇着头说，"不行，咱们得去。"

"会不会是你弄错了——"

"我没弄错。"她抛下这句就走进洗手间，关上了门。

出租车很难打到。康诺特酒店的门卫消失不见了。方方正正的褐色出租车不顾我疯狂挥舞的手，从身边疾驰而过。终于，一辆车停了下来，可路上又堵了起来。"都是去剧院看戏的，"出租车司机喜笑颜开地说，"您二位没打算去看场音乐剧？"

我心想，因为莎拉出轨这事，凯瑟肯定没心情去看音乐剧了。可当车驶过萨沃伊饭店门口时，看到那闪耀着的《西贡小姐》的霓虹灯牌，她还是开口了:"你买了哪部剧的票?"

"时间太赶，"我说，"没买到。"我忙补充说准备明天再去试试，可她已经没在听我说话了。

"哈罗德百货没有我要的瓷器。"她的语气中透着股绝望，跟说莎拉出轨的事儿时一样，"他们四年前就不再生产那种花色的了。"

我们迟到了差不多一个半小时。埃利奥特和莎拉大概出去吃饭了，我暗自松了口气。

"凯瑟!"我们一进门，挂着胸牌的玛乔丽便冲了过来。"你看上去美极了!我有太多东西要跟你说了。"

"你们聊，我去找'老伙计'。"我说，"顺便问问他一会儿结束了要不要一起吃饭。""老伙计"说不准会带我们去苏豪区或汉普斯特德公园。他总是能在一些僻静之处找到卖鳗鱼派和正宗英格兰黑啤的好地方。

我挤进人群里。要找"老伙计"，往人群集聚、笑声不断的地方走准没错。另外就是得靠近酒吧。我朝那个方向看去，果然发现了聚在一块儿的人。

我穿过拥挤的人群朝他们挤过去，顺便从身边的托盘上抓了瓶酒。走近了才发现聚在那儿的原来是一起吃午饭的那群人。不见"老伙计"的身影。他们几个竟然在谈论甲壳虫乐队。但不管怎么说，总比谈论伦敦的衰败与堕落要好得多。

"他们仨本来还准备搞一次重聚巡回演出的，"麦考德说，

"现在看来是不可能了。"

"'老伙计'带我们去过一次甲壳虫乐队的演唱会。"我说，"有人看到他没？他当时坚持要重现所有专辑封面，我们穿过艾比路<sup>①</sup>时差点儿没被撞死。"

"他可能明天才能到，"麦考德说，"从剑桥开车过来还是挺远的。"

这可是曾驱车四百多英里，就为了带我们去看伦敦桥的老家伙"老伙计"啊。我越过人群头顶，四下张望，试图捕捉到他的影子。我没看见他，却看见了埃弗斯，说明莎拉和埃利奥特还没走。凯瑟还在门边和玛乔丽聊着。

"琳达·麦卡特尼过世的消息真的太令人悲伤了。"身着迪士尼外套的女士说。

我猛灌了一口酒，待到意识到这是场雪利酒会时已经晚了。

"她多大年纪来着？"麦考德问。

"才五十三。"

"我认识的人里面就有三个被诊断出了乳腺癌。"身着盖璞牌外套的女士说，"三个啊，真是太可怕了。"

"大家都在猜下一个会是谁。"另一位女士说。

"又或者会发生什么。"麦考德说，"听说斯图华特的事儿了吧？"

我将手中的雪利酒杯递给穿迪士尼外套的女士——她面带愠色地瞪了我一眼——便穿过拥挤的人群朝凯瑟走去。可凯瑟

---

① 1969年，甲壳虫乐队发行了最后一张专辑 *Abbey Road*（《艾比路》），专辑封面拍摄自艾比路，封面上，乐队四人正穿过艾比路上的斑马线。

却没了踪影。我再次伸长脖子,越过人群,举目四顾。

"大帅哥,原来你在这儿啊!"莎拉的声音从背后传来,同时我感觉到她的一只胳膊搂住了我的腰,"我们一直都在找你。"

她给了我一个贴面吻,"埃利奥特担心你又要带我们去看《猫》。那部剧他厌恶至极,每次有朋友来伦敦都会拽着我们去看。他焦躁的时候什么德行你是知道的。你没买《猫》的票,对吧?"

"没买。"我盯着她。她与往常没什么不同——一头乌黑的秀发别在耳后,眉毛俏皮地上扬着——还是那个跟我们一块儿去基斯梅特、哈瓦苏湖和艾比路的莎拉。

凯瑟肯定弄错了。没错,她是能接收到其他人无意识透露的信息,可这次她肯定弄错了。莎拉既没有表现得内疚或不安,也没有回避我的眼睛。她甚至没有回避凯瑟。

"凯瑟去哪儿了?"她踮起脚尖,环顾四周,"有件事儿我得告诉她。"

"什么事?"

"她不是想买瓷器吗?我们今天没买到,她跟你说了没?回去之后,我一直在想,塞尔弗里奇百货肯定有卖的。他们那儿总是比潮流要落后几年。噢,她在那儿呢。"她夸张地挥了挥手,"我想在走之前告诉她。"说罢,她穿过人群朝凯瑟走去。一边走,一边回头对我说,"找到埃利奥特,跟他说我一会儿就好,顺便告诉他咱们这次不会再去看《猫》了。我可不想让他焦躁一晚上。他就在那边什么地方。"她朝门边大概指了指,我沿着那个方向穿过人群,在前门边上找到了埃利奥特。

"你看到莎拉了吗？"他说，"埃弗斯正在取车，马上就到。"

"她在和凯瑟聊天，"我说，"一会儿就过来。"

"你是在开玩笑吧？她俩凑到一块儿——"他摇了摇头，脸上写满了纵容与溺爱，"莎拉说她俩今天逛得挺开心。"

"'老伙计'来了没？"我问。

"他打过电话了，说今天到不了，让我告诉你明天见。我很期待和他碰面。自从他搬到剑桥以后，就没怎么见过他了。我们搬到温布尔顿了，你知道的。"

"他就没有再突然造访，拽着你去看狄更斯的胳膊什么的吗？"

"最近是没有了。噢，上帝，你还记得那次就因为莎拉提了句亚瑟·柯南·道尔，他就拽着我们在贝克街上来来回回走了好几趟，说什么要寻找夏洛克·福尔摩斯消失的公寓？"

我想起他挨家挨户敲门质问"太太，您把221B号房间怎么了？"的样子，不觉大笑起来。几番问询无果后，"老伙计"当下决定要打电话让苏格兰场介入。

"后来他还质问他们把苏格兰场怎么了。"埃利奥特笑着说。

"你跟他说了咱们周六要一起去看剧吗？"

"说了。你头的不是《猫》，对吧？"

"我啥都没买到，"我说，"时间太赶了。"

"那就好，别买《猫》，也别买《歌剧魅影》。"

莎拉跑了过来，满脸通红、气喘吁吁。"抱歉来晚了，我和凯瑟聊了会儿天。"她说着在我嘴上使劲亲了一下，"再见了，惹人爱的大块头。周六见。"

"赶紧的,咱们得走了。"埃利奥特说,"到了周六你想亲他多久都可以。"他一边推搡着她出门,一边回头对我喊道:"《悲惨世界》也别买!"

我望着他们远去,脸上挂着笑,心中暗忖,是你弄错了,凯瑟。莎拉若真出了轨,不可能那样亲我,埃利奥特也不会像看上去那样怡然自得——更别说谈论什么瓷器和《猫》之类的话题了。

肯定是凯瑟弄错了。放在平时,她的"雷达"的确百试不爽,但这次着实是出了岔子。莎拉和埃利奥特的婚姻没出问题。没人出轨。周六晚上,每个人都会尽兴而归。

在这种乐观情绪的裹挟下,我度过了一个愉快的夜晚,尽管玛乔丽整晚都在我耳边唠叨着她如何不得不将年迈的父亲送进养老院,而且我们发现上次来时去过的那家超赞的鱼和炸薯条店已被焚毁。

"没关系。"凯瑟站在店铺原址边的街角上说,"咱去王冠羊排吧。那家店还在,今天早上去哈罗德百货的路上我还看见了。"

"那家店在惠尔顿·普莱斯,对吧?"我掏出地铁路线图,"就在海德公园角地铁站对面。咱们可以乘坐——"

"出租车。"凯瑟说。

凯瑟没再提莎拉出轨的事儿,只说她俩约好第二天再去逛街。"先去塞尔弗里奇百货,再去莱杰克德瓷器店……"不知凯瑟看到莎拉在派对上的表现,是否已经意识到自己弄错了。

可第二天早上,就在我准备出门时,凯瑟却说:"你刚刚在淋浴间里时,莎拉打来电话说不去了。"

"他们周六不和我们去剧场了？"

"不是，"凯瑟说，"是说今天不去逛街了，说她头痛。"

"肯定是昨晚喝的那糟糕的雪利酒闹的，"我说，"那你今天有什么打算？要跟我们一块儿去吃午餐吗？"

"我觉得那个人应该就在会上。"

"谁？"我一头雾水地问。

"莎拉的出轨对象。"她拿起旅游指南，"若是住在这儿的，她不可能冒着被发现的风险，在咱们都在的情况下赶着去幽会。"

"她没有出轨。"我说，"我昨晚见着她了，也见着埃利奥特了。他——"

"埃利奥特还被蒙在鼓里呢，"她一把将旅游指南塞进包里，"你们这些男人，能注意到什么呀。"

她开始往包里塞各种东西——墨镜、雨伞。"咱们晚上七点要跟休斯一家吃饭。五点半咱们在这儿会合。"她拿起雨伞。

"是你搞错了，"我说，"她俩结婚的时间比咱们都长。莎拉对埃利奥特爱得疯狂。再说了，像她这样的人怎么可能置婚姻与家庭于不顾，选择出轨呢？"

她转过身来看着我，手里依然握着雨伞，冷冷地说："我怎么知道。"

"那啥，"我突然间竟有点儿可怜起她来，"要不你就跟我和'老伙计'一块儿去吃午餐？说不准，他又会像上次大闹那家印度餐馆那样，让咱们被人家给轰出来呢。会很有意思的。"

她摇了摇头，"还是别了，我可不想打搅你和亚瑟叙旧。而且塞尔弗里奇百货我也不想等到下次再去。"她抬起头看着我。

"你见到亚瑟后——"她顿了顿,脸上一副为莎拉的事而烦恼的神情。

"你不会以为他也出轨了吧？天啦,我'全知全能'的太太。"

"不是。"她说,"他比咱们老多了。"

"所以咱们才叫他'老伙计'啊。"我说,"所以你觉得他会挂着拐杖,留着花白长胡子出现在我面前吗？"

"不是。"她拎起包,甩到肩上,"我是在想如果塞尔弗里奇百货有我想要的瓷器的话,我会买上十二套。"

肯定是她弄错了,我会证明给她看。周六晚上的音乐剧,每个人都会尽兴而归。到那时,凯瑟就会意识到莎拉根本没有出轨。可前提是我得买到票。《拉格泰姆》已经售罄,《暴风雨》应该也卖得差不多了。剩下就没什么可选了。《日落大道》已经被埃利奥特毙了。同样被毙了的还有《猫》,我一边下扶梯,一边看着墙上的海报,心里想着,《悲惨世界》也被毙了。

《暴风雨》和海莉·米尔斯演的那个《终局》都在离莱斯特广场站很近的剧院演出。要是都买不到的话,礼榭大街上还有一家票务代理。

果不其然,《暴风雨》售罄了。我走到阿尔伯瑞剧院门口。

《终局》还有五张票,第三排正中,正对着管弦乐队。"太好了。"我一把将自己的美国运通信用卡拍在柜台上,心里感叹着世事真是无常。

若在从前,我肯定会问售票员夏尔巴区的票是否已经卖完。这个区域里的座位太过陡峭,不紧紧抓住把手就会掉下去摔死。

此外，坐在这里要想看到舞台还得租望远镜。

若放在从前，我略带伤感地想，凯瑟肯定会站在我身边，快速计算着我们的预算能否负担起最便宜的座位。而现在呢，我连价格都没问，就买了第三排正中间的票。而凯瑟正坐着出租车在去往塞尔弗里奇百货的路上。

售票女孩儿将票递给我。"最近的地铁站在哪儿？"我问。

"托特纳姆法院路站。"她回道。

我扫了眼地铁线路图，我可以乘坐中央线到霍尔本站，再从那儿换乘，直达南肯辛顿。"我该怎么过去呢？"

她伸出戴满手镯的胳膊，朝北边随意指了指，"走圣马丁街过去。"

我从圣马丁街往前走，一路穿过蒙默思街、孖沙街、沙夫特斯伯里大街和新牛津街还不见托特纳姆法院路站的踪影。肯定有更近的站台，只是现在改换目的地为时已晚。而我又不想坐出租车。

光走路就花了我半个小时，到达霍尔本站又过去了十分钟。在这十分钟里，我才发现抒情剧院离皮卡迪利广场不到四个街区。我已经忘了地铁站有多深，自动扶梯有多长，只感觉像是走了几英里的路。我的脚踩在条状木制梯级上发出吱呀声，我边走边抬手看时间。

九点半了。报告会铁定是赶不上了。不知"老伙计"什么时候到。我跟在一位身穿花呢外套的男士后面走下阶梯，琢磨着他从剑桥开车过来大概要花上一个小时——

就在我踏上最底层梯级时，一股怪风再次降临。这次的风没那么强劲,倒像是突然打开了一扇通往冷藏室的门。

有股地窖的味道,我伸手去抓铁围栏。不,比地窖更冷,死亡般的冷。像肉品冷藏柜、存放食物的储存室的气味,同时又掺杂着一丝消毒剂般刺鼻难闻的化学试剂的气味。令人作呕的气味。

不,储存室依然不够贴切,是生化实验室。那气味是福尔马林夹杂着什么其他东西的味道。我闭上嘴,屏住呼吸,可那令人作呕的甜臭味已经钻进了我的鼻腔,占据了我的喉咙。不,不是生化实验室。我后背发凉,那是停尸房的味道。

气味戛然消失。那扇"门"开得突然,关得也突然,可鼻腔里还残留一缕凛冽的空气,舌尖上还残留一丝福尔马林的怪味。那是一股腐坏、溃烂的死亡气息。

我在底层梯级上站定,短促地吸着气,乘客都绕我而行。前面身穿花呢外套的男士已经走到拐角处,正要拐弯。他肯定也感受到了,我想,他就站在我前面。我朝他跑去,躲过一群孩子、一位身穿纱丽的印度女士、一位背着网兜的主妇,终于在他踏上拥挤的站台时赶上了他。

"你察觉到那阵风没?"我揪住他的袖子问,"刚刚在隧道里的时候。"

他起初很警觉,听完我的问话后放松了点,"你是美国来的吧?列车进站时总会刮起一阵微风,完全正常,无须担心。"说完,他瞪了眼我揪住他袖子的手。

"可刚刚那阵风冷如冰霜,"我还不放弃,"就像——"

"啊,好吧,我们所处的位置离泰晤士河很近。"他看起来又没那么放松了。"没什么事儿的话,"他挣脱了胳膊,"祝你在伦敦玩得愉快。"然后他钻进人群中,朝站台最远端走去。

我没有再纠缠他。显然,他没有察觉到那阵风。可他就站在我前面啊,我想,怎么可能感觉不到呢。

莫非怪风根本就不存在,而我所经历的一切不过是某种奇怪的幻象。

"总算来了。"一位女士朝铁轨望去。列车驶进站台。风吹动墙上贴着的传单和站台边那位女士的金发。她一边漫不经心地扭过头去,朝身边的男人嘟哝了句什么,一边挪了挪肩上的皮包。

怪风再次袭来,这回是一股裹着寒意、腐物和化学物质的恶臭。

他肯定闻到了,我望向站台尽头。可那男人却泰然自若地走进车厢,身边的游客抬头看了看列车,又低头研究起手里的路线图,一个个都浑然不觉的样子。

他们肯定都闻到了,我心想。一抬眼,我看见站台中央那位身着花呢外套的黑人老头,浑身颤抖着将顶着花白头发的灰色脑袋缩了回去,像乌龟将头缩回壳里。

他闻到了,我心想着朝他跑去。可他却已经上了地铁,车门就要关闭,跑得再快,我也追不上了。

我在车门就要嗖地关上之前跳上最近的一节车厢,站在门边等着列车驶入下个站台。门一开,我就跳了出去,手还扶着门框,看那老头是否下车。他没下。又过了一站,依然没下。邦特街到了,这个站台根本就没人下车。

"大理石拱门站到了。"不知何处传来了播报声,列车驶入方砖铺地的站台。

大理石拱门站什么时候变得这么热闹了?我跟凯瑟上次住在皇家赫尔尼亚的时候,从没见过这儿有这么多人。

地铁上的每个人也都要下车。

那老头呢?我从门边探出头去,想看看他下车了没。

人潮人海中,我什么也看不清,刚往前走了一步就被拥挤着上车的人群挤到了一边。

我沿站台朝他的车厢走去,伸长了脖子想在人潮中看见他的花呢外套和花白头发。

"车门即将关闭。"播报声响起。我刚一转身就看见列车驶离站台,而那老头正安坐在车厢中,看着窗外的我。

现在该怎么办?我站在空荡荡的站台上想。回霍尔本站,看怪风是否会再次袭来,看是否有其他乘客也察觉到了?还得是一个不着急上车的人。

这儿过去可没刮过什么怪风。上次来伦敦时,我们就住在附近。每天早上我们都从这里出发,晚上又回到这里,从没遇到过这等怪事。皇家赫尔尼亚离这里只有三个街区,我们会手牵着手冲上透风的楼梯,笑着回味"老伙计"带我们去看托马斯·摩尔墓时对教堂司事开的玩笑。

"老伙计"。他肯定知道这怪风的由来,至少知道找出由来的办法。他最爱这种神秘事件了。他曾拽着我们游览过格林尼治、大英博物馆,还探访过圣保罗大教堂的地窖,就为了找到纳尔逊中将在海战中丢失的那条胳膊的下落。也只有他能解开这怪风之谜了。

再说，这时候他也应该到了吧。我瞅了眼手表。天，都快一点了。我走到墙上的地图前，开始寻找回去的最佳路线——先到诺丁山门站，再换乘区环线。就在我抬头查看下趟列车的入站时间时，又一阵怪风袭来。我无暇像老头儿那样蜷颈缩身，躲避劲风。我的脖子直挺挺地往外伸着，好似托马斯·摩尔的雕像。

那怪风似一把尖刀，带着杀气掠过站台。这回风里没了停尸房的气味，没了腾腾热气，只剩咸味与铁锈味混为一团——透着股恐怖血腥的死亡气息。

到底是什么？我边摸索着花砖墙边想，它们到底是什么？

"老伙计"，我想到。对，我得赶紧找到"老伙计"。

在南肯辛顿站下车后，我一路跑回报告厅，心里担心他不在那里，事实是他已经到了会场。我一进门就听到了他的声音。跟往常一样，一群仰慕他的听众将他围在中央。我朝他们走去。

埃利奥特从人群中钻出，朝我走来。

"我得跟'老伙计'聊一聊。"我说。

"汤姆——"他伸出手，抓住我的胳膊。

"怎么了？"我问道，却又害怕听他的回答。

"没事。"他回头瞟了眼休息厅。"亚瑟他——没事，"他放开我的胳膊，"他会很高兴看到你的，他一直都在问你。"

"老伙计"坐在一张休闲椅上，掌控全场。二十年过去了，他一点儿都没变，身材瘦长，浅色头发依旧孩子气地遮着前额。

看到了吧？凯瑟，没有胡子花白，也没有拄着拐杖。

他一看见我便止住了谈话, 站起身来。"汤姆, 你这个浪荡后生!"那声音跟之前一样强健有力, "我一早上都在等你, 你跑哪儿去了?"

"地铁里,"我说, "发生了件怪事。我——"

"地铁? 你上地铁里干吗去了?"

"我——"

"以后别再乘地铁了,"他说, "自打托尼·布莱尔上台后, 一切都乱了套, 包括伦敦地铁系统。"

"跟我走一趟,"我说, "我想给你看点儿东西。"

"去哪儿?"他说, "下地铁? 休想, 我这辈子都不会去的。"他坐了回去, "我最讨厌的就是地铁。又脏又臭……"

他听上去跟凯瑟一模一样。

"听着,"我真希望此时周围没这么些人, "昨天在查令十字街发生了件怪事。你知道列车进站时隧道里刮起的风吧?"

"当然。那个破地方, 总是刮大风。"

"对,"我说, "我就是想让你去看——去感受一下——那风。"

"然后患感冒而死? 谢谢你, 还是免了吧。"

"你没明白,"我说, "这可不是一般的风。我当时正往北线站台上走, 忽然——"

"你可以在午饭时慢慢跟我讲。"说着他转过身去面向众人, "咱们去哪一家吃?"

在我认识他的这么多年里, 从未见过他就去哪儿吃午餐征求别人的意见。我只能傻傻地眨着眼。

"曼谷餐馆怎么样?"埃利奥特提议。

"老伙计"摇摇头,"那家的菜做得太辣,吃完我总是胃胀气。"

"街角有家寿司店。"人群里传来一个声音。

"寿司!"他的语气直接否决了这个提议。

我再次尝试,"昨天在查令十字街站的时候,迎面吹来一股硫黄味儿的气流。不,应该说是劲风——"

"那是霾,""老伙计"说,"这鬼地方车太多、人太多啦。就现在这空气,糟糕得都快赶上以前烧煤的时候了。"

煤。我无法辨别的那个气味会不会就是煤呢?烧煤时确实有硫黄味。

"逆温层让一切都变得更糟了。"提议去寿司店的那位仰慕者说。

"逆温层?"

"没错,"他很高兴自己的话受到了重视,"从地形上来说,伦敦处在一个凹陷处,因此很多地方会产生逆温层。由于上层暖气流的压制,地表空气滞怠,烟霾聚集——"

"咱们不是在讨论午餐的事儿吗?""老伙计"粗暴地打断道。

"还记得咱们去寻找福尔摩斯住所那次吗?"我说,"这可比那更神奇。"

"没错,记得,"他说,"贝克街221B号。我差点儿都忘了。你呢,你还记得我带你们去看托马斯·摩尔爵士头颅那次吗?告诉他们莎拉在坎特伯雷都说了些啥。"

　　埃利奥特告诉了众人,人群中爆发出一阵哄笑,"老伙计"也笑得前仰后合。我居然有点儿期待有人说出"岁月如歌"这句话。

　　"汤姆,给大伙讲讲咱们那次去看《命运》时发生的事。""老伙计"说。

　　"我买了五张《终局》的票,明天晚上的。"尽管知道即将面临什么,我还是这么说了。

　　没等我说完,他已经摇起了脑袋。"我早就不看戏了。跟其他所有东西一样,那玩意儿也一年比一年差了,充斥着各种所谓现代主义的胡说八道。"他双手拍了拍椅子扶手,"午饭!咱们决定好了要去哪儿了吗?"

　　"新德里宫殿怎么样?"埃利奥特说。

　　"我吃不了印度菜。"说话的这位可是曾因为跟印度烤鸡跳舞而让我们被轰出新德里宫殿的"老伙计"啊。"怎么着,就没有能让人吃一顿普普通通的饭的地方了吗?"

　　"甭管去哪儿,咱最好快点儿定下来,"仰慕者说,"下午的会议两点就开始了。"

　　"会议可不能错过,""老伙计"四下环视,"所以咱们到底去哪儿吃?汤姆,跟我们一道吗?"

　　"不行。"我说,"我还盼着你跟着我走呢,就跟从前一样。"

　　"说到从前,""老伙计"转过身去,面对人群,"我还没跟你们讲那次看《命运》时被轰出剧院的事。埃利奥特,那哈来姆女孩叫什么名字来着?"

　　"拉鲁姆。"埃利奥特转过身面对着"老伙计",我则趁机离开。

逆温层。底层空气受到压制无法流通，逐年滞怠于地下，为烟霾、微粒的聚集浊化提供了温床。

我乘地铁回到霍尔本站，再走到中央线站台去查看那儿的通风系统。在车站里我发现了几处格栅，还没剧院传单大；然后我又在西向站台通道的三分之二处发现了一个百叶式通风口。通风口里既无扇叶，又无其他能将地下空气引到地表的装置。

肯定有某种通风系统在起作用。较深的地铁站深入地下几百英尺，不可能完全依靠自然通风，尤其是在地表交通产生的柴油烟雾和一氧化碳全都下沉聚集到这里的情况下。所以肯定有通风系统。不过话说回来，有些地铁站早在十九世纪八十年代就修建完毕并投入使用了。霍尔本站便是其中之一。看上去，这座地铁站像是建成之后再也没有修缮过。

我走进自动扶梯所在的大厅，驻足仰望。整座大厅与摆放售票机的大厅屋顶相连，顶层三面装有宽大的门，通向路面。

就算没有通风系统，地下的空气还是会悄然升腾，溜进伦敦的街头巷尾。地面的风也会刮进来，夹杂着雨水，被拥挤的人流裹挟着，蹿下扶梯、涌进隧道，最终完成空气的流通。但如果真有所谓的逆温层，将地表空气困在地面，使其无从逃脱的话——

一氧化碳和致命的甲烷易滋生沉淀于矿井中。伦敦地铁结构繁复、百转千回，与矿井相似，是否因此也会产生有害气体，并随时间流逝逐渐压缩，变得更为致命？

逆温层能解释怪风的产生,却解释不了有毒气体的来源。莫非真是爱尔兰共和军的恐怖袭击,正如我第一回被怪风袭击时所想的那样?那确实能解释冲击波和炸药味,却解释不了福尔马林的气味,更解释不了查令十字街站那令人窒息的泥土味。

隧道坍塌?列车脱轨?

漫长的跋涉后,我回到地铁站,询问售票机旁的警卫,"这些隧道塌过吗?"

"噢,没有,先生,它们非常安全。"他露出令人宽慰的笑容,"您无须担心。"

"但时不时地,总会发生一些意外吧?"我说。

"我向您保证,伦敦地铁是世界上最安全的地铁系统。"

"爆炸袭击呢?"我说,"爱尔兰共和军——"

"爱尔兰共和军已经签署了和平协定。"他一脸警觉地看着我。

再这么问下去,不出几个问题,我就会被当成爱尔兰共和军的炸弹袭击者被抓起来。还是回去问老伙——问埃利奥特吧。回去的路上,我可以顺便调查清楚怪风在所有地铁站都有还是只出现在其中几处。

"请问伦敦塔怎么去?"我递出地图,以游客的口吻问警卫。

"先乘坐中央线——红色的那条——到达银行站。"他拿手指划过地图,"再换乘区环线。别担心,伦敦地铁是绝对安全的。"

安全是安全,就是总刮怪风,我边想边走上自动扶梯,掏出笔,坐过一站,就在地图上的相应位置画个叉:大理石拱门、查令十字街、斯隆广场。

罗素广场站我之前没去过。下车后，我在各条过道和两个站台上都逗留了一段时间。

结果什么也没发生。可就在我乘大都会线进入圣潘克拉斯站时，一股强劲热风再次袭来——带着刺鼻的硫黄味和强烈的破坏气息。

巴比肯站和奥德门站都相安无事，原因很明显，这两个站台都在地表以上，即便有风，也会自然散去。这么说来，大部分郊区站台都能从地图上划掉了。

圣保罗站和法院巷站除外。这两个站都在地下，有着深邃幽暗、通风良好的隧道。可我在这两处只闻到了淡淡的柴油味与发霉味。因此，起作用的必然还有其他因素。

位于哪条地铁线上其实无关紧要，列车快驶到沃伦街站时我得出了这个结论。大理石拱门和霍尔本站在中央线上，查令十字街和圣潘克拉斯站不在。或许问题的关键在于是否是枢纽站：法院巷、圣保罗和罗素广场站都只有一条地铁线经过；霍尔本站有两条，查令十字街站有三条，而圣潘克拉斯站，有五条。

多条线路交叉的枢纽站盘踞着各色隧道走廊，百转千回，繁复如蜂巢。这种地方才是该重点检查的对象。我掏出地图，找寻起红绿紫三色线路的交会点：贝克街站和摩尔门站。

贝克街站最近，只有两站路远，但去那的路线较为复杂。我得先在尤斯顿站下车，换乘北线回到圣潘克拉斯站，再换乘贝克卢线。还好凯瑟此时不在身边，否则她肯定会嘲笑我："谁说坐地铁不管去哪都特别方便来着？"

凯瑟！我把要跟她在酒店碰头，再去找休斯一家人吃饭的事儿忘到九霄云外了。

几点了？谢天谢地，才五点。我急忙扫了眼地图：先乘北线到莱斯特广场站，再乘皮卡迪利线。谁说地铁不方便了？不出半小时，我就能回到康诺特酒店。

等回到酒店，我就把频频遇到怪风的事儿告诉凯瑟。尽管她一直痛恨地铁，我还是要一五一十地全都讲给她听："老伙计"和停尸房的气味的事，还有穿花呢外套的老头的事。

可到了酒店，却不见她人影，只在枕头上躺着张纸条："晚上七点，格里莫尔迪饭店见。"

没有解释，连签名都没有，而且字迹潦草，貌似写得匆忙。不会是莎拉打来电话了吧？这个想法跟大理石拱门站的怪风一样令人胆寒。说不准凯瑟的预感一直就是对的——就像她对"老伙计"的预感那样。

在格里莫尔迪饭店跟凯瑟碰上面后，我才知道她只是又出去购物了。"福南梅森瓷器专柜的售货员告诉我邦特街上有家店专销已停产的瓷器。"

原来她也去了邦特街，我俩竟然没撞上。也对，她又没去地铁站，我愤愤地思忖，她在上面坐着出租车呢，安全得很。

"我在他们那儿也没找到想要的东西，"她自顾自地说着，"售货员建议我去肯辛顿那边波特梅林旁边的一家店里看看。就这样，一天就过去了。你那边报告会进展如何？见到亚瑟了吗？"

你不是早就知道了吗？我心想。她一大早就预测到了"老伙计"已经颓然老矣的事实，还大大方方告诉了我，只是我不信罢了。

"他怎么样？"凯瑟问。

你不是早就知道了吗？我暗恼。你头顶上那天线谁的信号都能收到，唯独收不到自己老公的？

就算我说了，她也不会听的，她现在满脑子都是瓷器花纹的事。

"他好得很，"我说，"我们吃完饭后，一下午都待在一起。他一点儿都没变。"

"他跟我们一起去看剧吗？"

"他不去。"正在这时，休斯一家进了门，将我从尴尬中解救出来。休斯太太老态龙钟、羸弱不堪，身后的两个儿子小米尔福德和保罗却高大魁梧，他们各自领着自己的妻子。

一轮介绍下来，我们才知道与小米尔福德同行的并非他的妻子，而是未婚妻。"我跟芭芭拉实在是没话可聊了，"端起鸡尾酒杯时，他向我坦白，"她只对购物感兴趣，衣服、珠宝、家具什么的。"

或是瓷器，我心里想着，望向房间另一侧的凯瑟。

就餐时，我被夹在了保罗和小米尔福德中间。整顿饭小米尔福德都在谈论大英帝国的堕落与衰败。

"现在就连苏格兰也想独立了。"小米尔福德说，"接下来会是谁？萨塞克斯吗？还是伦敦市？"

"至少到那时，咱能享受到不错的政府服务了。现在的道路与交通系统简直——"

"我今天还坐了趟地铁呢,"我抓住话头,赶紧插嘴,"查令十字街站以前发生过什么事故吗?"

"要真发生过,我倒一点儿都不觉得奇怪。"小米尔福德说,"整个伦敦地铁系统又脏又乱,简直令人蒙羞。上次我坐地铁时还碰到了扒手,在扶梯上想偷我钱包来着。"

"我现在都不坐地铁了,"桌子尽头和凯瑟聊瓷器聊得正欢的休斯太太忽然抬头说,"米尔福德过世后就再也没坐过。"

"那下面到处都是乞丐,"保罗说,"睡在站台上的,瘫在过道里的,到处都是,简直跟德军闪电战那会儿一模一样。"

德军闪电战。

从天而降的燃烧弹,火光冲天的伦敦城。烟火弥漫、硫黄刺鼻、尸骨延绵。

"闪电战?"我问。

"二战期间,希特勒对伦敦发动的空袭,大量民众转移到地下避难。"小米尔福德说,"铁轨边、站台上,甚至扶梯上都是避难者。"

"倒也没比地面上安全多少。"保罗说。

"那些避难处后来都被炸了吗?"我急切地问道。

保罗点点头,"帕丁顿站被炸过,还有大理石拱门站,那里还死了四十个人。"

大理石拱门站。爆炸声起,血光冲天,恐惧蔓延。

"那查令十字街站呢?"我问。

"不清楚。"小米尔福德显然对这个话题没了兴趣,"他们应该立法,禁止乞丐进入地铁系统,并且要求所有出租车司机必须说一口让人能听得懂的英语。"

德军闪电战。还能是什么！这么说来，火药味就能解释得通了。还有冲击波，可能是高爆炸弹导致的。

可德军的空袭都已经过去五十年了。一颗炸弹造成的冲击气流能在地下待这么多年而不散去吗？

有一个办法倒是可以回答这个问题。第二天一大早，我便乘地铁去了托特纳姆法院路。那儿一整条街上全是书店。我走进其中一家，询问是否有关于德军闪电战期间伦敦地铁状况的历史书籍。

"关于地铁的书？"直到问到第三家——福伊尔书店时，里面的女店员才含混不清地说，"地铁博物馆里可能有。"

"怎么走？"我问。

她不知道。地铁站的售票员也不知道。我忽然想起昨天在牛津广场站的站台上曾看见过这座博物馆的海报，于是翻出地图，查好路线，然后坐到维多利亚站，下车换乘，终于到达了牛津广场站。在找遍了五个站台之后，我终于找到了那张海报。

考文特花园。伦敦交通博物馆。我又翻出地图，按照指示坐中央线在霍尔本站换乘皮卡迪利线，最终到达了考文特花园。

显然，这个地铁站也被炸过。隧道还没走完三分之一，一股热气便扑面而来，灼烧着我的脸。没有炸药味，也没有硫黄味和尘土味，只有烈火与灰烬，以及在知晓一切将被焚为平地时的绝望。

那气味一直跟着我，随我快步走上楼梯，来到地面上的街市，穿过一排排卖T恤衫、明信片和双层巴士模型的售卖车，最终到达交通博物馆。

馆里也到处摆着T恤衫和明信片,上面都印着伦敦地铁的标志或地图轮廓。"我想找一本关于德军闪电战时期伦敦地铁的书。"我对坐在堆满印着"注意脚下缝隙"的餐具垫与扑克牌的柜台后面的小哥说。

"德军闪电战?"他不明所以地问。

"在二战时期。"我的提示没有起到任何作用。

他懒洋洋地朝左边指了指,"书都在那边。"

书根本不在那边,而是在远处的墙边,得先穿过一个摆满二三十年代地铁海报的货架。这里大部分的书都与地铁列车的构造相关,但我还是找到了两本关于地铁历史的书和一本名叫《战时伦敦》的平装书。我把它们都买了下来,还买了本封面为地铁线路图的笔记本。

博物馆里设有小吃站。我在一张塑料桌边坐下,开始做记录。几乎所有地铁站都在战时被征用过,其中有很多遭到过轰炸,比如尤斯顿站、奥德维奇站、纪念碑站。"空袭过后,空气中到处弥漫着砖灰与线状无烟火药[①]的刺鼻气味。"平装书上如是记载着。线状无烟火药。没错,我闻到的正是这个气味。

大理石拱门站曾被炸弹直接击中,炸弹在走道里手榴弹般炸开,将墙上的花砖纷纷震落,飞溅划伤难民无数。这也就解释了怪风里为何有血腥味、却无热气的现象。

我查了查霍尔本站。书里有提到几处该站被征用作避难所

---

[①] 一种十九世纪晚期在英国发明的无烟火药,用来取代火药作为枪炮的推进剂,外形像细绳。

的历史，至于被炸的记录却一条也找不到。

查令十字街站被炸过，还是两次。先是被高爆弹击中，后又被V-2火箭击中。爆炸导致总水管炸裂，灰尘雪崩般抖落，掩住了扶梯间，所以我才从怪风里嗅到一股潮湿的泥土味——原来是楼顶塌陷后落下的泥沙。

1941年5月10日晚，大约有十几个地铁站遭到轰炸：景隆街站、帕丁顿站、黑衣修士站、利物浦街站——

考文特花园站不在其列。我从那本平装书中了解到，虽然地铁站本身没有被炸，但周边地区落了很多颗燃烧弹，整片区域陷入一片火海。这么说来，霍尔本站就算没被直接击中，落在附近的炸弹所导致的大量死伤也能解释我闻到的藏尸所的味道。而考文特花园站附近曾被烧过的史实也与那儿的怪风里没有硫黄味与震荡感完全吻合。

这样一切就都能解释得通了——查令十字街站的泥土与无烟火药味，景隆街站的烟味，大理石拱门站的血腥味。那些怪风是德军空袭时留下的，被伦敦的逆温层压制于地下，无路可逃，无处可去，年复一年地在迷宫般的地铁隧道、回廊与犄角旮旯之间不断循环、沉淀。一切都能解释得通了。

而且这个理论可证实。我复印了一份还没去过但被炸过的地铁站名单——黑衣修士站、纪念碑站、帕丁顿站、利物浦街站，等等。普雷德街站、班士岭站、特拉法加广场站、巴勒姆站都曾被炸弹直接击中过。如果我的理论正确，这些地铁站也必有怪风。

我开始在笔记本封面的地图上找这些地铁站。班士岭在皮卡迪利线的最北端，几乎快到传奇的柯克佛斯特站了；巴勒姆站则在北线最南端。普雷德街站和特拉法加广场站在地图上都找不着。是关掉了吗，还是换了名字？毕竟，德军空袭是五十年前的事了。

最近的是纪念碑站，乘坐中央线就能到，然后换乘环城线拐去利物浦街站，再从那儿去班士岭。纪念碑站在码头边，因此应该也弥漫着股烟味，并混杂着人们用来灭火的河水味，以及棉花、橡胶制品和香料烧焦的味道。大火将一整座仓库的辣椒燃烧殆尽，这种气味绝对不会弄错。

可我却什么都没闻到。我在中央线、北线和区域线的走道里来来回回走了好几趟，又在每个站台、每个楼梯的拐角处踟蹰了一个多小时，还是什么都没闻到。

怪风也不可能随时都有嘛，在乘中央线去利物浦街的路上，我这般寻思着。其他因素也会产生影响——时间、温度或天气。或许只在逆温层出现时才会刮起怪风？今早出门前，我该先看看天气的。

甭管那因素是什么吧，反正在利物浦街站，我又扑了个空。可到了尤斯顿站，我刚一下车，那怪风——交织着煤烟味、焦木味与恐惧气息的劲风——便迎面扑了过来。尽管已经知道了那是什么，我还是在冰冷的瓷砖墙上倚了一小会儿，直到心脏停止狂跳，口中干涩的恐惧渐渐退去。

列车从身边一趟趟驶过，再没有刮起一阵怪风。我走到维多利亚线的铁轨边上，驻足思考了片刻，又折回地表，询问售票员班士岭站的铁轨是否在地面上。

"我认为是这样的，先生。"售票员操着一口浓重的苏格兰口音说。

"巴勒姆站呢？"

他看上去有些担忧，"巴勒姆站在另一个方向上，而且与班士岭站也不在同一条线上。"

"我知道，"我说，"我问的是铁轨，在地下还是地面上？"

他摇摇头，"抱歉，先生，我不知道。您要是去巴勒姆站的话，请乘坐北线前往，注意要坐开往图廷贝克站和莫登站方向的列车，而不是开往象堡站方向的。"

我点点头。巴勒姆站比班士岭站更靠近郊区外缘，铁轨几乎肯定是在地面以上了，但我依然决定去试试运气。

巴勒姆站是所有地铁站中损失最惨重的。当时，炸弹正好落在站外，直击要害处，整座地铁站顿时坠入黑暗，水管、下水道、煤气总管全被炸开，污水涌入站内，淹没了一条条漆黑的走道，又从楼梯上冲下，灌入隧道里。三百多人当场溺亡。如此惨烈，就算巴勒姆位于地上，又怎会不留下一点儿痕迹？若真留下了痕迹，那污水、煤气、黑暗混杂的气息定是不会弄错的。

我没有按照售票员给的路线走，而是先绕道去了黑衣修士站。在贴着黄色瓷砖的各个站台上驻足了半小时无果后，我才动身去了巴勒姆站。

漫长的旅程中，车上空荡荡的，没几个人。列车驶出了伦敦桥站，车厢里除了我，就只剩下另外两个人了：一位正读着书的中年妇女和车厢远端一位在哭的少女。

那少女留着刺猬头，一只眉毛上打着眉钉，哭得无助而忘我，根本没想起去擦沾在脸上的睫毛膏，甚至没有扭头面朝窗外哭。

我在想是否应该过去询问一下出了什么事，又担心那读书女人会以为我是想要搭讪。就算我真的走了过去，少女也不一定会注意到我——她完全沉浸在悲伤之中，那种专注让我想起了凯瑟执意要买到瓷器的样子。莫非少女喜欢的瓷器也停产了？还是因为朋友背叛、爱人出轨或发觉自己容颜已老？

"行政区站到了。"自动播报声响起，她抽动了一下身子，像忽然清醒过来一般，拍了拍脸颊，背起小背包下了车。

中年妇女一直坐到巴勒姆站才下，整个过程中没抬过一次眼。列车进站时，我走到她身旁的车门前站住，瞅了一眼那本令她如此着迷的名著的封面。是《飘》。

可风并没有就此消逝，[1]我靠在巴勒姆站的墙上，一边听着一辆辆列车入站的声音，一边暗自等待着混杂了污水味、甲烷味与黑暗气息的怪风。空袭留下的怪风没有消失，它们如幽灵一般穿行在深邃幽暗的隧道与走道之间，提醒人们别忘了那个火光冲天、洪水滔滔、尸横遍野的年代。

如果那些事情确实是发生在这儿的话。巴勒姆站既没有脏水浸渍过的味道，也没有任何迹象表明这里曾经被水淹过。走道里的空气干燥、灰尘密布，甚至连发霉的迹象都没有。

就算有，霍尔本站的情况依旧无法解释。我在站台两侧又多等了三趟列车经过，依然无果后才登上了开往象堡站与帝国战争博物馆方向的列车。

---

①《飘》的书名英文原文为 *Gone with the Wind*，可直译为"随风而逝"。

"体验闪电战时的伦敦",海报上是这么写的,可展览中压根没提到哪些站点遭受了轰炸。我在礼品店又买了三本书,并把它们从头到尾都翻了个遍,也没找到关于霍尔本站或附近遭受轰炸的任何信息。

再说了,如果怪风是空袭时留下来的,我们上一次来伦敦时咋没碰到呢?那次,不管开会、看戏还是跟着"老伙计"四处闲逛,我们坐的可都是地铁啊。可我们一次也没闻到浓烟与硫黄的味道。

不同之处在哪里?天气?上次来的时候,几乎天天下雨。莫非是雨天影响了逆温层?还是自那以后的一些变化导致了怪风的出现?是因为地铁线路或站台间连接状况发生了变化的缘故吗?

我在细雨中走回象堡站。一位带着牧师领的男子与两名身穿白色圣袍的男孩从站里走出。这附近肯定有所教堂,我想到,醒悟过来这或许能解释霍尔本的情况。

空袭期间,很多教堂的地窖也被征用过。或许,甚至还充当过临时停尸房。

我查了查"停尸房",无果,又查了一下"尸体处理"。

果不其然。在最惨烈的空袭发生过后,人们曾用教堂、仓库甚至游泳池存放尸体。

游泳池不知道,但霍尔本站附近肯定有教堂。

要想确认,只有一种办法——回霍尔本站去看看。我看了眼地图。很好,有直达路线。我走上贝克卢线站台,登上向北开的列车。车厢里几乎与来时一样空旷,可当车门在滑铁卢站滑开时，一大群旅客涌了上来。

这还没到晚高峰吧？我扫了眼手表。老天！都六点十五了。按计划，七点整我要跟凯瑟在剧院碰头。这里离剧院还有几站地铁来着？

我掏出地图，一手抓住头顶的横杆，数了起来。堤坝站、查令十字街站、皮卡迪利广场站，各需五分钟；此外，从这拥挤的人群中挤出站去还得再花五分钟。我能赶上。大概能。

"贝克卢线自堤坝站以北路线的服务已停止，"列车进站时，播报声缓缓传来，"请换乘其他路线。"

噢不！偏偏在这时候！我连忙掏出地图，另寻路线。

我可以先坐北线到莱斯特广场站下，再换乘到皮卡迪利广场。哦不，从莱斯特广场直接跑过去还快点儿，也就几个街区的距离。

车门一开，我便冲下车厢，穿过走道，朝北线飞奔而去。六点五十五了，我离莱斯特广场还有两站路，从那儿去剧院还有四个街区。又有列车要进站了，我能从走道里听到轰鸣声。我在人群里横冲直撞，大吼大叫，"抱歉，抱歉，抱歉！"就这么冲上了拥挤的北向站台。

可这趟列车是往南开的。下一趟列车四分钟后到达，头顶的标识这般显示着。

真倒霉。列车缓缓启动，将车前的空气推开，在车尾形成一片真空。堤坝站曾被炸过。现在，我只需要一阵空袭时留下的气流。

说来也巧，那气流果真就悄然而至了，卷起我的头发，掀起我外套上的翻领，将一张没贴好的《演出船》海报刮得哗哗作响。堤坝站虽然位于河边，当年却也是火烧得最旺的地方，可那股气流中却既无波动也无热浪，阴冷异常，没有甲醛味与腐败的臭味，只夹杂着彻骨的寒意与令人窒息的干燥尘土。

这里本应比别处好些，可现实却更糟糕。我倚靠在站台后墙上才勉强站稳。直到上车之前，我都没睁开过眼睛。

那怪风到底是什么？堤坝站曾被炸过，由此证实怪风就是空袭造成的。即便如此，我还是无法回答这个问题。

人们在这里死去，我想。因为我闻到的就是死亡的气息。死亡、恐惧与绝望。

我跌跌撞撞地上了车。车上人很多，摩肩接踵，挤成一团。一想到任何风、任何气流都没法穿过人群吹到我面前，我才镇定下来，感觉重获生机。列车到达莱斯特广场站时，我已经恢复状态，一心只想着自己迟到了这件事。

七点十分。还有时间，我还能赶得上。幸好票在凯瑟手上。运气好的话，埃利奥特与莎拉应该也到了，这会儿他们应该在忙着互相打招呼。

或许"老伙计"也改变主意，决定来了呢？我想，或许昨天他就是身体不好，今晚又变成了以前那个"老伙计"了呢？

列车停了下来。我冲过走道，冲上扶梯，冲进沙夫茨伯里大道。外面下起了雨，可我已经没时间管这些了。

"汤姆！汤姆！"一个气喘吁吁的声音从我身后传来。

我转过身去。半个街区开外，莎拉正使劲地朝我挥着手。

"你没听到我叫你吗？"她气喘吁吁地追上我，"从你出地铁站的时候我就在喊你了。"

她的头发乱糟糟的, 围巾的一角几乎垂到了地上。显然, 她也是一路跑过来的。

"虽然咱们已经迟到了," 她抓住我的胳膊, "但你必须让我喘口气。你不是那种老了以后突然练起马拉松的讨厌鬼吧? "

"不是。"我挤出人流, 走到一间街边小店的门前。

"埃利奥特一直都在念叨着要买一台爬梯机。"她取下围巾, 不经意地绕在脖子上, "我就没有要瘦身的兴趣。"

凯瑟弄错了。就这么简单。她的"雷达"失效了, 完全误判了形势。

我一定是盯着她看了很久。莎拉举起一只手, 心怀戒备地挡住头发。"我看起来肯定糟透了, "她打开雨伞, "好吧, 咱们迟到多久了? "

"咱们还能赶上开场。"我抓起她的胳膊, 朝抒情剧院走去, "埃利奥特呢? "

"我们约好在剧院门口碰头。凯瑟买到那款瓷器了吗? "

"我不知道。从今天早上起, 我就没见过她。"

"噢, 快看, 她在那儿呢。"莎拉说着挥起了手。

凯瑟站在抒情剧院门前, 满脸的麻木与落寞, 她身边写着"今晚表演均已售罄"的公告板上挂满了水珠。

"你怎么站在这儿淋雨, 为什么不在里面等呢? "我将两人拉进剧院大厅。

"我们俩在出地铁站的时候碰上了, "莎拉扯下围巾, "更准确地说, 是我先看到了汤姆。我喊破了嗓子, 他才注意到我。埃利奥特还没到吗？"

"没。"凯瑟说。

"他跟埃弗斯先生吃完午饭就回来了。他们谈得不是很成功，所以待会儿就别提这件事了。埃弗斯太太简直把整间礼品店都买下来了。我们回来的时候没叫到出租车，显然，丘园那种地方出租车是不去的。搞到最后不得不坐地铁。我们走了好几个街区才到地铁站。"她抬手顺了顺头发，"我全身都快散架了。"

"你也是在堤坝站换乘的吗？"我回忆着去丘园的路线，问："贝克卢线站台？"莫非她也遭遇了怪风？

"不记得了，"莎拉不耐烦地说，"那是去丘园的路线吧？你才是地铁专家啊。"

"要我帮你们寄存外套吗？"我赶紧转移话题。

莎拉脱下外套，将围巾塞进一只袖子里，递给了我。凯瑟却摇了摇头，"我冷。"

"你应该在大厅里面等的。"我说。

"是吗？"她忽然提高了嗓门。我惊讶地看着她。是因为我迟到才生气的吗？有必要吗？明明还有十五分钟才开场，再说了，埃利奥特都还没到呢。

"怎么了？"我问。可莎拉已经抢过了话头，"你买到那款瓷器了吗？"

"没有，"凯瑟的声音里依然带着一丝愤怒，"到处都找遍了，就是没有。"

"塞尔弗里奇百货店呢？"莎拉问。我转过身去寄存她的大衣。等我回来时，埃利奥特已经站在那儿了。

"抱歉,我迟到了,"他转向我,"你怎么了——"

"除了凯瑟,"我说,"我们都迟到了。还好票在凯瑟手上。票你带了吧?"

凯瑟点点头,从包里掏出票,递给我,我们走进剧院。"右边过道往前走,座位在右边,"引导员说,"第三排。"

"不用走楼梯?"埃利奥特说,"不用爬梯子?"

"不用登山斧也不用钢锥,"我说,"连望远镜都不需要。"

"你不是在开玩笑吧?"埃利奥特说,"幸福来得太突然,我都有些手足无措了。"

我停下脚步,从引导员那儿买来了曲目单。待我们走到第三排时,凯瑟和莎拉已经入座。

"天哪,"我们在走廊上悄悄穿过人群时,埃利奥特扭头对我说,"我敢打赌,从这里真的能看清舞台。"

"你要坐在莎拉旁边吗?"我问。

"还是算了,"埃利奥特打趣道,"我可不想在偷瞄合唱团女成员时被她拿曲目单打。"

"这可不是你想象的那种剧。"我说。

"凯瑟,这出舞台剧是关于什么的?"埃利奥特问。

凯瑟越过莎拉倾过身子,"海莉·米尔斯有参演。"她说。

"海莉·米尔斯,"埃利奥特往后靠上椅背,双手别到脑袋后面,回忆起往昔,"我十岁的时候觉得她特性感来着,尤其是她在《欢乐今宵》里的那段舞蹈,性感极了。"

"你说的那是安·玛格丽特,傻瓜。"莎拉说着越过我拿曲目单拍了一下埃利奥特,"海莉·米尔斯是另外一部里面的,她演一个小女孩,总是能看到事情的积极面——那电影叫啥来着?"

我看了一眼凯瑟,很惊讶她竟没有加入讨论、给出答案——她才是我们中那个海莉·米尔斯的粉丝。此时,她无言地静坐着,在肩膀处紧了紧大衣,脸上冻得青一块白一块,憔悴不堪。

"海莉·米尔斯你应该认识的,"莎拉对埃利奥特说,"咱俩一起看的《锡卡的火焰树》就是她演的。"

埃利奥特点点头,"我一直很仰慕她的胸部来着。胸大的那个是她吧,还是安妮特?"

"这可不是你想象的那种剧。"莎拉说。

确实不是。台上所有演员都穿着高领戏服,海莉·米尔斯也不例外。只见她全身裹在厚重的外套里,悠然飘上舞台,"我迟到了,亲爱的,真抱歉。"说着,她脱掉外套露出高领毛衣,走到台上的篝火前站定,"外头可真冷,气氛也诡异得紧。"

演她丈夫的那位演员说,"那远境之杀气,直抵我心。[①]"埃利奥特俯过身子低声说,"老天,还是出文学剧。"

他的声音盖住了下一句台词,可我们能猜出丈夫肯定问了海莉迟到的原因,因为她的回答是:"我助手割破了手,我带她去了医院,花了好长时间才给她包扎好。"

医院。这我倒是没有想到。空袭期间,停尸房里肯定停得满满当当。可医院呢?霍尔本站旁有医院吗?幕间休息的时候,我得问问埃利奥特。

---

① 英国诗人阿尔弗雷德·爱德华·豪斯曼(Alfred Edward Housman,1859—1936)的诗句。

骤然响起的掌声将我从沉思中拉回。

舞台已然暗了下来, 第一幕就这样结束了。等到灯光再次亮起时, 我试图将注意力集中到剧情上, 以便待会儿幕间休息的时候不至于没法儿参与讨论。

"起风了。"海莉·米尔斯望向一扇想象中的窗户外面。

"暴风雨要来了。"另一位并非她丈夫的男人说。

"这正是我畏惧的。"她将双手折到胳膊上摩挲取暖, "噢, 德雷克, 他要是发现了咱俩的事儿可怎么办?"

我扭过头去, 越过莎拉看向凯瑟, 却看不清她的脸。显然, 她不知道这戏的内容, 否则说什么也不会选这部戏的。

可海莉的言行举止与莎拉截然不同。她一支接一支地抽烟, 来回踱步, 每当丈夫走进房间时就赶紧挂断电话。内疚得如此明显, 任何人——至少她的丈夫——都应该能看得出来。

埃利奥特一眼就看出来了。"这丈夫怕不是彻头彻尾的蠢蛋。"幕间休息的幕布刚一落下, 他就表达了这样的意见, "连那条狗都能猜出来她出轨了。舞台剧里面演的咋就不能和现实生活一样呢?"

"或许是因为现实生活中的人没有海莉·米尔斯那么美吧。"凯瑟说, "她真是太光彩照人了, 不是吗, 莎拉? 她一点儿都没老。"

"你是在开玩笑吧?"埃利奥特说, "好吧, 我知道确实有人会拿伴侣出轨这事儿开玩笑, 但——"

"我得去趟洗手间,"凯瑟说, "排队的人肯定很多。莎拉, 跟我一块儿, 我给你说说我那瓷器的故事。"她们从我们身侧挤了出去。

"帮我们点杯白葡萄酒!"莎拉走到过道上时,回头喊道。我跟埃利奥特花了十分钟才挤到吧台前,又过了五分钟酒才上来,可莎拉和凯瑟还没回来。

"你今天一整天都去哪儿了?"埃利奥特呷着莎拉的葡萄酒问我,"午饭的时候,我还找你来着。"

"我在调查个东西,"我说,"霍尔本站在布卢姆斯伯里区,对吧?"

"应该是吧,"他说,"我很少坐地铁。"

"地铁站附近有医院吗?"

"医院?"他语带困惑,"不知道,应该没有。"

"那教堂呢?"

"不知道。你问这些干吗?"

"你听说过逆温层吗?"我说,"就是当空气被——"

"女厕所他们真应该管管了,"莎拉捧起酒杯,呷了一口,"我还以为咱们到第三幕结束都得在里面待着呢。"

"在里面待着也不错,"埃利奥特说,"我不是想学'老伙计'说话,可如果这真说明了什么的话,那就是现在的舞台剧烂透了!真指望观众能相信海莉·米尔斯的丈夫眼睁到连他老婆跟那谁出轨都看不出来?另外那男的,叫什么名字来着?"

"《波莉安娜》,"凯瑟说,"前两幕的时间里我都在想这部电影的名字——那个关于所有事情都能看到积极面的女孩儿的电影。"

"莎拉,"我说,"霍尔本站附近有医院吗?"

"大奥蒙德街儿童医院。詹姆斯·巴里①将身家全数赠予的就是这家医院,"她说,"干吗问这个?"

大奥蒙德街医院。就是它了。他们拿它作为临时的太平间,所以空气才——

"这也太明显了吧,"埃利奥特还在说出轨的事儿,"海莉·米尔斯的角色找的那些借口简直——"

"她看上去很美, 对吧?"凯瑟说,"你觉得她有多大?她看上去真年轻哪!"

幕间休息结束的铃声响了。

"走吧,"凯瑟放下酒杯,"我可不想再从人群里爬过去。"

莎拉一口喝尽杯中酒, 我们穿过走廊往回走, 可还是晚了, 坐在外端的观众不得不站起来让我们通过。

"难道你不认为,"埃利奥特边坐下边说,"任何正常人都——"

"嘘,"凯瑟越过我和莎拉, 俯过身子叫他闭嘴,"灯要熄啦。"

灯确实熄了, 我感到一阵怪异的轻松, 好像我们刚刚避免了某件可怕的事情发生。幕布缓缓升起。

"我还是想说,"埃利奥特悄声说,"在有这么多明显线索的情况下, 没人会看不出自己老婆出轨了。"

"怎么就看得出了?"莎拉说,"你就没看出来。"海莉·米尔斯登台了。

我身边的埃利奥特和黑暗中的其他观众一样鼓起了掌。我

---

① 詹姆斯·巴里(James Barrie, 1860—1937), 英国剧作家和小说家, 他一生为孩子们写了许多童话故事和童话剧,《彼得·潘》是他的代表作。

想，这事一会儿便会过去，就像啥也没发生过。埃利奥特会以为自己压根儿就没听到那句话，就像地铁站的怪风，转瞬即逝，你都不知道是真是假；而他会以为是假的，他会越过我俯过身去问，"你说什么？你不是真的出轨了吧？"而莎拉则会悄声说，"当然没有啦，你个傻瓜。我的意思是说你从来什么也注意不到。"然后一切都会归于平静，不会有人爆发，不会——

"是谁？"埃利奥特开了腔。

他的声音在海莉·米尔斯和她丈夫的台词间隙里回响，前排一个男的回过头来瞪了他一眼。

"是谁？"埃利奥特提高了嗓门，"你跟谁出轨了？"

凯瑟哽咽着说："别——"

"对，你说得对，"埃利奥特站了起来，"跟是谁又有什么关系呢？"然后从人群中挤了出去。

莎拉呆坐了漫长的一分钟，随后起身追了出去，经过我面前时差点儿被我的脚给绊倒。

我扭头看了一眼凯瑟，不知道自己是否也应该追上去，莎拉的外套和围巾的寄存票还在我口袋里。凯瑟一动不动，只盯着舞台，大衣紧紧地裹着她全身。

"不能再这样卜去了，"此时的海莉·米尔斯虽老态毕露，但依然鼓着勇气说着台词，"我要离婚。"凯瑟站起身来，从我身边挤出去，我立马笨拙地跟在她身后，一边对过道上的人一遍遍重复着，"抱歉，抱歉。"

"结束了，"舞台上的海莉·米尔斯说，"你难道不明白吗？"

我赶上凯瑟的时候,她已经走到大厅中央了。

"等一下,"我说着就要去抓她的胳膊,"凯瑟。"

她面色惨白呆滞,心不在焉地推开玻璃门,走到马路上,就这么站着,一脸茫然。

"我去叫出租车。"我说着。心想至少这时候不需要跟散场后的人群抢出租车了。

但我错了。人流正从阿波罗剧院和稍远一些的演《西贡小姐》的那个剧场里蜂拥而出。路牙上、街角处站满了乌泱泱的人,咆哮着、吹着口哨叫出租车。

"在这儿等着。"我将凯瑟推回到抒情剧院门前的遮檐下,一头钻进了人群里,一只胳膊朝外伸着。一辆出租车朝路牙驶过来,可它只是在避让路上的人群,他们头上遮着报纸,弯腰快速穿过马路。

出租车司机伸出胳膊,指向车顶上的"有客"指示灯。

我走下路牙,在一片混乱中搜寻指示灯灭着的出租车。一辆摩托从身边疾驰而过,我又跳上了路牙。

凯瑟猛地拽了一下我的外套。"没用的,"她说,"《歌剧魅影》刚刚散场,打不到车的。"

"我去那边的酒店,"我抬手指向前方,"找一个门童帮我们叫辆出租。你在这儿等着。"

"不用了,没事的,"她说,"咱们可以坐地铁。皮卡迪利广场站就在附近,不是吗?"

"就在那儿。"我指向地铁站的方向。

她点点头,将手提包徒劳地顶在头上挡雨。我俩三步并两步地走上人行道,穿过人群,下到皮卡迪利广场地铁站。

"至少这下面没雨。"我摸索着零钱给她买票。

她又点点头,将大衣下摆上的雨水抖落干净。

购票机前人满为患,旋转栅门前更是挤得水泄不通。我把票递给她,她小心翼翼地将其塞进卡槽里,票还没被机器吸进去,她就赶紧将手缩了回来。

通向下一层的自动扶梯没有一个能用的。人们笨拙地、步履沉重地走下楼梯。两个皮肤糟糕的光头朋克从身边推搡着经过,满嘴污言秽语。

底层的地铁路线图下躺着一摊脏兮兮的水洼。"咱们要乘坐皮卡迪利线。"说着我抓起她的手,牵着她走下隧道,走到人头攒动的站台上。

头顶上的液晶屏显示"下趟列车两分钟后进站"。一趟列车轰鸣着驶入了站台的另一侧,人们纷纷朝我们身后的站台涌去,将我们挤向前方。凯瑟僵住了,低头盯着"请注意脚下缝隙"几个字。我心想,得,就差蹿出只老鼠或一名持刀行凶的罪犯了。

又一趟列车入了站,我们拥了上去,沙丁鱼般挤在人群里。"过几站人就少了。"我说。她点点头,满脸的错愕与恐慌。

就像埃利奥特,漫无目的地盯着舞台,语调平缓地问"你跟谁出轨了",旋即起身在脚与膝盖间跟跄着穿过排座,像是被那股硫黄味的劲风刮到。前一秒大家还啜着红酒,讨论着海莉·米尔斯,一团和气;下一秒世界就如同被炸弹撕裂般变得满目疮痍。

"格林公园站到了。"播报声响起,车门打开,更多人拥了上来。"你最好当心点儿！"一位头发乱糟糟的女士站到凯瑟面前，边摇手指边说，那指尖染成了蓝黑色，"当心点！我是认真的！"

"够了。"我将凯瑟护到身后，"下一站我们就下车了。"然后伸手从她背后轻轻推着她，穿过人群，朝车门而去。

"海德公园角站到了。"播报声再次响起。

我们下了车，车门嗖地关上，列车出站而去。

"咱们去地面叫辆出租。"我紧张地说，"你说得没错，地铁确实烂透了。"

烂透了，统统都烂透了，我边悲愤地想着边径自沿着空荡荡的隧道朝前走去，凯瑟跟在我身后。莎拉、埃利奥特、伦敦、海莉·米尔斯，全都烂透了。"老伙计"、摄政街，还有我们，烂到根上了。

那怪风迎面而至。不是来自我们刚刚走下的列车，还是自前方——隧道前方的某个地方。这股怪风比之前几次来得都更猛烈些。我往后一个趔趄，撞在墙上，旋即又弯下腰去，像是肚子上被人打了一拳。灾难、死亡、毁灭。

我直起身，紧紧捂住肚子，一时喘不过气来。隧道的另一侧，凯瑟也背靠着墙，双手扶住铺着瓷砖的墙面，脸上一阵青一阵白。

"你也感觉到了。"我如释重负般地说。

"是的。"

她当然感觉到了。她可是凯瑟啊，那个能感应到别人都注意不到的细节的凯瑟；那个一开始就知道莎拉出轨了、"老伙计"真变成了个老伙计的凯瑟。头一回遭遇怪风时，我就该告诉她，带她来这儿的地铁站,让她跟我一起站在隧道里感受一下的。

"可其他人都感觉不到,"我说,"我还以为我疯了。"

"不。"她的声音和她蜷着身子靠在绿色瓷砖墙上的样子告诉了我一件事,这件事本是再明显不过的。

"咱们头一回来的时候,你就被怪风袭击过了。"我惊愕地说,"可你当时为什么一句话都没说呢?"

"那时我们没那么多钱坐出租车,"她说,"而且,当时你似乎也没注意到怪风的存在。"

我那时确实什么都没注意到,我暗忖,没注意到凯瑟明显抗拒来地铁站,也没注意到列车进站时她后退的样子。她那是在防备着下一阵怪风呢,我蓦地想起她紧张兮兮地往铁轨隧道里观望的样子,她是在等着下一道怪风刮来。

"你当时就应该告诉我的,"我说,"如果你告诉我了,我就能帮你解开怪风之谜,你也就不会再被它们吓到了。"

她抬起头。"怪风之谜?"她茫然地重复着。

"对啊。我已经搞清楚怪风的成因了,是逆温层。因为逆温层的存在,空气常年困于地下,无路可走,成了类似矿井里的气袋一样的存在,就这么年复一年,一直存在于地下。"我很高兴自己能告诉她这些。

"在德军空袭伦敦期间,人们曾使用地铁站作为应急避难所。"我迫不及待地说了下去,"巴勒姆站就曾遭轰炸,查令十字街站也没能逃脱类似的命运,所以你才会闻到硝烟与火药的气味。因为高爆炸弹的袭击和四下飞溅的瓷砖碎片,大理石拱门站死伤无数。这就是怪风之谜背后的真相——我们所感受到的是穿越了历史幽暗隧道的风,来自这些轰炸。至于咱们现在感受到的这阵风,我虽不知道确切成因,但大约就是隧道坍塌或V-2导弹爆炸导致的——"我停了下来。

她脸上的表情跟坐在酒店房间里的窄床上、准备告诉我莎拉出轨了时一模一样。

我盯着她。

"你已经知道怪风的成因了。"终于,我开了口。她当时就知道了。她可是凯瑟啊,无所不知的凯瑟,有二十多年的时间去思考这件事的凯瑟。

我问:"你觉得成因是什么呢,凯瑟?"

"别——"说着,她望向走道尽头,像是希望有人突然冲出,或赶地铁的人群骤然涌出,将她与我隔开来,这样她就不用回答了,可那隧道只兀自空荡着,空气静滞,没有丝毫流动。

"凯瑟。"

她深吸了口气,说:"它们预示着即将发生的一切。"

"即将发生的一切?"我愚蠢地重复了一遍。

"即将发生在我俩身上的一切,"她的语气倏地苦涩起来,"离婚、死亡、衰败。一切的终结。"

"不可能的。"我说,"大理石拱门站可是被炮弹直接击中的啊,查令十字街站也——"

可这是凯瑟啊,从不犯错的凯瑟。再者,如果那气味并非硝烟与灰尘,而是恐惧与绝望呢?

如果那福尔马林味并非临时停尸房里发出的死尸味,而是永恒的停尸房呢,是死亡本身呢?一个等待着埋葬我们所有人的大理石拱廊？难怪那味道让凯瑟想起了墓地。

假如那些轰炸，那些飞散着撕碎青春、婚姻与幸福的弹片并非来自V-2导弹，而是来自死亡、毁灭与衰落呢？

所有怪风都带着一股死亡气息，而伦敦闪电战绝非带来死亡的唯一事件。瞧瞧哈里·斯里尼瓦桑，还有卖可口的鱼和炸土豆条的那家店。

"可但凡出现过怪风的地铁站都遭到过空袭。"我说，"查令十字街站那儿还有股河水掺杂着泥土的气味。由此可推断，原因一定就是伦敦闪电战。"

凯瑟摇了摇头，"我在乘坐旧金山湾区捷运系统时也遇到过类似的怪风。"

"可那是在圣弗朗西斯科啊，其成因可能是地震或大火。"

"我还在华盛顿特区的地铁里遇到过；还有一次，是在老家，就在中心大街上。"她盯着地面说，"关于逆温层，我觉得你说得没错，它让空气困于地下，经年累月，变得愈发强大，愈发——"

她停了一下，我以为她要说"致命"。

"愈发容易注意到。"

可我就没有注意到，事实上，除了凯瑟就没有其他人注意到。没有东西能逃过凯瑟的眼睛。

以及老年人的眼睛。我倏地想起南肯辛顿站那位白发老太太，她青筋暴起的手紧抓着衣领，以及那位在霍尔本站的站台上弓背前行的黑人老头。老年人时时刻刻都能遇到怪风，他们永远都逆风而行，永远都直不起腰来。

要不干脆就不再坐地铁了。我想起"老伙计"说他"痛恨地铁"。曾几何时，是"老伙计"带领着我们在历经一番探险之后，从贝克街站上车，在塔丘站下车，没心没肺地游遍了整个伦敦。又是上扶梯，又是下楼梯，一路上，他都扭过头来讲述着一个个故事、一桩桩见闻。"可怕的地方。"昨天他却打着哆嗦这么描绘地铁，"又脏又臭，而且刮着大风。"

他也感觉到了怪风，休斯太太也一样。"我再也不下地铁了。"吃饭的时候她曾说过。不是"再也不坐地铁了"，而是"我再也不下地铁了"。原因恐怕远非下地铁须走的那些路、那些台阶，还有怪风，散发着绝望、失落与悲伤气息的怪风。

所以说，凯瑟的解读肯定没错，这些怪风肯定就是死亡之风了，除此以外，还有什么风会如此无情地、顽固地只往老年人身上刮呢？

既然如此，那我又为什么会感觉到它们呢？或许这场大会本身就是某种逆温层吧，它让我与老朋友相会在老地方，癌、盖璞外套、"老伙计"，抱怨着新式戏剧和辛辣菜肴，让我过早地与死亡、暮年和变化打了个照面。

还有一种时不我待的感受，让你不自觉地冲下扶梯、跑过走廊，疯狂地要在其出站前赶上列车；一种惊慌失措，害怕这会是最后一趟，害怕听到那句"车门即将关闭"。

我想起了莎拉，想起她从莱斯特广场站跑上来的样子，头发被风吹得乱蓬蓬的，双颊红得有些不自然，想起她在剧院里差点儿被我绊倒，不顾一切地追出去。

"莎拉也感觉到了。"我说。

"是吗？"凯瑟的声音低平无力。

我靠在她对面的墙上，看着她，一面等待着下一阵风的袭来。

有意思的是，这条走廊、这个地铁站都在空袭中被用作避难所，而面对那样的空袭，无论身处怎样的避难所其实都无济于事。

而在伦敦的地铁系统里，无论你乘坐哪一条路线，最终都会到达同一个站。大理石拱门站。线路的终点。

"咱们现在怎么办？"我问。

她没有回答，只盯着我俩面前的地板，像是上面写着"请注意脚下缝隙"的标识。请注意脚下缝隙。

"我不知道。"她最终吐出了这么一句。

不然呢？我还能指望她说什么？只要我们拥有彼此，一切就没那么糟糕？还是爱终将战胜一切？

爱不能战胜一切，不是吗？在离婚、毁灭和死亡面前，爱的力量微不足道，看看老米尔福德·休斯，还有丹尼尔·德莱克的女儿就知道了。

"我找遍了切尔西区的瓷器店都没找到我想要的款式。"她一脸阴郁地说。"我从未想过会停产。这么些年，我一直以为再回来还能买到，"她的声音变得哽咽了，"那种纹路可美了。"

那时的"老伙计"还如此有趣，如此精力充沛；酒吧里也总是人满为患；莎拉和埃利奥特还婚姻美满。

可就连美满的婚姻也没能拯救他们。从离婚、毁灭、衰败下拯救他们。

面对其中任意一项，谁又能有什么办法呢？扣好你的外

套？活着就好？<sup>①</sup>

但活着本身也是问题。意识到"车门正在关闭"，一切终将毁灭后，怎么才能挨过一天又一天的日子；意识到你所爱过、喜欢过、甚至曾认为很美的东西终将被拆解、焚毁、吹散。"随风而逝"，我想起了地铁上看书的妇人。

"什么？"凯瑟的声音依然充满绝望与麻木。

"那本小说，"我悲伤地说，"《飘》。今天去巴勒姆站的地铁上有位女士在读这本书。我当时正在追寻怪风的踪迹，想搞明白哪些站台有怪风，然后弄清楚这些站台是否在空袭中遭受过轰炸。"

"你去了巴勒姆站？"她诘问道，"今天？"

"不止巴勒姆，我还去了黑衣修士站、堤坝站、象堡站。我先在交通博物馆确定了被轰炸地铁站的名单，然后去的纪念碑站和巴勒姆站，想确认一下这两处到底有无怪风。"我摇摇头，"整整一天，我都在试图找出——你怎么了？"

凯瑟用手捂住了嘴，像是痛苦不堪的样子。

"你怎么了？"

她说，"你走之后，莎拉就取消了今天的约定。我们本来约好中午一起吃午餐的。"她看向我，"没人知道你去了哪儿。"

"我不想让人知道我在追着别人都注意不到的怪风满伦敦瞎跑。"我说。

"埃利奥特跟我说昨天你也不知去向。"她说。我依然没弄

---

① 这里是一个双关语：stay above ground，有"活下去"的意思，但字面意思为"待在地面上"。

明白她什么意思。"他说他跟'老伙计'邀你一起吃午餐,你却溜掉了。"

"我回霍尔本站了,试图弄清楚到底是什么引发了那里的怪风,之后还去了大理石拱门站。"

"莎拉跟我说她和埃利奥特要带埃弗斯和他太太去观光,说他们想去丘园逛逛。"

"埃利奥特?你不是说他去参加大会了吗?"

"他是去参加大会了。据他说,莎拉去见医生了,跟医生的预约她之前忘记了。"她说,"没人知道你去哪儿了。而后来在剧院前,你和莎拉——"

气喘吁吁地同时出现,不仅迟到了,莎拉的脸还红得异常。就在前一天,关于午餐和下午的会议,我还对凯瑟撒了谎——一眼便能看穿谎言、心思永远细密的凯瑟。

"你以为我是莎拉的出轨对象。"我说。

她漠然地点点头。

"你以为我在跟莎拉搞外遇?"我说,"怎么可能?我一直爱着你啊。"

"莎拉也一直爱着埃利奥特呢。人就是会背叛伴侣,离开彼此。世界也终将……"

"……分崩离析。"我喃喃道。

而这里的空气正体现着这一切,困于地下,经年累月,提炼出死亡、毁灭与衰败的精髓。

不,凯瑟弄错了。一定是因为空袭。然而还有去巴勒姆站的地铁上哭泣的女孩,以及那对争吵的美国夫妇。

疏离、灾难与绝望。不知道当下的这出闹剧是否也会被记录下来——凯瑟的恐惧以及我俩婚姻的不幸——然后随风吹过隧道、铁轨与走廊，吹到某位不明真相的可怜游客的脸上，无论是在下周，还是在五十年后。

我看着凯瑟，依旧靠在她对面的墙上，却觉得我俩间的距离出奇地远。

"我没有跟莎拉出轨。"我说。凯瑟虚弱地靠在瓷砖墙上，开始啜泣。

"我爱你。"说着，我一步跨了上去，紧紧地抱住她。有那么一会儿，一切似乎都好起来了，我俩拥抱在一起，内心感到前所未有的安全。爱战胜了一切。

可待到下一阵风袭来——X光的结果，午夜打来的电话，低头看着双手、不愿意告诉你坏消息的外科医生——一切又会回归原貌，我们又会回到幽暗的地铁里，回到那走廊里。

"来。"我抓着她的手臂。虽不能让怪风消失，但我至少还能带她走出这地铁，远离这逆温层，无论是几年、几个月或者几分钟的时间。

我推着她朝走廊外走去。"去哪儿？"她问。

"上去，"我说，"出去。"

"咱们离酒店还有好几里路呢。"

"咱们坐出租车回去。"我领着她爬上楼梯，穿过曲面站台，边走边留心听是否有列车入站的轰隆声传来，或是一个细微的声音在播报着："请注意脚下缝隙"。

"咱们以后都只坐出租车。"我宣布。

又一条走廊，又一段楼梯，我们往前走着，尽量放缓脚步，像是怕稍微走快了，又会引来一阵劲风。穿过通往扶梯的拱廊。就快到了。再过一分钟，我们就能乘着扶梯远离这逆温层，远离怪风，暂时安全。

对面的环线地铁隧道里忽然蹿出来一大群人，堵在扶梯口，叽叽喳喳说着法语。看样子是在度假的青少年，肩上都背着巨大的旅行包，几个人一起抬着一个比扶梯宽很多的露营用品袋。令人恼火的是，他们在扶梯口停了下来，掏出地图比画着。

我说了句"抱歉"，然后又用法语说了一遍。他们抬起头来，可并没有为我们让路，而是直接朝扶梯上走去。他们将露营用品袋直接搭在橡胶手扶带上，挡住了上扶梯的去路。

我能听到身后的皮卡迪利线隧道里传来列车入站的微弱声音。等到那群法国孩子终于将露营用品袋摆放好，我赶紧将凯瑟推上扶梯，然后自己站上她下面的一级扶梯。

快点儿，再快点儿。一幅幅海报从我们身边向下掠过：《长日留痕》《白头偕老》《佩西·克莱恩》，还有《推销员之死》。在我们脚下，列车入站的声音越来越响。

"不如咱们先不回酒店？怎么样？咱们现在的位置离大理石拱门不远。"我提高嗓门，试图盖住列车的声音，"要不咱们给皇家赫尔尼亚酒店打个电话，问问他们那还有没有空的床位？"

快点儿，再快点儿。《李尔王》《捕鼠器》。

"要是那家酒店已经不在那儿了呢？"凯瑟望着脚下说。我们已经上了三层楼，列车的轰鸣只剩下低沉的钝响，被学生们的嬉笑和我们头顶上车站大厅的沉闷轰鸣声淹没了。

"肯定还在。"我信心十足地说。

快点儿,再快点儿。

"应该还是跟咱上次来的时候一样,"我说,"楼梯又陡又直,房间里闻起来有股霉味加烂掉的卷心菜味,好闻又健康。"

"噢,不。"凯瑟指向旁边的下行扶梯。那里突然挤满了穿着晚礼服,正将雨水从皮大衣和剧场节目单上抖落的人群。"《猫》刚刚散场了,咱们肯定搭不上出租车了。"

"那咱们走回去。"我说。

"下着雨呢。"凯瑟说道。

淋雨总比被怪风刮着要好。快点儿,再快点儿。

我们即将到达扶梯顶端,那帮法国学生已经纷纷背起了旅行包。我们会走到一座电话亭里,躲在里面叫出租车。然后呢?埋头缩颈,远离大风,变成"老伙计"那个样子?

这样是不行的,我愤愤地暗忖,风随处可见。可我必须保护凯瑟,因为这二十年来我实在是没有保护好她,从今天起,我必须不让那些致命的怪风再伤害到她。

离扶梯顶端还差三层阶梯的时候,那帮法国学生开始拖拽卡在梯子里的袋子,一边高声喊着,"走,走,快点儿!"[1]

我扭过头往身后看,竖起耳朵试图捕捉被他们的叫喊声覆盖的列车进站的声音,却看到一位刚踏上下行扶梯的老太太花白的头发被风吹起。她佝偻着身子,缩头缩脑的,好像那风是从头顶上刮下来似的。从头顶刮下来,将那群未曾察觉的法国学

---

[1] 此处原文为法语。

生吹得头发四散、衣袂乱飞。

"凯瑟!"我喊了一句,随后一手抓着她的胳膊,一手紧紧握住扶梯的橡胶手扶带,像是要停下那扶梯,不让它无情地将我们往上送去,送进风中。

我的动作让凯瑟失去了平衡,跌下我那一级阶梯。我让她面向我,将她拥入我的怀抱,紧紧抱住她,可还是太晚了。

"我爱你。"凯瑟说,像是这是她最后的机会。

"别——"我刚开口,那风就已经悄然而至,无可阻挡,无从抵抗,迎面与我们撞了个满怀,令凯瑟的头发飞起又散落在面颊上。风力如此之大,差点儿将我俩从扶梯上吹倒。迎面而来的气味令我在惊讶中屏住了呼吸。

那位老太太依然站在扶梯口处,双目紧闭,头微微后仰。她身后的人越挤越多,人们开始不耐烦地喊了起来,"抱歉!""请让一让!"她像是没听到似的,头微微后仰,深深地吸了口气。

"噢!"凯瑟也将头往后仰去。

我深吸一口气。是丁香、雨水与期待的味道;是年复一年读着《四十美元一天游遍英格兰》的游客与牵着手的新婚夫妇的味道;是埃利奥特和莎拉、凯瑟和我在欢声笑语中跟在"老伙计"身后跳下车厢,穿过令人心动的走道,往区域线和伦敦塔奔去的味道;是春天、警报解除和所有即将到来之事的味道。

与绝望、恐惧和悲伤一起困在蜿蜒曲折的隧道中,困在走道、阶梯与站台的迷宫里,无处可去,在逆温层中积聚、发酵、增强。

我们上到了扶梯顶端。"能让一让吗?"一位男士的声音从背后传来。

"咱们会找到你想要的那款瓷器的,凯瑟。"我说,"波托贝洛路上有个旧货市场,太阳底下的东西都能在那儿找到。"

"地铁能到那儿吗?"

"对不起,"那位男士说,"抱歉。"

"拉德布鲁克格罗夫站,由汉默史密斯线转城市线。"说着,我弯下腰去吻她。

"你们挡住道了,"男士说,"这里有人要过去。"

"我们这是在改善氛围。"说完,我又吻了她。

我们就这么站了一会儿,尽情地呼吸着那味道——树叶、丁香与爱融为一体的气味。

然后我们手牵手,转身乘坐下行扶梯到东向站台,再坐地铁朝大理石拱门站而去。

后记:

在伦敦,我最喜欢的地方当然是圣保罗大教堂,第二喜欢的却不是单个地方,而是整个硕大无朋的伦敦地铁系统。那里有铺着木质窄条梯级的自动扶梯,一直延伸到地球深处,有瓷砖铺地的站台,而且在每条杆子、每根柱子、每面墙上都贴着伦敦地铁图,那是史上绘制得最为精美的路线图。

正如伦敦地铁并非一个地方,伦敦地铁图也称不上一幅地图。它更像是一幅电路图(或是邓布利多膝盖上的一块疤痕),

而它的设计者——信不信由你——竟是一位地铁系统的员工，名叫哈里·贝克，他利用业余时间完成了地铁图的设计。这幅图实乃天才之作，不仅简单易读，而且十分美观，蓝色、紫色、绿色的线条可爱至极。这幅地铁图应该挂在泰特美术馆供人欣赏，而伦敦地铁也应该成为"英国国家名胜古迹信托组织"的保护对象。查令十字街站坐落于当年查尔斯·狄更斯幼年工作过的涂料厂；佩屈拉·克拉克的星途始于伦敦空袭期间在地铁站里的演唱；劳伦斯·奥利维尔、亚历克·吉尼斯和伊迪丝·埃文丝爵士这样的演员都曾在炮弹飞落的莱斯特广场站即兴表演过；大英博物馆有好几百件宝物曾珍藏在法院巷站关闭了的隧道里。曾有两名男士被委以重任，守护这些宝物。他们吃住都在那里，到了晚上，就睡在什么法老啦、恺撒啦、古希腊先人们的骨灰盒中间。

第一次去伦敦时，我便爱上了那儿的地铁，自那之后我的爱更是有增无减。很高兴借着写作《灯火管制》《警报解除》和《地铁站怪风》的机会，我能长时间地泡在伦敦地铁中收集素材。每次在电影或者电视剧《神秘博士》、新版《夏洛特》中看到伦敦地铁，我都高兴不已。电视剧《远古入侵》里有一集（被石炭纪巨虫攻击的那集）就曾出现过奥尔德威治站底下废弃的老隧道，里面摆放了空袭时期的架子床。很多优秀的电影作品里也都出现过伦敦地铁，例如《汉诺瓦街》《真爱至上》和《跳出我天地》。

我的最爱是《双面情人》，在这部电影里，赶上（或错过）某趟列车会影响整个宇宙。

本来就该如此嘛。毕竟，这可是伦敦地铁啊。

All Seated on the Ground

— 席地而坐 —

我一直以为，哪天外星人真登陆地球了，那情形定会令人失望。我的意思是，在经历了《世界大战》《第三类接触》《E.T.》之后，公众脑海中的期待不可能再被超越，不管那个期待是好是坏。

　　我还说过，他们不可能看上去与电影里的外星人一样，而且他们来到地球，不会是为了：（1）屠杀我们；（2）接管地球，奴役我们；（3）从我们手中解救地球，就像《地球停转之日》里描绘的那样；或是（4）与地球女人共度春宵。我知道，要找个称心如意的伴侣是件难事，但也不至于难到要跨越好几千个光年吧。再说了，比起女人，外星人被非洲疣猪、丝兰或空调零部件吸引的可能性其实更高。

　　我一直认为（1）和（2）尤其不可能。因为任何带有侵略性的帝国主义文明不是忙着入侵附近文明，就是忙着抵御别的文明的入侵，根本没时间来管地球这种鸟不拉屎的地方。不过这种事情也说不准，伊拉克就是个典型。至于（3）嘛，我对那些自称要拯救人类的外星人或人都将信将疑,思雷舍神父就是一例。在我看来,可以跨越数千光年的外星文明必定足够复杂,其行事动机也必定比焚毁华盛顿或呼叫母星要复杂得多。

我怎么也不曾想到,外星人到达地球后,我们单方面沟通了九个月,依然弄不清楚他们的动机。

我说的可不是那种悄声降落于西南部某个小地方的UFO——弄伤几头牛,在麦田里留下几个怪圈,再绑架一个脑子不好使、看起来也极度不靠谱的家伙,随即悄然而去。我从不相信外星人会做这些,事实是,他们确实没有,尽管他们的确降落在了西南部。嗯,算是吧。

他们把飞船停在丹佛大学的校园中央,径直大步走到——其实,"大步"这个词不太准确,牵牛星人的移动方式介于滑行与摇摆前行之间——学校大厅的正门前,活脱脱一副典型的"带我去见你们领导人"的模样。

然后就没了。他们(共有六个)没说"带我去见你们领导!"或"这是我们这几个外星人的一小步,却是所有外星人的一大步",甚至连一句"地球佬,交出你们的女人/星球"都没有。他们就这么站着。

就这么站着。警车围绕着他们,车灯闪烁。电视新闻报道组和记者们长枪短炮地对着他们。F-16战斗机从头顶呼啸而过,对着他们的飞船拍照,试图弄明白飞船:(1)是否有力场保护;(2)是否装配武器;(3)能否被炸掉(确实没炸掉)。半座城市的人都惊慌失措,跑到山里避难,在I-70道路上造成了大面积堵车。另外一半人开车来到丹佛大学校园,想弄清楚到底发生了什么，于是埃文斯山上也发生了大面积堵车。

外星人此时已经被冠上了"牵牛星人"的名号，因为丹佛大学一位天文学教授声称他们来自天鹰座的牵牛星（后来证实不是）。这些外星人对这一切都无动于衷。显然，这让丹佛大学校长确信他们不会像《独立日》里那样将学校炸掉，于是他从办公室里出来，欢迎他们造访地球，造访丹佛大学。

他们依旧站着不动。市长来了，欢迎他们来到地球，来到丹佛。州长来了，欢迎他们来到地球，来到科罗拉多，并向所有人保证科罗拉多完全安全，还说牵牛星人不过是来看巍峨的落基山脉的众多游客中的一员。那听起来不太可信，因为他们是朝着另一个方向站着的。州长从他们身边走过，指向派克峰，他们也纹丝不动，依旧直挺挺地站着，面对学校大厅。

接下来的三周，他们继续站在那里。各路科学家、国务院官员、外国显贵都跑来冲着他们致辞欢迎，他们依旧纹丝不动。科罗拉多的天气变化多端，四月飞雪，压断了树枝和电线，而他们依旧站着不动。若非他们脸上有表情变化，大家早就把牵牛星人当成什么植物了。

可哪有会那样瞪人的植物啊——带着股彻底的、令人无地自容的鄙视。我第一次看见那副尊容时，脑海里就一个念头：我的老天，这不是我朱迪思姑姑吗？

朱迪思其实是我老爸的姑姑，她总是每隔一个月左右来造访我们一次，来时总穿着套装，戴着帽子和白手套，坐在椅子沿上瞪着我们。就是那眼神，让母亲每次知道她要来之前都会疯狂地打扫、烘焙。倒不是说姑姑会批评母亲料理家务或做饭的能力。事实上,她一个字都没提过。她呷完一口母亲端给她的咖啡后甚至都不会做鬼脸,也从没拿戴着白手套的手指在壁炉台上滑过,寻找灰尘。她不需要做这些。她只是石头般沉默地坐着,无论母亲如何艰难地寻找话题,她都沉默不语,全身上下透着股鄙夷。她盛气凌人的眼神清楚地告诉我们她觉得我们邋遢、礼数不周且无知,连让她开口数落几句都不值。

由于她从来不说到底是什么惹到她了(除了偶尔来一句"有教养的孩子从不主动搭腔"),我母亲才发狂了似的擦拭银器、烘制茶点,将我和妹妹翠茜塞进上浆围裙和漆革皮鞋里,还命令我们收到生日礼物要礼貌有加地感谢朱迪思姑姑——礼物总是一张装着一美元钞票的贺卡——并将整座房子擦洗到每一英寸都锃光瓦亮。她甚至将整个客厅都重新装修了,还是起不到一点作用。朱迪思姑姑仍旧耷拉着脸。

再强悍的人,遇到她都得蔫儿。每次朱迪思姑姑拜访完离去,母亲总要躺下休整片刻,前额还得拿块湿毛巾盖上。牵牛星人对那些前来观看的达官显贵、科学家、政客也是一样的反应。州长见过一次后便再也不想见他们了。至于总统,他的民调已跌至百分之二十以下,哪还敢再跟耷拉着脸的公民合影,因此拒绝与他们会面。

作为替代,他组建了一支两党合作的委员会来研究外星人,并试图找到与他们沟通的方式。委员会包括来自五角大楼、国务院、国土安全部、众议院、参议院、联邦应急管理局的代表。第一届委员会失败后,政府又组建了第二届,由天文学、人类学、宇宙生物学以及传播学专家组成。待到第三届委员会组建之时，但凡能招到的，或是任何貌似提出了关于牵牛星人或如何与他们沟通理论的人，都被招了进来。我就是这么进组的。我在牵牛星人登陆地球的前后都写过数篇关于外星人的报纸专栏。（我专栏作品的主题还包括背包客、带着手机开车、I–70 的路况、找个好男人约会有多难，以及朱迪思姑姑。）

　　我于十一月底被召进组，替代一位语言学家。他退出委员会的原因是"想花更多时间陪老婆和孩子"。把我召进委员会的是会长莫斯曼博士（显然，这位先生没有意识到我写的是幽默专栏），不过也没关系，因为他本来也没打算要聆听我或是任何其他成员的意见。我加入时，委员会还包括三名语言学家，两名人类学家，一名宇宙学家，一名气象学家，一名植物学家（以防他们的确是植物），灵长类、鸟类以及昆虫类行为方面的几名专家（以防他们是上述其中一种），一名古埃及学者（以防最后发现是他们建造的金字塔），一名动物灵媒，一名空军上校，一名军法署的官员，一名外国习俗专家，一名非语言交际专家，一名武器专家，还有就是莫斯曼博士（在我目前看来，他哪方面专家都不是）。因为我们离科罗拉多斯普林斯市很近，委员会还包括了唯一正道教会①的主教——思雷舍神父。他坚决认为牵牛星人的到访是末世将至的征兆。"上帝让他们降临地球是有原因的。"他说。我本想问他，若事实的确如他所言，那他们为什么不直接降临在科罗拉多斯普林斯，可惜他不是一位很好的聆听者。

　　我加入时，这些家伙以及他们的前任取得的唯一成绩是能

---

　　① 通常用于讽刺或描述小说中的特定宗教组织。

让牵牛星人跟着他们去到不同的地方,例如到某处躲避坏天气,进入学校大厅里为了研究他们而建的实验室。我看了实验室里的视频录像,根本不觉得他们对委员会的所说所做有任何回应。我觉得跟在莫斯曼博士和其他人后面走动根本就是他们自己的主意,特别是考虑到每到晚上九点,他们就转过身来,摇摆/滑行着走出门去,直到消失在他们的飞船中。

他们第一次这么做的时候,大家都被搞得惊慌失措,都以为他们要离开了。《外星人离去。他们受够地球了吗?》晚间新闻的标题这么写着。我觉得这一结论是基于他们对人类的影响而非任何实在的证据而做出的。我是说,他们返回飞船,可能是为了看乔恩·斯图尔特①的《每日秀》,可就算他们第二天早晨重新出现了,依然有种理论认为存在着某个截止日期,若在那之前人类不能成功与他们沟通,地球就会被炸为灰烬。朱迪思姑姑一直以来给我的感受与这个一模一样,如果达不到她的标准,那我就完蛋了。

可我终究没有达到过她的标准,至于后果嘛,除了她不再给我寄装着一美元钞票的生日贺卡,倒也没什么特别的事情发生。于是我想,既然牵牛星人在同思雷舍神父对话好几次(他一直对着他们读《圣经》,试图使他们皈依基督教)后还没有毁灭我们,那他们是不会毁灭我们了。

但看起来,他们也不大可能会告诉我们他们到底来这里干吗。为了与他们沟通,委员会用遍了所有语言,包括波斯语、纳瓦霍加密通话以及伦敦东区土话。他们给他们演奏音乐、敲锣

---

① 美国著名喜剧演员。

打鼓,展示手写欢迎标语,做了好几个PPT展示,给他们发短信,甚至展示了罗塞塔石碑。虽然牵牛星人显然有听觉,他们还是展示了北美手语和英国哑剧。一旦有人对着他们讲话,或是送他们礼物(或对着他们祷告),他们脸上那瞧不起人的表情就转变成了一种完全的藐视。跟朱迪思姑姑一个样。

待到我加入那会儿,委员会的绝望已经达到了我母亲重新装修客厅时的水平。他们决定带牵牛星人游玩丹佛和科罗拉多的其他地方,以期给他们留下好印象,让他们做出友好的回应。

"没用的。"我说,"我母亲还换了新窗帘和墙纸呢,结果一点儿效果也没有。"可莫斯曼博士没听我的话。

我们带他们游玩了丹佛美术馆、落基山国家公园、众神花园①,还带他们看了场丹佛野马队②的比赛。整个过程中,他们依然这么站着,周身都散发着鄙夷与瞧不起。

莫斯曼博士依然不屈不挠,"明天我们带他们去丹佛动物园。"

"这是个好主意吗?"我问,"我是说,咱们可不想给他们灌输什么不好的理念啊。"莫斯曼先生还是不听。

很幸运,牵牛星人没有对动物园里的任何东西做出回应。至于市政中心的圣诞彩灯以及胡桃夹子芭蕾舞表演,他们也是毫无回应。最后,我们去了商场。

这时,委员会成员虽然已经减少到了十七人(两位语言学

---

① Garden of the Gods,美国科罗拉多斯普林斯市附近的自然公园。
② 职业美式足球球队。

家和那位动物灵媒退出了），但如果全员出动，人数还是太多，可能会不小心踩踏到牵牛星人。大部分成员已经不再参加实地考察了，说是要"寻求不同的研究路径"，无须在现场直接观察。其实，这只表明他们受够了来回路上在面包车里被牵牛星人瞪着。

于是，那天去商场的只有莫斯曼博士、香味专家若村博士、思雷舍神父和我。我们甚至都没带上媒体。牵牛星人刚刚降临地球时，各大电视网和CNN上全是他们。可几个星期看下来，这些家伙只会站着，什么也不做，各大电视网转而播放《异形》《天外魔花》《黑衣人2》中的精彩片段。再到后来，媒体完全失去了兴趣，报道对象又回到帕丽斯·希尔顿和搁浅鲸鱼上来。我们只带了一名叫里奥的摄影师，是莫斯曼博士雇的专门拍摄我们外出活动的青少年。我们刚踏进商场，他就说："你觉得开拍前，我能不能先溜去给我女朋友买个圣诞礼物？我是说，咱们得面对现实吧，反正他们只会这么站着。"

他说的没错。牵牛星人摇摆着拖着步子走过一家店面，然后便停了下来，不偏不倚地瞪着"夏普尔图像"和"盖璞"的橱窗，还有周围驻足观望的人群。那些人被他们脸上的表情吓到，转过头去继续往前走。

商场里到处是拎着大包小包的情侣、推着购物车的父母、小孩儿，还有一群身着绿色唱诗班袍子的中学女孩，正准备放声高歌。商场每年这个时候都会邀请学校或教堂的唱诗班在美食街表演。女孩们正嬉闹欢笑着，一个刚学走路的小孩尖叫着"我就不！"，商场广播中朱莉·安德鲁斯正唱着《普世欢腾》；而思雷舍神父则指着"维多利亚的秘密"店橱窗里穿着底裤、胸罩、翅膀的假人模特说:"瞧瞧! 这真是造孽啊!"

"这边请,"莫斯曼博士走在牵牛星人前面,马拉篷车队队长般大手一挥,"我想让他们看看圣诞老人。"我看见前面三个少年并排走着,赶紧从他们身边绕过,想跟上牵牛星人的步伐。

突然间有人倒抽了口气,整座商场都安静了下来,只有背景音乐还在播放。"搞什么?!"莫斯曼博士厉声喝道,我推搡着从男孩们中间穿过去看到底发生了什么。

牵牛星人镇静地坐在店铺之间的空地中央,瞪着眼。一群看热闹的购物者已经在他们周围围了一圈。一位穿正装、看起来像是商场经理的男子正一边快步飞奔过来,一边高声喊道:"怎么啦? 怎么啦?"

"太神奇了,"莫斯曼博士说,"我就知道,带他们到处逛逛早晚会有所回应。"他转过头来面对我,"你刚刚站在他们后面,耶茨女士。是什么让他们坐下的?"

"不知道,"我说,"刚刚我站的地方看不到他们。难道……"

"去找里奥,"他命令道,"他肯定拍下来了。"

我可没那么确定,但我还是去找了。里奥正从"维多利亚的秘密"店里出来,手上拎着只亮粉色小购物袋。"梅格,怎么啦?"他问。

"牵牛星人坐下了。"我说。

"为什么?"

"我们正在试图弄清楚原因。我猜你刚刚没有在拍吧?"

"没拍。我不是说了吗? 我得给女朋友买——天啊,莫斯曼博士会宰了我的。"他将粉色购物袋塞进牛仔裤口袋里,"我哪儿知道——"

"那你现在赶紧开始拍,"我说,"我去问问路人,看有没有手机不经意录下来的。"这么多人带着孩子来看圣诞老人,肯定有人带着相机。我一边问围成一圈的看热闹的人群,一边刻意避开莫斯曼博士。他正在告诉经理,商场的这片区域要封锁起来,里面的人都不准出去。

"全都不准出去?"经理倒吸了一口气。

"对,这很重要。显然,牵牛星人是对他们看到或听到的什么东西做出了回应——"

"或是闻到的。"若村博士插嘴道。

"在搞清楚诱因之前,我们不能放任何人出去。"莫斯曼博士说,"这关系到我们能否与他们成功沟通。"

"可再过两周就是圣诞了,"经理道,"我不能就这么关掉——"

"很显然,你还不明白事情的严重性。整个地球都到了生死存亡的关头。"莫斯曼博士说。

我当然不想这样。貌似没人录下了事发经过,虽然人们现在都掏出手机,不顾牵牛星人的怒目而视对着他们一顿狂拍。我在人群中搜寻看起来像是父母或是爷爷奶奶的人。

合唱团。合唱团女孩们的父母里肯定有带相机的。我快步走到身穿绿袍的女孩们面前。"打扰了,"我说,"我是跟牵牛星人一起的——"

这是个错误。那些女孩儿们马上七嘴八舌地抛出无数问题:

"他们怎么坐下了？"

"他们怎么不说话？"

"他们为什么总臭着脸？"

"今天到底还唱不唱啊？我们都还没唱呢。"

"他们说我们必须待在这儿。要待多久啊？六点钟我们在芙拉蒂让商场还有一场演出呢。"

"他们会潜入我们体内，然后从我们肚皮下钻出来吗？"

"你们的父母有没有带着录像机的？"我尝试用吼声盖过她们的问题，可没有成功，"我需要跟你们的负责人说话。"

"莱德贝特先生？"

"你是他女朋友吗？"

"不是。"我在人群中搜寻看起来像是唱诗班负责人的人，"他在哪儿？"

"在那儿，"其中一名女孩儿指向一位身着休闲裤和夹克的瘦高男人，"你在跟莱德贝特先生约会吗？"

"没有。"我朝那个男人挪过去。

"为什么不呢？他人很好的。"

"你有男朋友吗？"

"没有。"我走到那人面前，"莱德贝特先生吗？我是梅格·耶茨，牵牛星人研究委员会的——"

"你正是我想要找的人，梅格。"他说。

"恐怕我无法告诉你你们要在这儿待多久。"我说，"孩子们跟我说你们六点还有一场演出。"

"没错，而且我今晚还有场排练。但那不是我想跟你谈的事。"

"她没有男朋友,莱德贝特先生。"一名女孩嚷道。

趁着那些孩子消停下来的当,我见缝插针地说:"我在想你们唱诗班里有没有谁可能录下了刚刚发生的事件——"

"有可能。贝琳达,"他对着那个说我没有男朋友的女孩儿喊,"叫你妈妈过来。"她从人群中走了出去。"她妈从我们离开教堂起就一直录了。就算她没录到,卡尼莎的妈妈或切尔西的爸爸肯定录到了。"

"哦,谢天谢地。"我说,"我们的摄像没录到。我们需要确定是什么触发了他们的行为。"

"你是指是什么让他们坐下的?"他说,"你们不需要看视频了。我知道。是那首歌。"

"哪首歌?"我说,"我们进来的时候,没有唱诗班在唱歌啊。再说了,我们在牵牛星人面前演奏过音乐了,他们一点儿回应都没有。"

"什么样的音乐?《第三类接触》里面的那种?"

"对啊,"我的语气里带着防备,"还有贝多芬、德彪西和查尔斯·艾夫斯。各路作曲家的作品都有给他们听。"

"都是器乐,没有声乐,对吧?我说的是歌曲。商场广播音乐中的一首圣诞颂歌。我目睹了他们坐下的那一瞬。他们肯定是——"

"莱德贝特先生,您不是要找我妈吗?"贝琳达拽着一位手里拿着摄像机的胖女人说。

"是的,"他说,"卡尔森太太。我需要看看您今天拍摄的视频,从我们到达商场那一刻起。"

她热心地找到视频中的相应位置,将摄像机递了过来。他又快进了一分钟。"噢,太好了,你拍到了。"他说着,将视频倒回,举起机器屏幕给我看,"你瞧。"

屏幕上出现了一辆侧面写着"第一长老会教堂"的巴士。女孩们从巴士上鱼贯而下,纷纷进入商场,聚集在"克拉特·巴雷尔"①门前,一路叽叽喳喳、笑个不停。摄像机的音量太低,听不清她们在说什么。"您能将音量调高点儿吗?"莱德贝特先生问。卡尔森太太按了下机身上的按钮。

女孩们的声音清晰起来:"莱德贝特先生,演出结束后,我们能去美食街买德国碱水面包吗?"

"莱德贝特先生,我不想站在海蒂旁边。"

"莱德贝特先生,我的唇彩落在大巴上了。"

"莱德贝特先生——"

牵牛星人不会出现在录像里了,我暗忖。等等——那里,就在身穿绿袍子的女孩儿们背后,莫斯曼博士和提着摄像机的里奥出现了,接着出现的就是牵牛星人。画面不甚清晰,只能算是惊鸿一瞥。"恐怕——"我说。

"嘘,"莱德贝特先生又摁了一下音量键,"你听。"

他将音量调到了最大。我能听见思雷舍神父的声音:"瞧瞧!这真是造孽啊!"

"你能听到录像带里的背景音乐声吗,梅格?"莱德贝特先生问。

---

① 美国著名家具品牌。

"差不多吧,"我说,"唱的什么?"

《普世欢腾》。"他边说边举着摄像机让我看。卡尔森太太一定是调整了角度,画面上跟在莫斯曼博士后面的牵牛星人清晰可见,没有人挡住他们。我想看看他们是否在盯着什么具体的东西,例如购物车、圣诞装饰、"维多利亚的秘密"的假人模特或是洗手间标识——可话说回来,他们就算看了,我也不可能分辨出。

"这边请,"画面上的莫斯曼博士说,"我想让他们看看圣诞老人。"

"好了,大概就是这个地方,"莱德贝特先生说,"听。"

"'当牧羊人看守着……'"广播里唱诗班用尖细的嗓音唱着。

我能听到思雷舍神父还在嚷嚷着"亵渎神明!"一个女孩儿问:"莱德贝特先生,唱完后我们能去吃麦当劳吗?"突然间牵牛星人就齐刷刷地坐下了,就像身着衬裙的斯嘉丽·欧哈拉[1]突然坐下了一样。"你有听到他们在唱什么吗?"莱德贝特先生问。

"没有——"

"'全都席地而坐',来,"他边说边倒回视频,"再听。"

他再次按下播放键。我盯着牵牛星人,集中注意力在一片嘈杂声中辨别出广播音乐的声音,"当牧羊人在夜里看守羊群,"歌声继续着,"席地而坐。"

他说的没错。"席地而坐"的"坐"字一出来,所有牵牛星人立马就坐下了。我看着他。

---

[1] Scarlett O'Hara,小说《飘》中的女主角。

"看见没?"他高兴地说,"歌里面说坐下,他们就坐下了。我刚好跟着背景音乐在哼唱,所以我注意到了。这是我的一个坏习惯。孩子们总就这事儿开我玩笑。"

但是,牵牛星人为什么会对一首圣诞颂歌里的歌词有所回应,而对过去九个月我们对他们所说的一切无动于衷呢?"我能借一下这份录像带吗?"我问,"我得给委员会其他成员看看。"

"没问题。"他说,然后转头去问卡尔森太太。

"我不确定,"她语气里带着不情愿,"这上面可存着贝琳达所有的演出呢。"

"她只是备份一下,原件会还给您的。"莱德贝特先生说,"对吧,梅格?"

"没错。"我说。

"太棒了。"他说,"那您先把录像带借给我,我会确保之后交到贝琳达的手上。这样可以吗?"他问卡尔森太太。

她点点头,取出录像带递给我。"谢谢。"我接过带子,立刻快步回到莫斯曼博士身边。他还在和商场经理争论。

"您不能就这么关掉整座商场,"经理说,"现在可是一年中交易额最高的时候——"

"莫斯曼博士,"我说,"我这里有盘磁带,记录下了牵牛星人坐下的全过程。录像是由——"

"别打岔,"他说,"我要你去告诉里奥把牵牛星人可能看见的一切都录下来。"

"可他在拍牵牛星人啊,"我说,"要是他们又做了什么事,那谁来拍他们?"可他根本没在听我说话。

"告诉他,我们需要用视频记录下他们有可能对其做出回应的一切,店铺、购物者、圣诞装饰,全都给我录下来。然后跟警局那边打个招呼,叫他们把停车场给封了。告诉他们不准任何人离开。"

"封锁——!"商场经理大叫,"你可不能把这些人都囚禁在这儿啊。"

"这些人都得从商场这头移到一片可以审问他们的地方。"莫斯曼博士说。

"审问?"商场经理差点儿就发起怒来。

"对啊,他们之中可能有人目睹了触发牵牛星人行为的事件——"

"确实有人看到了,"我说,"我刚刚就在和那个人沟通——"

他还是没听。"我们要记下所有人的姓名、联系方式和笔录材料,"他对经理说,"还要对他们进行传染病检查。牵牛星人之所以坐下,可能是因为身体不舒服。"

"莫斯曼博士,他们没病,"我说,"他们只是——"

"别打岔,"他说,"你通知里奥了吗?"

我放弃了,"现在就去。"说完,我走到正在拍摄牵牛星人的里奥面前,告诉他莫斯曼博士让他干的事。"要是他们又干了什么事怎么办?"他看着席地而坐、怒目而视的牵牛星人,然后叹了口气,"我猜他说的没错。他们的确看起来不像很快要动的样子。"他调转镜头方向,开始拍摄起"维多利亚的秘密"门店橱窗来,"你觉得我们要在这儿耗多久?"

我告诉了他莫斯曼博士的计划。

"老天，他要审问这儿所有人？"他边说边把镜头移向"威廉姆斯·索诺玛"的橱窗，"我晚上可有事要办。"

所有这些人今晚都有事要办，我看着人群，暗忖——推着婴儿车的母亲们、孩童们、老年夫妇们、青少年们，还有五十个一小时后就要去另一个地方表演的中学女孩。这不是唱诗班负责人的错。莫斯曼博士听不进任何话。

"我们需要一间能容纳所有人的房间。"莫斯曼博士还在发号施令，"隔壁还要有一间审讯室——"商场经理不等他说完就吼了起来："这里是商场，不是关塔那摩监狱！"

我从莫斯曼博士和商场经理身边小心翼翼地溜走，穿过人群，来到合唱团指导老师面前。他正被学生们围着。"可是，莱德贝特先生，"其中一个说道，"我们马上就回来，卖德国碱水面包的店就在那边。"

"莱德贝特先生，我们可以和你说会儿话吗？"我说。

"当然，嘘。"他对孩子们说。

"可是，莱德贝特先生——"

他无视了她们，"委员会对'圣诞颂歌理论'怎么看？"

"我还没逮着机会告诉他们。听着，五分钟后，他们会封锁整座商场。"

"可我——"

"我知道，你们在其他地方还有演出。如果你们想走，请现在就走。换我会走那条路。"说着，我指向东门。

"谢谢，"他语气真诚地说，"你不会惹上麻烦吗？"

"如果需要你们做笔录，我会联系你。"我说，"你的电话号码是多少？"

"贝琳达，给我支笔和能在上面写字的东西。"他说。她递给他一支笔，然后在他的背包里翻找起来。

"算了，"他说，"没时间了。"他抓过我的手，在手掌上写下了他的号码。

"你说过不允许我们在自己身上写字的。"贝琳达说。

"的确不允许。"他说，"非常感谢，梅格。"

"赶紧走。"我边说边焦急地回头看向莫斯曼博士。如果他们在三十秒内不出去，就再也出不去了。那么短的时间，他不可能把五十名中学女孩儿组织起来的，可能让她们听到他的声音都难……

"女士们，"说着，他举起一只手，像是在指挥合唱一般，"排好队。"出乎我的意料，她们马上服从了他的指令，排成一排，朝着东门走去，没有嬉闹，没有人在喊"莱德贝特先生——"我对他马上另眼相看。

我穿过人群，回到莫斯曼博士身边。他还在和商场经理争论着。里奥已经移到商场另一端，正在拍摄"威瑞森无线"门店，离东门老远一段距离。很好。我站到莫斯曼博士右侧，这样他转过身来看着我时，就看不到东门了。

"那厕所呢？"经理喊叫着，"商场的厕所不够这么多人用！"

合唱团的人差不多走完了。我目送最后一个女孩儿走出东门，莱德贝特先生跟在她身后也走了出去。

"用移动厕所啊。耶茨小姐，安排一下，准备引入移动厕所。"说着，莫斯曼博士转过头来看着我。显然，他压根没意识到我离开过。"另外，给国土安全局打个电话。"

"国土安全局！"经理哀号起来，"要是媒体知道了，会对生意造成怎样的影响，您知道吗？"说罢，他扭头看向围在牵牛星人周围的人群。

所有人同时倒抽了一口气，接着一同发出"嘘"声。四下安静。广播音乐定是被人关掉了，商场里顿时鸦雀无声。"搞什么？让我过去。"莫斯曼博士的声音划破寂静。他穿过围成一圈的路人，准备一探究竟。

我尾随着他。牵牛星人正在缓缓站起，那动作像一根慢慢被拉紧的弦。

"谢天谢地。"商场经理如释重负地松了口气，"既然事情都结束了，我们可以重开商场了吧。"

莫斯曼博士摇摇头，"这可能是另外一个动作的前奏，或是对第二个刺激物的回应。里奥，我想看看就在他们站起来之前发生了什么。"

"我没拍到。"里奥说。

"没拍到？"

"是你叫我拍商场的。"他说。莫斯曼博士正看着牵牛星人，根本没听他说话。只见那群家伙转过身来，朝着东门摇摇摆摆拖着步子滑行而去。

"跟上他们。"他命令里奥，"别让他们离开你的视线，这次给我拍好了。"他转向我，"你留在这儿，看看商场是否有监控录像。记下所有这些人的姓名和联系方式，以防我们需要审问他们。"

"您走之前,有件事我得告诉你——"

"别打岔。牵牛星人要离开了,没人知道他们下一站要去哪儿。"他边说边追了上去,"顺便看看有没有路人用相机拍下了整个过程。"

事实上,牵牛星人的下一站不过就是拉他们来的那辆面包车。他们在车外停下,怒目而视,等着被送回丹佛大学。我回到学校时,他们正跟若村博士待在主实验室里。我在商场待了四个小时,记录购物者的姓名和电话号码。那些购物者向我抱怨:"我在这儿都待了六个小时了,还带着两个刚会走路的孩子。六个小时啊!"还有人说:"我想让你知道我错过了孙子在圣诞音乐会上的表演。"我很高兴我帮助莱德贝特先生和他那些七年级女孩儿们溜出去了。否则,要准时赶到另一家商场,他们想都不用想。

记录完信息,挨遍人们的谩骂,我找到商场经理,问他关于监控录像的事。我本以为他也会骂我,却未曾想因为商场重新开业,他心情好得很,立马就交出了录像。"这些录像有声音吗?"我问他,他说没有。"商场里播放的圣诞音乐,您应该有备份吧?"

我几乎确定他没有——商场广播里的音乐一般都是提前录好、统一播放的——但出乎我的意料,他回答说有,接着就递过来一张CD。我将CD和录像带塞进包里,开车回到丹佛大学,去主实验室找莫斯曼博士。莫斯曼博士没找着,倒是找到了若村博士,他正在朝牵牛星人喷射美食街上的不同气味——玉米热狗、爆米花、寿司——看能否让他们坐下。"我肯定他们那是对商场里的气味做出的回应。"他说。

"其实，我认为他们可能是——"

"问题只在于找到那个气味。"他边说边朝他们喷射比萨的味道。他们依旧怒目而视。

"莫斯曼博士在哪儿？"

"隔壁，"他边说边拿起漏斗蛋糕，"在和委员会其他成员开会。"

我咧咧嘴，往隔壁走去。"我们需要考虑一下商场里的地板，"肖特博士正在讲话，"牵牛星人可能对木地板与石地板的变化起了反应。"

"还要提取空气样本，"贾维斯博士说，"让他们坐下的可能是我们大气中的某些对他们而言有毒的成分。"

"某种有毒的成分？"思雷舍神父说，"你是说渎神的东西吧！穿着淫荡内衣的天使！很显然，牵牛星人拒绝走入那罪恶的巢穴，所以才坐下以示抗议。罪过就是罪过，连外星人都能看出来。"

"我不同意，贾维斯博士。"肖特博士直接无视了思雷舍神父，"商场里的空气构成怎么会跟博物馆或体育馆里的不同呢？我们要找的是变量。声音呢？声音有可能是触发因素吗？"

"对，"我说，"牵牛星人当时——"

"拿到监控录像了吗，耶茨小姐？"莫斯曼博士打断了我，"把录像调到牵牛星人坐下之前那里。我想看看他们当时在看什么。"

"不是他们在看的东西，"我说，"是——"

"给商场打电话，让他们把地面铺装的样本送来。"他说，"肖特博士，请继续。"

我将监控录像带和购物者信息表放在莫斯曼博士的桌子上，转身走进音频实验室，找了台CD播放机，放起了歌曲：《圣诞老人来了》《白色圣诞》《普世欢腾》……

就是这儿了。"当牧羊人在夜里看守着羊群，席地而坐；主派天使下凡，播撒荣耀。"牵牛星人会不会认为这首歌说的是他们的飞船的降临？抑或，他们回应的完全是另一件事，而与歌词的对应仅仅是巧合？

要回答这个问题，只有一种办法。我回到主实验室。若村博士正将点燃的蜡烛往牵牛星人鼻子下凑。"我的天哪，那是什么味道？"我皱起鼻子问道。

"月桂木兰味。"他说。

"真难闻。"

"你该闻闻紫檀，那才叫难闻。"他说，"那帮家伙坐下的地方就在'风中烛'门店旁边。所以我推测他们有可能是对店里的气味做出了反应。"

"有任何反应吗？"我问，心里暗忖这帮家伙的表情终于与当下的情景完全合拍了。

"没有。连对云杉西瓜味都没有任何反应，那东西闻起来可有外星范儿了。莫斯曼博士在安保监控录像上找到线索没？"他满怀希望地问。

"他还没看录像，"我说，"你这里结束后，我很乐意护送牵牛星人回飞船。"

"真的吗？"他感激地说，"那可太感谢了。他们看上去活脱脱就是我岳母。可以现在就带他们走吗？"

"可以。"我走到牵牛星人身边，示意他们跟我走。时间已到夜里九点，还好他们没有扭身直接回飞船，而是乖乖跟在我身后，沿通廊走进语音实验室。"我只是想试试。"说着，我给他们放起了《牧羊人》。

"当牧羊人在夜里看守着羊群……"圣诞颂歌唱了起来。我盯着牵牛星人面不改色的脸。莱德贝特先生弄错了，我思忖。他们定是被其他什么东西刺激到了。他们根本都没在听。"……席地而坐……"

牵牛星人全部坐了下来。

我必须给莱德贝特先生打个电话，我想。我关掉CD机，拨出他在我手掌上写下的号码。"嗨，我是加尔文·莱德贝特。"传来的是他录好的电话留言，"抱歉我现在没法接电话。"我才想起来他晚上还要彩排。"如果您想预约彩排，时间表如下：周四，空中女子合唱团，晚八点，山景卫理公会教堂；周五，圣坛唱诗堂，上午十一点，三一圣公会，丹佛交响乐团，下午三点——"显然，他不在家，而且他太忙，根本无暇顾及牵牛星人的事儿。

我挂掉电话，扭头看着他们。他们还在地上坐着，我忽然意识到给他们放这首歌可能并不明智，因为我不知道怎么让他们站起来。肯定不是商场的广播音乐让他们站起来的，因为当时已经关掉了。如果刺激因素在商场里，我们今天就得在这过夜了。可没过几分钟，他们就站了起来，像一根根被慢慢拉紧的弦，然后瞪着我。"当牧羊人在夜里看守着羊群,"我对着他们唱道,"席地而坐。"

他们依然站着。

"席地而坐,"我重复道,"而坐,坐!"

毫无反应。

我再次播放起那首歌。他们又在相同的地方坐了下来。当然,这依然不能证明他们在按歌词指示行事。触发他们行为的可能仅仅是唱歌的声音。刚进商场时,嘈杂喧闹的声音可能混淆了他们的听觉。《牧羊人》可能是他们能听见的第一首歌,因此只要能听到歌声,他们便会坐下。我等到他们再次站起来后,给他们播放前两首曲子。宾·克罗斯比演唱的《白色圣诞》与朱莉·安德鲁斯演唱的《普世欢腾》对他们没有任何作用(歌曲间的空隙也没有)。甚至都看不出他意识到有人在唱歌。

"当牧羊人在夜里看守着羊群……"又到这首颂歌了。我努力保持不动,面部毫无表情,避免给他们发出任何非语言暗示。"……席地而坐——"

在歌的同一个地方,他们全部坐下了。可以肯定了,就是这些歌词。或是唱出这些歌词的声音。或是这些音符的组合。或是节奏。或是音符的频率。

不管是什么。今晚是搞不定了。都快十点了。我得把这帮家伙送回飞船。我等他们站起来,领着他们回了飞船,便转身回了自己的公寓。

答录机上的信号灯闪着。十有八九是莫斯曼博士留的言,叫我回商场收集空气样本。我按下播放键。"嗨,我是莱德贝特，"合唱团指导老师的声音传来，"商场里的那个，还记得吗？有些事，我需要和你聊聊。"他报了他的手机号码，又重复了一遍他的家庭座机号码，"以防你手上的褪色看不清。我十一点应该能到家。在那之前，无论如何也别让你那些外星朋友们听圣诞颂歌了。"

两个号码我都打了过去，都没人接。可能在彩排，所以没开机吧，我暗忖。看了看手表，十点一刻了。我随手抓起黄页电话簿，找到山景卫理公会教堂的地址，出门奔去。一路上，我还特意绕道经过了牵牛星人的飞船，确保他们还在那儿，没从舱门里伸出枪炮或射出不祥的光柱。所幸无事发生。飞船依然如斯芬克斯一般安静地停在那儿，这让我略微安心了一些。

二十分钟后，我到达了教堂。希望彩排还没结束，否则就错过他了。停车场里还有很多车，脏兮兮的玻璃窗里灯还亮着，可前门却锁死了。

我绕到侧门。门没锁，我能听到里面某处传出的歌声。我循着歌声穿过一条昏暗的过道。

歌声突然停了下来，卡在一个词中间。我等了一会儿，侧耳倾听，可歌声没有再次响起，我便试着推门。前三扇门都锁着，第四扇门顺利推开了，内里是庇护厅。女子合唱团正站在大厅的正前方，莱德贝特先生正对着她们，背朝着我。"第十页开头。"他说。

谢天谢地，他还在这儿，我想着，偷偷溜进大厅。

"从'噢，聆听天使的声音'这一句开始。"他说着，朝风琴手点点头, 举起指挥棒。

"等一下, 气口在哪儿?" 一位女士问道, "在'声音'两个字后面吗?"

"不, 在'神圣的'后面," 说着, 他翻了翻乐谱架上的谱子, "下一个气口是在第十三页的最后。"

另一位女士的声音响起: "你能给我们演奏一下女低音的部分吗? 从'恭敬跪拜'开始?"

显然, 彩排一时半会儿结束不了, 而我又等不及了。于是我沿着过道朝她们走去, 合唱团所有人都抬起头, 盯着我。

莱德贝特先生转过身来, 看见我不禁面露喜色。他转过去对女士们招呼了一句"我马上回来", 便沿走道朝我走来。"梅格," 他走到我面前, "嗨, 你怎么……"

"很抱歉打扰你们, 我收到了你的消息, 然后——"

"你没有打扰我们。真的。反正我们也差不多要结束了。"

"你说不要给他们听圣诞颂歌了, 那是什么意思? 我在接到你的留言前已经给他们放过几首商场里的颂歌了——"

"结果呢?"

"什么也没发生啊。可你在留言里说——"

"你放的是哪几首歌?"

"《普世欢腾》, 还有——"

"四小段都放了吗?"

"不, 只放了两小段。CD上只有两小段。第一段和关于'他神奇的爱'的那一段。"

"第一段和第四段," 说着, 他的目光从我身侧晃过, 嘴里念念有词，像是在回忆着歌词，"那就没事了——"

"什么意思？你为什么要留下那段话？"

"因为如果牵牛星人真是对《牧羊人》里的歌词做出了回应，那圣诞颂歌里可是充斥着许多极端危险的……"

"危险？"

"对，比如说《东方三贤士》，这首歌你没给他们放吧？"

"没有，我只放了《普世欢腾》和《白色圣诞》。"

"莱德贝特先生，"一位女士的声音从教堂前方传来，"你还要多久？"

"我马上就来。"说完，他转过头来面对我，"《牧羊人》你给他们放了多少？"

"刚放到'席地而坐'那儿。"

"其他几段都没放？"

"没有。怎么——"

"莱德贝特先生，"那位女士不耐烦地说，"我们可没时间陪你耗在这儿。"

"我马上就来！"他朝她喊道，接着对我说，"给我五分钟。"然后便沿着走道朝教堂前方飞奔而去。

我在后排一条长椅上坐下，随手捡起一本颂歌集，想在里面找到《东方三贤士》。这项任务说起来容易，做起来难。曲子都编了号，但貌似没有按照特定的顺序排列。我翻到背面，想找到目录。

"可《来吧，异教徒的救世主》我们还没排练呢。"一位年轻的红发美女说。

"那首咱们周六晚上再排。"莱德贝特先生说。

目录上也没标注《东方三贤士》所在的页码，只有一排排的数字——5.6.6.5.和8.8.7.D.——下面是一列奇怪的单词——雷班、赫斯莱、橄榄山头、亚利桑那——像是一个个暗语。牵牛星人的回应对象不会是隐藏在颂歌里的暗号吧，像《达·芬奇密码》中那样？我可不希望如此。

"那我们几点钟到那儿呢？"女人问道。

"七点。"莱德贝特先生说。

"七点才到，我们根本没时间排练《来吧，异教徒的救世主》了，不是吗？"

"那《圣诞老人要进城》呢？"红发美女问，"第二段女高音的部分我们都还没有排练。"

我放弃了目录，开始翻阅颂歌集。连歌词集都搞不定，我还怎么和一种完全陌生的外星生物沟通？如果他们真的是在试图沟通的话。他们坐下来可能就是为了听音乐，就像你会驻足观赏一朵花那样。又或者，他们就是站久了，脚疼罢了。

"我们该穿什么鞋子？"合唱团有人问。

"舒服的就行，"莱德贝特先生回道，"你们将会站很长时间。"

我继续翻着颂歌集，并找到了《这孩子是谁》。我肯定已经上道了。《珍妮特、伊莎贝拉带上火把》，肯定就在这附近。"圣诞之夜，众人合唱——"

她们终于收拾东西，准备离开了。"周六见。"他边说边将她们赶出门去。只有那位红发美女不愿离去，站在门边对他说，

"我在想你能不能再帮我过一遍第二段的高音部分，花不了几分钟的。"

"今晚不行。"他说。她扭过头来瞪了我一眼，那眼神里透露着的意思我心知肚明。

"周六晚上提醒我，我们到时再练习。"说完，他将门摔上，走到我身边，坐了下来，"抱歉，周六有场重要演出。言归正传，关于外星人，我们刚刚说到哪儿了？"

"《东方三贤士》，你说歌词很危险。"

"噢，对。"他从我手中夺过颂歌集，直接翻到正确的那一页，指着歌词："第四段。'悲痛着、叹息着、流着血、正死去'——我猜你不想让牵牛星人将自己锁进冰冷的坟墓里去吧。"

"当然不想。"我急忙说道，"你说《普世欢腾》里也有危险的歌词。是什么样的歌词？"

"'悲痛、罪恶、荆棘，遍地而生。'"

"你是说他们会按照颂歌的歌词行事？他们把歌词当成了必须遵守的命令？"

"我不确定。但假若如此的话，圣诞颂歌里可充斥着各种各样你不想让他们做的事情：在房顶狂奔，带着火把，杀掉小孩——"

"杀掉小孩？"我问，"哪首颂歌里有这些？"

"《考文垂颂歌》，"他翻到另一页，"关于希律王的那一段。看到没？"他找到那句歌词，指给我看，"'他于近日被指控……杀掉年轻的孩童。'"

"老天，那首颂歌是商场里播放的其中一首啊，CD上就有。"

我说，"还好我来见了你。"

"我也这么想。"他对我咧嘴一笑。

"你问我给他们放了多少遍《牧羊人》，"我说，"难道那首歌里也有'杀掉孩童'的歌词吗？"

"没有。但第二段里有'惧怕'和'极度恐惧'之类的字眼，还有'攫住了他们忧虑不宁的心神。'"

"我肯定不想牵牛星人变成那样。"我说，"可现在的问题是，我不知道该怎么办了。我们研究跟牵牛星人建立沟通的方式已经九个月了，那首歌是他们做出回应的第一样东西。如果我不能给他们放圣诞颂歌——"

"我不是这个意思。我们只需要确保给他们播放的歌曲里没有谋杀和制造恐慌之类的情节。你说你有一张CD，上面是商场里播放的音乐？"

"是的，我给他们播放的音乐就来自那张CD。"

"莱德贝特先生？"一个犹豫不决的声音传来，门口探进来一位戴着牧师领的男子的秃头。

"你还得多长时间？我要锁门了。"

"哦，抱歉，麦金泰尔牧师。"他站起身来，"我们马上就走。"他沿走道跑到教堂前方，抓起乐谱，又跑了回来。"您会去'疼痛'（Aches），对吧？"他对麦金泰尔神父说。

疼痛？肯定听错了吧，我暗忖。

"不确定，"麦金泰尔神父说，"我的手柄很生疏了。"手柄？他们究竟在说什么啊？

"特别是《哈利路亚合唱曲》。我都有好几年没唱过了。"

哦, 亨德尔①, 不是手柄。

"明天十一点, 我会和三一圣公会合唱团排练这一段。您要愿意, 可以过来跟着我们过一遍。"

"我可能真会过来。"

"那太好了," 莱德贝特先生说, "晚安。" 他领着我走出庇护厅, "你的车停在哪儿?"

"前门。"

"很好, 我的也是。" 他推开侧门, "你可以跟着我的车, 去我公寓。"

朱迪思姑姑不满地瞪着我的画面陡然浮现在我眼前, "好姑娘可从来不会孤身前往一位绅士的公寓。"

"你说你把商场播放的音乐CD带在身上了, 对吧?" 他问。

这就是你妄下结论的后果, 我暗忖。在跟车前往他家的路上, 我一直在想他是否在跟那位红发美女约会。

"回来的路上, 我一直在想。" 我们走进他家公寓楼时, 他对我说, "我觉得首先咱们得弄清楚让他们做出回应的究竟是 '席地而坐' 那首歌的哪个方面, 是调子——我知道, 你说过他们之前接触过音乐, 但可能没接触过这种特殊的调子组合——还是歌词。"

我把自己对着他们朗诵歌词的事儿跟他说了。

"这样的话, 那我们下一步的重点就该是伴奏," 他边开门边说, "是节奏, 还是音调。"

---

① 乔治·弗里德里希·亨德尔 ( George Friedrich Handel, 1685—1759 ), 德裔英国作曲家, 《哈利路亚合唱曲》作者。"Handel" 与手柄 "handle" 发音接近。

"钥匙[①]?"我盯着他手里的钥匙问。

"对,你看过《东西战争》吗?"

"没。"

"很棒的电影。乌比·戈德堡演的。片中侦破间谍密码的关键还真就是音调。降B调。《牧羊人》是C调,《普世欢腾》是D调。这可能就是他们毫无回应的原因。也有可能他们只对特殊乐器的音色有回应。你给他们放的是贝多芬的什么曲子?"

"《第九交响曲》。"

他皱起了眉头,"这么说来就不太可能了。不过话说回来,《牧羊人》的伴奏中可能隐藏着吉他、木琴之类的声音。我们一会儿就能弄明白。先进来吧。"他打开门让我进屋,自己一头扎进了卧室里。"冰箱里有苏打水,"他回头对我喊道,"你先坐一会儿。"

说起来容易。沙发上、椅子上、咖啡桌上堆满了CD、乐谱和衣服,哪儿还有坐的地方。"抱歉。"他手里捧着台笔记本电脑,回到了客厅。他将电脑搁在一堆书上,再把椅子上的脏衣服扒拉开,给我腾出位置,"十二月忙得昏天黑地。今年,除了我平时的那五千场音乐会、教堂演出、康塔塔[②]演出,我还将指导'疼痛'。"

看来我之前并没有听错。"疼痛?"我问。

"对,A–C–H–E–S, All-City Holiday Ecumenical Sing, 全市基督教各教派假日大合唱,首字母拼起来就是ACHES,疼痛。我

---

① Key既有"音调"也有"钥匙"和"关键"的意思。

② Cantata, 一种包括独唱、重唱、合唱的声乐作品,常有合唱和管弦乐队伴奏。

的那些七年级的女孩儿都称其为"痛苦不堪"(aches and pains)。那是场巨型音乐会——准确来说又不能算音乐会，因为每个人都要唱歌，包括观众。市内所有的歌唱团体和教堂合唱团都会参加。"他将沙发上一摞黑胶唱片挪开，在我对面坐下来，"丹佛市每年都会在会展中心举办这一盛会。你去过吗？"他看我摇了摇头，继续道："场面很壮观。去年共有三千多人、四十四个合唱团参加。"

"今年由你指挥？"

"没错。实际上，这比指导教堂合唱团或那帮七年级女孩儿的'欢乐合唱团'要容易多了。这也挺有趣的。它以前叫'全市弥赛亚'，你知道的，一群人聚在一起合唱亨德尔的《弥赛亚》。后来有群单一教论者提出可以在歌单里加入一些冬至①歌曲，雪球就从那时开始越滚越大。现在除了圣诞颂歌和《弥赛亚》选段，我们还唱光明节歌曲、《祝你有个美好的小圣诞节》《宽扎七夜》。对了，这些我们也不能放给牵牛星人听。"

"那里面也有杀掉孩童的段落？"

"有攻击头的。'你该用铁棍击毁他们'还有'将他们撞得粉碎'。那首曲子里还有锤伤、创伤、割伤、嘲弄和蔑笑。"

"哦，最后那一项，牵牛星人已经十分精通了。"我说。

"只希望他们在制造混乱、以黑暗覆盖大地方面不要太精通。"他说。"好的，"他打开电脑，"我要做的第一件事是先扫描一下歌曲。然后我会抽掉伴奏，我们给他们放纯人声版的。"

---

① 在基督教中，冬至与圣诞紧密相连，圣诞节庆祝耶稣基督的诞生，而冬至往往被视为圣诞季节的开始。

"我能做什么?"

"你,"说着,他又蹿进了另一个房间,回来时拿了一英尺高的一沓活页乐谱和音乐书,直接撂在我大腿上,"可以将不能给牵牛星人播放的所有歌曲列个清单。"

我点点头,翻开了那本《圣诞歌曲大全》,这才发现很多我以前以为是关于和睦与善意的圣诞颂歌其实都有着极其暴力的歌词。《考文垂颂歌》不是唯一一首有弑童内容的歌曲。《圣诞已至》里不仅有弑童,还有关于罪恶、冲突、激进分子的内容。《降临吧,以马内利》里充斥着冲突、妒忌和争吵。《常青树与常春藤》里有荆棘、血泊和恶熊。《仁君温彻拉斯》则谈到了残暴、赠人以肉、冻结人血和心脏骤停等内容。

"我以前不知道圣诞颂歌竟然这么黑暗。"我说。

"那你该去听听复活节的歌曲。"莱德贝特先生说,"你在看的时候,顺便留意下歌词里带着'坐'这个字眼的。这样咱们就能断定,触发他们回应的是否就是那个单词。"

我点点头,又埋头看起了歌词。在《凡间皆沉默》中,人们都站着,没人坐下。而且,这首歌还包含了"恐惧""颤抖"等字眼,以及一句关于为了天赐美食而牺牲自我的歌词。《圣诞佳音》里包含了"流血",且歌里面的牧羊人是躺着的,没有坐着。

哪首圣诞歌曲里有"坐着"呢?我搜肠刮肚地思考着。《铃儿响叮当》里不是有一句什么"某位小姐坐在某人的旁边"之类的歌词吗?

还真有。此外,在《欢歌痛饮》中也有一句啥"围坐在炉火旁"

的歌词,可用的却不是同一个词①。

我继续寻找。集子里的非宗教圣诞歌曲几乎和颂歌一样暴力黑暗。就连《圣诞节我将一无所获》这样的儿歌都欣然讨论着砸死头顶的蝙蝠之类的情节。此外貌似有一整个体裁的圣诞歌都是关于"奶奶被驯鹿撞死"的:例如《奶奶的杀人水果蛋糕》《我遇到了只横尸街头的驯鹿》和《爷爷要将圣诞老人告到底裤都没了》。

就算有些歌的歌词里没有暴力元素,可"统治地上"和"统治众人"这样的字眼也可能会被牵牛星人理解为人类向他们发出的征服地球的邀请。

肯定有些颂歌是无害的,我想。我在目录里找到了《马槽圣婴》(这首歌之前在颂歌集里没找到,《圣诞歌曲大全》里却收录了),"……垂下他可爱的头颅……满天星光……"没有骚乱,我想,这首肯定能添加到清单中。"爱……祝福……"

"带我们直抵天堂,与您共同生活。"表面看起来人畜无害的一句,对牵牛星人来说,却可能代表着完全不同的意思。我可不想被他们绑上飞船,飞回天鹰座或其他什么地方。

我们一直工作到快凌晨三点,分开录制了"席地而坐"的声乐、伴奏和调子(由莱德贝特先生在钢琴、吉他和长笛上演奏,由我录制);整列了一份虽短但牵牛星人能安全收听的歌曲清单和一份更短的带有"坐下""坐"或者"坐着"字眼歌曲的清单。

"太感谢您了,莱德贝特先生。"我穿上外套。

"叫我加尔文就好。"他说。

① 原文中,歌词中"围坐"用的是sitting,不是seated。

"加尔文。谢谢。真的非常感谢。我把这些歌放给他们听后就告诉你结果。"

"你在开玩笑吧,梅格?"他说。"你给他们放歌的时候,我可得在场。"

"可我以为——你不是要指挥ACHES吗?"我想起他在答录机上留下的繁密日程。

"没错,我还要排练交响乐,指挥圣坛唱诗班、幼儿园合唱团和平安夜礼拜的手摇铃唱诗班——"

"噢,而我却让你熬夜到这么晚,"我说,"真是抱歉。"

"合唱团指挥在十二月份是不睡觉的,"他爽朗地说,"我在彩排之间都有空;另外直到明早十一点前,我也都有空。你最早可以几点接触到牵牛星人?"

"他们一般七点左右出飞船,但其他委员会成员可能也会去找他们。"

"然后在那些家伙喝咖啡前就面对他们油光闪亮的面孔?我敢打赌,没人会跟你抢着找那些家伙的。"

他可能是对的。我记得贾维斯博士说过,在见到牵牛星人前,他常常不得不鼓足勇气,"他们那模样啊,跟我五年级时的老师一模一样。"

"你确定要一大早就面对他们?"我问他,"牵牛星人的眼神——"

"——再凶也比不上错失独唱机会的第一女高音的凶。别担心,牵牛星人我来对付。"他说,"我都等不及想搞清楚他们到底是因为什么而坐下了。"

我们后来搞清楚的东西一文不值。

加尔文说得没错，牵牛星人出现时，学校大厅门前确实再没别人。我领着他们走进音频实验室，锁上门，给加尔文打了电话。不一会儿，他就来了，手里捧着星巴克咖啡和一大堆CD。

"呀，"看见站在扬声器边的牵牛星人，他惊呼，"说什么不如第一女高音的眼神凶，我真是大错特错。这是当你说'不，你不能在合唱团音乐会中发短信——也不能搽闪粉'时，七年级学生看你的眼神。"

我摇摇头，"这是朱迪思姑姑式的眼神。"

"还好我们决定不给他们播放关于将人的脑袋砸得粉碎的片段。"他说，"你确定他们来地球不是为了杀光所有人？"

"不确定，"我回道，"所以我们才要尽早跟他们建立沟通。"

"好吧。"说完，他播放了我们前一天晚上录制的伴奏。没有回应。他接着播放了钢琴、吉他和长笛演奏的调子，依然没有回应。最后他播放了纯声乐部分，牵牛星人就在该坐下的地方坐下了。

"可以确定是歌词了。"他说。我们又播放了《铃儿响叮当》，他们再次在唱到"坐在某人旁边"的歌词处坐了下来，这应该能确定了吧。可等他播放到《红男绿女》中的"坐吧，你个捣蛋鬼"和"坐在港口码头"时，他们又没了回应。

"这说明他们只对'坐下'这个词有回应。"我说。

"或者只对圣诞歌曲有回应，"他说，"还有其他颂歌能放给他们听的吗？"

"包含'坐下'这个词的没有了,"我说,"《圣诞节我只想要两颗大门牙》里面倒是有'坐着'。"

我们放了这首歌。没有任何回应。可等到《玛姆》音乐剧里的《我们需要点儿圣诞气氛》那首歌播放到"坐着"的时候,他们又整整齐齐地坐了下来。

加尔文赶紧掐掉录音,看着我。显然,我们不想让牵牛星人坐到我们肩头上来。[①]"为什么这个'坐着'他们有回应,而《圣诞节我只想要两颗大门牙》里的就没有呢?"他自言自语道。

我很想说"因为'两颗大门牙'是首烂歌",但还是忍住了。"是因为演唱者声音的不同吗?"我猜测道。

"可能吧。"他在那堆 CD 里翻出了一张斯塔勒兄弟演唱的同一首歌曲的录音。牵牛星人还是在同一个地方坐了下来。

所以与演唱者无关。且不一定非得是圣诞歌曲。加尔文给他们播放了电影《1776》的开头曲,当大陆会议向约翰·亚当斯发出"坐"的命令时,他们也跟着坐下了。所以也不一定是"坐下"这个动词。《光明节之歌》里也有这个词,可他们却没有闻声坐下。

"看来触发外星人行为的不只是基督教歌曲。"加尔文说。

"谢天谢地。"我说,脑海中闪过思雷舍神父的形象。他要是知道了外星人对圣诞颂歌做出回应,却对我们播放的包含"地球再度旋转"歌词的冬至歌毫无回应,真不知道会说出什么话。

"以'S'开头的单词?"我说。

---

① 上文的完整歌词为"And I need a little angel sitting on my shoulder"(我需要一个小天使坐在我肩头)。

"可能吧。"他连续播放了几首这样的曲子,《雪降大地》《圣诞老人要进城》和《苏西雪花》。还是没回应。

十点四十五分,加尔文离开实验室,去指导合唱团演出了。"你中午要想来找我的话,我就在三一圣公会教堂。"他说,"我们可以一块儿从那儿回我家。我想分析分析他们做出回应的那几个词汇的频率模式。"

"好的。"说着,我将牵牛星人领到了若村博士那儿。他想给他们试试"槐珀翠"门店里卖的香水。我留下朝博士怒目而视的牵牛星人,上楼走进莫斯曼博士的办公室。他人不在。"他去商场采集涂料样本了。"贾维斯博士说。

我拨通了他的手机。"莫斯曼博士,我做了些实验,"我说,"发现了——"

"别打扰我。我正在等一个来自美国化学学会的重要电话。"说完他便挂了电话。

我回到语音实验室,聆听剑桥男孩合唱团、芭芭拉·史翠珊和裸体淑女合唱团的圣诞专辑,试图找出包含"坐"与"旋转"的各种词形变体同时又没有流血情节的歌曲。此外,我还特别留意了"转身"一词。虽然他们对冬至歌里面的"转身"毫无回应,但说不定这证明不了什么。毕竟"两颗大门牙"里的"坐着"他们也毫无回应。

中午,我去了三一圣公会找加尔文。到的时候,他们的彩排还没结束,听起来也不像是快要结束的样子。加尔文不停打断合唱,不停地喊:"低音部进早了两个节拍,中音部注意啦,'歌唱'那里应该是降A调。再来一遍,从第八页开头开始!"

他们又排了四遍，依然没有明显的进步。加尔文最后说，"好的，今天先到这里为止。我们周六晚上见。"

"第一句我们永远都不可能进对。"几名合唱团成员收拾乐谱的时候小声嘀咕着，昨晚那位秃顶的麦金泰尔神父看上去蔫头蔫脑的。

"或许我就不该唱。"他对加尔文说。

"不，你当然应该唱。"加尔文拍拍神父的肩膀，"别担心，不会有事的。到时候你就知道了。"

"你真的这么认为吗？"麦金泰尔神父出去后，我问加尔文。

他笑了，"我知道他们现在这个样子确实很难令人相信。我自己也从不相信他们能做到，可不知怎的，不管彩排时表现得多糟糕，正式演出时，他们总能表现得很精彩。那气势，足够令人重整对人类的信心。"他皱了皱眉头，"我以为你想去我家和我一起分析频率模式呢？"

"对啊，"我说，"怎么了？"

他指向我身后。我转过身，发现几个牵牛星人正站在麦金泰尔神父身边。"我在外面碰到他们，"神父笑着说，"我担心他们迷路了。"

"噢，天啊。他们肯定是跟着我过来的。真是抱歉。"尽管麦金泰尔神父看起来没有被他们吓到，我还是表达了歉意。

"我可不觉得你应该抱歉，"他说，"他们还没有不喜欢我布道的会众脸色难看。"

"我还是先领他们回去吧。"我对加尔文说。

"别，来都来了，咱们不如直接带他们去我家，给他们放几首歌。我们需要更多数据。"

我不知使了什么法子，把他们六个都塞进了我的车里，开去了加尔文家。趁他分析频率模式的当口，我又给他们放了几首歌。显然，不管是歌曲本身还是演唱者，这几首都不如他们有过回应的那些歌曲。他们对威利·纳尔逊的《精美来信》毫无回应，却在播放一首难听得要死的四十年代童音假声版《玛菲特小姐》时坐了下来。

看来也不是因为单词的含义，因为给他们播放拉丁文版的《虔诚》时，"你将获得荣耀"[①]出来时，他们也坐下了。

"说明他们只听表面意思。"我将加尔文拉到厨房里以免他们听到我们谈话时他说。

"没错。所以不能让他们听到任何双关词。"我说，"就连《张灯结彩》这种都不行，怕他们把房子给拆了。[②]"

"这么说来《躺在马厩》[③]肯定是不能放了。"他咧嘴一笑。

"这不好笑。"我说，"照这个速度，咱们什么歌都放不了了。"

"肯定有些歌——"

"哪些？"我绝望地说，"《我的爱温暖我的心》里提到着火的心脏；《圣诞潮汐》可能带来海啸；《圣诞人间》听起来则像是《异形》里的镜头。"

"我明白，"他说，"别担心，总能找到的。我帮你。"他清理掉餐桌上的东西，将一摞摞的乐谱、专辑和CD搬到桌上，在我

---

① 歌词为拉丁语tibi sit gloria，同样包含"坐"（sit）这个单词，但意义不同。

②《张灯结彩》（*Deck the Hall*）中的deck有"装饰"和"打倒"的双重意思。

③《躺在马厩》（*Laid in Manger*）还可以理解为"在马厩做爱"。

对面坐了下来,"我来找歌,你负责检查歌词。"

我们就这样开始了。"不行……不行……《听到圣诞节的铃声》怎么样?"

"不行。"我看着歌词说,"里面有'憎恨''错误''死亡'和'绝望'之类的词。"

"可真是欢乐。"他说。我们继续看乐谱,空气停滞了片刻。"约翰·列侬的《圣诞快乐》怎么样?"

我摇摇头,"'战争',还有'斗争'和'恐惧'。"

又一阵沉默,接着他冷不丁来了句:"圣诞节我只想要你。"我一惊,抬头看他,"你说什么?"

"《圣诞节我只想要你》,"他重复道,"一个歌名。玛丽亚·凯莉的。"

"噢,"我找到歌词,"这首还可以。没有什么'谋杀''骚乱'之类的字眼。"他却摇起了脑袋。

"仔细一想,这歌还是不能放。爱可比战争可怕多了。"我瞟了一眼客厅,那几个家伙依然凶神恶煞地站着,目光穿过门射向我。"我真不觉得他们来地球是为了抢女人的。"

"就算如此,也不能主动给他们提供这样的主意嘛。"

"的确,"我说,"不能给他们提供主意。"

我们又开始找歌。《我将在圣诞回家》怎么样?"他举起一张帕蒂·佩姬的专辑问道。

这首歌是没问题,只是牵牛星人对它毫无回应。我们后来又放了艾德·艾姆斯的《圣诞驴歌》和猪小妹①的《圣诞宝贝》,

----

① 指 Miss Piggy,是迪士尼的《布偶秀大电影》中的角色。

也是一样的效果。

触发他们回应的因素毫无规律可言。触发因素不是音调，也不是音符或伴奏。他们对"安德鲁斯姐妹"①有回应，却对兰迪·崔佛斯无动于衷。演唱者的声音也不是决定要素，因为朱莉·安德鲁斯的《醒醒，你们这些昏昏欲睡的灵魂》能让他们做出回应，可同样是她演唱的《银铃铛》响起时，他们既没笑（这倒不令人惊奇）也没暴走。当歌曲放到关于红绿灯闪烁的歌词时，六个家伙却都眨了眼。最后，我们又播放了她的《牧羊人，起立跟随》，而他们则照旧站着，一动不动。

"试试《圣诞华尔兹》。"我看着专辑封面说。

他摇了摇头，"这首里面也有爱。你说过你没有男朋友，对吧？"

"对啊，"我说，"我可不想和这些牵牛星兄弟们谈恋爱。"

"嗯。"他说，"你还能想到哪些歌词里有'眨眼'的歌？"

待到他回去彩排交响乐前，我们依旧毫无进展。我将牵牛星人领回若村博士那儿——看到他们，他一点儿也不开心——我回去继续找歌词里包含"眨眼"的歌，却怎么也找不着。吃完饭，我又去了加尔文家。

他已经在家里工作起来了。我也拿起活页乐谱翻找起来。"《欢欣鼓舞基督徒》怎么样？"我问他，"歌词里有'鞠躬'。"我话还没说完，电话铃响了。

---

① The Andrew Sisters，20世纪上半叶最成功的女性人声合唱团。这个组合由 LaVerne Andrews，Maxene Andrews 和 Patty Andrews 三姐妹于1932年在美国组建。

加尔文拿起话筒。"怎么了，贝琳达？"他听了片刻一边说，"梅格，打开电视。"一边给我递过来遥控器。

我打开电视。火星人马文[①]正跟兔八哥说着他要将地球焚为灰烬。"CNN，"加尔文说，"频道是四十。"

我调好频道，立刻觉得事态不对。语音实验室里的思雷舍神父站在一票记者面前，正侃侃而谈："——很高兴宣布我们已经找到了牵牛星人昨日在商场里的行为产生的原因。当时，商场里正播放着圣诞颂歌——"

"噢，不。"我说。

"我还以为监控录像没声音呢。"加尔文说。

"是没有啊。肯定是另一位路人录下了事发经过。"

"——当牵牛星人听到那些神圣之音时，"思雷舍神父继续道，"他们被歌词中的真理、上帝的力量所折服——"

"噢，不。"加尔文也说。

"——所以全部跪下，以忏悔罪过。"

"他们没跪，"我说，"是坐下了。"

"过去九个月，科学家们一直在寻找牵牛星人来地球的原因。他们本该直接询问伟大的救世主的。毕竟，世间万物的答案无不由祂掌握。牵牛星人来地球的目的究竟是什么？是为了救赎！为了新生！接下来我们会为大家演示。"他举起一张圣诞颂歌的CD。

"噢，不！"我俩异口同声道。我抓起手机。

---

①"火星人马文"为《乐一通》动画片中角色，1948年首次亮相，火星人马文总想毁灭地球，但他的计划每次都会被兔八哥破坏。

"就像年长的智者，"思雷舍神父还在滔滔不绝，"他们来到地球是为了追随基督，这足以证明基督教才是唯一真教。"

莫斯曼博士很久都没接电话。好不容易打通，我急忙说，"莫斯曼博士，千万别让牵牛星人听任何圣诞颂歌——"

"现在不方便说话，"他说，"我们正在开发布会。"说完便挂断了。

"莫斯曼博士——"我按下了重拨。

"没时间了，"加尔文一把抓起钥匙和我的外套，说，"走，开我的车去。"我们慌忙下楼，加尔文说，"这次来的记者很多，他刚刚说的话足以让这地球上每一位犹太教徒、穆斯林、佛教徒、威卡教徒[①]和非福音派基督徒发狂。如果走运，咱们到时，他可能还在回答问题。"

"要是不走运呢？"

"牵牛星人会上街收拾心烦意乱的人，而宗教战争也将一触即发。"


我们差点儿就赶上了。加尔文预测得没错，现场提问的人的确很多，尤其是在思雷舍神父声称牵牛星人与他在堕胎、同性恋婚姻以及在下一轮选举中所有公职全选共和党人的必要性等问题上达成一致意见后。

楼梯、大门、大厅被吵嚷的人群挤得水泄不通。待到我俩好不容易挤进音频实验室，思雷舍神父正骄傲地指着在单面镜另

---

①Wicca，威卡教是一种在英国和美国盛行的、新兴的、多神论的、以巫术和凯尔特信仰为基础的宗教。威卡这个词来源于Witchcraft（巫术）的缩写。

一头跪下的牵牛星人，一边对记者们吹嘘着，"正如你们所见，他们接收到了圣诞的信号，虔诚地跪下了——"

"哦，不，他们肯定在听《圣善夜》，"我说，"不然就是《古人喜乐歌》。"

"你给他们放了什么？"加尔文指着跪下的牵牛星人问道。

"唯一正道教会圣诞颂歌选集。"思雷舍神父不无骄傲地举起CD盒，记者区的闪光灯、快门声随之响起，拍照、录像，甚至有人直接下载到了iPod上。"真基督徒的圣诞颂歌。"

"不，不，我是说哪首？"

"具体曲目会对他们有特别重大的意义吗？"记者区响起了此起彼伏的喊声，"他们在商场听到的是哪首颂歌？"以及"思雷舍神父，他们受洗过吗？"一片混乱中，我试图告诉莫斯曼博士，"你必须把音乐关掉。"

"关掉？"莫斯曼博士露出难以置信的表情，声音压过了记者们，"在我们好不容易终于取得进展的时候？"

"你必须告诉我放了哪些曲子！"加尔文吼了起来。

"你谁啊？"思雷舍神父诘问道。

"他是跟我一起的，"我扭过头，对莫斯曼博士说，"必须马上关掉音乐。有些圣诞颂歌很危险。"

"危险?！"他怒吼道。记者们的注意力转到了我们身上。

"危险？那是什么意思？"他们问。

"就是危险的意思，"加尔文说，"牵牛星人根本没有忏悔任何事。他们是——"

"好大的胆！竟然指责牵牛星人无法获得新生？"思雷舍神

父说，"我亲眼看见他们有感于颂歌作者振奋人心的歌词，看见他们虔诚地跪下——"

"他们对《银铃铛》也有回应，"我说，"对《光明节之歌》也有。"

"《光明节之歌》？"记者们炸开了锅，一个个问题朝我们砸过来。

"这是否说明他们是犹太教徒？"

"正统派还是改革派？"

"他们对印度教圣歌有什么回应吗？"

"摩门教合唱团呢？他们有回应吗？"

"与宗教毫不相关，"加尔文说，"牵牛星人的回应对象是歌词中某些特定字词的意思。他们现在正在听的歌曲可能有危险歌词，会触发——"

"一派胡言！简直是亵渎神明！"思雷舍神父吼道，"神圣的圣诞歌曲里怎么可能有危险歌词？"

"《圣诞已至》教唆人们弑杀幼童，"我说，"其他颂歌里还包含了鲜血、战争以及化为火雨的星辰。这就是你们必须马上关掉音乐的原因。"

"太晚了。"加尔文指向单面镜另一端说。

牵牛星人消失了。"他们去哪儿了？"记者们大喊起来，"去哪儿了？"思雷舍神父与莫斯曼博士同时转向我，诘问我到底对他们做了什么。

"离她远点儿。你们不知道他们去哪儿了，她也一样不知道。"加尔文用他指挥合唱团的独特嗓音说道。

那声音此时发挥的效果与其对七年级女孩儿们产生的效果

一样好。莫斯曼博士放开了我，记者们也都闭上了嘴。"告诉我，你给他们放了哪些歌？"加尔文对思雷舍神父说。

"《上帝赐福》，"思雷舍神父说，"这可是最古老、最受人们喜爱的圣诞颂歌之一啊。认为这首歌能伤害到任何人简直是荒唐透顶——"

"《上帝赐福》是他们离开的原因吗？"记者们叫嚷起来，"歌词是怎样的？有战争或是弑童情节吗？"

"《上帝赐福》。"我低声嘟囔起来，想要记起歌词。

"让一切充满希望，无事令你惊慌……"

"他们去哪儿了？"记者们嚷嚷着。

"噢，天赐福音，带来舒适与喜悦。"我继续咕哝着，一边瞥了加尔文一眼，他正在做同样的事。

"……挽救我们……当我们误入歧途……"

"你认为他们去哪儿了？"一名记者大喝一声。

加尔文看了看我。"歧途。"他严肃地说。


牵牛星人不在其他实验室里，不在校园里任何一栋楼里，也不在他们的飞船里。至少没有人看到舷梯打开、他们走进去。也没人看到他们穿过校园，或是附近的街道。

"耶茨小姐，我觉得你该对此事负全责，"莫斯曼博士说，"发布 APB[①]，"他扭头对警察说，"以及安珀警戒[②]。"

"那是儿童绑架通报系统，"我说，"牵牛星人没有绑架——"

"这可不好说，"他厉声喝道，又转身对警察说，"再给联邦调查局打个电话。"

那位警官转向加尔文，"莫斯曼博士说你认为外星人对'误入歧途'几个字做出了回应。那首歌里还有没有其他危险歌词？"

"轻——"我正准备开口。

"没了。"加尔文说完，趁莫斯曼博士命令警官给国土安全部打电话、发布红色预警的空当，赶紧推着我沿人行道走到了飞船后面。

"你怎么能说没了呢，"我质问他，"'轻蔑'不算吗？'撒旦的力量'不算吗？"

"嘘。"他压低声音说，"他都在给国土安全部打电话了，我们没必要让他把空军也给整来吧。再说了，根本没时间跟他们解释了，我们必须找到牵牛星人。"

"他们有可能去哪儿呢？你有什么想法吗？"

"没有。不过至少飞船还在这儿。"他望了望飞船说。

考虑到牵牛星人能从锁上的实验室里出去，我可不觉得飞船还在能说明什么。我把这个想法告诉了加尔文，他也同意。"触发他们行为的可能压根儿就不是'误入歧途'。他们可能是

---

① 全面警戒通告（All-Points Bulletin），警方无线电联络信息，通告嫌疑犯特征，失窃详情等。

② 安珀警戒（Amber Alert），在美国和加拿大，当其国内确认发生儿童绑架案时，负责案件的机构透过各种媒体向社会大众传播的一种警告。

去找马厩或牧羊人了。且不说，这首歌有不同版本。真基督徒的圣诞颂歌集里收藏的可能是老版的。"

"这么说来，咱们得马上回实验室，确定他们听到的到底是什么。"我心灰意冷地说。莫斯曼博士很可能要逮捕我。

显然，加尔文也得出了相同结论。他说："咱们不能回去，太危险了。咱们必须在思雷舍神父之前找到牵牛星人。鬼知道他会再给他们放什么玩意儿。"

"可咱们怎么——"

"若真是走上歧途，他们可能还在附近。你去开车，排查校园北面，我负责南面。你手机带着吗？"

"带着，但是我的车在你家呀。咱是坐你的车过来的，记得吗？"

"那你平时带他们出去的面包车呢？"

"那是不是太显眼了？"

"他们要找的是六个步行的外星人，不是面包车。"他说，"再说了，你要是真找到了他们，不得有辆车把他们塞进去啊？"

"说得也是。"与加尔文道完别，我朝着职工停车场走去，一路上念叨着千万别碰上莫斯曼博士。

他不在。停车场里一个人也没有。我推开面包车后门，半期待着这里就是牵牛星人理解的"歧途"，可他们并不在里面，也不在丹佛大学北面两英里范围内的任何地方。我先沿着校园大道开到尽头，然后慢吞吞地把每条小道都绕了个遍，生怕一不小心轧死他们。

天很快黑了。我给加尔文打了个电话。"一点儿踪影没有，"

我说，"或许他们回商场了。我准备去那儿瞧瞧——"

"别，别回去。"他说，"莫斯曼博士和联邦调查局的人在那儿。我在CNN上看着呢，他们正在搜'维多利亚的秘密'门店。再说了，牵牛星人压根儿就不在那儿。"

"你怎么知道的？"

"因为他们在我家。"

"真的？"我松了口气，顿感虚弱，"你在哪儿找到他们的？"

他没回答我。"来的时候别走大路，"他说，"把车停在巷子里。"

"为什么？他们都做了什么？"我问，可他已经挂断了电话。

我到达加尔文家里时发现牵牛星人都站在客厅中央。"我回来找《上帝赐福》的另一版歌词，却发现他们在这儿等我。"加尔文解释道，"你车停在巷子里的吗？"

"对，就停在街区的另一头。他们都做了什么？"虽然害怕到几乎问不出口，我还是重复了这个问题。

"什么也没做。至少没做能上CNN的事。"他说着指了指电视，荧幕上，警察正在搜蜡烛店。电视声音虽然关了，荧幕底端却清晰地映着几个大字："外星人AWOL①"。

"那你怎么这么小心警惕？"

"因为在搞清楚牵牛星人离开实验室的原因之前，不能让他们找到他们。下次可能就没有凭空消失这么无害了。咱们也不能去你家，他们知道你住哪儿。咱们得在这儿躲一阵子了。你

①无故离开，Abscent Without Official Leave。

跟人说过跟我合作的事吗?"

我陷入了回忆:刚从商场回来时,我曾跟莫斯曼博士说起过加尔文,但我们的对话没持续多久,我还没说出加尔文的名字就结束了;而面对思雷舍神父"你谁啊?"的质问时,我只回了一句:"他是跟我一起的。"

"我没跟人说起过你的名字。"我说。

"那就好,"他说,"我也很确定没人看见牵牛星人来我家。"

"你怎么确定?你的邻居们——"

"因为这些家伙是在室内等我的。"他说,"就在他们现在的位置。所以,他们不是会开锁就是能穿墙,或是能瞬间移动。我押瞬间移动。此外,很明显的是,委员会完全不知道他们在哪儿。"他说着指了指电视,屏幕上正展示着一张警局存档照片似的牵牛星人照片,中间横着一句"见过这些外星人吗?"的字样和一个电话号码。"幸好前两天,为了避免在繁忙的音乐会期间购物,我刚去了杂货铺,囤积了不少物资。"

"你的音乐会!还有全市大合唱!我都忘了这茬儿了!"我内疚万分地说,"你今晚不是还有彩排吗?"

"我把彩排给取消了。"他说,"明早那场实在不行也可以取消。大合唱明晚才开始。我们有的是时间先把眼前的问题解决。"

前提是他们没有先抓到我们,我看着电视上正搜着美食街的警察们,暗忖道。当他们找遍所有地方都找不到牵牛星人时,迟早会意识到我也消失了。那时,他们就会开始找我了。今天实验室现场的记者们可不是里奥,他们都录着像呢。一旦他们把加尔文的照片放上电视,再配上个电话号码,肯定会有他的教堂合唱团成员或七年级女孩打去电话,指认他的身份。

所以,我们必须速战速决。我拿起之前整理的歌单与乐谱。"你想从哪儿开始?"我问加尔文。他已经开始在一摞黑胶唱片里翻找起来。

"只要不是《圣诞雪人》就行,"他说,"我可受不了追来追去。"

"那《我漂泊我思考》呢?"

"很好笑,"他说,"咱既然已经知道他们对'跪下'有回应,不如就以这个为突破口?"

"没问题。"我们给他们播放了《恭敬崇拜》《屈膝而拜》和《谁在跪拜》,有些歌有回应,有些没有。我们找不出任何规律。

"《圣诞佳音》里有句'他们虔诚而跪'。"我说。加尔文立马一头钻进卧室去找这张唱片。

经过电视前时,他停了下来。"你最好过来看一下这个。"说着,他调高了声量。

"可惜不如我们所愿,牵牛星人不在商场。"莫斯曼博士正在说话,"我们刚刚注意到委员会成员之一,玛格丽特·耶茨①小姐,也消失了。"莫斯曼博士和记者身后放起了实验室现场的视频,视频上的我正在吼着叫他关掉音乐,加尔文质问他们播放了哪首颂歌的画面马上就要显现于荧幕上。

我抓起手机,给莫斯曼博士打了过去,心里抱着一丝他们无法追踪电话来源以及他虽然在电视上但依然会接电话的希望。

---

① 梅格·耶茨的全称。

他还真的接了。所幸此时摄像头聚焦到了他身上,所以人们看不到视频里究竟发生了什么。

"你在哪儿?"他质问道,"找到牵牛星人了吗?"

"还没,"我说,"但我知道他们可能在什么地方。"

"什么地方?"莫斯曼博士问。

"我不觉得他们走上歧途了,我觉得他们是在对歌里的其他歌词做出回应。'休息'或者是——"

"我就知道,"思雷舍神父猛地蹿到莫斯曼博士面前,"他们对'谨记我们的救世主基督诞于此日'做出了回应。他们准是去教堂了。他们此刻就在唯一正道教会。"

荧幕上立马出现了唯一正道教会的照片。事态的发展真是始料未及,不过这总比加尔文的照片出现在电视上要好。"他的教堂远在科罗拉多斯普林斯市,这至少给我们赢得了两个小时。"说着,我调低电视音量,返身继续给牵牛星人播放歌曲,记录他们的回应或无动于衷。可没过半小时,加尔文进卧室去找路易·阿姆斯特朗的CD时又在电视前眉头紧蹙地停了下来。

"怎么了?"我将膝上的一摞活页乐谱扔在身边的沙发上,从几个牵牛星人中间穿过,走到他面前,"他们没上当?"

"上是上当了。"他边说边调高音量。

"我们认为牵牛星人去了伯利恒①。"莫斯曼博士正站在丹佛国际机场的一块起飞时间告示牌前发言。

"伯利恒?"我问。

---

① 伯利恒(Bethlehem),犹太教和基督教的"圣地"之一,以色列控制着伯利恒的进出口,而日常行政由巴勒斯坦民族权力机构进行管理。

"歌词里提到了两次这个地方，"加尔文说，"如果他们真要去以色列，至少我们会赢得更多时间。"

"还会引发一场国际事件，"我说，"更别说是在中东地区。我得给莫斯曼博士打个电话。"可他的手机一定是关掉了，实验室那边的电话也打不通。

"可以打给思雷舍神父。"加尔文指着电视屏幕说。

在记者们的簇拥之下，思雷舍神父坐进了他的雷克萨斯，"我们现在就去找那帮牵牛星人。今晚，我们将举行一场颂拜仪式。你们将听到他们见证基督的证词以及最初将他们引向上帝的那些圣诞颂歌——"

加尔文关掉了电视。"到伯利恒要飞十六个小时，"他鼓励我说，"我们搞清楚眼前这道难题肯定花不了那么长时间。"

电话铃响了。加尔文瞄了我一眼，拿起话筒。"你好，斯坦因伯格先生，"他说，"你没收到我的信息吗？今晚的彩排取消了。"他听了一会儿，"你要是担心第十二页的进入问题，我们晚上大合唱前再过一遍。"他又听了一会儿，"问题总会迎刃而解的，从来都是这样的。"

我希望眼前的牵牛星人难题也能像他说的那样迎刃而解。要是不行，我们就会被控诉绑架或引发宗教战争。但两者都比思雷舍神父给他们播放《慢慢死去》和《荆棘遍布大地》要好得多。这意味着我们必须快点儿找出牵牛星人的回应对象，于是我们连续给他们播放了多莉·帕顿、曼哈顿中转站、托莱多理发店唱诗班和迪恩·马丁。

这真是个坏点子。过去两天，我几乎片刻没睡，此时，才听了几段，就开始打起瞌睡。我坐直身子，试图将注意力集中在牵牛星人身上，却丝毫没用。待到发现时，我的头已经靠在了加尔文的肩头。他则一个劲地问我，"梅格？梅格？牵牛星人也睡觉吗？"

"睡觉？"我坐直身子，揉了揉眼睛，"抱歉。我刚刚不小心睡过去了。现在几点了？"

"四点多一些。"

"已经到早上了？"

"对啊，牵牛星人也睡觉吗？"

"睡，或者说我们认为睡。他们的脑模式会有所变化，且不对刺激物做出回应。不过话说回来，不睡的时候，也没回应。"

"有没有迹象表明他们睡着了？闭眼或躺下之类？"

"没有。他们只是整个蔫儿了下去，像没浇水的花朵，怒目而视的眼神不再那么锐利罢了。"

"我想试试这个新点子。你再睡会儿吧。"

"不睡了。"我强压住打呵欠的冲动，"要睡也是你睡，你已经两个晚上没睡了，今晚还要指挥大合唱。咱俩换下班，你先眯一会儿——"

他摇了摇头，"我没事。我跟你说过，每年的这个时候，我都不睡觉的。"

"那你跟我说说想尝试的这个新点子？"

"我想给他们播放《平安夜》的第一段。"

"尽享天赐安睡。"我说。

"对，'睡'，就这一个动词。这首曲子我至少有五十个不同版本。约翰尼·卡什、凯特·史密斯、小甜甜布兰妮……"

"我们有时间给他们播放五十个不同版本吗？"我扭头看着电视问。银幕上出现了分屏，一边显示着以色列地图，一边则是唯一正道教会的外景。我调高音量，一名记者的声音传来，"教堂内成千上万名信众正翘首企盼牵牛星人的出现。思雷舍神父认为他们随时都有可能出现。一场二十四小时的盛大守夜祈祷将——"

我调低音量，"看来我们不得不这么做了。你刚刚说什么？"

"《平安夜》那首歌是个歌手都唱过——吉恩·奥特里、麦当娜、伯尔·艾夫斯——嗓音、伴奏、音调都各有不同。咱们可以看看他们对哪些版本有回应——"

"以及对哪些没有回应，"我说，"再从中寻找线索。"

"没错。"他打开CD包，取出一张碟，塞进播放器里，播放第四首曲子，"开始吧。"

"平安夜，圣善夜"，"猫王"的嗓音瞬间弥漫整个房间。加尔文回到沙发前，在我身边坐下。猫王唱到"纯真可爱"时，我俩一齐期待着朝前探了探身子，牵牛星人一动不动。"尽享天赐安睡"，猫王低声哼唱，可那帮家伙依旧站得笔直。他们一直保持着这个姿势，直到猫王哼完了循环往复的副歌"尽享天赐安睡"。我们给他们播放《鼠来宝》里阿尔文的独唱版以及席琳·迪翁的版本时，他们依旧一动不动。

"他们的目光不但没有温和，"加尔文说，"反而更加不善了。"

确实如此。"你最好给他们播放朱迪·嘉兰那一版的。"

他放了,随后还播放了多莉·帕顿版和哈里·贝拉方特版的。"他们要是一首都没回应怎么办?"我问。

"那咱们就再试点儿别的。我这儿还有二十六个不同版本的《奶奶被驯鹿撞死》呢。"他朝我咧嘴一笑,"开个玩笑,不过《宝贝,外面很冷》我是真的有九个不同版本。"

"是给红发第二女高音唱的?"

"不是。"他说,"嘘,这版是我的最爱,纳金高唱的。"

我闭上嘴,屏息聆听,一面暗自思量,这些牵牛星人是怎么抵挡住睡意的。纳金高的声音比迪恩·马丁的还要令人放松。我靠躺在沙发上。"真宁静……"

我肯定又睡着了,因为下一件我意识到的事是音乐停了,外面天已大亮。我看了看手表,上面显示下午两点。那几个牵牛星人依旧纹丝不动地站着,怒目而视。加尔文则坐在厨房里的一张椅子上,低着腰,下巴抵着手掌,盯着那些家伙,一脸担心。

"发生了什么吗?"我扭头看看电视。思雷舍神父正在发表讲话,荧幕上现出"思雷舍发动全星系基督教运动"的字样,还好不是"中东地区发生空袭事件"。

加尔文缓缓摇头。

"《平安夜》没收到任何回应吗?"我问。

"有啊,"他说,"你不就对纳金高的版本有回应吗?"

"这我知道,"我说,"抱歉,我是说牵牛星人。他们对《平安夜》没有任何回应?"

"不,他们也回应了,"他说,"只是对象仅限于一个版本。"

"可这算好事，不是吗？"我问，"接下来就能分析这个版本有何特别之处了。他们回应的是哪个版本的？"

加尔文没有回答，只走到CD机旁，按下了播放键。一阵吵闹、鼻音浓重的女合唱声喷薄而出："平安夜，圣善夜。"像是要盖过咔嚓咔嚓的嘈杂声好被人听到。"这是啥啊？"我问。

"音乐剧《第四十二街》的百老汇合唱团边唱《平安夜》边跳踢踏舞的录音，是为了百老汇圣诞特别慈善项目专门录制的。"

我扭头看了看牵牛星人，心想难道加尔文搞错了，他们压根儿就没睡着啊。但很快，在一片震耳欲聋的噪声中，他们全身发软，蔫儿了下来，头几乎要触到地面，周身甚至透着股宁静，眼神也从朱迪思姑姑式的鄙夷缓和为轻微的嫌弃。

我又听了会儿《第四十二街》合唱团的成员们跳着踢踏舞声嘶力竭地狂吼《平安夜》的录音。"还挺好听，"我说，"特别是当她们吼到'圣母圣婴'那儿的时候。"

"是吧。"他说，"我都想在咱们婚礼上放这首歌了。显然，牵牛星人跟我们一样，音乐品位很高。但除此以外，我不明白这还能说明什么。"

"说明牵牛星人喜欢现场音乐？"我提议。

"上帝保佑。若真是这样，真不知思雷舍神父会做何感想。"他说，"可问题是，他们对《坐下，你个捣蛋鬼》也没回应啊。"

"的确，可他们对《玛姆》里的那首却做出了回应。"

"他们对《1776》里的那首也有回应，对《音乐人》和《吉屋出租》却毫无反应。"他沮丧地说，"所以说，咱们兜了这么大个圈子又回到了原点。他们到底是在对什么做出回应，我真是搞不懂。"

"我明白，"我说，"真的很抱歉。我就不该把你牵扯进来的。你还有'疼痛'要指挥呢。"

"那个七点钟才开始，"说着，他又在一堆黑胶唱片里翻找起来，"也就是说，咱们还有四个小时，只需再找一版能让他们有所回应的《平安夜》，说不准问题就迎刃而解了。我那张《星战圣诞专辑》跑哪儿去了？"

"停下，"我说，"这真是太荒谬了。"说着，我从他手中夺过那堆唱片，"你已经精疲力竭了，晚上还有重要工作。不睡觉，怎么指挥那么多人。外星人的事以后再说吧。"

"可是——"

"打个盹儿后人的思维也清晰些。"我语气里透着坚决，"你睡醒后，解决方案说不定就会自己出来了。"

"如果睡醒后还是没有思路呢？"

"那你就先去指挥合唱团演出，然后——"

"合唱团。"他若有所思地说。

"——全市大合唱、'痛苦不堪'，随便你怎么叫它。我就留在这儿，继续给这帮家伙播放《平安夜》，等你回来——"

"《约翰，坐下》是合唱曲。"他瞥了一眼我身边垂头丧气的牵牛星人，"《牧羊人守望羊群》也是。第四十二街版本的《平安夜》是唯一不是独唱的版本。"他抓住我的双肩，"他们做出回应的都是合唱曲。这就是他们对朱莉·安德鲁斯唱的'站起来，牧羊人，跟随着主'以及斯塔比·凯伊高唱'坐下，你个捣蛋鬼'毫无反应的原因。他们只对合唱有回应。"

我摇摇头，"你忘了《醒醒，你们这些昏昏欲睡的灵魂》。"

"噢，"他的脸垮了下来，"你说的没错。等等！"他猛扑过去，抽出茉莉·安德鲁斯的CD，塞进录音机里，"我记得茉莉·安德鲁斯只唱了主歌部分，副歌是合唱的，你听。"

他说的没错。副歌部分的"醒来，醒来"的确是合唱的。

"商场给你的那张CD上面的《普世欢腾》是谁唱的？"加尔文问。

"就是茉莉·安德鲁斯，"我说，"还有布兰达·李的《围着圣诞树摇滚》。"

"还有强尼·麦瑟斯的《天使报佳音》。"他高兴地说。

"但那首光明节歌曲，他们做出回应了的，是由……"他从CD盒子上读到，"纱罗姆兄弟演唱的。一定是因为这个。"他又在黑胶唱片里翻找起来。

"你在找什么？"我问。

"摩门合唱团，"他说，"他们肯定录制过《平安夜》，如果这帮家伙听着这个版本睡着了，那我们就算是上道了。"

"可他们已经睡着了啊，"我指了指那帮看着像是放了一个礼拜的插花儿似的家伙们，"你怎么……"

他从唱片堆里抽出一张剑桥男孩合唱团的专辑，一边读着唱片上的标签，一边嘟哝着，"我就知道肯定在这张里面……就在这儿。"他将黑胶唱片放进唱机，清澈的童声流出，"信众醒来，致敬那良晨。"

牵牛星人们立马站直了身子，死死盯着我们。"你想的没错。"我轻声说，他压根没听，从唱机上取下唱片，又读起标签，嘴上嘟哝着,"不是吧,你们肯定唱过《平安夜》,谁没唱过《平安夜》啊。"他将黑胶唱片翻到背面,"我就知道。"又放回到唱机里,动作娴熟地放下唱针。"……纯真可爱,"合唱团天使般的童声倾泻而出,"尽享天赐安睡……"

"睡"那个字还没出来,那帮家伙就一齐蔫儿了下去。"就是它了!"我说,"咱们找到了'公分母'。"

他却摇了摇头,"咱们需要更多数据。这说不准只是个巧合。《牧羊人,起立跟随》和《坐下,你个捣蛋鬼》的合唱版咱们都得试一下。《红男绿女》你放哪儿了?"

"那是独唱曲。"

"第一段——咱给他们放过的那段——确实是独唱,可到后面,所有赌徒都加入合唱了。咱们应该把那首歌放完的。"

"可那首歌不能放,记得吗?"我将那张唱片递给他,"里面有涉及将人拖下水淹死的桥段,更别提赌博与酗酒了。"

"噢,对。"说着,他戴上耳机,听了一小会儿,拔掉耳机线,"坐下……",劲头十足的合唱男声喷薄而出。唰的一下,那帮牵牛星人全都坐了下来。

我们又放了《圣诞节我只想要两颗大门牙》和《牧羊人,起立跟随》的合唱版,弄得牵牛星人一会儿坐一会儿站的。"你说的没错,"他看到那帮家伙听着唱盘合唱团的《圣诞佳音》跪下时说道,"咱们的确找到了'公分母'。可这背后的原因究竟是什么呢?"

"我不知道,"我坦诚说道,"或许不是合唱的他们就听不懂。这也解释了他们为什么有六个,或许每一个只能听懂特定频率,单个来看毫无意义，六个合在一起就——"

他摇了摇头，"你忘了'安德鲁斯姐妹'和'裸体淑女合唱团'啦。就算他们的确只对合唱有反应，咱们还是没弄清他们来地球的目的。"

"但是咱们知道了如何让他们主动说出来，"我说着捧起那本《圣诞歌曲大全》，"你能找到《齐来崇拜歌》的英文合唱版吗？"

"应该能吧，"他说，"怎么？"

"因为歌词里有'我们向您问候'。"我边说边拿手指比对着《欢欣鼓舞基督徒》的歌词往下读。

"照这么说，那还得算上《守夜人，给我们讲讲黑夜》，"他说，"和《小城伯利恒》里面的那句'传开这个大喜的消息'。这两首里他们肯定至少对一首有反应。"

事实是他们对两首都没有反应。彼得、保罗和玛丽都命令牵牛星人"开口"（我们把"高山之上"那段掐掉了），如果不是那帮家伙不爱民谣，便是对安德鲁斯姐妹的歌有反应是场意外。

或许是我们妄下结论了。我们将那首歌又放了一遍——这次是波士顿下议院合唱团的版本——依旧毫无反应。合唱版的《张灯结彩》（"我告诉"）和《欢乐的老圣尼古拉斯》（掐掉"别"和"谁也"的"你可谁也别告诉"）也不起作用。连六段歌词里都有"告诉"的《善良的动物们》都不起作用。

加尔文觉得问题可能出在时态上，便给他们放了包含不同时态"告诉"这个词的《小圣尼克》和《圣钟颂歌》，依然无果。"也许问题出在单词上，"我说，"可能他们不认识'告诉'这个词。"

我们继续给他们放了其他歌,发现他们对"讲述""诉说""告知""宣布"这些词也没反应。

"所以不是因为合唱。"加尔文说,可事情证明并非如此。我趁着他在卧室里穿大合唱的指挥服的空,给那帮家伙播放了"裸体淑女合唱团"那张CD上的《圣诞佳音》和《屋顶之上》,他们下跪与跳跃的时机都恰到好处。

"或许他们以为地球是个大体育馆,咱这是在给他们上体育课。"加尔文回到客厅时,他们正好在听着圣保罗大教堂合唱团的《圣诞十二天》跳跃。"我猜'呼唤'这个词也没什么用吧。"

"没用,"我边给他系领结边说,"'我简单说两句'也没用。有没有可能其实音乐根本不起任何作用,他们坐下、跳跃、跪下的动作只是恰好与那些单词重叠?"

"不,"他说,"肯定有某种关联。否则,他们也不会因为咱们到现在还没整明白显得这么失望了。"

他说的对。他们眼神里的鄙视有增无减,连站立的姿势都充满了对我们的鄙夷。

"咱只是需要更多的数据,就这么简单,"他边穿黑皮鞋边说,"等我一回来,咱们就继续——"他突然停了下来。

"怎么了?"

"你最好瞧瞧这个。"他指着电视。屏幕上显示着飞船的画面,船上的灯全亮着,侧壁上的各种出气口往外排放着废气。加尔文一把抓起遥控器,调高了音量。

"他们认为牵牛星人已经回到飞船里,正准备离开地球。"新闻主播的声音传来。我扭头看了看那帮家伙,他们依旧纹丝不动地站在那儿。"点火循环分析显示六小时内飞船即将起飞。"

"现在怎么办?"我问加尔文。

"想办法解开这个谜。你听到他们说的了。飞船升空前还有六小时。"

"可是你的大合唱——"

他递过来我的外套,"咱们已经明确了他们只对合唱曲目有反应,而你想要的圣诞颂歌合唱版我都能找到。咱们不妨将他们带到会展中心,顺便在去的路上想想办法。"

去的路上,我们啥办法也没想出来。"或许我该带他们回飞船,"车子开进停车场时,我说,"要是因为我他们没赶上飞船可咋办?"

"他们又不是E.T.。"他说。

我将车停在服务入口旁,下车,准备将面包车后门滑开。"不,咱们要将他们留在车上,"加尔文说,"咱们得先找个地方,再领他们进去。把车门锁上。"

我照做了——虽然我怀疑这么做的意义——随即跟着加尔文穿过一扇贴着"合唱团专用"标识的门,里面的走道仿佛迷宫,贴着各色合唱团的名字:"圣彼得男童合唱团""红帽欢乐合唱团""丹佛男同性恋者合唱团""甜美阿德琳合唱团""空中爵士合唱团"。建筑前端传来喧闹声,我们穿过主过道时,能看见穿着金色、绿色及黑色袍子的人群聊天走动着。

加尔文打开一扇又一扇门,窜进房间里,将门关上,不出一会儿又摇着头走出来。"咱们不能让牵牛星人听到《弥赛亚》。

这些房间里连音乐厅的噪声都能听到。"他说,"咱们得找个隔音的地儿。"

"或者离得远远儿的。"我说罢,领着他朝过道尽头走去,打开一间侧厅的门,发现也不合适,又退了出来,刚好正脸撞上从会议室里出来的他的那些七年级女孩们。卡尔森太太在录像,另一位母亲试图让她们站成一排好入场。她们一见着加尔文,就都围了过来,叽叽喳喳说了起来:"莱德贝特先生,你去哪儿了啊?我们还以为你不来了呢。""莱德贝特先生,卡尔森太太说我们必须把手机关掉,难道就不能调为振动模式吗?""莱德贝特先生,我本来是应该和谢尔比一组的,可她说她想和达尼卡搭档。"

加尔文没理她们,"卡尼莎,你们换衣服时能听到外面彩排的声音吗?"

"为什么这么问?"贝琳达问,"我们错过了入场的信号吗?"

"能不能听到?卡尼莎。"他又问一遍。

"能听到一点儿。"她说。

"那就不行了,"他扭过头来对我说,"我到最远的那间房里试试看,你在这里等我。"说罢,便朝大厅另一端奔去。

"你那天也在商场。"贝琳达语气中带着责备。

"你和莱德贝特先生在交往吗?"

要是弄不清楚牵牛星人葫芦里卖的什么药,咱们都得玩儿完,被炸得死翘翘那种,我暗忖道。"没有。"我答。

"那你俩搞在一起了吗?"切尔西问。

"切尔西!"卡尔森太太神色惊恐地怒斥道。

"所以，到底在一起了吗？"

"你们不是应该排好队吗？"我问。

这时，加尔文飞快地跑了回来。"应该可以，"他对我说，"隔音效果挺不错。"

"为啥要隔音？"切尔西问。

"我猜这样就没人能听得见他俩亲热了。"贝琳达说。切尔西则发出亲嘴的声音。

"该入场了，女士们。"加尔文用他乐队指导的声音命令道，"排好队。"这招还真好使，那帮女孩儿们立马两两组队，排成了一排。

"你等到大家都进了音乐厅，"他把我拉到一边，嘱咐道，"再去把他们领进来。我会花几分钟介绍交响乐团和主办方，这样他们进房间的路上就不会听到颂歌。房间里有张桌子可以用来抵门，以防别人进去。"

"要是牵牛星人想离开呢？"我问，"一张桌子可挡不住他们，这你知道的。"

"那就打我手机，我跟观众说有消防演习之类的，可以吗？我会尽快结束。"他咧嘴笑了笑，"绝对不会拖到《圣诞十二天》。别担心，梅格，咱们一定能解决这件事。"

"我就说吧，他俩就是在交往。"

"莱德贝特先生，她真是你女朋友？"

"得出发了，女士们。"说罢，他领着她们沿过道走进了音乐厅。大门刚在最后一个人身后关上，我的手机就响了。是莫斯曼博士打来的，"你不用再找了。牵牛星人都在飞船上呢。"

"你怎么知道? 你看见他们了?"我问他,心里想着真不该把他们留在车里。

"没看见,可飞船已经开始启动点火程序了,速度比国家航空航天局之前预测的要快。他们最新的说法是飞船不超过四个小时后就会起飞。你在哪儿?"

"我在回来的路上。"我尽量让语调保持平稳,不让他听出我在朝停车场奔跑。感谢上帝,还好面包车还在那儿。

"那你给我赶紧的。"莫斯曼博士厉声喝道,"媒体的人都等着呢。你得跟他们解释清楚你们任由牵牛星人走掉的原因。"我拉开面包车门。

牵牛星人不在里面。

不是吧。"这场闹剧我可是要找你归责的,"莫斯曼博士说,"要是将来带来国际影响的话——"

"我尽快到。"说着,我挂掉电话,扭过身准备往驾驶座那边跑去。

却跟那几个牵牛星人撞了个满怀,显然他们一直跟在我身后。"下次可别再这么吓我了。"我说,"跟我来。"说罢便快速将他们领进会展中心,经过观众席一扇扇关着的门,直直走进了加尔文找的那间房。

房间里除了加尔文提过的那张桌子再无别物。我将那帮家伙赶进房里,将桌子侧翻,拉至门前,抵上门把手,然后将耳朵贴在门上确认能否听到音乐厅的声音。加尔文这地方选的没错,果然什么声音都听不到。他们应该已经开始了。

现在又该怎么办呢? 不到四个小时,飞船就要起飞了,我必须利用好每分每秒。可这房间里啥能用的工具都没有——没有钢琴、CD机，也没有黑胶唱片。我们应该选他那帮七年级女孩儿们的化妆室的，我暗忖。她们至少还有些iPod之类的玩意儿。

可就算我给他们播放了几百首合唱版圣诞颂歌，而且他们也全都有所反应——鞠躬、拆房、乘着一匹马的雪橇在雪地上疾驰而过、追随远处的星星——我还是离弄清楚他们为何来地球，以及现在又为何要离开的谜底相差太远。也没弄清楚他们为什么会将合唱版《第四十二街》中喧闹的"尽享天赐安眠"当成一道指令。甚至不知道他们究竟明不明白"睡""坐""转"或"眨眼"这些单词的意思。

加尔文曾怀疑他们只能听到多重声音唱出的词汇，但现实情况不可能如此。头一回听到某个词汇的人不可能知道它的意思，而对他们来说，"席地而坐"这四个字那天在商场是头一回听到。要理解这个词的意思，他们必定之前就听过它。此外，当时这个词是作为背景音说出来的，这也说明他们不仅听得到唱词，听懂念白也不在话下。

他们可以读懂文字，我暗忖，脑海里闪现出罗塞塔石碑以及肖特博士给他们看的字典。可就算他们教会了自己阅读英文，也不懂其发音，听到别人说时也分辨不出。所以，他们唯一的方法便是通过听别人说这些词理解意思。也就是说，过去九个月我们所说的一切，他们都听着，都听懂了。当然也包含加尔文和我所说的什么弑杀孩童、毁灭星球之类的东西。难怪他们要离开地球。

如果我们说的他们都懂，那这两件事里一定有一件事是真的：他们不愿意与我们对话，或者他们没有说话能力。所以坐下和其他那些反应都是他们努力向我们表达的尝试？

不，这也不对。若真如此，他们本可以几个月前就对我们说的"坐下"做出反应，何必等到几个月后听到颂歌。假若他们真的在试图与我们沟通，难道不应该给我和加尔文一些提示，暗示我们是否走上了正确的方向，而非站在那里，摆出一副"我们不高兴"的臭脸？我一点儿都不相信那表情真是大自然母亲开的一个意外的玩笑。那鄙夷的表情我一看便识。这么多年了，朱迪思姑姑的同款表情我可不会——

朱迪思姑姑。我从口袋里掏出手机，给我妹妹翠茜打了过去。"告诉我你所记得的关于朱迪思姑姑的一切。"她刚接通，我便急冲冲地说。

"她怎么啦？"妹妹听着像被吓到了，"我上周还和她聊过，她那时还——"

"上周？"我说，"朱迪思姑姑竟然还活着？"

"上周我们还共进午餐来着。"

"午餐？和朱迪思姑姑一起？咱们说的是同一个人吗？爸爸的朱迪思姑姑？那个蛇发女妖戈耳工？"

"就是朱迪思姑姑，不过，她可不是什么蛇发女妖。你真跟她走近了就明白她其实人很好。"

"你确定说的是朱迪思姑姑，"我说，"那个总是一脸鄙夷地瞪着每个人的朱迪思姑姑？"

"没错，她都好几年没瞪过我了。如我所说，你真跟她走近了——"

"那跟我说说你是怎么跟她走近的？"

"我因为她送我生日礼物感谢了她。"

"还有呢？"我说，"不会就这么简单吧。妈妈以前不是总让我们礼貌地感谢她送的礼物吗？"

"我知道，可那些都算不上名副其实的感谢。'唯一恰如其分的感谢是一张及时奉上的手写感谢信'。"翠茜显然是在引用名言，"我当时在读高中，课上老师要求给亲人写一封感谢信。我刚好收到她寄来的裹着一美元的生日卡，便给她写了感谢信。第二天，她打来电话，发表了一通长篇大论，关于礼仪的重要性，以及看到人们不再遵守最基本的礼仪时自己是多么吃惊，而当她看到至少还有一个年轻人知道遵守礼仪时又是多么高兴。接着，她问我是否愿意和她一起去看《悲惨世界》，我后来还买了一本艾米莉·博斯特的礼仪书。自那以后，我俩就走得很近。我和埃文结婚时，她还送给我们一把纯银煎鱼铲。"

"所以你才给她寄了封手写感谢信。"我心不在焉地说。朱迪思姑姑之所以总瞪着我们是因为我们太粗鲁，不懂礼仪。牵牛星人的鄙夷是否也出自相同的原因，他们是否在等待我们的手写感谢信？

若真如此，那我们注定要完蛋。礼仪规则毫无逻辑，且有文化特殊性，这一点众所周知。也没有一个星际版的艾米莉·博斯特可供我咨询。更糟糕的是，离飞船起飞还有，老天，不到两小时的时间。

"告诉我她打给你的那天究竟说了什么。"我还是不肯放弃她可能是问题的关键这一想法。

"那都是八年前的事了——"

"我知道。试着回忆一下。"

"好吧……她说了很多关于如何戴手套的事,还有什么劳工节之后我不应该穿白鞋,不应该跷二郎腿之类的。说什么'有教养的年轻女士从来不跷二郎腿'。"

牵牛星人在商场坐下难道是一堂展示正确坐姿的礼仪课?看起来不像,可朱迪思姑姑就因为别人在某天穿了颜色不对的鞋子就拒绝与人说话,这表面上看起来也与礼仪无关。

"……还说等我结婚了,请柬一定要是刻字的。"翠茜说,"后来我发的就是刻字请柬。所以她才送给我们那把煎鱼铲。"

"我对煎鱼铲不感兴趣。关于你的感谢信,她还说了什么?"

"她说,'终于有了这一天,翠茜。我都已经放弃从你们家人身上看到哪怕一丁点儿文明行为的希望了'。"

文明行为。就是它了。牵牛星人——跟坐在客厅里的朱迪思姑姑一样——一直在等的是我们的文明标志。而歌唱——不,合唱——就是那个标志。可这仅仅是条任意的礼仪规则,像白鞋子与刻字请柬,还是某种其他东西的象征?我想起加尔文叫那些叽叽喳喳的七年级女孩儿排好队,那群四下乱窜、嘻嘻哈哈、乱作一团的女孩儿们便聚成了井然有序、彬彬有礼、文明得体的一条线。

通力合作。这便是牵牛星人一直在等的文明标志。这九个月里,我们呈现给他们这方面的迹象少之又少:毫无秩序、不断有人退出的委员会,留下的人各执己见;彩排上男女低音都找不到切入点，没能挽救那场灾难；商场里烦躁不堪的家长拖着哭喊的孩子。在商场里听到合唱版的《牧羊人》可能是他们头一次看到——不，听到——和睦相处的迹象。

难怪他们当场就坐在了商场中央。他们肯定和朱迪思姑姑一样，心想着：终于有了这一天！但他们怎么就没做类似打来电话、邀请我们去看《悲惨世界》的事呢？

或许他们不确定自己看到的——不，听到的——就是他们以为的东西。除了加尔文和那些可怜的低音歌手，他们没见过任何人唱歌，因此也不知道我们能唱出如此美妙的和声。

可《牧羊人》使他们相信，我们是有可能做到这一点的。于是他们不停地跟着我们，且每次听到和声时都会做出反应——坐下、睡着或是消失——希望我们能领会其意，等着进一步确认。

若真如此，我们应该去音乐厅听大合唱才对，而不是待在这间隔音房里。显然，他们的飞船即将起飞说明他们已经放弃继续等待，并认定人类有文明迹象的想法根本就是错误的。"我们走，"我对牵牛星人喊了一声，然后站起身来，"我得给你们看样东西。"我将桌子从门前推开，打开门。

加尔文站在门外。"噢，太好了，你来了。"我说，"我——你怎么没在指挥？"

"我安排了一次幕间休息，这样我就能过来告诉你。我想我找到答案了，能让牵牛星人做出反应的是什么。"他抓着我的双臂说道，"他们对圣诞歌曲有反应的原因。我是在指挥《篝火上的烤栗子》时想到的。圣诞歌曲的共通之处是什么？"

"我不知道,"我说,"栗子树? 圣诞老人? 铃铛?"

"很接近了,"他说,"是合唱。"

合唱? "他们对合唱团唱的歌曲有反应,这一点我们已经知道了。"我困惑地说。

"不仅是合唱团唱的歌,和合唱团有关的歌他们都有反应。合唱团演唱的圣诞颂歌,无论是天使合唱团、儿童合唱团、挨家挨户报圣诞佳音的歌唱者、颂歌歌者,只要弹起竖琴,便能加入合唱团。"他说,"《天使高歌于空中》里天使的曼妙歌声飞跃平原,《夜半歌声》里全世界共唱一首歌。这些歌曲都是关于歌唱本身的。"他激动地说。"'那首古老的光荣之歌''天使用甜美的歌声迎接',看。"他翻着手中的乐谱,指着歌词,"'哦,听那天使般的声音吧''老者亦引吭高歌''牧羊人守卫,天使高歌''让人们开始歌唱'。兰迪·崔维斯、'花生孩子'①、保罗·麦卡特尼的歌,还有电影《圣诞怪杰》里的歌曲都有提到歌唱本身。《牧羊人》之所以能让他们坐下,不仅是因为那是一首合唱的歌曲,更是因为那是一首关于合唱的歌曲。重要的不只是唱,而是人们在歌唱。"他将乐谱推到我面前,指着最后一行歌词。"'从今以后,善意由天而降。'那就是他们一直想传达给我们的信息。"

我摇了摇头,"那是他们一直等着我们传递给他们的信息。就跟朱迪思姑姑一样。"

"朱迪思姑姑?"

"我待会儿再跟你解释。咱们当务之急是在这群家伙离开前证明我们是文明开化、有教养的物种。"

①《花生漫画》中的卡通人物,因为创造了史努比这一卡通形象而闻名。

"怎样才能证明这一点呢？"

"我们给他们唱歌，或者更确切地说应该是让参加全市基督教各派假日大合唱的人们给他们唱歌。"

"唱什么？"

我不确定唱什么要不要紧，但可以确定的是，他们在寻找我们能够通力合作、和谐共处的证据。既然如此，夏威夷歌曲《圣诞快乐》①便与《和平颂歌》别无二致了。但话说回来，竭尽所能将事情解释清楚也非坏事。若能避免任何思雷舍神父可以拿来作为促进其星际基督运动的弹药的东西的话，就最好不过了。

"咱们得唱能说服牵牛星人我们是文明开化的物种的歌曲，"我说，"能传递善意与和平的歌曲。特别是和平，而非宗教，如果可能的话。"

"咱们有多长时间写这么一首歌？"加尔文问，"还得加上制作拷贝的时间——"

我的手机响了，来电显示是莫斯曼博士。

"等一下，"说着，我按下了接听键，"我马上就能回答你这个问题了。你好？"

"你跑哪儿去了？"莫斯曼博士吼道，"飞船已经开始最终点火了！"

我扭过身子，看牵牛星人是否还在。谢天谢地，他们依然站在那里，怒目圆睁。"最终点火要花多长时间？"我问。

"没人知道，"莫斯曼博士说，"最多十分钟。如果你不马上

---

① 曲名原文 Mele Kalikimaka，是夏威夷方言版的 "Merry Christmas"。

出现——"

我挂掉了电话。

"所以?"加尔文问,"咱们有多少时间?"

"没时间了。"我说。

"那咱们就只能用现有的歌曲了,"说着,他开始翻动起手上的那一沓乐谱来,"还得是和声部分大家都能唱的。文明开化……文明开化……要不就……"他找到想找的那首歌,快速扫视起歌词,"嗯,只要改几个单词,这首应该能成。你觉得牵牛星人懂拉丁文吗?"

"要是懂也没什么好奇怪的。"

"那咱们就只唱前两小节。给我五分钟——"

"五分钟——?"

"我好通知大家改动的地方。五分钟后,再领他们进来。"

"好。"我说,他则转身朝音乐厅跑去。


我们穿过双扇门走进音乐厅时,人群里响起了意料之中的嗡嗡声,舞台四周一排排的合唱席里穿着红色、金色、绿色、紫色长袍的信众们在乐谱后面窃窃私语起来。

显然,加尔文刚通知完乐谱改动的消息。一些合唱团成员和观众正忙着在乐谱上做修改,传递着铅笔,并相互问着问题。舞台一侧的交响乐团正在热身,发出或尖锐或嘈杂的一阵阵声响。

舞台的另一侧,空中女子合唱团的女高音们很显然给女中音们讲述了那天晚上我打断她们彩排的事儿,因为此时她们都转过脸来瞪着我。"改什么歌词啊，真是荒谬！"一位戴着手套和帷帽的老太太对着她的伴侣说。

她伴侣点了点头，"要我说，这个所谓的各教派大联合，联合得有点儿过了。人类是可以联合联合，可把外星人也搅进来——！"

我扭头看到那群七年级女孩儿们，相互趴在对方的椅背上，边嚼着口香糖边嬉笑打闹，心想，这下糟了，这招不可能成功。贝琳达正在手机上给谁发着短信，卡尼莎则在听着iPod，切尔西举着手，正喊着："莱德贝特先生，莱德贝特先生，谢尔比抢走了我的乐谱。"

交响乐团这边，打击乐手开始练起了铙钹。我扭头看着怒目而视的牵牛星人，心想，这下完了，就这样，要说服他们我们是有感知能力的都难，更别提文明开化了。

偏在这时，手机铃声响了起来。我赶紧摸索着翻出手机，心想着，完了，最后一根稻草要压垮骆驼的背了。音乐厅里的每一个人，包括那位铙钹手都扭过头来盯着我。"真无礼！"戴白手套的老太太说。

"飞船开始倒数了！"莫斯曼博士的吼声响在我的耳畔。

我按下挂断键，关掉手机。"赶紧的。"我对着加尔文唇语道。他点点头，踏上指挥台。

他只用指挥棒敲了敲乐谱架，整个音乐厅便安静了下来。"《虔诚》①，"他一开口，大家便纷纷翻开自己的乐谱。

———

① 此处原文为拉丁语 *Adeste Fideles*。

《虔诚》? 他要干吗? 我暗忖,《来啊, 虔诚的人们》①不是我们现在需要的歌曲啊。我在脑海中念起歌词: 来吧, 来到伯利恒……让我们一起敬慕他……不, 不, 不能唱宗教歌曲!

但一切都为时已晚。加尔文已经伸开了双臂, 掌心朝上, 轻抬手掌, 人们纷纷站起身来。他朝着交响乐团的方向点了点头, 他们便开始演奏《虔诚》的前奏。

我扭过头去看着牵牛星人。他们目光里的谴责意味变得比平时更浓。我离开他们, 朝门边走去。

交响曲正接近前奏的尾端。加尔文瞥了我一眼。我向他露出鼓励的微笑, 并举起交叉的手指。他点了点头, 举起手中的指挥棒又落下。

"你去过大合唱吗?"加尔文曾问我。"很震撼。"那天的音乐厅里至少有四千来人。当所有人用完美的和声演唱时, 就算他们唱的是《花栗鼠之歌》, 也定是令人惊叹的。可他们演唱着的歌词又是我跟加尔文临时写出来的, 无论如何也称不上尽善尽美。"唱吧, 地上生灵们,"他们用颤音唱着,"带着狂喜歌唱, 为来自天堂的公民歌唱。"听到这里, 牵牛星人纷纷吭哧吭哧地摇摆着身子, 走到加尔文面前, 坐在了他脚边。

我冲到门外, 给莫斯曼博士打了过去。"飞船怎么样了?"我问。

"你到底在哪儿?"他质问道,"你刚刚不是说在来的路上吗?"

---

① 《虔诚》是一首经典拉丁文颂歌, 后被改为英文歌曲时, 被重新命名为《来啊, 虔诚的人们》。

"路上现在很堵。"我说,"飞船怎么样了?"

"飞船停止点火了,还关掉了所有的灯。"他说。

太好了,我暗想,这说明我们的办法起作用了。

"现在就这么在地上坐着。"

"真是再适合不过了。"我小声嘟囔道。

"你说什么?什么叫再适合不过了?"他用责备的口吻问,"光谱分析显示牵牛星人不在飞船里。他们在你手上,对吧?你现在在哪儿?你对他们做了什么?如果——"

我挂掉电话,关掉手机,回到音乐厅里。《虔诚》已经唱完,人们正在唱的是《听,传信天使在歌唱》。牵牛星人依然坐在加尔文的脚边。"……和好如初,"人们唱着,"喜乐欢愉,万国众生齐立。"听到"立"字,他们都站了起来。

接着他们飘向空中,直到离地面两英尺的高度才停下。大伙儿集体倒抽了一口气,所有人都停止了唱歌,一齐盯着悬浮在空中的外星人。

不,不能停下,我心里想着,朝前跑去,还好加尔文已经控制住了局面。他狠狠瞪了那群七年级女孩一眼,那架势毫不逊色于朱迪思姑姑。只见那群女孩们咽了咽口水,继续唱了起来,没过多久,其他人也纷纷加入进来,唱完了剩下的部分。

一首歌唱罢,加尔文扭过头来,对我唇语道:接下来该怎么办?

"继续唱?"我对他唇语回去。

"唱什么?"

我耸了耸肩,表示"我不知道",然后唇语示意,"这首怎么样？"一边指向歌单上的第四首。

他笑了，扭过头去正对合唱团，宣布道："接下来我们演唱的歌曲是——《空中有歌声弥漫》。"

大厅里传来一阵沙沙的翻页声，不出一会儿，歌声响起。我小心翼翼地盯着牵牛星人，希望看到他们稍微往下降的迹象，可他们依旧这么悬着。当合唱团唱到"美丽的人儿在歌唱"时，我感觉他们的目光稍稍缓和了些。

"来自远方的歌席卷大地……"人们继续唱着。音乐厅的门猛地被撞开，莫斯曼博士、思雷舍神父、几十位联邦调查局特工、警察、记者和摄影师破门而入。"不许动！"其中一位特工吼道。

"真是亵渎神明！"思雷舍神父咆哮着，"看哪！这都是些什么人？女巫、同性恋、自由主义者！"

"逮捕那个女人，"莫斯曼博士指着我说，"还有那个男指挥——"话没说完，他便停了下来，两眼直勾勾地盯着飘浮在舞台上空的牵牛星人。闪光灯开始闪耀，记者们开始对着麦克风说话，思雷舍神父赶紧站到一台摄影机正前方，一边拍着手，一边吼道："哦，万能的主啊，快赶走外星人身体中撒旦的恶魔吧！"

"不！"我朝那群七年级女生吼道，"不要停，继续唱！"可她们已经停了下来。绝望之中，我扭头看向加尔文，说道："继续指挥！"可带着手铐的警察已经小心翼翼地绕过牵牛星人，上前准备控制住他。此时的外星人们正如泄气的气球一般慢慢落向地面。

"让这些罪人们认清他们的错误吧。"思雷舍博士念着祷告词。

"你们不能这样做,莫斯曼博士,"我绝望地说,"牵牛星人——"

他猛地抓住我的一只胳膊,将我拽到一位警察身边。"我要告他们俩绑架罪,"他说,"我还要告她阴谋罪。她要为整件事情负责——"他停了下来,盯着我身后。

我扭过身去,发现牵牛星人都站在我身后,怒目而视。正准备给我扣上手铐的警察放开我的手,退了回去。记者与联邦调查局的特工们也都往后退了回去。

"诸位阁下,"莫斯曼博士后退了好几步,"我想说委员会与此事毫无关系。我们一无所知。责任完全在这位女士的身上。她……"

"我们接受你们的问候,"站在中间的那位牵牛星人向我鞠了一躬,说道,"并向你们发出问候。"

音乐厅里响起一阵充满惊讶的窃窃私语。莫斯曼博士结结巴巴地问:"你——你们会说英语?"

"当然,"我边说边向牵牛星人鞠躬,"很高兴终于能与你们沟通了。"

"我们欢迎你加入天堂公民这个大家庭,"站在一侧的那位说,"并对地球朋友发出的和平信号、善意以及栗子[①]表示接受。"

"我们保证将回赠礼物给你们。"站在另一侧的牵牛星人说。

---

[①] 在英语文化中,栗子通常与秋冬季的节日联系在一起,是传统节日美食的原料。提到栗子可以表达节日的气氛或友好的姿态。

"这是神迹！"思雷舍神父高呼，"万能的主治愈了他们！解开了他们紧闭的双唇！"他当场跪下，开始祈祷，"噢，主啊，我们深知，是祷告带来了这场奇迹。"

莫斯曼博士赶忙跳上前来。"尊敬的诸位阁下，允许我欢迎各位大驾光临我们简陋的星球，"说着，他伸出手来，"我谨代表美国政府——"

牵牛星人对他视而不见。"我们差点儿就以为对你们世界的评估出现了误差。"那位之前开过口的跟我说。接着他旁边的那位开了口，"我们曾怀疑你们的物种并没有完全的感知能力。"

"我明白，"我说，"我有时也会有相同的怀疑。"

"我们还曾怀疑你们不懂协同合作的概念。"另一侧的那位说罢，扭过头去，盯着加尔文的手腕。

"我觉得你们最好把莱德贝特先生的手铐解开。"我对莫斯曼博士说。

"当然，当然。"他给警察打了个手势。"给他们解释一下，这一切都是小误会。"他对我耳语道。牵牛星人闻言都扭过身来盯着他看，又看向那名警察。

加尔文被解开手铐后，站在一侧的牵牛星人说："作为年事已高的老家伙，我们很高兴自己的偏见被证明是错误的。"

我们也很高兴，我心想。"很高兴能欢迎你们来到我们的星球。"我说。

"不如现在先一起回丹佛大学吧，"莫斯曼博士打断我，"我们安排一下，送你们去华盛顿面见总统——"

牵牛星人的目光又变得锐利起来。噢，不，我暗想，惶恐地看向加尔文。"莫斯曼博士，我们还没结束对牵牛星人代表团的问候呢。"加尔文开了口。他随后转身面对牵牛星人，"我们想将剩下的欢迎歌曲唱给你们听。"

"我们很乐意聆听。"站在中间的那位说道。六位牵牛星人一齐转身，沿着走廊走回舞台前，坐了下来。

"我觉得你们最好也一起坐下。"我对莫斯曼博士和联邦调查局的特工们说。

"有人愿意和他们共享一下乐谱吗？"加尔文对着最后一排的观众说，"并帮他们找个位置坐下？"

"我可不想与女巫和同性恋——"思雷舍神父吼道，招来牵牛星人全体转身、怒目相向，盯得他只得坐下。一位戴着圆顶礼帽的老者递过来他的乐谱。

"《哈利路亚大合唱》的歌词咱怎么改？"加尔文轻声对我说。牵牛星人站起身来，穿过走道走到我们面前。

"你们没必要修改那些欢乐的歌曲。我们希望能听到他们原本的样子。"中间那位牵牛星人说。

"我们对你们星球的神话与民俗非常感兴趣，"站在一侧的那位说，"马槽中的孩子、宽扎节的烛台①、牙仙给孩子带来礼物并取走牙齿。我们想要学习更多。"

"我们内心有着无数问题，"站在一侧的牵牛星人说，"例如，如果孩子出生在沙漠中，那希律王是怎么带他坐雪橇的呢？"

"坐雪橇？"莫斯曼博士问。加尔文也不解地看向我。

---

① Kwanzaa，宽扎节即果实初收节。它是非裔美国人的节日，源自非洲传统的收获节，以烛光仪式揭开序幕，在七天的节日中每天点燃一支蜡烛。

"还有, 如果冬青树很高兴, 那它为啥还要号叫呢? " 站在另一侧的那位问道, "对了, 莱德贝特先生, 耶茨女士是你女朋友吗? "

"待问候仪式结束后, 有足够的时间提问、会谈、赠礼。" 左侧第二位、之前一直没开口的那位牵牛星人说。我意识到他应该是这一群外星人中的领导, 或是他们的"合唱团指挥"。他一说话, 其他几个家伙就立马排成一排, 回到原处坐了下来。

我捡起加尔文的指挥棒, 递给他。"你觉得咱们先唱哪首? "

"圣诞节我只想要你。" 我说。

"真的? 我还寻思着要不咱们先来个《天使高歌于空中》呢, 不然就——"

"我刚才说的不是歌名。" 我说。

"噢," 他扭过头去朝着牵牛星人说, "你刚刚问她是不是我女朋友, 现在我可以告诉你那是肯定的。"

"真是惊喜连连。" 中间那位说。

"这里应该有许多槲寄生, 这样他们就要接吻了。" 边上的那位牵牛星人说。坐在左侧第二位的牵牛星人瞪了他俩一眼。

"咱们还是唱歌吧。" 我挤进第一排麦金泰尔牧师和一位包着头巾、身穿非洲套衫的黑人妇女中间。

加尔文踏上指挥台。"《哈利路亚合唱曲》。" 他一报歌名, 人们便开始翻动乐谱, 传来阵阵沙沙声。我旁边那位妇女一边将她的乐谱递到我面前, 与我共用, 一边低声说: "唱这首歌要站着才合乎礼仪。这是为了纪念国王乔治三世, 据说他头一回听的时候就是站着的。"

"事实上，"麦金泰尔牧师对我轻声耳语，"他很可能是在熟睡中被惊醒的。尽管如此，站着唱以示尊重与敬仰总是没错的。"

我点点头。加尔文举起指挥棒，整个音乐厅里除外星人外的所有人一齐起立，唱了起来。我本以为《虔诚》就够好听的了，但《哈利路亚合唱曲》却是真正的激动人心。刹那间，所有那些关于古老荣光与喜悦美满的歌词统统都变得合乎情理了。

"然后整个世界回唱这首歌，"我暗忖道，"天使与我们同唱。"

显然，牵牛星人跟我一样被音乐震撼了。在唱到第五遍"哈——利——路——亚！"的时候，他们又一次飘向空中。上升。上升。直到快碰到穹顶天花板了，才停下来浮在空中，直叫人看得头晕目眩。

我完全懂得他们的感受。


这绝对是人类与外星人沟通史上的一次重大突破。全市大合唱结束后，这帮家伙一直说个不停，虽然我们之间的关系并无实质性的进展。比起回答问题，他们更擅长提问。他们最终还是告诉了我们他们来自哪里——天龙星座的天厨二。不过，牵牛星①的字面意思是"翱翔之鸟"，而天厨二则是"烹饪三脚架"，所以人们还是习惯称他们为"牵牛星人"。

牵牛星人还告诉了我们为什么他们会去加尔文的公寓，为啥一直跟着我。（"我们发现你与莱德贝特先生之间存在着协作的有趣可能性。"）此外，他们还解释了飞船的工作原理。空军

───────────────

① 牵牛星的英文"Altair"源自阿拉伯语，意为"翱翔之鸟"。

对这方面内容尤其感兴趣。可我们依然不知道他们地球之行的目的。他们只明确表达了将莫斯曼博士和思雷舍神父从委员会除名,让若村博士统管一切事务的愿望。显然,他们很享受被香气笼罩的感觉。他们日常的表情依然是怒目而视。

就跟朱迪思姑姑一样。大合唱的第二天,她给我打了个电话,告诉我她在CNN电视台上看到我了,还说我拯救了地球,干得很棒。"只是,你穿的那叫什么玩意儿啊? 去音乐会前应该打扮一番,你难道不知道吗?"我告诉她发生的一切都得归功于她,她只瞪了我一眼(即便她在电话的另一头,我也能感受到)便挂掉了电话。

只是这次,她没真生气。听说我订婚后,她给翠茜打电话说希望能被邀请参加我的告别单身派对。我的妈妈又得使劲儿打扫了。

我想,牵牛星人会不会送我一把煎鱼铲呢。或是装着一美元的生日贺卡。或者,会是一次超光速旅行?

后记:

写这个故事时,我不得不回顾自己三十多年来在教堂唱诗班里唱歌的经历。在那段时光里,我几乎唱遍了每一首圣诞颂歌,并对每首歌以及歌背后的故事都了然于胸。

我常说,唱诗班的经历能教会你关于世界的一切。幽默、戏剧性、引人入胜、浪漫、复仇、尊严、肉欲、嫉妒、贪婪、虚荣……

只要是你能想到的，教堂颂歌里都有。此外，你还能学到很多其他有益于人生的东西，例如：

1.如果站你旁边的人声色很低平，那就不太容易跑调，如果很尖，你就完蛋了。

2.任何曲子第三节（若是六段式的，那就是第五小节）的歌词都很糟糕，所以那么多牧师才会选择"第一、二、四节"进行演唱。在第三节里，你常常会发现这种奇葩的歌词："痛苦、哀叹、流血、死亡"或"噢，神秘的屈尊！噢，崇高的抛弃！"

3.话又说回来了，虽然歌词糟糕，但这些曲子至少是有趣的，不像大部分的当代赞美音乐，无聊到令人难以置信。任何时候，相比"噢，上帝，你真棒"，我都更喜欢"大地再无荆棘"。

4."神启"不代表好音乐。很多受人喜爱的赞美诗与颂歌其实都难听得要命。如果你每年都要唱，你就会知道。

我尤其讨厌《小城伯利恒》。我曾参加过一场圣诞前夜的礼拜会，那牧师滔滔不绝地讲了好久歌曲的历史和写就的背景，罢了才让唱诗班开始演唱（唱的是歌，不是历史）。

据牧师说，歌曲的作者是一位名叫菲利普斯·布鲁克斯的圣公会牧师。他从圣地骑马归来，一到伯利恒，就参加了一场五个小时的教堂礼拜。整场礼拜下来，他妙思如泉涌，立刻坐下（真的假的？我觉得很可疑）写下了这首曲子。

听完这番讲述，我女儿（也在唱诗班里，正坐在我旁边）靠过来轻声对我说："噢，好吧，至少想法是好的。"紧接着是一片压抑的笑声。从那以后，我俩就再也没机会坐一块儿了。

The Last of the Winnebagos

# ━ 最后的温尼巴戈 ━

去坦佩市的路上，我遇到了一头被轧死的豺狼。当时，我正在范布伦高速的最左侧车道上，与它相隔十条车道。它直挺挺地躺着，四肢背对着我，方形口鼻紧贴着路面，身形看上去比实际要瘦。有那么一会儿，我还以为那是条狗。

我已经有十五年没见过暴毙街头的动物了。当然啦，大部分多车道公路都围上了栏杆，野生动物很难翻越；而对于自己喂养的动物，人们也都愈加关心备至。

那条豺狼可能是某人的宠物。凤凰市居民众多，依然有人相信这种爱食腐肉的可恶生物能被驯化。那豺狼虽面目可憎，但罪不至死。轧死动物已是重罪，事后逃逸则是罪上加罪，只是此时肇事者早已逃之夭夭。

我将希托利①开上路肩，准备在那停上片刻。我盯着空荡荡的马路，脑中想着，谁会撞死这头豺狼呢？行凶者事后可曾停下车查看它的生死？

---

① Hitori，作者杜撰的一种小型汽车。

凯蒂刹了车。汽车猛地打滑冲进路边阴沟。她跳下吉普车，我却早已在雪地里跌跌撞撞地朝着那东西跑去了。我俩几乎同时到达。我跪倒在那东西旁边，脖子上晃荡着的照相机机盒半开着。

"我撞到它了，"凯蒂说，"我开车撞到它了。"

我看了眼后视镜。摆在后座上的一堆摄影设备——顶上是一台"艾森施塔特"[1]——挡住了视线。我下了车。此时我已经开出去了一公里的路程，早已不见了那豺狼的踪影，但我清楚那是只豺狼。

"麦库姆！大卫！你到了没？"拉米雷斯的声音从车内传来。

我将头伸进车里，朝手机听筒的方向吼道："还没呢，我还在路上！"

"我的天，你怎么还没到？州长会议十二点钟可就开始啦，我还指望着让你跑趟斯科茨代尔[2]，顺便报道一下西斯塔利埃辛的闭馆仪式呢。我跟他们约的十点钟。听着，麦库姆，我这里有关于安布勒斯的最新消息。他们自称'货真价实'，实际并非如此。他们那房车压根就不是温尼巴戈[3]的，是公路牌的。"

"不过那确实是世界上最后一辆还在路上行驶的房车，根

---

① Eisenstadt，作者杜撰的新式摄像机品牌。

② Scottsdale，美国亚利桑那州中南部小镇。

③ Winnebago，美国著名房车品牌。

据高速巡逻队的报道。三月份以前,还有个叫埃尔德里奇的家伙曾开着辆房车到处游荡——他那辆也不是温尼巴戈,是沙斯塔——可他后来因为违规在运水车道行驶被吊销了驾照。所以这是目前世上仅存的一辆。除了四个州,房车在其他所有州都已被禁用。得克萨斯州已成立立法委员会,犹他州将于下月迎来争议性的法案投票,再之后就该轮到亚利桑那了。所以我说,丹尼,多拍些照片,这可能是你小子最后的机会了。顺便拍点跟动物园相关的照片。"

"那安伯乐一家呢?"

"安伯乐,这名字取得真有意思。我查过他们的资料了。丈夫是焊工,妻子是银行出纳,没有孩子。八九年退休后,他俩就一直从事这一行,到现在有十九年了。大卫,你有在用那台艾森施塔特吗?"

前三次出门拍摄,我们都讨论了这个话题。"我还没到那儿呢。"我说。

"记得在州长发布会上用起来,直接搁在他桌子上就行。"

我本来就打算要把那机器搁在桌子上,不过是后排桌子,而不是州长本人的桌子,这样就可以拍下那些为了挤出空间而奋力前倾的记者们的背影,有些记者压根就看不到州长,但还是高举着摄像机,对准他们认为正确的方向。

"这台机子可是最新款的,装了启动仪,支持广角全时可移动拍摄,特别适合拍人脸和全身像。"

问题是不管人脸模式还是全身模式,这机器怎么知道该在什么时候按下快门呢?又怎么在八百人的记者会上分辨出哪个才是州长大人呢？它号称搭载了炫酷的光学度量功能，还具备电脑构图功能，可它能做的其实只是毫无章法地抓拍任何从镜头前飘过的东西，就像高速公路上的电子眼，而辛苦了一天的我也只能带着拍满了行人与三轮车的胶片回家。

它的设计者可能就是将电子眼安在路侧而非头顶的那群官员吧。监控设在路侧，只需猛踩油门，拍到的侧面车牌便会模糊不清，结果就是：车子都开得比以前更快了。艾森施塔特，真是个好玩意儿，我可真是等不及想用了。

"太阳报业对艾森施塔特很感兴趣。"撂下这一句，拉米雷斯招呼都不打就没声了。事实上，她从来不打招呼。她只会突然消失，过一阵子又突然开口。我抬起头来，朝豺狼的方向看去。

多车道公路上荒芜破败。近来，运水罐车碾压小车的事故频发，无分隔高速上便再也见不到新车与单人车了，高峰期也不例外，只有一些报废车和半自动车会趁巡逻队在分隔车道时冒险上路。此刻，路上一片空荡荡。

我回到车里，将车倒回豺狼身边，熄了火却没有下车。我能从车里看到它嘴里淌出的血。正在这时，一辆运水车呼啸而过，速度之快想必是想逃过电子眼的抓拍。它在中间三条车道上挪移，将豺狼的下半身轧成了一团血肉。幸亏我没有试图下车横穿公路。车开得这么快，那司机不可能看得见我。

我发动车子，从最近的一条匝道驶下高速，在麦克道尔的一家老旧的7-11便利店里找到了一部公用电话。

"我想上报一起动物死亡事件。"我拨通社区电话，对着电话那头的女士说。

"姓名以及你的号码？"

"死的是只豺狼。"我说，"事发地点在范布伦高速30号与32号之间的最右车道上。"

"采取了紧急救援措施吗？"

"没什么可紧急救援的，已经死了。"

"有将动物拖到路边吗？"

"没有。"

"为什么不？"她的声音突然尖锐起来，充满戒备。

因为我以为那是条狗。"我没有铲子。"说完，我挂掉了电话。

我还是赶在八点半前到达了坦佩市。一路上，交通拥堵异常，好像整个州的运水车都挤到了范布伦高速上，大部分时候，我只能沿着路肩开。

那辆温尼巴戈停在凤凰市和坦佩市交界的露天游乐场里，旁边就是老动物园。传单上写的开放时间是早九点至晚九点。我本想在开门前就拍好所有照片，可到达时已经是八点四十五分。尽管灰蒙蒙的停车场里一辆车都没有，我还是可能来得太晚了。

摄影师这工作真不好做。大部分人一看到相机，他们真正的面貌就像光线太足时的快门一样自动封闭，只呈现出一张正经八百的拍照脸，一张笑脸——除非被拍的人是恐怖分子或参议员——笑也好，不笑也罢，那张脸上没有任何真情实感。演员、政客、那些习惯了拍照的人是最难对付的。一个人在公众视野里的时间越长，能拍到他真情流露的可能性就越低。安伯乐两口子干这行都快二十年了。八点四十五分，他们早就准备好了他们专门用来被拍的面貌。

我将车停在山脚下的刺木丛边，旁边是动物园的招牌。我从后座的一团狼藉里翻出尼康长焦相机，对着那牌子按了几下快门：参观温尼巴戈，绝对货真价实。

那辆货真价实的温尼巴戈横着停在动物园门前种着仙人掌和棕榈树的花坛边。拉米雷斯说那是冒牌货，可车身却分明涂着标志性的"W"字母，字的最后一笔横穿整个车身。虽然至少有十年没见过这种玩意儿了，可眼前的这一辆在我看来像模像样的。

我可能不是采访这个选题的最佳人选。对于房车，我从来就没什么兴趣。拉米雷斯打来电话派任务时，我脑海中冒出的第一个念头是：有些东西，它就应该灭绝——例如蚊子啦，车道分隔桩啦之类，而在这张灭绝列表上，房车理应高居榜首。我还住在科罗拉多的时候，那边的山里到处都是房车，个个霸占着左侧两条车道，慢吞吞地往前挪，后面跟着一溜小车，骂骂咧咧的声音不绝于耳。

我在独立公路①上曾见过一辆房车，直接停在路中央，里面跳出一个十岁的孩子，拿着台傻瓜相机拍起了风景。还有一次，一辆房车试图从我家门前的弯道超车，结果掉进了沟里，像条搁浅的鲸鱼。不过话说回来，那条弯道确实不太好走。

一个老头从车门走了出来，身上的短袖衬衫熨得笔挺。他

①Independence Pass，位于美国科罗拉多州的著名公路。

绕到车前,拿起海绵、水桶洗起车来。我好奇他从哪里搞来的水。根据拉米雷斯给我的调查结果,这种房车配的是五十加仑[①]的水箱,除去饮用与洗澡,洗个盘子都不够。动物园里应该也没有接水的地方。可他往保险杠与轮胎上泼水的架势,却像是水多得用不完一般。

我站在巨大的停车场里对着房车猛按一通照相机快门,然后将焦距调到最大,拍了几张老头清洗保险杠的照片。他的胳膊上、光头上长着大块红棕色斑,干活的架势像是带着一股子复仇的怨气。

没过一会儿,他便停了下来,后撤几步,唤了声妻子的名字。他看上去忧心忡忡,但也有可能这人脾气本来就不好。我站得太远,看不清他的脸,分辨不出他是在不胜其烦地怒吼还是在心平气和地呼唤。无论如何,她还是打开了带着窄百叶窗的金属车门,踩着金属台阶走下车来。

老头问了她些什么。她没有回答,只这么站着,望着公路的方向,摇了摇头,然后绕到车头前,拿起一块抹布擦拭起双手。

他俩就这么站定,看着他的作品。

那辆温尼巴戈或许是赝品,但他们俩可是货真价实的:她那件印花外套,那条涤纶裤子,那块绣着公鸡图案的抹布都白分百的货真价实。还有那件棕色皮革套衫,我记得我外婆也穿过。我猜,这位老太太那日渐稀疏的白发上肯定也别着小发卡。

资料上显示他俩八十多岁,可我觉得他们更像九十多岁了。他俩的打扮过时得近乎完美,反而令人怀疑,就跟那辆温尼巴戈

①容积单位。在美国,1加仑约为3.785升。

一样。可她接下来的动作打消了我的疑虑。她用抹布擦手的样子和我外婆难过时擦手的动作一模一样。我虽看不清她的容颜，但那动作绝不会骗人。

显然，她跟他说了些类似保险杠没问题之类的话，因为他马上将还滴着水的海绵扔进水桶，绕去了房车尾部。她回到车里，尽管外面至少有四十三度，而且房车压根就没停在棕榈树下稀稀落落的阴凉地里，她还是顺手关上了铁门。

我再次将长焦镜头对准车身。

老头提着一大块胶合板绕过车头，将板子靠在车身上。"最后一辆温尼巴戈"，板上的字迹如同印第安人写的一般，"参观即将绝迹的房车。入场费: 成人——8美元，十二岁以下孩童——5美元。开放时间: 早上九点到日落。"

他串起一溜儿红黄色小旗，捡起水桶，朝车门走去。可刚走到一半，他又停了下来，沿着停车场边缘走到刚好能看清楚公路的地方，转身瞧了一眼，又迈着老迈的步子，一步一踉跄地回到车头前，拿起海绵对着保险杠一顿猛刷。

"麦库姆，房车那边忙完了没?"拉米雷斯的声音从车载电话里传来。

我将相机扔向后排座位，"我刚到。今早，全亚利桑那州的运水车都拥到范布伦高速上来了。你怎么不让我做篇关于运水车乱闯多车道公路的报道呢?"

"因为我想让你活着去坦佩市。州长记者会推迟到下午一点了，你大可放心。你用艾森施塔特了没?"

"我不是说了，我刚到。那该死的玩意儿都还没开机呢。"

"不用你去开机。只要把它放平了，它就能自动开机。"

若真如此，胶片在来的路上说不准都已经拍完了。

"对了，要是艾森施塔特在温尼巴戈那儿用不上的话，请务必在州长记者会上用一下。"她说，"顺便问一句，你有没有考虑过转到调查记者这边来。"

这才是太阳报业对艾森施塔特感兴趣的真正原因。摄影师若能把写稿的活儿也干了，显然比再配一名外派记者要方便，尤其现在单座希托利就要成为主流出行工具了，要不是因为这个，我才不会干摄影记者呢。

既然摄影记者能把报道写作的工作都干了，那为何不更进一步，压根儿不派人了？只需一台艾森施塔特外加一个数字音频磁带装置便能完成任务，连希托利和外派里程经费都省了。设备邮寄出去就行，用的时候直接搁到老州长的桌子上，反正无须人工开启。会议结束后，再由开着单座小车的伙计收走就行，压根不需要什么摄影记者和采访记者。

"没考虑过。"说着，我朝山上扫了一眼。老头最后擦了把保险杠，接着走到动物园门前的一个石制花坛旁，将桶里剩下的水一股脑儿地朝一团仙人球倒了下去，那仙人球瞬间犹如被春雨洗刷过一般，像是要在我爬上山之前开出花来。"那什么，"我说，"我得赶在游客出现前把片子拍了，所以现在就得行动了。"

"我希望你能考虑用一下那台艾森施塔特。只要试一次，你就会爱上它。你甚至会忘了它其实是台相机。"

"必需的。"我回头瞄了眼公路，路上压根就没人。或许这就是安伯乐夫妇焦虑的原因吧——我应该问问拉米雷斯他们的日客流量有多少以及什么样的人会不惜重金大老远跑这儿来看一辆破烂房车的——光是去坦佩市的那条弯道都有3.2英里。或许压根儿就不会有人来。若真是那样,我倒是有机会能拍出几张像样的照片。

我钻进希托利,沿着陡峭的山路往上开。

"嗨。"老头一边笑容满面地跟我打招呼,一边伸出长满斑的红棕色手与我握手。"我叫杰克·安伯乐,这是温尼。"说着,他拍了拍身边的房车,"最后一辆温尼巴戈。您一个人吗?"

"大卫·麦库姆,"我掏出记者证,"我是一名摄影记者,受雇于太阳报业,为《凤凰市太阳报》《坦佩市–梅萨论坛报》《格兰岱尔星报》及其下属新闻社供稿。不知我能否给您的房车拍几张照片?"我手伸进口袋,打开了录音笔。

"没问题,我和安伯乐太太一直都很配合媒体。"他说,"我们刚从戈罗布回来,把车弄得灰头土脸的,所以一直在清洗'老温尼'。"看样子,他压根就没打算告知安伯乐太太我的到来。尽管不可能听不到我们的谈话,她却连门都没打开。"我们1989年在原产地艾奥瓦州森林城买下的它,开了有小二十年了。一开始,安伯乐太太还不情愿,她不确定自己是否会喜欢漂泊在路上的生活方式,但现在,她却变成了最离不开房车的那一个。"

他滔滔不绝地谈了起来,脸上那副诚恳友善、毫无保留的表情完美地掩饰了一切。此时拍摄定格照片没有任何意义,于是我掏出摄像机,调到录像模式,跟着他绕着房车参观。

"这上面,"他单脚站上颤颤悠悠的铁梯,拍了拍房车顶上的金属护栏,"是行李架。这个是污水舱,能装三十加仑水,配有自动电子水泵，连接所有的排污管道，五分钟就能排空，手都不会弄湿。"说着，他伸出肥大的粉红色双手，像是在向我展示。"水箱，"他又拍了拍污水舱边上的银色金属箱，"能存四十加仑的水，我俩用绰绰有余。房车内部有一百五十立方英尺的空间，净高为六尺四，就算你这样的大高个儿也能活动自如。"

他前前后后、里里外外带我参观了整辆房车，整个过程轻松随意，就差拍着我后背称兄道弟了。可当看到一辆老款大众甲壳虫汽车哼哧哼哧地斜穿过停车场缓缓驶来时，他还是松了口气，他肯定也以为今天不会有顾客了。

车上走下来一家日本游客，女的一头黑色短发，男的穿着短裤，带着两个孩子，其中一个孩子还牵着只雪貂。

"你去招待客人吧，我自己走走看看就行。"我说。

我将摄像机锁在车里，取出长焦相机，走到动物园前，对着"动物园"几个大字拍了张广角照。这种照片能配上什么文字，我想都能想到。"如今，老动物园里人迹罕至，没有了狮子的怒吼、大象的长鸣、孩子的欢声笑语。凤凰市老动物园，堪称世间仅存，而另一件世间仅存的物件就停在其门外。详情见第十页。"让艾森施塔特和电脑接管这一行当或许并不是什么坏事。

我走进动物园。我好几年没来这儿了。二十世纪八十年代末期，动物园一度惨遭打压。当时的我只负责拍照，不负责报道，那时记者这一工种还未消失。我拍下了空无一物的动物园笼子，还有新任园长——就是那个紧急叫停了翻修计划，把钱都投给了野生动物保护组织的打压政策的始作俑者。

"我是不会把钱花在笼子上的，再过几年咱们还能往笼子里放什么？灰狼、加州秃鹰、灰熊都处在灭绝的边缘。我们有责任拯救它们，而不是为幸存的动物们造一间舒适的监狱。"

动物保护协会的人都说他杞人忧天，单凭这一点，你就知道这世道真是变了。

不过，他确实是杞人忧天了，不是吗？灰熊不但没有灭绝，还变成了科罗拉多州最具标志性的旅游风景线；得克萨斯州则到处都是引颈高歌的鹤群，人们都开始考虑进行一定限度的狩猎了。

在骚乱与怨愤中，动物园消失了，所有的动物都被送往太阳城，住进了一间更加舒适的监狱——那里有专门为斑马与狮子建造的十六公顷稀木草原，还有为北极熊量身定制的冰雪世界。

虽然被动物园园长称作笼子，但园里其实也不全是牢笼。最早完工的水豚围场实际是一片矮墙围起来的牧场，后来一笼土拨鼠在中间占地挖窝，也就这么住了下来。

我回到门前，又瞅了眼那辆温尼巴戈。游客一家围着房车，那男的正弯腰看着车底，其中一个孩子攀在车尾的梯子上，雪貂正嗅着杰克·安伯乐辛辛苦苦洗刷干净的前轮，眼见着就要抬腿撒尿了。怎么雪貂也会像狗那样抬腿？

孩子猛扯了一下拴绳，然后抱起了雪貂。他妈妈朝他说了些什么。她的鼻子上有晒伤的痕迹。

凯蒂的鼻子上也有晒伤的痕迹，上面搽了点儿滑雪时用的白乳霜。她穿着派克风雪大衣、牛仔裤，还有厚重的粉白色雪地靴。虽然靴子笨重，但她还是比我先跑到了艾伯范身边。我从她身边挤过，跪在它身旁。

"我撞到了它，"凯蒂不知所措地说，"我撞到了一条狗。"

"回到吉普车里去，该死的！"我对她吼道。

我脱下毛衣，试图将它包裹起来，"咱们必须送它去看兽医。"

"它死了吗？"凯蒂的脸色跟鼻子上的乳霜一样苍白。

"没死！"我吼道，"不，它没死！"


那位游客母亲转过身，用手搭着凉棚，望向动物园的方向。看到我手里的相机，她放下手，朝我挤出了个露出所有牙齿的难看笑容。人们在公共场合表现出来的总是最丑的自己，就连在这么近的距离拍出的照片也不例外。笑得很虚伪只是一方面，更可悲的是，就像那个古老的迷信一样，她的灵魂似乎已被相机摄走。

我假装给她拍了照，然后放下了相机。园长在大门前摆了一排墓碑形的标牌，每一块都代表一类濒危物种。标牌表面覆着塑料薄膜，可用处不大。

我抚去面前那块标牌表面的尘土。"坎尼斯·兰特朗斯"[1]，后面跟着两颗绿色星标，"郊狼，北美犬科类动物，因牧民视其为牛羊牲畜的威胁而被大量毒杀，如今在野外几近灭绝。"再往下是条毛发蓬乱的郊狼蹲着的图片和对不同颜色星标的解释。蓝

---

[1] 原文为 Canis lantrans，郊狼的拉丁文学名，后面原文直接使用"郊狼"（coyote）一词，故此处采用音译，以示区分。

色——濒危物种, 黄色——濒危栖息地, 红色——野外灭绝。

米莎死后, 我曾来过这里拍摄野狗、郊狼与野狼。当时动物园已经开始搬迁, 所以我什么也没拍到, 可就算真拍着了, 也没什么用处。牌子上的郊狼照片已经褪成了黄绿色, 原本黄色的眸子也几乎变白, 从照片里向外盯着, 脸上挂着跟杰克·安伯乐一样的拍照表情, 精神矍铄、无忧无虑。

那位母亲已经回到了甲壳虫车边, 正将孩子往车内撺。安伯乐先生晃着油光铮亮的脑袋将那位父亲送回车边, 那个男人又靠在打开的车门上跟他说了一会儿话, 然后就钻进车里, 开走了。我回到停车场。

那帮家伙只待了十来分钟, 而且我根本就没看见他们付钱, 安伯乐先生若有因此感到不悦, 至少没有在脸上表现出来。他领着我转到房车侧面, 将彩绘条上一串斑驳褪色的贴纸指给我看, "这些都是我们去过的州。" 他指向最前面那张, "国内每个州我们都跑遍了, 还去过加拿大和墨西哥。我们上一个去的地方是内华达州。"

因为离得近, 所以能清楚地看到他用红色油漆遮盖住房车原本商标的印迹, 那油漆颜色昏暗, 一看就是后来加上去的。原本写着 "畅通无阻" 的地方, 他用一块烫着 "安倍林的安伯乐一家" 字样的木匾盖住了。

他指着门旁一张印着裸女、写着 "我在拉斯维加斯恺撒皇宫酒店走了运" 的保险杠贴纸说: "我们没有找到可以代表内华达州的贴纸, 他们应该不再造那玩意儿了吧? 还有种东西现在也找不着了, 你知道是什么吗? 方向盘套, 就是那种热天里保护双手不被方向盘烫到的套子。"

"一直都是你开车吗?"我问。

他犹豫了一下才回答。我猜他俩是不是有一个没驾照。回去后,我得在"生命线"[①]里查一下才行。

"安伯乐太太有时会替我一下,但大多数时候都是我开,她坐在边上看地图。现在的地图真他娘的烂,都不知道画的什么鬼,有一半的时间你都看不出来你现在开在什么道路上。真是一日不如一日了。"

我们又抱怨了一阵现在大不如前,世风日下、人心不古之类的。我突然告诉他我想跟安伯乐太太谈谈,就从车里取出了摄像机和艾森施塔特,然后一头钻进了房车。

她手上依然拿着那块抹布。房车内部狭窄异常,怎么可能放得下那么多碗碟?内部空间比我想象的还要小,车顶太低以至于我不得不弯腰进入,而我那台尼康相机必须紧紧靠近身体,镜头才不至于撞上座椅。时间是早晨九点,但车内已经热得如烤箱一般了。

我将艾森施塔特放在厨房柜台上,确保隐藏镜头朝外。这玩意儿也只能在这里用用了。逼仄的空间内,安伯乐太太几乎无处可去,因此不可能跑到画面之外,而我也无处可去。抱歉,拉米雷斯,有些事情真人摄影师就是比预编程的机器强,比如不破坏画面这事儿。

"这里是厨房。"安伯乐太太说着将抹布叠起来,挂到水槽下柜子的塑料环上,十字绣的图案外露着。

---

① Lifeline,作者杜撰的一种档案系统。

那图案竟不是公鸡, 而是只头戴太阳帽、手跨篮子的贵宾狗。"周三要购物", 上面写着这么一条箴言。

"如你所见, 我们用的是双水槽, 手泵龙头, 冰箱是LP电子的, 有四立方英尺的空间。后面这块儿是小餐厅。餐桌折到后墙里, 我们的床就露出来了。这儿是浴室。"

她唠叨起来和她丈夫一个样。"这辆温尼巴戈你们买了多久了?"我打断她滔滔不绝的话。有时候, 打断别人准备好了的讲话可以让他们放下防备, 露出真面目。

"十九年了,"她掀开化学除臭桶的盖子,"1989年买的, 我当时还不想买来着——我可不想卖掉房子, 像嬉皮士一样到处游荡。可杰克当机立断, 买下了它, 现在拿什么跟我换它我都不愿意。淋浴器配的是四十加仑的增压供水系统。"

她后退几步, 给我腾出空间拍淋浴间。那隔间窄得可怜, 肥皂掉了这种事情根本就不用担心。我乖乖地拍了一段视频。

"如此说来, 你们一直都住在这车上啰?"我尽量用稀松平常的口吻问道。拉米雷斯提起过他俩都来自明尼苏达州。我猜他们在那儿应该有房, 在路上漂泊的时间应该只占一年中的一部分。

"杰克说广袤的大自然就是我们的家。"我放弃了给她拍照的尝试, 只为报纸拍了几张高质量的局部照: 仪表盘上贴着"驾驶员"字样的贴纸, 看起来不甚舒适的沙发上铺着外婆方格式的针织阿富汗毛毯, 车尾窗台上摆着一排盐、黑胡椒之类的调味瓶——印度孩子、黑苏格兰狗、玉米穗等牌子的都有。

"我们有时住在中西部的草原上, 有时住在海边。"

她走到水池旁，用手动水泵往小平底锅里抽了两小杯水，再把锅搁在双炉燃气灶上加热，随后取出两只青绿色仿瓷马克杯、两只茶托、一罐冻干咖啡，往杯子里各舀了些咖啡。

"去年，我们去科罗拉多州的落基山脉旅游了一趟，可以直接住在湖畔或沙漠里，待到倦了，就继续上路。啊，那一路上的风景真美。"

我根本不信她说的话。科罗拉多州是最早禁止房车通行的几个州之一，在瓦斯危机爆发和多车道公路时代到来之前就禁掉了。先是设关卡，然后发展到直接禁止房车进入国家公园，到我离开那会儿，州际公路上已经看不到这玩意儿了。

拉米雷斯也说过，房车在四十六个州被禁，新墨西哥州就是其中之一，犹他州对房车进行了严格限制，而西部各州也严禁房车白天上路。所以，不管他们一路上看到了什么，肯定都不可能是在科罗拉多州看到的，其次肯定都是在夜里或是在无人巡逻的多车道公路上为了躲避电子眼而以超过六十码的时速飞驰时看到的，跟他们所说的那种无拘无束、逍遥自在必定相去甚远。

水开了。安伯乐太太将水倒入杯中时不小心撒了些在青绿色的茶托上。她用抹布将水吸干，"科罗拉多州下雪了，所以我们才跑到这儿来，那儿的冬天来得真早。"

"我明白。"我说。

雪已经积了两英尺，现在却还只是九月中旬，让人来不及换防雪胎。白杨树叶甚至还没变黄，枝丫却已被大雪压断。凯蒂的鼻子上还残留着夏日晒伤的斑痕。

"你们是刚从哪里过来的？"我问安伯乐太太。

"戈罗布，"她打开车门喊她丈夫，"杰克！咖啡！"她将杯子端到可转换为床的桌子上，"桌子侧翼也能展开，能坐六个人。"

我在桌边坐下，让她站在艾森施塔特能拍到的一侧。阳光从由曲柄打开的后窗射进来，火辣辣的。安伯乐太太弯下腰，跪坐在格子坐垫上，小心翼翼地放下一块编织布窗帘，她动作缓慢，生怕打翻了调味瓶。

玉米穗形状的陶瓷调味瓶中间夹着几张照片。我拿起一张。那是一张老式的方形宝丽来照片。在那个年代，要将照片的膜撕掉，再把照片纸贴到硬纸片上，才能得到成片。照片上的他俩和现在看起来一模一样，脸上都挂着友善且戒备的拍照专用笑脸，身后是一片模糊不辨的山石——是科罗拉多大峡谷？还是锡安峡谷？抑或是纪念碑山谷？宝丽来照片向来色彩浓重，却清晰度欠佳。安伯乐太太手上抱着的一小团黄色物体看上去是猫，实际却不是。

那是条狗。

"那是我跟杰克在魔鬼峰照的，"她从我手中拿走照片，"那是塔可，照片上虽看不出，但它可是这世上最可爱的小家伙。塔可是条吉娃娃。"

她将照片递还给我，继而在调味瓶后面翻找起来，"那个小家伙啊，再可爱不过了。喏，看看这张，你就明白了。"

她递过来的照片比先前那张要好得多，拍照设备显然更像样些,相片纸也是哑光的。照片上的安伯乐太太手里同样抱着那只吉娃娃,站在这辆温尼巴戈车前。

"杰克开车的时候,它就坐在椅子扶手上,遇到红灯,就盯着看,灯一转绿,它便叫起来。真是再聪明不过的小家伙。"

照片中的塔可尖尖的耳朵外翻着,眼珠子朝外鼓着,口鼻的形状如老鼠一般。

狗的神韵无法在照片中显现。那天我拍了几十张照片,都没摆脱日历照的感觉,真狗的那股灵动一点儿也没抓到。我断定是因为它们脸上缺少肌肉——虽然狗主人们不这么认为——不能笑的缘故。

脸上的肌肉是照片里的人跨越时间还风韵犹在的原因。犬类的表情则是其品种为其打下的永久烙印——寻血猎犬忧郁,柯利牧羊犬机敏,杂交野犬不羁——其余任何表情都是狗主人的一厢情愿。就是这种一厢情愿让他们认定一只无法分辨颜色、脑袋跟墨西哥跳豆差不多大的吉娃娃能分辨交通信号灯。

当然啦,这种基于面部肌肉的理论经不起推敲。猫也不会笑。但猫的神韵就能从照片中溢出。无论是自鸣得意、狡诈诡秘,还是鄙视不屑,在照片上都栩栩如生,它们的脸上也没有肌肉啊。或许,照片上抓不住的是爱吧,而爱是犬类唯一能懂得的表情。

我看着照片,"确实是个可爱的小家伙。"我边说边将照片递回给她,"它个头不大,对吧?"

"小到能装在我的夹克口袋里呢。其实,'塔可'这名字不是我们取的,它是我们从加利福尼亚州的一位男士那里领养的,名字是他取的。"她说这话的时候好像自己也明白那狗的神韵在照片里已经荡然无存了。好像如果名字是她自己取的,一切就会截然不同一般。那会是个更加真实的名字,而塔可也会随之变得更加真实。好像换个名字,照片中隐去了的意味就会显现出来——这条小狗所做过的一切和于她而言所代表着、意味着的一切。

换个名字当然不管用。艾伯范的名字就是我自己取的。兽医助理听到后,往电脑里输入的却是"亚伯拉罕"。

"年龄?"他心平气和地问。这些信息压根就不用全输入电脑。这家伙应该跟着兽医进手术室才对。

"该死的,这些信息你那电脑里都有!"我吼道。

他面露困惑,但依然心平气和,"这里没有显示亚伯拉罕……"

"艾伯范,该死的。是艾伯范!"

"找到了。"助理的脸上依旧波澜不惊。

桌子对面盯着屏幕的凯蒂抬起头,"它得过新型细小,没有治疗?"她吃惊地张大了嘴。

"没错,它确实得过,没有治疗。"我说,"那是在你出现之前的事了。"

"我养过一条澳洲牧羊犬。"我告诉安伯乐太太。

杰克走上车来,手里拎着塑料桶。

"总算来啦,"安伯乐太太说,"你的咖啡都要凉了。"

"我得先把温尼洗干净了再来。"说着,他将水桶塞进狭小的水池里,疯狂地往桶里压起水来。"来的路上灰尘漫天,弄得车子灰头土脸的。"

"我正跟麦库姆先生说塔可的事儿呢。"她手捧茶托、杯子,站起身来,"来,趁热把咖啡给喝了。"

"马上。"他停下动作,将水桶拎出水池。

"麦库姆先生也养过狗。"杯子依然在她伸出的手上,"他养的是澳洲牧羊犬。我在跟他说塔可的事儿。"

"他对那事儿不会感兴趣的。"他给了对方一个所有已婚夫妇都擅长的警告眼神,"你跟他说说温尼巴戈呗,那才是他此行的目的。"

杰克出去了。我拧上长焦相机的盖儿,将摄像机放回包里。她从灶上取下平底锅,将咖啡倒回锅里。"我想我已经拍到了我需要的照片了。"我在她背后说。

她没转身,"他从来就没喜欢过塔可,连上床睡觉都不让,说什么会把腿压抽筋,那么小的狗,能有多重。"

我将相机盖子又拧了下来。

"你知道它死的那天我们在干吗吗?"她恶狠狠地说,"我们出去购物了。我不想单独留它在家,可杰克说没事儿的。那天气温高达三十二度,他一家一家地逛,没完没了。我们回到家的时候,塔可已经死了。"

她把平底锅放回炉子上,"医生说它死于细小,可我知道它是被热死的。可怜的小家伙。"

我将尼康相机放在弗米佳胶面桌上,设好参数。

"塔可什么时候死的?"为了让她转身,我问。

"九〇年。"她转过身来。我的手指落到快门键上,轻轻地按了下去。她脸上依然挂着那张拍照脸,微笑着,只是那笑里夹杂了一丝歉意和窘迫,"老天,很久以前了。"

我收好相机,起身准备告辞。"我想我拍摄完毕了。"我重申道,"要是还有没拍到的,我到时候再过来一趟。"

"别忘了你的公文包。"她将艾森施塔特递给我,"你的狗也死于细小?"

"十五年前死的,"我说,"九三年。"

她若有所思地点点头,"第三波大传染。"

我走出车去。杰克正站在车尾的窗户下,手里还拎着那只水桶。他将桶换到左手上,向我伸出右手,问:"照片都拍到了吗?"

"拍到了,"我答道,"您的妻子带我都参观过了。"边说边握住了他的手。

"要是有遗漏的,欢迎随时回来拍。"他的语气更友好、豪爽了,"我和安伯乐太太一直都积极配合媒体。"

"您妻子跟我说了你们养的那条吉娃娃的事。"我想看看他的反应。

"哎呀,都过去这么多年了,那婆娘还念念不忘。"他的表情和她一样,依然笑着,但那笑里却藏着一丝歉意,"是染上细小死的。我一直劝她去打疫苗,可她总拖着不去。"

他摇摇头,"当然,也不能全怪她。病毒大传染的始作俑者是谁你总知道的吧?"

当然，我当然知道。自然是左派分子。什么？左派自己的狗也死绝了？那是因为他们发动的化学战争失去控制，搞得收不了场。他会说，谁不知道左派最恨狗啊。或者他会说是日本人吧。我是不信。可他毕竟是旅游业的人，要不就是民主党人、无神论者，抑或是上述所有。他还会加上一句：千真万确。开着温尼巴戈房车的那种人可不就会说这些吗？我可没兴趣听。我走到希托利旁边，将艾森施塔特扔进后座。

"杀死那条狗的真凶是谁你知道的，对吧？"他在我身后喊道。

"知道。"我头也没回地钻进车里。

回家的路上，我在一列红色运水车中间左右腾挪，它们慢得像是没有要躲避电子眼的架势。我边开边想着塔可。我外婆也养过一条吉娃娃，名叫"珀迪塔"，它是世上最刻薄的狗，总是躲在门后，伺机从我腿上咬下块拉布拉多犬大小的肉块，连外婆也不放过。后来那狗得了慢性病，经常大小便失禁，脾气也愈加暴躁。

直至生命晚期，它都不让外婆近身。外婆却舍不得让它安乐死，一直善待它。可我却看不出那狗有任何感恩，相反，它对外婆的恶意只增不减。如果没有爆发新型细小病毒，那狗可能现在还活着，把她的生活搞得一团糟。

一路上，我一直想着塔可。能分辨红绿灯的神奇小狗塔可究竟长什么样？它真是热死的？安伯乐夫妇又是怎么熬过来的，挤在一百五十立方英尺的空间里，因为各自的内疚而相互指责？

一到家, 我就给拉米雷斯打了电话过去, 照她一贯的作风, 毫无寒暄, 直奔主题:"我需要一条'生命线'。"

"很高兴接到你的电话," 她说,"动物保护协会的人来电找过你。那啥, 这个报道你要不要再加个角度？'温尼巴戈房车与温尼巴戈族'？那是个印第安人部落, 大概是在明尼苏达州吧。州长记者会你怎么没去？"

"我回家了," 我说,"动物保护协会的人想要干吗？"

"他们什么都没说, 只问了你的行程。我跟他们说你去坦佩市采访州长了。怎么, 是哪篇报道出了问题吗？"

"嗯。"

"那么, 写之前先把大纲传过来。咱们报社现在可不想惹上动物保护协会。"

"我要的那条'生命线'主人的名字叫凯瑟琳·鲍威尔。"我把名字拼了一遍。

她重拼了一遍,"她跟动物保护协会的报道有关？"

"不, 没关系。"

"那她跟什么有关？我总得在申请原因栏里填点儿什么吧。"

"就填背景调查。"

"为温尼巴戈那篇报道做的调查？"

"对。"我说,"为温尼巴戈的报道做的。多久能拿到她的'生命线'？"

"看情况。你打算什么时候告诉我没去州长记者会的原因？

对了,还有关于塔利辛·韦斯特和耶苏斯·玛丽亚的报道,我得给《共和报》去个电话,问问他们是否愿意交换拍摄内容。我敢肯定他们会对已经绝迹的房车的照片感兴趣。前提是你拍了那些照片。动物园你是去了的,对吧?"

"对,视频、照片,该拍的我都拍了。艾森施塔特我也用上了。"

"我帮你找旧情人的资料,你把那些照片发给我,这要求不过分吧?我可不确定什么时候能找到。上次拿安伯乐夫妇的资料就花了我两天时间。你是要全部资料吗——照片、文档?"

"不用,只要一份个人基本信息,外加一个电话号码。"

她没了声音,又是一个"再见"也没说。如果电话还有听筒,拉米雷斯肯定是挂人电话的好手。我将艾森施塔特的胶片盒塞进显影机中。这玩意儿到底能拍出什么样的照片,我十分好奇,尽管它有可能让我失业。至少它用的是高清胶卷,而不是什么可恶的二十万像素的替代品。我不信它能自动构图,也不信它能远近调度,但在特殊情况下,它确实有可能拍到我拍不到的画面。

门铃响了。我打开门。外面站着个身穿夏威夷衬衫和灯笼裤的瘦高年轻人,外面的车道上还站着个身穿动物保护协会制服的家伙。

"麦库姆先生?"他伸出一只手,"吉姆·亨特。动物保护协会的。"

我在想什么呢——他们当然会监听我的电话啦——难道他们真会让我这种人从动物死亡现场大摇大摆地走掉?

"我们此行只是想代表动物保护协会对您上报死亡豺狼的行为表示感谢。我能进来说话吗？"

他微笑着，那笑容开朗、友善，带着丝自以为是。难道他以为我会蠢到甩下一句"我不明白你在说什么"然后将纱门甩到他脸上？

"不过是履行一个公民应尽的责任罢了。"我也对他报以微笑。

"我们真的很感激有您这样有责任感的公民，让我们能更好地开展工作。"他从衬衫口袋里掏出一块折叠显示器，"有几件事，我们需要再确认一下。您是太阳报业集团的记者，对吧？"

"摄影记者。"我说。

"您开的希托利是属于集团的？"

我点了点头。

"车上就有电话，您为何不直接从车上打电话上报呢？"

穿制服的那位正弯着腰，检查希托利。

"我不知道那车上有电话。希托利是集团刚买的，这也才是我第二次开。"

既然他们知道车上装了电话，那肯定也知道我所说属实。这种信息他们都是从哪儿搞到的呢？公用电话应该是监听不了的。假如车牌号是从监控中找到的，若没和拉米雷斯通过话，他们也不可能知道司机是谁。就算他们确实与拉米雷斯通了话，她也不可能傻乎乎告诉他们。毕竟，报社现在可不想惹上动物保护协会的麻烦。

"您不知道车上有电话，"他说，"所以您才把车开到——"

他看了眼显示器，像是在做笔记。我敢打赌他衬衫口袋里装着录音笔。"——麦克道尔和四十大道交界处的7–11便利店，从那儿打的电话。为什么没给我们的工作人员提供姓名和地址呢？"

"我当时正在赶路。"我说，"中午有两个采访任务要完成，第二个远在斯科茨代尔。"

"所以你就没对那只豺狼实施救助，因为你在赶路。"

你个混蛋，我暗自骂道。

"不是。"我说，"我没有实施救助是因为它根本就不需要任何救助。那只——它已经死了。"

"你是怎么确认的呢，麦库姆先生？"

"它嘴里正淌着血呢。"我说。


只是嘴里淌血，其他地方都安然无恙，我还以为是个好兆头。艾伯范挣扎着仰起头来，一条细细的血迹从它嘴里流出，浸入厚实的雪地中。没等我们将它抱上车，血就没淌了。"没事的，孩子，"我跟它说，"我们马上就到医院了。"

凯蒂打火，火熄了，又重新打火，总算把车倒到能转弯的地方。

艾伯范一动不动地躺在我的大腿上，尾巴抵着变速杆。"躺好了，孩子。"我拍了拍它的脖子，是湿的，我举起手来，发现那不是血，是融化了的雪。我赶紧拿毛衣袖子将它的脖子和头顶擦干净。

"还有多远？"凯蒂问。她朝前欠着身子，两手紧紧抓住方向盘,雨刷左右摇摆,像是要试图跟上落雪的节奏。

"大概五英里。"我说。她感到车轮打滑,刚踩上油门的脚马上又松了下来。"在高速公路右侧。"

艾伯范从我的大腿上抬起头来看我。它喘着粗气,它的牙龈是灰色的,可我再没看到一滴血。它试图舔我的手。"你能坚持下来的,艾伯范,"我说,"你以前就做到过,记得吗?"

"可您却没有下车确认它是不是已经死了?"亨特问。

"没有。"

"也不知道是谁撞的?"他的口吻听起来像是在拷问。这本来就是一场拷问。

"不知道。"

他回头看了眼穿制服的家伙,那人已经绕到了车的另一侧。"呼,"亨特忽然扇起夏威夷衬衫的领子,"外面热得跟火炉似的。我能进去说话吗?"这句话的言外之意就是穿制服的家伙需要隐私。行吧,你要隐私,那我就给你隐私。他越早将印粉喷到保险杠和车轮上,再从车上揭下根本不存在的证据,塞进口袋里藏着的证据盒里,就能越早滚蛋了。

我将纱门拉开一些。

"噢,太棒了。"亨特还捏着衬衫领子扇着风,"这种黏土造的老房子就是凉快。"他四下打量起屋子来,从显影机到放映机,再到沙发和墙上挂着的干裱相片。"那你一点儿也不知道豺狼是谁撞的?"

"我估计是辆运水车。"我说,"那么早的时间,范布伦高速上还能有什么？"

我几乎能肯定，豺狼是轿车或小卡车撞的。若真是运水车，它早已是马路上的一摊血肉了。况且，对运水车的惩罚顶多是吊销驾照，不然就是运两周的水去圣塔菲，绝不会惊动动物保护协会的人。报社里一直有传言，说动物保护协会是水务局罩着的。肇事车辆如果是轿车，那就完全不一样了。车会被动物保护协会拖走，司机则会锒铛入狱。

"运水车要躲避电子眼。"我说，"就算真撞到了，司机可能都没意识到。"

"什么？"

"我是说，肯定是运水车撞的。这种高峰期，范布伦高速上不会有其他车。"

我本以为他会说"除了你"，可他没这么说。他连听都没在听。

"这是你的狗？"他指着墙上的照片问。

照片上那条狗是珀迪塔。"不，"我说，"我外婆的。"

"什么品种？"

一只恶心的小兽，死于新型细小。死的时候，外婆哭得像个孩子。"吉娃娃。"

他转身看向其余几面墙。"这些照片都是你拍的？"说话间，他完全变了个人一般，礼貌得出奇，相较之下，刚刚装出来的样子真是粗暴至极，那股讨厌劲儿跟躺在公路上的死豺狼有的一拼。

"有部分是，"见他正在看珀迪塔旁边那幅，我说，"那幅不是。"

"这种狗我认识，"他指着照片上那条狗，"拳师犬，对吧？"

"那是英格兰斗牛犬。"我说。

"噢，没错。它们不就是因为过于凶残被赶尽杀绝的那个品种吗？"

"不是。"我说。

他晃悠到显影机边的那幅照片面前，活像个博物馆里的游客。"我敢打赌这张也不是你拍的。"他指着照片里那位脚踩高帮鞋、头戴老式毡帽、怀里抱着两只狗的健壮老太太。

"那是英国童话作家碧翠丝·波特，"我说，"《彼得兔》就是她写的。"

他对老太太不感兴趣，"她手里抱着的是什么狗？"

"小狮子犬。"

"拍得真不错。"

其实，这张照片拍得很糟糕。其中一只狗把头扭向了一边，另一只则一脸淡漠地趴在主人手上，等待机会。尽管表情上什么也看不出，但很显然，它们不喜欢拍照。它们塌着鼻子，黑不溜秋的小眼睛毫无生气。

而碧翠丝·波特则在照片中表现得很好，尽管她看着镜头笑得很刻意，双手紧张地抓住狮子犬，但说不定正是这样子让照片生辉不少。她对那两只凶猛诙谐的小狗的爱滑稽又猛烈，全都写在了脸上。虽然写出了"彼得兔"系列、享誉全球，但她始终没有练就一张为公众场合准备的拍照脸。她的每一丝情感都袒露在照片上，和盘托出，毫无保留，跟凯蒂一模一样。

"这里面有你的狗吗？"亨特问。他此时已经站到了挂在沙发上方米莎的画面前。

"没有。"我说。

"你为什么不给自己的狗拍照呢？"他问。

我心中暗忖他是怎么知道我养过狗的，他还知道些什么。

"它不喜欢拍照。"

他将显示器折起来，塞进口袋。转身看了眼珀迪塔的照片，"它看样子是条好狗。"

穿制服的那位在门外驻足等待，显然调查车子的工作已经完成。"我们找到肇事者后会通知你的。"亨特说，然后他俩便离开了。往街上走时，穿制服的人本想向亨特报告自己的发现，却被亨特打断了。嫌疑人家里挂满了狗的照片，由此推断，今早范布伦高速上那条狗的近亲不是他轧死的。结案。

我回到显影机边，插入艾森施塔特胶卷。"正片，顺序播放，每五秒切换。"我边发布指令边看着图像在屏幕上逐渐显现出来。

拉米雷斯说过只要放在平面上，那机器就会自动开启。她说的没错。光是在去坦佩市的路上，它就拍了六七张。其中有两张希托利的照片，应该是我将它搁在地上，往车上装东西时拍的；还有一张模糊不清，上面是棕榈树丛掩映中的建筑，隐约能看到高速公路上飞驰而过的车辆与车上的人。有一张拍得挺不错，一辆红色运水车挨着豺狼山上疾驰而过。还有十几张拍的是我停车的那个山脚下的刺木丛。

另有两张拍的是我的前臂，应该是放在厨房柜台上时拍的，还有一些构图精美的车辆与人群, 剩下就全是些没用的了: 不是我的后背, 就是开着的浴室门, 再不然就是杰克的后背或安伯乐太太刻意的笑脸。

最后那张是例外。照片里的她站在机器正前方, 双眼直视镜头。"每当我想到那个可怜的小家伙孤零零的……"她嘟哝着转过身去, 脸上的悲伤一闪而过, 继而又换上了拍照专用的笑脸, 可就在那一瞬间, 她盯着眼前像是公文包的玩意儿回忆往昔的那一刹那, 机器捕捉到了整个早上我挖空心思想要拍到的照片。

我将机器拿到客厅, 坐下, 看了好一阵那张照片。

"所以, 这位科罗拉多州的凯瑟琳·鲍威尔小姐, 你认识?"拉米雷斯的声音毫无征兆地传来, "高索"系统①无声息地滑动, 将凯瑟琳的"生命线"打印了出来。"我一直怀疑你有段不可告人的过往。莫非她就是你搬到凤凰市的原因?"

我看了眼"高索"系统吐出的文件: 凯瑟琳·鲍威尔, 荷兰人路4628号, 阿帕奇章克申。离这里四十英里远。

"圣母玛利亚! 你个老牛吃嫩草的家伙。我算了下, 你住在那里时, 她才十七岁。"

十六岁。


"你是狗主人吗?"兽医问她。当他意识到她有多年轻时, 脸色缓和下来, 多了一丝同情。

"不是。"她说, "我是撞了它的人。"

---

① 作者杜撰的信息传导系统。

"我的天，"他说，"你多大了？"

"十六，"她张大嘴、瞪圆了眼，"我刚拿的驾照。"

拉米雷斯说："你不打算告诉我她和温尼巴戈的报道之间的联系吗？"

"我搬来这里是为了摆脱雪天。"说罢，我挂掉了电话，没说一声"再见"。

"生命线"还在悄无声息地往前滚着：在惠普电脑公司做过黑客；九九年被解雇，应该是工会化大潮那会儿；离过婚，有两个孩子；晚我五年搬到了亚利桑那州；现在是东芝电脑公司的一名程序员，持有亚利桑那州本地驾照。

我回到显影机边，看着安伯乐太太的照片。前面我说过狗的神韵没法在照片中显现，那并不是真的。安伯乐太太急于给我展示的模糊的宝丽来照片里，和她急于向我讲述的故事里，都没有塔可的身影。可这张照片里却有，就在安伯乐太太的表情之中，那饱含痛苦、深爱与痛失所爱的复杂表情中。我能清楚看到塔可趴在驾驶座把手上，一看见交通灯变绿它便不耐烦地吠叫起来。

我往又森施塔特里塞了一盒新胶卷，出门、开车去找凯蒂。

快四点了，分道公路上堵起了车，所以我不得不走范布伦高速。豺狼已经消失不见，动物保护协会办事效率很高。

"你为什么不给自己的狗拍照呢？"

这个问题的提出可以基于墙上挂狗狗照片的人自己必定养

狗的假设, 但亨特这么问却是因为他明确地知道艾伯范的存在, 这就意味着他拥有调取我 "生命线" 的权限, 这足以说明很多事情。我的 "生命线" 明明加了密, 任何人试图获取, 我都会收到通知, 显然这里的任何人不包括动物保护协会。

报社里有位我相识多年的记者名叫 "多洛雷斯·齐沃尔", 他曾做过关于动物保护协会非法获取 "生命线" 资料的报道, 最终因证据不足而失败, 不知道我这事儿算不算证据。

"生命线" 可以让他知道艾伯范的存在, 却无法告知他艾伯范的死因。那时, 杀死一条狗还算不上犯罪, 我没有告凯蒂鲁莽驾驶, 我甚至都没报警。


"我觉得你应该报警," 兽医助理说, "这世上拢共不过一百条狗了, 我们不能再这样随意杀死它们了。"

"我的天, 雪下得那么大, 地还滑。" 兽医生气地说, "再说, 她还只是个孩子。"

"她大到都有驾照了。" 我盯着凯蒂说。她正在手提包里翻找驾照。"大到都能开车上路了。"

凯蒂找到了驾照, 递给我。那崭新的驾照还闪闪发光, 上面写着: 凯瑟琳·鲍威尔。两周前她才刚满十六岁。

"就算这样也不能让它活过来," 兽医从我手中夺过驾照, 还到她手里, "你先回家吧。"

"我需要她的姓名, 做记录用。" 兽医助理说。

她朝前走了一步, "凯蒂·鲍威尔。"

"我们会处理好后续工作的。" 兽医坚定地说。

他们没有做任何后续工作。又过了一周，第三波大传染就暴发了，我想也没有必要再做什么了。

我在公园大门边开始减速，朝停车场的方向望去。安伯乐夫妇的生意红火了起来，停车场至少停着五辆车，温尼巴戈周围围着十几个小孩。

"你跑哪儿去了？"拉米雷斯的声音忽然传来，"拍的照片呢，又在哪儿？我说服了《共和报》，可他们坚持要独家所有权。照片，我现在就需要那些照片！"

"我一到家就发给你，"我说，"现在在跟一个报道呢。"

"跟个屁！你是在去看老相好的路上吧。你给我听好了，别指望报社给你报销路费。"

"温尼巴戈族印第安人的材料你弄到没？"我问。

"弄到了。他们曾居住在威斯康星州，后来都迁走了。七十年代中期，保留地里还有一批，大约一千六百多人，总数也就四千五左右。到了九〇年代，就减少到了五百人，现在更是一个都没有了。没人知道他们究竟遭遇了什么。"

让我来告诉你他们遭遇了什么，我暗想。第一波传染暴发后，他们几乎全部丧生。那时，人人责怪政府、日本人和臭氧层。直到第二波传染来袭，动物保护协会才试图通过立法保护幸存者，但那时温尼巴戈族的人数已少于最低限度，一切都为时已晚，第三波传染直接带走了所有剩下的幸存者。最后一个温尼巴戈人当时还被关在笼子里四处展览，我若在现场，肯定会忍不住按下快门。

"我给印第安人事务局打过电话了,"拉米雷斯说,"他们待会儿就回我。至于什么温尼巴戈族人,你压根就不在乎,提这茬儿不过是为了转移话题吧?你现在追的这个报道是关于什么的?"

我看向仪表盘,寻找挂断按钮。

"到底发生什么了,大卫?你先是放弃了两个大新闻,现在连照片都不发了。上帝,真出了什么事,你可以跟我说的。我愿意帮忙。这事儿跟科罗拉多州有关,对不对?"

我找到按钮,将她的通话掐掉了。

随着下午分道公路上的车流开始分散,范布伦高速也开始堵得水泄不通。阿帕奇大道拐弯处正在修建新车道,路段东侧铺上了水泥,工人们正在忙着往六车道中离我较近的两条车道铺设木头架子。

安伯乐夫妇一定催促过这些施工工人尽快完工,不过这些工人们一个个在烈日骄阳下靠着铁锹,悠闲地抽着烟,照这个进度,眼前的这一小截说不准都花了他们六个星期。

麦瑟境内的多车道公路都还开着,驶过市中心时,我又发现在修路,这边倒是快完成了的样子——路两侧竖起了屏障,水泥几近铺设完毕。

安伯乐夫妇从戈罗布过来走的肯定不是这条道,这么窄的车道,连希托利都难以通过。运水车道封得死死的,那条去罗斯福市的高速也被封上了。这就说明他们压根就不是打戈罗布来的。所以他们究竟是怎么进来的?难道是走了多车道公路上的运水道。

"啊，那一路上的风景真美。"在苍茫荒芜的大漠上如袋鼠般逃窜、躲避电子眼的追踪，他们能有多少绝妙的见闻呢？我在心里默默思忖。

高速上没竖标牌，我错过了去阿帕奇章克申的下道口，不得不经由苏必利尔绕道。我被车流夹在水泥旁边的狭窄车道中，直到一条换车道出现才赶紧掉了头。

凯蒂住在"迷信庄园"，一片紧紧依偎在迷信山①山脚下的住宅小区。等我到了我该和凯蒂说什么呢？当年共度的两个小时里，我总共只对她说了十几句话，其中大部分是吼着给她指路。去兽医站的路上，我一直在跟艾伯范说话，在候诊室里，我俩也都沉默不语。

我忽然意识到我有可能认不出她了。我本来就不太记得她的长相，除了鼻子上日晒的痕迹和目瞪口呆的表情。如今十五年已经过去，这两者都不太可能还挂在她脸上。亚利桑那州的阳光会解决掉前者；至于后者，她结过婚又离过婚，还被炒过鱿鱼，鬼知道十五年间她还经历过什么，终归会变得喜怒不形于色吧。这么说来，我真没必要开这么远的路来找她。

不过，就连坚不可摧的安伯乐太太也能被人抓个措手不及——只要让她谈起她的狗，只要她不知道自己正在被拍。

凯蒂的房子是一套老式太阳能供暖房，房顶上排着扁平的黑色太阳能板。房子看上去不错，只是不够整洁。门外没有草坪——运水车不会跑这么远；而且阿帕奇章克申是个小地方，没

———————

① Superstition Mountain，皮马印第安人传说中的圣山，位于亚利桑那州大峡谷地区。

有凤凰市或坦佩市那些贿赂、利诱行径——前院铺着错落有致的黑色熔岩屑，长满了仙人球。侧院里立着棵干枯的帕洛弗迪树，树脚下拴着只猫，一个女孩在树下摆弄玩具车。

我取出艾森施塔特，走上前，按响了门铃。就在我即将改变主意扭头离开的前一秒，她拉开了纱门。我突然意识到她应该认不出我，我得做个自我介绍。

鼻梁上的晒痕不见了踪影，体型从十六岁少女长成了三十多岁女人该有的模样。除此以外，她跟那天的样子差别不大。能看出来她还认得我，她早知道我会来找她。她肯定在自己的"生命线"中设置了通知功能，一旦我寻找她的下落，就会得到通知。我思索着这意味着什么。

她将纱门拉开一条细缝，"你想干吗？"

我从未见过她生气，就连那天在兽医站被我骂时也一样。"我只是想见见你。"我说。

我本想说做采访时曾见到她的名字，当时很好奇是不是她；或者说我正在追一个关于最后一栋被动式太阳能供暖房的报道。"今天早上，我看到了一条死了的豺狼。"我说。

"然后你就以为是我杀的？"说罢，她便要关门。

我想都没想就伸手去拦她。"不。"我说。

我放下手，"不，我当然不会那么想。能让我进来吗？我只想和你谈谈。"

小女孩走了过来，站在门边，双手将玩具车紧贴在粉色T恤上，好奇地看着我们。

"进来，嘉娜。"凯蒂边说边将纱门又拉开了一些。女孩钻进门里。"去厨房待着,"凯蒂说,"听话,待会儿给你喝'酷爱'①。"她扭过头来,"我曾在噩梦中梦见你来找我,我走到门前,发现你就站在那儿。"

"外面很热。"我知道自己此刻听起来跟亨特一副德行,"能让我进来吗?"

她将纱门彻底拉开。"我得给我女儿弄点儿喝的。"她领着我走进厨房,小女孩正在厨房里跳舞。

"想喝哪种颜色的'酷爱'?"凯蒂问。女孩尖叫:"红色。"

厨房里的柜台正对着炉灶、冰箱和饮水冷却器,中间隔着条狭窄的走廊,走廊尽头有壁橱,旁边摆着一张桌子,几条椅子。我将艾森施塔特放在桌子上,自己找个椅子坐了下来。这么一来,她就不会提议到另一间房去了。

凯蒂伸手从壁柜里取出一只塑料罐,塞到水箱下面接水。嘉娜将玩具车扔到柜台上,爬上桌面,就要去开壁柜门。"你女儿多大了?"我问。凯蒂从炉灶边上的抽屉里翻出支木勺,连同水罐一起放到桌子上。"四岁,"她说,"你找到'酷爱'了吗?"她问女孩。

"找到了。"可那根本就不是"酷爱"。她将塑料外包装撕掉,里面露出一块粉色立方体,丢进水罐里后,立即变成了淡红色,咝咝作响。"酷爱"肯定也绝迹了,如同温尼巴戈人和被动式太阳能供暖房一样。要不然就是变得无法辨认了,跟动物保护协会一样。

凯蒂将红色液体倒进玻璃杯里,杯子上印着卡通鲸鱼。

---

① Kool-Aid,一种以儿童为销售对象的饮料。

"她是独生女？"我问。

"不，我还有个儿子。"她的语气中带着丝警惕，像是不确定是否该告诉我一般，尽管她知道既然我已经查阅了她的"生命线"，那这些信息我肯定都清楚。嘉娜找妈妈要了块曲奇饼，然后端着她的"酷爱"走了出去。我能听到纱门"砰"地关上的声音。

凯蒂将水罐塞进冰箱，转身靠在柜台上，双臂环抱于胸前，"你想怎么样？"

她正好站在艾森施塔特的拍摄范围外，脸庞隐藏在狭窄过道的阴影中。

"今天早上，我在路上遇到一条死了的豺狼。"我故意压低声音，让她从阴影中探出身来，以便听得更清楚。"是被车撞死的。它躺着的姿势很有意思，看起来像条狗。我想找个人谈谈，找个还记得艾伯范、认识艾伯范的人谈谈。"

"我不认识它。"她说，"我只是撞死了它，记得吗？所以你才来找我的，对吧，因为我杀死了艾伯范。"

她看都没看艾森施塔特一眼，我将那机器放在桌上时，她也没扫一眼，但我突然觉得她可能知道我想干吗。她依然小心翼翼地躲在拍摄范围之外。"是的。就是因为你杀死了它，所以我连它的一张照片都没有。你欠我的，我连一张艾伯范的照片都没有，你至少欠我一张回忆它时的照片。"如果我这么说，会发生什么？

问题是她根本就不记得它了。除了去兽医站的路上以及艾伯范临死前躺在我的大腿上抬头看我的样子外，她对艾伯范一无所知。我无权跑到这里来，翻出陈年旧事。我没有这个权力。

"刚开始我还以为你会报警逮捕我。"凯蒂说,"后来等到所有的狗都灭绝了,我以为你会跑来杀了我。"

纱门"砰"地一响。"忘了拿我的玩具车。"女孩边说边将玩具车抱到怀里。经过凯蒂身边时,凯蒂伸手摸了摸她的头,然后又立刻将双臂环抱起来。

"'那不是我的错',我本打算在你来找我的时候这么跟你说的。"她说,"'当时正在下雪,它突然蹿出来的时候,我根本没看到。'为了给自己辩护,我查遍了所有关于新型细小的信息——它是如何从细小病毒及猫瘟病毒变异来的,而后又如何持续变异,搞得科学家没法研制出疫苗;第三波传染前,狗类的数量就已经低于最低生存量了;最后一批狗主人不愿冒险让那些狗交配繁衍,所以他们应该为狗的灭绝负责;科学家直到只剩下了豺狼都无法研究出疫苗。

"'你错了,'我本打算跟你说,'狗类灭绝的责任应该由幼犬繁殖中心来负,如果没有将幸存下来的狗放在如此恶劣的环境中,局势根本就不会失控。'我都编好了台词,你却搬家了。"

"砰"的一声,嘉娜又走了进来,手里拿着空空的鲸鱼杯子,下半边脸沾上了红色的污渍。"我还要。"她说。"还要"两个字被她连成了一个词。她双手握着杯子,凯蒂打开冰箱,又给她倒了一杯。

"等一等,宝贝。"她说,"你脸上全是'酷爱'。"说完她弯下腰去拿纸巾帮嘉娜擦了擦脸。

我们在兽医站等候时,凯蒂一点儿都没为自己辩解,没说什么"当时在下雪"，也没说"它突然蹿出来"，更没说"我根本没看到。"她只默默地坐着，一言不发，拧着放在大腿上的手套，直到兽医走出来说艾伯范死了，她才说了一句："我根本不知道科罗拉多州还有狗。我还以为它们都灭绝了。"

我转过头去，对着这位还不懂得掩饰情绪、佯装镇定的十六岁女孩儿说，"现在灭绝了，多亏了你。"

"没必要这么说话。"兽医警告我。

我甩开他试图放上我肩膀的手。"杀死世界上仅存的狗之一，感觉如何？"我对着她吼道，"让整个物种因你而灭绝，感觉如何？"

纱门再次发出"砰"的一声。凯蒂盯着我，手里还握着染红了的纸巾。

"你搬走了。"她说，"我原以为这或许代表着你原谅了我，可你并没有，对吧？"她走到桌边，擦拭起杯子在桌面上留下的红色圈印，"你为什么要搬走？为了惩罚我？难道在你眼里，过去十五年，我就一直漂泊在路上、屠杀动物？"

"什么？"我说。

"动物保护协会的人已来过了。"

"动物保护协会？"我一脸疑惑地问。

"对。"她依旧盯着染红的纸巾，"他们说你上报了范布伦高速上的一条豺狼的死亡，然后问我今天早上八点到九点间在什么地方。"

回凤凰市的路上，我差点儿撞到一位修路工。他刚扔下整天倚在上面的铁锹，朝未干的水泥障碍物跳去，我的车刚好从铁锹上轧了过去。

动物保护协会已经去过她那儿了。看来，他们离开我家就直接去找她了。但这不可能，那时我还没给凯蒂打电话呢，我连安伯乐太太的照片都还没看。所以他们应该是先去见了拉米雷斯，毕竟拉米雷斯和报社可不想招惹动物保护协会。

"我发现他没去州长记者会的时候就觉得这家伙可疑了，"她对他们说，"他刚刚还打电话来找我要一个住在荷兰人街道4628号的凯瑟琳·鲍威尔的'生命线'。他俩是在科罗拉多州认识的。"

"拉米雷斯！"我通过车载电话对她咆哮起来，"我要和你谈谈！"没有回音。

我骂了她足足十公里路才意识到免打扰开关是开着的，我一拳砸下去，"拉米雷斯，你他妈到底去哪儿了？"

"我还想问你呢，"她的怒气听起来比凯蒂更甚，"是你挂的我，是你不愿意告诉我究竟发生了什么。"

"所以你就决定要自己搞清楚，还偷偷将自己的想法告诉了动物保护协会？"

"什么？"这个语气我认得，凯蒂告诉我动物保护协会去过她家时，我也是这种语气。拉米雷斯没告诉任何人任何事，她压根儿不知道我在说什么，可此时的我已经停不下来了。

"是你告诉动物保护协会我找你要过凯蒂的'生命线'，对吧？"我吼道。

"不,"她说,"我没有。你不觉得是时候该告诉我到底发生什么了吗?"

"动物保护协会下午来找过你没?"

"没有。我都说过了。他们早上打过电话,说要与你通话。我告诉他们你去报道州长记者会了。"

"后来就没再打来过?"

"没有。你惹什么麻烦了?"

我按下免打扰开关。"是的,"我说,"我惹麻烦了。"

既然不是拉米雷斯说的,那会不会是报社的其他人?不,我不这么认为。毕竟多洛雷斯·齐沃尔都报道过他们非法获取"生命线"了。"你为什么不给自己的狗拍照呢?"亨特能这么问说明他们读过我的"生命线",所以他们才知道艾伯范死的时候我们都在科罗拉多生活过,还生活在同一座城市。

"你怎么跟他们说的?"我问凯蒂。她站在厨房里,手里还玩着那条被"酷爱"染红的厚纸巾。我真想一把夺过来,好让她直视我的双眼,"你怎么跟动物保护协会那群人说的?"

她抬头看我,"我告诉他们我当时正在印第安学院路,从公司领取这个月的编程任务。不幸的是,我可能确实走的是范布伦高速。"

"关于艾伯范的!"我吼道,"关于艾伯范,你跟他们说了什么?"

她目光坚定地注视着我,"我什么也没说。我以为你已经都告诉他们了。"

我抓住她的双肩，"要是他们再回来，什么都别告诉他们。就算逮捕你，也别开口。事情由我来解决。我会……"

我没继续说下去，因为我也不知道该怎么办。我飞奔出她家，撞倒了找妈妈再要一杯"酷爱"的嘉娜，然后驾车一路飞驰，尽管我也不知道回家后下一步该怎么走。

打电话给动物保护协会，叫他们别再去找凯蒂，告诉他们她和这事毫不相干？这么做只会令我更加可疑。

我在高速上看到一条死豺狼（这还是我的一面之词），没有当场在车里上报，而是驱车到两英里外的便利店；我给动物保护协会打了电话，却没有留下姓名和电话号码；我在没有通知上司的情况下擅自取消了两场拍摄任务，还要求查看十五年前相识的凯瑟琳·鲍威尔的"生命线"，而这个凯瑟琳在事发当下有可能就在范布伦高速上。

这之间的关联太过明显，没过多久，他们可能就会由此推测出艾伯范正是十五年前死的了。

高峰时段的阿帕奇大道上车满为患，运水车浩浩荡荡，将路面挤得水泄不通。显然，这些家伙一辈子跑的都是分道公路，没人注意变道时的亮灯提示，那架势好像没人知道车道是什么似的。从坦佩市上范布伦高速的拐弯处挤满了各色车辆，我扭转方向盘，开上了运水车道。

我的"生命线"里没有记录兽医的名字。当时，这种档案系统才刚刚建立，人们对于侵犯隐私之类的问题相当审慎。未经本人同意，信息不得上传，特别是医疗信息与银行信息。那时的"生命线"不过是简单的个人简介：家庭、职业、爱好、宠物。艾伯范的名字旁边只写了它的死亡日期和我当时的地址。不过,这些信息就已经够了。整座小镇只有两名兽医。

艾伯范的档案里也没有凯蒂的名字。兽医当时看都没看,就把驾照还给了她。凯蒂自己倒是有把名字告诉过兽医助理,他可能记了下来,但事实究竟如何,我无从考证。我也不能去要兽医的"生命线",毕竟现在动物保护协会控制着一切,没等我开口,他们可能都已经拿到了。或许我能让报社帮我搞一份兽医的记录吧,可那样的话,我又不得不向拉米雷斯汇报目前的情况。我的电话说不准也被监听了,要是我此时出现在报社,拉米雷斯肯定会没收我的车,我就哪儿也去不了了。

虽然不知道究竟要去哪儿,但我依然将车开得飞快,前面的运水车减速到九十时,我差点儿撞上它的后保险杠。路过豺狼被轧死的地方时,我发现路面上早已空无一物了。

即便路上车迹寥寥,大约也没什么可看的了,动物保护协会没处理掉的也早被这车流给处理了。再说了,动物保护协会手里本来就没啥证据,若有,若电子眼真拍到了肇事车辆,他们也不会揪着我不放了。当然,还有凯蒂。

动物保护协会没法以艾伯范的死起诉她——谋杀动物在当年算不上犯罪——但如果他们发现了艾伯范的死与她的关联,就能以豺狼的死起诉她了。到时候,就算有一百个目击证人、一百个高速摄像头可以证明她当时就在印第安学院路,就算她车上的补漆干干净净,都没用。她确实杀死了仅存的几只狗之一,不是吗?他们会处死她的。

我不该离开凯蒂家。"什么都别告诉他们",虽然走之前我这么警告过她,可她从不是害怕承认罪行的人。前台问她发生了什么时,她大大方方地回了句"我撞了它",就这么直接,压根就没想过找借口、逃跑,或责怪他人。

我拼命跑出来,试图阻止动物保护协会发现凯蒂撞死艾伯范的真相。但此时,动物保护协会可能又回到了凯蒂的住所,盘问她在科罗拉多州时如何与我相识,盘问她艾伯范是怎么死的。

我错了。他们没去凯蒂那儿,而是来了我家,此时正站在门厅里,等着我给他们开门呢。

"要找你可真不容易。"亨特说。

穿制服的那位咧嘴一笑,"你去哪儿啦?"

"抱歉,"我从兜里掏出钥匙,"我还以为你们该问的都问完了呢,我已经告诉你们我知道的一切了。"

亨特后退了一步,好让我打开纱门,将钥匙插进锁孔里。"我和塞古拉警官还有几个问题想问你。"

"今天下午你去哪儿了?"塞古拉问。

"去见一位老朋友。"

"谁?"

"好啦,好啦,"亨特打断道,"咱们让他先进家门,再用各种问题来刁难他吧。"

我开了门。"监控摄像有拍到撞死豺狼的运水车吗?"我问。

"运水车?"塞古拉问。

"我不是说过嘛,"我说,"肯定是运水车撞的,那豺狼可是直挺挺地躺在运水车车道上的。"

我领着他们走进客厅，将钥匙丢在电脑上，一边说话，一边悄悄地把电话开启免打扰。我可不想在这个时候听见拉米雷斯的声音突然响起："发生什么事了？你又惹什么麻烦了？"

"可能是辆'叛逃者'撞的吧，这就能解释他为什么没停下了。"我示意他俩坐下。

亨特坐了下来。塞古拉还没走到沙发边就站住了，盯着满墙的照片。"上帝啊，瞧瞧这些狗吧！"他说，"都是你拍的？"

"一部分。中间那张就是米莎。"

"世上最后一条狗，对吧？"

"对。"我说。

"没开玩笑吧？真的是它。"

没开玩笑。我见到它时，它正被隔离在圣路易斯的动物保护协会研究所里。我说服他们让我拍照，却被要求只能站在隔离区外拍，门上的玻璃窗上有金属丝网，拍出的照片异常模糊，可就算让我进去了，这照片也不会好到哪里去。米莎的脸上已经没有了任何值得拍的表情，它一个礼拜没吃东西了，我待在那儿的整段时间里，它都耷拉着脑袋，盯着门的方向。

"你考虑把这张照片卖给动物保护协会吗？"

"不，我不考虑。"

他点点头，表示理解，"我猜它死的时候，人们肯定很悲伤。"

很悲伤。稍微与此事有点儿关系的人都受到了惩罚——从幼犬繁殖厂厂长到造不出疫苗的科学家，再到米莎的兽医——甚至连一些毫不相干的人也受到了牵连，每个人都感到内疚与自责，仓皇之中将手里的民权拱手交给了一群粗暴的"豺狼"。

很悲伤。

"这张呢?"塞古拉已经踱到了旁边那张照片面前。

"那是巴顿将军的斗牛梗威利。"

他们用核电站里的那种机械臂给米莎喂食、打扫粪便,它的主人是个倦容满面的女人,他们只许她透过窗户上的金属丝网看躺在里面的米莎,还必须站在门的侧面,因为一看到她,米莎就会哀号着朝门的方向撞去。

"你应该让他们放你进去,"我对她说,"这么锁着对它来说很残忍,你应该说服他们让你把它带回家。"

"然后呢,任由她染上新型细小病毒吗?"她反问。

米莎不会染上病毒的,因为其他的狗都死绝了,病毒已经没有了宿主,我这么想着,却终于没说出口,只默默地调试好相机的参数,同时小心着不闯入米莎的视线范围。

"罪魁祸首是谁,你知道的,对吧?"她说,"是臭氧层上面的那些空洞,辐射导致了病毒的流行。"

我们责备左派,责备墨西哥人,责备政府,而宣称该为之负责的那些人其实根本就无罪。

"这张照片上的狗看起来像条豺狼。"塞古拉说。那张照片是艾伯范死后,我给一只德国牧羊犬拍的。"狗长得真的挺像豺狼的,对吧?"

"并不。"我在亨特对面、显影机屏幕前的矮柜上坐了下来,"关于那条豺狼,我能说的都说了。我看见它躺在地上,就给你们打了电话。”

“你说过它当时躺在最右边的车道上？”亨特问。

“没错。”

“而你在最左边的车道上？”

“我在最左边的车道上。”

他们这是打算一条一条跟我对口供，等着我出错，然后逮住机会就会说：“你确定吗，麦库姆先生？你确定没看见豺狼被撞？是凯瑟琳·鲍威尔撞的，对吧？”

“今天早上，你跟我们说的是看到豺狼后你立马就停了下来，但豺狼已经死了。对吧？”亨特问道。

“不对。”我说。

塞古拉抬起头，亨特假装不经意间轻触了一下衣服口袋，打开录音笔，随后又将手放回膝盖上。

“我继续朝前开了有小一英里，然后倒回去才看见豺狼死了，嘴里正在往外冒血。”

亨特啥也没说，静静等着，手依然平放在膝盖上——这是记者惯用的伎俩，只要你等的时间足够长，他们就会说出一些本不该说的话，仅仅为了打破沉默。

“那尸体躺着的姿势很特别，”我继续说了下去，正中他的下怀，“看上去不像豺狼，倒是像条狗。”

说完我也闭上了嘴，直到空气中的沉默变得有些尴尬了才又开口。“那个场景让我想起很多糟糕的回忆，”我继续说道，“我无法思考，一门心思只想离开那儿。过了几分钟，我才意识到应该打电话上报动物保护协会，于是在那家7-11便利店停了下来。"

我又停了下来，直到塞古拉朝亨特投去不安的眼神才继续说下去，"我以为自己没事，可以继续工作，可当我到了第一个拍摄现场才明白自己根本坚持不了，于是我回了家。"诚实、坦率，安伯乐夫妇能做到，你也可以。"我猜我是被吓到了，我甚至没向上司请假，没让她派人顶替我去报道州长记者会。我满脑子想的都是——"

我停了下来，双手抚过脸庞，"——我需要找个人倾诉，于是我让报社帮我找到了一位老朋友，凯瑟琳·鲍威尔。"

我停了下来，希望我说的已经足够。我承认了自己上午说谎的事实，还对两项罪行供认不讳：逃逸现场和利用媒体获取他人"生命线"私用，这总能满足他们了吧。我不想跟他们谈论与凯蒂的会面，不然他们就会知道凯蒂告诉过我他们去找过她，就会明白我的坦白是为了保护她。又或许，他们一直暗中监视凯蒂家，早就心知肚明，而我现在的坦白在他们看来不过是在做无用功罢了。

沉默在继续着，亨特拿手轻拍了两下膝盖，终于放弃了。我坦白的这些信息还是无法解释，为什么我会选择凯蒂这个十五年没见的科罗拉多州老乡去倾诉。也许，仅仅是也许，他们还没有将这些点串成一条线。

"这位凯瑟琳·鲍威尔，"亨特说，"你们是在科罗拉多州认识的，对吧？"

"我跟她住在同一个镇子上。"

沉默再次降临，我俩等待着。

"你的狗不就是那时候死的吗?"塞古拉突然开口。亨特愤怒地瞪了他一眼,他口袋里装的不是录音笔,是兽医记录,上面写着凯蒂的名字。

"是的。"我说,"它是九九年九月份死的。"

塞古拉张大了嘴。

"在第三波传染中死的?"亨特抢在他开口前说。

"不,"我说,"是被车撞死的。"

他俩脸上露出震惊的表情,安伯乐夫妇真该跟他们好好学学。"谁撞的?"塞古拉问。亨特往前探着身子,手不自觉地移向口袋。

"不知道。"我说,"肇事者逃掉了,留下它躺在路上,所以我看到豺狼的时候心里就……然后我就遇到了凯瑟琳·鲍威尔,她停下车,帮我将它抬到车里,我俩一起把它送到了兽医站,但终究还是没能救下它。"

亨特的扑克脸依旧纹丝不动,塞古拉却惊讶、顿悟、失望全写在了脸上。

"这就是我想去见她的原因。"我画蛇添足地加了一句。

"你的狗是哪天被撞死的?"亨特问。

"九月三十号。"

"兽医叫什么名字?"

他还在继续盘问,可已经不再关心我的回答了。他本以为自己找到了某个突破口,发现了一起包庇案,可随着我们这几个爱狗者和好心人聊着聊着,他渐渐发现自己的推测崩塌了。采访已经结束,现在不过是在收尾,我只需小心谨慎,不宜过早放松。

我皱了皱眉，"不记得了，可能是库珀吧。"

"那你觉得肇事车辆是什么类型的车？"

"不知道。"我一面说，一面心想：不是吉普，不能是吉普。"被撞的时候我没看到，兽医说是辆大车，可能是皮卡吧，或者，是辆温尼巴戈房车。"

就在那一刻，我突然明白撞死豺狼的凶手是谁了。真相一直就在我眼前——不惜用光四十加仑的水也要清洗保险杠的老头，硬说自己是从戈罗布来的谎言——只是我光顾着保护凯蒂，不让他们拿到艾伯范的照片，才一直没有看清真相。就跟该死的细小病毒一样。当你忙着顾一处，另一处就来不及兼顾。

"有没有可以用来指认嫌犯的车痕？"亨特问。

"什么？"我说，"没有，那天是下雪天。"悲伤的情绪必须在脸上显现，必须让他看个清清楚楚。我伸手捂住双眼，"抱歉。这些问题让我仿佛又回到了那一刻。"

"抱歉。"亨特说。

"那我们能从警务报告那里获得相关信息吗？"塞古拉问。

"没有警务报告，"我说，"那个时候，杀死一条狗还算不上犯罪。"

此话一出，他俩脸上露出了震惊的表情，两人面面相觑，满脸的怀疑。他们又问了几个问题，便起身离开。我送他们走到门前。

"谢谢您的配合，麦库姆先生。"亨特说，"我们明白对您来说这是一段异常艰难的经历。"

我关上纱门。安伯乐夫妇肯定是为了躲避电子眼才把车开得飞快的,毕竟他们压根就不该出现在范布伦高速上。当时正值早高峰,他们将车开上运水车道,看都没看见就撞上了那条豺狼,发现时已经晚了。他们肯定知道撞死动物要坐牢,车子还会被没收,而当时路上除了他们空无一人。

"哦,还有一个问题。"亨特走到一半,突然转身问,"你说你今天早上去了一个拍摄现场。那是什么活动?"

诚实,坦率。"在老动物园那边,一个杂耍之类的活动。"

我看着他们钻进车里,目送车子渐渐消失在路的尽头,然后立刻插上纱门门闩,关上内门,锁好。真相一直就在我眼前晃悠——雪貂嗅着车胎、保险杠,杰克慌张地远眺着公路的方向。

我本以为他是在寻找游客,根本不是,他是在提防动物保护协会的车。"他对那个不感兴趣。"安伯乐太太跟我说塔可的故事时,他曾打断过。

他一直都站在车尾的窗户下,手里提着那只罪恶的水桶,听着我们的对话。一旦觉得安伯乐太太说多了,他就会立马冲进来打断她,而我还一直被蒙在鼓里,我的心思全在艾伯范身上,就算拿着放大镜,我也看不清真相。

这算哪门子借口?凯蒂都不会用这样的借口,她还只是个刚学会驾驶的小姑娘。

我拿出尼康相机,取出胶卷。这个时候再去找艾森施塔特拍的照片或摄影机拍的录像已经晚了,况且我也不认为能找出什么,拍那些照片时,杰克已经清洗了保险杠。

我将长焦胶片放入显影机。"正片,顺序播放,每十五秒切换。"我边说边等着屏幕上现出影像。

车子是谁开的呢?大概是杰克吧。"他从来就没喜欢过塔可",她这么说过,语气里分明带着股恶毒,"这辆温尼巴戈房车,我当时还不想买来着。"

不管是谁开的车,他们的驾照都会被吊销,车子也会被动物保护协会没收。他们大概不会将安伯乐夫妇这样的八旬老人丢进牢房,他们无须这么做,光是审判就会花去六个月的时间,德州的相关立法也已经提上了日程。

第一张照片出来了,是张刺木丛的感光照。

就算他们逃脱了罪行,就算他们最终没有因未经授权使用运水车道或未获得购买许可证而被没收房车,安伯乐夫妇在外面的日子也只剩六个月了。犹他州早已准备就绪,法案的通过势在必行,下一个就轮到亚利桑那州了。尽管修路工人的进度慢如蜗牛,等调查结束,凤凰市也应该已经实行分路制了。那时,他们会被关起来,跟郊狼一样成为动物园的永久居民。

一张半隐在仙人掌丛中的动物园标志的快照,一张安伯乐夫妇印在旗子上的标志的特写,还有一张是停车场里的温尼巴戈。

"停,"我说,"裁剪。"我用手指画出裁剪区域,"放大到全屏。"

长焦相机拍出来的照片确实棒,色彩饱和,细节鲜活。显影机的屏幕像素虽只有五十万,保险杠上的污渍却依然清晰可见,相片洗出来后只会更清楚,每一处渍迹,每一根黄毛都栩栩如生,动物保护协会的电脑打印出来的相片上说不定还能看到血迹。

"继续。"我说，下一张照片应声出现在屏幕上，一张融合了温尼巴戈房车和动物园入口的艺术照，照片里的杰克正清洗着保险杠。

手染得血红。

亨特应该相信了我所说的故事吧，可他也没有其他嫌疑人啊，他会不会又决定跑去凯蒂那边再问几个问题呢？要是他认定了是安伯乐夫妇干的，就不会去找凯蒂了。

围在垃圾焚化池边上的日本游客，房车侧面贴纸的特写，房车内部——站在柱廊里的安伯乐太太，形如立起棺材的淋浴间，在煮咖啡的安伯乐太太。

难怪她在那张艾森施塔特拍出的照片里是那副表情，满脸的回忆、痛苦、怅然若失。或许在他们撞上豺狼的前一秒，她也觉得它看起来像条狗。

我只需向亨特告发安伯乐夫妇，凯蒂就可以脱离干系了，小菜一碟，我以前就干过这种事儿。

"停下。"我对着一张调味瓶的照片喊道，瓶子上打着红色格子领结、或黑或白的苏格兰小狗都伸着红色的舌头。

"曝光，"我发动指令，"一至二十四。"

屏幕上跳出一排问号，同时发出哔哔声。我早该料到的，显影机可以执行很多指令，可是让它曝光完美无缺的胶片却与其设计理念相悖，我也没时间一步步分解指令，再慢慢跟它解释了。

"弹出。"苏格兰小狗消失了，胶片被显影机吐出，重新卷入保护盒里。

门铃响了。我打开吊灯，将胶片拉直在灯光下看。我跟亨特说过撞死艾伯范的是辆房车，而他在出去的路上还有点儿后知后觉地问："今天早上去的第一个拍摄现场是个什么任务？"他离开后做了什么？他真去调查了那个"杂耍之类的活动"，让安伯乐太太一吐真言了吗？若真是这样，时间根本不够他们赶回来。

他肯定给拉米雷斯打电话了。我很高兴自己锁了门。

我关掉灯，将胶片重新卷起来，塞回显影机里，给机器下了一道它能执行的命令："用高锰酸钾完全浸泡，一至二十四，去除百分之百乳胶。不需通知。"

屏幕一片漆黑。显影机漂白胶片至少要花十五分钟，动物保护协会的电脑或许能凭空优化照片，但细节不可能这么栩栩如生。我开了门。

是凯蒂。

她举起手中的艾森施塔特，"你的公文包忘拿了。"

我茫然地盯着那台机器，刚刚只顾着帮她脱离干系，从她家冲出来的时候差点儿撞倒她的小女儿和醉醺醺的修路工人，我甚至都没意识到自己把这台机子给落卜了。她站在这里，而亨特随时都有可能回来，"今天早上去的拍摄现场，拍到什么照片没？"

"这不是公文包。"我说。

"我想跟你说，"她顿了顿，"我不该指责你告诉动物保护协会是我杀了豺狼。我不明白你为什么今天来找我，但我知道你不会——"

"我会做什么,不会做什么,你什么都不知道。"我将门拉开一些,伸手去接艾森施塔特,"谢谢你把它送过来,车费我会补给你的。"

回去吧,赶紧回去吧。要是动物保护协会的人回来时你还在这儿,那就完了,我刚把能将罪责转移到安伯乐夫妇身上的证据给毁了。我抓住艾森施塔特的把手,准备关门。

她伸手挡住门。透过纱门,暗光下的她看起来模糊不清,像米莎。"你惹什么麻烦了吗?"

"没有,"我说,"听着,我现在很忙。"

"你为什么来找我?"她问,"那豺狼是你弄死的?"

"不是。"我说,但我还是开了门,让她进来。

我走到显影机边,要求转为可视化状态,目前才到第六帧。"我在毁灭证据。"我对凯蒂说,"今天早上,我拍到了一张肇事车辆的照片,问题在于,直到一个半小时前,我还不知道那就是肇事车辆。"

我示意她在沙发上坐下,"肇事者两人都八十好几了,开着辆古董房车在禁止房车通行的高速上横冲直撞,一边还要躲避电子眼和运水车。他们看到豺狼根本不可能来得及刹车。当然,动物保护协会可不会这么看,他们只想找个背锅的,任何人都行,尽管这么做并不能让死了的动物起死回生。"

她将她的帆布包放在沙发边的桌子上。"我到家时,动物保护协会的人来过。"我说,"他们知道了艾伯范死的时候,我们都在科罗拉多。我告诉他们肇事者逃跑了,而你是停下车给我帮忙的。他们手上有兽医的记录,上面有你的名字。"

我看不懂她脸上的表情。"如果他们一会儿回来,你就跟他们说你送我去的兽医站。"我回到显影机边,长焦胶片弄完了。"弹出。"我一声令下,显影机将胶片吐到我手中。我将它丢进回收桶中。

"麦库姆!你他妈到底跑哪儿去了?"拉米雷斯的声音轰然响起。我吓了一跳,赶紧去开门,可她不在门外,只有电话灯在闪耀,"麦库姆!这件事很重要!"

原来拉米雷斯在电话上。她一定是用了某种我不知道的超控指令。我走到电话前,将其调回到连接状态。灯灭了。"我在。"我开口道。

"你不会相信刚刚发生了什么!"她听起来震怒不已,"几个动物保护协会的家伙冲进来把你发给我的东西都抢走了,简直像是恐怖分子。"

我发给她的无非就是几段录像和艾森施塔特拍的照片,按理说应该什么价值也没有。杰克已经把保险杠清洗干净了。"什么东西?"我问。

"艾森施塔特拍的片子!"她依然在咆哮着,"他们闯进来时,我都没来得及看一眼。我一直忙着弥补州长记者会一事,根本没时间找你。硬拷贝打印出来后,我就将原件连同你发的那几段录像一起送到构图部门了。半小时之前,我才腾出空来开始浏览。正在我边看边整理时,一个动物保护协会的家伙突然出现,直接从我手里抢走了照片。没有授权令,也没有一句'您介意吗',什么都没有。一把从我手里抢了过去。简直就是一群——"

"豺狼，"我说，"你确定他们拿走的不是录像胶片？"艾森施塔特拍的照片上除了安伯乐太太和塔可，别的什么也没有，就算是亨特也不可能从中看出端倪。

"当然确定。"拉米雷斯的声音在墙之间回荡，"就是艾森施塔特拍的其中的一幅。不是都跟你说了吗，录像我看都没看就直接送去构图部了。"

我走到显影机前，塞入胶卷。最初的几个镜头什么有效信息都没有，净是些从车后座胡乱抓拍的玩意儿。"从第十帧开始，"我说，"正片，顺序播放，每十五秒切换。"

"你说什么？"拉米雷斯追问道。

"我说，他们有没有提他们在找什么？"

"你在开玩笑吧？他们压根就当我不存在一样，直接跳到桌面上就翻了起来。"

山脚下的丝兰，还是丝兰，我将艾森施塔特放在柜台上时拍的我的前臂，我的后背。

"鬼知道他们要找什么，反正他们找到了。"拉米雷斯说。

我瞟了一眼凯蒂，她镇定无畏地迎接我的目光。她从来就没怕过，十五年前我告诉她是她让狗这个物种灭绝时如此，十五年后我又找上门去时亦然。

"一个穿制服的家伙将找到的那幅照片展示给另一个人看。"拉米雷斯继续说着，"说了句'不是那个女的，你看看这个'。"

"你有看到那张照片吗？"

杯盘勺匙的静物照，安伯乐太太的胳膊，安伯乐太太的后背。

"我瞄了一眼，是辆卡车之类的交通工具。"

"卡车？确定？不是温尼巴戈房车？"

"卡车。你那边到底发生什么了？"

我没有回答。杰克的后背，敞开的淋浴间的门，正在怀念塔可的安伯乐太太。

"他们说的那个女人是谁？"拉米雷斯说，"是你要'生命线'的那个人吗？"

"不是。"我说。安伯乐太太的照片是胶卷上的最后一张，显影机又回到了开头：希托利的下半部分，打开的车门，仙人球。"他们还说了些什么？"

"穿制服的那个指着照片说，'看见没，他的车牌号就印在侧面，你能分辨出这些数字吗？'"

模糊不清的棕榈树和高速公路，运水车撞到豺狼。

"停。"我说。

影像停住了。

"咋啦？"拉米雷斯问。

那是一个很棒的运动镜头，车轮轧过豺狼后腿，留下乱糟糟的一团血肉。当然，豺狼已经死了，但是出于角度关系，你看不到这一点，也看不到快要干涸的血液从它嘴里流出。因为运水车速度极快，你也看不到车牌号码，但那个数字就在那里，等待着动物保护协会的电脑处理。看样子，车子是刚刚撞到豺狼。

"他们是怎么处置那照片的？"我问。

"拿到老大的办公室里去了, 我试着从构图部调回原件, 但老大已经派人把原件连同录像一起扣走了。我当时立马给你打电话, 可你一直开着免打扰。"

"他们还在老大的办公室里?"

"刚走, 正在去你家的路上。老大叫我打给你, 叫你'全方位配合'他们, 就是将所有底片和今早拍的其他胶片都交出去的意思。他还叫我不要插手, 不准报道, 就此打住。"

"他们多久前离开的?"

"五分钟前, 你有足够的时间给我打印一份, 不要'高索'过来, 我自己过来取。"

"你不是说过, '报社现在最不想招惹的就是动物保护协会'吗?"

"他们至少二十分钟后才能到你家, 把照片藏在他们找不到的地方。"

"不行。"我说, 她的沉默充满了愤怒。"我的显影机坏了, 刚刚吞了长焦胶片。"说完, 我按下了挂断按钮。

"你想看看到底是谁撞死了那头豺狼吗?"我问凯蒂, 并示意她走到显影机前, "凤凰市最优秀的子民。"

她走过来, 站在屏幕前, 看着照片。如果动物保护协会的电脑足够好, 他们就能证实豺狼已经死了, 但动物保护协会可不会让这胶卷存活那么长时间。亨特和塞古拉或许已经把"高索"版本给毁了, 也许等他们到了, 我该主动提出帮他们用高锰酸钾浸泡相片纸, 好节省时间。

我看着凯蒂。"看起来就像是它撞的, 对吧?"我说, "可事实上并不是。"

她什么也没说，一动不动。

"若真撞上了，那豺狼的确必死无疑，毕竟那玩意儿的时速至少在九十公里以上。可问题是，豺狼其实早就死了。"

她扭过头来，看着我。

"动物保护协会将把安伯乐夫妇丢进大牢，会没收他们住了十五年的房子，仅仅因为一场并非任何人过错的事故。那豺狼突然冲出来，他们根本措手不及。"

凯蒂伸出手抚摸屏幕上的豺狼。

"他们受的磨难已经够多了。"我边说边看着她。

天色渐暗，我没有开灯，红色运水车的投影让她的鼻梁上似有晒痕。

"这么多年了，她一直因为自己宠物狗的死而怪罪她丈夫，可那狗的死根本与他无关。"我说，"温尼巴戈房车内部只有百来平方英尺，与这台显影机相差无几，他们在里面住了十五年，这十五年里，路变得越来越窄，高速也一条条被关掉，连呼吸的空间都不够，更别提生活了，而她一直因为他没犯的错责备他。"

在屏幕发出的红色光线的照射下，凯蒂看上去像个十六岁的姑娘。

"他们不敢拿运水车司机怎么样的，毕竟凤凰市每天好几千加仑的水都指望着人家，那可是动物保护协会都不敢惹的主。动物保护协会肯定会毁掉底片，就此结案，这么一来他们就不会再纠缠安伯乐夫妇了，"我说，"也不会再纠缠你了。"

我转过身面向显影机。"继续。"影像开始变化，丝兰，还是丝兰,我的前臂,我的后背,杯子与勺子。

"此外,"我继续道,"推卸责任这方面,我可是老手。"安伯乐太太的胳膊,安伯乐太太的后背,开着的淋浴门。"我跟你说过艾伯范的事吗?"

凯蒂依旧盯着屏幕,脸色在"货真价实"的弗米佳胶面淋浴间的淡蓝色照耀下显得惨白。

"动物保护协会已经认定是运水车干的了,剩下唯一要说服的就剩我的编辑了。"我伸手关掉了免打扰按钮,"拉米雷斯,"我说,"想不想把动物保护协会给办了?"

杰克的后背,杯子,勺子。

"我倒是想,"拉米雷斯的声音冷得能让索尔特河冻上,"可你不是说显影机坏了吗?你也没法给我打印照片啊。"

安伯乐太太与塔可。

我再次按下免打扰按钮,手停在按钮上没离开。"停,"我发布指令,"打印。"屏幕暗了下来,照片滑落到托盘里。"减帧,百分之一高锰酸钾溶液浸泡,屏幕继续播放。"我松开手。"拉米雷斯,多洛雷斯·齐沃尔最近在干什么?"

"她在做调查记者,怎么?"

我没回答。安伯乐太太的照片暗淡了一些。

"动物保护协会确实与'生命线'有联系,"拉米雷斯的反应虽不及亨特快,但也相差无几,"所以你才提出要看老相好的档案,对吧?你是在'钓鱼执法'。"

我还在琢磨着如何才能让拉米雷斯不再去纠缠凯蒂,不曾想她自己就把这问题给解决了,跟动物保护协会的人一样,妄下结论。不费吹灰之力，我就能让凯蒂相信今天我来找她是为了拿下动物保护协会，而之所以找她是因为我必须挑一个我的"生命线"里没有的人，一个没有人知道我与她的干系的人。

凯蒂盯着屏幕，像是已经相信了大半。安伯乐太太的照片又暗淡了一些。没人知道我与她的干系。

"停。"我说

"那卡车呢？"拉米雷斯追问道，"与你的计划有什么关系？"

"没什么关系，"我说，"水务局也一样，他们可比动物保护协会的势力大得多。所以，咱们就照老大说的办，全力配合，就此打住。完事儿后咱们再顺着窃听'生命线'这条线索一举拿下他们。"

她可能在消化我说的话，还可能已经挂掉，给多洛雷斯·齐沃尔打了过去，我不得而知。我看着屏幕上的安伯乐太太，照片虽有些过曝，但可以蒙混过关。塔可已经从画面中消失了。

我扭头看向凯蒂。"动物保护协会的人还有十五分钟才到，"我说，"时间刚好够我跟你说说艾伯范的事。"我指了指沙发，"坐吧。"

她走到沙发边，坐下。"它是一条很棒的狗，"我说，"它喜欢雪，常钻进雪地里，用鼻子拱起雪片，再跳到空中，试图抓住散落的雪花。"

显然，拉米雷斯已经把电话挂了。要是联系不上齐沃尔，她会打回来的。我摁下免打扰按钮，走到显影机前。安伯乐太太的影像还在屏幕上，高锰酸钾没有过度损蚀细节，深深的皱纹和细细的白发依然清晰可见，但内疚、自责、怅然若失的表情以及对塔可的爱在她的脸上已经荡然无存。她看上去很平静,甚至幸福。

"狗的照片很难拍好,"我说,"它们压根就没有能拍出高质量照片所需要的面部肌肉。至于艾伯范,它每次看到镜头就会朝相机的位置冲过来。"

我关掉显影机。没有了屏幕发出的光,屋子里漆黑一片,我打开吊灯。

"当时美国只剩下不足一百条狗。它以前就染过新型细小,差点儿死掉。我拥有的唯一一张它的照片,是在它熟睡时拍的。我还想再拍一张艾伯范在雪地里玩耍时的照片。"

我倚在显影机屏幕旁的狭长柜子上。凯蒂看起来跟那天在兽医站时一样,坐在那儿,双拳紧攥,等待我告诉她坏消息。

"我想拍一张它在雪地里玩耍的照片,但它一看到镜头就往相机的位置冲。"我说,"于是,我将它放进前院,自己再从侧门溜了出去,跑到马路对面的松林里准备拍它,以为这样它就看不见我了,可最终还是被它看见了。"

"然后它朝马路对面冲了过去,"凯蒂说,"然后我就撞了它。"

她埋头看着双手,我等她抬起头来,害怕看到她脸上会出现(或不会出现)的表情。

"花了好长时间,我才搞明白你去了哪里。"她看着双手说,"我害怕你会拒绝我访问你的'生命线'。后来,我终于在一份报纸上看到了你的照片,才搬来了凤凰市。可等我搬来后,又不敢给你打电话,我怕你会直接挂掉。"

她低头摆弄着双手，像那天在兽医站里摆弄手套那样。"我老公说我过于介怀了，说过了这么多年我现在早该释然了，其他人都已经翻篇了，他还说本来就不过是狗而已。"她抬起头，我拿手抵住显影机。"他说原谅不是别人能给你的，可我并不想要你原谅我。我只是想跟你说一声对不起。"

那天在兽医站，当我告诉她她要为一整个物种的灭亡负责时，她的脸上既无羞耻之情，也无自责之意。也许那是因为她没有所需的面部肌肉吧，我刻薄地想着。

"你知道我今天为什么来找你吗？"我没好气地说，"我的相机在我试图抓拍艾伯范的时候坏掉了，所以我什么也没拍到。"我从显影机托盘里抽出安伯乐太太的相片，扔给她，"她的狗也得了新型细小。他们把它锁在温尼巴戈房车上，回来时，它已经死了。"

"可怜的小东西。"她却没有看那相片，只一直盯着我。

"她不知道自己正在被拍，所以我想，如果我能让你谈起艾伯范，说不准我也能拍到你一张类似那样的照片。"

现在我总能看到了吧，那个我将艾森施塔特放在凯蒂家厨房桌子上时真正想要看到的表情。虽然此时艾森施塔特朝着错误的方向，我还是想看到她的脸上露出这种表情，那个那些狗狗从未给过我们的——连米莎与艾伯范都没有给过的——被背叛的表情。造成了一整个物种的灭绝会是种怎样的感受呢？

我指向艾森施塔特，"那不是公文包，那是台相机，我本打算趁你不留意拍下你的照片。"

她不认识艾伯范，更不认识安伯乐太太，可就在哭之前的那一刹那，她看起来像是两者的结合体。她举起手，捂住嘴巴，"噢，"她的声音里融着爱与悲恸，"那时候要是有它，悲剧就不会发生了。"

我看着艾森施塔特。如果艾伯范死前我就拥有它，我就能将它放在门廊上，艾伯范甚至不会注意到它。艾伯范会钻进雪堆，猛地扬起鼻子，激起雪花飞散，而我也能朝空中挥洒亮晶晶的雪片，看着它跳跃追逐。悲剧便不会发生。凯蒂·鲍威尔的车会飞驰而过，我会驻足朝她挥手，而她——刚满十六岁、还在学车的她——甚至会冒险从方向盘上举起戴着棉手套的手，朝我挥手致意；艾伯范会在雪地中摇着尾巴，冲着被它扬起雪花吠叫。

它会躲过第三波传染的袭击，会活成一条老狗，十四五岁的样子，老得再也没法儿在雪地里打滚。就算他真成了世上最后一条狗，我也不会让他们将它带走、锁进笼子。可这一切发生的前提是，那时我就拥有了这台艾森施塔特。

难怪我这么恨这玩意儿。

自拉米雷斯打来上一个电话已经过去至少四五分钟了，动物保护协会的人随时可能出现。"他们快到了，你不该待在这儿。"凯蒂点点头，伸手去拿手提包，一边拭去泪珠，却不小心弄脏了两颊。

"你有没有拍过那种照片？"她背上提包，"我是说，不是为报社拍的那种？"

"我不确定以后还会不会再为报社拍照，毕竟拍照记者这一行也快成濒危物种了。"

"或许你有空可以去我那儿，帮嘉娜和凯文拍。孩子们总是长得很快，稍不留神就成大人了。"

"我很乐意。"说着，我为她打开纱门，在一团黑暗中左右打量了一番路上的情况。"一切正常。"我说。她闻声走出门去，我关上了夹在我俩之间的纱门。

她转过身来，最后看了我一眼。她那张脸亲切、真挚，连我也无法令其暗淡。"我想念它们。"她说。

我抬起手，抚摸纱门，"我也是。"

我看着她的背影，直到确认她转过了街角才回到客厅，从墙上取下了米莎的相片。我将相片支在显影机旁，好让塞古拉从门口就能看到。再过一个月，当安伯乐夫妇平安抵达得克萨斯州，动物保护协会也忘记了凯蒂时，我会给塞古拉打个电话，告诉他我可能愿意将这幅相片卖给动物保护协会，而一天过后，又告诉他我变了主意。

当他专程过来说服我的时候，我会跟他聊聊珀迪塔和碧翠丝·波特，而他会跟我聊聊动物保护协会的生活。

报道之功会记在齐沃尔和拉米雷斯名下——我不想让亨特再琢磨出点儿其他的什么来——想要扳倒他们自然不是一篇报道就能做到的，可那毕竟是个开始。

凯蒂将安伯乐太太的照片落在了沙发上。我捡起来，看了一会儿，然后塞进了显影机。"回收。"我说。

我从沙发边的桌子上捡起艾森施塔特，取出胶片暗盒，抽出胶片令其显影，然后将胶片塞入显影机，打开机器。"正片，顺序播放,每十五秒切换。"

显然,之前相机曾一直是激活状态——有十几张希托利后座的照片、车辆与行人、隐没在阴影中的凯蒂,还有两张静物照,一张是"酷爱"罐子和鲨鱼杯,另一张是嘉娜的玩具车。有些镜头几乎全黑,那是凯蒂把相机送过来给我时,镜头一直朝下导致的。

"每两秒切换。"说完我便等着显影机闪出最后几个镜头,以确保暗盒里没有其他内容了,然后赶在动物保护协会赶来之前把底片都曝光了。除了最后一个镜头,剩下的都是一团漆黑。

那个镜头里正是我。

摄影的诀窍是让被拍者忘了自己正在被拍,要干扰他们的注意力,引诱他们谈论一些关心的话题。

"停。"画面停止切换。

艾伯范是条很棒的狗,它喜欢在雪地里玩耍。虽然是我害死了它,但是在去兽医站的路上,它依然好几次艰难地从我的大腿上抬起头来,试图舔我的手。

动物保护协会的人随时会到,他们会抢走长焦胶片,毁掉它。这张底片和暗盒里剩下的所有胶片当然也不能保留下来,否则亨特会联想到凯蒂,塞古拉则会跑去给嘉娜的玩具车喷印粉寻找证据。

不幸的是,艾森施塔特拍的照片确实太好了。"你都会忘了它是台相机。"拉米雷斯长篇大论地游说我的时候这么说过,现实还真是如此。画面中的我正直勾勾地盯着镜头。

一切皆凝固在了那个画面里,米莎和塔可,还有珀迪塔,还有去兽医站的路上我轻抚着它的头时它看向我的可怜眼神——
这些年来我一直想抓住的那个神情,那个充满着爱与怜悯的神
情。这就是我想要的艾伯范的相片。

动物保护协会的人随时会到。"弹出。"我说。暗盒"啪"的
一声打开,将胶片暴露在灯光下。

后记:

随着玛雅末日传说的盛行、核恐怖事件以及愈加严重的全
球变暖危机频频见诸报端,"世界末日"的主题又一次卷土重来,
人们似乎忘了衰败与灭绝一直都在发生。

每天都有东西在消失:公用电话、苏打水、碳纸、密纹唱片、
金属旋转木马、沃尔沃斯零售店、衣夹、盒式磁带录像机、泳帽、
公用电话、远洋客轮、亚麻手帕、比曼口香糖。我们却从未好好
珍惜过其中任何一个,直到为时已晚,直到它们消失殆尽。

我个人特别想念樱桃味汽水、汽车影院,以及那些装有金
属链和木制座椅的大秋千。我明白,我明白,它们确实很危险,
可是坐在上面,你可以荡得很高,可以飞出地平线,一直飞到天
上去。晚上驶出汽车影院,你还可以从没有空调的车内探出脑
袋,凝望月光照耀下的仲夏云朵以及点缀着点点星辰的夜空。

我怀念过山车——那种涂着白漆的木制车框、车厢总是摇
摇晃晃的老式过山车;怀念配有铂尔曼卧铺和铺着白桌布餐车
的客运火车;怀念绿河牌苏打水以及帆布运动鞋。

恐怕很快,我们就要沦落到要怀念书本的境地了。

不仅是《最后的温尼巴戈》,这本集子中的其他故事也体现了我们时代日新月异的变化:其中有好几篇在手机及互联网时代到来之前就已写就;埃及与伊拉克早已今非昔比,胶片时代也一去不返。再过几年,《席地而坐》里的活页乐谱和《尼罗河上的惨案》里的平装书以及旅行指南就会看上去古老而不合时宜。读者会问:"为什么不带个电子浏览器呢?"

科幻文类因其预测未来的特质,似乎尤其受到这类问题的困扰,所以重印时对故事进行更新——修改其中的日期(特别是已经过了的日期)与科技——就显得极具诱惑力,尤其是在看完一部演员们都拿着鞋盒般大小的手机站在世贸大厦前通话的电影后。

但一处被改意味着处处要改,到最后整个剧情都会受到影响。这跟古埃及法老下令将碑文中关于前任法老的内容凿掉并无二致,都是清除过去。

所以,让这些对过去的提醒和对未来的畅想就这么存在着吧,不管它们多么的转瞬即逝。记住阿尔贝·加缪曾经说过的话:"别再等待审判日了,因为审判每天都在发生。"

令康妮·威利斯闻名于世的不仅是她那些精彩绝伦的小说——其中一部分在这本书里展现得淋漓尽致，剩下的大部分，则需要你自己主动去发现——还有她在各种场合发表的那些代表性的演讲。它们风趣、动人，带着典型的康妮风格，让人不由自主地爱上不仅是作为作家的她，更爱上一个作为不可思议的人的她。

因此，本书额外收录了康妮·威利斯的三篇演讲稿，供您阅读。其中两篇公开发表过——一篇是2006年世界科幻大会上的荣誉嘉宾演讲，另一篇是在2012年星云奖上她获得"达蒙·奈特纪念大师奖"时的获奖致辞。第三篇则从未公开发表过。当然，文字阅读的体验无法与康妮生动的现场演讲相提并论（讲稿的格式可能会帮助读者了解正确的阅读方法），但每读完一篇讲稿，我依然发现自己脸上挂着微笑，眼中噙着泪水。

尽情享受吧！感谢康妮，谢谢你所做的一切。

——责任编辑　安·莱斯利·葛洛尔
（或者用康妮的话说：长期备受折磨的编辑）

# 2006 年世界科幻大会荣誉嘉宾演讲

——罕见技能的神迹：书籍、科幻及我的人生

成为世界科幻大会荣誉主宾最棒的地方在于，

它给了我一个机会，

来感谢所有帮助我成为作家的人：

例如我的初中老师维尔纳夫人，

她曾为我们高声朗诵鲁默·戈登的《麻雀记》，

并第一次让我了解到了"伦敦大轰炸"；

以及高中英语老师胡安妮塔·琼斯夫人，

她鼓励我写作，即使当时我并没有显露出任何天赋；

我曾强迫她读我的一篇短篇小说，

小说讲述了我与电视剧《66 号公路》里的乔治·马哈里斯

相遇的故事，

故事里有着"他的脸如生日蛋糕一般亮了起来"之类的不朽名句。

小说的"女主角"开车经过曼哈顿市中心时,

竟撞上了一棵树——

显然就是《布鲁克林有棵树》[①]里的那棵。

通过这个机会,我还要感谢多年来敦促我坚持写作的人们:

——我倍受折磨的秘书劳拉·刘易斯

——受折磨时间更久的我的家人

——我奇迹般的经纪人们:帕特里克·德拉亨特、拉尔夫·威辛安扎和文斯·杰勒迪斯

——我富有耐心的编辑:安·葛洛尔、希拉·威廉姆斯和加德纳·多佐伊斯

——我极富有耐心的读者们

——还有我的朋友们

他们是我的战友,

我不止一次想就此停笔,

是他们一次又一次地鼓励我,说服我重新拿起笔。

我在科幻圈里所有最美好的时刻都与你们有关:

——第一届星云奖晚宴结束后的通宵欢聚,

与约翰·凯塞尔、吉姆·凯利一起吃巧克力曲奇和红色开心果,

---

[①] 美国作家贝蒂·史密斯创作的长篇小说。

把双手染得通红, 几周都不褪色。

——与艾德·布莱恩特

以及辛西娅·费利斯

以及迈克·托曼

以及乔治·R.R. 马丁

一起参加研讨会

——与查理·布朗

斯科特·埃德尔曼

沃尔特·乔恩·威廉姆斯一起

开车去波塔莱斯去看杰克·威廉森。

——与南希·克雷斯

艾伦·达特洛

艾琳·冈恩一起八卦

——被迈克尔·卡苏特

或艾琳·冈恩

或霍华德·沃尔德罗普逗笑。

——被加德纳·多佐伊斯说的话逗得大笑,

将嘴里的生菜吸进了鼻子, 差点儿要了命。

你们是世界上最机智、最聪明、最善良的人,没有你们, 我在科幻小说这个领域里连五分钟都坚持不下来。

但最重要的是,
我必须感谢:

罗伯特·海因莱因

路易莎·梅·奥尔科特

基特·里德

达蒙·鲁尼恩

西格丽德·温塞特

西奥多·斯特金

阿加莎·克里斯蒂

杰罗姆·K. 杰罗姆

达芙妮·杜·莫里哀

菲利普·K. 迪克

鲁默·戈登

露西·莫德·蒙哥马利

雷·布拉德伯里

雪莉·杰克逊

鲍勃·肖

詹姆斯·赫里奥特

米尔德里德·克里格曼

P.G. 伍德豪斯

多萝西·L. 塞耶斯

丹尼尔·凯斯

J.R.R. 托尔金

茱迪丝·梅洛

查尔斯·威廉姆斯

以及威廉·莎士比亚

说到这里，引出了这次演讲的主题，

那些荣誉主宾演讲都要谈及的重要议题——

全球变暖

即将到来的奇点

太空旅行

对违反假释者采取更严厉的判决

抑或世界和平。

但我却只想谈一件完全私人的事情。

那就是书籍以及它们于我的意义。

书籍于我而言意味着一切。

它们给我带来了职业、生活，甚至家人。

这并非玩笑。

大家可能不知道，我的婚姻就因为一本书。

噢，不，我说的不是情诗集。

当然啦, 也绝对不是《洛丽塔》①。

不, 让我下定决心结婚的是《指环王》。

引用基普·拉塞尔在有《穿上太空服去旅行》中的话,

"事情就是这样发生的。"

我当时正在飞往康涅狄格的班机上,

此行的目的是为了和男朋友分手。

登机前, 我买了一套平装版三本的《指环王》,

准备在旅途中阅读。

等到达纽黑文时,

我完全被佛罗多和山姆的命运迷住了,

我对男友说:"糟了, 他们就要潜入魔多了, 身后还有戒灵的追捕,

我可不信任那个咕噜, 而且……"

就这样, 我完全忘了要和他分手。

截至昨天, 我们已经结婚三十九年了。

我女儿的名字也来自一本书:

我们以《李尔王》中善良女儿的名字命名她,

而她在各个方面都做到了名副其实。

---

① 俄裔美国作家弗拉基米尔·纳博科夫创作的长篇小说。

我的所有作品都可以归功于书籍的滋养。

是它们教会了我如何写作。
阿加莎·克里斯蒂教我安排情节，
玛丽·斯图尔特教我制造悬念，
海因莱因教我写作对话，
P.G.伍德豪斯教我设计喜剧，
莎士比亚教我如何讽刺，
菲利普·K.迪克教我如何出其不意。

在书籍中，我还获得了各种极好的建议，
足以应对一切，
从"遵守规则"——

"写小说有三个规则，"威廉·萨默塞特·毛姆曾说过，"不幸的是，没有人知道它们是什么。"

到"人们会问作家的那些愚蠢问题"——

老天！（哈丽特·范恩[①]想）那个可怕女人缪丽尔·坎普肖特就要上前来攀谈了。她的脸上总是挂着傻笑，现在也一样……她肯定要说："你故事里的那些情节是怎么想出来的？"她果然问了。这个恶毒女人。

---

① 英国作家多萝西·L.萨耶斯(Dorothy L. Sayers)作品中的虚构人物。

到"如何应对来自出版商或读者的压力"——

"你唯一能做的,"多萝西·L.萨耶斯说,"就是写出你想写的东西,然后自求多福。"

到"觉得自己在选择职业时犯了一个可怕的错误"——

"我花了十五年的时间才发现自己没有写作天赋,"罗伯特·本奇利曾告诉我,"但我不能放弃,因为那时我已经出名了。"

它们甚至直接告诉了我写什么以及如何写。

第一次去英国的时候,
我想起了那本沃纳夫人在八年级时大声朗读过的关于"伦敦大轰炸"的书,
因此拜访了圣保罗大教堂,
在那里,我遇到了火警队、来自牛津、穿越时空的历史学家,
以及我毕生的工作。

最重要的是,书籍使我明白了成为一名作家意味着什么。

威廉·巴特勒·叶芝曾说过,"讲故事的人让我们铭记,若没有恐惧、软弱和自然法则的羁绊,人类本可以成为什么样子。"

书籍还——

等一下，我有点儿着急了。
让咱们从头说起吧。

接触到书籍的那一刹那，我就爱上了它们。
那个时候，我甚至还不会阅读。
等到学会阅读了，
我就用我那脏脏的小手把能够到的书都读了个遍。

我小时候要到八岁才能办借书证，
（黑暗愚昧的旧时代；）
而且一次只能借三本，
（真的黑暗愚昧至极。）

于是在拿到借书证的那天，
我借了三册L.弗兰克·鲍姆的《绿野仙踪》系列。

丽塔·梅·布朗曾说过："拿到借书证时，我的人生才开始。"

我也是。

当天晚上，我就读完了那三本书

次日归还,
又借了三本。


再到后来,我借阅了"绿野仙踪"系列剩下所有的书,
以及"麦达的小店"系列,
"艾尔西·丁斯莫尔"系列——
可能是有史以来最糟糕的书——
"贝茜、泰西与提卜"系列,
和"蓝绿黄红紫童话故事集"。


我家里其他人都不喜欢读书,
　他们总是叫我"把鼻头从书本里挪出来,出去玩玩",
显然,这种命令对我没有产生多大影响,
　因为我扭头又继续读了下去。
　我读了:
　所有"绿山墙安妮"系列的书,
　所有南希·德鲁的书,
　所有"蘑菇星球"系列的书,
　还读了《爱丽丝梦游仙境》
　《小公主》
　《克雷斯·德拉汉蒂》
　和《水宝宝》。


　六年级的时候,

我读了《小妇人》，
从此立志成为乔·马奇那样的作家。

七年级的时候，
我读了《布鲁克林有棵树》，
决定像弗兰西在书中那样将图书馆里的书从标题A到Z统统读一遍。

八年级的时候，
我的老师沃纳夫人，
为我们朗读了鲁默·戈登的《麻雀记》。
那是本关于一个孤儿在被炸毁的教堂废墟中种花的书，
它让我迷上了"伦敦大轰炸"时期的那段历史。

十三岁的时候，
我读了《穿上太空服去旅行》，
然后就彻底沦陷了。

事情是这样发生的。

十三岁的我正在初中图书馆的书架上放书，
然后随手拿起一本黄皮书——书的样子依然历历在目——
封面上是一个穿着太空服的人。

标题是《穿上太空服去旅行》,

我翻开它,读了起来:

"你瞧,我有一件太空服。

事情是这样发生的,

'爸爸,'我说,'我想去月球。'

'没问题。'他回了一句,又扭头去看他的书了。

他读的是杰罗姆·K.杰罗姆的《三怪客泛舟记》,

那书他都能背下来了。

我说:'爸爸!我可是认真的!'"

《星球大战》临近结束时有一个场景。

死星已经清理了整个星球,

卢克·天行者即将进行最后一次尝试。

莱娅公主回到了指挥部,

专心听取战况。

其他飞行员不是死了就是失去了行动力,

黑武士将卢克的一举一动看在眼里,正要伺机而动。

突然间,汉·索罗从左侧杀出,

一枪射死了黑武士,

然后大喊,

"耶!都帮你干掉了,小子。现在,让咱们把这玩意儿炸了吧。"

整个过程中，
莱娅公主都没有从作战地图上抬起头，
甚至表情都毫无变化，
但我八岁的女儿却俯身靠过来对我说："哦，妈妈，她被迷
住了。"

当我打开那本黄皮书，
读完了开头那几行时，
我也被迷住了。

我快速读完了《穿上太空服去旅行》，然后——
短暂地绕了个弯去读了《三怪客泛舟记》——
以及《银河系公民》
《探星时代》
《星兽》
《双星》
《天上隧道》
《进入盛夏之门》
以及海因莱因的所有其他作品。

后来又读了：
阿西莫夫、
克拉克，
《火星编年史》

《莱博维茨的赞歌》

再后来,天啊,
我发现了"年度最佳短篇小说选"丛书,
世界从此爆发出令人眼花缭乱的可能性。

在这里面有着最令人惊叹的短篇小说、
短中篇小说、
长中篇小说,
与诗歌。

《复古季节》
《抽签》
《失去大海的男人》
《无声狂啸》
《献给阿尔吉侬的花束》
《休斯敦,请回答》

凯特·里德,
威廉·泰恩,
詹姆斯·布利什,
弗雷德里克·布朗,
赛娜·亨德森,
菲利普·K.迪克创作的故事,

都在一本书里。

那里既有噩梦般黑暗的未来，
又有科技高度发达的未来，
既有奇妙的香格里拉，
又有遥远的异星球。

有着外星人，
时间旅行，
机器人，
独角兽，
和怪物。

还有悲剧，
冒险，
幻想，
浪漫，
喜剧，
和恐怖。

《表面张力》
《月见草》
《百万日》
《在下一颗石头上继续》

《当我们去看世界尽头》
《希望早日到达》
《一个有花生的普通日子》

区区几页，
寥寥数千字，
就可以将现实颠倒，
让你以一种全新的方式，
看世界，
看宇宙，
可以让你发笑，
让你思考，
让你伤心。

我上瘾了。
惊呆了。
惊得说不出话来。

就像凯普和披威，
透过麦哲伦星云观察自己的银河系时一样。

就像雷·布拉德伯里《稀有技能的奇迹》中，
凝视着美丽空中城市的两个流浪汉。

就在那时，我知道了自己将用余生来阅读，

来写作。

我不再从A到Z翻阅图书馆，
而是专挑书脊上印着小小的原子、火箭与飞船符号的书
阅读。

按字母表阅读的计划停下来时，我只读到了字母D开头的
书籍，
可后来发生的事证明，
我能做到这一点已经是件很不错的事了。

十二岁的时候，
母亲突然去世了，
我的整个世界顿时垮了，
除了书籍，我再没有其他可聊以慰藉的出口。

它们救了我的命。

我知道你在想什么，
书籍为我提供了一个逃避现实的去处。

书籍能提供摆脱忧虑和绝望的避难所，这当然没错——

如利·亨特所说，

"我将自己牢牢扎根于书本中，既能抵御悲伤，又能对抗坏
天气。"

我清晰地记得，
一个医院里的夜晚，
我在五岁女儿的床边，
焦急等待着检查结果。
不知道她得了阑尾炎还是什么更糟糕的病，
那时，詹姆斯·赫里奥特的《万物生灵》，
就是我的救生筏。

"伦敦大轰炸"期间，
地铁庇护所中临时搭建的图书馆里，
最受欢迎的是阿加莎·克里斯蒂的推理小说，
在她的故事里，凶手最终都会被抓获并受惩罚，
正义得到伸张，
世界有理可循。

我焦虑时，也会重读阿加莎·克里斯蒂。

当然还有玛丽·斯图尔特，
还有勒诺拉·马丁利·韦伯的"比尼·马龙"系列。

书籍可以助你度过：

漫长的夜晚与长途旅行，

等待

电话

或法官的判决

或医生的诊断

可以避免思维走入死路，

在凯普和披威、

弗罗多、

维奥拉、

哈利、

查理，

和哈克的烦恼中，你能忘掉自己的烦恼。

但母亲去世时，我需要的并非逃避。

而是事实。

而每个人都不告诉我事实。

他们说着这样的话：

什么"万事皆有因"，

什么"你一定会走出来的"啦，

什么"上帝所赐,必能承受",

谎言,全是谎言。


当时一位阿姨故作睿智地说:"凡好人,必英年早逝。"——

那这样没人愿意当好人了——


不止一个人还告诉我,"这都是上帝计划中的一部分。"

我记得当时只有十二岁的我满脑子想的是,

这上帝可真是个白痴!

我都能想出比这更好的计划。


最糟糕的是这句话:"一切都是最好的安排。"


每个人都在撒谎——亲戚、牧师、朋友。


所以读完了D开头的书籍于我而言是件好事。

因为玛格丽·艾林翰,

詹姆斯·艾吉的《家中丧事》,

彼得·比格尔的《一个美好而私密的地方》,

彼得·德弗里斯的《羔羊之血》能够告诉我真相。


"时间治愈不了任何东西。"彼得·德弗里斯如是说。


玛格丽·艾林翰则说:"哀悼并非忘却,而是一种放下。每分每秒, 死结都在解开, 一些有价值的永恒之物随之被提取、吸收。"

一年后, 我发现了科幻小说这块新大陆,

以及罗伯特·谢克里的名言,

"永远不要试图向自己解释为什么有些事情会发生, 而另一些事情不会。别问, 也别幻想有一个解释存在。懂吗?"

另外, 鲍勃·肖的《往日之光》,

约翰·克劳利的《雪》,

和汤姆·戈德温,

教会了我一切,

关于死亡、记忆,

和冰冷的方程式。

当然, 科幻小说有时也充满了希望。

桑顿·怀尔德就曾说过: "这里有生者之国, 也有死者之国, 而连通两国的桥梁就是爱; 那是世间唯一的出路, 也是世间唯一的意义。"

《奥兹国的补丁姑娘》中的桃乐丝说: "永远不要放弃……没有人知道接下来会发生什么。"

"如果你寻求真相，" C.S.刘易斯写道，"可能终得安慰；寻求安慰，则可能安慰与真相两空，只落得恭维奉承、一厢情愿，及至最后绝望透顶。"

> 在书籍里，
> 我找到了自己寻找之物，
> 所需之物，
> 所求之物，
> 所爱之物。

而在其他任何地方我都不可能找到。

弗兰西、公共图书馆与书籍救了我一命。

它们还教会了我书籍能教的最重要的一课。

"人们都以为自己所经历的痛苦和心碎是史无前例的，"詹姆斯·鲍德温说，"开始阅读后才发现事实并非如此。是它们（书籍）告诉了我，最令我痛苦的恰恰是那些将我与所有活着的人或曾经活过的人联系在一起的事情。"

电影《玛蒂尔达》中的叙述者说得更好："玛蒂尔达阅读的书籍各式各样，受到的滋养来自世界各地，一本本书从作家那里

奔向世界, 如同一艘艘船出海远洋; 它们一起向玛蒂尔达传递着
一条充满希望、令人宽慰的信息: '你并不孤单。'"

拿到借书证那天,
翻开《穿上太空服去旅行》读完第一页那天,
发现年度最佳选集那天,
我彻底爱上了书籍,
爱上了科幻,
它们在我需要时提供慰藉,
但一切远不止于此。

书籍于我的真正意义在于:
发现它们时——就像泽纳·亨德森小说中的人物,
丑小鸭,
绿山墙的安妮,
或哈利·波特一样——
我也找到了我的家人,
找到了安妮口中的"同路人"。

我找到了同类。
找到它们, 我才第一次——

就像从女巫的咒语中解脱出来的奥兹玛,
像《仿生人会梦到电子羊吗?》中的戴卡德,

像贝西、詹米和瓦兰西一样——
知道了自己究竟是怎样的人。


我解脱了，
但并非从现实世界中，
而是从被流放的宿命中解脱。


像故事中那样，
安然归家，
从此过上幸福生活。


书籍何其伟大，
任何认为它们仅仅是逃避现实的工具，
认为孩子不该埋头苦读，而理应出去玩耍；
认为读书不过是消遣，
或娱乐，
或浪费时间的人，
都大错特错了。


书籍是人类所创造的
最重要、最强大、最美丽的东西。


地球因被视作危险而即将遭受毁灭之际，
凯普说出了那句著名的

"你听过我们的诗吗？"

还有比这更好的地球辩护词吗？

书籍可以跨越时间

空间

语言

文化

习俗，

性别

年龄

甚至死亡

与素未谋面的人，

甚至尚未出生的人交谈

也可以给予他人帮助

建议

以及陪伴

和安慰。

用克劳伦斯·戴伊①的话来说，

"书籍是人类最杰出的创造。

任何其他东西都不会持久。

纪念碑倒塌，

---

① 美国作家、插画家。

国家灭亡,

文明终将老去、消逝,

一个黑暗时代过后,

新的种族又将建起别种文明。


如此种种,周而复始,

在书籍的世界里一次又一次地发生。

覆灭,重生,

依然活力四射,

依然崭新如初,

讲述着几个世纪前死去的人们的故事。"


它们是罕见技艺造就的奇迹!


我从未见过:路易莎·梅·奥尔科特,

罗伯特·海因莱因,

鲁默·戈登,

L.弗兰克·鲍姆,

菲利普·K.迪克,

桑顿·怀尔德,

以及圣保罗大教堂的马修斯主教;

但他们跨越时空,

联系上了我,

与我对话,

鼓励我，
启发我，
教会我所知的一切，
挽救了我的生命，
并令它充满惊奇。

而我，只想说一声谢谢。

康妮·威利斯

2006 年 8 月 17 日

作为一名重度强迫症患者，我不确定被授予"星云大师奖"时，到底要做什么，所以我写了好几篇演讲，"以防万一"嘛，正如《真爱至上》中的奥瑞利亚所说的那样。

最终，我只发表了一次演讲。但如果大家感兴趣，这里还有另一篇稿子。

# 星云奖科幻大师奖获奖备用致辞稿

## 未发表

总有人问我成为科幻大师是一种什么感受，
这个问题，不是一言半语就能回答的。

首先，
能与罗伯特·海因莱因，
乔·霍尔德曼，
罗伯特·西尔弗伯格，
以及我的挚友杰克·威廉森（得知获奖后脑海里蹦出的第
一个念头便是：他该多为我自豪啊。）
相提并论，我感到荣幸之至，又诚惶诚恐。

此外，欣喜的同时，

我也因自己竟然年纪大到能得"科幻大师奖"而沮丧，

又夹着一丝担忧，害怕自己会突然醒来，

发现这一切不过是一场梦。

总的来说，我感觉自己就像是

弗罗多，

凯普·拉塞尔，

与爱丽丝的综合体。

但最像的，

还是碧翠斯·波特。

二战时，

曾有位记者跑去采访碧翠斯·波特。

那时，她年岁已高——

得有八十四岁了吧，我想——

住在湖区一座农场里，

以养羊为生。

羊毛送往前线，织成士兵身上的军装。

年迈的她过着物资定量配给的生活，

整日与食物、燃料短缺做着斗争。

采访的时候，除了八十四岁高龄带来的浑身痛楚，

老天还给她平添了一份烦恼：

一架德国战机坠在了她家的田地里。

彼时，战争的阴霾正笼罩着英国。
希特勒已经征服了欧洲，
正一边朝英格兰派遣着战舰，一边发动着空袭，
全面侵略一触即发。

一旦大战爆发，所有人都知道接下来会发生什么——
征服、绞刑和集中营。

可当采访者问碧翠斯·波特最大的心愿是什么时，
她却答道：
"我最大的心愿就是活到战争结束。
因为我等不及想知道最后的结局！"

这正是我的感受。

一直如此。

这是促使我开始阅读的原动力——
想要知道最后的结局。
无论是灰姑娘和彼得·潘的结局，
十二个跳舞的公主有没有被抓，
彼得兔有没有从麦格雷戈先生的花盆下面逃出来，

或是王子有没有打破魔咒——

这是我今天还在阅读的原因，
我想，也是大家阅读的原因吧。

别跟我提什么故事背后的寓意，
象征主义，
和高深莫测的存在主义主题。

我们只是想知道——
伊丽莎白·班纳特和达西先生，
佛罗多和山姆，
史考特，
还有《鹿苑长春》的结局。

李尔王能及时赶到并救出科迪莉亚吗？
伊丽莎·杜利特尔最终回到了亨利·希金斯的身边吗？
俄耳甫斯一路上都没有转身去看欧律狄刻，最终成功回到
了人间吗？

我们必须知道。

我有个朋友跟我说过一件趣事：
她去看莱昂纳多·迪卡普里奥、克莱尔·丹尼斯版的《罗

密欧与朱丽叶》时，

曾看见两个女孩边哭边走出影院。

"我不知道他们最后竟然死了！"其中一个呜咽着对另一个说。


我知道。我当时也笑了。


可假如你确实不知道《罗密欧与朱丽叶》的结局呢？

假如那是你第一次看到这个故事呢？


还记得第一次读：

《魔戒》

《冷酷的平衡》

《饥饿游戏》

《蝴蝶梦》

或《悲惨世界》时，

你翻书的速度有多快吗？


还记得为了读完一本书，你曾熬夜到凌晨几点吗？


《老古玩店》连载的时候，

美国人曾聚在甲板上，朝着从英国来的船只高喊：

"小内尔后来死了吗？"

最近,我迷上了《远古入侵》,

一部讲述生活在现代伦敦的恐龙猎人的英国电视剧。

我一口气看完了第一季,

然后在凌晨五点给女儿打了个电话——

她住在加州,所以她那儿是凌晨四点——

电话里,女儿的语气既没有懒洋洋,

也没有惊慌失措(毕竟凌晨五点接到电话很可能是因为发生了糟糕的事情)。

相反,她只是平静地说:"你好,妈妈。我猜你刚刚看完了六集。"

她说的没错。

随后,我又放下其他所有事情,

一口气看完了第二季,

和第三季。

这两季后来出了DVD,

看完后,我又迫不及待地想看第四季。

可新的一季隔一个星期才出一集,

整季结束后又得等六个月,第五季才开始。

漫长的等待差点儿要了我的命。

相信我。

如果有一艘来自英国的船可以让我朝它高喊：

"康纳和艾比安全返回了吗？"

我肯定会第一时间冲去码头，

尽管最近的海岸离我住的地方相差一千多英里。

为什么我们有如此强烈的愿望，想知道后来发生了什么？

我们想知道的到底是什么？

是接下来佛罗多和山姆身上会发生什么吗？

还是接下来我们身上会发生什么？


故事里的人物成长，

踏上人生旅途，

陷入爱河，

发现父母的黑历史，

发现自己的黑暗面，

探索陌生星球，

穿越时空，

历经输赢，

陷入绝望，

解开谜团，

认清自我，

找到挚爱，

拯救王国。

在阅读的过程中，我们也发现了自己。
是他们向我们展示了什么是重要的，
什么是不重要的。
他们教会我们如何为人，
他们向我们展示了我们自己的人生可能的结局。

碧翠斯·波特早就知道自己人生的结局了。
她比任何人都懂得"人生无常"的道理。

她给侄女写了个故事，
然后就成了闻名世界的作家。

她爱上了自己的出版人，
违背父母之愿，悄悄与他订婚，
他却蓦然辞世。

就在一切希望之火都已泯灭之际，
她又一次陷入爱河，
并最终找到梦寐以求的一切。

自己的人生如何走过，她早已心知肚明，
为何还会"等不及想要知道最后的结局"呢？

她真的想知道是谁赢得了那场战争吗？

还是某个更宏大的问题?

她关心的是战争的结局,
还是其他什么事情?

在《灯火管制》和《警报解除》中,
年迈的莎士比亚戏剧演员戈弗雷爵士,
问时间旅行者波莉,"我们赢了吗?"

当他得到肯定的答复,
意义远非那场战争的答复后,
他又问:
"那是场喜剧还是悲剧?"

这才是我们阅读时真正想得到的答案。

我们想知道的不只是我们自己的故事,
还有更大的故事——整个世界的故事,
我们永远身处其中的战役,
以及整个历史的弧线——无论过去还是未来。

是一场喜剧?
还是一场悲剧?
或者更糟,是一部尚未完结就被砍掉的电视剧?

唯有文学能告诉我们答案。

历史或许也可以,

但我们都活不到它开口的那天。


《奇幻人生》中威尔·法瑞尔的角色,

不管走到哪里都带着笔记本,记下线索,

试图弄明白自己身处怎样的故事中,

可这个办法并不奏效。


所以,文学是我们唯一的希望。


没有哪本书里包含着全部的答案。

没有哪个虚构的侦探,

——就连马普尔小姐,

和夏洛克·福尔摩斯都不行——

能凭一己之力解开所有谜题。


但是每个角色,

每本书,

每个作者,

从格雷厄姆·格林,

到荷马,

到 P.G.伍德豪斯,

再到碧翠斯·波特,

都给了我们线索。

我们看过的每本书,
每部电影,
每套电视剧:

《神秘博士》
《白鲸》
《神探南茜》
《他日之光》
《洛丽塔》
《有花生的寻常一天》
《俄狄浦斯王》
《BJ单身日记》
《丑小鸭》
《新婚宴尔》
《俗丽之夜》
《夜幕降临》
《小城月夜》
《非洲大草原》
《亚瑟王之死》
《34街奇缘》
甚至连《暮光之城》里
都藏着线索。

就像一个巨大的拼图游戏。

我丈夫在讲解科学是如何解决问题时，
曾做过这样一个实验。
他将一本悬疑小说的书页剪下，
随机分发给学生，叫他们猜测故事情节，
解开谜团。

这正是我们阅读时在做的事情。

我们无法拥有所有拼图，
但在书籍和电影，
还有关于恐龙猎手的电视剧的帮助下，
我们能窥到答案的一角。

在那些错综复杂的线索中添上我的那一份，
这就是我阅读与写作的原因，
我将一直读下去、写下去，直到无法继续。
我会坚持去搞清楚后来发生了什么，
以及我们身处的是一个怎样的故事。

戈弗雷爵士问波莉，"那是场喜剧，还是悲剧？"
波莉毫不迟疑地回答："喜剧。"

我深表认同。

可能那是因为我在
《穿上宇航服去旅行》
《三怪客泛舟记》
和《暴风雨》中发现的线索给了我这种乐观。

我迫不及待地想知道后来凯普和披威身上发生了什么，
但我更想让他们安然无恙地返回地球。

大团圆的美满结局，
我们不仅自己想要拥有，
还想让所爱之人也拥有它，
我觉得这是件好事，
无论他们是现实世界里的人还是故事里虚构的角色。
比如《远古入侵》中的康纳与艾比，
埃莉诺·达什伍德和爱德华·费华士，
凯特和彼特鲁乔，
或是彼得·温西勋爵和哈莉叶·范恩。

另一件好事是，
《三怪客泛舟记》的主角J, 乔治和哈里斯，
在他们的泰晤士河之游一百年后，

（更别提蒙莫朗西那条狗了）仍能让我们开怀大笑。

而最好的事情是，
莎士比亚——没人会指责他对人性的刻画不够真实，
或永远只看"好的一面"——
是个大团圆结局的忠实拥趸。

他所有的喜剧，甚至一些悲剧，
都以大团圆结尾。

科迪莉亚被处绞刑，李尔王难逃一死，
但在那之前，他们团聚了，
他们对彼此犯下的罪行都被宽恕，
他们有机会如"笼中鸟"般一起放声高歌。

更为重要的是，
写完悲剧后，
莎翁又回到了喜剧的怀抱。

他的最后一部剧作不是《麦克白》，
而是《暴风雨》。

《暴风雨》因其挽歌般的诗句而闻名于世：
"我们的狂欢已经终结……

如同这虚无缥缈的幻景一样，

入云的楼阁，瑰玮的宫殿。

庄严的庙堂，甚至寰宇本身，

以及寰宇中所有的一切，都将消散。

就像这一场盛会幻景，

连一点儿烟云的影子都不曾留下。"


戏剧没有在这里戛然而止。

后面还有一场和解，

一份祝福，

和一场婚礼。

我觉得，

它肯定算一部喜剧。


当然，我无法完全确定。

但我充满希望。

而且，和碧翠斯·波特一样，

我也等不及想知道答案。


康妮·威利斯

# 星云奖科幻大师奖获奖致辞

　　真想像芭芭拉·史翠珊捧得奥斯卡奖杯时那样对着奖杯高喊一句，"你好，'美女'！"

　　了解我的人都知道，
　　我是奥斯卡颁奖典礼的忠实观众。

　　主要是为了看明星们穿的衣服——
　　几年前，格温妮丝·帕特洛穿的那条粉色裙子就很糟糕，
　　还有今年艾玛·斯通穿的那条打着巨大蝴蝶结的红色礼服。

　　但我也会注意获奖者的致辞，
　　比如杰克·帕兰斯突然趴在地上做起了单手俯卧撑的

那次。

或是莎莉·菲尔德反复拥抱她的小金人奖杯，一边不住
地说：
"你们喜欢我，你们真的喜欢我！"

不，我们不喜欢。

或是詹姆斯·卡梅隆高呼："我乃世界之王！"

以及理查德·阿滕伯勒将自己比作甘地和马丁·路德·金。

在过去几个星期里，我的所有这些研究都派上了用场。

当然啦，并非在糟糕致辞方面的研究，
相反，而是如何才能做好一场致辞。

梅丽尔·斯特里普就做到了。
她今年凭借《铁娘子》拿下"最佳女主角"，
其致辞精彩绝伦。

艾玛·汤普森也做到了，
此外还有约翰·韦恩。
看在上帝的分上，"痞客二人组"里的那家伙都做到了。

这事儿能有多难？

话说回来，这事儿肯定还是有一定的难度，
否则不会有那么多糟糕的致辞。

我必须澄清，我所说的糟糕的致辞，
并不是指致辞人漫无边际、前言不搭后语地胡扯。
他们都很激动，
这很正常。
我也不介意他们喜极而泣，
在这种场合哭鼻子再正常不过了。

同样正常的是戴上眼镜，
掏出一张列表，
感谢自己认识的每一个人，
包括自己的三年级老师，
是她选自己出演《灰姑娘》校园剧里南瓜一角。

我完全理解，
特别是关于三年级老师的部分，
只是就我来说，
我要感谢的是给我介绍了《小妇人》的六年级老师，
介绍了"伦敦大轰炸"的八年级老师，
以及带我认识莱诺拉·马丁利·韦伯的高中老师。

没有他们，我今天不会站在这里。

没有我的朋友们，我今天也不会站在这里，
他们是我的今生挚友——
吉姆·凯利，
希拉·威廉姆斯，
辛西娅·费利斯，
迈克尔·卡苏特，
梅琳达·斯诺德格拉斯，
约翰·凯塞尔，
南希·克雷斯。

还有我天底下最好的丈夫，考特尼，
以及我最亲爱的女儿，科迪莉亚。

我的写作营伙伴们——
艾德·布莱恩特，
约翰·斯蒂斯，
迈克·托曼，
沃尔特·乔恩·威廉姆斯。

长期备受我折磨的编辑们——
安·葛洛尔，

加德纳·多佐伊斯,

艾伦·达特洛,

丽莎·特龙比,

肖娜·麦卡锡。


我那些同为"大师"称号获得者的朋友们（这句话太酷了,不是吗？）

罗伯特·西尔弗伯格,

乔·霍尔德曼,

弗雷德里克·波尔。


还有所有这些年来与我成为朋友的可爱的你们：

从克里斯·洛茨,

到尼尔·盖曼博士,

萝丝·毕特姆,

李·怀特塞德,

克雷格·克里斯辛格,

以及帕特里斯·考德威尔,

和贝蒂·威廉姆森。


当然,还有美国科幻和奇幻作家协会。


以及科幻大家庭里的所有成员,

他们中的有些人今天在场,

有些——

比如查理·布朗

拉尔夫·维西南扎

艾萨克·阿西莫夫

以及杰克·威廉森——

则不在。


梅丽尔·斯特里普在她的获奖感言中说道：

"最重要的是我们在这个过程中建立起来的友情与爱。

放眼望去，过往人生历历在目。"


我也有同样的感受：

——与塞西莉亚一起彻夜驱车赶往芝加哥世界科幻大会

——与乔治·R.R.马丁一起共享巧克力甜甜圈

——同希拉·威廉姆斯和吉姆·凯利一道被赶出特百惠博物馆

——载查理·布朗去杰克·威廉森在波塔莱斯的家

——同希拉·威廉姆斯和吉姆·凯利一道被赶出大奥普里剧院

——与迈克·雷斯尼克和罗伯特·西尔弗伯格从台上吵到台下

——跟加德纳·多佐伊斯与艾琳·冈恩进餐时，笑得将嘴里的生菜吸进了鼻子

——与约翰·凯塞尔和吉姆·凯利一起边吃红色开心果，

边彻夜讨论星云奖
　　——一起深入探讨各类话题
《星球大战》
莎士比亚
桑格里亚酒
阿尔冈昆圆桌文人会
《远古入侵》
马克思兄弟
电子书会让我们所有人没饭吃
以及死后会发生什么


与如此多的人相会，
然后，与如此多的人结为了朋友。


现在是音乐声响起
致辞人的语速越来越快
试图在被赶下台前完成致辞的时候了
我也正打算这么做，
因为我必须感谢那些我最为感激的人：


——感谢罗伯特·A.海因莱因，
因为他给我介绍了凯普和披威，
介绍了《三怪客泛舟记》，
领我走进科幻的神奇世界。

——感谢基特·里德、查尔斯·威廉姆斯和沃德·摩尔，
他们向我展示了科幻的可能性。

——感谢菲利普·K.迪克、雪莉·杰克逊、霍华德·沃德
劳普和威廉·泰恩，
他们教会了我应该如何写科幻小说。

——感谢鲍勃·肖、丹尼尔·凯斯和西奥多·斯特金，
以及他们的小说：
《他日之光》
《献给阿尔吉侬的花束》
《失去大海的男人》
让我爱上了科幻。

没有他们，我不会站在这里，
没有你们，我也同样无法站在这里。

借用梅丽尔·斯特里普的话，
"我挚爱的朋友们，感谢你们，感谢你们所有人，
是你们造就了我精彩绝伦的职业生涯。"

莎莉·菲尔德当初应该这么说才对，
"我爱你们。

我真的，真的爱你们。"

感谢你们将这个美妙绝伦的奖项授予我！

康妮·威利斯

2012年5月19日

发表于华盛顿特区举办的星云奖晚宴

# 附　录

1.《克里利一家的来信》（*A Letter from the Clearys*）
1982年7月首发于
《阿西莫夫科幻杂志》（*Asimov's Science Fiction*）

2.《里亚托奇事》（*At the Rialto*）
1989年10月首发于《奥秘》（*Omni*）

3.《尼罗河上的惨案》（*Death on the Nile*）
1993年3月首发于《阿西莫夫科幻杂志》

4.《性灵自选其团》（*The Soul Selects Her Own Society*）
1996年首次收录于《世界之战：全面派遣》（*War of the Worlds: Global Dispatches*）

5.《烈火长空》(*Fire Watch*)
1982年2月首发于《阿西莫夫科幻杂志》

6.《内贼难防》(*Inside Job*)
2005年2月首发于《阿西莫夫科幻杂志》

7.《女王也一样》(*Even the Queen*)
1992年4月首发于《阿西莫夫科幻杂志》

8.《地铁站怪风》(*The Winds of Marble Arch*)
1999年11月首发于《阿西莫夫科幻杂志》

9.《席地而坐》(*All Seated On the Ground*)
2007年12月首发于《阿西莫夫科幻杂志》

10.《最后的温尼巴戈》(*The Last of the Winnebagos*)
1988年7月首发于《阿西莫夫科幻杂志》